我乾州

杜芳川 著

中国文史出版社

图书在版编目（CIP）数据

战乾州 / 杜芳川著. —北京：中国文史出版社，
2022.12

ISBN 978-7-5205-3913-5

Ⅰ. ①战… Ⅱ. ①杜… Ⅲ. ①长篇小说-中国-当代
Ⅳ. ①I247.5

中国版本图书馆 CIP 数据核字（2022）第 205188 号

责任编辑： 方云虎
封面设计： 新成博创

出版发行：**中国文史出版社**

社　　址：北京市海淀区西八里庄路 69 号　　　邮编：100142

电　　话：010-81136630

印　　装：廊坊市海涛印刷有限公司

经　　销：全国新华书店

开　　本：710 毫米×1000 毫米　　1/16

印　　张：23.5

字　　数：311 千字

版　　次：2023 年 5 月北京第 1 版

印　　次：2023 年 5 月第 1 次印刷

定　　价：79.00 元

乾州有四宝：挂面、锅盔、馇酥、豆腐脑。

——题记

一幅波澜壮阔的历史风情画卷

——读杜芳川长篇小说《战乾州》

杨焕亭

乾县之所以在中国历史上具有重要的地位和价值，不仅仅是因为在苍茫迤逦的梁山上长眠着两位皇帝，更因为其在近代陕西革命史上曾经作为陕西西北门户，经历过烽火弥漫的战争洗礼，成为中国旧民主主义革命的重镇。艺术地再现这方高天厚土曾经的风云际会和浴火涅槃，是作家庄严的使命和责任。生于斯长于斯的作家杜芳川的长篇小说《战乾州》就是这样一部具有历史审美和艺术自觉的作品。作品以辛亥革命为背景，以地处乾州城内的几条名巷为典型环境，以乾、周、尹、宋家族中几代人的情感冲突、命运起伏为线索，热情地讴歌了陕西人从封闭到启蒙，从屈从于宿命到掌握命运，从为推翻清王朝，站在旧民主革命前列，到接受马克思主义，投身中国共产党领导的新民主主义革命的奋斗历程。以史诗品格再度彰显了现实主义的艺术生命力和价值。

德国古典主义哲学家黑格尔在谈到作品的史诗性时认为，"正式的史诗"必须充分表现"一个民族已从混沌状态中觉醒过来，精神已有力量去创造自己的世界，而且能感到自由自在地生活在这个世界里"。《战乾州》所反映的正是中华民族觉醒的历史转型。本书以光绪三十年（1904）乾安澜以用钱购买两个小孩作为龙王"祭品"，而发起的一场祈雨仪式为开端，拉开了乾州人为掌握自己命运而斗争的序幕。这种觉醒，在乾安澜、周少峰这一代人身上表现为坚守还是摒弃中华民族传统

的冲突，他们在守望传统的艰难步履中逐渐接受时代的熏陶走向觉醒，对于乾州的第二代人物身上所携带的追求民主和科学的崭新意识从阻挠、抗拒到逐渐无奈地接受，直至旗帜鲜明的支持。从而演绎出两次守卫乾州城军民同力，惊鬼泣神的壮烈诗篇。而其在乾州的第二代人物怀义、书艺身上，则表现为对变革满腔热情的拥抱，对外来思想敞开胸怀的接纳，对时代责任义无反顾的担当。而这正是20世纪20年代青年知识分子的精神品格。它深深地熏陶和影响了乾州的第三代人物天赐、天宝、天秀等的思想和行为。

然而，笔者并没有把历史简单化。乾州人在岁月流淌中，追逐时代潮流的脚步并非一帆风顺，他们不但要经受与传统观念决裂的痛苦，甚至要付出人格和生命的代价，更要经历时代风云的打磨。这是一场灵魂的洗濯，精神的涅槃。大浪淘沙，清浊分流。与乾家没有丝毫血缘关系的天赐，从上山为匪，到最终接受怀义启蒙，融入革命洪流，而作为乾家嫡亲的天宝却为能当上国民党乾县县长出卖了婶娘书艺，落了个被天秀枪杀的悲剧结局。笔者意在从生命诗学的视角告诉读者，《战乾州》不仅仅是与反动势力的搏杀，更是一场灵魂的搏斗、文化的较量、精神的涅槃。所有这些，都赋予作品中众多人物跌宕起伏、浪卷浪涌的诗意。这正是作品史诗性的魅力和力量。诚如俄裔美籍作家纳博科夫所说："艺术的魅力可以存在于故事的骨骼里，思想的精髓里……从一个长远的直觉来看，衡量一部小说的质量如何，最终要看它能不能兼备诗道的精微和科学的直觉。"

能不能塑造血肉丰满的艺术形象，不仅检验一个作家对于生活的认知能力，更考验作家驾驭生活的功力。《战乾州》的另外一个特点，是回归文学本体去刻画人物，正确处理人物性格主导性和丰富性的关系。安澜是作者倾情打造的核心形象，在作品中，他成为矛盾发生、转换以至消解的枢纽。恪守"仁、义、礼、智、信"的传统美德是他的性格主导性，然而，他也不是扁平的，遇到新事物，他有着守旧的固执，在道德和现实两难选择中，他也有着富裕人家残酷和无情的一面，危急关头，却能够正气凛然，知难而进。唯其如此，他的一颦一笑才走进读者心里。不仅如此，作品中的其他人物无不呈现出性格立体和多样。周少峰的心胸狭窄、蝇头小利性格与他在女儿婚姻问题上的达观，矛盾而又协调地集于一身。而怀义和书艺，在其阳光、进步、热情、开放的性格主导性之外，也有着年轻一代必然携带的倔强、任性和烂漫。我尤其欣赏作家对于两个反面人物王豹子和天赐的塑造。虽然在作品中，他们是为读者所不齿的人物，然而，从艺术审美层面，却正体现出了作家塑造人物的艺术实力。在王豹子放浪不羁的匪性行为后面，掩藏着一种饱受磨难的纯朴的善性，这是他灵魂的根。因此，他才会将雨燕送到铁佛寺中。同时，天赐是在知道自己"祭品"身世之后，心理上产生了叛逆才"弃警成匪"，但其内心深埋着接受乾家十多年的教育和怀义、书艺的熏陶和感染所产生的"正气正义"依然没有泯灭，所以，才会接受怀义的引导，成为一名追求革命的青年。用黑格尔的话说，从形式上看，似乎是矛盾的，然而，从艺术的角度，却是协调的。

这种性格的丰满性，是通过人物关系有层次地揭示出来的。读《战乾州》，不难发现，作家十分注重在矛盾冲突中塑造人物，外化人物形象。在乾州上官巷这方并不算大的舞台上，安澜和周少峰是两个风云人物。作家通过"火祭"、周少峰讨要"祭品"钱、安澜入狱、怀义和书艺婚姻情感这些不同时空的情节，使得安澜和周少峰的性格在比较中层次有序地展现出来。而作者在刻画乾怀义和书艺的性格时，则浓墨重彩地铺叙了他们与父辈的冲突，与外部世界文化的联系，与复杂环境的相刃相靡。由此不难看出作家创作的充足准备。在所有的作品中，"它的人物，必须在他们彼此之间、与他们的社会存在之间，与这存在的重大问题之间的多方面的相互依赖上被描述出来"。（卢卡奇语）

《战乾州》的结构和语言也表现出作家求新求异的艺术追求，作品在辛亥革命前后的历史大背景下，铺设了两条故事基线，一条是包括怀义、书艺在内的辛亥革命仁人志士为载体的历史线，一条是以乾安澜、周少峰等乾州几代人为载体的生活线，在这之下，还设定了几位年轻人的情感生活、山中匪事作为副线。时而花开两瓣，时而交织呼应，体现了作者强烈的结构意识，大大增强了作品的可读性。

海德格尔说，"语言是存在的家"，《战乾州》的语言打着浓郁的关中方言烙印。字里行间传递着陕西人耿直、爽快、刚烈的性格特征，如在第13章里"老狗提起陈干屎，你现在提起当年的事情想干啥？"在第7章中"不是我多嫌这个娃，关键我现在还能生呢。"还有"挂面调

醋，有盐（言）在先"等，读来烟火味、乡土味弥散心头，耐咀嚼，耐品味，强化了作品的贴近性。

如果我没有记错，这应该是杜芳川的第三部长篇作品。他正处在创作与阅历同步成熟的时期，这是老一代和年轻一代所不具备的优势。期待芳川把握机遇，创作出更多"有思想、有温度、有品质"的文艺作品，以飨读者。

（本文作者系中国作协会员、咸阳师范学院兼职教授、陕工职院客座教授，咸阳市作协原主席）

2022 年 3 月 30 日于咸阳

于激变中寻觅故土

——读《战乾州》

金 瓯

乾县籍作家杜芳川的长篇小说《战乾州》以乾、周两户人家的家族史为主线,描写了新、旧民主主义革命之交的乾州人民的觉醒和坚守。作家在后记中写到,这是一部在"辛亥革命110周年之际"完成的作品,作家也希望借助这样一部作品"为乾县写一点值得记忆和拥有的东西"。

故事开始于一场祭祀活动。乾州城遭遇大旱,百姓无以为继,当地大户乾家与周家听从梁道士的计策,要进行"传统"的祈雨活动——火祭。然而火祭要牺牲一对童男童女,乾、周两个家族的人都不愿牺牲亲骨肉,争执不休,最终从人市上买回一对童男童女,以完成祭祀。所幸在祭祀开始前,天降甘霖,两个孩子也波折地成为乾家的养孙子养孙女……故事就此拉开帷幕。两个家族,三代人,跨越了清末时期、军阀割据时期和民国时期,直到最后看到共产主义的曙光……作者以乾州厚土为纸,以历史资料为墨,为家乡记录了一段极具"地方传统气质"的变革过程。

中国自古是乡土的中国,它是与封建社会配套的一系列世界观。而乡土的文明面对革命和现代化,往往是最遭冲击的,往往呈现出激烈的断裂。历史上,乡土文学始终要处理革命与新人的问题。这是从茅盾起,中国作家就获得的问题意识:"在特殊的风土人情之外,应当还有

普遍性的与我们共同的对于运命的挣扎。"在激变的世道中，人们如何从原有的世界观中挣脱，实现思想的启蒙和进步，一直是乡土文学的重要主题，甚至延续到了 20 世纪 80 年代的"寻根文学"中。只是寻根文学常常将断裂处理为传统的"无力"与"无望"。

《战乾州》在坚持"乡土中国"这点上也不例外。但极富意味的是，如果说 20 世纪初期的作者渴求"彻底的"变革与"完全的"新人，他们以各种方式与传统"决裂"，而寻根文学把"传统"置于被抛弃、被剥夺的无望中，那么在这里，"传统"反而得到了很好的继承。小说中，对乾州地区自然和人文景观的用心描写，有意识地为人物的活动和心理特征，提供地域文化（仪式、饮食、民俗）的依据和背景。它不仅是老一辈（如乾安澜）的行动依据，也是子一辈怀义、书艺的行动依据，甚至是孙辈天赐、天秀的行动依据。

"传统"在小说中始终散发着母性的、极具包容性和生产力的光辉。乾陵是它的主要形象。乾陵是中国历史上第一位女皇武则天的陵寝。作者在文中毫不吝啬对乾陵的赞美。它有时对乾安澜一代有着强烈的精神引导作用：武则天为民祈雨，极具仁主风范，于是乾安澜的祈雨也完全出自善意，本无意伤害任何人；武则天立无字碑，功过任由后人评说，于是族长召集子孙、在无字碑前对子孙施予教育。但另一边，乾陵也是身体性的。它像一位巨大的女性躺在山川之间，是身体，也是生命，在小说中常常比作女人的丰乳肥臀，象征着生产的丰盛。另一个有趣的点在于，作者非常擅长描写饮食，也着力描写"挂面、锅盔、馇酥、豆腐脑"这样的片段，往往令观者食指大动，垂涎三尺。可以说，在这本小说中，"乡土"其实不能算作"革命"或"启蒙"之前的"未开化"状态，它的物质性与精神性混合在一起、不分彼此，而且相对独立完整。这片土地与土地上的物产也如母亲一般，养活了她的子女，也教育了她的子女。

在这个意义上，小说的灵魂人物乾安澜不能被视为传统的封建大家长，反而更像一座传承历史的桥梁，以传统的力量将新人渡去历史的另一边。虽然乾安澜也信奉迷信礼教、男尊女卑等封建思想，但在此基础上，他的内心非常温柔。他始终坚持朴素的道理和正义，也"温柔"地在不破坏既有规矩的前提下，尽可能地为每个弱者谋生路："杀人"

不对，所以要保护不幸沦为祭品的孩子；孩子卖不出去，就领回家自己养着（甚至因此差点惹来杀身之祸）；教育子孙是重中之重，所以要办学堂；"种大烟"不对，昧良心的钱不能赚；面对"祭品"——天赐的指责，他也忏悔认错……在这个人物身上，曾经长时间作为"历史局限性"的传统意识反而是养育新人的土壤。怀义、书艺等子一代都成长为富有学识、明辨是非的战士，而天赐也能改邪归正，重新做人。值得一提的是，小说对于革命战士和匪帮江湖气的描写非常生动具体。

最后，作者说乾州人"人性刚方、俗尚俭朴。男勤稼穑，女事桑麻，勤纺织"。在这个意义上，这本小说的"寻根"意味仍旧浓郁。辛亥革命已经过去了110年，而在110年后的今天，现代化进程又何尝没有在激变、在飘荡。借用洪子诚先生的话说："20世纪80年代中国农村进行经济改革，农村发生制度、心理、人际关系等的变动，改变了传统社会秩序，导致在价值观和人生方式上的选择和'较量'。"而在21世纪，交锋的刀光剑影稍稍平息，在重新发现历史断裂处的连续性，找到一种精神性的传承，也是可为之举。

本文作者系北京大学中文系博士

2022年6月1日

楔　子

　　乾州城北十多里地，有一道东西横亘的石灰岩锥形山脉——梁山，它是乾州城北边的天然屏障。"山不在高，有仙则名。"比起"五岳"来说，梁山并不崔嵬，却因安葬着唐高宗李治和他的皇后兼一代女皇武则天"一龙一凤"陵寝的乾陵而名扬天下、享誉四海。其南面的东、西二峰相互对峙，山势挺拔，树木苍翠，景色隽秀，是乾陵天然而成的自然门户，与海拔1000余米的北峰遥相呼应，浑然一体。北峰山势险峻，卓而不孤，草木茂密，乾陵内"一龙一凤"的寝宫就安葬于此，让梁山有了十足的灵气和不可一世的霸气。乾陵历经千年风雨岿然不动，历经数次炮火洗劫和盗贼的破坏性盗掘依旧伟岸挺拔，其景色随着观看角度不同，则呈现出形态各异的优美姿势。千年的乾陵雄奇壮观，万年的梁山岿然不动。夕阳晚照，乾陵最美。向北看，就像一个窗状的笔架；向东看，犹如一头威猛的雄狮；向南看，宛如一座高耸的金塔；向西看，就像一个静谧的睡美人。北峰是美人的头，南面东西对峙的两峰是美人一对坚挺柔美的乳房，而绵延起伏的梁上就是美人婀娜丰润的躯体。

　　梁山因为乾陵而威名大振，乾州城因地处秦陇要毂而成为关中通往大西北的咽喉要道，自古以来是兵家必争之地。乾州城内上官巷有个老人乾安澜，从小就喜欢看乾陵、登乾陵、读乾陵、品乾陵。他看乾陵的旖旎风光，登乾陵的险峻挺拔，读乾陵的帝王灵气，品乾陵的帝陵文化。岁月如梭，将年轻安澜穿梭到了暮年；时间似刀，在安澜平润的脸上刻下了一道道像乾陵西南脚下黄巢沟似的皱纹。梁山依然坚守在乾州城北边不改容颜，乾陵依旧坐落在梁山主峰之上不减威严，年迈的安澜

1

却一天不如一天，再也没有年轻时的身强力壮、气盛了。他每天都要去乾陵转转，看到乾陵他心里就舒坦了，饭也香了，觉也甜了，人也显得有精气神了。日复一日、年复一年，安澜笔挺的腰杆佝偻了，笔直的双腿弯曲了，矫健的双脚蹒跚了，他再也登不到乾陵的北峰上了，只能气喘吁吁地坐在无字碑下，大口大口地喘气。多少次他呼唤着："女皇，请赐给我力量吧！"他知道这样的呼唤只是他发自内心的苟延残喘的呐喊，是他枉费心机的奢望。其实，更是他热爱、眷恋乾州这片热土的一种情怀！女皇听不到他的呐喊，更赐予不了他童颜鹤发的容颜和拔山超海的力量！

安澜望着雄伟壮观的乾陵叹息着，两行热泪顺着脸颊上的皱纹滚落，砸在脚下这块熟悉的热土上。他慢慢地转过身，一步一步地移动着双脚往回走去。走到乾州城北门，安澜看见那面残垣破壁、伤痕累累的古城墙时，双脚不听使唤，再也迈不动了，不由得为之动情，饱经风霜的脸上再一次潸然泪下。

安澜左手颤巍巍地指着那面布满弹孔的古城墙说："城墙是乾州城的一座丰碑！"是啊，乾州城的古城墙，和乾陵脚下那块无字碑一样，虽然没有半点文字，却经历过乾州城血与火的考验，忍受了乾州城生与死的较量，沐浴着乾州城风与雨的洗礼，见证着乾州城昔与今的变迁，向世人娓娓诉说着乾州城曾经遭遇的往事——

1

清光绪三十年（1904）仲夏。乾州城。

农历四月十九，吃罢早饭，上官巷街道上久违的锣鼓震天一响，无论男女老少，一窝蜂地走出家门，穿过街头巷尾，集中在上官巷乾周祠堂门前。乾安澜给列祖列宗焚烛、燃香、烧纸，然后带着乾、周两姓族人齐刷刷地跪在祠堂外，行了三叩九拜之礼，说道："列祖列宗在上，不肖子孙乾安澜愧对先辈！在世，尚不能护佑乾周族人，心愧形惭。今日带族人祭祀龙王，祈求苍天保佑，安济生民。特发毒誓，若不能尽全力完成心愿，唯入油锅，以死谢罪。今日罪孽，皆系我一人所起，倘若惩罚，就降罪于我一人之身。虽人微言轻，命如草芥，唯愿以性命承之。"话音刚落，又像鸡啄米般地在地上磕了三个响头，头颅把地砖碰得砰、砰、砰地作响，只见安澜的额头上渗出了殷红的鲜血来。

"起身！"随着乾安澜一声召唤，大家紧随其后，如洪水一般，浩浩荡荡，来到乾州城北门外梁山观门前的大广场上，掀开了一场轰轰烈烈的火祭祈雨活动。这场火祭活动早在乾州城疯传开了，乾州城街巷皆空，人们早早聚集在梁山观的大广场上，黑压压的一大片，如同蚂蚁过会。

眼看着童男童女身后的那根火绳拼命地、恣意地燃烧着，熊熊火光即将燃尽，聚集在广场上的人们一个个把心都提到了嗓子眼儿，除了不断地叹息，还不停地吞咽着唾沫，他们知道火绳燃尽后的结果，那两个无辜的"祭品"便会落入滚烫的油锅之中，成了龙王的美餐，从此这个世界上谁也不知道这两个祭品的存在。广场上的看客好像被人捏住了脖子，连呼吸都感觉困难起来了。天上的飞鸟，地上的跑虫、家禽都躲得远远的，它们不敢、不愿目睹上官巷族人的凶残，更害怕听到祭品掉入油锅所发出的凄惨叫声。为了一场救命雨，乾、周家族可以说穷尽手段，也没有得到一滴雨。他们不到黄河心不死。一招用尽，再出昏招。心狠手辣，不惜以葬送两个不谙世事孩童的生命为代价，大张旗鼓地做"火祭"。此刻，广场上看热闹的人们除了好奇心剧增之外，都在为滚烫的油锅上那两个苦命的孩子揪心。

天上没有一片云彩，空中没有一丝丝风，地上像蒸笼似的炙烤着。眼看着火绳即将燃尽，不只是广场上的看客们对祈雨无望，就连上官巷的族人心中希望的熊熊之火也一点点快要熄灭了。突然，从上官巷传来一声响亮的婴儿啼哭声，打破了死寂般的广场，正当人们转头向上官巷张望之际，只见乾陵上空电闪雷鸣，野风四起，尘土飞扬，一片黑漆漆的乌云压在人们的头顶上，顷刻间，豆大的雨点从天而降，人们仰着头，张着嘴巴，让雨滴恣意地落入口中，尽情地享受着大自然的恩赐。这场大雨，也让三年干涸的大地美滋滋地吮吸着……

暴风骤雨，让人们悲喜交加。见到了三年尚未看到的甘露，广场上的人们瞬间忘却了心中刚才滋生的悲天悯人的悲痛，忘记了架在油锅之上、快要烧断的绳子下面的童男童女，把所有的心思全都给了这场突如

其来的瓢泼大雨，还有恩赐的上苍。这时候，只见乾安澜从地上一跃而起，拉起跪在身旁的大儿子怀仁，厉声喊道："快！快救孩子！"怀仁、少峰、有粮、二牛等一拥而上，扑向火绳之下、油锅之上的两个年幼无知的孩子……

2

得知上官巷的族长乾安澜要火祭祈雨的消息后，乾州城除衙门官员、巡警、驻军外，几乎满城空巷，城里城外的百姓早早来到了火祭广场。

天子脚下梁山观，十个道长十个聪。梁山观位于一代女皇武曌武则天和唐高宗李治安息的梁山脚下，它是乾州一座很有名气的道教场所，因而取名"梁山观"。梁山是乾州城北边的一座天然屏障，自从唐高宗李治和女皇武曌安葬于此山之后，这座山更加有了灵气。夕阳晚照，乾陵最美。火祭的地方就选择在乾州城北门外梁山观前空旷的大场地上。之所以选择在这里，是因为梁山观梁道长道力超凡，且十分灵验；火祭之策和时辰、选址也是梁道长用阴阳八卦掐算出来的。这个广场，地大空旷，容纳的人又多。此时，偌大的广场上人山人海，人头攒动，有县城里来的人，也有城外面来的人；有本县的土著人，也有逃荒乞讨到这里的灾民。站在乾陵上往下看，黑压压的一大片，像蚂蚁过会似的，把火祭现场围了个严严实实、密密麻麻、水泄不通。

乾安澜要搞火祭，巡警局的魏培吉局长请示知事宋希功，希望批准他带领巡警去现场维持秩序。其实，他维护现场秩序只是个噱头，关键是他从来都没有见过火祭，想去火祭现场，无非想一饱眼福，看个究竟。不料，却被宋希功发火拦挡着不许去，还劈头盖脸一顿严厉斥责："这是上官巷乾、周家族的私事，又不是县衙的公事，你是红苕地里睡觉——铺的苕。你跑去想干啥，岂不是添乱？岂不授人以柄？万一他们出点差错，死人的事肯定是有的，到时候，是你巡警局担着还是县衙担着？真是撅着尻子看天——有眼无珠。掂着碌碡砸月亮，你看不见远近，还是掂不来轻重？"魏培吉挨了宋希功一顿臭骂，只好窝在巡警局里不敢出门。

不要说魏培吉想去凑热闹，巡警局里哪个人不想去看？他们听都没听过啥是火祭，更别说谁还见过火祭了。他从宋知事那里回来，被训斥了一番，正窝着一肚子火，还愁着没处发泄呢。当飞毛腿、传话筒等警员嚷嚷着要去现场看热闹时，他把窝在肚子里的火一股脑儿全都撒出来了，一张嘴就像机关枪扣动了扳机一样，骂骂咧咧地就没完没了，骂他们一个个没见过世面，骂他们一个个狗拿耗子——多管闲事。飞毛腿反驳道："你说我们没见过世面，好像你见过世面？不是我吹呢，你经过啥嘛见过啥，西安城里看过啥？"传话筒年纪比较大，爱倚老卖老，说："你不让去就不让去嘛，还骂骂咧咧的。你嘴上抹屎呢，不干净的。开×就带子儿，真是年轻毛嫩，吃青草屙粪呢。"魏培吉知道巡警局这帮人打心眼儿里瞧不起他，不过，他也无能为力改变他们的看法。自己一个外地人在乾州城做官，本来就没有啥根基。俗话说，强龙不压地头蛇，更何况自己连条蚯蚓都称不上。尽管他在上面有人，但远水解不了近渴，县官不如现管。宋知事瞧不起他，他在乾州没有依仗的大山可靠，没有枝繁叶茂根深蒂固的大树可傍，没有大象的粗腿可抱，势单力薄，加之自己能力不济，拿这帮警员也没辙。好汉不吃眼前亏，识时务者为俊杰。突然间，魏培吉态度变了，说："你们啥心思我能不知道？别说你们想去，我和你们一样也想去呢。毕竟这'火祭'是个啥，咱谁都没见过。我刚去县衙请示过了，宋知事拦着，不仅不让巡警去，所有县衙的人一律都不允许去。"警员一听，是宋知事发话不让去，那就没辙了，想去看热闹的心只好死了，一个个嘴里嘟嘟嚷嚷着散去。魏培吉看着他们一个个懒散不服气的背影，骂道："真是碎娃屙硬屎——稀稠都拿不住。"一转身，"砰"的一声关上了自己的房门。

不让去这话虽然是宋希功说的。但是，宋希功内心还是希望乾安澜替天行道，祭祀龙王，为普天下的百姓祈一场雨。只是这种具有封建迷信色彩的活动官府是不能明目张胆参与其中罢了。巡警局的人一旦去了，不管是看热闹也好，维持秩序也罢；不管是官府委派的，还是他们自发的，总之，他们一去，狗屙下的，都是你县衙屙下的，出了事情，县衙自然脱不了干系，自己岂能与"火祭"撇清关系？这事一旦传出去，确实影响不好。更何况今天是火祭，与人命有关。祈雨成功了，即

使县衙派人参与其中，老百姓也会把所有的功劳归于乾安澜他们身上，与县衙没有半毛钱的关系。所以，不让县衙的人去，是宋希功深思熟虑的权宜之策。

三年都没见过一星雨了，乾安澜和他的族人太需要雨了。雨，对于上官巷的人来说，非常需要。就说整个乾州的老百姓哪个不想要一场酣畅淋漓的大雨呢？不仅老百姓需要雨，就连官府衙门也急盼下一场雨。老话说，一歉等三收。没有雨就没有收成，没有收成，你到哪里收税去？老百姓粮仓干净得连老鼠都不愿意进去，哪里还能有官府的份儿呢？没有雨，就意味着没有粮食；没有粮食，就没有钱；没有钱粮，哪来的税收；没有税收，哪来的好处呢？宋希功可一点儿都不傻。

好多人还被蒙在鼓里，不知道"火祭"是个啥。只有乾安澜和上官巷乾、周的族人知道"火祭"的真实用意。他们事前在乾周祠堂商量"火祭祈雨"的时候，乾、周家族所有人都赞同梁道长提出的这个做法，但在挑选童男童女"祭品"的问题上，却出现了乾安澜能预料到的结果：谁都不愿意把自己的子女献给龙王当祭品。于是，大家你一言我一语，你说让他家的孩子当祭品，他说让你家的孩子当祭品，周家的族人推出乾族的娃，乾家的族人推出周家的娃，双方争执不下，争得面红耳赤，互不相让，搞得祠堂气氛从温和、高声，到了争吵，要不是乾安澜在场，大打出手的场面肯定是有的。争来争去，争得脸红脖子粗的，争执了一个上午，都没有争出个所以然来。既然互不相让，分不清个高低，一时间，祠堂里便出现了冷场的尴尬局面。

乾安澜一看大家争来争去，争了多半天依然争执不下，也争不出个眉高眼低，特别是周少峰的孙子周铭远、乾有粮的孙女乾雨宸这两个娃都"属虎"，从属相、年龄上看，是最符合"火祭"的童男童女的"祭品"条件了。于是，周少峰、乾有粮当众不依不饶、推三阻四、痛哭流涕，大骂出馊主意的梁道长。乾安澜说："都把嘴巴放干净些，也不看看这是啥地方？乾周祠堂啊！老祖宗睁着眼盯着我们呢！"他这么一说，周少峰、乾有粮的哭声、叫骂声戛然而止。

安澜用眼光四处扫了一遍，祠堂里静悄悄的，继续说："你们都不想一想，还有脸面骂人家梁道长？我问你们，梁道长他图了个啥？是吃你的喝你的了，还是住你的用你的了？三年大旱，一个个饿得精球打得胯骨响，把梁山观的梁道长是饥下了，还是饿下了？人家出的这个主意，无非从远古的道场上流传下来的罢了。据说晋豫奇荒那会儿有人用过，灵验着呢。梁道长出这个主意，还不是为了乾州人早日得到一场雨嘛。说穿了，还不是为了让大家能早日不受冻、不挨饿、不卖儿、不鬻女，不妻离子散，家破人亡，一家子团团圆圆、和和气气地过上好日子嘛。再看看你们，一个个就这点气量？平日里大话连篇，把梁山都能掀翻，日狼日虎日豹子的，一个个能得很，都能给跳蚤挽笼嘴。到了关键时刻，要么成了缩头乌龟，一个个不敢出头露面；要么成了骂大街的泼妇，胡搅蛮缠，平日里的豪横劲儿都跑哪儿咧？古人说，宰相肚里能撑船，王侯头上能立鸟。你们的肚子里连个麦粒粒儿都装不下，头上连个鸟毛都立不起。'私'字当头，'我'字第一，一旦触及个人的利益就像被蝎子蜇了，光知道大吵大闹，大喊大叫，你埋他怨的，就不知道出主意、想办法。俗话说得好，办法总比困难多嘛。少峰、有粮你俩吃了炸药了，火药味浓得把人能呛死，把个神圣严肃的祠堂弄得乌烟瘴气的。这样下去，成何体统？"

周少峰的孙子周铭远刚好是属虎的，才两岁多。再说了，他们几代都是单传。当大家说要把周铭远献给龙王做童男时，他心中的怒火不由自主地"腾、腾、腾"地熊熊燃烧起来，立马就要和那些想让他孙子当祭品的人一起焚烧了，化成灰烬。他怨恨自己这时怀里没有揣个炸弹，否则，他会与所有人同归于尽，也绝不能把孙子当祭品献给龙王。他听乾安澜这么一说，气就不打一处来。质问道："族长，你欺人太甚了！真是站着说话不腰疼，这事放在你身上你能愿意吗？人心都是肉长的，将心比心，都一个理儿。你说，你给大伙儿说说，把这事放在你身上，你能愿意？"

被要求把孙女乾雨宸当童女祭品的乾有粮也气得眼珠子都快蹦出来了，听少峰这么一讲，他立即附和道："就是的，你是一族之长，你就是欺负我们，让你孙子孙女当祭品你愿意吗？就算你愿意，你老婆能愿意？你儿子儿媳妇能答应？事情没放在你头上，你说的比唱的还好听。事情一旦放在你头上，你比我们蹦得还凶呢！"

乾安澜明知道少峰和有粮心中的怨气很大，大得已经都爆炸了。但是，为了解决问题，缓和祠堂气氛，平复大家心中的怨气、怒气、火

气，他态度温和、虔诚地说："我知道你俩有怨气，有怨气可以理解，也可以发泄。这事不要说放在你俩身上你俩火气大，放在哪个人的头上，我想他们的心情和你俩都是一样的。不过，我要提醒一下，选'祭品'是梁道长算出来的，这是天意，又不是故意针对你们两家的。"他故意停顿了一下，左顾右盼了一番，看到大家心情都能稍作平静，继续道，"这事要是梁道长算到我的头上，我和少峰、有粮一样会心疼的。不过，事情还要继续办，你俩说事情是不是这么个理儿。你不愿意，他不愿意，这件事岂不泡汤了？所以，我会顾全大局，从乾、周家族的利益出发，会将孙子、孙女献给龙王当祭品。心疼归心疼，我绝对没有怨言。因为，这是天意！古人说，天意不可违。你们在座的谁有能力违背天意？如果能违背天意，我们也不至于三年大旱吧！"

乾安澜之所以敢这么说，是因为他心里有底。他家还没有孙子、孙女，虽然大儿子乾怀仁的媳妇草花最近要临盆，是哪一天谁都说不准。即使现在生下来，便是属龙，也不属虎，与献给龙王的童男童女的属相不符合，自然当不成祭拜龙王的祭品了。所以，他才敢当着众人的面说出这么一番硬气的话。他的硬气话一出口，说的也在情理之中，便把在场的所有人给镇住了，刚才乱糟糟的祠堂顿时鸦雀无声了。

一袋烟工夫，祠堂里没有一个人说话。最后，乾安澜问大家有没有好的主意，大家面面相觑，摇头、叹息。乾安澜说："既然大家都不愿意献出自己的孙子孙女，这个我非常理解，也不想再难为大家了。"所有人看着他，眼睛带着疑问盯着他，向他讨要主意：难道祭龙王的事情不办了？难道……大家都不知道乾安澜葫芦里面卖的啥药呢，就都不说话，一个个的目光像钉子一样盯着他，看他有啥好办法。

乾安澜看着大家期待的眼神，便说："祭龙王的事情是梁道长掐算出来的，是我们在祠堂里、祖宗面前定下来的。祠堂是啥？祠堂里供奉的是我们的祖宗，祠堂就是我们乾周族人的神府！祠堂里定下来的事情，就是铁板上钉钉子的事情，不仅坚决要办，而且要办好。尽管这是天意，然而大家私心严重，这也情有可原。就在你们争吵不休、日娘骂老子的时候，我突然想到一个大家基本都能接受的好办法，就不知道大家能不能同意？"他故意卖关子，看着大家。祠堂里的人异口同声道："你说！只要不拿我们的孙子、孙女当祭品，啥都好说。"乾安澜会心地笑了笑，说，"那我就告诉你们，每家每户出钱，北大街人市上卖娃的多得很，况且价钱也不贵。只要肯出钱，咱买两个符合属相的童男童女献给龙王，问题不就迎刃而解了嘛。就是不知道各位意下如何？"说完，便摆出一副庖丁解牛后的得意神态来。

这个主意当然是好，只要不让乾、周家族的孙子、孙女当祭品，周少峰、乾有粮当属最高兴的人了，刚才密布在脸上的阴云一扫而光，少峰高兴地说："我就知道乾族长不仅有威望，而且有能力、有主意，一定能拿出好的办法来。这不，好办法不就有了嘛。"

办法总比困难多。乾安澜想出这个两全其美的好办法，大家自然赞不绝口。特别是刚才还在气头上大呼小叫的少峰和有粮，心里的石头一下子落地了，身子骨顿时也轻松了许多。办法有了，可是买娃的钱谁出呢？家里没有祭品的人自然不愿意出这份钱，都希望周少峰和乾有粮出钱，一人买一个娃。

有粮说："我不同意。前几天去尹家巷偷龙王塑像，我女儿彩霞都去了，这也算给族里出了力呢。上官巷这么多的人，不能啥事都摊在我家头上。"

说起彩霞偷龙王塑像的事情，大家又不说话了，一个个面面相觑噤若寒蝉，有粮可能还蒙在鼓里。听人说，那天晚上彩霞到尹家巷偷龙王塑像时，消失了一会儿，回来后头发上、衣服上都粘着麦草呢。有人问彩霞干啥去了，彩霞低头不语，问的人讨了个没趣，加之龙王塑像已经得手了，就急急忙忙往回赶，彩霞不愿意说，问的人也就不好意思打破砂锅追问下去了。至于彩霞那天晚上消失的那段时间干了啥，谁也说不清楚道不明白，谁也不想说清楚，但出于好奇心都想探个究竟。除了彩霞心知肚明外，其余的人都不是当事人，自然对当时的情况就不清楚了。因为牵扯不到自己，所以这件事也就不了了之了。

这会儿，为了钱财，大家又争执不下。安澜让大家继续讨论，他把少峰叫到一边说悄悄话去了。他说："少峰你看你弄的啥事嘛，你还当副族长呢。族长就要有族长的威严，就要有族长的样子。刚才在族人面前我都不好意思说你，给你留足了面子，可是你做的那叫啥事嘛！一下子把你族长的脸面丢尽了，把族长的威风扫地了。不是我说你，遇事要冷静，要商量，你吹胡子瞪眼睛就能服人？就能把事情办妥？你都不想

一想。毕竟你家是孙子，又是单传，有粮家是个孙女，我觉得你应该弥补一下刚才的冒失行动，拿出个姿态来，一定不能让大家下眼观你。我觉得你一个人出一个娃的钱，这样也能服人，还能立威给你挽回颜面呢。再说，现在一个娃能值几个钱呢？对于你来说，这点钱就是毛毛雨、小意思。你要记住古人的话，'人生贵相知，何必金与钱'。咱们是族人，老几辈都在一起居住生活呢，要相互理解呢，不要把钱财看得那么重。更何况你也不是把钱财塞进肋子缝缝里的人嘛。做人嘛，就要大气呢，有舍才能有得。"

安澜这么一说，说得少峰无地自容，也觉得安澜的话都在情理之中。更何况，舍财消灾呢。尽管花点钱，却将几代单传的宝贝孙子保下来了。于是，他不再说啥，满口应承下来独自一个人出一个"祭品"钱的事情了。他俩这才回到人群中来。少峰按照安澜说的，给大家说了，他一个人承担买一个娃的费用。少峰唱了这一出，大家都不好再说啥，还说少峰不愧是上官巷的副族长，为了家族的整体利益，慷慨解囊，视金钱如粪土。说得少峰心里美滋滋的，头也仰得老高。

这时有人吆喝着让有粮也承担一个买娃钱，众人就跟着起哄。不管大伙儿说啥，有粮就是不答应。王顾左右而言他，只拿女儿彩霞偷龙王塑像说事，任凭众人说破天，就是不肯出钱。经过反反复复地商量之后，少峰承担一个娃的费用，有粮承担半个娃的费用，其余的部分，按户均摊。

破财消灾嘛。拿到钱的乾安澜到北大街的人市上买了两个属虎的童男童女，作为火祭时祭祀龙王的祭品。

3

乾安澜到梁山观找梁道长说祈雨无望的事情，梁道长劝他别灰心丧气，于是出了个"火祭龙王"的主意。不过，在给龙王如何挑选祭品的问题上，梁道长说了一句话，却让他心里叫苦不迭。苦思冥想了多日，还贴赔了银圆和酒肉，才改变了梁道长的初衷。有了一定的付出，就必然有回报。老话说得好，钱不扎手，有钱能使鬼推磨呢。

为啥要选择属虎的呢？与其说是梁道长掐算出来的，还不如说是乾安澜极力劝说的，只是借用梁道长的嘴说出来而已。那天，乾安澜心急火燎地到梁山观找梁道长，说了祈雨的事情，把他让各家各户在家里如何祈雨、如何到尹家巷偷龙王塑像的事情一一细说了一遍，至今还是没有祈到一滴雨。别说族里人骂他了，再这样三番五次地折腾来、折腾去，自己都有些受不了呢。三年来，颗粒无收，眼看着族人家里的粮仓见底了，一个个骨瘦如柴，饿死的饿死，卖娃的卖娃，偷抢的偷抢，卖尻子的卖尻子，淳朴的民风被饥饿击碎了，他这个族长当得还有啥脸面呢。所以，就问梁道长还有啥好的祈雨方法。

道长说，祈雨还有一种办法就是火祭。安澜问啥是火祭。梁道长说，火祭他也是听说的，没有见过，是道场上流传下来的。春秋战国时期，河水泛滥，水灾成患，为了百姓的安康，安顿河神，一时间，河神娶媳妇的事情比较盛行。当时的情形与我们现在恰恰相反，那时候河水泛滥，都以为河神专门与人作对，于是，就有人想出"河神娶妻"的招数来破解。乾安澜问河神如何娶妻？梁道长说，在民间挑选一个或几个漂亮的、尚未婚配的年轻女子，梳妆打扮成新娘，然后扔进滚滚的河流之中。这就是给河神娶妻呢。

"这不是活人祭祀吗？"乾安澜听完，大吃一惊地问道。

梁道长点点头，说："这也是没有办法的办法。如果有良策，谁还愿意造这个孽呢。"一时间，两人都无语了。安澜心想，看来梁道长也没有啥好的办法，他不想在道观里发熬煎，刚想告辞，却被梁道长拦住了。说道："贫道道行浅薄，就这点本事了，恕我爱莫能助，你再想想还有啥好的办法。"

安澜反问道："我有好的办法我也当道长呢。我有好的办法还能登门求你？你这不是明摆着要将我的军呢。"

梁道长说："人家因为河水泛滥，给河神娶妻，这叫'水祭'。乾州大地天干地燥，三年大旱，连年饥荒，必须'火祭'。"

"啥是'火祭'？"乾安澜不解地问。梁道长便一五一十和盘托出了自己的想法。

"这个办法可行？"

"据说晋豫奇荒的时候有人用过，灵验得很。我们不妨试一试，"梁道长显得也很无奈，叹口气道，"这也是没有办法的办法了。死马权当活马医吧！试一试可能会成功，不试永远都不会有好的结果。"

就这样两个人商量好了，安澜心事重重地走出道观，朝着乾陵顶上走去。

乾陵，坐落在乾州城北面的梁山上，是女皇武则天和唐高宗李治的合葬陵。合葬陵，在帝王陵冢中实属罕见。武则天虽然篡权夺位，强权专政，但也为国为民做了不少的好事情呢。乾安澜边走边想，一口气登上大陵顶。站在陵顶看大陵，一片荒芜，没有一根绿草，仅有的树枝都是光秃秃的。再远眺四周，全都是灰蒙蒙的一片。几年都没有下雨了，庄稼地都起皮皴裂了。远处的大道、小路上，仅有的人都显得疲惫不堪，有气无力地走着，好久没有吃食，走路比蜗牛还慢。有的人走着走着，便轰然倒下，从此不再饥饿，不再受罪，不再看人的眉眼高低了。看着这荒凉的景象，平日里坚强的乾安澜呜呜啦啦地大哭起来。他十根指头插进头发里，双膝跪在了乾陵上。他这是祈雨前的祷告，还是火祭前的忏悔呢？此时此刻，他内心非常矛盾复杂，一时半会儿，他自己都说不清道不明，解不开；理不清，剪不断，思还乱。

遥想盛唐当年，武则天还没有成为女皇的时候，就求助过孙思邈祈雨。唐·李冗《独异志》和唐·刘肃《大唐新语》都有"发使嵩阳召思邈，内殿飞张，其夕天雨大降"的记载。后来，武则天登基，有一年，连续三个月都没有下雨，这可急坏了忧国忧民的女皇。在上官婉儿的陪侍下，她每逢三、六、九日登殿祈求神灵降雨。丞相狄仁杰上奏章报告：天下三月已无雨，庄稼面临枯死，百姓生活困难，人畜饮水短缺，圣皇不知如何是好？殿下有个微臣胡起说，摩旗山有条圣水峪，据说在那里祈雨非常灵验。女皇一听欣喜，便满口应允亲自祈雨。狄仁杰见女皇不顾龙威，舍下凤体，要亲自登山临峪祈雨，便说："祈雨这件事，一般都是民间下官干的事情，女皇凤体龙威，岂能亲自祈雨？"武则天说："没有百姓，岂有皇帝？为了天下黎民百姓，即使要了我的性命都在所不惜，我必须亲自前往。"于是一行人浩浩荡荡前往圣水峪。圣水峪的黑龙王闻知女皇亲自驾到祈雨，非常感动，带着龙子龙孙早早跪在路边接驾。武则天心诚感人，感动了黑龙王。黑龙王答应三天后普降大雨。武则天率文武百官拜谢后，起驾回到了洛阳宫。黑龙王果然没有食言，三天后，黑云密布，电闪雷鸣，普天之下，均降大雨了。

女皇武则天尚且"为了天下黎民百姓，即使要了我的性命都在所不惜"，区区的一个乾州知事，为何就不能替百姓考虑呢？更何况，祈雨之事，都是民间下官干的。他们不管庄稼收成，不顾百姓死活，只知道搜刮民脂民膏，中饱私囊，把自己的官位看得比老百姓的生命还重要。只允许当官的放火，绝不允许老百姓点灯。眼看着三年无雨，庄稼颗粒无收，百姓衣不蔽体，食不果腹，他们置黎民百姓的生死不闻不问不管，只知道收粮要款。眼下祈雨，官府无人问津，连狗大个人都不来，连个屁都不肯放一个。叫天天不应，叫地地不灵，靠官府靠不住，只能靠自己了。唉！这个世道，哪里还有百姓的活路啊！

"祭品"一事很棘手，令乾安澜真的头疼欲裂。按照梁道长的说法，要给龙王献上"龙"属相的祭品。龙王见到属龙的就会高兴，他们是龙王的龙子龙孙，一窝子龙团聚在一起，自然很欣慰，也很开心。为了感激百姓给他送来龙子龙孙，便开恩施雨，这祈雨的事情就算成功了。这样一来，梁道长心里坦然了，安澜的心里却咯噔了，眼睁睁地瞅着自家儿媳妇草花马上就要临盆了，生下的孙子或者孙女肯定属龙。万一在选择的祭日之前生了呢，无论是男是女，岂不成了龙王的祭品了？人家和他同龄的，还有比他年龄小的，早都抱上孙子、孙女了，他到现在还是两手空空，膝下无孙。见了人家有孙子孙女的人，他都有些低人一等的感觉。盼星星盼月亮，好不容易盼来的孙子或孙女，炕都没有焐热呢，却要成了龙王的祭品，多年的希望岂不夭折了。即使草花在祭日前没有生产，他和族人事前商议时，大家一定会说等等，再等等。等啥呢，这不明摆着呢，等他家生了孙子或孙女以后再祭祀祈雨也不迟。想着想着，乾安澜的头一下子大得和老笼一样，心里越想就越害怕了。回家后，他茶不思饭不想，苦思冥想多日，终于想出好办法。于是，他给袋子塞了二十块银圆，提了两瓶上好的乾州大曲，又到南十字郭家酒店买了几斤腊牛肉。一切准备妥当，便心怀鬼胎地朝着北门走去，寻找梁山观的梁道长。安澜准备这一切，抱定不达目的誓不罢休的决心。

梁道长和安澜很熟悉，他看见安澜送来的好酒好肉，本来就不大的眼睛，喜得眯成了一条线。只顾着大口吃肉，大碗喝酒，只想着他为安

澜出了"火祭"祈雨的主意后，安澜拿着这些酒肉来感谢他，哪里还能知晓乾安澜心里的小九九。酒肉穿肠过，梁道长就不知道乾陵有多高，地下有多少宝藏，便飘飘然了。武则天是老大，他就是老二。乾安澜趁机将银圆袋子塞进梁道长怀里，便和盘托出自己心里的小算盘和顾虑了。梁道长一听，诡异地一笑，心想，这本来就是骗人的鬼把戏，没想到乾安澜还当真了。好迷信嘛，迷信迷信，迷了你的眼睛，就迷住了你的心，迷住了你的心，你自然就相信了。这如同官府欺骗老百姓、佛家道家愚弄信徒一样。他没想到，乾安澜由于祈雨心切，居然信以为真。拿人钱财，替人消灾。于是，梁道长连声说："好好好！妙妙妙！高高高！实在高！你伪装得太好了，没看出你还是一只老狐狸，老奸巨猾。"于是，献给龙王的祭品从"龙"属相，就变成"虎"属相了。这么一变，安澜心里舒坦了，再也不为祭品的事情忐忑不安了。安澜高枕无忧了，却害苦了周少峰和乾有粮了。

吃人的嘴软，拿人的手短。梁道长吃了安澜送来的好肉，喝了安澜送来的好酒，拿了安澜送上来的银圆，很自然心就偏向了安澜，就会替族长办事，不仅要办，而且办得很认真、很卖力、很彻底、很漂亮。他对外说，龙虎相克，水火不容。用属虎的当祭品，这叫以毒攻毒，让老虎步步紧逼龙王，与之缠斗，弄得龙王整日不得消停安生，只好把心思用在与老虎的搏斗上。一心不能二用，龙王自顾不暇，哪里还有心思管理雨不雨的事情呢。

此时此刻火祭场上，乾安澜的心中阵阵作痛，好像被无数的老虎噬咬着。他也不断地替两个祭品的命运担忧着、揪心着。老话说得好，不怕一万，就怕万一，猴都有个丢肫的时候呢。万一呢？他提心吊胆的。孩子都是娘的心头肉，他也是当爹的人，大儿子怀仁的媳妇草花即将临盆，他马上就要当爷爷了。架子上所绑的两个孩子才两岁多，人生的路漫长得很。人心都是肉长的，将心比心，他便痛恨起自己来了。自己和上官巷没有一个人愿意拿自己的孩子当"祭品"，他也是被事情逼迫无奈，才出此下策。但是，这种痛恨和安澜族长的祈雨来比又显得非常的渺小，非常的微不足道了。孩子是族里人花钱买来的，他们花了钱，孩子就要为他们做事。这是天经地义的事情，这能埋怨谁呢，要埋怨就只能埋怨他们的父母，他们爱钱不惜卖儿鬻女。安澜本来也不想做"火祭"，但是，他没有办法，眼看着族里人已经逐日衰退，饥荒有可能让族人灭亡，他必须担负起一个族长的责任和义务，更何况，"火祭"这件事还是梁道长出的主意呢。既然是道长出的主意，那一切就是"天意"。安澜把一切办法都用尽了，把该做的都做过了，一个个都不灵验。听梁道长振振有词地说晋豫奇荒的时候，有人给龙王献童男童女祈雨，这办法很灵验，所以，乾安澜才下定决心试一下。他不做就不会有结果；做了，万一有了结果，那当然是好事，是牺牲两个人而拯救了无数人生命的天大好事。眼下，他不管结果如何，必须顺其道而行之。至于结果，已经不那么重要了。

广场的中央，立了两个秋千一样的木头架子。每个架子上各用麻绳吊着一个两岁多的孩子，一男一女。不过，为了防止他们害怕，乱喊乱叫，惹怒了龙王的神灵，乾安澜提早让老婆杨冬梅给两个娃一人制作了一个红色的虎头头套，把他俩的头严严实实地捂在头套里面，并用白色的手绢塞住他们的嘴巴。在他们的脚下，各放着一口盛满油的大铁锅。锅下面是熊熊的烈焰，硬柴火把锅里的油烧得不断地翻滚着。看着滚烫的油锅，还有绑在架子上的两个孩子，不仅乾安澜心生悲悯之情，就连看热闹的人都痛哭不已。纷纷指责乾安澜，这是封建迷信，你还愿意相信？亏你还是个有文化的人。说着说着，从指责变成了谩骂，骂他没人性，骂他拿活人做祭品，那真叫造孽呢。还有的人诅咒他，诅咒他罪孽深重，不得好死。这些谩骂、诅咒都是在自己心里不敢出声，安澜自然是听不到的。何况，祈雨的事情是大家的事情，再说，安澜在乾州城也算个人物呢。这些人自然不敢当面骂他、诅咒他，一切只能藏在心里。害怕谩骂声、诅咒声被人听见了，皮肉之苦肯定是少不了的。多一事，不如少一事，况且那两个祭品与自己没有一丝一毫的瓜葛。

梁道长五短身材，把自己精心打扮了一番。穿了一身宽宽大大的青蓝色道袍，戴一顶庄子巾，平日里斜视的小眼睛里发出异样的光，左手紧持一把明晃晃的宝剑，右手握着一根拂尘，围绕两口大油锅，左右摇晃，猴跳马鳖了好一阵子才消停下来。随后，便用五音不全的声音在火祭场上唱道——

天地聋，日月瞽，人间亢旱不为雨。山河憔悴草木枯，天

上快活人诉苦。待吾骑鹤下扶桑，叱起倦龙与一斧。奎星以下亢阳神，缚以铁札送酆府。驱雷公，役雷电，须臾天地间，风云自吞吐。囚火老将擅神武，一滴天上金瓶水，满空飞线若机杼。化作四天凉，扫却天下暑。有人饶舌告人主，未几寻问行雨仙，人在长江一声橹。

他唱的啥词，在场的人无心去听，听也听不清字音。他们只关心油锅上孩子的生命，关心梁道长做完法事以后，到底能不能得到期盼已久的大雨。

唱罢《祈雨歌》，天空没有任何变化。他又喋喋不休地念《木郎祈雨咒》——

乾晶瑶辉玉池东，盟威圣者命青童。掷火万里坎震宫，雨骑迅发来太蒙。木郎太乙三山雄，霹雳破石泉源通。神震巽土皓灵翁，猛马四张囚火冲。流精郁光奔祝融，巨神泰华登云中。墨旛皂纛扬虚空，掩曦蒸雨屯云浓。闳伯撼动昆仑峰，幽灵翻海玄溟同。冯夷鼓舞长呼风，蓬莱弱水兴都功。龙鹰捷疾先御凶，朱发巨翅双目彤。雷电吐毒驱五龙，四溟曖磼罗阴容。一声四海改昏蒙，雨阵所至川流洪……
南无——沙曼塔——布达南——哇吉拉——咩——

《木郎祈雨咒》含含糊糊，吐字不清，看热闹的人没有把心思放在《木郎祈雨咒》的字词和音调上，自然还是放在他能否有超强的法力，能否成功祈雨上了。

乾安澜此刻是个傀儡，机械地带着族人，听从梁道长的安排，按照梁道长主持的议程一项一项、扎扎实实、虔虔诚诚地做完。事已至此，他唯有骑着毛驴看唱本，一步一步往下走着瞧。时间一长，还没有得到他想要的结果，看着那两口翻滚的油锅和吊在架子上的祭品，越看越不像油锅，越看心里越督乱，越看越觉得油锅就是两只凶残的虎豹，心里滋生了阵阵发凉的感觉。他似乎听到了众人的哭声和谩骂声，他也觉得那吊在架子上的人是他和他的儿子，他心慌不已。想着想着，他心里一滴一滴地在流血，突然有了终止"火祭"的念头。但是，为了乾周家族的利益，为了乾州百姓的疾苦，为了一场雨，这种念头一闪而过，在他的脑海里没有停留。他已经豁出去了，包括名声、威望，乃至身家性命。钱都花了，事情都到了这个程度，碌碡都拽到半坡了，不，马上就要到坡顶了，绝对不能松劲，否则，碌碡滚下去了，万一伤了坡下的人怎么办？自己一世的功名也就前功尽弃了。

于是，火祭活动中，突然出现了前文惊心动魄的一幕。

4

三年的大饥荒，肆虐着乾州大地，道殣相望，死者无数，在乾州和乾州百姓身体上、心理上都造成了难以磨灭的惨痛灾难啊！

乾州人说，老天爷不长眼、不开恩，三年都没有下一滴雨了，乾州城的百姓多么期盼一场雨，哪怕小一点都行。连年的年馑饥荒，赖以生存的大片土地干涸裂口，寸草不生，城内城外都是忍饥挨饿、逃荒乞讨的灾民。人的饮食饮水都成了问题，家畜就更别说了。人员一天天死亡，家畜一天天锐减，鸡鸣狗叫之声日渐销声匿迹。除了北大街人市上卖儿鬻女卖妻的生意越来越多外，东、西、南、北四条街道上的沿街门店生意一年比一年更萧条，无商品可卖，无粮食可粜，入不敷出，苟延残喘一阵子，便关门谢客。好多店门都关了，店门、店窗上已经落下一层厚厚的灰尘。仅有的几家米粮店，不是今日这家被抢，就是明日那家被偷；今日东街抢人，明日西街打架；今日不是逃荒乞讨的被本地人所打，明日就是本地人被逃荒乞讨者所围困，整个乾州城治安环境差得一塌糊涂，弄得衙门里的宋希功知事都坐不安稳，今天叫来驻军的张守备训斥一番，明天叫来巡警局的魏培吉局长大骂一通。

驻军的张守备说："知事，乾州城内城外乱成一锅粥了，我看在眼里，急在心里，可我又有啥办法呢？我是心有余而力不足。驻军和巡警是茄子一行，豇豆一行，泾渭分明。我的职权是带兵城防、打仗剿匪，社会治安不归我们驻军管嘛。你训斥我，我又能怎么样呢？老百姓要吃粮、要生存，这不是县衙的事还能是驻军的事情呢？"张守备是个聪明

人，他明白知事就是老百姓的衣食父母，但这个时候他绝不能与知事对抗，于是，变了一个说法，把知事说成县衙，这看起来变了两个字，意义非凡，不同凡响。既不伤了他和知事、驻军与县衙的和气，又不卑不亢地把事情说清楚了，更主要的是没让知事丢了脸，还在下属面前有了颜面。

"我知道社会治安不是你们驻军分内的事情。但是，乾州城的治安现状已经到了如此不堪的程度，难道你不清楚？是熟视无睹，还是想作壁上观？目前，巡警局一帮子都是饭桶、蠢货，已经束手无策了，难道你们也无动于衷？眼睁睁看着强盗们把乾州城搞乱？都说养兵千日，用兵一时。要钱、要粮、要军饷的时候，你可不是这么说的，你说的每句话、每个字，我都清楚地扎在心里呢，包括今天在内。难道你不懂得'皮之不存，毛将焉附'这个道理吗？你是个聪明人，我想你不会不懂吧。"

宋知事的一番话，说得张守备无话可说，念起宋知事给驻军军饷的分上，还得低头嘛。人在屋檐下，岂能不低头。何况，古话说得好：识时务者为俊杰。便说："知事批得正确。驻军就是为知事效劳的，只要知事发话，乾州驻军义不容辞，一切听从知事安排，唯您马首是瞻，竭尽全力，协助巡警局做好社会治安稳定工作。"三年来，饥荒闹遍了关中，乾州百姓已经好长时间在吃饭问题上挣扎着，与死神拼命着，尽管满城的灾民，但宋希功知事却没有少过他驻军一分一毫的军饷、军粮，该给的每月都会按时发放。不该给的，也念旧情，隔三岔五地私下给他张守备一些小恩小惠。他从早到晚坐在军营，天天酒足饭饱，哪能知道啥叫饥荒。背地里他贪污了多少军饷、倒卖了多少军粮，他自己心里明镜似的。他多少有点文化，知道"皮之不存，毛将焉附""唇亡齿寒"的道理。军粮军饷哪里来的，还不是县衙从老百姓手里夺、口中抢来的，然后再转发给他们，让他们衣食无忧，安心保家卫国、剿匪平叛。老百姓地里、手中、家里的粮食、钱财都没有了，县衙自然就亏空了，军粮、军饷拿什么来保障？好在乾州是个好地方，风光旖旎，水土肥沃，基本上无灾无荒的，很少遇到这样的年馑，所以，百姓家底厚实，县衙库存有余，大旱三年了，虽然所收取的税负少之又少，但宋希功从来没有亏待过他。一旦惹恼了宋希功，别说军粮、军饷衣食无忧了，宋希功再到总标那里参他一军，告他一状，恐怕他连守备的位置都不保了。所以，他给宋希功做保证，以大局为重，服从知事调遣，随时随地协助巡警局开展稳定民心、维护社会治安稳定工作。

县官不如现管。魏培吉局长就没有张守备的命好，整天如热锅上的蚂蚁，急得团团转。没办法，管理社会治安是他分内的事情，却因为连年的年馑，老百姓食不果腹，衣不蔽体，社会治安每况愈下。他的前任马局长就因为办事不力，尚未尽职就被撤职查办了。他能到乾州城上任，因为他家在五陵原上也算得上富甲一方的财主，给他捐了一个官差。后来又给巡警总局领导送了好多金银财宝，才获得此任命。他才日夜兼程，从咸阳城一路奔波，马不停蹄地来到乾州。对于他的到来，宋希功知事几乎没有抱多大的希望。他来之前，宋希功就让人把他的祖宗八代刨了个底朝天，姓啥名谁、喜怒哀乐、人情世故、品德修养以及他如何得到乾州巡警局局长的委任状等，摸得一清二楚，他是几斤几两全都心知肚明，烂熟于心。只是碍于上级的情面，才不愿意过多地难为他罢了。

老话说得好：谁的小名谁知道。魏培吉知道自己无才无德，能力欠佳，无非就是家里为了在五陵原上扬名声，显父母，光宗耀祖，花了金银财宝替他捐了一个官而已。几年来，自己就是一个闲职，打杂、跑腿，有时候连打杂的、跑腿的都不如。打杂的、跑腿的，因为眼里有活，脑子灵光，还能受到一点点的怜惜，而他笨手笨脚、木讷愚钝而不得人待见。所以，像他这样的草包遇到了宋希功这样精明狡黠的知事，也就是祖坟上冒了青烟，倒了八辈子的血霉。

宋希功知道他家富有，有时候故意挖苦他，有事没事就爱给他找碴儿，让人感觉在鸡蛋里面挑骨头呢，让他在巡警局待着不自在、不安生，坐在局长位子上不安稳、不舒坦。俗话说得好：要当官，有靠山。知事都瞧不起你，还能有谁给你撑腰壮胆当靠山呢？弄得他在县衙各个部门都没有了威严，在巡警局也没有威信可言了。乾州城也不算小，但消息灵通得很。好事不出门，坏事传千里。这得益于乾州城是秦陇关隘，大凡运往西北关外，或从西北关外运回的商品都必须从乾州经过。乾州上至官员，下至百姓，耳聪目明，眼观六路，耳听八方。谁家生个娃、谁家买个花啥的，都能传遍整个县城。所以，魏培吉局长在县衙和

巡警局没有威信自然会传遍整个乾州城的。没办法，魏培吉还想当官，再说，无论如何也不能让家里的银子白扔了去。面对宋希功的无端训斥，他也无能为力，只能干受着，硬忍着。为了把差事当得长久一点，只好被训斥一次，送一次钱财。送一次钱财，知事就能得到好处，他就能安生一些时日。魏培吉相当于宋希功知事的摇钱树，需要钱了，就把他叫过来训斥一番，摇钱树就会哗啦哗啦地掉钱了。一年多了，宋希功知事从他这里没少捞好处呢。

宋希功把魏培吉当猴耍。"你能欸！"宋希功知事厉声叱喝着。魏培吉坐在知事面前的椅子上，诚惶诚恐，如坐针毡。看到魏培吉像做了坏事一样的窘态，宋希功心中一乐，这正是他所需要的结果。为了捞到好处，他继续火上浇油，把声音提高八度，说："乾州城内城外，社会治安一团糟，你的眼睛是让鹰鹄了，还是让谷草戳了，还是你本来就没长眼，或是鼠目寸光看不见？城内城外盗贼四起，抢匪横行，到处都是偷鸡摸狗、打架斗殴、抢劫越货的，你们到底抓到了几个贼娃子？几个滋事的？几个劫匪？难道你们巡警局都是吃干饭的？我和乾州老百姓供养着你们吃喝，你们就是这么当差的？就是这么替老百姓办事情的？当官不为民做主，不如回家卖红薯。"

宋希功知事的几句话说到了点子上，打到了魏培吉局长的麻骨上，吓得他立马从椅子上站了起来。知事说："别慌。你继续坐嘛。我看你还能安安稳稳地坐到几时呢？火都烧到脚后跟了，你还站着不动；火都烧到屁股上了，你还稳坐钓鱼台呢！"

"知事息怒！在下办事不力，辜负了您的抬爱，也辜负了乾州百姓的信任。我甘愿受罚，请您容我一些时日，保证把乾州的社会治安捯饬好。"

"这话我早都听得耳朵长出老茧了。我都给了你多少个'时日'了？人常说，有个再一再二，没有再三再四。你再没能力管好乾州的社会治安，就别怪我翻脸不认人。为了乾州百姓，我只好另请高明了。到时候，你别哭都找不到坟头，烧香都找不到庙门。"

"宋知事，有句话不知当讲不当讲？"

"有话就说，有屁就放。"宋知事没想到魏培吉这样的货色还敢和自己这么说话，心中的怒火腾然升起，气呼呼地说。

"宋知事，老话说，饥寒起盗心。这句话不知道你听过没？"魏培吉此言一出，着实把宋希功吓了一跳，他脸色蜡黄，看着魏培吉。"仓里有粮，心中不慌。乾州已经三年年馑，庄稼颗粒无收，老百姓家徒四壁，你让他们消停下来，这能做到吗？不要说乾州城盗贼四起，八百里秦川，到处都和乾州城别无两样，西安巡警总局开会都通报了。我也想把乾州城治理得井井有条，可是，依照目前的情形来看，满大街都是灾民，我们巡警局又不是给他们提供衣食的县衙。他们衣不蔽体，食不果腹，冻得瑟瑟发抖，饿得嗷嗷直叫。人是铁饭是钢，一顿不吃心发慌。更何况，这样的饥饿已经几年了。他们一个个都是张口货，是个活生生的人，他们也要生存，家里没有粮食，地里没有野菜，就连左宗棠大人当年亲手栽植的高高大大、粗粗壮壮、枝繁叶茂的左公柳都被他们盗伐光了，前任马局长为这事查办了几个人？要不是老百姓为了活命，有谁愿意盗伐左大人亲手植的左公柳呢？要不是因为他们想生存，可能早就被拉出去砍头了。你说，眼下，他们不偷、不抢，能活命吗？有谁主动会给他们提供粮食、布匹呢？我们巡警局也是顾头顾不了尾，按下葫芦浮起瓢。心有余而力不足。"

"听你这么说，难道乾州城盗贼四起，社会治安混乱，巡警局还有理了？"宋希功真的没想到魏培吉这么大胆，敢和自己顶撞，还说出了这么一番头头是道、有条不紊的大道理。尽管魏培吉没有明说他这个知事就是老百姓的衣食父母，但他说的每句话、每桩事已经有所指了。他必须杀一杀魏培吉的威风。

"我没说我有理，也没有推脱巡警局的责任。只是说，不仅仅是乾州城治安混乱，八百里秦川亦是如此。之所以这样，都是老百姓遭受的贫穷饥饿所导致的。他们又没有犯下杀头的罪，顶多关一段日子。监狱里关了那么多人，都是张口货。只要天一亮，掰开眼，张嘴就要吃的。现在，监狱里人满为患，吃饭都成了问题。上官巷的二牛家里没啥吃的，多次在大街上故意顶撞巡警，目的就是想让巡警把他抓起来关进监狱呢。不仅二牛这样，乾州好多人也和二牛一样，如法炮制，想让巡警把他们抓起来关进去呢。不瞒你说，从前把他们硬拉都不愿意进去，现在每天几十号人在监狱门前排队，轰都轰不散，端着枪都撵不跑。他们说，进去了，不管稀稠，至少还有一口饭吃，也不至于饿死。你说说，

这能不让人心寒嘛！"

"你这样说，难道你真的束手无策了？就不会想想其他办法？老找客观原因，就不想着从自身找原因？我看你不想干了，想重蹈前任的覆辙呢！"宋希功气哄哄地说。

其实，宋希功也知道魏培吉所言极是，没有真的想把魏培吉局长撤职查办，他只是想吓唬吓唬他，再从他这里捞一些好处，再让他尽心尽力当差而已。

魏培吉当然不明就里，自然不知道宋希功葫芦里面卖的什么药，以为知事真的要撤职查办他呢。心里一阵惊慌，口不择言，说道："这一年多我给你的好处还不足以打动你？就算你是个瞎（坏）窖井，也都被我填满了吧！你不让我当官，就把我给你的全都吐出来。都说拿人钱财，替人消灾，你都给我办了些啥？你不给我办事就算了，还明里暗里老给我使绊子，整天看我不顺眼，横挑鼻子竖挑眼的，你就直说，别一天到晚阴阳怪气的了。康熙帝曾要求当官的要'清慎勤'，你到底怎么样，你以为我不知道吗？乾州城的百姓看不透吗？"

宋希功没承想魏培吉给他来了这一出，心中怒不可遏，恨不得把魏培吉生吞活剥了。是啊，康熙帝不仅要求官员要"清慎勤"，还要"澹泊敬诚"呢，想一想自己确实做得不是不好，而是好多事情与之背道而驰了。但是，他是一个狡猾的猎人，魏培吉无非是他枪口下一个任他宰割的羔羊。只要魏培吉继续在他手下干事，迟早都会成为他刀俎上一块味道鲜美的肥肉。他脸色一转，态度大变，竟然笑嘻嘻地说："你说得对，我们当官的一定要牢记康熙帝的祖训，不仅要'清慎勤'，还要'澹泊敬诚'呢，想一想，我们与之差距甚远，有愧于先帝。今后，都要改正。刚才那些话，是我和你开了个玩笑，你咋就当真了呢？你咋就是个榆木脑袋不开窍呢？连三岁娃娃都不如，分不清啥是真话啥是玩笑话吗？"

魏培吉一听宋希功承认错误，还说那番话是跟自己开玩笑呢，并不是真的想撤他的职，心里吃了定心丸，也就变得乖巧了许多。态度立马变了，连声称自己办事不力，自己错怪知事了。

"一会儿我把你给我的钱财全都退给你。"

"我没给过你钱财呢。刚才是我一时糊涂，脑子缺根弦，烧坏了，口不择言，说胡话呢。"魏培吉笑着说，"您大人不记小人过，别和我一般见识。"

"此话当真？"宋希功追问。"此话当真！绝对当真！"魏培吉像只磕头虫，频频点头说道。"口说无凭嘛！""那就给你立个字据。"宋希功要的就是这个结果。他立马在案头摆好文房四宝，魏培吉一看宋知事把自己"将"在那里没办法了，男子汉大丈夫，吐口唾沫都要成一颗钉子呢。提起笔，就要写字据。宋希功说，不忙不忙，咱俩啥关系嘛，还立啥字据呢？这不是明摆着此地无银三百两嘛！要立字据，还不如你从一个下属的角度，给我写个比较全面的个人鉴定，从工作作风、精诚团结、克己奉公、为民办事等几个方面写。魏培吉听说让他给知事写鉴定，吓得不轻，面色如土，磕磕巴巴地说："这……这……我……我不敢，我几斤几两心里清楚得很。小小一个巡警局的局长，怎么敢给知事写鉴定。"宋希功说："有啥不敢？鉴定嘛，无非就是对一个人的评判而已。一是上级对下级写鉴定，二是自己给自己写鉴定，还有一种，就是下级对上级、群众对官员写鉴定嘛！老百姓敲锣打鼓地给知事送牌匾呢，你是见过的。牌匾是啥，就是老百姓的心声，是老百姓的口碑，就是对知事的表扬，就是一种最贴切的鉴定。"几句话，说得魏培吉只好违心地写下了"清廉奉公"的鉴定字据。

看着魏培吉出了门，宋希功心里一阵暗暗发笑。这种笑，笑里藏刀，不仅是心情愉悦的笑，也是对愚蠢至极的魏培吉的嘲笑。对着魏培吉的背影"啊——呸"吐了一口痰，这口痰是他刚才被魏培吉冲撞而积压在喉头的，这口恶痰一经吐出，宋希功顿感浑身轻松，便恶狠狠地骂道："小鸡娃还想给老鸡踏蛋呢。看我不整死你！"

5

经历了三年大旱的关中大地和乾州地界内一片荒芜，寸草不生。原本枝叶繁茂的树枝，早在春天长出嫩芽的时候，就被瘦骨嶙峋的饥民摘去填了肚子，这样反反复复，所以，应该绿树成荫的季节，却早已变得

光秃秃的，树枝失去了绿色，大地失去了绿色，河道失去了绿色，一切都失去了绿色。没有了翠翠的绿色，大地、天空全部失去了勃勃的生机。具有顽强生命力的树枝尚且如此，更何况乾州城的那些没有生机的马路、街道、村庄和房屋呢，人和它们一样，就像一把干柴，见火就能熊熊地燃烧起来。

上官巷的乾府，朱门青瓦，古朴典雅，是典型的关中地方的四合院建筑风格，在乾州城具有无可争议的霸气和豪气。特别是门前两尊高高大大的青石狮子，咧着大嘴，更加霸气、高大、壮观，更显得唯我独尊、威武不屈的态势。可是，在这灾荒连年、颗粒无收、天干地燥、民怨沸腾的饥年，红色的大门就像一张镶嵌在墙壁上的血盆大口，与前面的两个雄壮的狮子巧妙地融为一体，让人不寒而栗。三年的饥荒，门前的两头石狮子则显得更加的凶悍和残暴，让主人乾安澜心神不安起来了。

乾安澜在上官巷是说一不二的人。不仅仅因为他家大业大，更主要的是他有文化，说起话来头头是道，有板有眼，说得你无言以对，无地自容。讲起道理来，引经据典，有根有据，讲得你无可辩驳，服服帖帖。在乾州城外，方圆几百亩的土地都姓乾，都是乾安澜的土地，他将这些土地租赁给百姓，每年收取的租子取之不尽，用之不竭。别说乾州城已经接连大旱了三年，就是再旱个七八年，对乾安澜来说，不疼不痒，绫罗绸缎尽管穿，白面大肉尽饱吃。可是，当上官巷的人一户接着一户没有粮食吃的时候，乾安澜心中稍微一紧张，他在心里细数了一下，那些早早没有吃的人，绝大多数都是巷子里的懒尿、瓷尿、闷尿，还有哈尿。所以，他对上门借粮的人高声叱喝几声："平日里咋说来？家中有粮，心里不慌。让你们好好珍惜粮食，节省着用，谁把我的话听进去了？十句话，如果能听进去两三句，也不至于粮仓早早就空了，连锅都揭不开了嘛！一个个能得不行，都能给梁山做个盖子，把我说的话全当耳边风，左耳朵进去，右耳朵出来，白面馍都敢乱扔。到现在黑面馍在哪儿呢？草根树皮在哪儿呢？到了全家饿肚子了，才知道粮食的金贵了！早知今日何必当初！"

乾州人常说，吃人的嘴软，拿人的手短，借人的心里没点点。这些上门借粮食的乡邻们自然心中忐忑不安，任凭乾安澜数落，一个劲儿地给主家点头称是，承认先前不听话所犯下的错误。他们一个个心里明镜似的，族长说的话是对的，怨谁呢？只能抱怨自己不会精打细算，只会胡吃浪动。今日被族长数落两句也在情理之中，更何况自己还有求于安澜族长呢。只要乾安澜愿意借给自己粮食，这样不仅能让一家老小免受饥饿之苦，自己在家中顶梁柱的身份就永远不会栽倒，还可以在左邻右舍落下个好名望、好名声：自己和乾州城最富有的乾安澜关系不浅，关键时刻乾安澜毫不吝啬，出手帮衬，能解决燃眉之急。更何况，乾安澜今日当面说的每个字、每句话都在情理之中呢。情是个啥呢？就是一种情分，就是对你人品的认可，对你从内心产生的一种好感。理又是个啥呢？就是办事的原则，做人的规矩嘛。出于这些方面的考虑，借粮食的人在乾安澜面前更显得低三下四了。别说这时候被安澜数落几句，就算是唾在脸上，也只能用手一抹，也只能干受着，把已经不值钱的脸抹下来，装在口袋里藏着。有的干脆把脸扔在地上，自己用脚用力地踩几下。命都保不住了，脸又能值几个钱呢？

看着借粮的人一个个畏畏缩缩、低三下四的架势，乾安澜心中的气就不打一处来。骂道："奴才相！你是借粮来咧，还是做贼呢，还是抢粮来咧？借粮虽然气短，但不缺德嘛，不输理嘛，你们怕啥呢？平日里说你们，你们不听。今日碰了南墙，还知道回头呢。我说两句，也是一种警醒！有了今天的结果，都是自找的。这是老天爷对我们的惩罚，你们知错能改就行了，何必在我面前装出一副可怜相呢？"

二牛吓得磕磕绊绊地来到乾安澜家门前，左看看，右瞧瞧，瞻前顾后，就是不敢贸然走进朱红色大门中。一个人在乾府门前徘徊着，两只脚不敢迈进去，他心里很纠结：进去了如何开口呢？但是，不来又不行，整个上官巷唯有乾安澜家的粮仓比较殷实，极个别人家里或多或少有一点，但是，大部分人都到乾安澜家里借粮度饥荒呢。二牛给谁都不能开口，他们基本上和他一样，粮仓比他的脸还干净呢。

二牛耷拉着脑袋，圪蹴在乾安澜家门前的石狮子下面，猥琐的样子，就像被狮子的爪子拍拍打打了无数下。他已经两天都没揭开锅了，家里没有一点粮食，别说麦子，就是玉米、黍、豆子、糜子等杂粮早都没有了，他已经把家里五六个老鼠窝都用镬头刨开了，把老鼠没吃完剩下的粮食全都捣鼓出来，当口粮吃了。二牛赤裸着上身，穿了一条破烂

不堪的短裤，趿着一双灰不溜丢、脏不兮兮的粗布鞋，几天都没洗脸了，更别说洗头发呢。灰头土脸的，头发就像霜打的蒿草枝一样，有的耷在头顶，有的耷拉在头上，这样的装扮，活脱脱的一个乞丐模样。这样的穷酸样，怎能登进乾安澜威严、豪华的府邸呢。

人穷志短。到了今天，二牛才知道狼是个麻麻的了。唉！早知今日何必当初呢。当时，家里粮食宽裕，他把辛辛苦苦打下的粮食送到北街刘记米粮行，换取一些银圆。乾安澜对他说："娃，钱难挣，屎难吃。你要爱惜粮食，要珍惜钱财呢。"二牛非但不听，背过身嘴里还小声嘟嘟囔囔的，虽然乾安澜没有听到一个准确的发音，但从二牛射向他的眼神来看，心里"咯噔"一下，就明白二牛把他的话当屁一样放了。看着二牛远去的背影，乾安澜摇摇头叹息，有些沮丧，可惜自己的那几句良言了。放个屁还有个臭味道呢，自己认为说的好话又有啥用呢。唉！二牛是别人家的孩子，也已是成年人了，乾安澜不能过多地干预，他只能无可奈何地叹息一声，转身走进了红色的大门内。从他的背影就能看出，他真的很生气，真的，而且气得不轻。他走路都没有平常自如稳当了。

不听老人言，吃亏在眼前。二牛能走到今天，也与他不听乾安澜的良言有关。太平日子过惯了，二牛哪里知道这世上还有年馑和饥荒呢。所以，他把乾安澜的话就没放在心上，权当一阵风吹跑了，这只耳朵进，那只耳朵出。甚或连耳朵都没有进呢，直接从耳朵旁边绕飞了。说真的，他虽然不愿意听乾安澜的话，但他绝对不敢把他说的话当屁一样放了。除非，他吃了熊心豹子胆。事实上，他没有吃熊心豹子胆的胆量、能力和勇气。无奈，人算不如天算，老天爷不开恩嘛，一连三年都不曾下雨下雪，把好端端的黄土地都饥渴燥了，一向温顺的黄土地发飙了，稍一见风，尘土就会拔地而起，疯狂地肆虐，铺天盖地沸沸扬扬的，把天空都染成土黄色了。二牛把家里的存粮吃光了，天上不下雨，地下不长庄稼，家里没有粮食了，二牛才心慌害怕了。持久的干旱，不仅让二牛慌了神，一下子让乾州城内外的所有人都慌了。米粮行的粮价看天渐长，一天一个价，到后来，一时一个价，二牛赌博后手里所剩的银圆慢慢地花光了，也没有买到足以让全家人生存下来的粮食。粮价高得太离谱了，就是把他原来粜出粮食所得的钱折算下来，也买不到他粜出去粮食的五分之一呢。

这也正是二牛不敢冒冒失失登门借粮的原因。

穿着黑色绸衫的乾安澜正在上房吃清汤面。清汤面是乾州的一种饮食特色，是乾州人招待贵客的专门饮食。因为乾家富有，清汤面在乾家就成了司空见惯的美味了，久而久之，也成了乾安澜自小的最爱了。从小到大，他离不开面食，每天必须吃一口清汤面呢。

想当年，媒人上门给他提亲的时候，他啥都不能问，啥也不敢问，他知道有父母在前面把他挡着呢，他问了也是多余的。父母之命不能违抗，媒妁之言只好顺从。他在房门口站着，耳朵侈得老长的，听媒人给父母一五一十地说着女方家里如何如何的富裕殷实，女方的长相那是如何如何的没得挑，简直就是仙女下凡，织布纺线、操持家务如何好、怎样的贤惠、能孝敬公婆之类的话，还细细地说那女子是过日子的一把好手，等等。总之，啥话好听，媒人就挑着拣着说啥。在媒人心里，只要乾家愿意，能让这门亲事说成，她就会把缺点都能当优点说，一旦个子低了，就说个头儿不高能省布；一旦脚大了，又说脚大了站地稳当能干活；一旦是个啬皮，还会说这是节俭过日子呢。总之，媒人的嘴是个扁的，舌头是个软的，一个个油嘴滑舌，巧舌如簧，无论如何，要凭借能说会道的功夫，说得双方满心欢喜，这媒才能说成。

乾安澜站在一旁竖起耳朵专心地听，一直都不敢插一句话，见媒人和父母说得差不多了，父母脸上洋溢着喜悦，他才怯生生地问了一句："会做清汤面不？"不料，他被父亲恶狠狠地剜了一眼，觉得他没大没小，目无父母，不知道尊长，在外人面前插言多嘴，有失家教呢。他吓得一下子低下头，面红耳赤的。幸亏媒人机智多谋，接过他的话头，劝他父亲别生气。

"他叔，你这又是生的哪门子的气呢。娃就是咱乾州城土生土长的娃嘛，从小就爱吃一口清汤面，一顿不吃清汤面心里就发慌得很。你说我说的对吧！满乾州城的人都说你家教严，真是百闻不如一见，你一个眼神都能把娃杀了呢！你看你看，把娃的魂都吓飞了。话再说回来，娃问这事对着呢，也在辙里呢。男大当婚，女大当嫁，结了婚就要居家过日子呢。娃问这话，也是替他今后的生活考虑呢。放在你身上，难道就不问吗？"

父亲一听媒人的话，气就消了一半。毕竟媒人是个外人，有再大的气，他也不好在外人面前再发作。更何况，媒人一张巧牙利嘴说得头头是道，他就更不能耍家长的威风了，只好傻笑着不言语。

其实，安澜父亲心里有他自己的小九九呢。他没有想要留媒人吃饭的意思，尽管你登门说媒，毕竟自己是大户人家，儿子长得体体面面的，不愁找不到好主儿。可是，儿子突然间问起清汤面来，这岂不是留下媒人在家吃饭的口舌嘛。人常说，是媒不是媒，要吃七八回。你也不想想该不该问"清汤面"的事，你一句话问得轻巧，就不知道下面要花多少钱招待媒人的事。媒人嘛，就是个吃货，两头都想粘的贪婪。能吃一次，就能吃十次八次的，有事没事的就会找上门来，想吃你了，没事都能捏出个事来，图的就是吃你的、拿你的嘛。所以，他才用眼神恶狠狠地剜着儿子。那眼神责备儿子不懂事、没眼色。

媒人劝说了安澜的父亲，转过头对乾安澜说："我娃你放心，这事姨给你在前头把关着呢。这娃不仅啥家常饭都会做，还会做豆腐脑、挂面，清汤面更拿手呢。过了门保证天天都能让清汤面填饱你的肚子，你就等着吃撑了让媳妇给你揉肚子吧！"

当天自不用说，乾家用清汤面招待了媒人，还有好酒好肉伺候呢。这件事，让安澜的父亲心疼得好几宿都没有睡好觉呢。

清汤面的清香味道在乾府里弥漫着，游走着，飘飘荡荡地穿过了厅堂、过道，径直飞出了朱红色的大门，趴蹴在石狮子旁的二牛闻到这种香味，他一下子来了精神、兴奋了，就像馋猫闻到了肉腥，狗嗅到了稀屎。只见二牛"腾"地一下子拾起身子，转过身，三步并作一步地跑到大红门口，像长颈鹿一样把脖子抻得老长，恨不得把头伸进堂屋，把手伸进锅里，把安澜家的清汤面吃光吃净，连一点儿汤都不剩。这种香味，他曾经多么熟悉、多么亲切，现在至少三年都没有闻到过这种味道，更别说吃了，清汤面的香味，成了他遥远的记忆。三年的年馑，谁家还有余粮？谁家还能有这种贵客的待遇和美味的享受呢。除了乾安澜家，在整个乾州城恐怕再也找不到三五家了。

吃饱午饭，乾安澜起身伸了一个懒腰，他要在庭院里活动活动，刚吃饱饭，他必须在庭院里懒散地走几圈，消消食，然后再睡上一觉。这也是他多少年来养成的一种生活习惯。刚开始他在庭院里转圈消食，转得乾杨氏杨冬梅眼睛都花了，头都晕了，让他别转了。安澜故作神秘，笑呵呵地说："饭后百步走，能活九十九。"杨冬梅说："把你一个人活成王八，爹在世上有啥味气呢。"安澜没有搭理她，雷打不动地继续每天饭后在庭院转圈消食。

安澜懒洋洋地走出厅堂，穿过过道，绕过照壁，就看见一个脏兮兮的黑头使劲地朝家里伸，半个身子藏在朱红大门门框后面，乾安澜也看不清门口人的模样，还以为是一个要饭的叫花子呢。

他是个有文化的人，不愿意惊着门前的叫花子。有意"咳咳"干咳了两声，算是给趴在门框上的叫花子提个醒。他这两声干咳嗽，门口的二牛正在钟情于清汤面的清香味道，全神贯注，没有听见，身子一动不动地杵在原地。这倒让乾安澜紧张起来了，还以为叫花子饿死在门口了，吓得他出了一身冷汗。惊慌地喊道："干啥呢？"这一声吼叫，才把痴迷清汤面清香味道的二牛惊了一跳，赶紧把头和半个身子做贼似的缩了回去，躲在门外。

杨冬梅听到老汉在庭院惊慌的一声吼叫，吓得小脚一颠一颠地出来了，人还没到，就慌慌张张地问："他爸，喊啥呢？"

乾安澜说："没事。"

"没事你喊啥呢？得是吃饱了撑的。"杨冬梅听说没事，回了一句，一转身，进了厅堂。

乾安澜一看叫花子走了，也就没有在意，继续在院子里踱着碎步消食。边踱步边想：把他家的，这叫花子把人吓得不轻，他见叫花子没有反应，真的以为叫花子饿死在家门前了。唉！多晦气呢。叫花子哪里都能死，绝对不能死在自家的门前。万一死在自己家门前，这岂不是让人看笑话嘛。自打他懂事以来，就没有听人说过乾家欠谁的债不还，和左邻右舍、乾州城人，还有土匪、半吊子等都没结下过梁子呢。更没有得罪人，做啥亏人见不得人的瞎瞎事（坏事）。乾家和任何人都是前世无冤，后世无仇，叫花子咋能说死就死在自家门前呢。想着想着，乾安澜就想到了"朱门酒肉臭，路有冻死骨"的诗句来。其实，三年的年馑，死人的事天天有，都成了家常便饭，不足为奇。再说，生死由命，富贵在天，生生死死也不是某个人能决定的事情，所以，万一哪天真的有个叫花子死在自家门前，这都是年馑所为，也不必大惊小怪。这样一想，

他就自嘲地笑了。唉！亏自己还是个读书人呢，连这个交道都翻不清楚，想不明白，分不清好歹。

二牛听到安澜的吼叫，着实吓了一大跳，魂魄都吓出来了。他躲在大门外面，大口大口地喘着粗气，好一阵才缓过神来，才反应过来自己来乾家的目的和动机了。他捋了捋思绪，张大口深深地呼吸了几口，平复了一下情绪，便硬着头皮走进朱红色的大门。看见乾安澜在庭院里踱步，他怯怯地叫了一声："叔，是我，二牛。"

乾安澜听见后，"嗯"了一声，算是答应。然后停下脚步，定定地看着二牛，故作吃惊地说："你是二牛？咋把你弄得跟叫花子一样？你要是不说你是二牛，我差一点都认不出来了呢。"

一句话说得二牛不好意思。嘿嘿嘿笑了笑，说："叔，都怪娃年轻不懂事，嘴上没毛，办事不牢。今儿个上门，想……想……想……"话在嘴边，"想"了几声，二牛都羞于启齿，没有说出借粮的事情。

自从二牛走进朱红色大门的那一刻起，乾安澜就知道他上门的目的。但是，二牛不开口说清楚，他也故意打马虎眼，揣着明白装糊涂呢。心想，这次一定要给二牛个教训，让他知道节约着过日子，叫娃别走歪门邪道，要好好做人呢。

此时此刻，二牛想起自己过去对安澜的忠告嗤之以鼻的样子，自己都想抡起胳膊扇自己几个耳刮子，抽自己几个嘴巴子。他想到自己曾经刨过的老鼠窝，恨不得一头扎进老鼠洞里面去。人在屋檐下，岂能不低头。他家眼下揭不开锅了，再没有粮食，老母亲可能就会被饿死。他不想当个不孝之子，没办法，他只好开口说出了借粮的事情。

6

这场祈来的雨不管是否是天意，总算遂了人的心愿，一连下了三天三夜，把干燥干涸的土地下得湿透湿透的。

久旱的大地吮吸了大自然赐予的雨水，从坚硬干涸变得温柔湿润起来了，短短几天时间，大片土地上已经长出了草的嫩绿芽。这草说来也奇怪，久旱不雨看不到草的种子在哪里，这才下了几天雨，一夜之间地里就长满了草的嫩芽。古人赞美草是"野火烧不尽，春风吹又生"呢。现在是"久旱草不生，一雨青满地"。再过几天，就到了四月下旬。四月下旬，玉米就该播种了。再不抓紧播种，时间就来不及了。乾州人习惯把玉米叫玉麦。

雨刚停歇，乾安澜、周少峰就迫不及待地召集族人到祠堂商议播种的事情。三年了，大家有地不能耕种，地都撂荒了。好不容易期盼了一场大雨，把大地浇灌得湿漉漉的。闲置了三年的土地被雨水滋润后也都急眼了，期待着主人们开垦呢。

安澜看着族人，首先开口。他说："这两三年让大家吃尽了苦头，这不仅是我不愿意看到的，更是列祖列宗也不希望的。但是，人算不如天算，老天太精明了，三年了，不下一滴雨，我们经历了一场巨大的、心痛的灾难，这正如古人所言，'失时不雨，民且狼顾；岁恶不入，请卖爵子'。如今，好不容易祈了一场雨，地也喝饱了，就看我们接下来该如何干呢。"

有了这场大雨，大家的心情一下子愉悦了。说话的语气也没有前段时间那么重了，一个个脸面上都露出了灿烂的笑容。

二牛说："叔，你是族长，你说咋干就咋干。我保证跟着你好好干、卖力干，把吃奶的劲儿都使上，绝不耍尖溜滑。"

安澜说："话可不能这么说。地是你们的，你们想种啥，是你们的事，我不能给你们做主。"二牛问他："你既然不做主，召集我们干啥呢。"乾怀仁一听二牛对他爸说出这样不礼貌的话，就训斥他："你还有资格在这里说话？"

二牛反问乾怀仁，说："我爸姓乾，我也姓乾，人老几辈都住在上官巷，自然就是乾氏家族的人，我咋就没有资格说话？何况，是我族长叔把族人召集起来商量嘛，我谈我的想法有啥不对？"

"你还知道你是乾氏家族的人，你在大街上干那些偷鸡摸狗事情的时候，咋没想到你是乾氏家族的人？乾氏家族的人都叫你丢尽了，脸面都让你踢光了，你还有脸说自己是乾氏的族人？"

一句话说得二牛的脸"唰"地一下子红到了脖子根。他知道，这三年，连年的饥荒，他家里早就没粮吃了，为了养活瘦弱的老母亲，他

向乾安澜借过粮食。他在母亲面前装作在外面吃饱饭的样子，把仅有借来的粮食留给母亲。所以，他在街道上多次故意小偷小摸，顶撞巡警，目的是让巡警把他关进监狱。饥荒之年，到处都不安生，也没有生意可以做，想下苦力挣钱都没有人要。为了母亲，他连脸都不要了，只好出此下策。这样，家里少了他一张吃饭的口，借来的粮食还能让母亲维持一段时日。无奈，他饿得皮包骨头，前胸贴着后背，皮肤煞白煞白的，被巡警一眼就看穿了心思，打了几鞭子，就是不逮他关进监狱里去，让他的如意算盘一次又一次地落空了。

"你以为我愿意那样做吗？我叔接济我的粮食有限，我总不能老觍着脸向我叔伸手借粮，所以，我只好出此下策。"二牛的事情，其实大家都心知肚明，只是没有人愿意说破他、揭穿他。再说，除了二牛，在座的还有几个和二牛一样的人呢。只是人家能管住自己的嘴巴不说话，而年轻气盛的乾怀仁也沉不住气，就发作了。

其实，乾安澜也知道，他不能像儿子那么沉不住气。当着这么多族人的面说出这话，这岂不是拿着猪尿泡往自己脸上打嘛。族长，一族之长，凡事要替大家着想。大家都吃不饱饭，穿不暖衣，除了自身的问题外，难道族长就能两手往外一摊推卸责任不成。他不愿意让儿子和二牛在这里争执下去，觉得这不仅是打二牛的脸，也把他族长的脸面一并打了。所以，安澜大手一挥，阻止了儿子继续说话。

"二牛这话问得好！"乾安澜打断儿子的训斥，说，"老话说得好，'一夫不耕，或受之饥；一女不织，或受之寒'。我召集大家主要说几件事，这第一嘛，三年六料子都不种地了，你们还能不能种地？会不会种地？这第二嘛，三年饥荒害得我们不轻，俗话说，灯没油了黑下了，人没钱了就龟下了。这几年吃不饱饭，睡不好觉，人的体力自然就会减退好多，还有好多家失去了可以用来耕地的牛、马，有的家里失去了壮劳力，这些家里的土地谁来耕种？现在老天爷开眼了，下雨了，我们就绝对不能让已能发挥作用的土地又闲置起来，这样就对不起'火祭'呢。这第三嘛，就是粮食短缺，人都吃不饱饭，播种用的种子从哪里来呢？最后，我还要提醒你们，把这些问题都解决好了，回去后抓紧把耕地、播种用的农具都提早拾掇一下。俗话说，磨刀不误砍柴工，人镶不及家具镶。"

乾安澜这么一说，大家才知道马上面临的耕种问题的复杂性、紧迫性和严重性了。是啊，族长不愧是族长，想得周全。他说的都是现实问题，也是立马要解决的问题，弄不好，就白欢喜一场了。顿时，祠堂里立马交谈起来，乱哄哄的。安澜没有拦挡，他想让大家好好讨论讨论眼目当下存在的现实问题。

他本来也不想召集族人商量这件事，其实他心里比谁都明镜似的，目前面临的这些耕种问题，除了他和少峰外，整条上官巷还有几家能一一满足呢？他是一族之长，总不能眼睁睁地看着族人再受煎熬。但是，他也不能轻易召集族人开会，因为他是族长，是个有头有脸的人，要有自己的威严、尊严。所以，他耐着性子，在家等候族人上门求他呢。他号住大家的脉了，年馑的时候走投无路，上门借粮食，度饥荒。现在，他终于把雨祈来了，眼看着到了秋庄稼播种的节骨眼儿上，他不相信族里人不上门来求他。

他强忍着内心的苦楚召开这样的商量会，其实就是给自己挽笼头，把自己往进装呢。他是一个多么聪明的人啊！不仅要供应种子，还有人力、物力和财力。这样的事情做得再好，也未必所有人都会承他的情，弄不好，就是老公公背着儿媳妇朝华山——出力不讨好。他岂不是把自己装进麻袋里，让族人拿锥子戳呢。无奈，已经有几家人私下找过他了，一个人找他，是一家的事情，事情可大可小，可帮可不帮，他还好推托。找的人多了，就成了大家的事情了，就成了大事情了。再袖手旁观，睁一只眼闭一只眼装作没看见，装聋作哑就说不过去了，这也不符合他的性格，更与他的初衷相违背呢。族长是啥？就是族里的领头雁、带头羊嘛。大家有困难你不帮着出主意、想办法地去解决，那要族长干啥？做醋都不酸，熬胶都不黏，还不如刻个木桩放在那里呢，甚或弄个木偶摆在那里当个摆设。木桩还能当劈柴烧呢，木偶还能演戏呢，要这样不替族人办事的族长又有何用。

大家讨论了一袋烟工夫，也没有讨论出个结果，因为除了族长安澜、副族长少峰，在座的没有一家能应承下来秋耕秋播的事情。于是，大家只好齐刷刷地把祈求的目光投向乾安澜和周少峰。这目光里饱含着一种对生活的希望和秋耕秋播的渴望之情。

乾安澜没有说话，他继续吸着旱烟，烟雾已经笼罩了他黑黝黝的

脸。隔着烟雾，大家看不清他的脸，更猜不透此时此刻他心里想的是啥。一个个像一只只嗷嗷待哺的小鸟，看着从远处衔来虫子的大鸟归来一样地盯着他。

这是一个刚强的汉子。说他是一个汉子，不仅仅因为他是一个高大壮硕的男人，还因为他是有文化、有号召力、有凝聚力、有责任心、有担当的男人。他身高1.8米，国字形脸，鼻梁坚挺得就像乾陵高耸在宽阔的面部，两只眼睛炯炯有神，目光里透出了几分睿智和坚毅。他右手大拇指和食指捏着一尺多长的旱烟锅，看似漫不经心地吧嗒吧嗒地吸着，其实，他思维一点都没有停留，他在为族人谋划着一桩桩一件件事情呢。吸一口，吐一口青烟；再吸一口，再吐一口青烟。旱烟锅是他爸临终前给他留下来的，烟锅是青铜做的，烟杆和烟嘴都是新疆和田玉做的。他爸说，这是当年左宗棠大人从新疆平叛返回驻扎乾州时，他爷爷从一个军官手里得来的。看着这个和田玉烟锅宝物，乾安澜想起了左宗棠大人，想到了这几年因为年馑乾州城东门外官道上被毁的左大人亲手栽植的左公柳，不由得心如刀绞，豆大的泪水唰唰地从脸上滚落下来，砸在地上。乾州人并不是没有血性的人，他们并不是不感激左大人，而是害人的年馑逼得人们走投无路，束手无策了，为了活着，才毁坏了那些高大茂密的左公柳。

乾州城号称龟城。在中国能称得上龟城的，仅有两个。南边当属云南的昆明城，北面自然就是乾州城了。乾州城北边是龟头，称为北门，也叫储胥门；南边是龟尾，称为南门，也叫新泰门；西侧为西门和小西门，叫跃清门和率西门；东侧为东门和小东门，叫紫阳门和好畤门。乾州城之所以经历风风雨雨而屹立不倒，传说每到夜晚就有两头神牛推着乾州城转圈，让人捉摸不透，分辨不清方向而无从下手。有一次，当龟头刚好转至北门时，一头神牛被盗贼射杀，另一头神牛势单力薄拉不动城池，乾州城从此再也转动不起来了。本来朝南的龟头，却永远驻足于朝北方向了。古老的龟形城池完全翻了个方向，原来朝南的龟头朝向了北面，朝北的龟尾却朝向南边了。据史志记载：光绪年间，乾州城墙高三丈二，四周连起来足有十一里长。六个门都有瓮城，城门全是桢卷式，每个城门之上都建有城楼。城池之内有南北两个十字，南十字是龟背，处于城内最高地势。城内七条大街布局着九楼八涝池，七十二个半巷子，城内南北两个十字周围，青堂瓦舍，闾阎鳞集，经明清重建重修的有城隍庙、关帝庙、元帝庙、三官庙、八腊庙、马王庙、文庙、高庙，文昌宫，忠孝祠、崇圣祠、兴国寺、名宦祠、节义祠、乡贤祠以及文明书院和杨文宪公、窦氏双烈女、狄梁公祠堂等，这些建筑物雕梁画栋，美轮美奂，香火旺盛。庙宇尚且如此众多豪华，商贾就更不用说，当年的繁华景象可见一斑。

左宗棠大人与曾国藩等人被誉为"晚清中兴四大名臣"。他身材低矮，还不到 1.6 米。家境又贫寒，很难找到媳妇。相传，左宗棠的岳母王慈云见到左宗棠后，铁了心要把女儿许配给他，令其他人疑惑不解。这情形就像秦时吕雉的父亲见到刘邦后，非要把尚未婚配的姑娘吕雉许配给声名狼藉的刘邦的固执一样。王慈云说左宗棠"浓眉如剑，鼻梁坚挺，嘴大唇厚，谈吐非凡，具有王侯之相"。后来，左大人真的不负众望，1880 年初，68 岁高龄的左宗棠面对沙俄的步步紧逼、强权掠夺，痛斥朝廷议和之臣，请求率兵入疆，收复伊犁。他认为"壮士长歌，不复以出塞为苦也，老怀益壮"。抱着必死的决心收复伊犁。于是，携棺材从甘肃进入新疆，坚毅着血战到底的必死决心。左宗棠大人舍生取义、大义凛然、视死如归的决心和行动，提振了军心，感染了士气，很快就打败了沙俄，收复了伊犁。

左宗棠率军凯旋时驻扎在乾州城，其收复伊犁的事早已传遍大街小巷，百姓对其爱戴有加，纷纷走上街头，把家里最好的东西拿出来，犒劳军人。名震陕甘的乾州四宝挂面、锅盔、馇酥、豆腐脑自然是少不了的，更何况挂面做出来的清汤面还是招待贵客的一道美食呢。左大人军纪严明，绝不允许军人拿百姓的东西，更不能骚扰百姓。他们驻军后，扼守住了西北的防线，也让连续行军的士兵养精蓄锐，得到了充足的休整。在驻扎乾州那段日子里，左大人一方面发动军人帮助老百姓耕地种田，补充粮草；另一方面在乾州城东的官道两侧栽下两排左公柳。左公柳经过数十年的生长，从一棵棵幼小稚嫩的小苗长成几抱粗的参天大树，树冠茂密，绿荫成行，遮天蔽日，成了乾州东门外一道亮丽的风景线。可惜，这几年连年的年馑，已经被人砍伐掉了，这道风景已经成为过去式了。

心痛归心痛。安澜在想，左大人地下若有知，他亲手所栽植的左公

柳能为乾州的百姓在饥荒年中有所贡献，挽救了无数乾州人的生命的话，他在九泉之下一定不会抱怨乾州百姓，而会为当年的植树行为感到由衷高兴呢。只是可惜了那两排汲取了乾州风水、生长了数十年、成了一道十分耀眼的风景了。左大人是一个地道的湖南人，忧国忧民，誓死保家卫国，收复伊犁，确保了大西北的安宁。他到乾州，替百姓着想，他亲手栽植的左公柳造福乾州，让乾州风调雨顺，增添了物华天宝、人杰地灵的新元素。他那么大的官员，都没有摆官谱，也没有在百姓面前拿腔作势摆架子，无论是舍下身家性命冲锋陷阵的打仗，还是扑下身子一心为民耕田播种、栽植左公柳，都是自己的一片真心诚意、主动作为的意愿表述，并没有等着让人祈求他才去做。安澜想到这里，自惭形秽。自己在左大人面前能算什么？充什么大鸟？充其量就是比一般人心眼多一点，脑子活泛一点，还有啥能力、啥资本在族人面前装腔作势摆谱等祈求呢？想到这里，乾安澜不由得脸红了，心不安了。他忽地一下站起来，声音洪亮地说："我带头，出种子、出钱、出力、出人、出耕牛！"

安澜说完，心里的一块石头终于落地了，他顿时感觉精神得很，轻松得很，眼睛亮得很，心里更加舒坦了。大家听了安澜的话，想到安澜这么多年为族里所做的事情，特别是这三年年馑期间，只要有人张口，他便真诚相待，毫不犹豫地借钱、借粮，丝毫不吝啬。今天又是主动与族人商量秋耕秋播的事，还带头出种子、出钱、出力、出人、出耕牛。他真是一条汉子，是一位值得信赖的好族长！按照他的家业，不愁吃不愁穿，干这些出力未必能讨好的事情，简直就是"手不疼，硬往石磨子底下塞呢！"族人一想起他多年来为族人所做的善行义举，无不让大伙动容。于是，祠堂里发出了阵阵唏嘘声。

众人唏嘘过后，千恩万谢地感激安澜。安澜说："你们把日子过好了，我就心满意足。乡里乡党的，一个个都谢啥呢！再说，我干的每一件事，哪一样不是我族长应该干的事情？"说完，他看了看少峰，少峰脸红了又白，白了又红，把头扭转到一边，装作没看见没听见。心想：你看啥？我脸上又没有长出花。火祭的时候，我上了你的当，一个人出了一个买娃的钱，这一次无论如何，我都不能再当冤大头了。

安澜一看少峰无动于衷，眼睛死死地盯着他，便问："少峰，你是副族长，在秋耕秋播这节骨眼儿上，难道就没有一点啥想法？"

"你是族长，你有想法就行了。"少峰说，"你盯我干啥？我脸上又没有开花，反正我没有想法。"

"好吧！"安澜抬起左脚，把鞋底朝向内侧，腰稍微一弯，右手拿着烟锅在鞋底上"砰砰砰"地掸了几下，便放下脚，直了直身子，一边把烟袋往烟锅杆上一缠，缠好后，往腰带里面一塞，一边说："解散。抓紧时间啊！人误地一时，地误人一年。回去好好把农具拾掇拾掇，有难处就到家里来，我随时等候着。"

看着大家从祠堂里往外走，安澜便叫住了带头出门的少峰。

"还有啥事？"少峰没好气地质问安澜，还以为安澜又要和上一次"火祭"时买娃一样，劝说他拿出种子、出耕牛啥的。

"娃的事情咋办？"安澜问他。

"啥娃？"少峰装起糊涂。

"你买的娃嘛。"

"你是族长你看着办。"少峰随口说道。

"娃是你出钱买的，我若能说了算的话，还要问你？"安澜说。

"你说咋办？难道我买的我就说了算？那女娃是大伙出钱买的，难道你要让大伙拿主意不成？"

"我先和你商量商量，听听你的意见。等种完地，咱再说娃的事情。这些天，我先养着。娃嘛，饭量也不大，也把咱吃不穷。"

"既然你听我的，我的意思把俩娃卖了去。卖回来的钱，一半给我，一半让大家平分。"少峰顿了顿，说道，"这是最公道的办法。"

"整天就知道钱钱钱，我看你都钻到钱眼儿里了。"

"把你说得清高的，好像你不爱钱似的？你不爱钱，就把你家的钱都给大家分了去。"少峰一边说一边往外走。

"这俩娃是福娃！我劝你回去和家人好好商量商量再做决定。"安澜盯着少峰的背影说。

"别把你的心操碎了。我能睡觉，就知道咋样翻身呢。"少峰冷不丁怼了安澜一句，连头都没有回，气呼呼地走了。

看着少峰远去的背影，安澜无可奈何地摇了摇头，"唉"地叹息了一声。

怀仁是族长安澜的长子，老实本分，踏实肯干。他按照父亲安澜的

叮嘱，先去各家各户了解情况，然后拿出自家的粮种子分到需要的人家去。一切就绪后，种地便开始了。每天，怀仁便走到田间地头去，把自己的地种好，还要看看各家的地是否种好了，看看哪家需要帮啥忙，就去帮忙。心里暗暗思忖："力气嘛，不仅不能积攒着，而且长时间不用就会身困力乏。不用白不用，用了也不白用。用了不仅能锻炼身体强筋壮骨，还能学习经验，关键是你帮了人，为人提供便利，大家也会感激你。老话说得好，与人方便，与自己也方便。再说了，你在大伙心中没有威信，将来怎么能继承族长的位子呢。"几天下来，总算比较顺当地将上官巷的地种完了。

7

周少峰觉得安澜在祠堂里有意识地让自己出丑，故意在族人面前给自己摆难堪，让自己下不了台，长了他的威风，灭了自己的志气，觉得脸上臊烘烘的。心想：你不就是个族长嘛，你咋处处和我作对呢？再咋说，我也是个副族长，你为啥每次都要在众人面前给我设局呢。上一次，要不是你，我咋能一个人出一个买娃的钱呢。难道有粮他长的是红头发不成？他就是一个族人，偏偏就让大家替他分摊买娃的钱，你安澜做的啥事嘛，一碗水端不平，这明摆着是偏向乾姓氏族欺负我周姓氏族呢。咋了？男娃就是娃，女娃就不是娃了？说起来，男娃女娃都是娃，都是经过十月怀胎，从妈肚子里出来的，都是一个命。

那天，他离开祠堂，安澜让他考虑考虑，他一口回绝了，就是要钱，把娃一卖，卖了所得的钱归自己所有。其实，他心里明白，这两个"祭品"娃真的是个福娃，如果没有福气、福分，哪来的倾盆大雨呢。乾安澜呀乾安澜，你还好意思张口说是你孙子带来的福气，简直就是睁着眼睛说瞎话的歪理邪说嘛。没有这两个"祭品"，咱就不搞火祭活动，不搞活动，你孙子到底哪天才能出生呢？这就是秃子头上的虱子——明摆着呢。有了这两个娃的牺牲，才有了你孙子的到来。是你乾家沾了这两个娃的福，你却凭着自己是族长，狐假虎威，凭借自己三寸不烂之舌，颠倒是非、混淆黑白，把两个"祭品"娃带来的福，非要强加到你孙子的头上不可。简直就是一派胡言，天理不容啊！

回到家，他想想卖娃也不是个啥好的办法，眼下，尽管下了一场大雨，种庄稼的希望很大，但是缺衣少穿的，谁家还愿意买娃呢？说真的，他也看到这两个娃身上所携带的福气，也想到了收养。不过，家里多一个娃，就多一张嘴。嘴是个无底洞，大吃大喝赛过小猪。小猪养大了还能卖钱，男娃大了要上学堂读书、娶妻生子、盖房成家……麻缠的事情多得很，这件事他必须和家里人商量商量才能作出决定。

他不想专门商量，不想那么正式。一个娃，即使带着多大的福气，但总归和周家没有一丁点儿的血缘关系嘛。所以，少峰利用晚上喝汤的工夫和儿子周宇轩等商量这件事。一开口，他专拣好的说。说这个男娃是他一个人花钱买的，既然娃还在，按理说，这娃就是他的。说这两个娃都是带着苍天的福气来的，是娃所携带的福气，老天爷才保佑我们祈到一场大雨呢。把娃留下来，能给周家添福添寿，自古以来，福寿相连嘛……

宇轩说："按理说，咱把娃收留下来是件功德无量的好事情。可是，这是个男娃，咱收留了他，那就是咱家的一口人了。把你和我妈叫爷叫婆，把谁叫爸叫妈呢？"少峰说："把你和你媳妇叫爸叫妈嘛。"宇轩说："成嘛。咱养他，眼下不成问题，你想过以后吗？以后上学堂、盖房子、娶媳妇、生娃等事情，一件接着一件地来了，咋处理呢。再说，我们目前还有自己亲生的铭远呢。按年龄算，这两个娃应该是同一年的，这意味着啥都要准备两份呢，这样一来，我们的负担一下子就加重了。"儿子这么一说，周少峰一下子发愁了。他老婆说："现在看着是个福娃，你没想想养一个娃容易吗？要是一句话能把娃养大、风能把娃吹大，他父母能舍得卖？要养好一个娃，就要花时间、花精力，钱财自然是少不了的。你算算账，要花多少钱呢？养大成人，需要粮食和钱财，进学堂念书需要粮食和钱财，娶媳妇生娃，需要彩礼，还要盖房，这些都要拿钱下场呢。这还是按照这个娃将来有出息算的。万一，我说的是万一，将来万一这娃要是没出息，要是知道他的身世，是你出钱买的'祭品'，知道自己经历火祭这件事，他能不给你记仇？能轻饶了你？"宇轩媳妇接着说："爸妈，这娃也确实可怜，年龄不大就被父母

卖了，按理咱应该收留下来。不是我多嫌这个娃，关键我现在还能生呢。眼下又怀上了。肚子慢慢大了，就没有精力管这个娃了。我自己又不是失去了生娃的能力，咱何必要养一个没有任何血缘关系的人呢。平日里我管教自己的娃，想咋打就能咋打，想咋骂就能咋骂，我打骂自己亲生的，也没有人说啥。可这个娃就不同了，打轻骂轻了，乡党们会说我不管娃；打重骂重了，他们会说我是窑婆（后妈）折磨娃呢。到头来，力没有少出，钱没有少花，还没有落下啥好处。我觉得我妈说的对，万一养个睁眼豹子白眼狼咋办，到时候，就成了祸害，我们一家都别想过安然日子了。"

少峰听明白了，全家人都不愿意收养这个"福娃"。对他来说，刚开始觉得是福，现在全家人这么一说，倒觉得这是一个烫手的山芋。目前，钱粮都不存在问题，关键是谁来养？如何养？养的结果还是个难解的谜呢，至少将来的结果好坏各占一半吧。思来想去，他也打消了收养这个娃的念头。不过，他不能吃亏，他一定要把这个娃卖了，多少还能有点收入。卖得好了，还能有所盈余；卖得实在不行，好歹也能弥补一下自己买娃时的损失，至少也不至于赔钱卖。卖得越远越好，彻底斩断娃心里的记忆，消除了自己将来的后顾之忧。

一切想好了，他又去寻找有粮。有粮知道他的来意，劝他说："我家里有孙女，没有必要再要一个八竿子都打不着的娃。这事情我不管，也管不了，安澜族长想咋办随他。"少峰说："你瓜眉失眼的，好歹都分不清。咱把娃卖了，还能弥补一下咱们买娃的损失。"有粮说："你是站着说话不腰疼。现在谁还买娃呢？再说，这是个女娃，又不值钱。当时也不是我一个人掏的钱。要卖你就去把你那个男娃卖了去，看能不能弥补你的损失。"少峰说："有钱不挣活该饿死，嫌钱多了扎手活该受穷。"有粮说："你就是个大财迷，一天到晚就知道个钱钱钱的，整个身子都能钻到钱眼儿里去。你小心着，看哪一天被钱活埋了。"两个人说不在一起，话不投机，少峰只好走了，自己去寻安澜。

安澜明白了他的来意，说："要卖你自己去卖。"说着，把男娃交到他手里，说："早饭娃已经吃了，你记着给娃把一天三顿饭管好。能卖了，那是你的福气，卖不了，你领回家养着去。"少峰啥也没说，抱着娃就往外走。心想：卖不了贵一点，还不能贱卖？卖多卖少，那就是我的事情了，你真是咸吃萝卜淡操心。边想边抱着娃到了北大街，这里的人市冷冷清清，几乎没有卖儿卖女的人了。老天开恩了，下雨了，玉米都种在地里了，粮食有了指望，再也没人卖儿卖女了。

人市上冷冷清清的。少峰一个人孤寂地坐在人市上，一连三天都无人问津。大家觉得目前粮食还非常紧缺，多一个人就多一张吃饭的嘴，所以不卖自己的娃都算是万幸，谁还愿意买娃呢。少峰一心想着钱，刚开始心勇得很，几天下来，希望变成了失望，一天比一天沮丧。他为了减少娃吃饭的开支，自己干脆饿着肚子，早晨两人在家吃饱，中午不吃不喝，晚上回去了，老婆和儿子、儿媳一看他带着娃回来了，以为他真的不听劝要养娃，就抱怨他。他说，他想卖娃，可卖不出去，只好带回家来。第二天领出去继续卖，万一碰到合适的主儿，就赚钱了。然而，卖娃的事情远没有他想象的那么顺当。眼瞅着一天天将娃卖不出去，家人的怨气一天比一天大，他生的闷气一天比一天多。这可咋办呢？周少峰也有发熬煎的时候呢。

老婆说："卖不出去干脆送回去。"少峰问："送给谁呢？""你从哪里弄来的就送到哪里去。"少峰说："咱给安澜把话说死了，没法送。能送的话，我早就送了。"老婆说："钱重要还是脸重要？能把娃送出去，就算丢人折马那有啥呢。老了老了，还把自己的脸看得那么金贵值钱的。"少峰没办法，北大街人市上无人问津，娃自然是卖不出去，家里人一个个又多嫌呢。他只好豁出他这张老脸，求到了安澜家。

看着少峰领着娃进了家门，安澜知道他没有完成自己的心愿。故意冷落他，问道："娃都给你了，你又来干啥？"少峰自知理亏，家里家外都不是人了，怯怯地说："把娃给你送回来了。""你卖去，卖个好价钱，我也不眼红。""这不是没卖成嘛。""咋了？没卖成，难道你要卖给我不成？你当初咋说的？一个大男人，屙出去了，还能再喂进去？亏你还是个副族长。这件事传出去了，你咋在上官巷活人呢。""这不就求你了嘛。遇事找族长，啥事好商量，这也是你说的。""对，这是我说的。不过，咱俩为这娃的事可是事前商量过的，说好了的，挂面调醋，有盐（言）在先。你一个大男人，还能出尔反尔不成？"

"算咧些，你再甭嚷我了。我在家受罪事小，关键娃在我家受挤对呢，你总不能见死不救嘛。今天，你咋辱没我我都受了，只求你把娃

收留了。"

"要钱不？"安澜问。"要啥呢。只要你肯收留娃，钱也罢、粮也罢，啥也不要，啥话也不说了。今后要是敢放一个屁，天打五雷轰。"

安澜看着少峰的狼狈相，他也不想让娃到周家遭受白眼，便收留了娃。说："把娃留下，你走吧。不送了。"少峰眼看着把这块烫手的山芋塞到安澜手里，便有些小跑似的急急忙忙出了门。

一出门，心里的一块石头虽然落地了，但他想起安澜对自己刚才的羞辱，气就不打一处来，他下决心要报复安澜。于是，他大步流星朝着巡警局走去。

8

时间过得飞快，安澜家的孙子要过满月了。

那天在火祭场上，安澜听到从上官巷传来洪亮的婴儿哭声时，从声音判断，怀仁的媳妇草花一定给他乾家生了个大胖孙子。此刻，他的心都乐开了花，要不是在火祭场上，他早就三步并作两步地飞回家了。可是，他人在火祭场上，心却早已飞到了上官巷，飞进了那扇红门，飞到还尚未谋面的孙子身旁。

当铜钱大小的雨点落下后，他的心简直要醉了。他知道，这是孙子给他带来的福气，给他带来的成功，给他带来了让人敬仰的功名。与其说自己功德圆满，还不如说孙子功德无量。他的孙子在关键时刻登场，这也是天意，是苍天赐予的宝贝。到底是孙子给他带来的福气，还是那两个悬挂在火绳下面"祭品"给他带来了运气，但他绝对相信这一定是孙子带来的巨大福分。这时候，刻不容缓，啥都不必去想，无论是刚刚出生的孙子也好，还是那两个"祭品"也罢，总之，他的一切功夫都没有白费，他终于如愿以偿了，尽管费了很多周折，但他心满意足了。孙子有了，期盼已久的大雨酣畅淋漓地降落了，那两个悬挂在横梁之下、油锅之上的"祭品"也没有丢掉性命，他心里一下子释然了、坦然了、豁达了、敞亮了。

安澜自从有了孙子，老天爷也终于开眼了，普降了一场大雨。大家心里明白，这一切都应该归功于安澜，归功于安澜刚刚出生的孙子。于是，三天两头往安澜家跑。

乾州有个风俗习惯，女人生孩子坐月子期间，邻居特别是男人基本上不允许进主家大门的。女人嘛，可以进大门，一般不能进月婆的房子。对于直系的亲戚那是例外的，但必须在进门之前，点一堆火燎一燎，才能进去。传说，鬼神、病魔都害怕火，所以，就用火来燎，燎得鬼神、病魔无处藏身，确保坐月子的月婆和婴儿的安全。因为孩子刚出生，气量小，容易被病菌入侵。其实婴儿刚刚离开了母体，从一个相对安全的舒适环境而进入一个到处充斥着病菌的新环境，身体还没有发育好，抵抗力不足，对于外界的环境还要有一个慢慢适应的过程，外人进去了，难免会带去细菌、病毒啥的，给孩子带来病病灾灾。所以，大家都聚集在安澜家门前，抱着安澜家的麦草，尽情地烧，放肆地烧，烧得越多越旺，越显得安澜家人缘好，人气旺，无论是安澜家，还是上官巷的乾、周两姓族人，都觉得脸上很有光彩呢。

自从儿媳妇给他生了个大胖孙子后，安澜的脸上从早到晚都洋溢着温暖的笑容。他把一些事情给怀仁作了交代让儿子经办好后，便一心沉浸在得了孙子的喜悦中。

怀仁在南十字张记京货铺子买了洋糖之类，等着来人看娃时散发。一个月工夫，安澜家很大的麦草垛烧得一干二净，五十多斤洋糖也没有够散，中间还买了一次呢。这一个月，每天都能听见上官巷家家户户铲锅底发出"刺啦、刺啦"刺耳的声音，他们将铲下的锅底灰，抹在了安澜一家人乃至乾氏族人的脸上，抹了锅底灰的人，一个个像黑包公一样。刚开始，遇见有人要抹锅底灰，乾氏人撒腿就跑。尽管跑得再欢，最终一个个还是逃不脱被抹锅底灰的结果。再说，这个时候能被人给脸上抹锅底灰，说明你就是安澜家的人，或者安澜家的族人，人家还能瞧得起你，才给你抹呢。瞧不起你，或者你与安澜家关系比较远，八竿子打不着，想让人抹锅底灰，还没有人愿意给你抹呢。到后来，遇见抹锅底灰的人，一个个不跑、不躲、不闪，心甘情愿地接受那份来自乡党们热情的、敦实的、厚重的、最高的礼遇和祝福。弄不好，还能在安澜家蹭一顿饭呢。这样的好事，难得一遇。反正玉米都种地里了，出苗很整

齐，农田地没有啥事可干，干脆坐在安澜家门前，等候好事的降临。

在乾州，孩子过满月是一件大事。更何况，这个孩子还是族长家的长子长孙呢，金贵得很，安澜肯定会把满月宴办得很隆重。不过，三年的年馑带来的痛苦和灾难，那些凄凄惨惨的景象如发生在昨天，历历在目，安澜自然不敢忘记，不敢好了伤疤忘了痛。眼下，好多人家里还靠着接济过日子呢。尽管老天下雨了，但是距离秋收还有三个月的时间呢。三个月，对于往常来说，不算啥。可是，面对粮仓空空的人来说，简直是度日如年，熬煎得很。所以，这个满月宴究竟该咋办，把安澜愁得吃不下饭，睡不好觉，一个人坐在炕沿上吧嗒吧嗒地抽着旱烟。

"愁啥呢，不就是个满月宴嘛，值得你发这么大的熬煎。"杨冬梅说道。

"你不懂。"

"我咋不懂？怀仁、怀义、怀礼哪个没有过过满月呢。"

"今非昔比了。"安澜叹了一口气。

"咱这长子长孙来得不容易。他是咱全家、全巷子、全城人的福星呢。那天要不是他急急忙忙地来到人世间，这雨八成就要黄咧。"

"大家都是这么说的，咱可不敢跟着大家瞎起哄呢。咱心里可以这么想，在家里也可以这么说，但出了门千万不敢口无遮拦再这么说了。就算别人愿意说让人家说去，千万不敢应承呢。老话说得好，'祸兮福所倚，福兮祸所伏'。"安澜说着，又抽了一口烟，满屋子弥漫着青烟，呛得杨冬梅都咳嗽几声，说："少抽点，把人能呛死。"

杨冬梅和孩子们都知道自己给自己儿孙过满月呢，花自己的钱，吃自己的饭，办自己的喜事，与别人有啥相干？岂不知安澜想法与他们截然不同。在太平年月，像安澜这样家大业大的大户人家，婚丧嫁娶，想咋过就咋过，过得越大越热闹越好，谁也管不住你，那是你的家务事。别人不能管，也无权过问。可是，现在不同了，此一时，彼一时。面对家家户户缺吃少穿的，你却大操大办孙子的满月宴，这于理不通，于情不容，与上官巷和乾州城眼下的实际不相符合，简直是大相径庭呢。这能不让安澜心里有压力嘛。安澜给杨冬梅说出了自己心中的顾虑，杨冬梅才知道孙子的满月宴并不是自己当初想象的想怎么过就能怎么过的私事。心里暗暗叫苦，"坏事咋都遇到咱头上呢"。

安澜说，周少峰也不是个省油的灯。这次秋播的时候，他不出种子，不出牛马，也不出劳力，这明摆着成心与咱作对呢。还三番五次地吵闹着要卖掉那两个"祭品"分钱呢。他一鼓动，见钱眼开的都跟着他瞎起哄呢。要不是自己强压着，还真的镇不住这帮瞎起哄的人。幸亏自己多年来在乡党面前积攒下了好名声，在族人面前赢得了好威望，在年馑期间一次次接济大家共渡难关，在秋播的时候无偿地拿出玉米种子，出牛、出马、出劳力，温暖着人心呢。不过，老话说得好，秦桧都有自己的三朋四友呢。更何况周少峰并没有秦桧那么坏，三朋四友自然也是不少了的。少峰一出声，支持少峰的那些人就跟着一起瞎起哄呢。在这个节骨眼儿上，绝对不能因为孙子满月宴的事情再起波澜。经过一番沉思，他和家人商量了一下，既不能过得寒酸小气，也不能过得阔绰得让人嫉妒，更不能引起别人的嫉恨。当天只管一顿午饭，四个凉菜，两荤两素，清汤面尽饱吃。

日头还没到头顶，上官巷整条街就聚满了黑压压随贺礼的乡党们。他们怀着对安澜的尊敬之心，带着乡党们淳朴的情感给乾家祝福。乾家知道大家的难怅，经历了三年的饥荒，谁家还有几个铜板板呢。所以，这一次出乎大家的意料，竟然破天荒地没有设礼房。这样的破例，在上官巷几百年的历史上还算第一次，应该是首创。乾家一旦不收礼了，爱面子的人自然也就不好意思放开肚皮胡吃海喝了。

"咋不设礼房呢！你让人咋好意思吃酒席呢？"少峰早早地来了，一看没设礼房，就喊着。

"设啥嘛，大家的日子谁不清楚，一个个捉襟见肘的。他们要是能拿出随礼的份子钱，我何不想设礼房呢。"安澜说。

"叔，你拿着礼吗？"二牛问少峰。"你把叔说成啥人了，娃过满月呢。娃是安澜的孙子，也是我的孙子嘛，来了吃酒席呢，咋能不随礼呢。"少峰笑呵呵地说，"二牛，你不随礼，咋好意思吃酒席呢。再说，你不随礼，就是对你叔没有祝贺的诚心诚意嘛。"

"二牛，别听你叔的，不随礼也能吃酒席。"二牛听了安澜的话，有了底气，说："叔，娃眼目当下虽然穷得没有随礼钱，我妈一会儿会带两把挂面，10个鸡蛋呢。等秋天玉米收成下来了，娃一定要把这次欠下的礼补上呢。"转头对少峰说："叔，把你的礼钱拿出来嘛。"

少峰故意在口袋上拍了几下，说："在这装着呢。不是我不随礼，是你安澜叔不收嘛。""哪里还有不收粮的仓？你拿出来，我替他收了。""你替他收？我害怕你跑到赌场上糟蹋了呢。"少峰一句话，说得大家捧腹大笑。

开席前，杨冬梅抱着用红色小褥子包裹并盖着红布的孙子出来了，和乡党们一一见面，接受着乡党们发自内心的美好祝福。怀仁站在大门台阶上，从脸上的笑容就能看得出心中的喜悦之情。他告诉大家，火祭那天，随着自己儿子降临的一声哭喊，迎来了三年一遇的大雨。这是老天爷恩赐的宝贝，所以，儿子大名叫乾天宝，小名宝宝。还有那两个收养的"祭品"娃娃，他用手指了一下坐在父亲安澜身旁的"祭品"继续说，"这俩娃也是咱们的福星。好在老天不绝人嘛，今后他俩就是我的儿子、女子，是我们乾家的孙子孙女，一个叫天赐，一个叫天秀。谁要敢欺负他俩，就是欺负我们乾家，我绝对不会坐视不管的。"大家一听，觉得怀仁说得在理，纷纷叫好。少峰心想：有啥理！明明是我花钱买的，现在被你强硬地霸占了，当着众人的面，说成了你家的孙子，天理何在？简直就是土匪嘛。土匪还是来暗的，你这还不如土匪，明目张胆地抢劫呢！真的连脸面都不要了！

听了怀仁的一番话，别提安澜有多高兴了。看着自己的孙子过满月，再看看坐在他身旁的两个"祭品"，心中真的不是个滋味。将心比心，都是一个道理。自己的孙子是心头肉，人家的娃就不是心头肉了？一想起用两个娃"火祭"的事，安澜心中便波澜涌动，痛心疾首。

怀仁招呼大家坐下，席口少，人太多，只能吃流水席，这一拨子人刚吃完，桌子赶紧再一收拾，另一拨子人接着继续再坐。

少峰一边高喉咙大嗓门儿地和大家说笑，一边看着一脸喜气的安澜，心中的怨气就不打一处来。心想：你就涨嘛，好好涨嘛。人涨了没有好事，狗涨了肯定要挨砖头呢。别看你现在涨得很嘛，一会儿就有你好看的，到时候让你娃哭都来不及呢。非让你乾家在乡党面前名誉扫地不可，和我明争暗斗，你能斗过我？说着心里发出了"嘿嘿"声。

正当安澜给乡党们敬酒的时候，巡警局的飞毛腿、传话筒带着一帮巡警过来了。乡党们一看巡警局的人过来助兴呢，一个个停下正在吃饭的筷子，把头拧了过来看着，心里都佩服安澜的为人。安澜自然不敢怠慢了巡警局的人。再说，飞毛腿、传话筒一个个和他都熟络得跟米汤一样，他放下酒杯大步上前去迎接。没想到，几个巡警一拥而上，不由分说，将安澜五花大绑，就要往巡警局里抓。

看到安澜被巡警抓走，现场顿时一片混乱。怀仁跑上前阻拦，被巡警打了几拳，警告道："再阻拦，连你也一起带走。"临走又给了怀仁一脚，将怀仁踢倒在地。筵席上的人一阵慌乱，不知所措。杨冬梅将孩子往怀仁媳妇怀里一塞，走上门前的台阶，大声说："安澜不会有事的。大家该吃的继续吃，该喝的继续喝。"尽管她嘴上这么说，毕竟她心里也没有底，何况还是一个女人，见的世面也不多，心里慌得不行。乡党们一看，安澜出事了，都不好意思继续留下来再吃酒席了，况且这一次破天荒竟然都没有随满月礼呢。

有粮慌了，着急地问道："少峰，族长被巡警抓走了，你咋不管呢？""我咋管？怀仁上去了，巡警还不照样给他一脚嘛。我上去了，难道巡警还能买我的账不成？我自己几斤几两，心里明镜似的。""你没试，咋就知道巡警不买你的账。怀仁娃上去，是家事，肯定不行；你上去就成了族里的事，结局肯定就不一样了。""你把我说得脸大的和錾子一样。怀仁上去和我上去咋就不一样？看把你能的，你咋不上去管呢？""你是副族长。你一出面，代表的是咱乾周家族。"有粮生气地说，"我要是副族长，还有工夫和你在这里动嘴皮子磨牙？"

乡党们心神不定地走了，现场一片狼藉。唯有少峰脸上露出了不经易觉察的狞笑。

9

安澜在与杨氏结婚那天晚上，掀开了杨氏的红盖头，一个桃花般的美人脸便呈现在他的面前。他知道媒人没有欺骗他，很庆幸媒人给他找了这么一位端庄、清秀的大美女。杨氏名叫冬梅，人和名字一样，响当当的，长得排场得很。就像冬天雪地里一朵盛开的梅花，红艳艳的，白里透红，与众不同，尤其是那双凤眼，水汪汪的甚是勾魂，把个乾安澜

的魂紧紧地勾住不放。一到夜里，两人便在被窝里颠鸾倒凤。这还好说，毕竟是夜晚。到了夜晚，黑灯瞎火的啥都干不成，就剩下男女之间这点事情，男不欢女不爱的，结婚还有啥滋味呢？更何况杨冬梅和乾安澜正处于新婚燕尔，干柴烈火，兴致正旺着呢，咋能不折腾嘛。关键是有时候大白天下雨了，下不了地干农活，两人便一头钻进新房里，不管不顾地在炕上忙活呢。他们干得非常起劲，非常卖力。刚开始，听到儿子儿媳非同一般的叫声，安澜的父母高兴得喜出望外，儿子儿媳拼了命地在炕上干活，这就是要娃的前奏嘛。谁不想要娃？别说新婚的夫妻，想要抱孙子的念头早早便在安澜父母心里结下了。只要安澜和媳妇从新房里传出肉麻的叫声，老两口心也荡漾着，就不正经了。

"来，咱俩也骚情骚情。"乾老爷子说。"滚。都一把骨头了，哪来的劲头。"乾老太话虽这么说，其实心里也猫抓猫挖的，毕竟他们才四十多岁。女人嘛，三十如狼，四十如虎，五十坐在地上能吸土。两个人一边斗着嘴，乾老爷子便爬上了乾老太那具已经有些干柴般粗糙松弛的身子上了。然而，人不服老不行，毕竟上了年纪不比年轻时候，力不从心了，尽管乾老爷子费了九牛二虎之力，也失去了当年的强劲雄风了。好在乾老太是个很识趣的女人，虽然被乾老爷子的一番折腾，远没有达到她年轻时愉悦的高潮，但她还是在男人的身子底下像蟒蛇一样使劲地扭动着，扭着扭着，也轻声细语般地发出呢喃呻吟声，寻找着年轻时床上那种奇妙的感觉。乾老爷子也知道自己的身子骨早不如从前了，在老婆松弛的身上再也找不到新婚期那种冲动的感觉了。于是，趴在老婆身上，使出吃奶的劲，很快结束了这场看似翻江倒海、实则平铺直叙的战斗。事毕，乾老爷子自嘲："晚上的小猴，早晨的老头。"老太太却不依不饶，说："嘴劲大得很。知道早晨的老头，谁让你晚上弄呢！自己几斤几两心底都没个数？"

杨冬梅娘家在神坡塬村。杨家在神坡塬村方圆几十里也算得上是个富裕的大户人家。家里之所以要把杨氏嫁给乾家，主要是想让姑娘进城，进了城就是吃糠咽菜，都比农村强上几百倍。更何况乾家在乾州城特别是上官巷也是名门望族，把杨冬梅嫁过去，想吃糠咽菜都难于上青天。就这样，在媒人的撮合下，杨冬梅顺利地嫁到了上官巷，走进了乾家朱红色大门内，成了乾家未来的女主人。

新婚之夜，两个年轻人初尝禁果后，爱不释手，形影不离。一天到晚只要一有空闲缝隙，就黏糊在一起。乾老爷老两口每天都能听到从新房里传出杨冬梅爽爽朗朗的唤声以及儿子老牛般的吼叫声。乾老爷给老婆说："快去好好劝劝你碎爷，别一天到晚地折腾了。那样折腾来折腾去，都不看看小身板背得住不？女人那地方是阎王殿，不是蜂蜜罐，催命呢。"老婆一听，没有言语，只是深深地剜了他一眼。这一眼，既意味深长，又非常暧昧不清。既是对老爷子多嘴多舌的禁断，又似乎再告诉他：这不就是当年那个活脱脱的你嘛。

就这一眼，乾老爷从此不再过问这事了。

直到新婚第十天夜里，婚房里又传出杨冬梅勾魂的叫声，高一声，低一声，好像梁山观的居士念经，咿咿呀呀的。但杨冬梅的叫声比起那些居士念经来说更有韵味，更能撩拨起人隐藏在内心的激情。居士念经好听是好听，但不勾魂。杨冬梅的声唤是从内心深处发出来的，是心底的呼唤，是对乾安澜在她地里耕耘的迎合、鞭策、激励，更是莫大的回报，也是她做女人幸福时刻的倾心欢唱。听得乾老爷两口子都有点飘飘然了。正当他俩听得出神入化之时，突然间从婚房里传来了杨冬梅"啊——"的一声大叫，老两口不知道咋回事，又不敢贸然进去。老太太踮着小脚，亦步亦趋急忙走到窗下，只听得杨冬梅"哎呀哎呀"地叫呢，这叫声明显不是刚才那种被男人征服后受活时所发出来的，而是一种撕裂心肺的痛苦的号叫。老太太隔着门听儿子问要紧不，杨冬梅只是"啊啊啊"的，显得很痛苦。老太太便询问是咋回事，乾安澜说不要紧，让她不要操心。不一会儿，乾安澜草草穿着衣服，开了门。对守候在窗下的母亲说："炕塌了。""人要紧不？"儿子说，还不知道呢。接着就让他妈进去，搭把手把杨冬梅抬出来。

乾老爷听说炕塌了，就知道儿媳妇肯定掉进炕洞里了。农村过去都是用胡基、炕坯盘的土炕。睡个人还行，安澜和杨冬梅新婚期无休止、打夯式地折腾，土炕肯定招架不住。看着儿子和老伴儿进去，乾老爷也跟着往进走，想着自己劲大，和儿子搭把手把儿媳妇冬梅抬出来。不料，被老伴儿挡住，使了一个眼色，乾老爷脸红了、心虚了，知道自己的行动过于草率了，便知趣地转身走了。

安澜好不容易把冬梅从坍塌的炕洞里慢慢抬出来，放在土炕上没有

坍塌的地方。看着杨冬梅雪白的身子，老太太不由得心里打战，羡慕死了，嫉妒死了。作为婆婆的女人都能有如此嫉妒的心思，哪个男人还能受得住呢。杨冬梅如果在炕上显露一下高深莫测的狐媚功夫，安澜想收手恐怕都难啊！不要说是泥土做的土炕招架不住，就算是铁打的炕板估计也会被压弯压折呢。老太太帮忙慢慢地将衣服给杨冬梅穿好，便心疼起儿媳妇刚才一瞬间所遭受的罪孽。同样是女人的她，自然就多了许多同情之心、怜悯之情。责备着儿子，说："看把你猴急死了，恨不得一口把冬梅吃了。娶进门了，冬梅就是你的人了，谁还能从你手里夺走不成？我知道你们要娃心切，这也不是着急的事情嘛，凡事都要慢慢来，弄啥事都不要着急，心急吃不了热豆腐，一镢头挖个井，那是敞口子。"安澜听着，没有顶撞，任凭他妈数落着。说着说着，就想起乾老爷的话了，顺便把儿子媳妇敲打敲打，接着说，"都不要命了呢！虽说你们还年轻，但也要悠着点儿，万一把腰压坏了，这一辈子就干不成啥了。哼！还想要娃？"

"还杵在那儿干啥呢？快去拿白酒，让我给冬梅热灸一下。"老太太说，"顺便拿个碗。"安澜听话地出了房门，找白酒去了。

"娃，你瓜了。干喔事都不要命了。"见儿子出了房门，老太太嗔怪起杨冬梅来了，说，"你看你俩折腾得厉害不厉害，把炕都能弄塌了，传出去还不让人笑话死了。你俩折腾得劲大的，把你爸的火都逗起来了。"老太太说着说着，口无遮拦了。杨冬梅听了，"扑哧"一声笑了。老太太说："腰都快断了，还有心能笑得出来？不疼了？"杨冬梅故意说："疼得很。""疼得很还有心思笑？"

正说着，安澜拿来了一瓶乾州老窖。老太太指挥着，说："给碗里少倒些。"安澜拧开瓶盖，"哗哗哗"倒了半碗。老太太一看，有些火了，说："你不过日子了？""给自家媳妇用呢，还这么吝啬。""给谁用都一样，倒半碗用不完就浪费了，留下一碗底就成了。弄啥都要细法呢、节约呢，胡浪费这日子就没法过了。"说着又让安澜给瓶子里折，安澜一点一点地折，老太太在一旁眼睛一动不动地盯着碗看，说："再倒、再倒，再往回倒些。"安澜说，再倒就没了。

老太太和安澜慢慢地把杨冬梅翻过身，趴在炕上，然后点着了碗里的白酒，碗里顿时冒出了蓝色的火苗。老太太把四根指头快速伸进火苗里，又快速地拿出来，用蘸着白酒的手，在杨冬梅折了的腰上来来回回地揉搓着。杨冬梅直喊疼。老太太嗔怒地说："舒服的时候，就要想着疼呢。"

杨冬梅和安澜相互挤眉弄眼，再也不喊疼了。

10

老太太一看杨冬梅腰也没有外伤，当时肯定是儿子在媳妇身子上面趴着，杨冬梅是平躺着，炕坯断了，炕塌了，屁股和腰掉进炕洞，但整个身体还是按照腰椎的正常弯曲度弯曲的，加之有厚厚的褥子垫着，不会有啥大碍，无非是肌肉扭伤了。临走时千嘱咐万叮咛，道："再别折腾了。"安澜说："知道了，知道了。""你知道个啥？毛手毛脚的。你把媳妇腰万一弄坏了，今后咋办呢。"完了，再叮嘱杨冬梅这几天就这样平躺着，别下地。

老太太出了门，安澜就问杨冬梅疼不疼。杨冬梅说："你把我整个人囫囵压到炕洞了，能不疼嘛。"安澜说："不疼了，咱俩再继续嘛。"杨冬梅莞尔一笑，说："再不敢胡折腾了。你使劲折腾，惹得咱爸都不消停。"安澜说："你胡说啥呢。"杨冬梅说："你刚出去了，咱妈说的嘛。谁骗你是小狗。"一句话说得安澜无语了。

一连七天，老太太每天几次地给杨冬梅用白酒热敷腰呢。白酒还真的是个好东西，不仅能在喜庆的场合喝，也能在悲伤的场合喝，能拉近人与人之间的距离，增强人与人之间的沟通联络，加深了人与人之间的情感，还能治疗跌打扭伤治病救人呢。

好不容易杨冬梅的腰真的不疼了，两人"刚好了伤疤"便"真的又忘了疼"，继续完成尚未做完的功课。

杨冬梅真的很争气，五年时间，给安澜生了三个带把儿的。老大乾怀仁，老二乾怀义，老三乾怀礼。按照安澜的意思，依照他和杨冬梅的身板，至少还不生个仁、义、礼、智、信五个娃。不知怎的，杨冬梅生了三个儿子，再也生不动了。尽管每天晚上，她和安澜还如新婚燕尔那

股子劲折腾来折腾去，杨冬梅肚子就是不争气，从此，再也怀不上娃了。乾老爷说，三个孙子多好。老太太说，好啥呢。有龙没凤，老了没用。没有女子，老了身边连个端屎端尿的都没有。

"女子大了要嫁人，总归是一门客。没有也罢。"老爷子劝说。

"'客'咋了？平时看着没啥用，关键时刻作用可大得很呢，在你老了给你端屎端尿毫无怨言地伺候着你。那个时候，'客'才是主将，顶门杠子全都不见了。你这是嘲笑我也是娘家的一门客，我这客把你咋了？把你乾家咋了？没有我，你能这么坦然地抱孙子？"老太太有些躁了。

"你急啥？儿媳妇生不了了，你说咋办？"

"咋办？还能咋办，既然杨冬梅生不动了，那就只好委屈她了，给儿子纳妾！"老太太说得很决绝，一点都不容商量。老爷子说："我当年要纳妾，你寻死觅活地咋不容许呢？事情摊到你儿子头上，你咋就这么大方呢？""你是你，我儿是我儿，你俩能相比吗？"老爷子叹了口气，说："这件事你和你儿子说去。""我说就我说。"

一天夜里喝罢汤，一家人正高高兴兴地说说笑笑，老太太突然发难了。问冬梅还能不能再生呢。杨冬梅说，试了多少次，看来确实是没指望了。老太太说，光有孙子不成，"好"字咋写？一女一子才能称得上好呢。杨冬梅知道没有生下孙女，老太太心里肯定有怨气，所以，她没有说啥，等着老太太把想说的话一股脑儿说完。说来说去，老太太终究要给安澜再娶一房媳妇。杨冬梅心里"咯噔"一下，害怕老太太让儿子休了自己，便小心翼翼地问："妈，再娶一房，我咋办？""你是老大，无论安澜再娶多少回来，她们都是小媳妇、是妾。"

杨冬梅心里悬着的"休石"终于落地了。尽管她心里有一百个、一千个不情愿，但面子上还要过得去，她不想引火烧身，弄得自己和家里都不得安生，还是违心地说："成嘛。"

老太太见杨冬梅这么痛快地答应了，原本以为杨冬梅会和自己当年一样，寻死觅活地阻止安澜纳妾呢，没想到杨冬梅这么爽快，原先积攒在心里的阴霾一下子消散了。当年，她听说要给乾老爷纳妾的事后，便不吃不喝、投井上吊、寻死觅活，把女人的泼妇劲儿全都用上了，就是不允许自己的男人纳妾，而且成功了。她真的没想到，杨冬梅这么好说话，干脆利落地答应了。便高兴地说："还是我冬梅明事理。"杨冬梅心想：我有儿子呢，我怕啥呢？再怎么着也不会休了我。儿子是娘的寄托，是娘的靠山，我老了，有儿子在旁边，也不至于孤单。只要不休了我，啥都好说。再说，周围纳妾、娶小老婆的人多的是，更何况乾家在乾州也是大户人家，别说给安澜纳一个妾，就是娶五个、六个小老婆也是应该的，都在情理之中，不值得大惊小怪的。如果这件事是安澜提出来的，她还可以说说心里的想法，提出不同的意见。可是，这事是婆婆提出来的，从婆婆的话里话外都能听出不容商量的味道来，她咋好意思反驳呢？她不能顶撞公婆，更不能因为反对男人纳妾而落下违背"三从四德"的恶名来。

安澜一听母亲要给他纳妾，尻子"噔"地一下子从凳子上抬起来，说："我不同意！"简简单单的几个字，对于老太太来说，如五雷轰顶。她没想到儿子竟然不听从她的安排，竟然当着全家人的面顶撞自己，这让她一下子感到愤懑。心想：我还不是为你好嘛，这世上有哪个男人不是吃着碗里瞧着锅里，有几个不愿意纳妾的？有的男人家里有明媒正娶的媳妇，还有几房小妾呢，都管不住自己，和馋猫一样还外面偷荤腥吃呢。我好心好意地为你好，没料到……唉，老太太越思越想心里就来气，骂道："你个不知好歹的东西，我这事办得有啥麻达呢？人家都三妻四妾的，我就给你纳一个妾，你就不同意了。啊？你心里还有我这个当娘的没？我好心落个驴肝肺，热脸贴你冷尻子呢。你当着你儿子和全家人的面顶撞我，明摆着就是打我的脸呢，你让我这张老脸今后往哪放呢？在家，我说了不算，没人把我当人看，这事传出去了，外人还不拿尻子把我笑话死了？"安澜一看一句话差点儿把母亲气死了，赶紧赔不是，说自己不孝，不该顶撞父母，等等，好话说了一箩筐，也没能消解老太太心中的怨气。

"你别叫我妈！我不是你妈。你要是眼目里还有我这个当妈的，你敢这么和我说话？你现在长大了，翅膀硬了，都敢顶撞我了。你也是当爸的人了，你现在敢这么顶撞我，将来我孙子就敢这么顶撞你。不，要比你现在还厉害呢。你就是五峰山上的大灰狼！哎哟——哎哟——大灰狼大灰狼，娶了媳妇忘了娘……"老太太不管不顾，不听儿子、媳妇劝说，也不怕孙子笑话，扯着大嗓门儿连哭带数落的。刚开始，双脚盘

坐在炕上，到了后来，双腿都伸开了，腰一弯一伸的，再一弯一伸的，两个手臂随着一弯一伸的腰，忽上忽下，落下时把个炕坯拍得"啪啪啪"作响。不一会儿，盘在头顶的发髻散开了，头发把脸全都挡住了，鼻涕一把、眼泪一把的，声泪俱下，没完没了地斥责着儿子。把安澜的三个孩子吓得哇哩哇啦地乱哭，一个老的、三个小的，哭声在房子里盘旋着。这时候，老太太哪里还能顾上孙子，她要达到自己的目的，撒赖放泼呢。到最后，连儿媳妇都捎带上了。

今日要挟儿子纳妾的架势，就和当年阻止老爷子纳妾的架势如出一辙。老爷子一看，气就不打一处来。厉声说："你想干啥？当大（音dà，长辈的意思）人呢，都不嫌晚辈笑话。遇到事就不知道摆事实讲道理，只知道胡搅蛮缠。"

老爷子的一声厉吼，一下子把老太太给镇住了。杨冬梅趁机又给婆婆赔罪，也给安澜递眼色。安澜好像没看懂似的，脖子上的青筋像蚯蚓一样暴露出来，就是没有再继续给母亲赔不是的意思。老爷子回头对冬梅说："你把娃带走，看把娃吓的。"杨冬梅正不知道接下来如何是好，刚好公公的话，如同瞌睡遇到了枕头，知趣地带着她的三个孩子顺坡坡溜走了。

看着杨冬梅带着孩子出去了，老爷子骂儿子："不知好歹的东西！你看看弄得啥事，一句话把天戳了个窟窿，把家弄了个底朝天。你妈这么做，还不是为了你、为了咱这个家？"

安澜说："我就是不愿意纳妾。再说，咱家也没有纳妾的传统。"一句话把老爷子也顶回去了。多亏媳妇走了，要不然，乾老爷也下不了台。气得把牙齿咬得"咯嘣咯嘣"地响，骂道："不孝的东西！滚滚滚，哪里娃多就到哪里耍去。"

安澜一扭屁股走人了。这时候，屋子里就剩下老爷子和老太太。老爷子又劝老太太，说："出力不讨好，你弄那事有啥意思呢。再说气大伤身，你又何必给自己找不痛快呢。"老太太白了他一眼，说："在这个家你永远就是个好人，我就给你当恶人。"老爷子说："你真是皇上不急太监急。人家都不愿意，你操那门子心干啥。"老太太说："你就是个十八能，这事我不管了，爱咋弄就咋弄去。"

"这就对了，好好睡觉。人家和咱一样，能睡觉就能知道翻身。"

乾老爷安慰道。老太太气哄哄地把被子一卷，给了老爷子一个后背。这一夜，大家相安无事，沉闷的气氛也随着时间的推移，在夜幕中一点点消散着、凝聚着，凝聚着、消散着，后来还是凝聚在了一起。

11

　　玉米全都种下了，没出一周，所有的玉米苗都长出来了。安澜脸上露出了喜悦，上官巷所有人的脸上，都笑开了一朵一朵璀璨的花，整个乾州的百姓心里乐滋滋的，脸上洋溢着灿烂的笑容。

　　安澜站在乾陵顶上，朝着四周望去，前几日还是黄土的一片土地，转眼间像变戏法一样，全都变成了绿色的地毯。

　　真是人误地一时，地误人一年啊。人爱土地，土地也钟爱那些爱它的人。三年了，地里没有长出庄稼，别说人哭呢，就是土地都在替人哭呢。常言说：人吃土，欢天喜地；地吃人，一片哭泣。三年的饥馑，饿死、病死、冻死、热死的人，不计其数，死了埋了，被土地吃了，哭泣声一阵接一阵，一阵惨过一阵，土地并不是无情物，它吃了那么多的人，哪有不伤心不哭泣的道理呢。

　　任何事情都不是一成不变的。就像这三年年馑，过去了，又到了风调雨顺的季节了。看着乾陵周边长势喜人的庄稼，安澜心里别提有多高兴了。他一边哼着弦板腔，一边走下乾陵。来到了武则天陵下的无字碑前，索性靠在无字碑上，一尻子坐在地上，沉思着心中一直都在纠结的问题：陵是个啥？无字碑又是个啥？帝王生前过着奢华的生活，死后还占着这么大的一片土地。穷人，生前衣不蔽体，食不果腹，死后还无葬身之地。这就是普通人与帝王的区别，这是帝王们的排场、气场和道场，却是穷人的无奈、悲哀和凄凉。

　　陵是个啥？陵是由阜和夌组成的。阜者，为高大；夌者，为攀越，其意思就是"拾阶而上，攀登高山"。由此看来，陵就是一种文化符号，是引领人登高而上、勇攀高峰的一种拼搏精神，登高远望、海纳百川的一种博大情怀。陵，不仅仅如此，还是帝王死后安葬的栖身之所，

是他们专用的升天通道。皇帝们生前坐在金銮殿上，吃着山珍海味，享受着最高、最好、最隆重、最奢华的生活和礼仪；死后，他们不满足生前的奢靡生活被中断，还要在地下享受着比一般人更高的生活待遇，无论从灵棺，还是从陵墓、陪葬来看，其奢华之程度令人咋舌，难以想象。他们把大量的金银财宝、甲骨、书简、仙丹、怪物异兽、青铜器、陶器、瓷器、兵器、石器、玉器、神器、金银器、字画等生前的所有值钱有意义的东西，挑拣着其中最好的作为自己死后的陪葬，更有甚者，将为他们修建陵园的能工巧匠、衙役苦力一并作为陪葬。这些尚不知足，还专门让妻妾、仆侍、宫女们进行陪葬，帝王的心一个个都是万丈深渊无可猜测的无底洞。真是人心不足蛇吞象啊！据史书记载：秦武公死时，"初以人殉死，从者66人"。秦穆公死后，"从死者77人"。据《吴越春秋》记载：吴王阖闾的女儿因对吴王不满，遂自杀身亡。阖闾悲痛万分，他不在自身找原因，反而在阊门外为其大修坟墓，"凿地为池，积土成山"。待到坟墓修好以后，又以白鹤引路，吸引成百上千的百姓，到了坟墓，"使男女与鹤俱入门。因塞之"。由此可见，帝王的心便是蛇蝎之心，凶残到何种程度了。

　　高高耸立的大陵掩盖着他们一生的罪恶，却给后人留下了难以磨灭的印记，以及一种高深莫测的"陵文化"。

　　安澜沉思着：陵是这样的，那么，他背靠的无字碑呢？为什么没有文字和图案？武则天确实聪明过人，在封建思想禁锢的大唐时代，竟然能成为一代女皇，确实有她聪慧过人之处。她对中国历史的贡献主要集中在对于女权的极大解放，让妇女从幕后走向前台。打击了以长孙无忌、褚遂良为代表的关陇贵族保守势力，启用了狄仁杰等一大批正派官吏，政治清明。发展采矿业、铸造业和纺织业，推动了唐朝的经济发展等。正如司马光所言：政由己出，明察善断。继承了唐太宗的怀柔和"降则抚之，叛则讨之"政策，有效地巩固了大唐边疆。同时，武则天在文化、佛教事业的发展上也作出了极大的贡献。但是，她在投下阳光的同时，也洒下了一片阴影。使用了以来俊臣为代表的酷吏，滥杀无辜，诬陷良臣，他们不以为耻，反而厚颜无耻地写下《罗织经》，把他们如何陷害人的手段一一罗列出来，给唐代清明的政治蒙上了一层厚厚的阴影。随着武则天权力欲望的极力膨胀，她杀人无度，连自己亲生的皇子都不放过，造成唐后继没有一个能够独当一面、统领江山社稷的皇帝，造成唐在后期的混乱，乃至"韦后之乱"。武则天荒淫无度，发展了薛怀义、张易之、张昌宗等面首，不仅不严加约束，反而放权于他们，造成宫中之乱。难怪明末清初思想家王夫之评价她说："鬼神之所不容，臣民之所共怨。"

安澜思索着，一代女皇武则天创造了多少个奇迹，死后与丈夫李治合葬于梁山之上，称为乾陵。武则天的威望、名气远远大于李治。人们谈起乾陵，首先想到的是武则天，而不是李治。她在乾陵，给李治立了一块"述圣纪碑"，歌颂了李治当朝时期的丰功伟绩，唯独给自己立一块"无字碑"，把千秋功罪，留于后人评说。无字碑啊无字碑，此时无字胜有字，胜过了千言万语。无论是武则天自认为功高德大，高大到文字已无法表达而言，还是自知罪孽深重，不愿意评价自身罢了，总之，这就是武则天的聪颖过人之处，是一个女人、一位女皇的拳拳心机。其实，这块"无字碑"，看似无字，却是有心，彰显出武则天聪明的智慧和非凡的胆识。这就是一种"无字碑文化"，这种无字文化，包含十分丰富的内容，也是一般人所难以理解的。

乾陵除了"陵文化""无字碑文化"外，还隐藏着一种文化，那就是建筑艺术文化。遥想黄巢、温韬，他们一个个觊觎乾陵宝藏的野心昭然若揭，大肆进行破坏性盗掘，却未能如愿以偿。无论是《雪航肤见》"武后陵，黄巢伐之"，还是《新五代十国》"韬在镇七年，唐诸陵在其境内者，悉发掘之……唯乾陵风雨不可发"，究其原因，乾陵是历代帝王陵的建筑史上的奇迹，其建筑艺术堪称绝学。

乾陵的文化，就是勇攀高峰的胆识和决心、博大精深的修养和历练、虚怀若谷的豁达和姿态。

这次祈雨成功，不仅是上官巷的父老乡亲，还有乾州城内、城外的百姓都认为应该给乾安澜立一块碑，将他为民祈雨的事迹刻在石碑上，流传后世。这一举动，却被安澜婉言谢绝了。他说自己算个啥？一介草民而已。祈雨成功，并非自己的行为感动天地，而是老天觉得对百姓的惩罚已经到了尽头，所以，天降大雨于百姓。自己何德何能，岂敢立碑？这次祈雨成功，确实不是他一个人的功劳，而是乾州城百姓的拳拳诚心感天地泣鬼神的结果，他不敢独贪。

百姓的眼睛是明亮的。谁好谁坏，能见分晓。安澜带着族人做法事，偷龙王，火祭祈雨，总算成功了。这一桩桩、一件件都是有目共睹的实情，是不可辩驳的事实。这一场雨，一等就是三年。这三年饥荒，给乾州的百姓造成了巨大的灾难和心灵的严重创伤。它来得太及时了，太给力了，它落在了赖以生存的大地上，也洒在了百姓的心坎儿上。他们为安澜的举动所感动，尽管安澜不愿意让百姓给他树碑立传，但是，天地之间始终存有一杆秤，那秤砣就是老百姓。公道自在人心，明着你不让立碑，暗地里的事情你就挡不住了。

一大早起来，安澜看见一块高大的青石碑立在了他家门前，立在了左侧青石狮子的旁边。这块碑，虽说没有青石狮子那么厚重，却比青石狮子高出了一截。看到这块石碑，安澜心里无比感动，无比心酸。感动的是老百姓对他所付出的心血念念不忘，心酸的是自己哪有资格接受百姓这么大的恩典呢？

武则天统领大唐，仅给自己立了一块无字碑。而他和武则天压根儿就不在一个水平上，女皇是一代帝王，而他仅为一介草民，咋敢接受来自百姓这么金贵和厚重的抬举呢。他返回家找出板斧，怀仁问他一大早要板斧干啥，他说要砸了门前这块碑。

怀仁跟着安澜到了门前，看到了青石狮子旁边的石碑，心里就明白了是咋回事。他劝安澜，这碑无论如何都不能砸。安澜问为啥。怀仁说："这是百姓的心声，是百姓发自内心的感激和褒奖。你砸了石碑，岂不是砸了百姓的心？你这是对他们的冒犯、亵渎和不尊敬，也是在打他们的脸面，戳他们的心呢。"一句话说得安澜一时没了主意，又问道："我做了啥，我心里知道。这点不足挂齿的事情，岂能贪功？咱家门前已经立的不是一块石碑，而是一把宝剑，插在了我的心上。不砸了它，要它何用呢。"

怀仁说："你不愿意立碑，但民意难违。"然后给安澜讲了一番"青石碑就是百姓心""也是百姓对咱的警钟"等道理，把安澜说得心服口服，让安澜从内心佩服儿子"长大了""有出息了"。随后，他们父子通力将石碑轻轻地落下，小心翼翼地运到家里，放在了靠墙的角落里，装在了他们心里，警醒着自己时刻不敢忘记乾州城的父老乡亲。

12

二牛从本质上来说，并不是个坏人。

他硬着头皮去安澜家借粮食，也是法娃他妈怕法娃死了，没法了。能借的他都借了，能蹭的他都蹭了，能混的他都混了，到了最后，还得走到乾安澜的屋檐下。

说起来，这娃也确实可怜，生活也很不容易。他爹去世得早，他妈乾孙氏寡妇带娃，受的人间冷暖、吃的苦头、遭的罪不少。在清末，一个女人能在这样的社会上，别说想出人头地了，就连最基本的生活要过好，都是非常困难的一件事。家徒四壁，又无存款余粮，所以，二牛二十出头了，还娶不到媳妇。二牛长了一张朴实、憨厚的面孔，圆盘脸，黑黝黝的，蒜头鼻，眼睛不大，但很机灵，他的一双耳朵比一般人的都大，像弥勒佛的耳朵，可惜，二牛这孩子命不好，早早死了爹，乾孙氏溺爱他、娇惯他，使他有些懒散。所以，务作庄稼就不是一把好手，每年地里打下的粮食肯定没有其他人家的多。然而，他家基本的生活开销全靠粮食，有了粮食，就要留一部分，粜一部分，换成钱，用于日常购买盐醋生活的花销。二牛家境本来就不好，自己还养成了赌博的坏毛病。手里不敢有两个钱，一旦手里有钱，手就发痒，老往东街赌场里面钻。赌场是个啥，谁心里没有个底呢。十赌九输嘛。他能挺着腰杆、喜笑颜开地进去，就只能猫着腰、灰溜溜沮丧地出来，进去时饱囊囊的腰包，出来时口袋就成了空壳壳，他咋能高兴得起来。

为此，乾安澜没有少说过他。不过，他把乾安澜的话从来就没有放在心上，你说你的，二牛该咋干还继续咋干，依然我行我素，一如既往地往赌场跑。有一次，乾安澜拦住他，劈头盖脸地把他臭骂一通，二牛表面上唯唯诺诺，唯安澜马首是瞻，心里却嘟嘟囔囔骂安澜"爱管闲事""管得太宽，我输我的钱，与你有啥关系呢？"

安澜看着二牛一副二流子样子，气就不打一处来。本来，安澜还想着给二牛动"家法"呢。他考虑了许久一直没有下定决心的原因，还

是出于二牛家庭的因素。他妈乾孙氏一个妇道人家太可怜了，二牛嘛，也不是坏得头顶生疮脚底流脓捞不到手上的人。一旦对他在乾周祠堂"动家法"，安澜害怕引起不必要的误会：有人会说他欺软怕硬，专拣软柿子捏；有人会说他欺负孤儿寡母；更有看热闹不嫌事大、故意煽风点火的人，说他可能没有得手于乾孙氏，才对人家孩子下手之类的话。所以，他思忖再三，才没有给二牛"动家法"。毕竟这"动家法"实在是一件非常丢脸的事。他不止一次听人说，二牛在大街上故意顶撞巡警，故意抢吃抢喝的，他也知道二牛在乾州城给乾氏家族脸上抹黑呢。一开始，他气得不行，后来听飞毛腿说，二牛那样做，是故意的，是成心的，为的是在监狱里能有吃食。他坚硬的心一下子被飞毛腿的话刺伤了、软化了。心想：二牛还是个孝顺娃，为了自己妈能活命，故意在大街上干偷鸡摸狗、丢人现眼的事情，一个原本就不坏的人拿自己的名声保全他妈妈的生命，在那样的恶劣环境中，也算是一份孝心。他一旦进去了，家里仅存的那点粮食就留给他妈吃了。家里少一个人吃饭，粮食就能够让乾孙氏多吃一段时间。二牛这娃，也确实不容易。他不缺心眼儿，还能想到利用这样的方式给他妈争取口粮呢。虽然行为有些偏执，令人不齿。二牛缺少的是勤快，缺少的是戒掉赌瘾的决心，缺少一个好的指引老师和好的家教环境。

当二牛登门借粮时，安澜不是不想借给他粮食，而是想好好地用事实教育他。常言说得好，事实胜于雄辩嘛！要让他在铁的事实面前，从内心深处真正明白粮食是个啥，自己的日子应该怎样过，应该如何做人的道理呢。所以，二牛不开口，他故意装作不明白。二牛开了口，他给谁都借粮呢，二牛都登门了，有理不打上门的客，他肯定会借的。

"叔，我知道自己以前做错了。家里实在揭不开锅了，没办法了，我才求你。"二牛不好意思，他知道太平日子期间他没有听安澜的话，把粮食桌了，把钱输在了牌桌上，没干成一件正经事。他也很后悔，当初没有听从安澜的忠告。不听老人言，吃亏在眼前嘛。他的窘境就是现世报。安澜继续装，问："你求我啥？你还有求于我的时候？""叔，我已经知错了！可惜这世上没有后悔药。为了我妈，求你借我一点粮食。要不然，我饿死了是自己造的孽，妈饿死了，我会后悔一辈子呢，还会让人戳脊梁骨，更对不起死去的爹。"说着，二牛还真的动情地哭了。

安澜说："知错就行。娃呀，老话说得好，钱难挣，屎难吃。话糙理端呢。粮食是个啥？它是我们生存的法宝，是我们的命根子。咱是农民，靠的是种地耕田，靠的是粮食的好收成，干啥事都要勤快呢。勤勤俭俭粮满仓，大手大脚仓底光。不是老天不开恩，而是自己不长眼。到了节骨眼儿上，没有粮食了，拿啥养活人呢？你一年辛辛苦苦打下粮食，该粜该留多少，心里要有个盘算呢。粜粮换了点钱，就不知道该干啥了，涨得没领了，一头扎进赌场里去，输光了，心慌了。我告诉你，十个赌徒九个输，倾家荡产不如猪。过日子，要长计划、短安排，精打细算够半年，遇到荒年不做难。你看这荒年来了，谁都没想到，饥荒年不来不说，一来就是三年，没吃的没穿的，哪能不让人作难呢。"在人屋檐下，二牛自然把头低下了，更何况，安澜的每句话都击中他的要害，也是安澜积攒的经验，说的都在渠渠道道里，他只有承认错误痛哭流涕的份儿，再也没有从前心里嘟嘟囔囔的劲儿了。

安澜看二牛这架势，也不好意思再说下去了。问道："吃了吗？"二牛不好意思，脸露羞怯。安澜叫杨冬梅给二牛盛了一碗饭，二牛不好意思，推让了好一阵子。安澜说："别硬气了！嘴上说不吃，肚子咕咕咕地早都不答应呢。饭里没放毒药，把你毒不死，放心吃。"二牛端起碗，一阵心酸，呜呜呜地又哭了，说："叔，姨，你们的大恩大德我终生不忘。我想，我想……"想了半天，他不知道如何向安澜、杨冬梅开口呢。杨冬梅说："这娃，有啥话就直说嘛，别吞吞吐吐的。"二牛说："我想把这碗饭端给我妈吃。"安澜说："娃，给你的饭就是你的，按理说叔不能参与意见。但是，眼下咱这处境，饭咋敢往外端呢。你端出去容易，就给叔把事惹下了。大家一个个闻着饭香都来了，你让叔咋办？你姨一个人也忙不过来。再说，咱家粮食借出去那么多了，剩下的也不多了。无论如何，咱哪怕吃稀一点，少吃几顿饭，咱都要把种子留足呢。全吃了，等到雨来了，地能种的时候，没有种子，咱给地里种啥呢？"二牛听完，就明白了。说："叔，姨，你就当娃放了个屁。"说完，二牛端起碗，囫囵吃完了，连碗里的汤汤水水都喝干净了，顺便还伸出舌头，把碗仔仔细细地舔了一遍。安澜两口子看着二牛的吃相，直摇头。

等二牛吃完饭，安澜已经给他把粮袋子装好了，足有三十斤。说：

"拿回去吧！好好孝顺你妈去。再不敢糟蹋粮食了，'一粥一饭，当思来处不易；半丝半缕，恒念物力维艰'。这是《朱子家训》说的，是老话，不是叔说的，一定要记住。"二牛"扑通"跪在地上，千恩万谢，被安澜一把拉起来。"干啥呢，还不回去照看你妈。"

看着二牛出了门，安澜两口子才回到堂屋。杨冬梅说，我咋听了句闲话。安澜说，听啥闲话。吃饱了，撑的来。其实，安澜知道冬梅口里的"闲话"是个啥，他不想让冬梅说出来。丢人啊！为了吃一口饭，啥事都能做出来。真是慌不择路，饥不择食。

杨冬梅嘴里的"闲话"，就是巷子里风言风语地传着二牛他妈的事。二牛家里断粮了，乾孙氏没办法，自己到梁山观找梁道长，想借一点粮食。梁道长是个好色之徒，你既然找上门了，有求于他，他自然不会放过你，更何况，二牛他妈当年还是个美人胚子。

乾孙氏刚嫁到乾望云家，其美貌虽然比杨冬梅略有逊色，但在上官巷也是数二数三的美人。那时候不讲气质，要是讲气质，那她就是气质型美女。她个头儿不高，还不到1.6米呢。但她的五官端正，眼睛、鼻子、嘴巴恰到好处地布局在瓜子脸上，显得很和谐。她的嘴唇薄薄的，很性感。特别是齐腰的乌黑头发，像瀑布一样垂在后背。梁山观梁道长那天吃喜酒的时候，看到乾孙氏，那两只贼眼滴溜溜地转，口水像拉丝一样从口里往下掉。好在那天喝酒喝得多了，大家都以为他醉了，流哈喇子呢。酒把梁道长的歪门心思掩盖了，却把他心中的欲望点燃了。从此，乾孙氏的气质、美貌就结在他心里掉不下来了。

13

乾老太自从有了让安澜娶一房小老婆的心思后，就变着法儿在家里装神弄鬼，把一家子人折腾得够呛。那天晚上她折腾了安澜，在家里披头散发、呼天抢地地哭喊一番，把五个孙子孙女吓得哇哇大哭。好在乾老爷在家里具有绝对的威严，一声呵斥，才制止住老太太胡搅蛮缠的阵势，才暂时结束了当晚的一场闹剧。

闹剧结束了，晚上看似安静下来了，一家人貌似都能睡个安稳的觉。其实，山雨欲来风满楼，树欲静而风不止。事情没办成，老太太绝对不会、不愿、不能善罢甘休，她不能让家里人特别是儿媳妇杨冬梅嘲笑她、小瞧她。她心里非常清楚，这件事一旦落空，她今后在这个家里就没有任何话语权了，名声扫地，威风尽失，他们会将她说的每句话当成耳边风，这个耳朵进去，那只耳朵出来，连停留一下的时间和余地都不会有。老太太越想心里越不舒坦，心里越是难受，她坚持安澜娶一房小老婆的态度就越坚定。事情办不成，她就变着戏法地在家里折腾呢。心想：你让我心里不舒服，我就会让家里不安宁。

乾老爷说："娃不愿意就算咧。牛不喝水强搬犄角行不通。"

"我就不信这个邪。他翅膀硬了？我在世一天，他无论多大都是我的娃。是他妈的娃，哪有不听他妈话的道理呢？安澜他娃没有三头六臂，就算他是孙猴子，我还是如来佛吧。我就不相信他娃还能跳出我的手掌心。"

"你就是偏心。当年我说要娶一房小老婆，你是咋说的？要不然，我现在——"还没等乾老爷说完，老太太就说："你做梦娶媳妇，净想好事呢。你是我男人，我能容你再娶一房？别说你再娶一房了，就是有这个想法，我也要连根挖了，连一个毛毛根都不能给你留下，要让你趁早死了这条心。"老太太越说越来劲，"安澜是我儿子，他想咋办都行。别说娶一房，就是娶七房八房都行。你还与你儿子比呢？你俩能相比吗？看来，多年过去了，你这花花心还没有彻底死了呢。"

乾老爷说："早年确有这心，都被你害死了。老了，哪里还有这心思呢。也就是事赶事赶上了，只能图个嘴瘾。"老太太说："老狗提起陈干屎，你现在提起当年的事情想干啥？"乾老爷说："这不是话撵话撵到这儿了。"老太太说："撵到这儿，好嘛，看我今晚咋收拾你，让你不回话你就不知道我的厉害。"乾老爷说："你的厉害我早都领教过了，要不然，别说娶二房了，就是五房、六房都有了。你别再逞能了，都没看看自己多大了，早都是娃他婆的人了。你再能行，我已经吹灯拔蜡，拿不动你的活了。"老太太说："知道就好，算你识趣，还知道自己几斤几两，安澜的事情你就别掺和了。"

第二天天不亮，杨冬梅一如既往，牢记着"黎明即起，洒扫庭院，

要内外整洁"的《朱子家训》，早早地起来，把屋内屋外齐齐收拾一番。然后进到厨房开始做饭。她把菜、馍一一端到桌上，等到大家坐齐了，才去舀饭。担心早早地把饭盛出来放在桌上，时间一长就放凉了，吃凉饭对胃不好。眼看着大家都上了饭桌，老太太却依旧不哼不哈地躺在房子不出来。乾老爷出门前，还问了她吃饭不，她说："吃你的去，少管我。我就不信还治不了我儿。"乾老爷明白了，走出房门。杨冬梅眼看着婆婆没出来，便进屋去请，老太太依旧躺在炕上，面朝墙，给她个后背。她一连叫了几声"妈"，老太太就是装作没听见，故意不吭声，要让冬梅知道她还在气头上呢。杨冬梅明知道婆婆是有意装的，她上到炕上，把婆婆往起扶。说："生啥气呢。你不是说，气大伤身，主在肝脾，把你气病了咱家这可咋办。"

"气死了算咧。你们一个个都多嫌我呢。我一死，你们眼不见，心不烦。"

"谁敢多嫌你，我都不答应呢。"杨冬梅嘴甜，说得婆婆心里甜滋滋的。其实，婆媳俩都知道，婆婆生谁的气，生啥气呢。所以，她俩之间没有隔阂，好沟通。"别生气了，你还要好好活呢，你在，还能镇住他、护着我，我心里就舒坦了，你儿他也不敢欺负我，你是我的护身符。"几句话说得婆婆心里的气也消退了不少。

"去吃你的饭，你别管我。我不生你的气，安澜他不给我回话我就饿死给他看，让全巷子人都骂他不忠不孝。"

"你咋说着说着又说气话呢。你儿子的脾性你还不了解嘛。再说，哪有妈和自己娃置气呢？"

"了解咋？他还不知道他妈的脾性？我就要给他做个娃样子。我死了，就让街坊邻居笑话他去。"

乾州有一句老话：谁的猴就要谁耍呢。文明话就是解铃还须系铃人。老太太和安澜生气呢，安澜不答应，她就不吃饭，绝食，以死来威胁。

"妈，你别生气了。我懂你的意思，我出去，把你儿子叫进来。"杨冬梅说完，临走时还给婆婆做了一个鬼脸。

杨冬梅把安澜叫到一边说："妈想要孙女心切得很，我又不能满足她的心愿，你还是按照妈的意思，再娶一房。这事我都能想通，你还有啥想不通呢。你们男人，谁不是吃着碗里的，瞅着锅里的，还看着面瓮里面的呢。"安澜说："你把我看成啥人了？过了这么多年，你还不了解我是啥人？"杨冬梅说："我知道你的长短，你却不知道我的深浅。你有这个贼心，就是没有这个贼胆。"安澜说："你看你说的啥话？都三个娃了，我还不知道你姓啥为老几？你心里咋想的，别以为我不知道？既然你不愿意，为啥不当着妈的面反对呢？"

"你以为我是傻子？恶名我才不替你背呢。我当面反对，岂不两头都得罪人呢。惹得妈不高兴，你更不乐意呢。与其这样两边不讨好，还不如落个顺水人情，两头都能捞到好处。你娶个小的，还有人叫我大姐呢，替我收拾你呢，我何乐而不为呢。这天大的好事，我还有啥不愿意呢？"杨冬梅心里酸溜溜地说，"你快去劝劝妈。你若不答应她，妈这万一做个啥错事，街坊邻居骂你，你会后悔一辈子。"

"我不答应，她能做啥错事呢。"

"以死威胁呢。她真的因为这件事死了，你哭都没有眼泪了。这头呢，没有妈了；那头呢，街坊邻居会说你是个忤逆不孝的逆子。"

安澜沉闷了半晌，看了看冬梅，又摇了摇头，转身就走开了。杨冬梅在身后说："顺便提醒你一下，《朱子家训》说，'婢美妾娇，非闺房之福'。"

老太太知道杨冬梅会劝安澜来请她。刚才，杨冬梅出门时做的鬼脸就等于告诉了她。安澜说了一通服软的话，她就是不转身，给儿子一个后背。安澜跪在地上求她原谅，她还是无动于衷。心想：你不答应，就是跪一辈子我都不会转身。半晌安澜没有出来，冬梅心里明白，安澜肯定没有答应婆婆的要求。她起身再次进去，一看，婆婆还是背对着安澜，不过已经发出了哭声。安澜跪在地上，呆若木鸡，不再说一句话。气得她在安澜的屁股上踢了一脚，拉起安澜的胳膊，对婆婆说："妈，你娃答应了。"安澜用眼睛斜视她，意思是"我啥时候答应了？"杨冬梅不管安澜是斜视还是正视，用拳头在他腰上捶了两下，示意他赶紧答应，先把眼下的事情解决了再说。要不然，家里永无宁日。

无奈，安澜只好答应了。老太太立马转过身子，问道："真的？我没听错吧？"杨冬梅说："没错，没错，是真的。"老太太贼灵贼灵地说："你说的不算，我要听安澜亲口说。"安澜被逼上梁山，说："妈，

我答应你。"

"我没听见。"

"妈，我答应你！"安澜大声地说。

"咋？你这是啥态度？声这么大，难道吓唬我不成？"

人给人寻事很简单，也很容易。声音小了，他说听不清，没听见；声音大了，他说你把他吵的，态度又不好了。总之，人给人寻事，能找出一千个、一万个理由。杨冬梅笑了，给婆婆和男人打圆场，说："妈，你儿就是一根筋，转不过向，千万别和他一般见识。他已经答应你了，你就等着看他的实际行动。"说着，把婆婆往炕沿边一拉，手脚麻利地将一双绣花鞋套在了婆婆的三寸金莲上。三个人出了门，坐在了饭桌上，开始了一天第一顿饭的节奏，也拉开了新一天的幕帘。

14

安澜在他妈妈的威逼下娶了一房小老婆。

小老婆年方二八，小圆脸，樱桃嘴，丹凤眼，身材瘦小，显得干练得很，缠着裹脚，走起路来像个圆规。

自从杨冬梅在婆婆面前表下决心以后，娶小媳妇的事情反倒成了安澜的一块心病。这可咋办呢？老话说，不孝有三，无后为大。自己都有三个儿子了，也算是孝顺呢。为啥当妈的还不依不饶，软硬兼施，非要威逼他再娶一房呢？谁能保证再娶一房就一定能生个女子？要女子能干啥？老话说，女子就是一门客。女子长大了，嫁出去就成了人家的人，与娘家的关系，也从主人变成了客人。所以，谁还稀罕女娃呢。这让他咋都想不通、辩不明白。

老太太有老太太的想法：自己没有女子，安澜又添了三个光葫芦，儿子就是顶门的杠子。在外面风风雨雨的没问题，但在做家务方面就不行了，特别是父母老了，还指望着女子服侍呢。顶门杠子干粗活、重活、体力活还行，如果干端屎端尿、缝缝补补、洗脸擦身的仔细活那肯定不行，干这些事还得指望女子，女子心细如丝，心软如棉。别说女子是一门客，但在伺候父母这关键时候比顶门杠子还管用。父母老了，生病了，就会从婆家到娘家来尽孝。干这些事没有女子的确不行，这才坚定了老太太让儿子纳妾的强烈愿望，才有了豁出老脸、胡搅蛮缠、只要把事情办成的态度和决心。

杨冬梅没啥说的，婆婆的意愿自己改变不了，还不如顺水推舟，既不得罪婆婆，也不为难自己的男人，两头讨好的事情，谁不会耍人呢。婆婆说给儿子纳妾要个小棉袄，虽说不是自己亲生的，其实，只要有了女儿，不管是谁生的，到时候自己多体贴一些、多关心一些，多给女子一些温暖，女子肯定与自己贴心呢，等自己老了，有个病病灾灾的，也多个贴心的伺候人。杨冬梅，算盘打得精明，多聪明的一个人！不过，杨冬梅把好事办了，这可难为了安澜。一个媳妇都够他伺候的了，再娶一个和冬梅一样的女人，还不把他折腾死了，到时候皮都能搭到权尖上去了，要了他的命呢。想着想着，就犯愁。在房里，剩下他俩时，杨冬梅取笑地问："你愁啥呢？妈做主给你娶小老婆，我不但不反对，还全力支持，这事多好，好多人想都不敢想。就像咱爸，当年想了一下，就被妈把他的想法扼杀了。你看我多大方，圆了你的心愿。""你就是个黄鼠狼给鸡拜年——没安好心。""你再说一遍？我这还不是替妈考虑，为家里着想，才给你办好事。你倒成了猪八戒，这事不感谢我就算咧，还倒打一把。你要是不愿意，我出去给妈回个准信儿。""你再别添乱了。好不容易才安静了，你再折腾来折腾去的，还不知道最后能折腾出个啥事出来呢。"杨冬梅扑哧笑了。说："那就好！听我的。"安澜说："看把你能的。你那么能，咋不给跳蚤挽个笼嘴？"杨冬梅不说话，一下子将安澜扑倒在炕上，三下五除二把安澜扒了个精光，赤条条地爬到安澜身上。"我先给你挽个笼嘴，把你的家具套住再说，免得你在新媳妇肚皮上没黑没明地胡骚情哩。"

"你还想给我挽笼嘴，看我咋收拾你。"安澜一翻身，将冬梅压倒在炕上。杨冬梅两只雪白的手臂扶着安澜的胯，指甲像蛇一样地在他的腰间轻轻地划过去、划过来，弄得安澜心里一阵一阵地发痒。杨冬梅的指甲就像火镰，在安澜身上划一下，再划一下，安澜心中的干柴就被点燃了，燃了一点，燃了一片，直至全都熊熊燃烧起来了。安澜全烧起来了，杨冬梅也燃烧起来了，杨冬梅就像一匹脱缰的野马，在乾州城内外

奔驰着。安澜就像一个聪明的、勇敢的骑手，骑着骏马，策马扬鞭，杨冬梅感觉到自己一会儿奔驰在街道上，一会儿又穿过乾州厚实的城墙，一会儿却跨过了漠西沟，一会儿再奔上了乾陵，一点、一点、再一点，她飞到了乾陵顶上，她恍惚之中感觉到自己吃了武则天赏赐的灵丹妙药，毛孔舒坦了，身体舒展了，她到了人间仙境，超越了自我，感受到极大的挑战和刺激，她忘乎所以地喊出声，安澜迅速地用自己胡子拉碴的嘴堵上去，杨冬梅受了胡碴的撩拨、刺激，身体里瞬间膨胀了，再膨胀了，内心充满了极大的兴趣、欲望和激情，她要释放，感受到安澜身下一股热乎乎的东西既像黄巢那把明晃晃的利剑，将她从头到脚穿了个通惯，让她浑身战栗；那股热乎乎的暖流又像洪水决堤，冲击着她的身体，流入她身体的每个角角落落，滋润着她的每一寸肌肤，不知过了多久，杨冬梅感觉自己从乾陵顶上滚到了山下，落在无字碑旁，浑身像散了架⋯⋯

骏马疲惫了，终于停下来了。骑手疲劳了，终于软瘫在马背上。安澜和冬梅经过好长时间的耳鬓厮磨，终于，慢慢地安静下来了，两团烈火终于燃尽了。

腊月三十，安澜终于完成了他妈妈的心愿，娶了乳台麻村的女子麻小莉。麻小莉听媒人说要给人当小老婆，她说啥也不同意。无奈，自己的父亲麻二欠了债主一屁股赌债，没有偿还能力，被债主逼得走投无路，连跳黄巢沟的心都有了。女子在房子里哭得死去活来，麻二在院子里很是无奈地仰天长叹：自己一辈子没啥能力，墙倒屋漏，瓮牖绳枢，柴棚土墙，一生却偏爱赌博，只要是赌博，不管是掷骰子、吆麻雀，还是打麻将，无师自通，很是上瘾。只要手中有点钱，家都不顾了，老婆孩子都不管了，一头钻进赌场，从早赌到晚，从晚上赌到天明，赌得天昏地暗，直到两手空空，被驱逐出来为止。妻子劝了他无数次，哭了无数次，他也答应过无数次，却从来都没有"金盆洗手"的意思。长期以来，把自己、把家当全赌进去了。到了现在，没啥可以当作赌资了，就打起女儿的歪主意。眼看着媒人说得天花乱坠，把已经是三个孩子父亲的安澜都能说成一个尚未婚配的个大小伙。何况，上官巷的乾家在乾州城内城外，名声远扬，粮仓囤满，钱库丰沛，牛肥马壮，媒人说："你输掉的那点钱，还不够乾家塞牙缝！哪像你家，穷得连苍蝇都不愿意光顾。人家乾家四合院，大红门，高门楼，石狮子，顿顿吃白面，连一口稀的都不吃。进门坐的是皇上椅，出门骑的是高头马，也不是一般人想高攀就能高攀的。"

麻小莉说，自己宁愿少要一点或者不要彩礼钱，也不愿意嫁给他人当小老婆。当小老婆，不仅要听公公婆婆、男人的话，还要听从于大老婆的安排。当小老婆就像犯了罪的犯人，自己哪有啥说话的权利。与其说是给人当小老婆，还不如说是给大老婆当奴才呢。是啊，《说文解字》中说"女子有罪者为妾"，妾，就是罪人，完全沦为男人泄欲的工具，是大老婆的丫鬟，有时候，连个丫鬟都不如，一辈子低三下四，看人的眉高眼低，就连生下的孩子都比大老婆的孩子低一头、矮一截，在人面前永远都抬不起头。人家高兴了，妾就是玩偶；不高兴了，妾就是出气筒。所以，她说啥都不愿意嫁给乾家当小老婆。

麻二眼看着媒人生气得要走时，到手的鸭子眼睁睁地就要飞了，眼看着彩礼钱哗哗哗的就要到手了，这么多的彩礼钱，既能还了赌债，还有不少的结余，自己再拿到赌场去，再扳回本钱。再说了，女儿能给上官巷的乾家做小，他自然就是乾州城有名望的乾家的亲家，是他族长乾安澜的老丈人，所以说，这门亲事成了，也是他麻二脸上的荣耀。他再去赌场，谁还不给他几分面子？想着想着，他就来了气。女子大了打不得，怎么办呢？跳黄巢沟他又没有这个胆量。一想到赌场上的快乐，他也不想死。就是要让他去死，也要死在赌场上。无奈，女子死活不答应，这可急坏了一门心思钻到钱眼里的麻二。他思前想后，软的不行，就来硬的。这一招再不能打动女儿的心，他就彻底把心死了去。他跑到厨房，拿了一把菜刀。媒人大惊失色，慌忙喊道："麻二杀人呢。"麻小莉在房间里听得吓了一跳，哭哭啼啼地冲出房门，只见麻二提了一把菜刀，着实吓坏了。眼看着麻二来到当院的石板旁，将左手放上去，右手手起刀落，左手小拇指被剁了下来，鲜血哗哗哗地喷射出来，血落在了地上，地都染红了，却疼到了麻二心里，他"啊啊啊"地叫喊着。转眼工夫，剁下来的小拇指被一只小黄狗叼走吃了。

这一招自残还是灵验。麻小莉一看父亲下狠心剁了手指，下了很大的戒赌决心。她再不答应，万一父亲杀人呢？或者自杀呢？小莉心软了，她不能没有父亲，尽管父亲是个赌徒，她只能葬送了自己前程。再

说，媒人说乾家不仅家境殷实，为人也很忠厚本分，她嫁过去，吃苦受罪自然少不了，但是，他们也不可能过分地为难她。万一，人家把她不当人看，自己哪怕死了去，这就是自己的命！怨谁呢？谁都不能怨。既然做小是自己的命，那就只好认了。认命了，权当给赌徒爹赎罪呢。想到这里，麻小莉一咬牙，心一横，便答应了这门亲事。

新婚之夜，杨冬梅心里酸溜溜的。她知道自己不能阻止安澜入洞房，便对安澜说："你省着劲用，别再把炕整塌了。"安澜说："你不放心，咱俩先把事办了，我再入洞房。""去去去，我怕你的心早都飞了，人在我身上，心却在小媳妇身上拴着。鉴于今日是新婚，今晚先放你一马，以后再和你算账。在我这里，你能躲过初一，永远躲不过十五！"

就这样，安澜和麻小莉入了洞房。安澜已经是三个娃的父亲了，和杨冬梅把房事干了一次又一次，冬梅也给他教了好多房事的花样呢，干男女之间的事情，早已是轻车熟路了。他和麻小莉之间，一个是生瓜蛋蛋，一个是驾轻就熟。当他掀开小老婆麻小莉盖头的时候，小莉眉清目秀，眉目传神，显得有些怯生生地紧张，坐在椅子上手足无措，瓷愣愣地，不知道结婚是干啥呢。安澜像老鹰抓小鸡一样，将小莉一把抱起，放在炕上，麻小莉就像一只受到惊吓束手就擒任人宰割的羔羊，任凭安澜手脚麻利地一层一层脱掉自己的衣裤，尽管她非常恐惧，非常娇羞，但安澜已经不能顾及她的恐惧与娇羞，手脚麻利地宽衣解带。顷刻间，麻小莉就像被剥了皮的大葱，将白花花的身子搠进安澜的眼睛里。

麻小莉第一次这样赤身裸体地面对一个未曾谋面的男人，羞得脸红得像个大公鸡冠子，像条鱼一样，哧溜钻进软软的被子里。安澜以最快的速度，赤条条钻进去，在被子里领着麻小莉，完成了从少女到少妇的一场大变革。麻小莉是第一次行房事，懵懵懂懂的，任凭安澜不断地折腾，跟着安澜的节奏，在阵痛中，"啊啊啊"地一步一步被带到梁山的山巅。

15

飞毛腿和传话筒带着巡警二话没说，就把正在给孙子天宝过满月的安澜抓走了。主家都被抓走了，谁还有心思在这里吃饭呢。于是，大家都要作鸟兽散。这时候，只见杨冬梅快速走上大门前的台阶，对着吃酒席的乡党们不慌不忙地说："大家慌乱啥呢！该吃的吃饱，该喝的喝够，天塌下来了，有大个子顶着。你们的族长是你们推选出来的，他是个啥人难道你们心里没有底吗？他就是个玻璃人，心里想的你们都能看得清、摸得透。多少年了，他是如何对待你们的，难道你们心里没有个数吗？远的咱不说，就说这三年的饥荒他给大家做了些啥？祈雨他又做了些啥？连瞎子都能看见聋子都能听见呢！安澜本来就没有事，我就不相信，它巡警局把人抓去了，还能把他杀了剐了不成？放心了吃，敞开怀了喝。吃饱了喝足了，就回家去，该干啥就干啥！再说了，即使族长犯了杀头的罪，砍掉头就是老碗大个疤疤嘛，你要相信他，在世是一条顶天立地的汉子，在阴间绝不会是个尿尻子！"少峰一听，心里"咯噔"一下，这女人咋这么沉稳呢，遇事不慌不乱，怪不得安澜一直都比他强，受大家尊重，凡事都能想在、做在、走在他的前面，原来安澜家里有这么一个能挺得住事的老婆呢。还是老话说得好：娶个好媳妇，能旺三代人。

看见杨冬梅没有一点慌乱的神色，少峰心里倒有些不安了。心想，这下咋办呢？自己把天捅了个大窟窿，搅和了乾家孙子的满月宴，原本以为无非得罪了乾家人罢了。可是，这一次不仅仅得罪了乾家人，也得罪了吃酒席的乡党、亲戚们。想到这里，心里暗暗叫苦，苦着苦着，便不由得埋怨起魏培吉来了。

那天，他从安澜家出来，急急忙忙朝着巡警局奔去。他咽不下这口窝囊气，他非要给安澜一个教训，要怪就怪他安澜时时事事处处压制着他、比他强嘛。可是，他又不知道从哪里下手才能镇住安澜，灭一灭安澜的威风。于是，他成了一只无头苍蝇，在街道上漫无目的地转悠。一

边转悠，一边思考着主意。这时候，他在文庙巷碰见了刚从县衙出来的魏培吉。老远一看，魏培吉心情还不算差，就迎了上去。

"魏局长好！"少峰点头哈腰，和魏培吉打声招呼。

"你是？"魏培吉没有认出少峰，迟疑地问。

"我是少峰，周少峰，上官巷的族长。"

"族长？上官巷的族长叫……叫……"魏培吉想了半天，才想起来，说，"族长叫乾安澜，你咋能是族长呢？"

"哎呀！魏局长呀魏局长，您真是贵人多忘事。乾安澜是族长，我是他的副手，副族长。""噢、噢、噢"魏培吉懒得理识周少峰，便打着哈哈。周少峰为了拉近他和魏培吉的距离，进一步说："我表弟是张守备手下的王副官王耀武，上一次，他还带着我去巡警局找过您。"

周少峰一提起王耀武，魏培吉这才恍然大悟：眼前这个周少峰你可以当作不认识，看不见，但无论如何，王耀武的面子还是要给的。巡警局和乾州城的守军也算是兄弟单位，人不亲，行亲着呢。于是，他刚才没有活泛表情的脸瞬间活泛了，有了笑容，问道："你有啥事？""没有啥事，就是想请你吃顿饭。这几年想请你，这不遭年馑呢，街道上的馆子都没有啥好吃的，要饭的人满大街的，也不敢贸然请你吃顿饭。这不，饥荒结束了，人的心也活络了，街道上的馆子也陆续开门了嘛。"周少峰一看魏培吉没有拒绝的意思，继续说，"下了一场大雨，玉米苗都长了一尺了，今年庄稼肯定收成好。今天，你给兄弟个面子，让兄弟好好招待一下你。""算咧算咧。有啥事你就直说，别拐弯抹角的了，就冲你表弟的面子，这顿饭就免了。""表弟的面子固然很重要，但是，面子是面子，请饭是请饭，面子和请饭是两码事。"

魏培吉眼见着周少峰这么诚恳、这么固执地非要请自己吃一顿饭，他何乐而不为呢，心里紧高兴慢高兴都来不及了，嘴上一再推托，心早就飞到酒桌上了。乾州城这三年年馑，谁还能请得起你吃顿像模像样的饭？除了每个人自己手头不宽裕外，街道上大大小小的饭馆哪个还敢开门营业，一开门，就被那些灾民一窝蜂地涌入抢光吃净了。前年，东大街老乾州羊肉冒馍馆一大早刚一开门，一群从外地赶来的灾民你拥我挤，将两扇木质大门都挤倒了，那些从大门里挤不进去的人，就破窗而入，三两下将好端端的窗户拆卸了，翻窗进去，十几斤羊肉、一大锅羊肉汤全被抢光了。涌入的人多了，抢不到肉和汤的人挤不进去，抢到肉和汤的人却挤不出来，索性就把抢到的肉、乾州锅盔往嘴里塞，不管三七二十一，先把自己的肚子填饱了再说。天底下哪有这等美事都让你占完了，你吃肉，别人就要喝汤；你能喝热汤，别人就要喝凉汤，啥都沾不上的人，岂肯善罢甘休。于是，外面的人不管不顾，硬着头皮往里面挤。掌柜的张大厨喊破了嗓子，那些外地来的灾民已经饿得饥肠辘辘的，哪能听得进去掌柜的喊呢，只管着抢吃食。张大厨一看这些外地的灾民疯了，把能装的羊肉、乾州锅盔都塞到衣服里，自己已经无能为力了，便索性和伙计们窝在墙角，不喊不管，任他们抢去。有的人把手塞到汤锅里，还有的索性把衣服脱了，扔进汤锅了，用衣服蘸荤汤呢。有的人被挤到汤锅里，红白案板挤踏了、滚烫的汤锅挤倒了，被滚汤烫到的人"哇哇哇"地乱喊叫。有的人一看，肉汤洒了一地，便趴在地上，尽情地吮吸着来自地面上羊肉汤的香味。好端端个老乾州羊肉冒馍馆一时间便被这些远道而来不知礼节的灾民毁于一旦，生熟羊肉、各种凉菜、乾州锅盔，能吃的能喝的全都被抢光抢净了，便顿作鸟兽散。灾民们跑了，老乾州又恢复了往日的平静，不过已经成了破烂不堪的烂摊子。经过一番折腾，灾民们一哄而散，饭馆里仅剩下了被挤坏的桌子，踏倒了的板凳，掀翻成了碎片的乾州老碗，馆子内一片狼藉。张大厨和伙计收拾烂摊子时，发现地上躺了五六个人，一摸鼻息，三个人已经断了气。张大厨和伙计一屁股坐在地上，软瘫了，拾不起来，也吱不出声了。

等他们回过神来，知道饭馆已经不能再开了。张大厨给他们发了工钱，遣散了伙计。伙计们依依不舍，痛哭流涕。在羊肉馆，别说吃肉喝汤，就是闻一闻这味道，在年馑也算是一种至高无上的美食享受呢，更何况张大厨对伙计心也实在，掌柜的与伙计结下了不舍的情分了。如今，这些可恶的灾民把饭馆破坏得开不成了，还去哪儿闻这种早已习惯的味道呢。所以，想到今后的生活，他们热泪盈眶，哭着喊着不愿意离开。

"没办法。今天的场景你们几个也是亲眼看到、亲身经历了，没粮食，哪来的生命，哪里还有做人的尊严呢。咱们重新开张恐怕很难了。老话说，有了一次，肯定会有第二次、第三次，抢一次，咱们就得损失一次呢。与其让咱们损失，还不如安里安生回家过日子去，这整日提心

吊胆的日子也不好过。等过了年馑，你们再来。"伙计们一听张大厨说的话都在理，也不好意思再说啥，一个个挥泪作别。

老乾州羊肉冒馍馆里的羊肉香味也太轻了，稍不留神就穿过了门窗、透过了墙缝，弥漫在乾州街头；张大厨的手艺太好了，经过他手做出来的羊肉肉嫩味鲜，没有了羊肉的膻味。别说那些从外地流落到乾州的灾民了，就是乾州城内城外的普通百姓、当官的经商的都愿意吃一口张大厨家的味道。所以，灾民远远地闻见味道，顺着味道，不请自到。一个、两个、三个……成百的人都涌来了，没钱吃不到，闻着肚子"咕咕咕"地叫，看着羊肉冒馍这种美食，喉咙手都伸出来了。饥饿中的人除了没钱，他们有胆，还有一条不值钱的命。只要能吃饱，当下死了都愿意。宁可撑死，不能饿死。什么法律、规定，此时，在他们眼里、心里都是一文不值的狗屁！所以，当有一个人起了猴心贼胆时，他们便忘记了一切，在饥肠辘辘和羊肉冒馍味道的驱赶中，丧失了人性，失去了理智，达到丧心病狂的地步。舍命为食，命没了，只要临死不当饿死鬼，即便是刀山也敢往上冲、火海也敢往下跳。

魏培吉对周少峰说："把你表弟叫上，一起热闹热闹。"周少峰喜出望外，毕竟魏培吉答应了他的邀约。说了一声好，两人便去了驻军营地，邀请王耀武和魏培吉坐在了重新开张的老乾州羊肉冒馍馆。

张大厨眼看着周少峰的表弟、驻军张守备的副官王耀武和巡警局的局长魏培吉一道走进了饭馆，赶紧迎上前去，满脸堆笑地招呼着。王耀武、魏培吉都是乾州城重量级的人物，想巴结的人多的是，就怕人家不赏脸。今天，天上落下了白屎巴牛（屎壳郎），两个稀客竟然一同驾到，老乾州羊肉冒馍馆顿时蓬荜生辉、金碧辉煌起来了，令张大厨喜出望外，亲自迎上前去接待，将贵宾领上了二楼的五峰山包间。

"张大厨，今天就把你店里最好的统统上上来。"周少峰说。

"这还用说。难得两位官爷光临小店，令小店蓬荜生辉。"张大厨说，"我今日必须亲自下厨，保证官爷吃得开心，喝得满意。"说完，碎步疾走，下楼而去了。不一会儿，张大厨端上了一壶茶，说："官爷，请先喝茶。""啥茶吗？"周少峰问。"咸阳茯茶，咸阳茯茶。茯茶好，茶中宝。这咸阳茯茶又是茯茶中的好茶，今天泡的又是咸阳茯茶中的上等好茶。这茯茶，不仅品相好，金花还透亮透亮的闪光呢。泡出来的茶汁儿液体通透，浓红似红酒，生津养胃，沁心沁脾，润化肠道，帮助消化，还能强身健体，延年益寿呢。"张大厨介绍说，官爷来了，自然要送一壶上好的品质茶呢。

一会儿，张大厨让伙计端上四个凉菜，拿了三瓶乾州老窖。三个人高高兴兴地享受着美味佳肴。正在喝酒时，伙计又端上了老乾州"蒸碗六件套"：小酥肉、黄焖鸡、条子肉、香辣带鱼、八宝甜饭和八宝辣子。张大厨估计三个人酒喝得差不多了，便亲自端上三碗羊肉冒馍。王耀武用鼻子闻了闻，说："香得很。不愧是乾州城第一大厨！"然后用筷子在老碗里搅了一下，头一偏，满嘴酒气地问道："这是羊肉冒馍？"一句话，把张大厨吓了个半死。唯唯诺诺，连连点头说："是，是，就是本人亲手做的羊肉冒馍。"

王耀武哈哈大笑，说："你这店是不是不想开了？"张大厨大惊失色，心一下子提到嗓子眼儿了，说："官爷，小的上有老，下有小，一家老小还指望这店生活呢。哪里做错了，请指教、请指教。"王耀武说，"你把肉放了这么多，这哪里是羊肉冒馍，简直就是冒馍的羊肉嘛。你给每个人都这样上，这店岂不早早关门歇业？"

张大厨听明白了，刚才紧张的心情一下子缓过来了。和颜悦色地说："官爷难得来一回嘛，自然要把肉多放一些。""你这是多放一些？简直就成了纯羊肉呢，哪有几个馍块块？！"王耀武对他表弟周少峰说，回头一碗按两碗结账。张大厨连忙说："使不得！使不得！官爷慢用！官爷慢用！只要官爷满意，还结啥账呢。有啥吩咐只管开口好了，只要小的能做的保证办到。"说完，慢慢地退到门口，这才转过身子抬起头走了。

王耀武、魏培吉酒足饭饱，都夸说这是近两三年吃得最好的一顿饭。魏培吉转头问周少峰："这不年不节的，你请我们吃饭，肯定有事呢。"一句话反倒把周少峰问得不好意思，只见他两手举在胸前，连连摇晃着说："没事！没事！真的没事，就是想请二位吃顿饭。""不可能！"魏培吉心想，以周少峰的为人，哪能白白地请自己吃顿饭呢！无事献殷勤，非奸即盗，他肯定有事相求呢，事情肯定还不会小，要不然他咋这么难以启齿呢？魏培吉却没有想到事情是不是令他作难，趁着酒劲还继续追问，说，"有啥事就当着你表弟的面直说，别客气。"王耀

武也示意周少峰说事情。周少峰之所以不愿意说，是因为他自己都觉得这事不好办，如果表弟不发话，魏培吉肯定不会买他的账。这时候，表弟开口了，他顿觉得正合乎自己的心意，就和盘说出了他想让巡警局收拾收拾乾安澜的想法。

"啥理由？"这几年魏培吉在乾州城闻知安澜和少峰的为人处世，特别是安澜替县衙办事，为百姓祈雨，三番五次地折腾呢，没想到踢尻子踢了个响屁，瞎猫逮了个死耗子，还成功了，他能有啥事让自己的副手怀恨在心，便问道。周少峰想了一天都没有想出一个合理的理由，喝了一点酒，头脑更没有思绪，便挠头抓耳，支支吾吾说不出个所以然来。"没理由咋能收拾人呢？"魏培吉一看周少峰一时半会儿也说不出个张道李胡子，没有理由让他咋教训人家呢，又反问道。

这时候，王耀武一看表兄支支吾吾老半天也没有说出个理由来，以他对表兄的了解肯定是没有理由的，即便是有理由，也是牵强附会站不住脚的。只好发话了，说："魏局长，你们巡警局收拾一个人还非得要一个合理的理由吗？难道你们没有冤枉过一个人？自古以来，君叫臣死，臣不得不死；父教子亡，子不得不亡。哪朝哪代，还没有几个冤死鬼！杨乃武与小白菜、六月飞雪的窦娥，还有精忠报国的岳飞，多得很，数都数不过来呢。在咱县衙的门背后，冤屈死的人都能压摞呢，知事还不照样当他的知事，谁又能把知事咋了，何况你们巡警局还有枪呢，手里有枪，咱就是理，想咋说就咋说，想咋做就咋做。欲加之罪，何患无辞。这件事对你来说，就是这只小小的糖蒜碟碟，小菜嘛。"说完，将那个糖蒜碟碟狠狠地摔在地上，碎了。糖蒜碟碟的细碎片子散落了一地。

蒜碟子摔碎在木地板上，发出"嗵"的声响。二楼上再没有其他客人，只有官爷这一桌，这突然发出的声响，肯定不是东西自然跌落下来发出的，而是刻意用力猛摔的，所以，惊动得张大厨急忙爬上二楼，惊慌失措地问道："官爷，咋了？"魏培吉说："没事没事，不小心把糖蒜碟碟打碎了，一会儿结账时一并赔你。"说完了，一看张大厨还在原地发愣，没有动，王耀武气呼呼地说："一个糖蒜碟碟嘛，用得着大惊小怪的，滚滚滚，忙你的去。"

张大厨"吁"的一声，长出了一口气，一转身，赶紧溜下楼了。

再不赶紧溜，就会引火烧身，自找苦吃。心想：这就不是碟碟掉下来的声音，明显是谁有意而为之。人家不说，还生了气，他也不好再刨根问底，自讨没趣。一顿饭自己都不想收钱，何况是一个糖蒜碟碟嘛，又值不了几个钱。

魏培吉明白了王耀武的意思，不管咋说，随随便便找个理由收拾一下乾安澜，给他表兄出一口恶气。从王耀武的口气判断，这件事办也得办，不办也得办，没有一点商量的余地，心里虽然暗自叫苦，骂自己喝了一点酒，嘴就把不住门了，话比屎尿都多，自己不多嘴，哪能引火烧身，给自己惹下这件麻缠事情。牙一咬，心一横，脚一跺，当场便表了态，三个人这才摇晃着出了老乾州羊肉冒馍馆的大门。

看着几个人走远，张大厨提在嗓子眼儿里的心终于落地了。

16

安澜被抓到巡警局。一路上他问飞毛腿和传话筒为啥抓他。他俩说，执行命令呢。安澜问自己犯了啥事。飞毛腿说："好我的哥呢，咱俩啥交情嘛，你借我十个胆子，我也不敢来抓你！抓你，这是上头的命令，兄弟一个跑腿的，只能执行。咱吃的就是这碗饭，和你前世无冤，今世无仇，你就别抱怨了。"安澜说："我想了一下，咱也没犯啥罪，也没有得罪谁，魏局长咋能和我过不去呢。"传话筒听得不耐烦，没好气地说："把嘴闭上。"飞毛腿拿眼斜了一下，叱喝道："你跟我哥咋说话呢？干了几天巡警，还长本事了？一把年纪了，没一点长进，办事说话还毛手毛脚的，掂不来个轻重，得是吃青草屙粪呢。"

传话筒眼看着飞毛腿躁了，赶紧把嘴闭上了，低着头不敢再说话。飞毛腿是谁，他心知肚明，在巡警局是一个元老级的巡警，连魏培吉都要给他三分面子呢。他是城南老秦家庄人，大名秦锁娃，不过，这个大名早已被人淡忘了，都叫他外号"飞毛腿"。他身高1.8米，面目清瘦，像个瓦刀，双腿细长，跑起来就像撵兔的细狗一样，健步如飞，所以人送外号"飞毛腿"。恰恰就是这双细长腿改变了他的命运，给了他

一个营生的机会，在巡警局当了一名巡警。乾州的大街小巷他跑遍了，谁家几口人、家里的锅灶、炕门洞的方位他都了如指掌。在乾州城里，几乎没有他不认识的人，也没有一个不知道他的人。

秦锁娃出身贫寒，年幼时父亲患了痨病不治而亡，剩下他和母亲相依为命。到了上学的年龄，家里没有一个铜板，无法进入私塾，只能继续沿街乞讨。随着年龄慢慢地增长，他把看过的冷眼都记在心里，把听过的恶语都装在脑子里。这并不是他要复仇，与人为敌，而是用品尝到的冷眼和恶语来激发自己的斗志。俗话说：人穷志短。冷眼算什么？不是别人非要给你冷眼看，而是自己太弱太小、太贫穷了，没有足以强大到让人们对自己和颜悦色笑脸相迎的地步。有一年，他走20多里地到了乾州城，听人说城里人富有，即使再穷的人家，都比乡下的财主强。不去不知道，一去才知道乾州城真的比老秦家庄大多了。人多了，沿街两行都是店铺：卖豆腐脑、白蒸馍、乾州锅盔、挂面、米花糖、馇酥、羊肉冒馍……看得他眼花缭乱，闻得他肚子咕咕乱叫，店家的叫卖声听得他耳接不暇，他就像从乡下来到城里的一只老鼠，看到啥都感觉稀奇古怪，自己又身无分文，只好在街道上漫无目的地乱转。肚子饿了，便讨一口吃的；口渴了，便讨一碗水喝。他走到哪家商铺前，还没等他"婆呀爷呀姨呀叔呀婶呀哥呀姐呀"开口叫人，人家只看了一眼他的衣着，就知道他是来自乡下的小叫花子，或多或少都会给他施舍一点东西。他闻香到了老乾州羊肉冒馍馆，可怜兮兮地站在门前，张大厨，那时候还是个小厨师，就给他施舍了一碗羊肉冒馍。秦锁娃闻到香味，整个人都要醉了，骨头都要酥了。他急忙把张小厨端上来的那碗羊肉冒馍倒进自己的碗里，转身准备往外走，却被张小厨挡住了，吓得他不知如何是好。只见张小厨并没有责备他的意思，而是不冷不热地让他坐在店里，将那碗羊肉冒馍吃完了再走。秦锁娃不好意思，又舍不得吃，眼泪吧嚓地盯着张小厨看。这眼神，不仅是可怜，而且夹杂着祈求。在张小厨的再三催问之下，他才告知了原委。家里还有一个患病的母亲，他想把羊肉冒馍拿回家，送给母亲吃。张小厨一听，这娃还有孝心。便说，别发熬煎，你吃你的，你吃完了，我给你妈再盛一碗。秦锁娃带着迟疑的目光看着张小厨，心想，你能给我施舍一碗这么金贵的羊肉冒馍都谢天谢地呢，咋还能再给我施舍一碗呢。谁不知道羊肉冒馍的价钱，金贵得很，不是一般人想吃就能吃得起的。便是那些有钱有势的人，也没有人能天天吃得起。天天吃羊肉冒馍，太油腻了，容易上火。吃得多了，又害怕周围人眼气嫉妒，所以能吃得起的有钱人，也是隔三岔五地吃上一回。开店的人唯利是图，一般人别说给你施舍一碗羊肉冒馍，就是一碗面、一个馒头都舍不得呢。秦锁娃心想：自己今天交好运了，遇到了善良的张小厨，一下子就施舍了他两碗羊肉冒馍。两碗羊肉冒馍，让秦锁娃脸上流下了两行热泪。他拿起筷子，两三下就刨光碗里的馍和肉，端起老碗，一仰头，顾不得羊肉汤烫嘴，一口气喝完了碗里的汤水。张小厨问他吃饱了、喝饱了吗？其实，他心里馋得很，真的还想再吃一碗，可是，他不好意思开口，就连声道谢，说自己吃饱了、喝足了，他不敢有一点点贪得无厌的念头，为的是尽快给家里的老母亲送一碗羊肉冒馍。

说完，他拿起抹布，开始抹桌子。张小厨说，你干啥呢，还不抓紧时间给你妈送羊肉冒馍去。秦锁娃说，我咋能白吃白拿呢，我不干点活，就对不住你两碗羊肉冒馍。再说，我妈要是知道我不劳动得到两碗羊肉冒馍，她不仅不吃，还饶不了我。张小厨一听，秦锁娃说的都在理，也就不好意思说啥了。秦锁娃手脚麻利，很快将桌子板凳抹完了，将地打扫干净后，又钻到后厨，开始洗碗。他忙前忙后，忙到半下午。张小厨眼看着店里的客人稀稀落落的，就催促他赶紧回家。秦锁娃这才提着张小厨亲自做的羊肉冒馍，千恩万谢之后，一溜烟出了南门，朝家里奔去。

第二天天不亮，秦锁娃早早就来到老乾州羊肉冒馍馆。他到了，店门还没有开。乾州人吃冒馍，一般都是早晨吃。羊肉性热，一般不容易消化，一大早吃一顿，能管饱一天不再吃饭。门一开，秦锁娃二话没说，就开始干活。他不仅手脚麻利，而且眼里有活，还没等到别的伙计干，他就干完了。伙计生怕这个干活麻利的小伙子抢走了自己的营生饭碗，气得心里很不舒服，直骂他：就你能！就你涨！能来能去、涨来涨去，还不是个讨饭的命！更有伙计不给他一点面子，当着众人的面，指着他喊道："快来看！快来瞧！白吃货又来蹭饭了！"

秦锁娃本来就是穷苦人出身，他昨天虽然在店里干了一点活，算起来工钱远远比不上两碗羊肉冒馍的价钱。他妈看着他拿回来的羊肉冒

馍，心里直犯嘀咕，以为是儿子不争气偷来的、抢来的，不愿意看一眼羊肉冒馍，哭哭啼啼流着泪，便开始数落儿子的不孝。锁娃在一旁劝道："妈，你放心，儿子就算饿死了，也不会当贼去偷去抢。这真的是掌柜的施舍的，你放心吃，这饭没有一丁点儿贼腥气。"于是，便把他在乾州城遇到的事情原原本本说了一遍。听说张小厨的事，当妈的第一句话就问他："你给人家干活了吗？"得到他肯定的答复后，他妈这才端碗吃饭呢，尽管魂早已被羊肉冒馍的香味诱惑去了，口水直流，但不劳而获，是绝对不允许的。当妈的吃了几口便放下碗不再吃了，锁娃劝妈多吃些，妈说这饭金贵得很，留着下顿再吃。一再叮咛儿子第二天早早地再去一趟。锁娃不解，心想：还想遇好事呢？难道咱非要白吃白喝不成？妈说："今天去了，啥都不要吃不要喝不要拿，只管埋头干活，权当抵账呢。"锁娃顿时恍然大悟。心想：滴水之恩，当涌泉相报！张小厨施舍了两老碗羊肉冒馍，把他妈吃得香的，比过年还高兴。

秦锁娃第二天之所以早早地来，其实，他并不是想再吃一碗、两碗羊肉冒馍，而是要用力气对张小厨的恩情表达一种感谢。有了这种感恩的心理之后，秦锁娃浑身从里到外都很舒坦，他干活才有了更大的力气。到了中午，眼看着要吃午饭，张小厨却找不见秦锁娃，便训斥那些伙计。"一个个是吃干饭的，活干不好，连个人都看不住。"

其实，秦锁娃打扫店门前的时候，两个巡警在追赶一个蟊贼。无奈，蟊贼跑得太快，巡警在后面穷追不舍，累得满头大汗，气喘吁吁，无论如何都撵不上。蟊贼一看巡警追不上他，还来了劲，跑一跑，停一停，不断地戏弄巡警："来嘛，有本事来抓我。"秦锁娃实在看不下去了，心想：小蟊贼还翻天了？心里气得直冒火，牙齿"咯嘣咯嘣"地响。眼看着两个上气不接下气的巡警猫着腰跑不动了，任凭蟊贼戏弄也无可奈何。锁娃便问两个巡警咋办。巡警说："抓嘛！还能咋办？"他劝两个已经精疲力竭的巡警坐下来歇歇，巡警说："歇啥呢！丢人败兴的，猫让耗子戏耍了。当了几年巡警，今儿个被蟊贼把眼睛戳了。""别急！你俩好好歇着，抓他的事情交给我。"尽管巡警已经上气不接下气地累了个半死，却对眼前这个吹大话的年轻人不屑一顾。拿眼睛翻他，意思是我巡警都不行，你个瘦猴还能撵上？秦锁娃信心满满地说：

"让他二里地，都不在话下。"巡警还是不相信他。没办法，秦锁娃只能用实力证明自己说的是实话，不是胡吹冒摆。他眼看着蠢贼已经跑出去二三百米了，扫帚一扔，如离弦之箭，"嗖"地一下子就蹿了出去。他那速度看得两个巡警目瞪口呆。这时候，两个巡警才将信将疑地朝前缓慢跑去。被抓住的蠢贼，看见两个巡警气呼呼地过来，刚才的嚣张气焰就像遇到了倾盆大雨，瞬间熄灭了，蹲在地上抱着头，大气都不敢喘。被蠢贼戏弄的两个巡警见到蹲在地上的蠢贼，气就不打一处来，抢起警棍、警鞭，朝他劈头盖脸地打，边打边骂："我让你嚣张！我让你再跑！狗日的，偷人还有理了，竟敢戏弄老子！"一顿棍、鞭，打得蠢贼叽里呱啦地滚地求饶。打了一会儿，巡警的气也消了一大半，就让抓贼有功的秦锁娃一同到巡警局去。回到巡警局，给局长把秦锁娃抓贼时的情形添盐加醋地学说了一遍，说："这娃跑得飞快，简直就是个'飞毛腿'。"不要说局长不相信，就连他们的同僚都不相信这么一个干瘦干瘦风都能吹倒的娃，还能是个"飞毛腿"。于是，几个年轻气盛、身强力壮的巡警不服气，非要和秦锁娃当场比试比试。秦锁娃一看这阵势，哪里见过，早已吓得不行，连连摆手，大气都不敢喘，话都不敢说，引得巡警一阵哄笑。局长说："你真的是'飞毛腿'，就招你进巡警局。"秦锁娃以为自己听错了。局长说，"我说的话还能有假?"秦锁娃说："比就比，反正自己凭本事呢。不过……不过……"大家问他还有啥条件，尽快说。他涨红了脸说，我让你们100米。就这样，秦锁娃还是跑了第一名。他赢得实实在在，赢得明明白白，大家输得清清楚楚，输得心服口服。从此，他成了乾州巡警局的一名巡警，人送外号：飞毛腿。

听说巡警局里新招了一名"飞毛腿"的巡警，从此，乾州城里的蠢贼都吓破了胆，偷鸡摸狗时，再也不敢张张扬扬、肆无忌惮的了。

路上，安澜问飞毛腿自己犯了啥罪，飞毛腿说，自己也不知道。让他好好想一想得罪了谁。他这么一说，倒把乾安澜给难住了。

17

俗话说：不怕贼偷，就怕贼惦记。

乾孙氏自从结婚的当天，其一颦一笑、一举一动已经扎在梁道长的心里了。正应验了那句老话：得不到的，永远都是最好的。多少年了，乾孙氏在梁道长心里，已经成了无法跨过的那道坎儿。

一方水土养一方人。梁道长是哪里人，已经无人知晓了。他在乾州城北梁山观驻观时间很久了，乾县的水土养人，长期吃乾州挂面、锅盔、豆腐脑和馇酥四宝，把他的胃口、心性、脾气等全都潜移默化了，与他往来的都是乾州或者乾州附近的礼泉、泾阳、永寿、扶风、武功一带的人，慢慢地，他学会了乾州话，已经没有家乡的口音。从饮食、口音上判断，还以为他就是一个地地道道的乾州人。不过，他有一句"撒嘛"的口头禅，与乾州人的"撒（啥）"有着明显的区别，暴露出他祖籍是甘肃平凉一带的人，他也自称在崆峒山悟道多年。

崆峒山坐落在古丝绸之路的要塞，是西出玉门、迪化的必经之地，自古以来，它就具有中华道教第一山的美誉，也是集儒、佛、道为一体的名山。能有幸在此地修道者，不论人品、道行都属上乘，这是大家所公认的。梁道长自然也不谦虚，夸说自己的道行很深。

乾州城三年饥荒，别说有劳力的人家里缺衣少穿，像乾二牛家这样的光景，粮食短缺那是必然的。他家里没有额外的收入，一切花销都寄托在粮食的收成上。每年留够自己吃的，其余的都粜出去变成钱。往年，对于一般家庭来说，这样的生活轨迹一成不变，有条不紊，生活里充满了安逸和惬意。可是，老天与人作对，对于手无寸铁，无法登天且更无力与老天爷抗衡的平头百姓来说，生活中长期积攒下来的安逸与惬意在持久的饥荒中已经荡然无存了，吃饭、穿衣是摆在面前的头等大事。家里有劳力的人已经成为一种危机，土地已经无法耕种，饭量依然很大，吃饭问题就成了从早到晚的熬煎事。

该找的都找了，该借的都借了，对于已经一贫如洗的家庭来说，借来的都是杯水车薪，难以维持现状，依然捉襟见肘。二牛一天天饥肠辘辘，说着善意的谎言，在街上故意顶撞巡警，惹是生非，一心想把自己关进监狱，给家里节省粮食。其目的是诚实的、善良的，更是愚蠢的、幼稚的。这个世界上压根儿就没有不透风的墙。二牛在街头上的行为已经传到了乾孙氏的耳朵里，乾孙氏心里那个急呀，嘴唇都起皮了。她恨铁不成钢，心中的委屈和对儿子的抱怨，真是一言难尽。骂也骂了，打也打了，都无法改变二牛那股子执拗劲。

"娃呀，咱咋就不顾脸面呢？"乾孙氏气得央求二牛。

"妈，脸重要还是命重要？命都没有了，脸还能算个啥？老鼠都不愿意到咱家安家落户，咱还顾忌啥礼节、脸面。"二牛说，"家里就剩下从安澜叔家里借的那点粮食了，吃完了，咱还能再伸手去借？全上官巷几乎家家户户都去借过了，好在我叔人心善，对人心实，只要登门张口，从来没有让人空手走的。放在少峰叔身上，他就不一样了，一个人都不会接济的，至少我没听说过他接济过哪家。"

"唉！你叔是个好人，好人有好报应呢。你再别到街上干那些偷鸡摸狗的事了，要不然，你爸在地下都睡不坦然。"

"我这算啥？比起'埋儿奉母'的郭巨来，那就差了十万八千里了。不过你放心，为了娘就算要儿的肉，我都愿意。我爸要是知道，我为了给你节省粮食，他不仅不会打我骂我，一高兴，说不定还要夸我几句呢。"

乾孙氏又气又恨又爱又心疼，心想，娃说的都在理。是呀，老头子如果在天有知，能为他有这么一个孝顺养娘的儿子不知道有多高兴。她高兴，二牛长大了，懂事了，有出息了，孝顺了；她难过，对不起死去的老头子，对不起乾家的列祖列宗，没有把家打理好、经营好，让娃也跟着她吃苦受罪了。说穿了，脸是个啥？饥荒成了啥了，整天死人呢。死在半道上，不知道能不能入土呢，还不知道尸首会被哪只野狗、野狼叼了去。一旦真的日子走到了那般地步，脸还能值个啥钱呢？脸还能是个脸吗？眼目当下，保命才是最重要的事。

连年年馑，人人都吃不饱饭，个个都无事可干，到处搜腾粮食已成了每个人每一天从早到晚唯一可做的事情。自古以来，笑贫不笑娼，救急不救穷，帮笨不帮懒。乾孙氏一天一天地流泪，一夜一夜地哀怨，辗

转反侧了多日，也没有想出一个好办法来。于是，只好硬着头皮来到了梁山观，寻找梁道长借粮食。

梁道长眼看着乾孙氏跨进了梁山观大门，他欣喜若狂，眼睛眯成了一道色眯眯的缝，脸上露出了淫笑。他三步并作两步迎了上去，不怀好意地笑问道："呀！呀！呀！今天刮的啥风？"一边说，一边朝天空四下里看看，又接着说："奇怪了，奇怪了，这没有刮风的，从来都不跨进道观大门的人，咋突然间就来了呢？"说完，又绕着乾孙氏转了几圈，把乾孙氏弄得有些不知所措，站在原地发愣，梁道长觍着脸，用手揭了揭乾孙氏的衣襟，又问了一句："啥风把你吹来了？"

"西北风。"乾孙氏看见梁道长这张淫荡的嘴脸，心里一下子凉透了，突然想起"喝西北风"的俗语，便硬生生地怼了一句。心想，当寡妇难，当一个有点姿色的寡妇更难，当一个有求于不怀好意的人且有点姿色的寡妇难上加难。

梁道长看出了乾孙氏的窘境，又故意抬头看了看天，天色晴好，万里无云，哪里来的风呢。嘻嘻哈哈地问道："西北风在哪儿？嗯？西北风在哪儿？"说着说着，就故意往乾孙氏身上蹭。乾孙氏见状，就有意躲着他。人在屋檐下，岂能不低头。不过，这么不要脸的事情，总得躲着人吧。梁道长呀梁道长，你道貌岸然，心怀歹意，哪里还顾及自己道长的身份。乾孙氏早就知道梁道长的坏名声，所以，她一直敬而远之。

在她结婚那天晚上，按照乾州当地风俗是要闹洞房的。闹洞房的三日无大小。不管是平辈的、长辈的，还是晚辈人，在闹洞房面前，一律人人平等，不分彼此。梁道长也有意挤进闹洞房的人群中，凭借自己梁山观道长的身份，三糊弄、两吓唬的，把其他人都吓跑了。他反身将洞房门一关，像饿狼一样扑向乾孙氏，吓得乾孙氏瓷愣愣呆若木鸡杵在原地，任凭梁道长抱住她，在她身上乱摸乱捏的，等她回过神时，梁道长一只手已经伸进她的上衣里，抓住她的胸使劲地捏，疼得她反应过来。少女的羞愧，让她内心充满了恐惧和愤怒的烈焰。她也不知道从哪里来的那么大的劲，抡起手臂，一巴掌狠狠地打在了梁道长的脸上。这一巴掌，充满了少女羞愧的愤怒，也充满了对于伪君子的鞭笞之意。这一巴掌，把肆意妄为丝毫没有防备的梁道长打了个趔趄，脸火辣辣地疼。乾孙氏还未等梁道长反应过来，便急忙冲向房门，迅速打开，三两步跨到了庭院。

乾孙氏出了房门，大家都觉得很自然，因为天黑，谁也没有察觉到她和梁道长脸上的变化。即使知道了，也知道这是闹洞房闹得过火了，谁也不会在意的。在乾州，在关中一带，闹洞房就是这样闹的。闹洞房的人一心想着要在新娘子身上揩油，新娘子肯定要躲闪、逃避呢。梁道长在乾孙氏身上占便宜，乾孙氏肯定要往外跑呢。看到乾孙氏跑到庭院，守在院外闹洞房的人又一哄而上，推的推、拉的拉，一拥一挤着把她再次拥挤进了洞房。这一次，梁道长再也没有像刚开始时吓唬、威胁其他闹洞房的人，而是趁着夜色，在一片混乱中溜之大吉。从此，心里一直惦记着乾孙氏那对瓷实的胸。

乾孙氏跟随着到了梁道长的房间，梁道长就手脚不安安分分不干干净净了，他像一条野狗，围着乾孙氏打着圈。好在乾孙氏来之前就有了思想上和心理上的准备，丝毫没有畏惧和退缩。她故作镇静，眼光犀利地盯着梁道长看，反倒把色眯眯的梁道长给唬住了，镇住了。不过，梁道长是谁？他是见过风雨经过世面的一只老狐狸，瞬间就感觉到自己失态了，急忙故作姿态，让乾孙氏坐下，有事慢慢说。乾孙氏知道，梁道长不怀好意，此地不可久留，长话短说，开门见山地说："家里断粮了，到这里想求道长借一些粮食。不知道……"

"粮食嘛，这饥荒之年，粮食确实比金子都贵。道观里的粮食有，只是……只是……"梁道长明知乾孙氏来道观的目的，故意迟迟疑疑地故弄玄虚。"没有了，我就不打扰了。"话音刚落，乾孙氏便举步往外走。梁道长急了，说："我的话还没说完呢，咋就耐不住性子沉不住气了。道观里有些余粮，我是道长，自然我说了算。你要借粮，这事好说！好说！"所以，梁道长害怕乾孙氏抬脚走人，到手的鸭子眼睁睁地从眼皮底下飞了，积攒了20多年觊觎乾孙氏的贼心便会落空。于是，他拦住乾孙氏，也不做丝毫的掩饰和隐瞒。为了得到乾孙氏，故意设置障碍。说道："粮食嘛，我可以借给你，你好好想一想，你拿啥还我呢？"说完，自己不怀好意地笑了。

"有借有还，再借不难。等我渡过难关，有命了就用命来还。来年粮食有了收成，一定翻倍偿还。"乾孙氏不卑不亢地说，"明年要是没

有收成呢？""明年没有后年还，后年没有大后年还。我还不了，还有我儿子呢。"

"猴年？"梁道长故意偷换概念，把"后年"说成"猴年"，说，"'猴年马月'的，那就没有具体时间了。"说完，又淫荡地笑了。

"你！"乾孙氏气得说不出话。"我咋了？道观里的粮食，也不是我一个人的，它是道观的财产。你要是这样，我就无能为力了。"

乾孙氏明知道梁道长故意刁难她。梁山观虽说不是梁道长的私有财产，但是，谁心里都很清楚，道观里他一手遮天，一个人说了算。道观里的那些道姑其实就是傀儡，基本都是白天修道，晚上给他暖被窝儿的玩偶而已。自己今天既然舍下脸面，为了她和儿子的命来借粮食，还有啥顾虑呢？无论如何都不能两手空空地回去。反问道："俗话说，吃人的嘴软，拿人的手短，上门有求于你，我的志气都短了。只要你肯把粮食借给我，你说用啥还我就用啥还。"梁道长一听，有门儿，不由得心里一阵高兴，满脸淫笑地说："这可是你说的。""对，是我说的。只要你肯借我一袋粮食，一切都听你的。"

梁道长笑了，朝思暮想垂涎三尺的乾孙氏这一次因为粮食却主动送上门来了，他肯定不会放过这个机会。粮食嘛，道观里有的是。自古以来，都是顺我者昌逆我者亡嘛，你愿意我，我才能愿意你。于是，他拉着乾孙氏的手，往里面拉。乾孙氏说："你着啥急？我说出去的话绝对不收回，今天到了你的屋檐下，要死要活，就随你的便。再说了，我就是一个区区的村妇，也没有缚鸡之力，打也不是你的对手。还是个小脚女人，逃也逃不出你的手掌心，你还害怕啥？在你要做任何事之前，还是先把粮食给我装好，放在这里，我也就心安了，临走的时候，顺便就拿走了。"

梁道长一听，这女人还精明得很！心想：你就是"孙猴子"，我还是如来佛呢，你再有七十二变的本事，也逃不过我的手掌心。于是，他就去装粮食了。

18

自从安澜娶了乳台麻村麻二的女子麻小莉，新婚之夜与麻小莉一番云雨之后，麻小莉初尝禁果，一朵含羞待放的花蕾一夜之间，就被乾安澜的和风细雨催生盛开了。麻小莉好似会吃拳头的婴儿，抓住安澜不肯丢手。安澜呢，嘴上说不愿意纳妾，当他尝到小莉的滋味以后，就像吃了蜂蜜，心里甜丝丝的，一连三天都钻在小莉房子不肯出来，非要拉着麻小莉在炕头上翻云覆雨翩翩起舞。

麻小莉是个懂事的女子，她知道妾便是有罪的女人。在乾家，她的身份、地位都是最低的。她初来乍到，却懂得"三日入厨下，洗手做羹汤。未谙姑食性，先遣小姑尝"这些做新娘子的道理。在她还不知道杨冬梅的脾性，在尚不了解婆婆食性的时候，行为举止一切都必须谨慎从事，来不得半点马虎。杨冬梅在名分上是正房，是妻子，而她则是偏房，是妾，这就低人一等。杨冬梅结婚多年，对婆婆的食性非常了解，关系也处理得很好，这一点上，杨冬梅多了一个保护她的靠山。关键一点，金子打墙，儿子像娘。杨冬梅已经为乾家生了三个儿子，老话说得好，生了牛牛娃，就有米汤喝。儿子是娘的依靠，也是娘最大的骄傲，她是否能生下儿子，还是一个未知数。尽管婆婆一门心思想要孙女，但是，女娃娃毕竟是一门客。女大不中留，留来留去留成仇。从各方面讲，杨冬梅始终占据上风，天时、地利、人和各方面都比她强，强的还不是一点点，她必须依赖杨冬梅。否则，别说公婆、男人对她如何，杨冬梅这一关就过不去，肯定会让她吃不了兜着走。所以，每晚她都劝安澜先去大姐杨冬梅的房子。可是，安澜离不开她，喜欢在她柔软、嫩滑、富有弹性的身子上耕种。安澜是她的男人，她是安澜的妾，她必须尊重安澜的意愿。每一天她都处于矛盾中，既想和安澜夜夜笙箫，又怕杨冬梅给她穿小鞋。只有当安澜爬上她这座山，在她的田野里放马奔驰的时候，她才能将心中的顾虑、胆怯等一切的烦恼都抛到脑后。可是，马也有疲惫的时候。尽管她和杨冬梅都是安澜花钱买来的

马，但是，马与马的地位却相差一大截子。杨冬梅那匹马睡了，她麻小莉这匹马却在炕上辗转反侧，不能睡一个囫囵觉。就这样，提心吊胆过了三天。第三天早晨，她就要下厨做饭。做啥饭？她犯愁了。安澜说，有啥犯愁的，随便做。安澜说得很轻巧，却让小莉更加难怅。第一顿饭，这是何等的重要，她心里明镜似的，不敢有一丝一毫的怠慢。于是，在忐忑中，她敲响了杨冬梅的房门。

"谁呀？"杨冬梅问。

"大姐，是我，小莉。"麻小莉怯生生地回答着，无论如何，她都不敢忘记一个"大"字。别看一个简单的"大"字，却蕴含着丰富的内容。

"有啥事？进门说，门没关。"杨冬梅之所以没有关门，就是专门给安澜留着。麻小莉心里难免"咯噔"了一下。

小莉在门外深深地呼吸了几口，让自己紧张的心情稍微平复了一下，才小心翼翼地推开门，走了进去。这时候，杨冬梅已经披衣坐了起来，点燃了油灯。"大姐，不好意思，这么早打扰了。"小莉赶紧赔不是，"要不是做早饭，我都不敢冒昧地打扰大姐。"

"你睡你的。新婚嘛，回房好好地伺候男人去，我马上起来做饭。"杨冬梅说。

"大姐，你取笑我了。我每晚都让男人过来陪你，他不听。"

"男人嘛，就是这副德行。"杨冬梅轻描淡写地说，"都是喜新厌旧的货色。"

"大姐，我明白，我可不敢贪图床第之欢。"

"贪图床第之欢这是好事。婆婆还等着抱孙女呢。"

"大姐，这我知道。你告诉我早饭做啥，让我抓紧去做。"小莉说。

"是这，你等一下，咱俩一起做，这样，你一边做，一边学，很快就掌握了。"杨冬梅与麻小莉对话间，已经穿好衣服，准备下炕。麻小莉眼尖，赶紧蹲下身子，从地上拿起杨冬梅的鞋子，给大姐穿上。她要取悦大姐，为的是能在这个家里站稳脚跟。杨冬梅也没说啥，顺理成章地让麻小莉给她穿好鞋，扶着她下了炕。两个人拥拥挤挤地走进灶房，开始做早饭。

杨冬梅眼看着麻小莉很懂事、很知趣，能摆正自己的位置，所以，她打心眼里很高兴，也就不再为安澜这三日不进她房子的事情计较了。婆婆看到大媳妇、小媳妇能和睦相处，心里自然舒坦。她私下告诫杨冬梅，让安澜和麻小莉多待些时日，才能让她早早怀上娃。杨冬梅嘴上答应着，心里却很不舒坦。

谁知道，一个月后的一天早晨，安澜家的大门被人拍得山响。安澜急急忙忙穿好衣服往外跑，打开门一看，来的人一个都不认识。就有些生气，问道："一大早砸门，有啥急事？"来人啥话都没说，从衣兜里拿出几张字据，都是麻小莉她爸麻二打的欠账字据。就问："小莉她爸欠你们的账，你不找他去要，找到我门上想干啥？"来人说，啥都不想干，只想讨要欠账。

"我又不欠你们的账，凭啥要还呢。"

"欠账还钱，天经地义。"来人说，"父债子还。小莉她爸没有儿子，只有找他女儿还账。再说，小莉是你的小老婆，你替老丈人还账，难道不是天经地义的事情吗？"

安澜害怕街坊邻居听见了笑话，就把他们领进院内。乾老爷也听到了敲门声，来到院子。看见安澜领了三个陌生人，不免有些疑虑。听了安澜的话，二话没说，接过来人递上来的欠账字据，看了半天，再三确认无误后，便对安澜说："你丈人欠的，就是你欠的。该还人家的，必须还。"拿了钱，三个人千恩万谢地谢过了乾老爷和安澜，转身走了。

"等等。"正当要账的人喜滋滋地往外走时，却被乾老爷叫住了，他们还以为乾家人要反悔，心里顿时紧张起来了。紧张归紧张，但他们还是一个个住了脚，慢慢地转过身子，狐疑看着乾老爷和安澜，等候他们发话。乾老爷说："你们拿钱了自然很高兴，可你们知道我们心里高兴不高兴？一大清早就把我家大门砸得山响，人老几辈了这还是头一回，让街坊邻居咋看我们呢？"三个讨账的一听，老爷子说得在理，赶紧赔不是，又是说好话，又是作揖打拱的，还没等到乾老爷发话，领头的知道大事不好，"扑通"一声，赶紧下跪求饶。领头的跪下了，另外两个也相继"扑通""扑通"地跪地求饶，一个个像捣蒜一样，把头在地上磕得"嗵嗵嗵"的。乾老子厉声说道："起来！起来！谁让你们下跪磕头了？"几个人看着乾老爷又不知如何是好，你看着我，我看着你，面面相觑，想站起来又都不敢起来。安澜说："耳朵呢？"三个人

又各自左右摸着耳朵，不明其意。安澜说："老爷子让你们起来，你们没听见？还是长着耳朵出气呢？"几个人这才反应过来，慌慌忙忙地站起来，鬼鬼祟祟地站成一排，不敢动弹。

乾老爷说："你们以为乾家是干啥的？是吃素的？我警告你们，此事是第一次，也是最后一次。下不为例，否则，非把你们的腿打断不可！滚——"声音拉得很长，还没结束呢，几个人便如箭离弦般蹿了出去。

关了大门，安澜不解地问："凭啥咱替他还钱？咱又不欠这帮人的。再说，娶小莉时，该给的彩礼一分钱都没少。凭啥？"

"难得糊涂！"老爷子说，"麻二要是有钱还，他们还能找到咱门上讨要？他们之所以敢找到咱门上讨钱，也是吃准了咱爱面子好虚荣这点上。尽管小莉是你的小老婆，但她就是你的二房妻子，是你的妻子，就要顾全大局。难道你要让整条街道上，乃至整个乾州城的人都知道小莉她爸，也就是你丈人是个欠账不还的赌徒？到时候，咱们的脸往哪里放？娃，破财消灾呢！钱是身上的垢痂，搓净了，还会再来的。只要你勤快，钱财就不会与你过不去的。你给我记住，钱财都爱勤快人！"

一整天，麻小莉心里都像被刀子割了似的，难受得很。当父亲的不自重，不仅在家里惹是生非，还给乾家招惹麻烦呢。老爷子城府深，不言传，但是，他心里肯定不满意。刚进门的媳妇，啥都没干，亲家就给自己带来了"讨账"这等人见人怨的大麻烦。啥麻烦不行呢，非要是赌债呢？自己的脸都被人辱没了。幸亏老爷子想得周全，悄无声息地用钱把讨债的人全部打发了，保全了亲家的名声，也成全了自己一世的清白。小莉心里阵阵作痛，哀叹自己的命咋就这么苦呢，她咋能遇上这样嗜赌如命的爹呢。看来，父亲剁掉手指头并不是真心想戒掉赌瘾，而是给她演了一出"苦肉计"。那天回门的时候，母亲还说，父亲自从还清了赌债后，再也没有出过门，别说进赌场了。当时，她听得很是感动，激动的泪水哗哗哗地往下流。觉得父亲终于迷途知返、改邪归正、金盆洗手了，她给安澜当小老婆也值了，至少，还清了父亲所欠下的赌债，还让沉迷于赌场的父亲终于醒悟，幡然悔改了。岂不知，父亲并没有金盆洗手、洗心革面，而是重蹈覆辙，飞蛾扑火自取灭亡。他不仅害了自己，还影响到了乾家。不管怎么说，乾家在乾州城都是有头有脸的大户人家，这让自己如何面对公婆、面对安澜、面对冬梅呢？冬梅结婚几年了，也没有给乾家添一点点麻烦，反倒是自己咋就这么不省心，结婚才一个多月，没有给乾家带来一点点幸福，却让乾家又损失了一大笔钱财。钱财事大，乾家的面子更大！麻小莉越想心里越不是个滋味，如何不让父亲再给自己、给乾家带来不利呢？她思忖着……

到了晚上，她虽然非常羞愧，害怕见到安澜，却真心希望见到安澜。安澜如期而至，没有一点点的怨言，这倒让麻小莉心存不安了。如果安澜能骂自己、打自己的话，她反倒觉得心里好受些，她没有能力替父亲还赌债，最起码还有能经受得住打骂的身子呢。这一夜，她尽到一个妻子的本能，与安澜彻夜交欢。

她央求安澜给她写一封休书，安澜不写。她拗不过安澜，只好祈求安澜送她回一趟娘家。安澜被她纠缠得没有办法，只好把她送回乳台麻村。看着小莉回来了，麻二两口子喜出望外。当娘的还不知道发生在乾家的事情。待安澜走了后，麻小莉才发疯了，麻二做贼心虚，自知理亏，一个劲儿地给女子赔不是。小莉妈这才知道麻二不仅进了赌场，还又欠下了一屁股债，债主讨账都讨到了乾州城赫赫有名的乾家去了，顿时，觉得麻二把脸丢尽了。大骂麻二是个畜生，说自己不想活了。麻小莉见状，便安慰母亲，母亲岂不想好好地活着，没想到，这辈子摊上麻二这样败家的赌徒男人，不仅不给自己留下活路，反而将姑娘也逼上梁山，这简直就是赶尽杀绝。于是，她发疯似的朝着黄巢沟跑去，麻小莉紧随其后，母女俩双双跳了下去……

可怜的女人，手无缚鸡之力，在关键时刻，唯有自认为不值钱的生命可以成全一切，可以化解一切，可以了结一切，麻小莉死了，她死在了娘家，再也不会有人寻找乾家的麻烦了。

麻小莉母女的生命就这样烟消云散了。安澜闻知，流下了两行热泪，毕竟夫妻一场，一日夫妻百日恩。杨冬梅虽然很痛心，但她心里也闪过了一道云彩，今后安澜再也不会有小老婆了。乾老爷抽了好长时间的烟，一句话都不说。倒是气得老太太骂道："短命鬼！"从此，她再也不提给安澜再次续弦纳妾的话题了。

19

安澜被关在监狱里。五天了，却没有一个人来问他，这让他很纳闷儿，感到极其不舒服。自己思来想去，他前世无冤家，现在无仇家，谁能与他过意不去呢？谁能与他有这么大的深仇大恨，非要给他治罪呢？他百思不得其解。

飞毛腿天天照常过来给他送饭，嘘寒问暖，多多少少也让安澜心里有些温暖。

怀仁找到飞毛腿，托他照顾狱中的父亲。他将五十个铜板塞给飞毛腿，说："叔，侄儿求你了。"飞毛腿说："我和你爸是啥交情？咋能收你的钱呢？你这娃一点事都不懂。""叔，我知道巡警局不是你能说了算，否则我也不会给你钱。再说，家父在狱中，我们全家无能为力，还要仰仗你照顾呢。""娃，你放心！该照顾的，我一定会尽力的。你爸想吃啥、爱吃啥，你买好，我送进去，保证你爸不受罪，钱我不能收。收了你的钱，我良心不安。"怀仁没办法，只好按照飞毛腿说的照办。他双膝跪地，给飞毛腿磕头。飞毛腿一把将他拉起来，说："好娃呢，你这是折叔阳寿呢。"

飞毛腿和传话筒再次走进监狱，给安澜送饭。说："这是怀仁娃给你买的老乾州腊牛肉、乾州老窖。"安澜说："兄弟，多谢照顾。"飞毛腿说："平日里你也没少照顾我，要不是你买了一副柏木棺材，我只有拿席片把我妈卷了埋了。是你老兄给了我做儿女应尽的孝道，今生今世，我是无法偿还你的。来世当牛做马，再报答你。"

安澜说："你说啥呢，你的老人就是我的老人嘛。老人去世了，有钱的出钱，有力的出力。小儿子没有钱，当大的理应出钱买棺材。"

传话筒听到这里，心里一热，知道安澜是个心地善良的人。与飞毛腿素昧平生，都慷慨解囊，为他母亲买了一副寿材，这样的好人，在乾州城打着灯笼都难找到第二个。于是，他为自己那天的不恭敬感到羞愧，说："乾族长，那天我失礼了，您大人不记小人过。"

"没事，这是你的职责所在。"安澜轻描淡写地说，似乎在心里早将传话筒那天对自己言语上的不尊敬忘却了。

"做人要对得起自己的初心，做事要对得起自己的良心。"飞毛腿说道。

"我知道了。一定要做一个好巡警。"传话筒说。

秦锁娃和安澜两个人一边客客气气地回忆着往事，谈论着多年的交情，一边喝酒、吃肉。传话筒就像戏台子底下听得出神的戏迷，一会儿看看安澜，一会儿盯着飞毛腿。"你心咋就这么大呢？进了监狱，还像个没事人一样，该吃的吃，该喝的喝。"飞毛腿问。

"你说我还能有啥办法呢？"安澜反问道，"不吃不喝，饿死了能干啥？我一没有杀人越货，二没有抢劫放火，干的都是正经事，巡警局拿我有啥办法？我要是个罪人，他们肯定不会把我放在这里不管不问，岂能任凭我吃吃喝喝的。"

飞毛腿看传话筒专心听他两说话，不吃不喝，说："你吃你的。乾族长不是个小气人，不会与你一般见识。"传话筒回过神，"嗯嗯嗯"算是答应。他一边吃，一边听。听着听着，就把吃忘记了，手中拿着一块牛肉，瓷愣愣地悬在半空。

看着传话筒吃开了，飞毛腿接过安澜的话说："对着呢，以你在乾州城的为人，谁见了你都要给你几分面子呢。多少年都稳稳当当过来了，这次咋能把你关进来呢。我也纳闷儿。你好好想想，你得罪了何方神圣。"

安澜说："好我的兄弟呢，我想得罪谁呢？自己一心把自己的日子过好，把族里人的事情办好，把弟兄们的友情交深，哪里还有害人的坏心思呢。"

飞毛腿说："老话说得好，害人之心不可有，防人之心不可无。你就是太实在了，才容易吃大亏。到现在，自己都走到了这地步，还没有搞清楚是谁害了你蹲大狱呢。"

"快吃快喝。车到山前必有路，为人不做亏心事，半夜敲门心不惊。"安澜没有想出是谁陷害他，只能自嘲。

一时间，三个人都无话可说，边吃边喝。这时候，传话筒突然说："有句话，不知道当讲不当讲。"飞毛腿说，火都烧到脚后跟了，还有

啥不能讲。

"我听老乾州羊肉冒馍馆的伙计说，周少峰前不久在馆子里宴请魏培吉局长和驻军的副官王耀武。"传话筒说。

"王耀武是周少峰的表弟，表兄表弟吃请，不值得大惊小怪。"安澜说。

"这可不好说！表兄弟相请，那是自然。可中间夹着魏培吉，这里面肯定有蹊跷呢。"

"这能有啥蹊跷？有可能就是周少峰蹭吃蹭喝呢。"

"搞不好问题就出在这里。你好好想想，你是不是得罪了周少峰？"飞毛腿劝安澜好好想一想。

经传话筒和飞毛腿这么一说，安澜便把前前后后的事情想了一遍。这么多年，他与周少峰相处得还算比较融洽，也没有啥隔阂。要说有啥事，除非就是年馑期间，他愿意借粮给人，周少峰不愿意而已；天降大雨，秋耕秋种时他愿意出种子、出劳力、出耕畜，周少峰不愿意罢了。不过这些都是个人的意愿，谁也没有强迫谁。你干你的，他干他的，井水不犯河水，有钱难买自己愿意。难道？难道？突然，安澜想到了火祭的事情。难道少峰因为买娃的事情与他结下怨恨？不可能吧，少峰虽然有些吝啬，但也不至于因为买娃花几个钱就和他弄得不愉快吧。再说，他也让少峰把娃收养了，是他拿不住家里人的事，才没有收养。少峰把娃带到人市上，卖了三天都没有成功，遭到家里人一致反对，没办法，又把娃送到他手里。当时，他还丁是丁卯是卯和少峰说好了，少峰自己不愿意要娃，也不谈钱的事，他才把娃收留了。思来想去，再没有其他啥事情了。少峰不可能因为这点事情把自己诬告了吧。再说，买娃卖娃这很正常，也不犯王法嘛。

飞毛腿说，这事等我问清楚了再说。于是，他和传话筒出了监狱，匆匆忙忙来到老乾州羊肉冒馍馆。

张大厨明白了二位巡警的意思，何况他与飞毛腿还有一定的交情，所以，一五一十地说了当天事情的前后经过。

"他们说啥我没在场，真的不知道。但是，我听到碟子摔地破碎的声音后，以为他们有啥事，急忙跑到包间，他们说不小心把碟子撞在地上了。一个是驻军的长官，一个是巡警局局长，我哪敢多说一句话。"

张大厨说。

"到底是故意摔的还是不小心撞的?"飞毛腿问。

"以我的判断,绝对不是无意间碰到地上的。无意间碰倒的话,声音没有这么大,碟子也不会破碎。故意摔地上,才能发出比较大的声响,还能造成碟子破碎。要不,我咋会跑到包间呢。"张大厨说,"从碟子破碎在地上的位置来看,肯定是王耀武故意摔的。"

"那天是谁请的谁?"飞毛腿继续追问。

"一个是军爷,一个是巡警局局长,我哪敢让他们结账呢?"张大厨说,"不过,席间军爷说让周少峰一碗按两碗的钱结冒馍账,巡警局局长说让周少峰结了糖蒜碟子钱,这样一来,请客的应该是周少峰。"

听了张大厨的一番话,飞毛腿觉出了问题的严重性。看来,问题确实出在周少峰这里了。周少峰为啥要请魏培吉、王耀武吃饭呢?吃饭你就好好吃饭,王耀武为啥要摔碟子呢?飞毛腿赶紧返回监狱,把了解到的情况详细给安澜说了一遍。

乾安澜沉默了一会儿,说:"看来,周少峰早就把心坏了。"

他和飞毛腿认真地分析了每个细节,确定背后捣鬼的人肯定是周少峰。周少峰想教训一下乾安澜,便想到了巡警局的魏培吉局长。他邀请魏培吉吃饭,以他的身份和地位,那肯定不行,魏培吉绝对不会给他一丁点儿的面子。于是,周少峰拉大旗作虎皮,将他表弟请出山,魏培吉就不能不给王耀武的面子了。于是,三个人在一起吃饭,就水到渠成,顺理成章了。

饭桌上,周少峰提出要魏培吉替他教训安澜,魏培吉不管出于何种目的,肯定不愿意,才引起王耀武的生气,趁着酒劲儿,摔了碟子,逼着魏培吉就范。魏培吉没办法,只好派人抓了安澜,而且时间选择在安澜给孙子乾天宝过满月的当天,这不仅完成了王耀武交办的任务,而且在众人面前让乾安澜丢尽了颜面,起到了一箭双雕的作用。

想到这里,乾安澜心里有底了、释然了。

20

令乾安澜万万没有想到的是，魏培吉非要给他定一个杀头的罪名不可。

安澜和飞毛腿谈完话之后，经过认真分析，确定是周少峰从中作梗，通过他表弟土耀武给巡警局魏培吉局长施加压力，让魏培吉帮忙给他出一口恶气。这不，气也出了，安澜的面子也丢了，应该万事大吉了。可是，魏培吉为何非要治安澜一个死罪呢？不要说安澜没有想到是这样一个结果，就连周少峰自己听到这个消息，差一点儿把下巴惊掉了。按照周少峰的本意，就是打压一下乾安澜的气势，扫一扫他的威风罢了。唉，鸡屎屙到牛粪堆上——事（屎）大了。

魏培吉非要让巡警在乾安澜给孙子过满月的当天，把安澜抓到巡警局，要打击一下安澜的气势，灭一灭安澜的威风，扫一扫安澜的颜面。但是，把人这样抓了，关了几天了，没个说辞也过不去。所以，他的脑子一刻都没有闲着，苦思冥想了几日，终于想出了一个名堂，他觉得定安澜一个杀人的罪名，是再合适不过的事情了。

他在堂上提审安澜，让安澜交代"火祭"前前后后所发生的事情经过。安澜一五一十，从前到后，原原本本和盘端了出来。他说："'火祭'的事，是族里人定下来的，孩子是族里人花钱买的。"

魏培吉问他道："你知道'火祭'的后果吗？"

安澜说："我知道。乾州城连续三年大旱，颗粒无收，大街上卖儿鬻女的、偷鸡摸狗的、打砸抢劫的，比比皆是。谁愿意干这些事情呢？还不是老天爷把人逼得没有办法了。我们搞'火祭'，目的就是祈雨，为老百姓做善事，让老百姓能吃饱饭、穿暖衣。这难道有错吗？"

"哼！"魏培吉说，"你避重就轻。我问你的是，你拿啥做'火祭'的祭品？"

"'火祭'的祭品当然是符合火祭条件的娃娃嘛。"

"要的就是这句话。"魏培吉嘿嘿冷笑几声，问，"娃的命算不算命？"

"肯定算嘛。无论大人，还是蕞娃，一旦呱呱落地，自然就是一条鲜活的生命。"安澜说。

"说得太好了！你无视两个娃娃的生命，把他们吊在滚烫的油锅之上，麻绳一旦烧断了，他们岂不掉进 200 多摄氏度的油锅里。这样一来，他们的生命岂不被你活活褫夺去了吗？这难道不是杀人还是救人？"魏培吉显然是有了底气，显得咄咄逼人，继续说，"'火祭'祈雨，就一定能祈到雨吗？你也是有文化的人，学了不少东西，你懂不懂'格致'？用'火祭'的办法祈雨，这简直就是迷信！是典型的无知！！是十足的愚昧！！！"

"我知道。宋代朱熹说'致知在格物者，言欲尽吾之知，在即物而穷其理也'。如何让老天爷下雨，我没有研究过，更不懂得其中的道理。从这一点来说，我就是愚昧，不懂'格致'。"安澜说，"三年多了，老天没有下一滴雨，我能问一下官府衙门的人一个个都干了些啥？我作为一介草民，至少我干了一点我能干、我该干、我想干的有利于百姓的事情。你说我迷信无知也好，说我愚昧混沌也罢，但是，我一介草民也就是一个迷信的人，不懂'格致'的莽夫。但是，我成功了，老天开恩了，下雨了，全乾州城，不仅乾州的老百姓高兴了，连闲置了几年的土地也高兴起来了。它不再撂荒了，老百姓也有了用武之地，有了生存下去的勇气和盼头了。"安澜越说越激动，他大声质问魏培吉，"你看看女皇武则天，她也为老百姓祈雨呢。你们官府衙门，这几年为了老百姓的生命安危都干了些啥？全城百姓吃不饱饭，穿不到一件像样的衣服，你们难道视而不见充耳不闻吗？管过他们的死活吗？我干了一件区区小事，至少我还把期盼已久的雨祈来了。"

"你！老百姓吃饭穿衣，这不是我职责范围内的事情。"

"好！那我问你，乾州城的治安归你管吧！这几年治安混乱到如此地步，杀人越货、偷鸡摸狗、土匪作乱，你难道熟视无睹充耳不闻吗？你作为巡警局局长，你这是放任不管，听之任之，就是失职渎职。你如果尽职尽责的话，乾州城能混乱到偷鸡摸狗、公然哄抢、打架滋事、打家劫舍的地步？"安澜几句话反倒把魏培吉问得无话可说。就这一点，宋希功没有少责备他，为此，他俩还闹得不愉快。所以，当安澜再次提及此事时，恰好揭开了魏培吉心中还未愈合的伤疤，他岂能不心痛？岂

能不对安澜心生怨恨之情？

"你说得对！古人云，仓廪实而知礼节。民不足而可治者，自古及今，未之尝闻。老百姓缺衣少穿的，你能让他们知礼节吗？亏你还是一个读过书的人。"

"我是一个读书人，尽管我没有你学富五车，才高八斗，但是，我干了我该干的事情，我内心无愧。你也是个读书之人，而且还肩负着维护乾州城治安的重担。乾州城百姓有句俗话，当官不为民做主，不如回家卖红薯呢。《尚书》上说，'制治于未乱，保邦于未危'。一开始，如果你们管理有严、治埋有序、法治有度的话，乾州城能长期混乱到如此不堪的程度吗？"

"你草菅人命，还能称得上干了件自己该干的事情？你承认娃娃的生命也是命，你就不应该把他们架在油锅之上。你把人家的娃娃架在油锅上当'祭品'，为啥不把你自己的娃娃架在油锅之上当'祭品'？这说明什么？说明你也知道充当'祭品'后果的严重性！"

魏培吉的一句话戳中安澜的要害。是啊，为啥不把自家的娃娃当"祭品"呢，还不是"私心"作祟嘛。自己在梁道长面前如何说、如何做，他心里自有一本账。族里人如何争吵，到最后出钱买娃娃，谁心里都和明镜似的。好在他事前做好各种防范，有了很好的应对之策，否则，一旦绳子烧断了，那两个无辜孩子的生命就结束了。不要说祈不到雨，即使祈到雨，又能怎么样？人心都是肉长的，手心手背都是肉。他说："你说得对。不过，我事前早就做好了一切防范和应对的措施，无论祈雨的结果如何，孩子的生命都会毫发无损！"

安澜这么一说，倒把魏培吉说得一头雾水，急忙问道："你睁着眼睛说瞎话呢。那天，你大张旗鼓地把孩子架在油锅上了，绳索都点燃了，你还有啥可狡辩？幸亏雨来了，孩子才幸免一劫。否则，孩子早就掉进油锅命丧黄泉了。事情你都做了，还有啥可狡辩的呢？"

安澜说，自己真的不是狡辩，当天他真的采取了万无一失的保护措施。事前，他在乾州城最好的皮匠铺子"皮一刘"店里，让刘掌柜亲手精心制作了两副皮套子；又在最好的铁匠铺子"铁一锤"铁掌柜那里打了两副铁扣，把铁丝穿到麻绳里面，掩人耳目，即使麻绳烧完了，还有铁丝牢牢地挂在孩子和横梁上，保证孩子的绝对安全。他采用这样的障眼法，既能瞒天过海，让火祭活动看着很真实，还能有效地保护两个"祭品"娃娃的生命安全。

魏培吉不相信。安澜说："不要说你不会相信，族里的人都不会相信，当天在场的人也不会相信。因为，事前我没有告诉任何人。你今天不问我，我也绝对不会说出实情的。当天我之所以给两个娃娃戴上老虎头头套，就是不想让孩子看到惊悚的场面。老虎头头套，也是我老婆事先精心做好的，绑孩子的两副皮套子、铁口、铁丝，还有麻绳等都是专门的匠人做的。做好了，我把如何锁住挂钩、如何快速打开挂钩解救孩子等事宜给儿子怀仁教了几遍，他学得非常熟练。所以，当天雨来临后，我一声召唤，和怀仁他们一起冲出去，把孩子快速从绳索上解下来，两个娃娃毫发无损。"

听完乾安澜的陈述，魏培吉当然不会相信这一通说辞。说："口说无凭，眼观为实。"安澜说："这么多天，我思来想去也不知道你们为啥把我抓进巡警局，我还纳闷儿呢。今天你这么一说，我才知道原委。你不是要证据吗？证据就在我家里，你派人带我一起拿证据走。"

魏培吉给安澜戴着枷锁，让飞毛腿和传话筒等带着安澜到了上官巷，一路上，乾州城的百姓眼看着大恩人乾安澜戴着枷锁，被巡警局的人押解着，心里真的不是个滋味。纷纷走上街头，一路跟随着来到了上官巷。当巡警从安澜家出来时，百姓将他们团团围住，脱身不得，纷纷替安澜鸣冤叫屈。飞毛腿也知道大家的心意，明知道安澜是被人陷害，是冤屈的，可是，他仅仅是一个巡警而已，左右不了事情发展的态势和结果。就好心劝大家离开，说："众人的心意我能理解，我也和你们一样。可是，有人状告安澜族长了，我也是奉命办事，请大家不要难为我。"

"你放了族长，我们就不会为难你。"二牛喊道。

"放了族长！放了族长！"人群乱哄哄地喊着。

"族长做了那么多的好事，你们巡警局的人难道眼睛都瞎了，看不见吗？难道耳朵都聋了，听不见吗？一个个不上街抓坏人，却专门与好人作对。"有粮说。

人群又开骂了。"乾州巡警没有好人！""乾州巡警都是坏种！"

这时候，谁也控制不了群众的愤怒，百姓与巡警僵持着、对峙着。安澜心想，这样的僵持，终究不是个办法；这样对峙下去，时间一长，

聚集的人会越来越多，肯定会爆发冲突。这样一来，不仅对自己不利，也对飞毛腿和传话筒不利，对老百姓更不利了。一旦出现那样失控的局面，后果真的很严重。这时候只能由他出面发话，劝老百姓快速离开。或许，自己的话，还能起到一定的作用。于是，他便对着围在门前的乡党们说："请大家相信，我不会有事的。飞毛腿大家都熟悉，他是个啥人你们心里都有数，不要难为他们。说实话，他们也不容易，也为我的事操碎了心。请你们散去。我在这里求你们了！"

大家还是没有散去的意思，纷纷呼喊，要求巡警放了安澜，场面极度混乱。安澜眼看着局面朝着不利的方向发展，便双膝跪地，说："父老乡亲，我求你们了。"飞毛腿见状，赶紧和传话筒扶起安澜，对大伙说："还不快快散去，族长给你们下跪了！"见状，大家才极不情愿地让开了一条通道，巡警带着安澜和证据走了。

证据摆在魏培吉面前，安澜给他讲述了当时的情形，证明他事前准备很充分、很周全。但是，魏培吉说，任何事情都没有绝对性，还存在不确定的"万一"呢。这次没有出人命，纯属侥幸，但是你这种行为就是在故意杀人。

他这么一说，等于给安澜把事情的性质定了。杀人，那可是要偿命的，尽管那两个"祭品"没有丧命，但是，依据魏培吉目前的想法、看法和做法来说，安澜已经是在劫难逃了。安澜说："你想咋定都行，事实是我没有害人之心，没有剥夺他人性命，还为百姓求来了一场三年不遇的大雨。我现在死了，至少用我的生命给乾州城百姓换了一场大雨，也值了。"说完，仰天大笑出了门，回到了不见天日的监狱里。

21

梁道长匆匆忙忙给乾孙氏装满了一袋子玉米，放在房门口。对着乾孙氏说："你看到了，满满一袋子呢，这下你该满意了吧！"

乾孙氏说："你肯借粮食给我，多少都行，我都很知足。讨要着吃的，就不能弹嫌是粗粮、细粮了，更不能抱怨是多、是少了。借人的，哪有给人寻不是的道理。不愿借了,是本分;愿意借了,是情分。"

梁道长兴冲冲地扑向乾孙氏,乾孙氏说:"大白天的,门都不关,你就不怕别人闯进来。我就是一个为了粮食而来的妇道人家,出了上官巷,就没有人认识我了,笑话不笑话的已经无所谓了。进了你的门,我早已将脸抹下来装进口袋里了。不过,你是道长,在乾州方圆百十里无人不知、无人不晓的,比起我,你的脸面更重要。"

梁道长说:"没事。谁还来呢。"乾孙氏说:"梁山观里除了你,还有那么多的道姑呢,她们的一双双眼睛亮着呢。万一她们进来瞧见我们的丑事呢?"这个时候的梁道长,心急如焚,说:"进来就进来,难道我还怕她们不成?"说完,就强行将乾孙氏往里间拉。

两只脚跨进里间,乾孙氏顺势从里将小门关上。她知道寡廉鲜耻,知道女人一旦失去贞操就意味着什么。古代给女人立"贞节牌坊",这样的牌坊不仅仅是对这个女人保护贞操的弘扬,其实也是在警示其他女人要知廉耻、守妇道呢。乾孙氏是乾州本地人,这样的事情要是被人撞见,传出去了,她还有啥资格、啥脸面活在这个人世上。梁道长就不同了,他孑然一人,再说他还是一个男人,自古以来,贞节牌坊就是专门为女人量身打造的,将男人排除在外。男人嘛,不仅可以三妻四妾,三宫六院,还能在外面风流快活,而女人就不一样了,要严守"三从四德"、只能从一而终的古训。乾孙氏岂能不明白这个道理,岂不想从一而终呢。可是,三年的年馑饥荒已经将她推到了死亡线上,眼看着儿子在乾州城的大街上干那些偷鸡摸狗的事情,尽管她清楚二牛的本意。但是,孩子还年轻,世上的路还长得很,还要活人呢。所以,不能眼睁睁地看着二牛走下坡路,落下骂名。下坡路好走,一旦走了,再想走上坡路就很难了。她必须制止二牛的行为,要坚决扭转二牛的不良习气。她只能牺牲自己,成全儿子。

正如二牛所言,安澜家虽然是乾州城数一数二的富家大户,但也禁不起全巷人长时间的折腾。上官巷几乎家家户户都向他伸出一双双瘦骨嶙峋的手,看着一个个饥肠辘辘、皮包骨头憔悴的面孔,安澜本来心地就善良,岂有不帮之理。不过,借粮食的人多了,安澜家的粮仓也不是个取之不尽用之不竭的聚宝盆,粮食总归是有限的,也是经过数月从地里长出来的,不是空穴来风刮来的,所以,不能再去借了。再去借粮,

显得自己不懂事，不知道好歹。相比安澜族长，周少峰家里的粮食虽然没有安澜家的多，但是，他把粮食、钱财看得很重，把人情世故看得很淡，不屑于乡党们的情感，一般不会给任何人接济的。几个人上门借粮食，一个个都灰头土脸、两手空空地被羞辱出来之后，再也没有人愿意踏进他家的门槛了。但是，年馑时期，保命还是第一位的。思前想后，她只能向梁山观伸出手。乾孙氏明知道梁道长是个大色狼，但是，此时此刻，真的能牺牲自己的肉体换取家人的性命，她还有啥想不开的呢？用自己的肉体，能换取儿子走上正路，她也心满意足了。所以，她走进梁山观就知道梁道长会故意刁难她，会以身体作为借粮的代价。因为新婚之夜不堪入目的那一幕，二十年来一直萦绕在她的心头，挥之不去，想之心颤。

既然来了，她把一切都抛到脑后。但是，这样的丑事毕竟不堪入目，更是见不得人见不得光的，必须把自己关在一个封闭的、黑暗的空间里，她的屈辱、她的痛苦、她的眼泪都不能让别人看到，只能打掉牙独自吞咽。

梁道长如同一只饿狼，将乾孙氏一下子抱起来，放倒在床上。乾孙氏眼泪哗哗哗地往下流。梁道长淫心疯狂地肆虐着，下面的家伙已经像一根鼓槌，硬邦邦的、火辣辣的，他急急忙忙退掉了身上的道袍，又将乾孙氏的衣衫扯掉，猛地扑向乾孙氏那具让他想入非非、勾起他淫荡之心的躯体。他把乾孙氏的躯体幻想成一个平展展的大鼓，自己就是那只能让大鼓发出声音的鼓槌，他一定要让这面大鼓发出振聋发聩的声音。当他满怀希望冲上前去敲击鼓面的时候，不料，下面的鼓槌突然成了一根软面条，不仅未能撼动乾孙氏这面大鼓，反倒有生以来第一次让自己在女人面前出了洋相。乾孙氏还在屈辱着、痛苦着，想象着梁道长这只饿狼如何地糟践她。可是，眼前发生的一切，让她大吃一惊，羞愧中，心里又唤起了一丝丝的希望。

梁道长惆怅而又不甘心地从乾孙氏身体上灰溜溜地下来，别提内心有多么的伤心难过。多少年来，他不知道自己糟蹋了多少女人，道观之外的已经记不清楚了，道观之内的每个道姑都被他以传道之名压倒在床上。多少年来，还从未出现过此时此刻的窘况。当他懊悔地站在地上时，下面的"软面条"又突然发疯了，变成了一根硬邦邦的"鼓槌"，顿时，他忘记了懊悔，再次扑向乾孙氏，乾孙氏刚刚放松的心又揪成一团。可是，当饿狼扑上来后，"鼓槌"好像故意和他作对，变戏法似的瞬间变成了"软面条"。这一下，对于梁道长来说，打击比第一次更大了，起初树起来要让乾孙氏这面大鼓发出震耳欲聋声音的信心一下子被屈辱浇灭了，他再也没有那股子邪劲了。一个人，蹲在地上呜呜地哭了。

乾孙氏见状，急忙穿好自己的衣服，下了床。远远地劝道："你哭啥呢？"梁道长一言难尽，自己又不好意思再说啥了。乾孙氏兑现了自己的承诺，反倒是他自身不争气，没有完成20多年来积压在心头的愿望，让那颗占有乾孙氏的野心在瞬间土崩瓦解，彻底死亡了。乾孙氏打开房门，说："你出来吧！"梁道长好像没有听见，蹲在原地继续呜呜地泣哭。乾孙氏返回里间，没好气地骂道："畜生！"顺便用她那只并没有多大劲的小脚狠狠地踢在他的屁股上。

梁道长这才抬起头来，用手擦拭着脸上的眼泪。"还不快去穿衣服，丢人败兴的。"这时候，梁道长才发现自己还赤身裸体，急忙抓起道袍，草草地穿上。"你就是个畜生！良家妇女你都敢糟蹋，老天爷都不会答应的。今天这样的结果，就是老天爷对你的报应！也是对我的惩罚！你出来，给我讲一讲道吧！"

"唉！我还有啥脸给你讲道呢。"梁道长羞愧得面红耳赤，不敢抬头看乾孙氏。

"有没有脸你还不知道？"乾孙氏说，"你当了一辈子道长了，还讲不出道？不过，你能祸害那么多的妇女，说明一点，你就没有真正悟出啥是'道'，也证明你就不是从崆峒山上修炼而来的道人。"

"你胡说！我就是在崆峒山上修炼的。"梁道长一听乾孙氏说他不是从崆峒山上修炼下来的，一下子就急了。

"你急啥呢？心急吃不了热豆腐。崆峒山的师父就是这样教你祸害女人的？好吧，既然你是崆峒山上修炼的，你给我讲一讲道吧！"

一听说论道，梁道长立马来了精神，将刚才身体上的不愉快渐渐忘了。他说，古书《尔雅》记载："北戴斗极为崆峒。"崆峒山刚好处于北斗星座的下方。之所以称为"崆峒山"，大概有三种不同的说法：一种说法是古时候这里是空同氏族人居住的地方，所以，后人为了纪念，

便称为崆峒山。另一种说法是古人在这里论道，道家应该是空空洞洞，清静无为，所以称为崆峒山。还有一种说法，就是这座山上有好多山洞，当年居住了好多人，这些人是道士还是百姓，已无法考证了。后来，因为山上环境恶劣，居住的人烟稀少，山洞基本上已无人居住，成为空洞。这便是崆峒山之名的来历。

听罢，乾孙氏逼问梁道长："你说道家的本意是空空洞洞、清静无为。那么，你扪心自问，自己是否做到了空空洞洞，心里是否清静无为？入道几十年了，你为啥贼心不死，以道家之名，不断地坑害良家妇女呢？你自称在崆峒山上修道数年，请你别糟蹋崆峒山的名声了。别人再问你曾经在哪里修道，你就说自己是四方游道，无师可从，免得玷辱了崆峒山的盛名。从你的品行来说，你就不是一个真正意义上的道人。或者说，你就是披着道袍的败类。"

乾孙氏几句话说得很实在，把梁道长说得无言以对。不过，崆峒山的的确确是一座著名的道教圣山。

崆峒驾鹤游，鼎湖乘龙去。相传，轩辕黄帝公孙轩辕听说崆峒山的仙人广成子道术高深，非常敬佩。于是，带领百官前往崆峒山。广成子为了一试公孙轩辕的诚意，故意将山上的所有道路挖断，变成悬崖峭壁，黄帝无法登山，只好在山下等待了三个月。后因天寒地冻，衣服单薄，所有人抵挡不住严寒，加之粮食所剩无几，只好打道回宫。三个月后春暖花开，公孙轩辕再次来到崆峒山，这一次广成子没有难为他，二人顺利相见。黄帝跪拜，说："先生明达'至道'，什么是'至道'的精粹？我想罗致天地之精华，使五谷丰登，生养百姓；掌管阴阳变化，顺应万物。请指点迷津。"广成子说："你想要罗致的是天地的本质，想要掌管的是万物的残渣。你治理天下，云气不待凝聚就下雨，飞鸟不待季候就迁翔，草木不待枯黄就凋落，日月的光辉越来越暗。你这样的人，心境这般浅陋且又非常贪婪，怎能谈'至道'呢？"

广成子的一番话语，让公孙轩辕醍醐灌顶。他独居陋室，晚上躺在白茅草草铺上，认真思考着广成子的每句话，认为自己自从掌管天下后，骄傲狂妄，目中无人，贪得无厌；高高在上，孤陋寡闻。必须静坐思过，沉淀心机，清静无为，方能得到"至道"。于是，安心于草铺，放下一切杂念，不问过往，平心静神，认真修炼三个月后，再次登上崆峒山问道广成子。匍匐而过，双膝跪地，虔诚地问："如何修身才能长久？"

广成子见轩辕心静而不狂妄，寡欲而不贪心，起身说道："持守内在的虚静，弃绝外在的纷扰，达到异常光明的境界上，到达'至阳'的根源；进入极度深远的门径中，到达'至阴'的根源。天地各司其职，阴阳各居其所，谨慎守护你自身，万物就会自然茂盛。持守'至道'的纯一而把握'至道'的和谐，修身一千二百年形体尚未衰老。"

黄帝听后感受颇深，广成子继续说：""至道'无穷尽，世人以为存在终结；'至道'深不可测，世人以为可以究极。得'道'者，上可为皇，下可为王。失'道'者，上只显光芒，下只附于泥土。"

梁道长想到黄帝问道广成子的故事时，自惭形秽，一时间便不敢说话了。

看着梁道长半天不说话，乾孙氏痛斥他，说："你之所以敢乘人之危，糟蹋我，都因你没有守住内心的虚静，没有拒绝外界的纷扰。既没有达到'至阳'，也没有达到'至阴'。说来说去，都归于你的贪得无厌。你真的是学艺不精，坏了崆峒山广成子大仙的名声了。"

这时候，道观的道姑白雪、以沫、瑶草等过来了。见了乾孙氏一一施礼。她们看见梁道长有点尴尴尬尬地坐在那里，不约而同地心里泛起了一阵醋意，六只眼睛盯着梁道长，斜视的斜视，目光如炬的如炬，似刀剜的刀剜，弄得乾孙氏心中一时有些慌乱。为了掩饰内心的羞愧，便起身对着梁道长说："你给我讲了一番崆峒山问道的事，让我明白了参道、悟道的道理，受教了。再说，论道也不是一时半会儿能说得清道得明的事情，需要内心的清净，重要的还是悟性。今天你还有事，我就告辞了。我借了你的粮食，身单力薄，无法移动。你是道家之人，送道送到心，帮人帮到底，还是帮我把粮食送到家里吧！"

梁道长连连称是，出了门，扛了那袋放在门口的粮食，跟着乾孙氏出了道观，一路忐忑不安地朝着上官巷走去。

22

魏培吉要治乾安澜的死罪。其实，这也并非他的本意。其本意无非舍不下这张脸，要卖王耀武一个人情，替周少峰出一口恶气罢了。

事情办着办着，就办到了"火祭"上了。"火祭"是啥？还不是有悖于格致的迷信活动吗！要是一般的迷信活动那就算了，可是，"火祭"这件事，摆明了是要用小娃娃的性命祭拜龙王呢。龙王是啥？龙王是传说中在天上掌管水族的神。这样的神，有谁见过？既然是传说，肯定无根无据，又没有人见过，那就不是真的。俗话说，眼见为实，耳听为虚。既然你安澜敢冒天下之大不韪，有悖于格致，用两个无辜娃娃的性命搞"火祭"，你能狠心杀娃娃，那就犯下了杀头的死罪，我就能狠下心来杀你。给你留了这么多的时日，你不仅不低头，还和我杠上了呢。我就不信你是马王爷长了三只眼，看我如何收拾你！

魏培吉心中有自己的小算盘，安澜心中有自己的老主意。于是，两个人各怀心事，就是想不在一处。魏培吉一看安澜是头犟驴子，便将安澜如何用两个娃娃搞火祭的事原原本本向宋希功作了汇报。宋希功听后，没有像魏培吉想象的那么激动，那么气恼，那么拍案而起，反而和往日一样，显得很平静。宋希功的态度，让魏培吉一时半会儿摸不着头脑，尴尬地站在一旁，等待着宋希功发话。宋希功不开堂庭审判决，魏培吉说再多、再重、再严厉的话都无济于事。一时间，魏培吉心里像十五个吊桶打水——七上八下，忐忑不安。

等了两袋烟工夫，魏培吉已经等出了一身的冷汗，自己都有些着急了。但是，宋知事不开口说话，他大气都不敢喘一下，只有耐着性子慢慢等。除了等待，他一时半会儿还想不出个啥好主意。

宋希功眼看着魏培吉的狼狈样，心里一阵好笑：知道你就这点出息。既然你没有那么大的能耐，还敢在乾州这块地方上摆谱，你都不撒泡尿好好照照自己，看看你是老虎豹子，还是跳蚤虱。常言说得好，没有金刚钻，别揽瓷器活。乾州是个啥地方？风起云涌之皇脉，卧虎藏龙的宝地。这么多年，自己在乾州城做事，都是察言观色，小心翼翼的，唯恐给自己惹下乱子，害怕哪一天屁股连板凳都焐不热，就得夹着尾巴卷铺盖滚蛋了。

"还有啥事？"宋希功明知故问。

"知事，安澜这事……"还没等魏培吉把话说完，宋希功就摆了摆手，制止他往下说。心想，你既然都定罪了，还问我干啥？看把你能的，我就不信你还有把牛笼嘴都能尿满的本事不成？自己几斤几两还不清楚，碌碡都跑到牛前边去了。你瞎扑闪啥，你不请示、不汇报，那么，你惹下的烂摊子，你自己就看着咋样圆场，说，"你自己看着办！一定要把事情办好，让乾州城的百姓无话可说，心服口服。"然后摆了摆手，示意他走人。魏培吉见状，识趣地退了出来。

出了州衙，魏培吉终于可以长出一口气了，浑身才感觉到松弛下来了。可是，事情没有个结局，这可如何是好？想到这里，他的头一下子又大得和老笼一样。宋知事不发话，安澜就是一块烫手的山芋，这可如何是好？他走投无路，只好去找王耀武商量解决的办法。

王耀武是个啥人？五大三粗，莽夫一个。哪里还能出个啥好主意？让他打仗，那才是他的用武之地，打打杀杀的，他既有这样的胆量，又有这股蛮劲儿，天不怕地不怕，关键时刻还能杀红眼呢。所以，他只是一员没有脑子的猛将。魏培吉把他去找宋希功的事情和盘托出，说："事到如今，下一步咋办？"王耀武说："你问我，我问谁去？"

"你看，当初要不是你一句话，我能……"

"我的话在你面前就这么好使？"王耀武一听就急了，说，"既然我的话在你这里这么好使，那好，你走吧！"

"你看你，咋是这人？"魏培吉说。他在王耀武面前，既不能发火，又不敢施压，只能好言相劝，希望王耀武助自己一臂之力，赶紧让自己从泥坑里拔出来。

"你先回去，让我好好想一想。"王耀武一时半会儿真的没有好的想法和主意，为了尽快送瘟神离开，只好搪塞。他知道，就连张守备都怵火宋知事，他区区一个副官，又能怎么样呢。更何况这件事本来就不是个事儿，是他表兄周少峰求他，不得已而为之。也怪自己当初把事情想得太简单了，那天酒后壮了胆，鼓了劲，强压了魏培吉一下而已。事

后，等酒醒了，他早就把这件事忘得一干二净。要不是魏培吉今天上门提起这件事，他都想不起来了。魏培吉为这件事伤脑筋，宋希功又不愿意接招过堂，咋办呢？王耀武本来就没有把魏培吉放在眼里，记在心上。心想：你爱咋处理就咋处理去，谁挖的坑谁去填平。关键还有一点，乾安澜在乾州城不仅是大户富户人家，而且是有威望的名人呢！无论如何，他是不敢得罪这个赫赫有名的族长。所以，一句"让我好好想一想"就打发魏培吉走人。

魏培吉眼看着王耀武下了逐客令，虽说自己人微言轻，在州衙、驻军这里谁也不把自己当回事，但是，多多少少他还读了一些书，知道礼义廉耻。眼见着王耀武下了逐客令，总不能赖在那里不走。告辞后，便索然无味地走了。一路上，他思来想去，就怨自己是个瓜尻货，分不清事理颠倒，谁的话都听呢。王耀武提着罐罐顺河跑，给他这个笨鳖上汤呢。自己还分不清，一根筋地治人死罪呢。想一想，自己弄的这叫啥事嘛！真是背着儿媳妇朝华山，出力不讨好。现在王耀武把自己架到火上烧呢，自己也束手无策，宋知事不愿意助力，王耀武还对自己不耐烦呢。他真是老鼠钻风箱——两头子都受气呢。这夹板子气，把他夹得有些招架不住了。

想着、走着，走着、想着，便走来了巡警局。

"魏培吉来了。"不知谁喊了一句，魏培吉这才缓过神，一看，大事不好了，巡警局门前黑压压聚集了好大一片人。他还没弄清事情的原委，就被人围在中间一顿暴打。双拳难敌四手。这时候魏培吉只有挨打的分儿，没有还手的力气。在挨打中，他才知道，这一群人是为乾安澜的事情专门找到巡警局寻他论理的。所以，他被围在人群中间，巡警局一个巡警都没有冲过来给他帮忙的、劝解的、阻挡的，有的躲在局里，不愿意参与进来；有的站在局门前，远远地隔岸观火，看他的笑话呢。要不是飞毛腿从外面赶回来，出面阻止，魏培吉估计早在众人的乱拳乱脚之下丢掉了性命。

飞毛腿知道，尽管魏培吉心怀不轨，但是，谁也不能把巡警局的局长打死了。打一打，出一口恶气就算咧。把魏培吉真的打死了，安澜的事情不仅不能得到有效的处理，打死魏培吉的人肯定也要被砍头呢。人在气头上，又是一窝蜂吃乱饭呢，打人自然就没有个轻重。万一，打的人红眼了、急眼了，失手或者故意闹出人命，谁也不好收场。所以，他一出现，马上招呼巡警参与进来，冲进愤怒中的人群里，左推右扯，总算冲出一条路，几个人架的架、护的护，把半死不活的魏培吉拉进巡警局里。随后，他让人从里面关了大门，自己站在巡警局大门口，对着余怒未消的人们喊话，讲道理，劝说他们一个个离开了巡警局大门前。

魏培吉被乾州城百姓打了，迅速传遍了整个乾州城。宋希功气得拍案而起，直言"翻天了！没有王法了，连巡警局局长都敢打，这还得了？看来，要不给点颜色，魏培吉的今天，就是自己的明天"。随后，他责成巡警局迅速将安澜押解到州衙，开堂庭审。

本来宋希功不想管这件事情，听说是魏培吉替人出头呢，更不想管这事，便让魏培吉自己把事情处理好就行了。没想到，事情闹到这个地步，他再不给"人性刚方"的乾州人一点厉害，今后，谁还会把州衙放在眼里？谁还会把他宋希功放在心上呢！夜长梦就多，快刀斩乱麻。判处乾安澜三天后，斩立决。听到州衙的判决，乾州城的百姓叫苦不迭，自责着一时冲动打了巡警局局长，不仅于事无补，还断送了安澜的性命。要不是他们鲁莽的行为，安澜也不至于被判处"斩立决"。这一次，是州衙的判决，他们心里虽然气愤，但谁也不敢再有巡警局门前的过激鲁莽的行动。不过，万家悲愁一家喜。这一家便是挨了打的魏培吉。他伤痛之余，庆幸自己没有白挨打，烫手的山芋终于被扔掉了，再也不会烧手了。索性，躺在病床上，安心养伤。

杨冬梅没有想到安澜会被州衙判处"斩立决"。得知消息后，一向坚强的她顿时浑身发软、头皮发麻，一屁股坐在地上，号啕大哭。哭了一阵，她对怀仁说："快去西安找你二弟怀义！让他想办法，无论如何要救下你父亲的命。"

第三天一大早，太阳红彤彤地挂在东边的天际。安澜被巡警从监狱里押往菜市口，乾州城的百姓纷纷走上街头，在一片悲痛中，送大好人一程。有粮和二牛买了一瓶乾州老窖、一只烧鸡、一块腊牛肉，早早地来到北十字，等待安澜从这里经过。善良的乾州城百姓想错了，宋希功并没有按照以前的路线押解安澜去菜市口。他心里也很害怕，担心"人性刚方"的百姓半道劫人。所以，为了稳妥起见，事前，选择了几条偏僻的巷子，秘密将安澜押解到刑场。有粮和二牛等了好半天，都没

有等到安澜的影子出现。这时候，不要说他俩，满大街上的人都知道被州衙和巡警局的人欺骗了，蜂拥着朝菜市口奔去。

安澜被绑在立柱上。两个刽子手，个个彪形大汉，豹眼圆睁，一脸的杀气，赤裸着上身，脖子上交叉挂着一条大铁链子，虎视眈眈地等待着宋希功下令。安澜对着铁面獠牙的刽子手，说："兄弟，来个痛快的!"刽子手面无表情，点着头表示同意。这时候，宋希功心里也很忐忑，不判"斩立决"自己对不起知事这个位子；下令后，自己能否在乾州城还能像以前那样当个"太平官"就成了未知数。依照乾州人的秉性，他有些后悔，现在，已经把人都绑在刑场上了，不下令已经不行了。于是，他将手中的"亡命牌"往地上一扔，其中一个刽子手便使出吃奶的劲儿，双臂抡圆，将大刀举过头顶，正当他大刀准备落下的当口，一匹枣红色的骏马冲进刑场，骑在马背上的人高声喊道："刀下留人! 刀下留人!"

在场的宋希功立即起身叫停，刽子手高举着的大刀停留在半空，凝滞不动了。半会儿，才缓缓地收起举过头顶的那把明晃晃的大刀。

年轻人策马来到宋希功面前，翻身下马，给宋希功施礼。礼毕，将一张文书双手递给宋希功。宋希功见到盖着陕西巡抚罗大帅朱红色大印的文书，不仅惊愕，下巴差一点儿都被惊掉了。好半天才缓过神来，他惊喜地看了好几遍。只见上面写道：

> 火祭虽有悖于格致，不合常理人情。但祈雨既成事实，且祭品未伤及毫毛，性命犹存。乾氏安澜铸成大错，理应斩立决。又悉火祭中对祭品保护有加，且无故意剥夺他人性命之恶意。其行可恶，理当诛之；其果圆满，甚感欣慰；其意为民，可圈可点。功过相抵，死罪可免。不再追究，立即放人。

看到罗大帅的手谕，特别是"立即放人"下边还着重画了两条平行线，宋希功不敢怠慢，也不敢再问来人尊姓大名，立即下令放人。年轻人谢过知事，将安澜扶上马，飞驰而去。

23

常言道：虎生三子，必有一彪。

杨冬梅给安澜一连生了三个儿子：老大乾怀仁，老二乾怀义，老三乾怀礼。不知啥原因，杨冬梅自从生了老三怀礼以后，就再也生不出孩子了。惹得乾家老太太不高兴，非要闹着给安澜娶一房小媳妇。安澜死活不同意，还在家里起了一番风波。杨冬梅懂事、知趣，知道自己左右不了婆婆的意愿，再说，也怪自己不争气，怀不上婆婆喜欢的孙女，所以，在婆婆面前一味地支持这件事。最后，安澜实在拗不过了，只好答应了乳台麻村这门亲事，娶了麻二的女子麻小莉。老太太自然高兴，那是不用说的。可是，天不遂人愿。丈人麻二是个赌徒，不仅欠了一屁股账，还连累了乾家，辱没了乾家的名声。最后，把女子和老婆的性命都贴赔进去了，老太太想要孙女的愿望也就此落空了。

一龙生九子，九子各不同。杨冬梅这三个孩子，一个个长得都很像乾安澜，但是，生性却不尽相同。

老大怀仁，性格比较内向，在家里帮着安澜干活是一把好手。不论是家里、家外，这些年锻炼得很有出息了。特别是和杨冬梅学会了做乾州挂面、豆腐脑的手艺，农闲时发挥自己的特长，为家里增收不少。因此，深得安澜和杨冬梅喜欢。他俩一心培养怀仁，将来有一天想让怀仁继承安澜当族长呢。怀仁的乾州挂面做得好，细长、筋道、滑软，吃到嘴里有嚼头。所以，街坊邻居都喜欢买怀仁做的手工挂面。

怀仁之所以把乾州挂面做得好，主要是他能舍得，舍得力气。和面、揉面、拉条、上架、拉抻等，该用力气的一定会使出浑身的力气，该使劲的一定会使出浑身的干劲，一整夜都不合眼；舍得面粉，他做挂面时，麦子是他精挑细选的上等小麦，面粉是他用石磨子一点一点磨出来的。磨面时，尽量让磨口润滑一点，把麸皮多留一些，留下白花花的面粉，做出来的挂面才有筋道，口感好，耐嚼。

他能如此上心地做好挂面，对豆腐脑也不例外。精心挑选黄豆，

颜色一定要黄灿灿的，颗粒一定要饱满的。黄豆之间碰撞要发出沉闷的声音，不能发出清脆的声响，否则，就是"铁豆子"，铁豆子是做不成豆腐脑的。点豆腐脑的卤水都是他精心制作的。他常说，做豆腐脑比挂面过程要简单，但要比做挂面细心呢，稍不留神，就会失败。泡黄豆要软硬合适，磨黄豆的石磨子磨口要圆润，磨口太锋利或者太钝了都不行。还有过滤、烧浆，每个环节都要小心翼翼的。特别是点卤水，一定要拿捏有度，不能多，也不能少；火候要把握好，不能早，也不能晚。稍不留神，点多了、少了，前面的功夫和原料都会前功尽弃。豆腐脑做好了，这才是第一步，吃豆腐脑的调料也是至关重要的。他对调料更挑剔，选择上更细心，熬制时特别用心、用功，他制作的调料远远都能闻到一股清香爽口的味道。别人做的豆腐脑要担在大街上卖，老半天还卖不完。怀仁做的豆腐脑，一天两坛子，放在自家门前，早早都卖完了。乾州城的人，冲着怀仁家的香味，不请自到，找到门上来吃，一饱口福。

安澜的三小子怀礼，年纪尚小，被他送到西安上学。乾怀礼之所以要去西安念书，主要受了他二哥乾怀义的影响。安澜家境殷实，大儿子怀仁子承父业，承担着家中里里外外好多家务，让安澜和杨冬梅省了不少心。安澜是一个有思想的人，他把二儿子乾怀义早早地送到西安念书，要让他有一个良好的念书环境，主要是为了能在上官巷，甚至在乾州城炫耀一下。孩子书念成功了，就可以"扬名声、显父母"，光宗耀祖，显赫门庭。怀义这小子很争气，属于乾家三虎之彪。他不仅念书，而且在西安习武巷拜师学习武艺。这小子天生就是一块习武的料，别人半天甚至一天都学不会的，在他这里一点就通，连师父都夸说他是习武的一个奇才。

乾怀义喜爱武术，也练就了一身好本领。有一天，他来到了驻守西安的陕西绿营。门前的守卫一看来了一个高高大大的愣头青，听到他自报家门后，却不让他进去。乾怀义既然来了，就铁了心要在军营里打拼，你不让进，他偏要往里硬闯，守卫死死挡着，他就在门前大喊大叫，气得三四个守卫前来驱赶他。他们哪里知道，来到门前叫阵的是一位痴迷武术且身怀绝技的小伙子。他本来对这些拦挡着他不让进门的守卫就很生气，没想到他们竟然动粗驱赶他，他忍无可忍，和守卫动起手来了。几个守卫哪里是他的对手，一转眼工夫，全都躺在地上。看到眼前的情形，另外一个守卫急急忙忙飞奔进去报告。乾怀义要的就是这个结果，他非但没有逃跑，反而站在原地一动不动。

不一会儿，一个协领出来了。几个倒地的守卫一瘸一拐地跑过去告状。协领一看，三四个守卫都不是眼前这个小伙子的对手，心里明白眼前这个愣头青肯定不是个善碴儿。乾怀义急忙上前，施礼，说明来意，并解释他来到绿营的目的以及为何出手等。

协领问他真的想当兵。乾怀义摇摇头，又点了点头，"妈的，到底是愿意还不不愿意？你好歹放个屁，让爷爷听听。"

怀义说："我愿意！"

"声音再大一点，爷听不见！"

"我——愿——意！"怀义扯开了嗓子，一字一板，一板一眼，斩钉截铁地回答着。

"好！既然你愿意，那就看看我这铁拳同意不同意了。"

怀义说，成嘛。我不动手，让你打我三拳，我整个身子要是动一下，就算我输了。只要能让我输得心服口服，一个屁都不放，转头走人，只能怨咱学艺不精，技不如人，不配为伍了。协领一看，这愣头青还是个硬茬子。为了给这个年轻气盛的小伙子一个教训，连声说了三个"好"字！说时迟那时快，话音刚落，三记铁拳如电闪般朝着怀义胸部打去。其实，协领也是想吓唬吓唬怀义，出拳速度虽快，但他仅仅用了三分力气，因为他出拳的速度在整个西安城无人能比，害怕出拳太重万一伤了眼前这个他内心还是比较欣赏的愣头青。三拳结束，怀义站在原地没动，说："你没有用全力！这次不算。"协领说，好说！你准备接招。说完，给了怀义几十秒时间，好让他心理上有个准备。紧接着，又是神速的三拳，硬生生地打了过去，只见乾怀义还是纹丝不动。

协领兑现了自己的诺言，将怀义拉进军营。问明了怀义的情况，并让他当面在操场上练习了一套刀法。

怀义想留在军营的心情十分迫切，听了协领的话，毫不客气，尽可能地将自己的刀法全面地展露出来。他学习的是太极刀，看似软弱无力，其实是绵里藏针。将刀法中的劈、砍、撩、挂、斩、抹、截、拦、挑、刺十个要领一一展示出来，一刀一法干净利落，一招一式威武清

洌，大有"大刀如猛虎"之势，令士兵们眼花缭乱，惊心动魄。于是，操场上的惊愕声、叫好声、欢呼声不绝于耳。

常言道，外行看热闹，内行看门道。绿营里的兵士看着怀义在操场上耍大刀，他们纯粹看热闹。而协领看的是耍刀里面的窍门。只见眼前这个小伙子刀刀沉猛，特别是缠头刀、裹脑刀、横扫刀，刀刀夺命，速度极快，让对手躲闪不及。虽说刀法变化没有剑多，但在大开大合之中威力无穷。再看小伙子手型和步伐上的变化，简直达到了出神入化的地步。俗话说，单刀看手，双刀看走。真是不看不知道，一看才知道，他俩之间的差距实在太大了。从此，他对这个小伙子刮目相看，无比喜爱，便将怀义留在自己身边当守卫。

其实，乾怀义不仅精通刀法，对枪法也是情有独钟。习练"太极刀法"之时，还研究"吴家枪法"。吴家枪法有21种扎法，比峨眉枪法多出3种，主要突出了"以攻为主"的武术技击思想，增强了枪法的技击威力。11种格法，虽然比其他格法有所减少，却让枪法更加精妙实用，充分体现了"枪本为战阵而设"的思想。15种步法，巧妙地克服了峨眉枪法"不言步法，不言立势"和杨家枪法"撒手杀去而脚步不进"的缺陷，明确提出"足不可松，其妙在于活，退则以长制短，进则以短制长"的观点。乾怀义对创始人吴殳创新的枪法圆机说、一圈分形入用说、枪根说、闪赚颠提说等系统完整、精妙实用的枪法理论进行学习、琢磨，融汇在骑龙步、虚步、四门枪步、剪刀步之中，他的枪法完全体现出"吴家枪法"之"枪如蛇行，手足迅疾，见肉分枪，贴杆深入，圈为元神，分形入用，急进连击，刚柔相济，攻守兼施"的特点。

协领知道乾怀义不懂骑术，专门把他放在骑兵营，指派骑兵营最好的教官教他骑术。怀义是个习武之人，本来就胆大心细，加之眼观六路，耳听八方，心灵手巧，这恰恰符合骑马的诀窍。没有半个月工夫，就成了一名高素质的骑手。在此后，怀义不再局限于在地面上练刀武枪，而是将地面上习练得出神入化的刀法、枪法放在了马背上，使之与马背上的运动和速度很好地融合起来。世上无难事，只怕有心人，很快，乾怀义就成了陆地上的好骑手，马背上的好枪手。

人怕出名猪怕壮。乾怀义的名气越来越大，一下子就传到了罗大帅的耳朵里。耳听为虚，眼见为实。罗大帅当时就对乾怀义进行了一番实地考验，心中欢喜得不行，便调到身边给自己当守卫。

当乾怀仁找到怀义的时候，已经气喘吁吁，话都说不清。怀义给大哥倒了一杯水，劝他歇一歇，把话说囫囵了。听到父亲安澜要被"斩立决"后，怀义立马拉上怀仁，疾步匆匆地跑到罗大帅面前，将"火祭"的情况详详细细地说了一遍，请求饶恕父亲。罗大帅惜才爱才，于是，便提笔写了一封公文，盖上了自己的大印。

怀义谢过罗大帅之后，心急如焚的他，怀揣罗大帅的亲笔公文，立即策马冲向乾州城，去营救即将"斩立决"的父亲。

24

自从梁道长给乾孙氏送粮以后，大家都觉得这事有猫腻，一个平常在众人面前爱拿捏的梁道长怎么能主动给一个寡妇送粮食呢？一开始，这件事并没有引起上官巷人的重视。后来，梁道长送粮食次数多了，大家便感觉到梁道长给乾孙氏送粮一事并不是想象中的那么简单，这里面一定有蹊跷。因为，梁道长的品性上官巷的人还是略知一二的。

寡妇门前是非多。自从二牛他爸死后，安葬完毕，乾安澜、周少峰、乾有粮这些男人，几乎再也没有一个人踏进过这户人家的大门，万一谁家到二牛家有事，到了非去不可的地步，那就让媳妇、女子们去，男人是不敢跨进这块"是非之地"。乾孙氏也很知趣，在二牛还小的时候，她需要去哪家哪户，就牵着二牛的手，自己站在门前，让二牛先进去，算是打声招呼。家中女主人在的时候，她才进去。等二牛长大一点，就让二牛自己去。尽管是小孩子来了，主家也不会有意见，因为二牛家情况特殊。多少年来，乾孙氏身清名正，从来没有惹出过一点是非，这让村中的男男女女对她深表同情和赞许。有人私下说，族里应该给乾孙氏立一块贞节牌坊。

安澜问，你知道啥叫贞节牌坊？它是专门表彰妇女纯正高洁品德的类似于牌楼的建筑物，你给乾孙氏修贞节牌坊，给哪里修建？再说，这

么多年她虽然一人寡居，也没有改嫁，更没有招惹是非，但是，她的品德、对族里的贡献，还远远不够立"贞节牌坊"的标准。关键还有一点，立了贞节牌坊之后，你就能保证她一辈子安安生生的？谁能保证，站出来讲嘛。毕竟她还没有到七老八十那个安全的年龄段。大家都觉得安澜说的话有一定的道理，也没有人再敢提说此事。人常说，不怕一万，就怕万一。族里好不容易出钱出力，把贞节牌坊修好了，万一她改嫁呢，或者私下里不检点，弄出一些与贞节牌坊相悖的事情来，族里人岂不是搬起石头砸自己的脚？岂不在乾州城闹下大笑话了嘛。这不是一时半会儿的笑话，将会被好事者记录下来，流传千古、遗臭万年呢。从此，再也没有人提说给乾孙氏立贞节牌坊的事了。

当街坊邻居看到梁道长多次给乾孙氏家送粮食后，都感叹安澜是诸葛亮，足智多谋，料事如神，遇事情考虑得周全，把事情想得比较长远。幸亏当时安澜及时出面劝阻，贞节牌坊才没有立成。否则，唉！把他家的，话说不成了……

梁道长第一次给乾孙氏送粮食，一路上他都感觉到很丢人。但他没有办法，谁让他心怀鬼胎，给乾孙氏打主意呢。再说，自己身体也太不争气了，乾孙氏主动送上门来，像剥了一根清洗得干干净净的白萝卜，摆在他的炕上，等着他去吃呢，自己……唉！贪吃狗肉，不但没有吃成，还贴赔了铁绳。再看看上官巷满大街人瞧他那诧异的目光，一个个奇奇怪怪的，把他当猴看。不！眼神已经确定了他就是睡了乾孙氏的淫棍。那些与他平常爱开玩笑的人，一个个都和他插诨打趣，让他百口莫辩。要不是自己心里有鬼作祟，为了逞两条腿中间的那点东西一时之欢快，自己怎能在乾孙氏面前把一个男人的尊严丧失了，自己哪能落到今天这般境地。唉，真是老二把老大害惨了！

他把盛粮食的口袋放在乾孙氏家门前，一转身，灰不楚楚地往巷口走。乾孙氏心里有数，她也没有让梁道长进门的意思，别说再三挽留了。梁道长内心有鬼，所以走得慌慌张张，脚步都有些凌乱，身子也有些飘，他感觉到来自上官巷所有人的目光已经成了一把把锋利的刀剑，向他刺来，他脸红脖子粗，火辣辣地烧，巴不得有个老鼠窝钻进去，或者有个深坑让自己跳进去，至少，能逃避那一双双杀人不见血的目光。梁道长低着头，一边走一边想，没想到，怕啥来啥，此时，却与回巷子的有粮撞了个满怀。

"梁道长，你咋急成这样了？魂不守舍的，是被贼撵呢，还是道观里的道姑等着你发骚呢？"有粮嘴贱，和梁道长很熟悉，所以，一见面就开荤打趣。

"没事，没事。"梁道长被有粮说得不好意思，自我打着圆场。

有粮一把拉住梁道长，说："没事就好！我还正准备寻你给我算一卦呢。既然来了，免得我再跑一趟。"

"梁道长咋能没事呢，人家专门给二牛他妈送粮食呢。"

"梁道长是个大忙人，哪有工夫给你算卦。"

"人家专门给女人算卦，你是男人，他不给你算。再说，他给你算的，绝对不准。"

……

一群多事的女人站在大街上，尽管吃不饱，还嚷饬着梁道长呢！

梁道长不愧是道长，尽管心术不正，爱往女人堆里面钻，也不知道作践了多少良家妇女，让他自己掐指头算，都算不明白到底糟蹋了多少女人。他瞅了瞅那群多嘴多舌的妇女，见周安利的媳妇也在其中嚼舌头根子，便对她说道："我咋看你最近交了不少的桃花运，还不是三个、五个，最起码得有十个、八个吧！被男人滋润过的女人就是不一样，连眼睛都放光呢。"

安利媳妇一听，脸一下子红了，责怪道："梁道长，你胡说啥？"

"我咋胡说呢？从你的眼神里都能看得出来嘛。你敢不敢把手伸过来，让我好好给你算一卦，我保证能算出你和哪些男人在一起。"梁道长看似取笑实则认真地说。

几个妇女一听，转过头来问安利媳妇，一下子把安利媳妇问得、看得都不好意思了。说："别听他放屁。梁道长那狗嘴里吐不出象牙！"

"你放心，我是大象嘴，吐出来的肯定是象牙。只有你与人不同，狗嘴里才能吐出象牙。你交的桃花运那么多，啥时候和咱也交一下，让咱也尝尝你的滋味。"梁道长越说越离谱，而且朝着安利媳妇走来，吓得安利媳妇一转身跑了。

有粮站在一边听得都不好意思了。街道上这些妇女，一个个饿得面黄肌瘦的，不知道哪来的劲儿在这里磨闲牙。就劝说："你们哪里是梁

道长的对手，还敢与人家相比。快看你家下一顿饭在哪里吃呢，还有闲工夫在这里嘲笑衣食无忧的梁道长。"

听有粮这么一说，梁道长心里更有了底气，既然自己做了，躲躲藏藏是过不去的。你越躲藏，人家越怀疑你心里有鬼。你越理直气壮，反倒让别人无话可说。他驻足对那几个嘲笑他的妇女说："你们想不想借粮食？"

妇女一听高兴得很，这时候，谁能主动提出借给你粮食，那就是雪中送炭呢。一个个叽叽喳喳地都说想嘛。梁道长说，你想啥？想锤子不？你不看看一个个饿得肚子咕咕叫，不想着拿啥做饭，还有心思取笑我？你们在这里取笑我十天半个月都没事，我回到道观里想吃啥有啥，你们有啥吃的？喝风屙屁都找不着个门路。想吃锤子不？你男人一个个饿得精球打得胯骨响，要屎没屎，要肉没肉。还想着跟我借粮食呢，露天地里说疯话，痴人做美梦，净想些好事情。

这几个妇女一看梁道长骂她们，也不甘示弱，说："尊你是个道长，你咋没有一点德行呢？一开×，就带子儿呢。"

"我倒要看看你的球有没有屎，有没有肉？"几个妇女结婚多少年了，啥事没经过，男人的家伙见得多了，还怕你梁道长不成。不给你一点教训，你还不知道上官巷女人的厉害。不知谁先喊了一声，于是，几个人便一拥而上，拉的拉、扯的扯、掐的掐、拧的拧，三下五除二把梁道长掀翻在地，梁道长也知道她们开玩笑开过分了，但双拳难敌四手，一个好汉难敌几个犟脾气上来的妇女，眼看着自己还不了手，只好求饶。几个犟脾气的妇女不依不饶，没有罢手的意思，他又向有粮求救，喊道："有粮，有粮，你咋见死不救呢？"有粮笑了，心想，谁让你嘴贱呢，便开玩笑说："你还没有死呢！""你再不救我，就被你街道上这几个妇女糟蹋了！"有粮见几个妇女没有一点停手的意思，害怕弄出啥事端，就连声禁断。这会儿，那几个正拿梁道长撒气的妇女谁还把有粮的话放在心上呢。她们刚才受了梁道长的羞辱，好不容易抓住机会，非要报仇雪恨，岂肯善罢甘休。

眼看着梁道长的裤子就要被几个妇女扒光了，要不是他两只手紧紧地抓着裤腰不放，那几个发疯似的妇女早就把他的裤子脱掉了。有粮眼看着她们还不松手，自己的话又不被当一回事，灵机一动，大喊一声：

"族长来咧！"几个慌乱中的妇女真的以为安澜来了，吓得赶紧收手起身，躲在一边去了。等她们反应过来，左右一看，哪里有族长的影子，才知道是有粮故意的。纷纷骂有粮了。

"梁道长虽然是个花蝴蝶，他的×上又没有绣花，和你男人都是一样的，有啥好看的呢。"有粮这么一说，把几个妇女说得面红耳赤，都不好意思了。梁道长趁机起身，像一条丧家的野狗，一路小跑着出了巷口。

慌慌张张、衣衫不整的梁道长一头钻进道观，白雪、以沫和瑶草正在他的屋子里等着他。看他如此狼狈不堪，还以为梁道长被刚才的乾孙氏收拾了，三个道姑合起伙来盘问梁道长。

"我今儿个咋遇上鬼了，一个个难缠得很。"梁道长进了屋子，刚才悬了一路的忐忑之心便放下了。在道观里，他从来不把这些道姑放在眼里。

"谁是鬼？你说！"白雪一听，刚才看见梁道长和乾孙氏一幕暧暧昧昧的气还没有打消，这会儿又被梁道长骂成鬼，心里极其不舒服，便质问他。

"我们是鬼，就你一个是人？是人咋能成了落水狗一样的德行？"以沫也不甘示弱。

"你拍着胸脯说话，到底我们是鬼还是人？难道你都不撒泡尿照照你自己。"瑶草说。

三个道姑你一言，我一语，弄得梁道长心里督乱得很。没好气地说："你们都是人，是世上的大好人，我是鬼。好了吧！"

"你白天是人，晚上就是个鬼。你在外面还算个人，在道观里就是个鬼。"以沫说，"这几年，你对我们做了些啥你还不清楚吗？借着传道之名，把我们一个个都拉到你的炕上了。糟蹋我们不说，你在外面还拈花惹草，一天到晚，笑面虎似的，见了女人就走不动路了。贪得无厌，吃着碗里的，还瞅着锅里的，巴不得把天下的女人都拉到你的怀里。"

"对着呢。道观里的道姑你霸占着，在外面还想入非非的。"

"好了！你们再别说了。"梁道长禁断着。

"你都敢做，难道还不允许我们说一说？我们说一说，你就躁了，啥意思嘛！堂堂一个道长，难道连这点涵养都没有？你没对人家做亏心

事，你会扛着粮袋子，屁颠屁颠给人家送粮食。送粮食也行，去了就被作践成这副德行？你咋还有脸训斥我们？"

"唉！我求你们了。人家是小脚女人，扛不动，我帮忙给她送去，有啥不对的。为道为道，要心存善念，多做好事呢。"梁道长做贼心虚，只好乞求道。

"黄鼠狼给鸡拜年，就没安啥好心呢。你把我们拉到你炕上，难道也是做善事好事吗？"

"能有啥好心？司马昭之心嘛，路上的人谁不知道你心里的花花肠子？"

梁道长眼看着争执不下，干脆实话实说了。把他和乾孙氏的事和盘托出，又把他在上官巷街道上的那一幕学说了一遍。

"走！跟'软面条'说啥呢。"白雪说着，三个人嘲笑着走出了房门，把梁道长一个人晾在那里了。

25

安澜得救了。能救他的正如杨冬梅所言，唯有自己的儿子乾怀义。

怀义那天把安澜扶上马，策马扬鞭，连家都没有回，带着父亲马不停蹄，离开乾州城，一路直奔西安。

路过咸阳的时候，安澜已经饿得肚子咕咕叫个不停，浑身困倦，有气无力，好几次差一点儿要从马背上掉下来。怀义说，那就吃顿饱饭再走。安澜说好。于是父子二人来到咸阳城西街，吃了一碗河水饂饂面。

河水饂饂面馆，用的水都是从渭河里打上来的。清澈的渭河流淌了几千年，它从甘肃省定西市渭源县鸟鼠山奔流而下，经过甘陕两省，流入滚滚的黄河。黄河是炎黄子孙的母亲河，渭河是咸阳人的母亲河。清澈见底的渭河水滋养着一代一代的咸阳人，时刻见证着这座秦朝古城的变迁。唐代大诗人温庭筠到咸阳，题诗一首：

> 咸阳桥上雨如悬，万点空蒙隔钓船。
> 还似洞庭春水色，晓云将入岳阳天。

这首诗把雨中咸阳渭河的景色描绘得别致一格，汤汤的渭河之水恰似洞庭湖的春潮春色，温润恬静；雨过天晴之后的咸阳天空，犹如岳阳城的天色，蔚蓝璀璨，让人对这座古老的城池爱恋不已。

咸阳不仅有历史的厚度，更有历史的深度和广度，见证了13个朝代的兴衰变迁，也给生长在这座城池的百姓赋予了勤劳、智慧、创造和勇敢。这里人对饮食文化情有独钟，仅仅面食，就有上百种，而𰻝𰻝面堪称这座古城的招牌，美食一绝，不仅筋道、爽滑、可口，更充满了这座城池中的人们的劳动智慧。

乾怀义把马拴在了永绥街路边的一棵大树上，然后搀扶着父亲走进咸阳杜家渭水面馆。杜掌柜一看军爷来了，赶紧走出大门迎候，热情的笑容厚厚地堆在脸上，稍不留神都能掉落下来，砸在地上。

安澜说坐在门口，便于照看军马。怀义说成。杜掌柜不答应，好说歹说要让他们坐在包房内。怀义说，我们坐在门口吃饭，还能照看军马。杜掌柜满脸堆笑着说："没事没事，您放心！我让伙计专门照顾军马，顺便给军马弄些饮水、草料。"双方推让了多次，杜掌柜既热情又很固执，怀义一看没辙，推不过去，就顺从了杜掌柜的安排。这杜掌柜就是一根筋，怀义看了看父亲，安澜不好再说啥，再说下去，肚子饿得不行呢。两人跟着杜掌柜，上了二楼的"渭城"包房。

二人坐定，杜掌柜立即送上了一壶好茶。脸上像一朵盛开的牡丹花，热情地说："军爷，这是咸阳茯茶。这咸阳茯茶真好，汤色红润透亮，口感也绵软醇正，能健胃消食，更有助于身心健康，还能延年益寿呢。"

安澜说："掌柜的，您不用忙活了，我们就吃一碗面嘛。"杜掌柜高兴地说："二位稍等，面马上就到了。"说话间，伙计用木盘端着菜，掀开门帘，招牌式地喊了一嗓子："爷，菜——来喽——"尾音拖得很长很长，像一束马尾扫绕着食客的心扉。

杜掌柜一边下菜，一边报着菜名，一盘酱汁牛肉、一盘肘子、一盘花生米、一盘老豆腐。下完菜，杜掌柜说："二位请慢用。这菜都是本店的招牌，是小的的手艺，这壶乾州老窖，也是小的藏了多年的私货。请您二位慢慢品尝，有啥吩咐，随时召唤一声便是。"

安澜心想，这掌柜咋这么精明会做生意，不听客人的话，硬给客人

上菜，明显地诓人呢。便有些生气地问道："掌柜的，我们就是想吃一口面，咋上酒上菜呢？"杜掌柜点头哈腰地说："只要二位满意，本店愿意为您效劳。"说完，便退了出去。

包房里就剩下安澜父子俩。安澜就抱怨儿子，不知道节俭，大手大脚地乱花钱。怀义说："我和你寸步不离，我上哪里去点菜点酒呢？不过，您受惊了，儿子请老子吃一顿酒菜，也是应该的，喝点酒，给您压压惊。您放心吃，儿子还能管得起这顿饭呢。"

安澜迟疑了片刻，就和儿子一起吃菜。安澜自己饿了，再加之受了点惊吓，所以，浑身上下都不自在，老感觉身子骨不舒服。怀义说："酒能消愁。您喝口酒，心事就除了，浑身就舒坦自在了。"父子两人吃得津津有味，直夸杜家做菜的手艺好。过了一袋烟工夫，杜掌柜亲自用木盘端了两碗面进来了，笑呵呵地问道："不知道您二位能吃惯不？"安澜说："菜的味道真好，吃得人都停不下筷子呢。"杜掌柜说："能吃惯就好。"说着，便把两碗面和两碗汁子放在安澜父子面前。

"我这面有特色，在咸阳城和五陵原上非常有名气，好多人都是慕名而来呢，回头客多得很。"杜掌柜介绍道。

"我就是慕名而来的。"怀义说，"在西安早就听说咸阳西街有家渭水面馆，一直说要过来品尝，忙得没有机会脱开身。这次顺路，才有幸能吃上朝思暮想的面。果真是百闻不如一见，嫽扎咧！"

"二位，要把面一根一根挑出来，放在汁子里面，这样吃才能吃出味道呢。"

"好的！你忙你的。需要啥我叫你。"安澜说。杜掌柜知趣地走了。

安澜先闻了一下汤汁，就香得发馋了。他挑了一根面，放在汤汁里面调和一番，刚才白花花、像裤带一样的面条，顿时染成红色，别说吃了，看一眼就会发眼馋，直流口水，难怪这家面在咸阳城里城外名气大得很。他挑了一筷子面，放在嘴里，面条又宽又长，不像乾州的清汤面那样短而细容易吃，安澜只好大口大口往嘴里吸溜，嘴里填满了，然后咬断了吃，吃得香得很，不一会儿，一碗面就吃光了。安澜说，他还想吃一碗，不过，肚子已经吃得撑得盛不下了。怀义劝说，你饿坏了，一次不能吃得太饱。吃得太饱，容易出事。安澜说："知道咧，就是随口这么一说。不过，这家面的味道真绝，让人馋得不行。"

　　怀义喊了一声，杜掌柜进来了。哈腰、点头，脸上照样堆满了店主招牌式的笑容，问道："军爷还有啥吩咐？"

　　怀义说："菜的味道很特别，我在西安城吃过好多家的菜肴，都比不上你家菜品的味道。不仅味道好，色泽也好，菜品搭配得恰到好处。饂饂面就不用再夸了，我父亲最爱吃乾州的清汤面，他刚才说，这顿饭让他这辈子都忘不了。"

　　杜掌柜听了，喜形于色，内心却无比的激动，说："军爷，您先别急，喝一会儿咸阳茯茶再走也不迟。这茶消食效果特别好！"

　　"你先结账吧。"怀义说。"哪能收军爷的钱呢。军爷难得光临小店，这顿饭算我请客。军爷光顾小店，小的三生有幸，小店蓬荜生辉呢。"杜掌柜笑嘻嘻地说。怀义说："在饭馆吃饭掏钱，天经地义。再说，我请自己父亲吃饭，你不结账，这明摆着不让我行孝。"

　　"哪敢呢！哪敢呢！既然是军爷行孝呢，这顿饭钱就更不能收了。'百事孝为先'嘛，只要军爷不嫌弃，让我也沾沾军爷的光，这顿饭权当咱一起行孝呢！"杜掌柜的一番话，倒把怀义说得无话可说了。于是，他重新坐下来，和父亲一起慢慢品茶。父亲吃得有点多了，肚子有点发胀，刚好喝咸阳茯茶消消食。

　　喝完茶，临出包房门的时候，怀义将饭钱悄悄地放在盘子下面。怀义进来的时候，杜掌柜笑脸相迎；走的时候，杜掌柜自然紧随其旁引路，笑脸相送。杜掌柜感觉今天周围其他小店里掌柜的、伙计看他的眼神里都充满了羡慕和嫉妒。他心里乐滋滋的，一顿饭钱能值几个钱呢。像这样骑着高头大马的军爷不是像他这个小饭店想请就能请得动的。既然这位军爷不请自到，自己就必须招呼得让军爷舒舒服服的。

　　怀义和父亲来到拴马树旁，伺候马的伙计赶紧低下头站在一旁。大红马一看主人来了，把头仰得老高地朝天嘶鸣，然后又摇尾巴又刨蹄子的，显得很兴奋。怀义自然知道伙计把马伺候好了，高兴地走过去拍了拍伙计的肩膀，吓得伙计不知所措。怀义说了声谢谢，就和父亲策马扬鞭，朝着西安方向飞奔而去。

　　一个年轻的军爷，一匹枣红色的骏马，让咸阳杜家渭水面馆增色不少，让杜掌柜一直念念不忘。

　　送走客人，杜掌柜收拾包房时才发现压在盘子下面的钱，赶紧下楼

去追赶。这时，军爷的军马早已冲上咸阳桥。他叹息道："这年头，这么好的军爷，上哪儿去找呢！"数了数钱，军爷给多了。

回到西安，怀义急忙给罗大帅报到。罗大帅问："令尊如何？"

怀义连忙说："知事见了您的手谕，大气都不敢喘，立马放人了。"

罗大帅听后很开心，说："既然令尊平安无事，你就放心好好干！"怀义说还有一事相求。罗大帅皱了皱眉头，问他还有啥事？怀义说，家父知道您是他的救命恩人，非要当面致谢呢！罗大帅一听，心里自然很高兴，却摆了摆手，说，你是我手下的得力人才，就不要拘泥那么多礼节了。怀义说，父亲和他一起到了西安。没有得到罗大帅您的同意，自己不敢私自把父亲领进来。罗大帅一听，哈哈大笑，说："你这小子知书达理，礼节还多得很！既然你父亲来了，那就请他进来吧！我倒要看看这位能为百姓祈风唤雨的人是否长着三头六臂呢。"

怀义说，家父平常人一个。我和家父长得很像，一个模样。说完，便退了出去，请安澜进去。

安澜哪里见过这样的阵势，大帅府里的建筑、摆设他见都没见过。在乾州，他的"乾府"就够豪华的了，没想到，天外有天，人外有人，仅仅是大帅府门前的那两尊石狮子，都比他家门前的石狮子大好几倍呢，高大、威猛、气派。如果说，他家门前的石狮子是孙子辈的，那么，大帅府门前的石狮子应该是爷爷的爷爷辈了。他跟在怀义身后，怀义说："您是父亲，如果不是因为要给您带路，按理我要跟在您屁股后头呢。今天这事特殊，休怪儿子无礼了。不过，您也必须和我并排走着，免得罗大帅骂我不懂礼数。"安澜只好听从儿子的安排，和儿子并排走着。一个年轻，器宇轩昂，抬头挺胸，一副威武不能屈的架势；一个年老，面色灰暗，低头哈腰，一副烂泥扶不上墙的样子。怀义在一旁不断地提醒安澜，让他抬头挺胸。可是，任凭儿子如何说，安澜就是提不起精神，把刑场上那股子劲咋使都使不出来，也抬不起头，挺不起胸，就连两条腿好像绑了石头都不听他的使唤了，沉重、发软、打战呢。安澜像丢了魂一样，不知道走了多久才见到罗大帅。其实，从大门口到罗大帅的书房，也就是三五分钟，可是，安澜觉得好像走了几天。

进了门，怀义介绍后，还没等罗大帅发话，安澜头也没敢抬，身子"刺溜"一下子滑在地上。其实，他想给恩人罗大帅磕头，没想到身子不听使唤，成了软面条，直不起来，所以，连头都没磕成。

罗大帅哈哈大笑，说道："一个连死都不怕的人，咋就成了尿包呢！"怀义觉得父亲丢人了，连拉带扯地，好歹让安澜给罗大帅磕了一个头，安澜双膝跪在地上，说了好多感谢大帅的话。待罗大帅发话后，才被儿子扶了起来。这时候，安澜才有点缓过神来，身子慢慢地也能站直了，也敢抬头了，不经意间还看了一眼罗大帅。

罗大帅说："这就对了嘛！这才是人性刚方的乾州人，一个不怕天、不怕地、不怕死的铁汉子嘛。"

谢完罗大帅，安澜也算完成了一桩心愿，在怀义的引领下出来了。路上，安澜在大帅府中纠结紧张的心一下子舒缓了，这才返回原型，成了一个硬硬邦邦的汉子。怀义问道："爸，您今天咋了，魂不守舍的。"安澜说："娃呀，爸对不起你，给你丢人了。爸是小州城里的人，没见过大世面。就是关门坐皇上，灶火的咣咣。"

怀义也不好意思再说啥，父亲已经自责了，这明摆着是拿大嘴巴子抽打自己呢。别说父亲了，就连乾州知事宋希功啥时候见过罗大帅真容呢。如果让宋希功见罗大帅，搞不好他还不及父亲呢。这样一想，怀义心里不再纠结了。

安澜这时却对儿子说："罗大帅头大得很，是个有福之人。乾州人说，大头有宝。你跟着罗大帅好好干，将来肯定有出息。"

怀义说知道了。就劝说安澜在西安城多待几天，安澜说他放心不下家里。怀义说，你放心！宋希功早就派人报信了呢。安澜就再也没有推辞的理由了，留在西安，一切听从儿子的安排。

怀义把父亲安顿好，指派手下一个兵带着父亲在西安城里转一转，父亲也是因祸得福，才有机会走进西安城。什么钟楼、鼓楼，什么大雁塔、小雁塔，还有城隍庙、兴庆宫等，安澜齐齐地走了一遍。他所看到的一切，远比乾州城那些楼呀、阁呀、庙呀、宇呀的气派得多。特别是西安的城墙，比乾州城的城墙又高大又厚实，四周还长了好多呢。这次西安之行，真的让安澜大开眼界。

安澜自从在咸阳杜家渭水面馆就发现儿子怀义已经不是小时候的怀义，而是一位不容小觑的人物了。要不然，素昧平生的面馆掌柜为何死活不让他结账，临走时还送了一盒咸阳茯茶呢。在西安城，他托了儿子

的福，三生有幸，见到了连宋希功都没有见过的罗大帅罗大人了，这足以让他后半生引以为自豪和骄傲！活了这么大的年纪，啥时候还见过这么大的官爷呢。他内心的幸福感、优越感、自豪感已经满溢了，膨胀了。发自内心地感叹自己要了一个能光宗耀祖的好儿子！回乾州城后，第一件事就是要给祖宗磕头，把怀义的事情告诉祖宗，一定要让乾家的列祖列宗们在天上高兴高兴，分享后人所带来的无限荣耀。

26

安澜从西安回来了。

这个消息瞬间传遍了整个乾州城，大街小巷、官府衙门、商铺门店，人人都在议论着安澜有惊无险地回到乾州的消息。一时间，乾州城的空气都发生了很大的变化，从苦涩变得甘甜，从闷热变得温顺。

常言道，百家欢喜一家忧。安澜回来了，安澜平平安安地回来了，安澜有惊无险毫发无损地回来了。这不仅对安澜一家是一件大事、喜事，对全城的百姓来说，也是一件天大的好事、喜事。可是，当全乾州城呈现出一片欢呼声的时候，乾州城至少还有三个人是最忧伤的。他们偷鸡不成蚀把米，搬起石头砸了自己的脚。一个人，就是上官巷的周少峰；另一个人，就是巡警局局长魏培吉；还有一个人，就是亲自判决、亲自监斩的乾州知事宋希功。

安澜回来了，这对于周少峰来说，既让他感到高兴，又让他感到焦虑。高兴的是，安澜平安无事地回来了；焦虑的是，世上没有不透风的墙，当时为了刹一刹安澜的威风，没想到一下子把事情弄大了，连他自己都没有料到，这件事情弄到最后能给安澜定一个"杀人"的罪名，判一个"斩立决"。要说安澜搞"火祭"是杀人的话，安澜杀谁了？火祭是族里集体定下的事情，当时没有一个人提出反对意见，只是在祭品的选择上，自己和有粮坚决不同意用自己的孙子周铭远和有粮的孙女乾雨宸做"祭品"，安澜如果不是看在乡里乡党的情分上，还会给他出主意想办法吗？让自己破了一点财，买了一个"祭品"，有粮和族里人合伙出钱，买了一个"祭品"，替换了他和有粮的孙子、孙女。这都是大家商量好的公平合理的事情，自己咋就脑子一时不开窍，想不通呢？再说，"火祭"结束后，安澜将祭品完好无损地交给他，说祭品是福星，是老天爷赐予的宝贝，让他领回去收养，而因自己家人不同意没有收养成罢了。当时，他财迷心窍，想着让自己少损失一点钱财，安澜也没有阻挡自己卖祭品这件事情。只是自己在人市上待了三天，根本没有人愿意买娃，这不仅让他损失钱财，还在家人面前丢了人。自己实在没啥好的办法，又将祭品送到安澜手中。安澜不仅没有嫌弃他出尔反尔，反而二话没说，就收养了祭品。当时，安澜还问自己要多少钱，是他自己不好意思开口要钱罢了。安澜已经做到了仁至义尽，像安澜这样的人打着灯笼在乾州城都难找到第二个，自己为啥还要想着办法要刹一刹安澜的威风呢？

啥是威风？其实，威风就是一个人人品的表现形式而已。人品好了，即使没有威风，大家都要给你树立威风呢。这样的人，一旦有了威风，大家都会为你的威风加油、助威、呐喊、叫好！这样的威风是真实的、威武的，是受人尊敬的；相反，人品差的，就谈不上威风了，即使装出来的威风，也是一种表面上的佯装和内心的虚伪，也是可怜的、卑微的，是让人耻笑的，是一张禁不起风雨的纸张，不堪一击。

当他第一次听说魏培吉要定安澜死罪时，他内心的煎熬唯有他一个人知晓。多少个日日夜夜，他寝食不安，如坐针毡，惶惶不可终日，对自己令人不齿的行径忏悔过。他也私下里找过魏培吉，可是他连巡警局的大门都无法进去。那个时候，他才知道自己在魏培吉眼里都不如一条狗。那次找魏培吉帮忙，人家无非碍于他表弟王耀武的面子，才答应给他帮忙办事呢。为了办这件事，他枉费心机，花了50块银元呢。到头来，事与愿违，把"教训教训""刹一刹威风"整成"斩立决"了。

那天乾安澜要押往菜市口执行斩立决，有粮叫他一起去给安澜送行，他抱病在床，死活都不愿意一同前往。有粮不知道内情，还真以为少峰病了，所以，才和二牛一起买了酱牛肉和乾州老窖去了。有粮临走时还让他安心养病，自己会在安澜面前替他带话问好呢。他心中的苦闷、彷徨、忧郁、痛苦，向谁去诉说呢？这件事，他只能烂在肚子里，对谁都不能讲。讲出去了，他就成了众矢之的，千古罪人，成了上官巷

乾氏、周氏家族的罪人，成了过街的老鼠，今后在上官巷，不，在整个乾州城就活不成人呢。

后来，他听说安澜被人从刑场上解救后，他的心才有了一丝丝安慰。可是，等了几天，都说安澜活不见人，死不见尸，他又忐忑不安了。这么长时间，把他熬煎得整个人都消瘦了，都没有了人形。老婆、孩子问他咋了，他难以启齿，不愿开口说话。请郎中给他瞧病，被他骂了回去。终于，当他听说安澜活脱脱地回来的消息时，他提在嗓子眼儿的心终于可以落地了。他吃了一老碗黏面，喝了一碗面汤，美美地睡了一觉。他这一觉，睡了两天两夜，差一点儿没把老婆和孩子吓死。

睡起来了，也能吃饭了，人也精神了许多。可是，他与安澜这件事如何了结呢？见不见面？如何见安澜？见了安澜如何说？又成了他的一块心病。

魏培吉也和他一样，熬煎得吃不下饭，睡不好觉。安澜这件事让他办砸了，自己听了王耀武的话，或者说碍于王耀武的情面，受到王耀武的恐吓，他也是一时莽撞，要治罪乾安澜。安澜说得有理有据的，连证据都摆在了他的面前，他还是一根筋地认死理，非要治罪。治罪就治罪吧，为啥还要杀头呢？也怪他一时鬼迷心窍，贪了周少峰的50块银圆。自古以来，人为财死，鸟为食亡。拿人钱财，替人消灾。可是，自己消得这叫啥灾呢？到头来，自己出力不讨好，几头都受着窝囊子气，还挨了一顿打，险些把命搭进去了。王耀武嘛，一推六二五，把自己择得一干二净，撇得清清楚楚的；宋希功嘛，不买他的账，人家是知事，懂得为官之道，明白强龙不压地头蛇的道理。不像他，瓜眉日眼的，掂个砖碌砸月亮，看不清远近，还掂不来轻重。要不是自己挨了乾州城百姓一顿打，激怒了宋希功，安澜无论如何是不会被判"斩立决"的。那样的话，他对安澜就奈何不得，放人，也不成；继续羁押，也不是个办法；时间拖久了，伤害的一定不是安澜，而是他。从那天他被打才终于发现，乾州城的百姓不仅人性刚方，而且心齐得很。人心齐，泰山移。如今，安澜回来了，乾州城百姓欢欣鼓舞，奔走相告，欣喜若狂。看来，自己的气数也该尽了。宋希功一定会把一切责任推到自己头上，把自己当成替罪羊。事实上，安澜这件事自始至终，自己本来就是始作俑者。到时候，天王老子都救不了他，巡警局局长的座椅已经到了岌岌可危的程度了。

宋希功也是一筹莫展。当了多年乾州知事，在官场混迹了那么些年，他还是第一次见到巡抚大人为了一个平头百姓写了一封"刀下留人"的亲笔信，让安澜从刑场上获救。这简直就是天方夜谭，是人间一个奇迹。当他看到盖着罗大帅朱红色大印的文书后，十分震惊，差一点儿没把下巴惊掉了。看来，乾州城不仅人杰地灵，物华天宝，还是一个卧虎藏龙的风水宝地。想当初，当他得知要来乾州做知事时，喜忧参半。喜的是自己升官了，还能在乾州这个久负盛名的地方任职，这是他梦寐以求的幸事。乾州，在春秋战国时期，秦孝公就开始设置为"好畤县"，其历史悠久，文化深厚，就连一代女皇武则天也青睐乾州这块风水宝地，在这里为自己和丈夫挑选百年之后的栖身之所。相传，唐高宗病逝后，武则天思忖良久，决定让星相家袁天罡和皇室御用阴阳和天文历法的太史令李淳风二人在关中渭北高原选择吉地建造帝陵。袁天罡找遍黄河两岸，尚未有中意之地。便来到关中，子时观看天象，发现梁山上紫气冲天，与北斗相交，认定此乃风水宝地。他急忙奔上梁山，找准方位，从口袋摸出一枚铜钱放地上，盖上浮土，回朝复命。这时的李淳风沿渭水一路东行，寻找宝地。一日正午，艳阳高照，突然看见一座奇怪的石山：远远朝北望去，好像一位五官齐全、乳房坚挺对称，连乳头、肚脐都具备的少妇裸睡在蓝天白云之下。更为神奇的是少妇双腿微微分开，中间一淙清泉终日流淌不息！令他大为吃惊，急急忙忙朝着这座奇怪的山体奔来，以身影取子午，以碎石摆八卦，拔出一根发针在二鱼相交处扎入土中，匆匆下山复命。武则天听了袁天罡、李淳风的复命后，大喜不已，急忙派大臣来到梁山，发现李淳风的那根发针不偏不倚恰好扎在袁天罡那枚铜钱的钱眼里。

袁天罡、李淳风为天子选择的这块地方，就是现在的乾陵所在地。

令宋希功忧愁的是，一方水土养育一方人，乾州城百姓人性刚方，他一个人外来人，能否与这里的百姓和睦相处。且先不说将来能不能在乾州落下流芳百世的好名声，至少，也绝对不能落下遗臭万年的骂名。多年来，他谨小慎微，察言观色，低调行事，总算在乾州城这方博大精深的厚土之上站稳了脚跟。不承想，魏培吉这不懂规矩的家伙，却惹下这么大的乱子。要不是乾州城百姓在巡警局门前把魏培吉打了，他是绝

对不会接手这件事的。乾州城的百姓，就算你再占理，从有理村来的，你也不能动口爆粗、动手打人嘛。魏培吉再有不对之处，他也算是朝廷的命官。要杀要剐，那是朝廷巡抚说了算，还轮不到乾州的平头百姓。你们打的不是魏培吉一个人，而是巡警局的局长。他是朝廷的命官，打他，那就是在打朝廷的脸。为了让老百姓不再做出对朝廷命官不利的事，他必须杀一儆百，杀鸡给猴看。所以，才下令对乾安澜"斩立决"。连他自己都没想到，乾州城百姓本事如此大，一手通天，竟然到了能搬动罗大帅罗大人为之求情的地步。可见，乾州城的的确确是一块卧虎藏龙的宝地、福地。

既然安澜已经安然无恙地回来了，不管是碍于罗大帅罗大人的亲笔书信，还是急于撇清某种关系，思前想后，宋希功最终决定登门拜访，向安澜赔礼道歉。自己以后还要继续在乾州做官呢，即使不在乾州继续做官，还要在其他地方做官呢。这件事说明安澜身后还有他这个区区知事得罪不起的大人物。这个大人物他还不知道是谁，但至少人家能在罗大帅罗大人面前说得上话，说的话也非常管用。乾州人说，鼻子不论大小，都压着嘴巴呢。现在，他面前站的是曾经被他判处"斩立决"的乾安澜，他必须拿出一种姿态，必须放下架子，必须服软，必须看清眼下的形势，才能在乾州这片大地上安身立命。最起码，眼目当下，必须有好日子过才是关键所在。识时务者为俊杰嘛，三句好话当钱使，有钱能使鬼推磨呢。于是，他一不做，二不休，孤身一人来到安澜家，亲自登门谢罪。

安澜听说宋希功知事登门来了，急急忙忙迎了出来。他在大门口双手作揖，把宋希功请了进来。宋希功还礼，这让安澜一时间还不适应。上官巷的人听说宋知事亲自上门来看望族长，顿时感觉到很吃惊，堂堂一个知事，咋能俯下身子看望一个区区的族长呢？于是，大家纷纷奔走相告，像看西洋景一样，围在安澜家门前凑热闹。

宋希功当面给安澜致歉、道谢，说明了事情的原委，也撇清了他与魏培吉之间的关系。当着安澜的面，把巡警局局长魏培吉骂了个狗血淋头、猪狗不如。他一再感谢安澜宽宏大量，大赞安澜有将相之肚腹，有王侯之颅首。安澜也说了好多客气、理解的话。知事都登门了，俗话说得好，有理不打上门客，毕竟宋希功还是堂堂的朝廷命官，乾州的知事，他必须将乾州人的诚实、守信、善良、耿直、憨厚的一面呈现出来。自从宋希功进门后，安澜说得最多的一句话就是"我看见罗大帅了"。宋希功第一次听安澜说见到罗大帅，他大吃一惊，眼睛里充满着惊奇；第二次听到这句话后，他心生羡慕，眼睛里充满了敬意；当他第三次听到这句话时，心里已经不是一种滋味了，后悔不已，暗暗抱怨乾州城的水太深了，自己办事太草率了。

安澜当着宋希功的面，只说自己过五官斩六将见过罗大帅的事情，只字不提自己见到罗大帅时的窝囊样子。他心里明白，儿子怀义是绝对不会对任何人提及自己当时吃稀饭屙裤子"走麦城"的丑闻，罗大帅见过大世面，见过他这样的小人物那是太多了，见怪不怪，更何况自己仅仅是一介草民，谈不上什么"小人物"。在大帅府"走麦城"的事情就此过去了，过去也就忘了，自然不会有人再对其他人提及了。所以，他抱着坚定的决心，只说"我看见罗大帅了"这句话。

听说宋希功都登门了，这是周少峰无论如何都没有想到的事情，这简直出乎他的意料了。登门认错要抓住天时、地利，他不能再犹豫了，他不能再隐瞒了，再继续忧郁、隐瞒下去，他将失去了承认错误的绝好机会。早去早安心，无论安澜会不会原谅他，他都必须去。自己算个啥？宋知事那么大的朝廷命官都能俯下身子登门致歉，还比他捷足先登，更何况，"斩立决"也是他决定的，人家都知错即改，亲自登门谢罪呢。自己在知事面前能算啥呢，充其量就是一个背后使坏的小人嘛。古时候有廉颇负荆请罪，蔺相如都能宽宏大量，自己必须负荆请罪。于是，周少峰在赤裸着的上身缠满荆条，跪在安澜家门前。

街道上的人看见少峰这样的打扮，心里顿时明镜似的。安澜听说少峰登门来了，他心里别提有多气愤了。你可以打我，我绝对不还手；你可以骂我，我也绝对不还口。我与你无冤无仇的，你为啥背地里给我下黑手死手，让魏培吉置我于死地而不顾。难道我真的死了，你就能后快吗？你就能顺利当上族长？安澜也没有想到少峰还有脸来见他。心想：他不知道哪里来的勇气？谁给了他这么大的胆量呢。

安澜清楚的记得老祖宗逃难到乾州的往事——

他们原本不是乾州人，几百年前，贼人对其家族痛下杀手，要灭其九族，斩草除根。祖辈为了把"根"留住，趁着夜色浓重，私下送两

个儿子出城。惜别时千叮咛万嘱咐道："远走他乡，隐姓埋名。"兄弟两知道父母用性命保全家族根脉，这一走将是永别。老话说"故土难离"，兄弟两舍心不下父母坚决不愿离去。父母只好下跪恳求。看到父母的一片苦心，兄弟两撕心裂肺，心如刀绞，上前与父母拥别。经历了九九八十一难，远离父母，一路逃到几千里之外的乾州城。

他们继续沿街乞讨。时间久了，发现乾州风调雨顺，人杰地灵，民风淳朴，友善亲邻，性刚直爽，乐于助人，经过认真思考商讨便下决心留在乾州落脚。他们时刻不敢忘记父母临别时的忠告，便隐姓埋名。经过商议，便用"乾州"二字分别作为兄弟两人姓氏。老大改姓"乾"，因百家姓中没有"州"姓却有"周"姓，老二便取其音，取了"周"姓。后来，经过几代人不断的共同努力，便在乾州城繁衍生息，置办家业，并逐渐发展成一条街道——"上官巷"。

安澜愤愤不平，乾、周本是同宗同源，自己与周少峰既无杀父之仇，又无夺妻之恨，你为何歹毒凶狠、蛇蝎心肠？少峰既无曹丕之位，又无曹丕之能，却暗藏曹丕之祸心！

"本是同根生，相煎何太急？"安澜叹息道。

他还在气头上，怀仁匆匆进门，说："爸，不好了。少峰叔跪在咱大门口不肯起来。"

"他愿意跪就让他继续跪着去吧！他有心有胆置我于死地，还有脸来咱家？我不打他骂他就算轻饶了他，还指望着我原谅他？"安澜气呼呼地说。

"爸，你说啥嘛，我叔他还有这等坏心眼儿？"怀仁不解地说。

"他没有这等坏心眼儿，我能坐牢？能被判'斩立决'？"

"可，可，我叔现在跪在大门口'负荆请罪'呢？"

安澜听到"负荆请罪"后，立马惊呆了。他没想到少峰给他来了这么一手，"负荆请罪"就是撒手锏。看来，他再不出门迎接都不行了。廉颇当年负荆请罪，至今传为佳话。如今，少峰负荆请罪，他安澜还有啥理由不能原谅少峰呢。这么一想，心中积攒的怨气就消失殆尽了。

安澜立即走过庭院，急匆匆来到大门口。只见少峰赤裸着上身，身上缠着荆条，跪在地上。看见安澜来了，依然跪地不起。他双手把一根鞭子粗细的荆条恭恭敬敬地递给安澜，说："族长，我不是人，请你惩罚我吧！"

安澜心里一阵酸楚，和怀仁将少峰搀扶起来，来到客厅。

27

转眼间，玉米都长到齐腰高了。看着玉米叶子绿油油的，长势非常的喜人，上官巷和乾州人眉开眼笑，额头上的抬头纹慢慢舒展开了。

这天中午刚吃完午饭，安澜正在庭院里转圈消食，乾有粮这个不速之客，急匆匆地带着怨气闯了进来。

"咋了？看把你急头绊脑的，出啥人命了？"安澜一看，就问道。

"族长，我羞先人了呢。活了这么大了，现在真的没脸见人了。"有粮说话声中带着哭腔。

安澜一听，吃了一惊。有粮虽然嘴贱，有时候说话不靠谱，但还是一个正直的人。突然间咋能说出这样的话，心中肯定有啥憋屈呢。他也不转圈了，拉着有粮往堂屋走。进了门，他安顿有粮坐下，然后给有粮倒了一杯咸阳茯茶，递到有粮手中。有粮此时此刻心里难受得很，哪里还能喝下这杯红色透亮、浓郁甘醇的咸阳茯茶呢。

"吃了吗？没吃让你嫂子给你端一碗。"

"我哪儿还有啥脸吃饭呢。"说着，眼泪从有粮的脸上流了下来，有粮抬起手，在自己脸上左右开弓，扇着耳光。安澜急忙上前阻止，责怪地说："你这又咋了？咱有话就不能好好说，咋能这样呢。"

"唉！羞了先人咧。彩霞这次把人丢大咧。"

"前几天我去你家，彩霞不是好好的嘛，又咋了？"

"我都不好意思开口呢。她让人把肚子弄大了。"说完，有粮把头低下了，要不是坐在圈椅里，头都能塞进裤裆里去。接着，就哇里哇啦地哭了起来。

杨冬梅听到堂屋里有男人的哭声，踮着小脚急忙走出灶火，到了堂屋。一看是有粮在哭呢，便问："他叔，咋了？啥事把你委屈的？"

乾安澜摆了摆手，示意她出去，忙活自己的去。杨冬梅一看情况不妙，便知趣地走了。她知道有粮肯定遇到大事了，要不然一个大男人咋能哭得汪汤汪水的呢。一般情况下，出了大事情，安澜一定不会让她在场，怕她女人家媰不住。今天又不让她在场，这一定又是一件大事情。自从她嫁入乾家，她只负责做饭、拾掇家务、生孩子、孝敬公婆，其他事情安澜不让她操心。特别是大事情，安澜都不愿意让她知道一丁点儿。

安澜见杨冬梅出了门，便挨着有粮坐下。"彩霞没说是谁造的孽？"

"知道就好咧。她自己啥都不知道！咱打也打过了，骂也骂过了，一开始她只是哭，不说话。后来，眼看我和她妈催得紧了，她才开口说是那天晚上到尹家巷偷龙王塑像，被人糟蹋了。至于是谁，因为天太黑，她没看清楚。就算能看清，因为娃对尹家巷那边的人不熟悉，肯定叫不上对方的名字。"

听了有粮的话，安澜的头"嗡"地一下子大了起来。偷龙王塑像，这是他安排的，为了乾、周两姓家族，是他逼着彩霞等几个大姑娘去的。把他家的，偷个龙工像嘛，事前就知道偷龙工像，尹家巷的那些男娃娃肯定会对这些女子动手动脚的，所以，这些大姑娘才不愿意去，但按照老规矩，那些男娃娃也只是象征性地动手动脚，不至于胡作非为。唉！咋整了这么一出呢。安澜心里暗暗叫苦，这可如何是好？

其实，彩霞的事情，他早就有所耳闻，只是没想到是这样的结果。更何况，那天晚上偷了龙王塑像后，回来的人都说彩霞"失踪"了一会儿，后来发现彩霞头发上、身上粘着麦草枝呢。一开始安澜就没往这方面去想，因为偷龙王塑像这件事，是老几辈人传下来的传统做法，偷的一方只能安排没有结婚的大姑娘去，有龙王塑像的一方则安排没结婚的大小伙子把守。到时候，见到偷的一方的大姑娘，小伙子也只是象征性地拦挡一下，这也难免在大姑娘身上摸摸揣揣的，这也是这几个大姑娘不愿意去的根本原因。不过，大男大女的，揑揑揣揣这都情有可原，也能理解。但是，绝对不允许干出这种猪狗不如的蠢事来。没结婚的大姑娘羞脸大，没有哪个女子愿意被其他男人在身上揑揑揣揣的。所以，一开始，大姑娘都不愿意去，要不是安澜说了那句"哪个不愿意去，以后就不是上官巷乾氏和周氏的族人，嫁出去后永远不得回上官巷来"的硬话，压根儿就没人愿意去。他听到彩霞头发上、身上粘着麦草枝的传言，因为没啥事实，他压根儿就没有往心里去，只觉得娃可能胆小怕事，偷龙王塑像的时候，有意躲在麦草垛里观望，等大家偷出龙王塑像后，再跟着一起回来，这件事也算交了差。

火祭前，让有粮出钱买娃，有粮还拿彩霞偷龙王塑像的事情说事呢。当时，他也没有留意，只觉得有粮说的话在理呢。不管咋说，有粮的女子彩霞还是听了他的话，到尹家巷偷了龙王塑像。

唉！事情咋能弄成这样子呢？安澜心里暗暗叫苦不迭，这不仅仅是一件极其不光彩、丢人现眼的事情，也是一件处理起来非常棘手的事情。他在堂屋里来回踱步，思考着如何处理这块烫手的山芋呢。一时半会儿，他也没有想出个啥好的主意。便劝有粮不要着急，也不要声张出去，免得传出去被外人笑话。

"好我的族长呢，这都火烧眉毛了，我咋能不急？你不着急，因为彩霞不是你女子。再不着急，彩霞肚子里的娃一天天就大了，能由我们说了算？再不尽早解决，彩霞显怀了这事就不好办咧，就把人丢大咧，娃没结婚就在娘家生娃了，让我们一家人咋活呢。我们家丢人，难道咱们族里就不丢人吗？何况，娃偷龙王塑像的事情还是你族长一手安排的，也是你强逼的。"有粮痛苦地说。

有粮说的每句话都在理，尽管有些话还有怒怼安澜的成分，但也在情理之中。常言说，要得公道，打个颠倒。这样的事情搁在谁身上，谁能不着急呢。更何况，这件事情有辱门风丢人现眼的，必须抓紧时间解决。"你放心！彩霞的事情是因为给乾周家族偷龙王塑像而起的，我是族长，我一定会尽快想办法解决好的。"安澜宽慰着有粮。有粮心里始终都没有个底，自古以来家丑不可外扬，他也是法娃他妈怕法娃死了，实在没有办法了，被事情逼到了悬崖边。只要自己尚且有一点点办法，也不至于来找安澜，自揭家丑呢。

你先坐下来冷静冷静，你吃饭，办法我来想。安澜喊来杨冬梅，给有粮盛饭。有粮说不吃不吃，吃不下去。安澜说："事归事，你相信我有办法能处理好。饭归饭，你和饭没仇没怨。吃饱饭，事情才好办。"

"族长，不是我说你呢。彩霞要是你女子的话，我看你还有心思吃下饭不？"有粮端着饭碗，一口一口地，像被人逼着吃老鼠药似的，慢吞吞地吃着。他一边吃着安澜家的饭，一边责备着安澜。狡黠的目光时

不时偷看一下安澜，好像是监督着安澜的一举一动，还是在偷窥着他内心的变化。

安澜看着他的表情和眼神变化，感到非常的滑稽可笑。信人不疑，疑人不信。你不相信我为啥还跑到家里给我谈啥家丑呢？你信任我为啥还用这样的眼神看着我，用这样的心态对待我呢？便说："你能不能安心吃饭？办法都是人想出来的，咱们两个大活人，总不能被尿憋死。"一句话说得有粮不好意思了。于是，他只好埋头吃饭。刚开始有粮心里真的很难受，一筷子一筷子、一根面条一根面条地挑着慢慢吃，当他听了安澜的话，心里慢慢地踏实了，有了底气，手里的筷子抡圆了吃，三下五除二就吃完了一大碗面条。有粮身材短小精悍，五官还算周正，就是目光中永远透着狡黠，给人一种不地道的感觉，老觉得他心里有一把算计人的小算盘。其实，他就是一种小聪明，所以大家都叫他"算盘"。看着有粮狼狈的吃饭样儿，安澜心里又气又好笑。待他将饭吃完，便问道："吃饱了？""饱了。""那咱俩就说说正事。"

安澜对"算盘"说："俗话说得好，苍蝇飞过去都有个影影呢，我咋就不相信这事一点原因都没有。"算盘一听安澜这么说就来气，问："听你这么说，难道娃撒谎呢？她想撒谎，可肚子却不能撒谎嘛。"

"你急着干啥呢？我这不是和你商量嘛。你咋动不动就发脾气呢？"

"屎都憋到了尻门子眼了，能不着急吗？再不着急，就只有屙裤裆！这事没有摊在你身上，所以你才不着急。如果这事摊到你身上，我就不相信，你能吃得下饭、睡得好觉，你比我还着急上火呢。"

安澜说："你看你胡说啥呢。遇事就不能冷静冷静，就不能好好想想。我问你，如果娃愿意干那事，她肯定知道对方是谁；如果娃不情愿，难道她不挣扎、不反抗？只要娃反抗了挣扎了，肯定会在对方身上留下一些蛛丝马迹。"安澜的一席话说得有粮心中明白了，尽管他是"算盘"，咋就没想到呢？所以，他不得不佩服安澜的精明智慧。

"娃肯定没给咱说实话。"安澜说，"回去后，你让老婆和娃好好谈谈，不要动不动就发脾气，动不动就打呀骂呀的。三句好话当钱使。娃在难处，需要个能暖她心能听她诉说痛苦的人。"

"我知道了。""算盘"应声后，便走出安澜家的大门。

有粮走了，杨冬梅这才进了堂屋。问："'算盘'走咧？""明知故问。""有啥事呢？"杨冬梅和其他女人一样，明知道安澜不会告诉她，还故意问。"吃饱饭，少操心。"安澜回了一句。这句话杨冬梅不知道都听了多少次了，她见怪不怪，然后拿起笤帚打扫堂屋，拾掇家务。安澜继续在庭院里散步消食，心里却盘算着如何妥善处理彩霞这件棘手的丢人事情。

28

有粮出了安澜家门，忐忑地往回走，走着走着，头一下子又大了。自己老几辈子都在上官巷住着，都是本本分分的人，谁能料想到，彩霞这女子，唉！这娃瓜实了，咋能惹下这么大的烂摊子呢！丢人败兴的，有辱家门，这件事万一传出去了，让他这张老脸咋活呢！这死女子，肚子都被人搞大了，嘴咋还这么硬呢，硬得和鞋底子一样，死活不说是谁干的这缺德事。要是知道了，这事还好办，大不了舍下他这张老脸，找上门去理论一番，哪怕不要彩礼，只要人家同意这门亲事就成。

回到家里，有粮耷拉个脑袋。老婆问他："族长啥意见？"

"族长说让咱好好问问女子，到底是她和谁干的这事情。"

老婆说："女子死活不开口嘛。"

"你再去问一问，当时她愿意不。"

"你看你说的这都是啥话？难道你还不相信咱女子的人品？"老婆气呼呼地说。这一看，老婆和有粮都是一个德行。真的不是一家人，不进一家门。

有粮说："不是不相信，因为咱俩太相信了，才出了这事呢。她愿意的话，那人她肯定认识，只要她说出那人姓甚名谁，咱就能托人上门提亲，大不了咱就不要彩礼了，就算这女子咱白养了。"

"人都叫你'算盘'呢，咋就不算账了？"老婆挖苦他。

"还算啥账呢！算账也要看啥事，不能凡事都精打细算。只要不丢人现眼，不让街坊邻居戳咱脊梁骨就行了。"有粮说，"如果她不愿意的话，你想想，她肯定就要反抗呢，掐呢，抓呢，挖呢，咬呢，撕扯衣

服啥的，对方身上多多少少能留下一点痕迹。这就是线索，咱和安澜顺着这些线索查下去，我就不相信水瓮里面还能让鳖跑了不成？还能查不出是谁糟蹋了咱女子呢？"

有粮一番话，说到老婆心坎上儿了，把她的心也说得透透亮亮的了。有粮说："你再去好好劝一劝，让她说实话。"老婆心有疑虑，问："万一还不说实话呢？""唉！瓷锤！你就死给她看。"有粮没好气地说。

"你个没良心的，你是不是巴不得我死呢！"老婆一听，就哭骂起有粮来了。

"谁让你真的死呢？你不会装装样子，吓唬吓唬她嘛！这不是要让她说实话才出的歪招。一看你就是个黏糜子，就是个瓜尿闷种。"

老婆知道想多了、想错了，拿眼斜了一下有粮，就去找女儿。有粮坐在屋子里抽旱烟，把几袋烟都抽完了，还不见老婆出来，他心里就像十五个吊桶打水——七上八下，纠结不安。他是当爸的，这种事情他不能出面，只好耐着性子继续等待。等来等去，终于等到老婆出来了，老婆叹了一口气。有粮着急地问。老婆说："娃说她不愿意。"

有粮说："她不愿意，去了那么多的大姑娘，为啥就把她糟蹋了？这娃肯定没给咱说实话。"

老婆从怀里掏出一根裤腰带，有粮惊奇地问："这是凭据？"老婆说："啥凭据？我上吊用的。她把我逼急了，我就拿出这条裤腰带，寻思着上吊呢。把娃当时就吓哭了，还说我不相信她，我不是她亲妈，都不相信她说的话。说咱俩只知道打她骂她威逼她，把她逼急了，她就跳黄巢沟呢。依我看，娃这一次说的肯定是真话，咱就再别逼女子了，万一逼出麻烦，咋收场呢？"

有粮听了老婆的话，赶紧找安澜说了实情。"族长，娃说她不认识那贼人，自己根本就不愿意。"安澜说："知道了！你回去，让我来处理这件事。"他送走有粮，一个人朝着巷口方向走去。

既然娃不情愿，那肯定会在贼人的身上留下痕迹的。所以，他一个人上街，到几条大街和各城门的药铺子去，希望能找到一点点线索。

问了五六家药铺子，都没有他要找的人，安澜心里有点松劲。心想，还有东城门跟前的药铺子没去呢，无论如何，他必须一家不剩地寻找完，不管结果如何，他才能安心。东门内的药铺子叫"独一张"，主要是看红伤的。他家有专治红伤的祖传秘方，据说，三伏天正午大太阳底下，用镰刀将玉米秆砍断，在断口处撒上他家的祖传秘方"乾州白药"，不出两天工夫，两断节子玉米就长在一起，一切如初，看不见刀口痕迹，秆茎、叶子都不歇晌，没有任何变化。

掌柜的姓张，人称"独一张"。他见安澜来了，就走出柜台迎了上来。毕竟安澜是乾州城的名人，犯了死罪都能从刀下被人救出来，像这样善良的、福大命大造化大的人，谁还不愿意接近，都想着沾沾福气呢！独一张还以为安澜在监狱里受尽折磨，身体有啥不舒服，需要他家的祖传秘方"乾州白药"。安澜说自己身体好着呢，他的事情让全城人都提心吊胆的，大家都替他操心，这让他心里不安，多日不在街上走动，也不知道有啥变化。

独一张说："族长是个大善人，肯定是有贼人陷害呢。"安澜苦笑了，摇了摇手，说："'火祭'本来就有悖于格致，人家说得也对。这不是有病乱投医嘛，就想着为百姓尽早祈雨呢，才弄了个'火祭'的事！没想到，给自己把麻缠事弄下了。"

"你是族长嘛，咋能是有病乱投医呢。话说回来，雨不是被你祈来了嘛，两个'祭品'娃完好无损，全城百姓都高兴得很呢。谁知道事情咋能出了岔子，让族长受了那么大的苦，遭了那么多的罪。"

"是福不是祸，是祸躲不过。能逃过一劫就是福。"安澜说，"以后干啥事咱要三思而后行，再不敢干出格的事情了。"两个人聊了一会儿，安澜切入正题，问独一张在他祈雨前有谁在药铺买过"乾州白药"。独一张说每天都有呢！你问这事干啥？安澜说，有没有被咬伤？抓伤的？独一张想了想，肯定地说，"有！"

"谁？"安澜急切地问。

"时间长了，一时半会儿想不起来了。"独一张说。

"别着急，慢慢想。"安澜劝着。

想了一袋烟工夫，独一张说："好像是尹家巷尹吉盛的儿子。"

"你能确定？"安澜问。

"嗯！没错，就是他。咋不能确定呢！刀伤、擦伤、划伤比较多，咬伤、抓伤我还能分得清呢。"独一张说。

"他伤在哪个部位？"安澜问。

"咬伤在肩头，抓伤在脸上、脖子上，前胸后背上都有。"

听了独一张的话，安澜心里别提有多高兴了。但他不能喜形于色，必须沉稳，遇事不慌不乱。而且，彩霞这事绝对不能让外人知道。他有意在这里多坐了一会儿，和独一张东拉西扯聊了一阵子，说了要感谢乾州城百姓的许多好话，然后才告辞了。

安澜没有直接回家，他从东大街前往尹家巷，寻找尹吉盛，尽快搞清楚彩霞的事情。尹吉盛一看乾安澜族长来了，就像咸阳杜家渭水面馆的杜掌柜看见他家二小子乾怀义进店门一样，感到意外、惊讶、高兴，急忙迎了上来。

"族长，啥风把您吹来了！"尹吉盛笑脸相迎。

"啥风，天高云淡的，哪有啥风呢。"安澜显得若无其事，在尹吉盛的热情中，走进了尹家大门。尹吉盛赶紧把安澜让进堂屋，倒了一杯开水，双手递给安澜。说："族长，大热天，喝口水。"

的确，乾安澜来到尹吉盛家，确属很意外。不仅他本人意外，安澜都感觉到浑身不自在。他啥时候还能走进尹吉盛的家门呢，要不是他家坏小子弄下瞎瞎事情，安澜绝对不会走进尹吉盛家半步。他两家非亲非故，又没有生意上的往来，互不进门这也在情理之中。所以，在尹吉盛眼里，当安澜族长踏进他家大门的那一刻，心里就有一种不祥的预感。平日里，让他请安澜族长到家里来做客，未必都能请得动呢。今天，安澜不请自到，成了不速之客，这里面一定有啥隐情呢。不管咋说，安澜不开口说出来，他也不能、不敢、不愿主动问。问了，就等于引火烧身。

安澜和尹吉盛聊了半天生意上的事情，突然话题一转，问道："咋不见你家儿子呢？"

尹吉盛的儿子名叫尹志辉。他一听安澜打问尹志辉，一种不祥的预感充满了心头。两个月前，尹志辉身上有那么多的抓伤和咬伤，他问了多少次，儿子就是不肯正面回答，嘴里支支吾吾、遮遮掩掩、含混不清。至今，儿子身上的伤痕到底是怎么形成的，他还是个谜。今天，安澜族长来到家里，突然问起儿子尹志辉，莫非，莫非与这件事情有关？

是福不是祸，是祸躲不过。尹吉盛说："在家呢！"

"你把他叫出来，有点事情我要问问他。"安澜说。

"好嘞!"尹志辉便走出堂屋,把儿子叫了进来。

尹志辉是尹吉盛家的独苗,第一次在家见到乾安澜,还有些腼腆,上前说了一声"伯父好!"便退在一边。"志辉,你伯今天来,有话要问你,你要说实话呢。"尹吉盛说,儿子点点头。

乾安澜开门见山,问道:"你身上的伤疤好了吗?"尹志辉一听,头皮发麻,心里一抽,半天都不知道如何回答。尹吉盛说:"你伯问你话呢。"尹志辉说:"啥伤?我身上没有伤。"

安澜说:"这都想瞒过人呢?你把上衣脱了,让伯好好瞧瞧。"尹志辉极不情愿地脱掉上衣,身上的抓痕虽然好多了,几乎看不见痕迹。但仔仔细细看看,依然还能看见隐隐约约的痕迹,肩头上的咬伤还是比较清晰。"还说没伤呢!身上这么多的伤痕,哪儿来的呢?"尹志辉一头的冷汗,浑身打战像筛糠。

"族长,莫非孩子身上的伤……"尹吉盛也急得满头大汗。安澜劝道:"今天我能登门,啥事我都知道,就等着他主动说实情呢。他老实说了,这话好说,不说实话,那就等着交官府处理去。"

尹志辉"扑通"一下,跪在地上,连连磕头,把头在地上磕得叭儿叭儿地响。"抬起头来,好好说话。"安澜厉声说。尹志辉抬起头,依然跪在地上,自己在脸上扇耳光,大骂自己不是人。安澜不听这些,要听他实话实说,把当天的情况说清楚。尹志辉说,有天晚上,他一人在漠西沟边转悠,看见一个女子独自过来了,还颇有几分姿色,他一时起了贼心,上前抱住那个女子,把女子生拉硬扯地拉到路边的沟壕里糟蹋了。当时,女子不从,反抗激烈,把他前胸和后背抓了一道道血痕,还在他肩膀上啃咬了一口。

安澜一听,这与偷龙王那晚的事情南辕北辙,一点都不沾边。自己为彩霞的事来的,不想听与之无关的事情。不过,这小子有这贼心,未必不会把彩霞也糟蹋了。他必须再施加压力,把"算盘"家女子的事情办好。便对尹家父子说:"万恶淫为首啊!你这小子咋能干出这等禽兽不如的事情呢。这件事要是交官府处理,恐怕就不是痛哭流涕、磕头作揖这么简单了吧。"

"伯,伯,我知错了,我知错了。"

"族长,子不教,父之过。是我管教无方,孩子方铸成大错。惭

愧！惭愧！我在这里有礼了。"尹吉盛急忙给安澜下跪，安澜立即起身，将尹吉盛扶起，说："我承受不起！承受不起你这大礼啊！"

"族长，你就看在我这张老脸上，原谅娃这次吧。你看娃小不懂事，今后的路还长着呢，再给娃一次重新做人的机会吧。"

安澜说："机会好说！就看他愿不愿意要。"

"伯，伯，我愿意，我愿意。"

"愿意就好！"安澜说，"上官巷在尹家巷偷龙王塑像那天晚上你在干啥？"

"伯，那天晚上我们几个小伙子就在龙王庙里，那几个女娃过来偷龙王，我们几个小伙子就把她们抱了抱、摸了摸。伯，事前大人告诫我们，不能硬来，不能当真，意思一下就行了。我们真的就是象征性地抱抱，摸摸。"尹志辉说完，从安澜的眼神看，好像对自己说的话不大相信。赶紧说，"伯，我说的是真话，没有欺骗你。我说一句假话，天打五雷轰！"

"真的没有说假话？"安澜眼看着彩霞的事情没有问出个眉眼，心里当然很着急，便咄咄逼人，厉声说，"我看你不见棺材不落泪！死到临头了还嘴硬得和鞋帮子一样。"

"伯，我说的全都是实话。你要是不信我，你就问问我们巷子那几个小伙子和上官巷的女子。"

尹志辉这么一说，倒把安澜弄得骑虎难下。要想问的，却没有个结果；不想问的，却出来了；报官吧，又没有那个被糟蹋女人的消息；不报官吧，觉得太便宜了这小子。这小子如果不好好管教，将来还不知道要犯啥大错呢。这可咋办？只好起身告辞，不能在这里耗费工夫。尹家父子可以耗得起，彩霞肚子不等人呢！

"伯，你饶了我吧！你给我一次机会，就这一次，我再不学好，要杀要剐都由你！"尹志辉祈求安澜饶恕。安澜一只脚临出门，说了一句："我看你是不见棺材不落泪！不撞南墙不回头！"

"伯，伯，我有事，有一件大事，说出来了，您能原谅我吗？能给我一次机会吗？"

安澜一听，不管是不是他想要的结果，都必须听下去。人在任何时候，都不能把路走得太绝了。走绝了，就钻进牛角尖，走进了死胡同，就无路可走了。他收住脚步，转身进来了，问道："说，啥事！"

"伯，我知道偷龙王塑像的那天晚上，宋家巷的黑虎把一个女子糟蹋了。"尹志辉急急忙忙地说。

"你别栽赃陷害他人，诬告别人会罪加一等！"

"伯，我亲眼所见，咋能栽赃陷害呢！那天晚上，女娃们把龙王塑像偷走了，我们几个小伙子就散了。我刚好尿急，就到麦草堆后面撒尿，黑虎正提裤子，那个被他糟蹋的女子提着裤子，哭着匆忙跑了。"

安澜一听，心里有数了，这正是他想要的结果，又害怕尹吉盛、尹志辉把这件事张扬出去，便严厉地警告说："此话再不能对任何人讲，把嘴捂严实了，否则，我就把你交官府处置！"

父子二人唯唯诺诺地点着头，连声说："我保证！我保证！这件事绝对不对外人讲！"

安澜说："孰重孰轻，你们掂量着办。"说完，告辞便走了。

29

寡妇门前是非多。

梁道长估摸着乾孙氏家的粮食快要吃完的时候，就主动送来一袋子粮食。每次他送粮过来，就将粮袋子放在乾孙氏家大门内，然后闭上门就走了。起初，梁道长送粮过来，大家对梁道长心生猜忌，一致认为梁道长和乾孙氏之间肯定存在着微妙的、不能言说的丑事。有句老话说得好，天上不会掉馅饼，世上没有免费的午餐。梁道长是个啥人，乾州城有哪个人不知哪个人不晓。后来，梁道长送粮次数多了，每一次都不进乾孙氏家门，乾孙氏也从来不出家门，两个人连个照面的机会都没有。于是，大家对他俩的猜疑慢慢地消失了。还有人认为是他们自己太多心了，把梁道长的好心当成了驴肝肺，一定是他们这些俗人爱嚼舌根子，冤枉了梁道长和乾孙氏。因为，除了第一次看见梁道长跟在乾孙氏屁股后面送粮食也没有进入乾孙氏家外，他们自始至终没有看到梁道长进入乾孙氏的家门，乾孙氏也没有和梁道长有过接触。没进过家门，两人没

有谋面，哪来的苟且之事呢！动物交配都需要相互接触，男女之间蝇营狗苟之事呢，也是需要双方身体之间的交媾，并不是目光之间的碰撞所能完成的。

这样想着，大家对梁道长不仅没有了异样的眼光，还对他的善心尤生感激、崇敬之情。

在这个纷乱复杂的世界里，从来就不缺少不透风的墙。自从街坊邻居议论乾孙氏和梁道长之间的隐秘之事时，被二牛无意间听到后，他感到极大的震惊，心中的怨恨陡然而生。回到家里，他就质问乾孙氏，说："妈，外面的传言是真的吗？"

"好娃呢，外面有啥传言呢？妈一天到晚大门不出二门不迈的，也不知道外面的传言。外面有啥传言，你快说说，让妈听听。"其实，乾孙氏故作镇定，她心里明镜似的。那天她从道观出来，心里很别扭，白雪、以沫和瑶草那几个道姑看她的眼神，就像一把把刀子，让她内心怦儿、怦儿地直跳，脸一下子都红到了脖子根上。为人不做亏心事，夜半不怕鬼上门。自己已经做了见不得人的亏心事，她自然就害怕别人知晓了。当时，她为了粮食，为了儿子，她把女人的羞耻心全都抛光了。生命在那一瞬间，比任何东西都金贵。只要能用自己微不足道的身子换回儿子的生命，换取儿子走上正道，就算牺牲自己的清白，她也值了。所以，就在准备去道观的前三天，她去了二牛爸的坟头，将自己的想法一五一十地告诉二牛爸，期望能得到他的原谅。

她哭着说："老头子，你走了，狠心抛下我们孤儿寡母的，你过你的好日子去了，哪管我们的死活。几年的年馑，已经家徒四壁，儿子为了我，故意在街上小偷小摸，惹是生非，目的是想让巡警把他抓起来，关起来，给我节省口粮呢。好在被巡警看穿他的心思，才没有被关进去。他不学好，我咋对得起你呢……"乾孙氏在老头子的坟头上哀哀怨怨地哭了老半天，将心中的委屈、儿子的孝心、家中的难怅、旁人的冷眼——叙说。她说，"梁道长在咱新婚之夜，借着闹洞房的名义对我图谋不轨，被我打了一个耳光，我才脱身了。我一直不敢告诉你，怕你多心。不过，你放心，你要相信我的人品，我绝对没有干过对不起你的事情。现在别说咱家实在揭不开锅了，就是乾州城内城外能有几家可以烧锅下米呢？卖儿子的卖儿子，卖女子的卖女子，卖老婆的卖老婆，你要是活着就好了，把我也卖了，换些粮食，养活你们父子。二牛向族长借过粮食了，巷子里向族长借粮食的人太多了，老话说得好，凡事都有个再一再二，没有再三再四，咱不能再向族长开口借粮了。我一个寡妇已经走投无路，只能去道观里借粮食。可我知道梁道长有贼心，他会乘人之危。我老了，还要啥脸不脸，儿子还年轻，今生的路还很长。为了儿子眼下能够活命好好做人，也为了儿子的将来能有出息，你说，我去还是不去呀？如果你同意，就刮个旋风告诉我一声。你不同意，我就不去了，我们娘儿俩哪怕饿死也不去。"

哭诉中，一个碗口大的旋风在乾孙氏面前打转转，乾孙氏哭了，骂道："老头子，你真不是个好东西，竟然愿意把我卖了。"骂完，又如泣如诉了好一阵子，抹了抹眼泪，起身离开了。

自己一个妇道人家，遇到三年年馑的遭遇，她已经走投无路了。既是改嫁，还有谁愿意要她这个皮包骨头的黄脸婆呢？即便人家要她，她还害怕人家对二牛不好，更害怕二牛想不通，走上歪门邪道，这样，她还是没有保住女人从一而终的礼教，也不符合做人女为人妻当人母的妇道。与其这样，还不如去梁山观借点粮食。要么，梁道长万一会发善心借粮食给她，或者要让她拿出自己的身子换取粮食，二者都有可能。管他呢，只要梁道长愿意借给她粮食，她就豁出去了，要啥给啥，梁道长无非就是想贪图她的身子嘛，到了这个年纪，锅都揭不开了，身子还能值几个钱？要么，梁道长给自己吃闭门羹，不过，这样也好，自己尽心了，反而没有遭受一点损失，守住了清白，保住了贞操。可是，来自饥饿的威逼，会让她将父母施与自己的生命作践了，又怎么能对得起父母呢？身体是父母给的，命也是父母给的，要懂得珍惜。可眼目之下，命都保不住了，还要守啥清白、贞操呢……

她硬着头皮去道观借粮食了。是梁道长自己不争气，不能如愿以偿满足他对自己的觊觎之心，这也算是老天对他二人的责骂和惩罚。不管怎么说，梁道长还是守信誉的，愿意借粮给她。她看到粮食，曾经在道观里被梁道长压在身子下面折腾的羞耻和不愉快，便慢慢地淡忘了。可是，二牛从外面听到的闲话和回家后的质问，又把她慢慢淡忘的羞耻的心弦撩动了。

二牛说："外面都在传你和梁道长……唉!"他不好意思说下去，

双手抱住头，蹲在地上呜呜地哭。

"哪个嚼舌根子的东西，胡说她妈的×。"乾孙氏破口大骂。老话说，贼没赃，嘴巴硬如钢。乾孙氏在道观里面的事情，只有她和梁道长知道。再说，梁道长那天把人丢大咧，自己也算保住了清白，他梁道长绝对不会对任何人谈起此事。所以，乾孙氏知道外面的风言风语都是那些羡慕嫉妒梁道长给她送粮食的无聊之人的一种猜测，又没有真凭实据，她还怕啥呢。退一步来说，即使她和梁道长之间有那个蝇营狗苟之事，在儿子面前也只能绝口不提。她继续骂道，"一个个都是势利小人，咱家没粮食的时候，嘲笑咱家贫穷，都不愿意与咱往来；这好不容易祈求梁道长给咱送点粮食，她们一个个眼气得不行，自己得不到，就在背后嚼舌根子。谁说的，走，看我不撕烂她们的嘴！"

"没有啥，那她们胡说啥呢。"二牛气不过，问道。

"你是不是刚吃了几天饱饭也撑得慌了？梁道长啥时候进过咱家大门了？你见我啥时候出过咱家大门呢？我现在人老珠黄，蓬头垢面的，瘦得连个人形都没了，人家梁道长能看上你妈？她们把我也看得太高了。她们这么说，都在背后议论呢，谁有胆量把证据摆在我当面，我才算她们有种呢！娃呀，梁道长给咱送粮食，那是人家道长看咱孤儿寡母心存善念。妈之所以向道观借粮食，你说，满条街上除了族长以外，还有谁愿意借粮食给咱孤儿寡母呢？还有，妈已经老了，谁爱说啥让她们说去，只要你相信你妈，我心里就知足了。"

"妈，我咋能不相信你呢。我爸死得早，我没有照顾好你，谁要是再敢嚼舌根子，看我不割了她们的舌头。"二牛觉得他妈说的都在理。这个年头，家家户户都缺衣少食的，除了安澜族长外，尽管周少峰家里有粮食呢，他就是不肯给人接济。更何况他们孤儿寡母的，日子过得紧巴巴的，别人还担心他们借了粮食还不上呢。

"娃！为娘的是娃的精神，做父的是娃的胆量。你是妈的心头肉，是妈这辈子唯一的依靠，你爸死得早，你千万别在外面给我惹事了。你不想要我多活几日，要想气死我，你就在外面胡成去。"说完，乾孙氏眼泪哗啦哗啦地往下流。这泪水啊，既包含着母子之间的亲情，又包含着乾孙氏心中无法名状的屈辱，还包含着一位无助母亲对儿子的满腔希望。

别说乾孙氏家里的状况令人心酸，就是周安利家里的情况也是一片狼藉。别看安利媳妇那天耻笑梁道长给寡妇乾孙氏送粮食，其实，这不仅仅是她内心的一种本能反应，也是梁道长用刀子扎她心时的痛感映射。她也去梁山观找梁道长借过粮食，人家梁道长不仅没有借给她，而且连道观的大门都不让她进，这件事让她心里一直愤愤不平，对梁道长怀恨在心。所以，那天在街道上看见梁道长跟在乾孙氏屁股后面送粮食，她就认为乾孙氏和梁道长之间一定有种见不得人的邪恶勾当。当其他人开玩笑的时候，她紧随其后，要羞辱一下梁道长，出一出梁道长不借给她粮食不让她跨进道观大门的那口怨气。

梁道长之所以不肯借粮食给她，认为她家安利四肢健全，为啥不好好务作庄稼呢。安利是个啥人，梁道长心里是一本账。他是乾州城里数一数二的二流子，四体不勤五谷不分，衣来伸手饭来张口，本来就是一个普普通通的庄户人家，却非要打肿脸充胖子，在乾州城说大话、夸海口，把一根麦草枝都能说成一根金柱子。说大话还情有可原，那是虚荣心在作祟，主要他还长着一副花花肠子，在外面见了女人就走不动了，常常欺负那些孤苦伶仃的弱女人。他对乾孙氏也有过非分之想，只是，乾孙氏从来都没有给他下手的机会。再说，二牛慢慢长大了，浑身都是劲，令安利心里很怯火。因此，他对乾孙氏产生的那种淫荡的坏心思慢慢地被时间消磨光了。有一次，梁山观的道姑瑶草一个人去乾陵，给武则天烧香，被周安利发现后，便一路尾随瑶草来到乾陵。瑶草焚烛烧香，烧完黄裱，起身离开，周安利一直偷偷地跟着，一双贼眼珠子在眼眶里滴溜溜地打转转。他被瑶草丰满的身子吸引着，看着瑶草那双小脚一颠一颠地前后迈着，胸前的小山丘也一晃一晃地颤着，晃得安利的眼睛转速提高，不由得心猿意马起来。特别是那一对尻蛋子，丰满圆润，让安利垂涎欲滴，恨不得扑上去咬两口。当瑶草经过一片一人高的蒿草地时，周安利疾步上前，将瑶草一把拦腰抱起，钻进深草丛中，完成了一个野兽最原始的愿望。他看着瑶草丰满的身子，想起自己媳妇已经下垂到肚皮的奶子，他狂烈的欲望一阵又一阵燃起，一遍又一遍疯狂地在瑶草身上发泄着极具膨胀的兽欲。安利满足了，临走时还在瑶草白花花的奶子上咬了几口，在肥嘟嘟的尻蛋子上狠狠地捏了几把，疼得瑶草直钻心。被安利折腾完后，瑶草自己一时半会儿都走不动路了，她央求安利把她背下山去，安利不愿意，心里一点都不顾瑶草的安危。瑶草只好

欺骗他说，只要安利答应把她背下山，以后她还愿意陪安利。安利一听，心里别提有多么地高兴了，背起瑶草匆忙下山，将她放在道观的后门外面赶紧溜了。

从此，瑶草再也不敢一个人走出道观。她想把内心遭受到安利所带给她的屈辱一个人独自吞咽。可是，那天晚上，梁道长要与她行房事，她再三推辞，却无法让梁道长欲念消失。当梁道长褪下瑶草的衣服时，发现瑶草两个奶子上存留着鲜红的牙齿印痕感到万分惊讶，在他的再三追问下，才知道瑶草被安利强暴了。当时，梁道长杀人的心都有了。瑶草说："这事传出去，你让我咋做人呢？"梁道长说："他娃吃了熊心豹子胆了，竟敢欺负你。难道他不知道你是梁山观的人？他这是瞎了眼了还是没长记性？他敢欺负你，就是欺负梁山观呢！我在乾州城这么多年，还没有人敢在我头上动土呢，你让我如何能咽下这口恶气？"瑶草说："你我都是外来客，老话说强龙都不压地头蛇。算了，你还是让我好好做人吧。你非要找安利弄事，我的名声肯定就不保了，我就只好跳黄巢沟了。"

那天晚上，梁道长彻夜未眠，他将瑶草白花花的身子紧紧地揽在怀里，心里却在酝酿着如何才能让安利为他的行为付出代价又不伤害瑶草的办法，一直想到了天亮。从此，安利便成了道家的罪人，梁山观的孽障，梁道长心中的仇人。

安利媳妇至今都不知道安利对道姑瑶草所做的事情。她去梁山观借粮食，本来还指望着梁道长能借给她一些呢。没想到，却在梁道长面前吃了闭门羹。梁道长本来还想着借机在安利媳妇身上替瑶草报仇雪恨，可是，当他一看到安利媳妇面黄肌瘦，碎眯眯眼睛，塌塌鼻子，他就感到阵阵恶心想吐，一下子就没了报仇雪恨的心情了。所以，当他一旦失去了报一箭之仇的决心和勇气时，在心里便扎起了拒人于千里之外的坚硬屏障。安利媳妇没有借到粮食，心中自然对梁道长产生了莫大的怨气，所以，她故意和那几个爱嚼舌根子的村妇一道在大街上羞辱梁道长。没想到，梁道长从她的眼神、气色中看出了她所谓的"桃花运"，并当众揭穿了，羞辱她，把她羞愧得无地自容无脸见人了。那天，梁道长本来想送她一句"卖×的"，可这句话都到嘴边了，还是被他活生生地咽了下去。冤有头，债有主，安利欺负了道姑瑶草，那是安利的罪孽，安利媳妇根本就不知道内情，她要是知道了，岂能与安利相安无事？指不定会用她那双干枯的手指在安利脸上留下种豆子的渠渠道道。梁道长想到这里，便同情起这个不幸的女人来了。安利媳妇是无辜的，尽管她嘲笑他，但是，他不能对她作出致命的冒犯。何况，打人不打脸，骂人不揭短呢。要不是因为三年年馑，为了生计，男人要是有本事，她也不至于要出卖自己的色相换取可怜的钱粮。不，她已经失去了色相，只剩下了可怜巴巴的肉体。

为了能让孩子活命，作为丈夫的安利指望不上，她只好自己想办法去解决。于是，她背过熟人，私下常去东门外的窑子店，尽管她失去了青春的光泽，没有花朵的娇艳，但是，总有那么几个害红眼的，不仅为了在她身上能满足一时的快感，而且主要是花钱少，还没有心理上的压力和后患。

梁道长能掐会算，仅从安利媳妇脸上和目光中就能看出蹊跷，一句"交了桃花运"的话，把她臊得没有脸面面对上官巷的乡亲了。

年馑，是一个摧残绝大多数人意志的符号，更是一个剥夺人尊严、性命的催命符。在年馑面前，唯有粮食才是比尊严还要宝贵的宝贝。

30

安澜已经基本上找到了祸害彩霞的贼人，他心里气愤得不得了，胸中的怒火熊熊燃烧，疼得他有点受不了，压抑得他差一点儿气都上不来了。乾州城，一座几千年的古城，一座交通要塞，女皇恩典的风水宝地，为何还有一些不务正业祸害乡邻的子孙们呢？老话说：饭饱生淫欲，饥寒生盗贼。谁承想，在长达三年的年馑期间，还能滋生出像尹志辉、宋黑虎这样的人间败类呢？还不是因为他们家境殷实，疏于管教，一个个成了纨绔子弟！他俩，仅仅是因为彩霞的事情让他查到的、听到的，肯定还有一些他不知道的人和事呢！在把他们这类人是否交官府处理的问题上，让安澜犯了难：交吧。宋黑虎坐牢了，彩霞咋办？彩霞的名声也就彻底毁了，娃是否还有能继续活下去的勇气呢；尹志辉能否坐

牢，还是个未知数呢。被他糟蹋的女子在哪里？找不到那个女子，就没有确凿的证据让尹志辉受到应有的惩处！不交吧，就等于放任自流。万一这类人不知悔改咋办？他们岂不更加肆无忌惮地为所欲为，为非作歹。特别是尹志辉，如果没有证据，那就更无从谈起让他坐牢了。加之尹吉盛有钱，如果给官府送钱，又找不到受害者，尹志辉大不了挨上几个大板子，受一点皮肉之苦罢了。这样的结果，那就无形中更加助长了这类人为非作歹、祸害乡邻的嚣张气焰，岂不让他们自认为尽管做了伤天害理的事情，官府也拿他们没有办法，到头来还不是继续逍遥狂妄吗？安澜想到这些，心里就隐隐作疼。在年轻人的心里，乾陵文化"勇攀高峰的胆识和决心、博大精深的修养和历练、虚怀若谷的豁达和姿态"都去了哪里呢？

百年大计，教育为先。办学，必须办学！教育，必须教育好一代又一代的乾陵子孙们！"鸟欲高飞先振翅，人求上进先读书。"不要让年轻一代荒废，不能让他们颓废，不能让他们缺失梦想和追求，更不能让他们成为乾州城和乾州百姓的罪人和败类！

想着想着，安澜心里豁然了，纠结的心绪释然了。他大步流星地往坐落在西大街的宋家当铺走去，他要会一会宋黑虎的父亲宋一道。

乾州城有四家当铺，东西南北各有一家，最好的当属宋一道开的宋家当铺了。当铺，起源于南北朝时期，逐渐地发展、繁荣、强大，与钱庄、票号号称中国金融史上"三姐妹"，可见其重要意义。相传清乾隆年间，乾隆帝给出上联：

东当铺西当铺，东西当铺当东西。

纪晓岚给对出下联：

南通州北通州，南北通州通南北。

这副对联堪称绝佳。乾隆帝以当铺为名和纪晓岚作了一副对联，在皇帝心中，当铺的重要性和流通程度可想而知。乾州城内的四家当铺，虽说分头坐落在乾州城的四条大街上，但相比较而言，宋家当铺地理位置最为优越。它距离南十字仅仅不到 50 米，距离北十字也就是 200 多米，交通便利，人员密集，周边有县衙、城隍庙、关帝庙、文庙、兴国寺、崇圣祠、文昌宫、文明书院祠，还有狄梁公、杨文宪公和窦氏双烈女祠堂等庙宇。乾州城南北十字周边当属乾州城颇为繁华的地段，周边楼堂馆舍，青砖黑瓦，檐牙高啄，鳞次栉比。尤其是那些祠堂庙宇，因为人们对神灵的敬仰和崇拜达到了痴迷的程度，因而，这些祠堂庙宇在建筑上显得尤为精美，吸引着乾州城内外各色各样的人前来供奉，香客络绎不绝，香火尤为旺盛，堪比乾州城北门外的梁山观。这几年，由于连年年馑，人员流动、香客香火相对往年逐年递减。但是，这些都不影响宋家当铺的生意；相反，宋家当铺的生意更加红火了。百姓没有粮食，便把家里比较值钱的东西一件一件地拿出来典当。

当铺的宗旨是不买不卖。宋一道有着雄厚的资本，以当铺为名，名义上解决老百姓一时之急，当下之难，由于当铺方便快捷，手续简单，百姓比较喜欢。其实，当铺打着替老百姓解决急需困难的幌子，实际上却成了掌柜为自己谋财的一种重要途径和手段。宋家当铺和其他当铺一样，主要以抵押衣物、日常用品、金银首饰以及农具等较为值钱的物件为业务。他们不论你的身份是士农工商、高低贵贱，还是家居乾州城内城外，也不论你是本地的还是外来的人员，在当铺这种老虎口里都是一样的境遇。凡是遇救急资金一时无法周转的，都可以拿东西到当铺里典当。

不要小瞧一个小小的当铺，里面的利润却丰厚得很。从当铺的柜台布局来看，就知道其中的窍道在哪里了。一般情况，当铺的柜台比较高，当铺里面相对外面的地面都要高出一头。站在柜台里的掌柜、伙计们俯视着前来典当的人，让外面的人感觉到他是一种谦卑的姿态，站在柜台外面的典当的人仰视着柜台里面的掌柜、伙计说话，其实，这就是当铺掌柜的良苦用心。看似站在里面的人低着头，其实，这就是一种气势，一种盛气凌人的气势，既显示出柜台里面的人比柜台外的人高一头大一膀，更便于掌柜、伙计们对柜台外面的人察言观色，能看清楚外面人的全貌：观其脸色、察其举动，从而能很好地把握住当东西人的心理，便于讨价还价。外面的人看里面掌柜、伙计都低着头对着自己，还以为店里的伙计很谦卑、善良，至少能有一个好的心理来承受来自掌柜、伙计们给出的物品的任何价格。其实，柜台内的掌柜、伙计都显得居高临下，一下子把外面来典当的人比得很渺小、很自卑，一瞬间就丧失了讨价还价的底气了。俗话说得好，当铺当铺，当半当半。也就是

说，一件被当的物件，最高当不过一半的价格。掌柜、伙计们心黑的程度可见一斑。所以，人送宋一道外号"宋一刀"。宋一道出手如出刀，刀刀见血，刀刀割肉。

双方成交后，当铺收物，便付给典当人银两或者钞票，所付银两、钞票按月计息。通常情况下，每两银子或每串钱二分利息，物主可在期限内持当票和本息赎回原物。两年不赎的典当物件即为"出当"。"出当"的东西不能再赎当，该物件便归当铺所有，当铺有权出售，从中谋利。

乾安澜一路上平复着自己的情绪，尽管心情有所平复，但他还是五味杂陈着来到宋家当铺。进门时，宋一道正在柜台里面和外面的人讨价还价、折旧压价。突然看见乾安澜族长进来了，宋一道急忙把手里的物件递给一旁的伙计，刚才与被典当人之间的狡黠的面孔瞬间变得笑盈盈的，急忙走出柜台。问道："族长，族长，稀客呀！稀客！"安澜笑着说："恭喜发财！恭喜发财！"

宋一道一边远远地打着招呼，一边疾步上前迎接着安澜，问道："族长突然造访，不知有何要事？"

安澜说要事谈不上，前阵子承蒙乾州城百姓抬爱，幸免于祸。今日前来，实为感谢。宋一道笑着说："族长呀，您可是咱乾州城的大善人、大恩人，要说感谢的话，应该是我们感谢族长才对。族长肯定有事呢。有啥事，族长您放心说，只要是宋某能办到的，一定会尽全身之力。"

宋一道这么一说，安澜也就不再拐弯抹角了，说："那就借一步说话吧！"

这句话委实把宋一道吓了一跳。"借一步说话"这五个字的分量可不轻呢。像安澜这种无事不登三宝殿的人，今日谈的肯定是大事情，这事一定是不能让第三者知道。宋一道便把安澜请进里面的密室，叮嘱伙计不要让任何人过来打扰。伙计都知道安澜，他在乾州城的名气威望已经很大了，一个见过陕西巡抚的人，谁还惹得起呢。

进了密室，宋一道给安澜倒了一杯上好的咸阳茯茶，屁股刚刚挨上椅子，安澜便说："掌柜的，你儿子黑虎惹下大麻烦了。"宋一道一听，心都悬到嗓子眼儿了，急忙问道："族长，娃惹下啥麻烦了？"

安澜说："我巷子女子到尹家巷偷龙王塑像的事情，想必你是知道的。"宋一道说："这么大的事，我咋能不知道呢，全乾州城的人都知道，族长安排人偷龙王塑像，那是给乾州人祈雨祈福呢。"

"知道就好！知道就好！"安澜便把事情摊开了说，"那天晚上，你家黑虎把我族里有粮家的女子彩霞给糟蹋了。"

"啥？啥？这狗日的咋能干出这种猪狗不如的事情呢？"宋一道吃惊不小，不知是问安澜，还是在问自己。

"偷龙王塑像本来是天意，黑虎在这个时候竟然敢冒天下之大不韪，干出这般禽兽不如的事情来，这就是悖逆天意，羞辱龙王呢。怪不得上官巷的姑娘女子偷了龙王，老天却不下一滴雨，原来是黑虎造下的孽。这事要是传出去，你想，全城百姓能饶了黑虎？还有，子不教，父之过。黑虎的所作所为，也会让你一辈子积攒的名声扫地，你这当铺掌柜的名声坏了，信誉失了，就不知道你这辛辛苦苦经营了大半辈子的当铺还能不能继续经营下去？"

安澜几句话，句句穿心，说得"宋一刀"腿都发软了，嘴里连连骂道："这畜生，咋能干出这等丑事呢！宋家的脸叫这货都丢尽了，把祖宗都辱没了！"黑虎的事情气得宋一道心口都感觉到痛，脸上火辣辣地烧，可是，骂又不起任何作用，解决不了问题。这件事情的确很棘手，自己一时半会儿也没有个好办法，便低声下气地问安澜道："族长，族长，这可如何是好？劳烦您指点迷津、指点迷津！"

"你先别急！咱先把话说完了再说。刚才说的是民间的事。可黑虎铸下这等罪孽，是犯法的事。你说，这件事情一旦告到官府，官府能轻饶了他？他还不得坐几年大牢嘛。到那个时候嘛，你儿子也丢了，宋家的名声也损了，用咱乾州人的老话说，一头抹担了，一头挑担了，两头都没了，落了个人财两空的结局。我想，这可能不是宋掌柜想要的结果吧！？"安澜说到这里，觉得他把该说的话已经说完了，就停下来，端起茶杯喝茶，观察"宋一刀"的变化，听他如何回答。

宋一道听了安澜的话，已经急得满头大汗，心里乱成一锅粥了，说："族长说得对！族长说得在理。你说这事咋办咱就咋办，我绝对不放一个屁！"

安澜说："我不能说。祸患是你儿子闯下的，你是他爸，你就得想

办法来收拾这个烂摊子，就得你来拿这个主意。我今天只是来告知你一声，见公、见私都行，你要好好掂量掂量呢。我是一个外人，不能做宋家的主！"

"族长，族长，这事我听您的。您说咋办就咋办，只要娃不坐牢，不要让宋家名誉扫地，我全听您的安排。"

"你想好了？"安澜问。"想好了，想好了。依族长在乾州城的名声、信誉和威望，谁还不相信您？我绝对听从您的安排。"

"既然掌柜的这么说了，事情就好办了，要让掌柜的人和财都要保住呢！我觉得，让黑虎娶了有粮家的女子彩霞，这是再合适不过的事情了。彩霞已经怀上了黑虎的娃，肚子已经不待人了。要不然，有粮也不会把家丑外扬呢。"

"唉！不瞒族长呢，黑虎已经有了媳妇。您说，再把彩霞娶进门，这不是让娃当小的嘛，当妾如当罪人，这不委屈了人家女娃娃嘛。"

"事情到了现在，你还能有啥良策？你拿出来说说嘛。挂面调醋，有盐（言）在先，我就说我一个外姓之人，不能拿你宋家的事情嘛。你看看，这不让你心里泛起纠结作难嘛。"

宋一道一听，急着说："族长，您千万不要误会，我的意思是人家彩霞还是个大姑娘，不知道娃和她父母愿意不愿意让娃当小的。如果愿意，我完全赞同，没一点意见，不但要明媒正娶，还要八抬大轿伺候呢。正好，您是咱乾州城有头有脸的人物，给娃当个大媒人，我们家脸上才有光呢。彩礼、黄道吉日都由您决定。"

"好吧！听说黑虎的媳妇是个母老虎，我就等着看你如何把这媳妇的事情处理妥当。明日就要给我个回话儿。拖过了明日这个时候，那就官府见。到时候，宋掌柜不要抱怨我不顾全你们宋家的面子。"

宋一道说："我懂我懂。请您放心，黑虎和他媳妇的事情我知道咋办，有粮那边还得仰仗族长好好通融通融呢。"说完，宋一道从柜子里拿出钱，交给安澜，说："这是辛苦费，跑路钱。"安澜推辞着不要。宋一道说："是媒不是媒，要请七八回呢。这事情来得急，有些唐突，也没有时间好好招呼您这个大媒人，只好委屈您了。等娃结婚那天，一定七碟子、八大碗好好地伺候。"

安澜说："娃的事大，你把事情办扎实、办利索就行了。到时候把娃的彩礼一分都不能少，我就心满意足了。"说完，便出了密室，朝上官巷走去。

安澜前脚刚走，惊魂未定的"宋一刀"便和伙计匆匆打过招呼，也急急忙忙地往家赶。他一出去，伙计们便炸开了锅。

"你看掌柜的急急火火的，像丢了魂，一定出啥大事了。"

"掌柜的心神不宁的，平日里气定丹田的神态咋就丢了呢？一会儿就被安澜族长给打残了。"

"看他平常对咱们抠门的嘛，估计这回可要破财消灾呢。"

……

主管伙计听伙计们在背地里议论宋掌柜的，气就不打一处来。大声叱喝他们，道："懂不懂规矩？一个个吃了熊心豹子胆了？还敢在背地里议论掌柜的，吃谁的饭砸谁的锅，住谁的屋戳谁的窝，啥德行嘛！就不怕掌柜的把你开贬了。"他这么一禁断，当铺里一下子安静了。伙计们嘴上虽然安静了，但眼睛和心没有安静下来，不是在盘算掌柜的家中出了啥事，就是嘟囔主管伙计的多事。

31

金秋十月，玉米地里一片金黄。玉米秆已经完成了自己仅有的四个月的使命，一个一个在秋风徐徐中慢慢地结束了自己绿色的生命。耗尽了气数的玉米秆，从绿色变成了蜡黄色。在它的腰间清晰可见棒槌大小的玉米棒子，玉米棒子的顶上飘着红色的缨子。三年六料子都没有见到这样的风景了，乾州城内城外的庄户人家，不，是所有人，包括官府、衙差和做生意的人都很高兴。庄稼丰收了，百姓就有了粮食，肚子能吃饱，粮价能下降，官府征收税负就有了指望。仓廪实而知礼节。知礼节，治安环境就变好了，巡警局更高兴呢。

安澜带着族人，抓紧时间，一边抢收秋粮，一边运筹着秋播。这时候，安澜听说渭河两岸一带人开始种植大烟，一个个都发了大财呢，很是羡慕。据说，大烟的利润非常可观，这是种粮食简直没有办法比的营

生。大烟的洋名叫罂粟，但乾州人不知道啥是罂粟，只知道什么是大烟。当时，一亩大烟地，可以生产鸦片 30 两到 60 两不等，其收成折合小麦大约在 400 斤到 650 斤。然而，当时的土地仅靠农家肥滋养，小麦的亩产量在 200 斤到 300 斤。种植大烟的亩产量几乎是种植小麦的两倍。何况，大烟的果子除了能切割出鸦片外，而且俗称"米雀"的大烟壳子还可以当作调料，煮水后调菜拌面，奇香无比，味道沁脾。大烟壳子还有止痛镇静、止咳止泻等药用，其烟叶、烟秆、根茎都能当作烟来抽，比农村的旱烟还劲大且过瘾。大烟浑身都是宝，没有一样是无用的。而小麦除了麦粒可以食用外，其麦秆、麦糠只能用来烧锅烧炕喂牲口。对于一些心灵手巧之人来说，麦秆还能编制一些手工艺品，但卖出去所得的利润寥寥无几，远远无法与种植大烟相提并论。三个多、两个少的道理谁都能分清，正因为大烟收益可观，深得人们的喜爱，它很快便在陕西扎根落户了。不仅如此，大烟的种植面积还将粮食的种植面积挤压得所剩无几了。

虽说三年年馑，尽管渭河里的水量比往年的流量少了八成，但依然流淌着。水量少了，把原本宽敞的河床就暴露出来。常言道：靠山吃山，依水喝水。渭河两岸的百姓为了取水方便，便把暴露出来的河床地一点一点整理出来，然后，在河滩地里种植鸦片。尽管因缺水少肥，但比起颗粒无收的庄稼来说，一点点生长出来的大烟已经让他们心里盛开着迷人的、漂亮的"芙蓉花"。

罂粟，它的故乡在西亚。相传早在六朝时期，罂粟伴随着商贾往来、货物贸易流入中国。陶弘景《仙方注》记载："断肠草不可知。其花美好，名曰芙蓉花。"诗仙李太白作诗："昔日芙蓉花，今成断根草。以色事他人，能得几时好。"李白这首诗太直白了，把罂粟比作用色相勾引人的女人，这样的芙蓉花"以色事他人"，这种断肠草如此作孽"能得几时好"呢。

鸦片之所以能流入陕西，主要是因为陕西商人在天津卫做生意时，见其周转周期短平快、利润极高，便夹带大烟，转卖到陕西。它流入陕西的途径和经商的途径相一致，一条是河南山东的通道：从旱路进入潼关、大散关，流入陕西；还有一条是湖北的通道：从水路进入商州的漫川关、龙驹寨和安康蜀河镇，再流入陕西各地。

在大清历代皇帝中，清宣宗、文宗、穆宗和德宗皇帝都曾明令禁止鸦片，终因鸦片利润十分可观，让人利令智昏，始终禁而不止，到最后达到屡禁不止、愈演愈烈、十分猖狂的程度。到咸丰九年（1859），咸丰皇帝奕詝别出心裁，对鸦片实施"寓禁于征"的政策，本想对鸦片课以高额税收，以达到禁烟的目的。可是，事与愿违，水涨码头高，开征鸦片税收后，便对土产鸦片和海外的洋烟一起征收"土药税"，这样一来，不但没有有效地禁止住鸦片的种植和买卖，反倒使鸦片的种植和买卖合法化了，也加速了大烟涨价的步伐。

自从安澜心生种植大烟的主意以后，便毫不犹豫地在乾州城周边的土地上连年实施。乾州连年风调雨顺，大烟长势良好，自然收成也好。利润也十分诱人。上官巷的人家，一个个富得流油。眼看着大烟能有如此高的丰厚利益，让陕西以及乾州地面上几乎到处都是大烟，而看不到传统的小麦、玉米。据国际鸦片委员会估算，光绪三十二年（1906），中国的鸦片产量已经到了非常高的地步。能排在全国第一位的当属巴蜀一带，第二位就是云贵一带，第三位非三秦大地莫属了。据不完全统计，当时三秦大地种植的大烟面积已高达 53 万余亩。这么大的种植面积令人感到震惊。

有种植者，必有制贩烟土的生意人。周少峰自从"负荆请罪"得到安澜的原谅之后，好长一段时间比较低调，真真正正消停了一段时间。自从种植大烟后，利欲熏心，暴利已经让他冲昏了头脑，膨胀得有点飘飘然了，把自己陷害乾安澜的事情已经逐渐地从脑海里淡忘了。他从客商口中得知：种植者，不如贩卖者；贩卖者，不如开烟馆者。俗话说：人心不足蛇吞象。周少峰已经不满足于种植大烟所带来的高额回报，人为财死鸟为食亡，经过一番思索之后，他决定自己开一家烟馆，绝不能把其中的丰厚利润让别人从他手中夺走。

他是上官巷的副族长，在乾州城也算一个人物。他说干就干，排除一切干扰，不听别人劝阻，一意孤行，执意要开一家烟馆。毕竟乾州大地上到处都不缺大烟，缺的是能让人吸食、享受人间仙境的烟馆。他受烟土巨额利益所驱动，先按照客商提供的信息，悄悄地独自一个人跑到成都学习烟土制作的工艺。学习期间，他比起今生任何时候都认真、都用功，这勤快和功夫都是钱财所赐给他的功劳。难怪古人说，有钱能使

鬼推磨呢。学成归来之时，顺便把学习期间结识的川妹子雨燕一并带回乾州。

巴蜀一带土肥地沃，物产丰厚，人称"天府之国"。雨燕生在巴蜀，长于巴蜀，天府之国养人，养男人，更养女人。雨燕像雨后的燕子娇柔可爱、性格开朗、活泼泼辣，身材前凸后翘，皮肤细腻白净，柔软光滑有弹性，细长粉嫩的脸盘，水灵灵的大眼睛，眉目传情，眼珠子忽左忽右，把周少峰的魂都勾跑了。嘴巴红润得像樱桃，说起话来就像滚珠子，一颗一颗落在玉盘上脆生生的，悦耳动听，迷得周少峰都"乐不思乾"。特别是躺在烟榻之上，雨燕的作用更大，她不仅会调制烟膏、点烟枪，左右逢源陪客人说话，话语间，一撩一拨，便将客人送到仙境，一锅烟过后，烟客们一个个吞云吐雾，飘飘欲仙，忘了人间的一切烦恼，欲仙欲醉地进入遥远的天宫了。川妹子比起陕西女子，更为泼辣大方，雨燕对于躺在烟榻上那些嘴上吸食着烟土、心却不安分，且手脚不干净的客人在身上乱摸乱揣丝毫没有反感，欲拒还迎，欲擒故纵。有时候，当烟客在其腰上胸前捏揣时故意扭扭捏捏地叫喊出肉麻的、娇滴滴的声音，让已经进入仙境的客人流连忘返，留在仙境不肯出来。

周少峰被雨燕弄得神魂颠倒，差一点儿把自己来到成都的目的都忘记了。每次在雨燕身上完成男人的本能之后，静下来的周少峰，很快又恢复了理智。转过头来，继续钻研烟馆的业务。雨燕见识了眼前这个粗犷豪放的陕西男人身上的阳刚之气，发现他骨子里还留存着传统的观念，不知不觉中喜欢上了这个还不算熟悉的陕西男人。说实话，连她自己有时候都想不明白、说不清楚，为啥会突然爱上这个粗壮的陕西男人呢？为啥在众多男人间周旋了好多年之后，却毫不犹豫地将自己的第一次给了这个陕西男人呢？感情这件事真的是说不清楚、讲不明白。周少峰原来以为雨燕就是一个风流成性、不知廉耻、不守妇道的烟馆娼妓而已。自己和她在一起，只是为了满足离开乾州多日身体上所积攒出来的生理需要而已。可是，当他发现，雨燕还是一个尚未开苞的处女时，床单上那片像大烟花一样的红色花瓣，让他从内心深处对这个川妹子刮目相看，心里竟一时间萌生了无法名状的感觉。雨燕看重的是周少峰这个陕西男人身上的粗狂和野性、倔强和阳刚，她还看重了周少峰学习中一丝不苟的蛮劲和态度。一个男人在大烟馆里能如此这般地爱学习，这是上进的表现，也是独特之处。她从老板嘴里得知，陕西也是大烟的高产地，便决心跟随这位乾州汉子一起离开巴蜀，进入陕西，来到另外一个陌生的世界——乾州，跟着这个男人一起开启女人的新生。而周少峰和雨燕有了第一次之后，才对雨燕的认识发生了根本性变化，他不仅看重雨燕身上川妹子独特的气质、个性，看重雨燕手中制作烟膏、点燃烟枪的绝活，更看重这个貌似风流成性、实则洁身自好的女子对他的一片痴情。一个月之后，他与雨燕私下串通，对老板说带着雨燕一起去乾州看武则天的乾陵，老板心里岂能不知道他们心里的小九九，只是川人有川人的优点，看破不说破，或许还能给自己今后留下一条通天的大路呢。巴蜀人不像陕西人那么直率，陕西人非要看破了，还要说破了，把人往旮旯拐角里硬逼，到头来，鸡飞蛋打一场空。巴蜀人是怀柔的，是婉转的，这正是川人区别于三秦人的特点、优点。

周少峰回到乾州城，他不敢冒昧地将雨燕领回上官巷。一路上，他给雨燕介绍着武则天的乾陵，介绍着乾陵选址时李淳风和袁天罡的传奇故事。雨燕惊讶地问："袁天罡的银针真的恰好插进李淳风的铜钱眼里？世上还有这么神奇的事情？"周少峰说："天下之大，无奇不有。乾州就有呢！不仅有袁天罡的银针插进李淳风的铜钱眼里，还有我的钢针也插进你的肉洞里了。"说完，诡异地一笑。雨燕嗔怪道："你坏！我让你学坏！"一边说，一边用两个棉花似的拳头雨点般地落在周少峰身上。

周少峰被雨燕小拳头捶得很开心，两只手握着雨燕绵软的小手，继续讲述唐朝末年黄巢当时动用40万大军盗掘乾陵的故事：黄巢的起义军银两不足，便开始打乾陵地下金银财宝的主意了，带着几十万大军在乾陵的石头中好不容易千辛万苦地挖出一条40多米的大沟，却始终没有找到墓道。由于前方战事吃紧，他无心再对乾陵感兴趣，便匆忙撤兵离去。于是，在乾陵主峰西侧至今留下了被称为"黄巢沟"的深沟。雨燕说："黄巢挖得不深，如果能挖得像我们巴蜀的大山沟那么深、那么大的话，一定能挖出宝藏。"少峰说："看你神戳戳的，帝王的陵墓那不是一般的坟墓，找不到墓道，一切功夫都是瞎子点灯——白费蜡呢。要挖掘帝陵，就必须找到墓道。墓道就是通往陵墓内部的通道，否

则，天王老子来了都无济于事。"接着，少峰又给雨燕讲述五代十国时，唐代18座陵墓都处于后梁崇州节度使温韬的管辖范围之内，温韬是个贪欲极强的人，他在后梁崇州当节度使时，对唐帝陵颇有研究，知道其中金银财宝不计其数，久而久之，便对陵墓内的金银财宝垂涎三尺，下令对唐代陵墓大肆挖掘。据说，其他的陵墓都被开挖了，唯有乾陵"风雨不可发"，这主要得益于乾陵建筑神秘、结构坚固才得以幸免，等等。还讲了乾安澜族长被押解菜市口，被"刀下留人"的事情。他在讲述安澜的事情时，唯独没有说安澜因为啥事情被押解菜市口的。听得雨燕感觉到乾州城神神秘秘，在这里发生的每个故事都是离离奇奇的，一路上便对乾州这座古老的州城产生了浓厚的兴趣，恨不得立马能飞到乾州呢，亲眼看看周少峰口中所说的神秘乾陵。

32

十月怀胎，一朝分娩。彩霞结婚不到八个月就给宋黑虎添了一个千金，喜得宋一道眼睛都眯成一条缝了。见人就笑，开口带笑，就连对当铺中伙计说话时都面带笑容呢。掌柜的笑了，伙计自然开心不已，每天喊着掌柜的请客呢。伙计们一连喊了三五天，宋一道除了笑，还是笑。在笑声中答应着，在开心中不请客。弄得伙计们心中的欢心、喜悦一天一天都有些减淡了。这不，宋掌柜刚一出门，大家就着急地聚在一起讨论分析宋掌柜"既然这么高兴，家里添了人丁，为啥就舍不得请客"的深层次原因呢。

"宋一道就是'宋一刀'。只准他切割别人，绝不允许别人切割他。"

"你说得对！他就是个吝啬鬼，舍不得请咱们。"

"我想，你们说得似乎有点道理。不过，掌柜的脸上的笑容绝对不是装出来的。"管事的伙计说。

"既然他是真心的高兴，他为还啥不愿意请咱们吃一顿呢?"一个伙计抢过了他的话。

"你急着喝恶水呢。我话还没说完，你就扑得和蛾儿一样扑火找死呢。"管事伙计说，"依我看，掌柜的之所以只说不割，咱们只在他身上找原因，咋就不在自身找原因呢？"

管事伙计这么一说，大家豁然开朗，"是不是埋怨我们没有给他随份子钱？"

"放屁！这才几天嘛就要随份子钱？掌柜的再抠门，也不至于现在就让咱随份子钱。要随份子钱必须等到他给孙子过满月，到时候不用说，咱肯定都得随份子钱。"

"看把你能的！你说，掌柜的为啥不请咱们？"

"是不是觉得伙计就是给掌柜打工的下等人，没分量？"

"我想，掌柜的不缺钱，也不是瞧不起伙计，他缺的是个面子！他是个爱面子的人。咱们光吆喝着让他请客，咱们从根本上就没有拿出让他有面子的诚心诚意。咱们是他花钱雇请的伙计，咱都不给他面子，他心里肯定不美气，哪能请咱们吃一顿呢？"

"你说说，这事咋弄？咱们咋弄，掌柜的才有面子？"

"咱乾州人不是兴烧娃吗。烧娃、抹黑红脸，这就是面子。"

"咱们一个伙计，咋敢给掌柜的抹黑红脸？"

"咋不敢！"这时候掌柜的从门外进来了，他听到这句话，就哈哈大笑着说。

管事伙计一听，立马将墨汁滴在朱砂印泥上，几个人一哄而上，顷刻间，掌柜的就成了黑红脸。这时候，掌柜高兴得不得了，不但没有洗脸，反而还故意装着挣扎，然后挣脱了，跑到当铺门前。大家心知肚明，又跑出来，拉的拉，扯的扯，抱的抱，一帮伙计又在大庭广众之下，再一次给宋掌柜的抹个大花脸。此时此刻，"宋一刀"心里别提有多高兴了。心想：一群瓜种，耽搁了几顿饭了，才开窍。早这样做了，不知道都吃了几顿了呢。他在大门前站了一会儿，左邻右舍的店铺掌柜、伙计都出来向他道喜，他扛着个大花脸一个一个回敬着感谢。转过头来朝当铺喊道："还不拿出喜糖招呼大家！"时间差不多了，他这才高高兴兴地返回当铺，说："中午关门歇业，到老乾州羊肉冒馍馆，掌柜的请你们吃冒馍。走！走！快快地走！"

一个伙计高兴地手舞足蹈，连声喊道："吃冒馍喽！吃羊肉冒馍喽！"

"看把你高兴的，八辈子没吃过羊肉冒馍，得是饿死鬼托生的？"

一个伙计打趣着。

"看把你阔气的，你吃过羊肉冒馍？吃过，今儿就别去！"

一个有眼色的伙计听说掌柜的要请大家吃羊肉冒馍，赶紧从后院端了一盆子温水，拿着毛巾和洋胰子，说："掌柜的，你赶紧把洗脸了，咱们去吃羊肉冒馍！"

还没等掌柜的说话，气得管事伙计就在他的屁股上狠狠地踢了一脚，骂道："洗你娘的脚后跟。掌柜的就这样出门，那才有面子呢！""宋一刀"假装要洗脸，便被伙计们就这样架着、推着出了门。一路上都被伙计们开心地前后拥挤地夹着、架着、推着、拉着、扯着，这正是他需要的结果。

上次安澜走后，他气呼呼地立马回家，怒气冲冲地把儿子黑虎叫到庭院，骂道："你个逆子，竟敢干出这等丢人现眼辱没祖宗的丑事！"

"爸！咋了？我干啥丑事了，把你气成这样了。"黑虎不解地问道。

"你干的好事、丑事，你还不知道？你拿着明白装糊涂，女娃肚子都大了，人家都找上门了，你还装得跟个没事人一样。"宋一道厉声问道，"上官巷女子到尹家巷偷龙王的那天晚上，你干啥去了？"

"我没干啥！"黑虎自以为天黑无人发觉，事情办得天衣无缝，所以，他狡辩道。

"好！你没干啥？乾安澜族长刚找过我，我看你娃三句好话不抵一马棒！三天不打，上房揭瓦。安澜族长是个啥人？那是乾州城有名望有威信的狠人，押到刑场眼睛都不眨一下，钢口硬得很！人家能无缘无故地找上门来？事情都做下了，你还跟我嘴硬呢！我今天再不好好教训你，你娃涨得就没领了，都想翻天呢。"

贼没赃，嘴巴硬如钢。黑虎以为那天夜里的事情没有人知道，所以，他嘴犟着死不承认。宋一道说："好我的爷呢！我把你叫声爷！安澜族长说了，要把你交官府处理，去了官府衙门哪有你娃的好果子吃！你知道不，衙门是个啥？衙门就是个老虎口，是个无底洞。衙役一个个如狼似虎，非叫你娃脱几层皮不可，再坐上几年大牢，吃几年牢饭，有你娃遭的罪受的苦呢。你真是个不见棺材不掉泪的货色！安澜族长是见过陕西巡抚的人，知事哪敢得罪他呢！在安澜族长面前，你就是一条臭虫，人家一脚就能把你踩死，连个渣渣都不留。"

宋黑虎一听安澜族长都找上门了，还要将他移交官府衙门处理，心一下子就乱了软了，立马跪下，抱着宋一道的大腿连连求饶："爸，我知错了，你要救我！我知错了，你要救我！"看着刚才黑虎钢口还硬得不行，宋一道还庆幸以为儿子没有干出这等丑事，还准备下来去找安澜，讨要一个说法，心里的高兴劲儿还没有形成个眉目，转眼间，儿子就成了这等熊包模样。唉！把他家的，他心里一下子明白了，看来安澜寻他并不是无中生有无事找事，心里一下子凉凉的了。

儿媳妇腊梅听到黑虎在外面糟蹋了女人，气得冲了出来，在当院里连跳带骂，撒泼耍横，气得宋一道上前，一个响响亮亮的大嘴巴不由分说地抽了上去，一下子把这个刁蛮的女人打倒在地。腊梅被老公公这突如其来的一巴掌打得眼睛直冒金星，咧开的大嘴巴像支卡壳的机关枪一样，顿时不敢吭声了。宋一道骂道："真是枣木锤锤一对对！连个事理颠倒都分不清，瓜喊叫啥呢？这屋子姓宋，有我在，还没轮到你说话的份儿，不明事理的东西，你在庭院里大喊大叫，得是嫌邻居听不见？难道'家丑不外传'的道理你不懂？这几年，宋家哪一点亏待了你，把你娇惯得没个正形了，屎都从口里往出倒流呢！没大没小的，只要我还在这世上，还轮不到你在这里指手画脚！"

宋一道几句话，把黑虎媳妇腊梅喷得住住的。平时夫妻俩在一起，她耍泼刁钻，骄横飞扬，老公公只能睁一只眼，闭一只眼，看见了权当没看见，听到了，权当耳聋了。小两口之间的事情，他一个当公公的就不好插手，也不能插手。今天这事就不一样了，不仅是他们小两口之间的事情，也是牵扯到儿子今后的事情，还是牵扯到宋家在乾州城立足的脸面和生意、声誉的大事情。宋一道知道，啥事都可以稀里糊涂，装得瓜瓜的，难得糊涂。但在大是大非面前，他一点都不能含糊，更不能马虎，必须权衡利弊，计较得失，牺牲小利益，顾全大利益。他愤愤地问道："你好好说，那晚是不是干了坏事？"

黑虎看了腊梅一眼，怯生生地望着宋一道，叫了一声"爸"，欲言又止，气得宋一道在他的屁股上狠狠地踢了一脚，骂道："猪狗不如的东西，火都烧到脚后跟了，你还磨磨蹭蹭啥呢？"

"爸，我一时糊涂，铸成了大错。那天晚上，我看见一个女的蹲在麦草堆旁，周围没人，一时犯糊涂，就没拿住自己。"

宋一道说："我知道了，这件事就是你娃作的孽。天作孽，尤可违；人作孽，不可活。我想了想，还是安澜族长说得对，娃要管，不能惯。你之所以成了现在这个不争气的东西，都是从小把你惯的。唉！我思前想后，这件事我救不了呢，还是把你交给官府处置。是死是活，只能听天由命。"宋一道不愧是"宋一刀"，他知道，儿子必须要好好管教，儿媳妇也不是个省油的灯，必须趁机好好敲打敲打。只要驯服了他俩，接下来的事情才好处理。否则，黏手得很。所以，他正话反说。

"爸，你要救我，千万不能把我交给官府。交给官府我还能活吗？"

"爸，你把他交给官府，我咋办呢？"腊梅可怜巴巴地问。

"咋办？他坐牢，你就等着守空房！他死了，你就等着改嫁！我权当没有这个儿子。儿子都没了，哪来的儿媳妇呢？"他知道，儿子好管理，儿媳妇麻缠得很，要处理这件事，必须先把儿媳妇制服了。这不仅牵涉到今天这件棘手的事，还牵扯到将来过日子呢。

"爸，你不敢这么做。你让我今后咋活人呢？你说，只要不把黑虎交官府，你说这事咋办咱就咋办！爸，我求你，一切听你的！"腊梅一想就是这么个理儿，便哭着求老公公。

宋一道眼见时机成熟，转身进了厅堂。头也没转，怒气冲冲地说："你俩进来！"他把安澜和他说的，和老婆说了一遍。老婆问他有啥好办法，他说人家女子肚子都大了，唯一的好办法就是让黑虎娶了那女子。老婆问，腊梅本来就不是个省油的灯，在这件事上她能忍气吞声咽下这口气？她能善罢甘休？宋掌柜就劝说老婆不要管了，腊梅能咽下这口气就顺顺利利地咽，咽不下只好硬咽，实在不行只好来硬的，休了她。咱家的名声和生意比她重要得多！今天你就看我的。

"黑虎，现在只有一个好办法能救你，就是你要娶了那个女子。"

黑虎看看腊梅，平日里被腊梅管得死死的，听他爸说要娶了那女子，这时候更不敢说话了。宋一道看着儿子一副烂泥扶不上墙的不争气模样，气就不打一处来。他转了转头，目光严厉地看着腊梅。那目光像烈焰，把腊梅都能焚烧了；又如宝剑，闪烁出来的寒光，能把腊梅刺杀了。

"爸！黑虎娶了那女子，我咋办？"腊梅沉默了一会儿，怯生生地问道。

"你说，还能咋办？要么娶了那女子，一切风平浪静；要么交官府处置，是死是活，后果我刚才都告诉你了。你好好掂量掂量吧！"

腊梅说她有句话不知道当问不当问。宋一道说，事情都到节骨眼儿了，有啥不能问。腊梅说："那女子进门了，我还能当大的不？"宋一道说："那就看你的表现了。这事情不是简单地娶进门就完事了。今后，你万一欺负人家，安澜族长的威望和名声你们都知道，他一旦再告官，后果你可要想清楚。"腊梅说一切听爸的。宋一道说："你继续当你的大房，她进门自然就是小房。凡事你要一忍百忍，一退再退，千万别欺负人家女子，少给我惹是生非。找下事端了，就是给自己找不痛快呢。无论如何，只要我们宋家不差你吃的喝的穿的用的，你就安安静静的，别给我没事寻事指桑骂槐就成。那女子的事情，咱不能透出半个口风。这牵扯到咱家的名声呢。咱家没了名声，今后咋做生意？做不成生意了，挣不下钱了，一家人吃风屙屁呢？我希望你在家消停消停，别有事没事地整出个事情来，弄得家里鸡犬不宁。否则，那就是简单的一纸休书而已。到时候，别怨我没有提前告诉你！"

既然一家之主的宋一道把话说得这么透亮，腊梅再也无话可说，再也无话敢说了。

宋一道原本想得太复杂的事情，没想到被儿媳妇腊梅这么一闹腾，反倒迎刃而解了。看着儿子儿媳不再纠缠，他长出了一口气，没有让事情等到第二天，就赶紧到上官巷去给安澜回话了。

安澜听了宋一道的回话，心里便舒坦了，终于，这件事就被他轻松地解决了。等宋一道前脚离开，他后脚就去找乾有粮。

有粮看见安澜进门，无精打采愁眉不展地上前打着招呼。安澜一看有粮这副霜打了的茄子样儿，心里就非常生气，便生出要故意气一气他的想法。坐下来，有粮觍着个苦瓜脸，闷闷不乐地问道："族长，事情办得有眉目吗？"安澜故意显得一筹莫展，说这事情难办得很。事情发生在晚上，再说只有两个人，又没有第三者，夜幕之下娃又没有认出人，难办得很啊，跑了几天，一时间还没个眉目。

有粮说："你让我高兴个半截子。自你进了家门，我还以为事情办好了。原来，族长出面都办不成，我能有啥办法呢？让我一家人咋活呢？"说完，脸色煞白煞白的，眼泪顺着脸唰唰唰地往下流。

"亏人呢！这么大的人了，遇事都不知道出主意想办法，就知道哭哭啼啼，和个婆娘一样。你是不是刘备的后人？以哭下场啊！？"安澜禁断道。

"娃的肚子一天天都要大了，还找不到下家，能不急人嘛。"有粮说，"你出面都解决不了，我还能有啥办法呢。我不哭，你说，我还能笑得出来吗？"

安澜"扑哧"笑了，说："笑，一定要笑得出来呢！"

有粮疑惑地睁着眼睛看着安澜，生气地说："族长，你这是耻笑人呢，耻笑我没本事还是耻笑我羞先人呢？"

安澜说："你和我一个老先人，我耻笑你岂不是耻笑我？我耻笑你没出息。好了好了，看你那没出息的样子，不和你兜圈子！告诉你，事情办成了，而且办得很满意！"

有粮一听，吃了一惊，问："办成了？真的吗？"安澜点点头，一脸的红光。"我就说嘛，哪有族长出面办不成的事呢。"安澜说："糟蹋彩霞的是宋一道宋掌柜的儿子宋黑虎。不过，你也别高兴得太早了，黑虎已经是有媳妇的人了，那媳妇还是个母老虎。我今天来告诉你，顺便征求一下你的意见，看能不能让娃过门呢。过门呢，娃就成了小老婆了。不过门吧，事情已经弄成这样了，很棘手，你应该好好想想这事该咋办，给个准信儿。"

安澜的话，听得有粮一下子头又大了，半晌不说话。"你是一家之主，你不拿主意，让两个女人咋办？"安澜催促他，"你实在觉得不好办，我就给人家回话了。"有粮一听，急了，说："族长，你先别急着回话，等一下，让我和老婆娃娃商量商量。"

过了一会儿，有粮出来了，说："族长，就按你说的办吧！事到如今了，也就管不了做大做小的事情了，做大做小只要娃过门了不要受欺负就成。剩下的事情全权拜托族长了。"安澜笑了，说："不是一家人，不进一家门。不仅想法一样，连说话的口气都一样。恭敬不如从命，我只好替你两家做主了。"有粮说："彩礼嘛，看着给。只要迎娶的时候让娃体体面面，风风光光就成。"安澜说："宋一道的家底你还不了解，我还能亏了你。这一次，我肯定要让他好好地出水呢！彩礼只多不少，从彩礼上都要给娃争一口气呢。"

就这样，在安澜的主持、调停下，一件丢人现眼的棘手事情，却顺顺利利、风风光光、圆圆满满地完成了。

33

时间过得飞快，不知不觉中，安澜的孙子乾天宝五岁多了，"祭品"乾天赐、天秀，还有少峰家的孙子周铭远、有粮的孙女乾雨宸都七岁多了，都到了该进学堂的年龄了。教育嘛，就要从娃娃抓起。

自从安澜有了办学堂的想法后，心里一刻不停地都在盘算着。要等孩子们长大了，一定要办一所学堂。实在不行，办个私塾也成，必须让孩子们知书达理，通晓天下。不要让他们愚昧、无知，干出尹志辉、宋黑虎这类人所犯下人神共愤的罪孽。必须引导他们积极向上，要有乾陵的气魄、乾陵的胸襟、乾陵的涵养，让文化造福乾州子孙。

这几年，他们通过种植大烟，已经有了很好的积蓄，家家户户彻底摆脱了"庚子奇荒"那阵子所遭受的苦难，远离了饥饿和贫穷。可是，在他们身上还残留着一定的迂腐、愚昧、落后的思想，不思进取、满足现状的安乐心态。"三十亩地一头牛，老婆娃娃热炕头"这些传统的思想观念，在他们脑海里已经根深蒂固，深入骨髓，不是一朝一夕所形成的，也不是一时半会儿说根治就能根治的。要想摆脱这些旧思想、老观念，就必须学习文化，用知识来更新、来改变、来打破、来树立，这就需要一代又一代人锲而不舍地共同努力。

安澜是个干事果敢的人，说干就干，不仅要干，还要干好，干得扎实彻底。安澜是个率性的人，他召集上官巷乾、周族人在祠堂门前集中。大家听到后，就知道有大事商量呢。凡是有大事的时候，族长一定会召集族人在祠堂前集中。他告诉大家，想请族人到乾陵上走一走，看一看。族里人虽然不知道安澜葫芦里卖的啥药，但是，他们知道，安澜的话在族里就是皇帝的圣旨，平日里你可以和他开开玩笑说些闲话啥的，但是，只要你的双脚站立在祠堂里，说出来的话，就是一言九鼎，吐口唾沫都是钉，谁也不能、不敢反驳。

安澜说，男人们都走，小脚女人留下来。于是，男人们跟在安澜身后，朝着一代女皇武则天和唐高宗李治栖息之地——乾陵走去。

离开了祠堂，出了巷口，大家就不再拘束。一路上说说笑笑，不知不觉走了十里路，一行人便来到了乾陵脚下。安澜说，今天让大家来乾陵，咱要祭拜一下唐高宗李治和女皇武则天。说毕，乾、周族人的男丁们便齐刷刷地站在大陵前，毕恭毕敬地给唐高宗和女皇施了三拜九叩之礼。礼毕，少峰问安澜，还要继续登陵？安澜说，登陵才是今天的重头戏！接下来咱们开始登陵，好好看看乾州的风光。说完，他就迈开双腿大步流星地往前走。整整一个上午，上官巷的族人游完了乾陵。有的人说说笑笑很是开心，有的人已经累得气喘吁吁，上气不接下气，一言不发。别说乾州城距离乾陵就十里地，然而，这么多人要一起来乾陵，不仅不容易，而且还少见。即使一个人在乾陵脚下干活，忙了农活都没有时间登上陵顶。不过，少峰登过，他带着雨燕悄悄地登到乾陵顶部。雨燕站在乾陵顶上，心情非常愉悦。环顾四周，周边的景色，特别是乾州城的城门、阁楼、庙宇、店铺，那厚实的城墙，一草一木尽收眼底，还有远处青翠的南山秦岭，一个个都清清楚楚的。她朝着巴蜀方向呼喊："哎——我登上乾陵喽——喽——"

少峰告诉雨燕，在你的前方六七十里的地方，就是四大美女之一杨贵妃杨玉环的坟冢。杨玉环的父亲杨玄琰，曾经担任蜀州的司户。杨玉环从小生长在巴蜀，说起来你俩还是同乡呢！巴蜀的山水柔情滋润着她，让她具有羞花之容，国色天香。她性格温顺，能歌善舞，擅长音律，把唐玄宗李隆基迷得神魂颠倒，不理朝政。尽管"后宫佳丽三千人"，但李隆基"三千宠爱于一人"。不过，自古红颜多薄命，杨玉环也没有摆脱这个"魔咒"。"安史之乱"爆发半年后，叛军占领洛阳，潼关失守，长驱直入，攻陷都城长安。长安城沦陷前李隆基仓皇西逃至马嵬坡时，没料到随行将士突然哗变，杀了杨国忠，又迫使李隆基杀了杨贵妃，玄宗被逼无奈，不得已赐给杨玉环三尺白绫，让其自缢于马嵬坡前。

想起了旷世美人杨玉环，少峰便想起了他与雨燕在巴蜀烟馆里相识、相聚的朝朝暮暮中的点点滴滴……

"少峰，你想啥呢？"安澜看少峰愣在那里，便问道。少峰思想抛锚了，想到自己和雨燕的事情，听到安澜问他话，才缓过神来，他不能说出实情，嘴里只好"啊啊啊"地打着马虎眼儿。

坐在乾陵脚下，大家你一言，他一语的，高高兴兴聊着，就是没有一个人能懂得安澜此番乾陵之行的良苦用心。别说族人了，就是他精心培养的大儿子怀仁都没能理解自己父亲这次召集族人登乾陵的真实意图。想到这里，安澜心里不免有些惆怅了。他在思忖着：唉！有可能大家一直都保持着这种安于现状的样子了吧！特别是年馑之后，风调雨顺，口粮丰收，家家户户仓廪实了，加之这几年种大烟，大家的口袋逐渐鼓了，始终把守着那颗随遇而安、平平稳稳的太平心。有可能是自己心机太重，心思太缜密了，让大家猜不透、摸不着。他有必要把这次乾陵之行的真实意图告诉大家，让大家心里明白。来的人都是他的族里人，他们的水平、能力、觉悟，他有一本账，也没有必要和他们计较，说话用不着曲里拐弯、掖着藏着，有啥话就直来直去地说，别让他们揣摩他的心思。左一揣摩右一琢磨，搞不好，还把他的真实想法歪曲了。于是，安澜直起身子，对大家说："乾陵，是我们乾州的符号，可以说是乾州的图腾！我们出生以来，不知登过多少次看过多少次了，乾陵的一草一木、一砖一瓦、一水一石，不论是偌大的梁山，还是那些看起来粗糙的石碑、石人、石马，都是清清楚楚的。比如无字碑等，可以说，都和庄稼一样，种在我们每个人的心里了。可是，这里面包含的内容，不知道你们是否清楚？咱先不说清楚不清楚，就问你们考没考虑过？如果说，考虑过了，一个个也不至于登乾陵就像逛庙会，你拥我挤一窝蜂，喋喋不休。"

大家听安澜这么一说，心里方才明白这次登乾陵，不是族长一时兴起，而是有目的呢。刚才说笑的，高声喧哗的，吵吵闹闹的，都哑巴似的，不再开口说话，一个个呆若木鸡，昂着头等着安澜继续往下说，听他讲这次登乾陵的目的。

场面一下子安静了下来，除了能听见乾陵周边树林里的鸟叫外，再没有一点杂音。安澜继续往下讲：

"古人说，会当凌绝顶，一览众山小。登上乾陵，乾陵脚下那些再高再大的建筑物都显得非常渺小，乾州城那圈厚实、高大的城墙都成了一条线。在山脚下，我们看到的距离最远也就是百十米，可是，站在乾

陵上，秦岭山都清晰可见，足见登高望远的道理。站在乾陵之巅，其周围方圆数百里，都在我们视线范围之内。古人讲，陵，就是拾阶而上，登高远望。要想登顶乾陵，还必须要有不畏艰险的勇气，锲而不舍的毅力，持之以恒的决心，不达目的誓不罢休的态度。否则，我们就会望陵兴叹，止步不前，或者，半途而废，前功尽弃。

"我们眼前这块无字碑，一个字都没有。这说明了啥？在乾陵脚下的左侧，立了一块'述圣纪碑'。据说这块碑，是武则天亲自为唐高宗李治撰写、由唐中宗李显书丹，为唐高宗李治歌功颂德的功德碑。在历史上，唐高宗无论从国家治理、历史贡献、军事才能等方面都远远不及武则天。武则天都可以为自己的丈夫亲自撰写碑文，为什么偏偏不让后人为自己树碑立传呢？这其中的奥秘深不可测。在乾陵脚下的右侧，却给自己立了一块比'述圣纪碑'高大、厚重的碑。碑，立在了这里，却是一块无字碑。难道武则天对唐朝的政治、经济、文化、远交近攻等方面的贡献不大吗？这恰恰相反，这更不是我们这一辈平常人可以评说的！千秋功罪，历史自有公论！别看武则天是一个女人，但是，她的能力、心胸不是一般男人所能够比拟的。她之所以给自己立了这块'无字碑'，其实，她心里知道，自己咋能给自己盖棺定论呢？她的后人对她无论做任何形式的结论，她都不会称心如意。于是，她立下这块无字碑，将千秋功罪，留给后人来评说。这就是她的心胸！也是她的胆识、风度、气魄和魅力！更显示出她的聪颖过人之处。

"再说这座经历了千年风风雨雨的乾陵吧！战火的焚烧、黄巢的挖掘、温韬的盗掘，还有无数的盗墓贼处心积虑地觊觎，都未能如愿以偿地盗掘出一件乾陵的宝藏！这说明了什么？说明了乾陵是唐代陵墓建筑艺术的精妙，建筑水平的精湛，建筑智慧的高超！

"乾陵是什么？乾陵不仅仅是一座帝王的陵冢，不仅仅是中国历史上唯一一座帝王夫妻的合葬陵墓。它，乾陵，乃是一种文化！是勇攀高峰的胆识和决心！是博大精深的修养和历练！是虚怀若谷的豁达和姿态！这才是我们的乾陵！"

安澜一席话，一下子点醒了乾、周族人。以前，他们傻乎乎地认为，乾陵就是乾陵，就是武则天与唐高宗的合葬陵墓。梁山之所以被李淳风和袁天罡选中作为武则天的安葬之地，就是仰仗于梁山天作之合的风水而已。是梁山成就了武则天和唐高宗身后之大事，而武则天与李治的陵冢也成就了梁山，以至于世人都知道乾陵，而很少提及梁山。今天，听了安澜这一席肺腑之言，才知道自己真的太傻、太肤浅了。

乾陵，是一座具有独特文化的帝王陵墓！

安澜看着族人一个个好似茅塞顿开、醍醐灌顶的样子，便敞开了心扉，继续说："要了解乾陵文化，就要有一定的文化知识。我们的子孙后代，往小的说，将来如何继承家业，如何守住上官巷这片土地，往大的说，如何走南闯北，如何干大事创大业，都必须有知识、有文化、有修养、有志向、有格局。知识从哪里来？这就要办学堂、办私塾！为啥要办学堂？《师说》中已经给出了明确的答案！'古之学者必有师。师者，传道授业解惑也'。"

孔子都说，三人行，必有我师焉。听说要办学堂，大家就像打了鸡血一样兴奋不已，开始议论纷纷。看大家这么高兴，这正是安澜所期望的，他要让大家好好地议一议，好好地论一论，才能拿出好的解决问题的办法。乾州人常说，三个臭皮匠，赛过诸葛亮。族人的事情，要族人来办呢。众人拾柴火焰高！尽管他们的意见未必都是完全正确的，但是，他们的意见必定都是中肯的，实实在在的。安澜不怕他们有意见，就怕他们不提意见。不提意见，就是对此事不管不问，事不关己高高挂起的消极态度；就是有意见当面不说，背后乱讲，添油加醋，不起好的作用，说穿了，就是一种不负责任的反面典型。等到问题出来了，他们倒成了事后诸葛亮，便纷纷站出来，成了正义的化身，大放厥词，横加指责。特别是办学堂，并不是立刀下马就能见菜的事情，这中间需要选址、建设、请先生等一系列事情，需要大量的资金投入，需要漫长的时间和功夫。更何况学堂建好后，培养一个人还需要经历一个漫长的过程。有句老话"十年树木百年树人"，教书育人不是一朝一夕的事情，需要一代一代传承下来，起到"前人栽树后人乘凉"的效果。说实在的，办学堂的效果，不仅是漫长的，效果也是参差不齐的。效果需要个人的天赋，还需要后天的勤奋努力。就怕谁家出钱了，自己的孩子学习成绩不理想，半路上毁约，不愿意投资了。毕竟，有天赋的人不是多数，靠后天努力的人也不是多数。聪明的家长虽然是大多数，但还有极个别鼠目寸光的麻糜子、黏糊子呢。尽管是极个别的人，但是，一颗老

鼠屎可以毁掉一锅汤。还有，每家每户孩子多少的问题，等等。这些都是很头疼的事，所以，安澜带领族人登上乾陵，让他们知道乾陵文化，让他们摒弃僵化古板的旧思维，拓展成包容一切的大胸襟，更要懂得学习的紧迫性、重要性、必要性，明白办学堂的复杂性，知道为了乾、周家族家业兴旺、下一代后继有人，就必须从娃娃抓起，必须从办学开始。

　　大家七嘴八舌讨论了好长时间，都没有一个很好的合理的意见。安澜说，千年大计，办学第一。办学堂，也不是说办就能办的事情。今天，先给大家透个底，让大家算一算我们没有文化白己吃了多少亏这个账，想一想知识才是改变个人命运、推动家族兴旺发达进步的道理。这些年，家家都有了粮食，钱袋子都装满了。有的人，有钱赌博，有钱抽大烟，有钱逛窑子，这些都是丢人现眼、伤风败俗、有损阴德、糟践身体的事情！干这些事情，一个个都毫不吝啬，拿钱时眼睛都不眨一下，为啥就不能拿出一点钱，为我们的子孙考虑呢？学堂的事情必须办，还要抓紧时间办。因为，我们的子女大多数已经被耽误了，再不能让孙子们耽误下去、荒废下去，虚度时光，继续在没有文化的路上摔跟头，吃没有文化的亏。至少，我先办一个私塾，请一个先生，先把孩子们念书的事情承担下来。先把孩子们安顿下来，让他们享受文化的福，长有知识的志，咱们一定得尽快拿出一个办学堂的百年之计。

　　安澜和族人正在谈着如何办学堂的事情，只见两匹飞驰的骏马闪电般地奔驰到了众人的面前。一男一女从马背上一跃而下，大家定睛一看，原来是安澜的二儿子乾怀义，周少峰的女儿周书艺。

　　怀义说："大老远就能听到我爸说办学堂的事，这件事说得对，办学的事情是件大事，我能有今天，还得益于我爸的大力支持。他把我送到西安去念书，我才有机会接触到先进的文化知识，不仅了解了国内的'戊戌变法'，还知道日本'明治维新'等国外变革，让我的思维更加活跃了，眼界更加宽阔了，理想更加宏大了。所有的变法，对推进社会的发展、人类的进步起到了一定的积极作用！所有的变法之思维，都是来自文化知识的积累、对时局的洞悉和领悟，来自对外界事物的吸收和接纳程度。所以，我大力支持，坚决拥护！"

　　怀义话音刚落，周书艺又开始现身说法。她说："刚开始，我爸送我到西安读书，不要说你们每个人想不通，就是我爸我妈都坚决反对，一百个不同意，一千个不愿意。在我的一再威逼下，勉强送我到西安读书。到了西安尊德女校，我才知道天外有天，人外有人。尊德女校是啥，念书的全都是女孩子啊。那个时刻，我才知道外面有那么多的父母比我们的父母思想更开明，胸襟更宽阔，内心充满了对子女的爱。古人说，'女子无才便是德'，那是封建、愚昧、落后的思想，我们必须反对它！打倒它！推翻它！同时，还必须下大气力改变它！如果我一直生活在乾州城，肯定和我妈、我嫂子，还有咱巷子里的女人一样，缠着小脚，过着衣食无忧的小日子呢。小脚女人能干啥？啥时候能跑得动？还是能干得了活？还是能骑马能射箭呢？古有花木兰替父从军上战场，还有武则天治国安邦平天下，如果说，她们没有知识，没有文化，那一切都是空的。武则天就是女人开明的榜样，是女中豪杰！说到这里，我要真心实意地感激我爸把我送到西安读书，让我开了眼界，见识了外面不一样的世界！我叔刚说的办学堂的事情，我和怀义的想法是一样的，和我叔的思路不谋而合，我举双手赞同！"

大家对怀义站在面前所说的一番话没有反感，因为，从古至今，男尊女卑，怀义出人头地，大家还能理解。在这个男人主宰的世界、男人称霸的天下，哪能轮到一个女娃娃抛头露面？在外面喝了几天不一样的水，就敢在族中这么多男人面前指手画脚、说三道四。少峰多多少少能明白族人的心思，只是他们碍于同乡同族的情面，不愿意当着他的面数落书艺，那是给他面子，给女儿面子呢。但是，他必须明白其中的缘由，必须制止女儿。于是，他还未等到大家开口，便满脸嗔怒地说："女娃娃懂啥？少给我在这里丢人现眼。"

书艺说："爸，你都不看看现在是啥时候了，还瞧不起女人。你们都不想一想，一千多年前，我们身后的乾陵里面埋葬的一代女皇武则天，她不也是一个女人吗！一千多年前，一个女人能当皇帝，治理国家；一千年后，女人还有啥理由，不为这个国家、民族做点贡献呢！"

女儿的话，直戳戳地把少峰给呛回去了。安澜心里很欣赏两个孩子的一番言论。但是，他不想让少峰在女儿面前丢人，便说："咋和你爸说话呢？走，咱们回！回去了慢慢议、细细说。有放凉的饭菜，没有放凉的事情。"

怀仁和书艺将安澜和少峰扶上马背，他俩一人牵着一匹马，乾、周

族人跟在后面，浩浩荡荡地回到了上官巷。骑在马背上的安澜和少峰，高兴得合不拢嘴，两张脸就像两朵盛开的牡丹花，心里啊，像吃了蜜似的甜滋滋，别提有多高兴了。特别是少峰，骑在马背上的那股子兴奋劲儿，一下子便把刚才女儿顶撞所带给他的不愉快，全都抛到了九霄云外。

34

少峰带着雨燕回到乾州，他并没有立即将雨燕带回上官巷，他必须回家和老婆商量一下。毕竟，出去了一个多月，家里的事情不闻不问，突然间一回来还带回来一个水灵灵的大活人，还要将水灵灵的大活人变成自己的小老婆，自己的老婆肯定一时三刻想不通。尽管纳妾的事情是很普遍、很平常的一件事情。安澜的老婆杨冬梅因为生下三个儿子以后不能再生育了，老太太一心想要个孙女，安澜在母亲的威逼下，娶了一房叫麻小莉的小老婆，尽管安澜与麻小莉之间维持的时间不久，尽管麻小莉也未能了却老太太的心愿，便在父亲麻二的赌博逼债中命丧黄泉了。此后，安澜一心守着杨冬梅过日子。虽然麻小莉死了，但是，这也无法改变安澜曾经纳过妾的事实。

还有前几年，宋家巷的宋黑虎不也纳妾了。纳的妾不是别人，还是上官巷的女子彩霞呢。周少峰一想到彩霞就会脸红，就会自责。不过，彩霞那天晚上没有认出他。当时，他确实没有动过歪心思，他就是害怕偷龙王塑像的女子万一被尹家巷的小伙子们作出出格的事情来。所以，他摸黑跟了过去。还带个黑色的头套。头套是他临时把上衣脱了，将头部蒙得严严实实，仅露出眼睛。幸亏那天他把头套在脖子下面绑得紧，才没有被彩霞撕扯掉。尽管他的脖子上被彩霞抓下印痕，好在家里还保存着他过去在东城门"独一张"那里买的"乾州白药"，伤疤上涂抹了"独一张"的特效药，很快脖子上的抓痕就完好如初，保住了他一张老脸。

那天晚上，彩霞这女子不知道怎么了，所有的大姑娘都一窝蜂地往龙王庙里闯，唯有她却鬼使神差地钻到麦草堆后面尿尿呢。唉！把他家的，可能是彩霞太紧张了，紧张得佯屙佯尿。当彩霞褪下裤子，哗哗哗的尿水冲出来的那一刻，尿水不像冲击在地面上，而是冲击到少峰的命门上。少峰的灵魂似乎都被彩霞那股子尿水激活了，他忘记了自己跟过来的初衷，顾不得彩霞把他叫叔的辈分，一个饿虎扑食，将水灵灵的彩霞扑倒在身下。当他把彩霞压在身子底下，彩霞疼得叫出声了。从彩霞的叫声中，他能感觉到那绝对是一个处女第一次被破处时的惊叫。于是，他兴奋到了极点，顾不上彩霞的哭泣、喊叫和求饶，也不怕彩霞挖他、骂他、掐他，完全沉浸在野兽的疯狂之中，尽情地发泄……

彩霞做梦都没有想到，在尹家巷偷龙王塑像的那天晚上，自己咋能遇上了两个恶魔。一路上，她提心吊胆的，生怕被尹家巷那些坏小子在身上乱摸乱揣。她身子是清白的，思想是守旧的，她想着一定要把女儿的清白之躯在新婚之夜献给自己的男人。"偷龙王"是她第一次干的偷偷摸摸的事情，心里非常紧张，心都提到嗓子眼儿了。紧张地跟着大家，一路上心里慌慌张张，小腹部老有憋尿的感觉，老想着找个地方撒尿呢。但是，同伴们很兴奋，都想着尽快把龙王塑像偷回来，早点完成族长交给她们的任务，完成全族人的希望。于是，一路上，相互簇拥着，一个个加快脚步，不曾停歇。虽然知道龙王庙里有那些不怀好意的坏小子。事前都知道，那些坏小子在她们冲进龙王庙后，仅仅是在她们身体上象征性地摸摸揣揣，而且是隔着衣服呢。所以，在安澜族长那么严厉的话的威逼下，一个个抱着完成任务的心态去偷龙王塑像。她们人多，尹家巷的男娃也多，人一多，谁就不敢干出啥出格的事情呢。再说了，龙王庙里又没有蜡烛，黑灯瞎火的，万一哪个坏小子不怀好意地把手伸进衣服里，又没人能看得见，只要自己不说出去，谁也不知道当晚到底发生过啥事情。彩霞当时被尿憋得难受，所以，当众人冲向龙王庙的时候，她却跑到麦草堆后面尿尿。想着，等她方便完了，大家也就把龙王塑像偷出来了。这样她就可以坐享其成，和大家一起来了，自己非但没有被那些坏小子占便宜，还完成了族长交办的任务，完成了族人的希望。可是，算计没有变化大，事与愿违。她想得太美好了，她不想进龙王庙被那些坏小子占便宜，没想到却被两个男人占了大便宜。女人的贞操、清白，却在一闪念之间被贼人夺走了。当第一个男人抬脚离去，她刚刚坐起身子，裤子还没来得及提起来，脸上的泪水汩汩地止不住往

下流，紧张、慌乱得还没来得及擦，却又被另外一个男人强暴了。当强暴她的贼人跑了，她急忙提起裤子，撵那群偷了龙王塑像、喜笑颜开的姑娘们。她心里很害怕，很委屈，很后悔，又不敢告诉任何人实情。不知谁问了一句，彩霞，你身上咋还粘着麦草枝呢。她说，去麦草堆后面尿尿了。因为族长安排的任务已经如期完成了，大家就再也没有一个人对她刚才的去向打破砂锅——问到底了。一路上，紧张、羞愧、屈辱占据了整个头脑，她想死的心都有了。可是，一想起自己的父母，她又打消了想要去死的念头。一个人，坐在漆黑的屋子里，流了一夜的泪。她想了一夜，这件事情谁都不能告诉。告诉了，就会传出去，她没脸了，丢人了，死了都无人同情。她一死了之，活着的家人又该如何面对来自方方面面的流言蜚语呢。更可憎的是，天太黑了，两个贼人，她一个都没有认出来。所以，当她怀孕后，导致她妈当时一再怀疑她在外面有了相好的了，还有意隐瞒欺骗家长呢。

火祭前，在祠堂门前，她无意间看见少峰脖子上有几道若隐若现的抓痕。她不敢相信，这个她叫叔的男人竟敢欺负她。那些印痕并不明显，或许是他从前留下的。所以，怀疑少峰这个念头一闪而过。在她心里，她把少峰排除在外。

好在安澜族长亲自出面，按照事件应该留下的蛛丝马迹，终于找到了一个糟蹋她的贼人宋黑虎，让她有了着落。虽说当了宋黑虎的小老婆，但是，这总比找不到贼人，自己还挺着个大肚子被人耻笑强多了。何况，宋一道家境不错。从这一点上来讲，彩霞也算是攀高枝了。宋黑虎知道自己造的孽，所以，没脸在彩霞面前说三道四。更何况，宋一道已经事前把宋黑虎那个母老虎大老婆腊梅教训了一番，腊梅消停了许多呢。自从彩霞进门以来，母老虎腊梅也从来不敢刁难她、欺负她、辱骂她。尽管她心里不舒服，老是抱怨着黑虎去彩霞的房间的次数多。只有彩霞知道当晚发生事情的全部经过，她不敢告诉宋黑虎实情。反正，事已至此，只能一条道走到黑。她无欲无求，只要让自己有一个归宿、不被人耻笑就行了。

彩霞的女儿宋秀芝出生后，喜得老公公成天开口笑，简直就笑成了弥勒佛。当铺伙计让请个客，他还嫌人家不给他抹花脸，故作姿态，拿话应付着呢。当伙计们给他抹了大花脸以后，他觉得自己有面子了，就带着伙计们到老乾州羊肉冒馍馆吃大餐，把自己得孙女的喜气，也传递给了张大厨，让张大厨也赚了一份钱。可是，令彩霞万万没有想到的是，随着女儿一天天慢慢长大，宋秀芝的相貌一点都不像宋黑虎，这倒引起了宋黑虎的怀疑。私下里黑虎质问她，孩子是谁的。彩霞有难言之隐，但还必须以硬碰硬，反问黑虎道："你说呢？那天晚上你糟蹋了我，你算一算时间，你还好意思问我？要不是我怀了你的孩子，我能忍气吞声地过来给你当小老婆！"其实，在宋秀芝出生前，不要说黑虎，就是宋一道都掐着指头算了再算，确定了再确定，按照时间推断，彩霞肚子里的孩子，就是那天晚上种下的。彩霞也看出孩子一点都不像黑虎，心里暗暗叫苦不迭。好在宋秀芝和自己长得比较像。她告诫自己，即使被人打死，坚决不能说出当晚的实情，绝对不能告诉任何人，说出那天晚上她被黑虎强暴之前，已经被另外一个贼人抢先一步强暴了。这个孩子不像宋黑虎，那一定就是第一个强暴她的贼人的种了。可是，这个贼人在哪里呢？没有人知道。所以，她只能守口如瓶，对任何人绝口不能透露半个字。

彩霞肚子很争气。生了宋秀芝一年以后，又给黑虎生了一个大胖小子。这小子长得虎头虎脑的，简直就是宋黑虎活生生地脱了个壳。别提宋一道有多高兴了。在外面，别人给自己抹大花脸请客吃饭不说，回到家里，喝一点酒，就自己给自己抹大花脸呢。从此，黑虎再也不在彩霞面前提说女儿不像自己的事了。

其实，少峰之所以敢在成都领回雨燕，他知道老婆肯定会生气，但老婆的脾性是懦弱的。在这个绝对依靠男人生活的社会里，女人永无出头之日。老婆生气归生气，之后，还得忍气吞声也罢，心甘情愿也好，都得接纳这个对女人来说较为残酷的现实。一周后，少峰挑了个黄道吉日，把住在旅馆里的雨燕，用轿子抬回上官巷。从此，雨燕也成了少峰明媒正娶的小老婆。

安顿好雨燕，少峰开始谋划着如何开烟馆的事情。有了在成都学到的经验，还有从成都领回来的得力帮手雨燕助力，少峰几乎没费吹灰之力，很快在东小巷开了一家"逍遥楼"。

不论是乾州的少峰，还是巴蜀的雨燕，他们对如何熬制鸦片都有了一定的经验。特别是雨燕，在巴蜀时，已经在烟馆里耳濡目染了一年

多，对如何熬制烟土、如何分类烟土、如何定价、如何接待吸食烟土者，特别是烟馆的管理，都有了一整套比较成熟的经验。所以，在乾州开办烟馆，干起来驾轻就熟，非常得心应手。烟馆需要从早到晚开门，只要有客人来，就必须接待。于是，少峰干脆和雨燕住在烟馆，方便打理烟馆的生意。这样一来，既能让两个人一天到晚缠绵在一起，对人老婆也有了一个很合理的解释。两全其美，不，三全其美，何乐而不为呢？大老婆也知道，虽然她对少峰纳妾有意见，但是，纳妾是男人的本事，也是这个社会的一种习俗，她无能为力，更何况她知晓烟馆是干啥的，自己对烟馆的事情一窍不通，也不便到烟馆里面来。干脆，好人做到底。任凭他俩在烟馆里逍遥快活，自己做一个嘴上不问、心上不管、眼睛不见的"三不"女人，只要有自己吃的、喝的、穿的、花的就行了。

东小巷自从开了这家"逍遥楼"以后，周围就被熬制大烟时所释放出来的香气笼罩着。真是"结客少年场，春风满路香"。自古以来，中国人对于"香"这种味道就情有独钟，爱吃香的味道、爱闻香的气味，还想着那种欲仙欲飘的醉人感觉。而大烟的香气，不论是切割时候的释放，还是熬制过程的弥漫，以及吸食过程的萦绕，恰恰都是这种奇特的香气冲击着吸食者的嗅觉，勾引着吸食者的魂魄。

乾州土地肥沃，风调雨顺，长出来的庄稼、大烟的质量都属上乘。雨燕和少峰熬制生鸦片时，采用的都是手工操作的土办法。土办法熬制鸦片时，慢火慢炖，香味扑鼻，这种香味就像一条条虫子，从人体的每个可能的缝隙中掠过，直入过往路人的心脾。每个从逍遥楼前经过的路人，几乎没有一个能经受得住大烟香气的诱惑，或驻足，或吞咽着从胃里、嗓子眼儿里涌出来的口水，或鼻翼翕张，尽情地吸收着飘散在空中的奇香，久久不愿离开。

雨燕看着逍遥楼的生意一天好似一天，眼看着逍遥楼旁边几乎在一月之内开设了三十多家大小烟馆，这比她原来预料的到来得这么早、这么突然、这么快。尽管吸食大烟的人越来越多，但是，各人的目的基本一致，这就要敦促烟馆老板在吸食大烟的享受过程中，让服务水平、烟土质量等方方面面细节上不断地下功夫了，还要在节约成本、减少开支，特别是提升消费档次、降低消费"门槛"上做文章，以满足各种条件下烟馆利润的最大化。于是，经过她与少峰商量以后，便直接回了一趟成都，不仅带回了经过鸦片加工而成的白粉，还带回了十多名巴蜀的姑娘。白粉劲大，是普通大烟的三十多倍，价钱却是大烟的三分之一。还有巴蜀姑娘，在雨燕的精心调教之下，很快就掌握了烟馆里的服务本领，把巴蜀女人的泼辣开朗、随和温柔、无拘无束完完整整地体现出来，让逍遥楼的生意远超其他烟馆。每天傍晚的高峰阶段，吸食者还需要在大厅里坐着排队等候。

排队等候，其实也是逍遥楼经营的一门绝技。不仅要让络绎不绝的烟鬼们知道这里的生意非同一般，也要让他们知道逍遥楼不是你想象的那样，只要掏了钱，就可以任由你随便来，就能立马享受那么简单的一回事。主要还是让他们看到这些巴蜀姑娘的风姿，体会到漂亮中的温润，泼辣中的温柔，争着抢着多出钱，既要在众目睽睽之下争面子，还要体味一下被巴蜀女人伺候的异样感觉。雨燕心里美滋滋的，时时刻刻告诫那些被她从天府之国带来的姑娘们，绝对不允许被那些坏男人占有身子。巴蜀姑娘熟记着雨燕"男人只有得不到的时候，才会猴急猴急的，才会变着法儿在你身上下功夫，才能舍得给你花钱。他们可以在你身上摸摸揣揣，绝对不能给了身子。'得不到的，永远都是最贵的'，一旦被他们占了身子，就一文不值了"的道理，吸食者可以在她们身上捏捏揣揣，占一点小便宜，坚决拒绝占有身子。所以，自始至终，她们都成了逍遥楼那些食客们眼里、心里的香饽饽。

不仅如此，逍遥楼内将男客与女客分开，互不相见。伺候男客的区域叫"仙女要"，伺候女客的区域叫"神童要"。雨燕带来的巴蜀姑娘专门在仙女要中伺候男客，少峰从西安城找了三五个帅气、阳刚的小伙子，专门在神童要中伺候女烟鬼。

一时间，逍遥楼红遍乾州城，红遍了乾州城外的礼泉、永寿、武功，连西府的扶风人都知道乾州城有家逍遥楼。逍遥楼内吸食烟土的人络绎不绝，生意红红火火，日进斗金。男女老少，穿梭于逍遥楼，不仅能吸食到上乘的烟土，还能享受被异性伺候的乐趣。从乾州城内，再到城外的乡村，从出入衙门的官爷，到出入茅屋的寻常百姓，再从富得流油的富家子弟，再到穷困潦倒的穷人，一个个寻窟窿钻眼睛千方百计找一点钱，急急忙忙钻入逍遥楼，倚枕燃灯，俾昼作夜！

周少峰见钱眼开，见利忘义，种植大烟，收购大烟，开设烟馆，渔利多方，赚得盆满钵满，整个乾州城，当属他最为开心。赚到大把的银子，他便将触角伸开，觊觎着在其他地方开设烟馆。于是，他对方圆百里的大烟情况暗自调查分析，准备开辟更为合适的发财之路。百姓趋利而去，见利而往，大烟泛滥成灾，每到春天，"芙蓉花"遍地盛开，为吸食大烟者提供了最广泛的原料，整个关中，吸食大烟成瘾者达到"十之五六焉"。三原县竟然达到70%以上，相对较少的临潼县都在30%—40%，而乾州吸食大烟者至少也在50%以上。曾在清道光年间担任监察御史的泾阳人徐法绩回家省亲，看到陕西种植、吸食大烟泛滥成灾的情景时，难掩心头之痛，写下了一首极具讽刺意味的诗句——

黑烟争说讲排场，到处开灯劝君尝。
不是长官先过瘾，民间敢有许多"枪"（烟枪）。

35

乾怀义和周书艺回到乾州，在乾陵脚下看见上官巷的族人们欢聚在乾陵脚下，聆听着族长乾安澜对乾陵文化的解读，思考着办学堂的意义。这些对于两个年轻气盛、血气方刚的青年人来说，深受鼓舞，当场表示坚决拥护，大力支持，赢得了族长的信赖和族人们的刮目相看。特别是当安澜和少峰骑着各自儿女的高头大马，以一个王者凯旋的姿态，从乾陵脚下穿过乾州城北门，那种不可一世的气势，绝对吸引着那些驻守在北门口兵卒们的目光。二人骑在马背上，越发地骄傲，抬头挺胸，气宇轩昂，越发地觉得自己高人一等了。大马蹄子磕在青砖青石铺成的路上，发出"嘎嗒、嘎嗒、嘎嗒嗒"的声响，吸引着一街两行人们的眼球，让安澜和少峰有点飘飘然的感觉。

看见怀义回来了，杨冬梅一双小脚，像棒槌一样，在地上点着，吃力地迈着细碎的步子，朝着儿子扑了过来。怀义懂事，看见母亲着急又无法立即扑到他身边的窘态，立即迈开双腿，大步流星跑到杨冬梅身边，一把将杨冬梅揽在怀里，然后拦腰抱起，在庭院里转着圈。

安澜说："快放下，快放下，你妈那骨头哪儿能禁得起你这么折腾，小心把你妈妈的骨头架子转散了。"杨冬梅喜极而泣，数说安澜吃的哪门子醋呢？一辈子我都没吃过你的醋，儿子抱着我转圈，就算把我全身的零件散落一地，我也愿意。有钱难买我愿意，你吃的哪门子醋！安澜对儿子说："放下你妈，让你妈给你做饭去。"杨冬梅说："今儿专门给儿子做好吃的，你别发眼馋。"说完，屁颠屁颠地进了厨房。那颤巍巍的屁股，也像陶醉了似的。

看着老婆一脸的高兴，浑身上下洋溢着看见儿子那种激动的神采，安澜心里自然也高兴不已。只是，男人和女人表达的方式方法不同罢了，男人更理性，女人更为感性，其内心都是一样的。怀义见过怀仁、草花哥嫂后，便和安澜在客厅说话。安澜急匆匆地问道："罗大帅还好吗？"怀义说："罗大帅得罪了朝廷，前段时间已经被革职了。"安澜说："罗大帅是个好人，他咋就敢得罪朝廷，咋就会被革职呢。"怀义说："这件事说起来话就长了，三言两语也说不清。罗大帅是个好人，注重读书学习，六七年前，他就上书朝廷，在咱西安城成立了西京大学堂呢。不过，他思想愚钝，僵化保守，故步自封，效忠朝廷，达到了愚忠的地步。很自然在朝廷上下，给自己树敌不少呢！"安澜一听，头一下子就大了，问："影响到你了吗？"

怀义说："影响肯定是有的。'万里江山万里尘，一朝天子一朝臣。北地怎禁沙岁月，南人偏占锦乾坤。'房子都换了主人，物件、摆设自然也会随着主人的喜好发生很大的改变。好在你儿子身手不凡，所以，目前还在大帅府待着呢。不过，肯定不受新大帅的喜爱罢了。罗大帅离开后，一直住在西安东北的满城里，整天足不出户。我多次去满城看望他，无奈，满城里驻扎的都是满人，连守门的都是八旗兵，绿营兵和汉人一般不能随便出入的。我去了好多次，没有罗大帅的手谕，人家不让进，也就一直没能看见罗大帅。所以，心里老觉得亏欠他的。"

"你不也是当兵的，那些八旗兵咋能不让你看望罗大帅呢？"

"都是清兵不假，但兵与兵就不同了。八旗兵人家是皇亲国戚，是皇帝的嫡系部队。我们是绿营兵，都是汉人，是后娘养的。"

安澜说："好娃呢，难得你有这份孝心。上次到西安，我就听说满

城卡得很严，汉人除非当大官的人，其他人想进满城比登天都难。古人说，百善孝为先，论心不论行，论行天下无完人。你不仅有善心，还有善行，这就足了。你跟随罗大人这么多年，忠心耿耿，其心可鉴，他对你的人品还是了解的，要不然，当年为了救我，他会修书一封？你尽管放心，他一定不会埋怨你的。"

怀义听了，点了点头，说："但愿吧！"

其实，安澜有句话一直在心里盘算着，能不能问儿子。从他在乾陵脚下看见怀义和周书艺的第一眼起，他心里就起了疑心，心想：老话说得好，秀才遇到兵，有理说不清。怀义是个当兵的，书艺是个学生娃，你说奇怪不，他俩咋能在一起呢？莫非，他俩是不是……想到这里，安澜自己都苦笑着摇了摇头，难免有些担心。

怀义问他笑啥呢。安澜说："书艺是个秀才，你就是个大头兵，你俩搅和在一起，我就觉得很好笑。你告诉我，你俩咋样搅和在一起的。"

"一个街道长大的，在乾州城，是上官巷的，在西安城，还是上官巷的，乡党见乡党，咋就不能在一起呢。你忘了，你儿也是崇化书院出来的读书人，就算现在还是个大头兵，也是读过书的秀才兵卒。"怀义说，"不过，尊德女校的学生思想进步得很。这一点，我还真的没办法和书艺相比。也可能是我长期当兵，在罗大帅身边待的时间太长了，受他的影响太深的缘故吧。"

"读书人就是读书人。上知天文下知地理，懂得国内清廷局势的变化，还懂得国外新生事物的变革。为人处世，思想一定不能僵化，脑袋瓜要灵活呢！别怕，你现在已经不在罗大帅身边了，还有书艺在一旁熏陶，思想慢慢就会受到教化的。"

怀义点了点头，说当时罗大帅因为反对立宪被朝廷革职了，当时自己一时半会儿还想不通，觉得罗大帅对朝廷忠心耿耿，宣统帝不能仅仅因为他上书反对朝廷就革除他的职务，应该给他一个改过自新的机会。随着罗大帅权利被剥夺而离去，新大帅又不待见他，他心灰意冷，整日借酒消愁。有一次，怀义又去满城，想见一见罗大帅，守城的八旗兵岂能将他这个绿营兵放在眼里，还没等他走到跟前，大老远就叱喝着往回撵。这一次，他不仅吃了闭门羹，还被那几个八旗兵骂了几句，由此看清了绿营兵在八旗兵面前就是低几等呢。没办法，他像一只无头苍蝇，漫无目的地在大街上转悠，不知不觉中便转到南院门葫芦头冒馍馆。他要了两个小菜，一瓶乾州老窖。吃着、喝着、喝着、吃着，便想起了乾州城的父母兄弟，想起了家乡的挂面、锅盔、馇酥和豆腐脑，想起了妈妈的味道，心中不由得一阵酸楚。心酸的时候又想起罗大帅和自己，应验了落毛的凤凰不如鸡的古训。树倒猢狲散，罗大帅隐居了，他变成了没人能瞧得起的可怜虫。就是想进满城看看罗大帅的资格都被八旗兵无情地褫夺了。回想当年，他跟随罗大帅到满城，还没走到城门口，那帮八旗兵远远地就打开城门，把他们迎进去了。那帮八旗兵，并不因为他是绿营兵而对他下眼观，反而对他毕恭毕敬的。在他们眼里，他好像不是绿营兵，而是正儿八经的八旗兵。真是世事难料，今非昔比啊！

还有几年前，当他大哥怀仁跑到大帅府找他营救父亲的时候，罗大帅并没有因为他是绿营兵而看不起他，罗大帅听明白事情原委，大笔一挥，朱红色的大印一盖。他便策马扬鞭，一路直奔乾州城，在菜市口做了一件轰动一时的壮举——刀下留人。那时候，罗大帅的亲笔信就是护命符，值钱没多少，乾州知事宋希功看了再看，吓得二话没说就放了他父亲。想想当初，自己是何等威风。此一时，彼一时，现在，他虽然还没有走到落水的程度，就成了八旗兵眼里的落水狗了。想着想着，他就想到了故乡，多年了，他还没有回去过。几年前救父亲时，由于事出有因，他没有来得及回家一趟，快马加鞭飞奔西安，他愧对自己的母亲。他想乾州，自然就想到了妈妈冬梅，想到妈妈做的乾州豆腐脑辣香，想到了乾州一口香挂面的清香，想到了小时候熟悉的乡味。想起了妈妈，乡愁就油然而生，白酒下去的也就快了几分。一瓶酒快要被他一个人喝完的时候，满腹的乡愁又弥漫开了，他把剩下的二两酒倒进大杯子，刚想举起杯一饮而尽之时，不料，手中的酒杯却被人夺走了。他虽然喝了那么多酒，但是思维还没有混沌。当酒杯被人夺走的一瞬，他立马反应过来，反手过来，便抓住了那只夺走他酒杯的手，正想用力时，感觉不对，这只手不是他所熟悉的粗壮有力的男人手，握着软软的、绵绵的，应该是女人的手。所以，他下意识地收起手臂，没想到，那杯酒便被眼前的女人一饮而尽。

怀义有些生气。你是谁啊，你算哪根葱啊，我落魄了，八旗兵骂

我，心里就不是个滋味，还没轮到一个女人来抢自己手中酒喝的地步呢。正想发火，没想到，那个女人并没有因为他要冲着她发火而怯火他，而是给他伸过来一张清澈见底、笑盈盈的脸。伸手不打笑脸人。这是安澜从小就教给他的一句话，他时刻铭记在心。所以，当一张笑脸、一张白皙的女人笑脸迎接他时，他没有了发火的理由，更没有了打人的勇气。

"怎么，你不认识我了？喝了几两酒，还敢动手打我？"女子咄咄逼人，问道。尽管咄咄逼人，但脸上的笑容依然清晰可见。

"你！谁给你的胆量，竟敢夺我的酒杯，喝我的酒？"怀义心生不满，满嘴酒气地叱喝着眼前这个不懂礼貌、抢走他酒的女子。

女子并没有因为他的无理而恼怒，反而冲着他笑呵呵地说："当了几年大帅的护卫，竟然连我都不认识了。谁给你的胆量，竟然敢忘了我？我看你真是'三天不打，上房揭瓦'。"

听到"三天不打，上房揭瓦"的话，怀义一下明白了，眼前这个端庄、清秀的女子，不是别人，正是上官巷周家的女子周书艺。小时候，他俩在一起玩耍，他只要说错一句话，或者办错一件事，或者……总之，书艺认为他欺负她的时候，都会说一句"三天不打，上房揭瓦"这句话。真是应验了"女大十八变，越变越好看"这句老话，书艺变得更加眉清目秀。要不是书艺主动和他打招呼，走在大街上，他肯定不认识书艺了。和当年的小书艺相比，个子高挑了，眉目清秀了，圆圆的脸盘变成了瓜子脸，当年不修边幅的头发在脑后梳成两条长长的辫子，一身月白色的学生装，显得更得体，少女发育的体型全被凸显出来了。喝了酒的怀义眼睛里充满了血丝，看得书艺都不好意思了，说："看你搎眼（贪婪）的，眼睛里都充满了血丝。"一句话，把怀义说得"呵儿呵儿呵儿"地傻乐。怀义要了两碗葫芦头，书艺说她吃不惯葫芦头，猪大肠有啥好吃的，肥腻腻的，难吃死了，哪有乾州羊肉冒馍好吃。怀义说："瓜女子，这不是乾州，你在人家店里说人家东西不好吃，就不怕人家嚼（骂）你！"

书艺伸了伸舌头，做了个鬼脸，说："要一碗，你吃肉我喝汤。"

就这样，分别了好多年的一对乾州城上官巷的年轻人在古城西安不期而遇了。这次重逢，让怀义百感交集，在自己人生最无助、最困难的关头，他遇见了书艺。邻家那个曾经调皮的小妹妹，如今已经是出水芙蓉，含苞待放，充满了无尽活力的大妹妹。从此以后，两个人多次相约，只要书艺有时间，她就会到大帅府找怀义。

怀义目前基本上成了一个闲职，聋子耳朵样子货。现实告诉人们一个道理：一个人在一个地方能不能让人瞧得起，除了自己的人品、能力外，还要看长官的意志。人品再好，能力再高，长官不待见你了，其他人只好忍气吞声，只能在心里为你的人品和能力折服。但在长官面前、在大庭广众之下，还要表现出对你的无视、对你的轻蔑，以讨得长官的欢心。反之亦然。怀义目前在大帅府中就是这样的人，论人品，乾州人"人性刚方，俗尚俭朴"的本性充盈其心，弥漫其身，其心地善良，没有害人之心。论能力，怀义不仅有学识、有胆量，其拳脚功夫也深得罗大帅的赞赏，才被大帅收到麾下。如今，尽管他文韬武略，却难有用武之地。喜欢他的罗大帅被朝廷撤职了，他失去了靠山，一个普通的农家子弟便没有了用武之地，成了一个大白天里的灯笼，可有可无的主儿。幸亏"他乡遇故人"，落难逢知己，让闲得无聊的怀义更有时间和书艺见面。他俩除了满城进不去之外，西安东西南北四条大街，以及大大小小的巷道，特别是怀义当年练习拳脚功夫的习武巷，习武巷旁的甜水井巷，全部跑了个遍。有时候，看见从甜水井巷里走出来的卖水的挑夫，怀义主动上前，帮着挑一段路程。既能帮助人，又能锻炼身体，何乐而不为呢。

大雁塔、小雁塔、兴庆宫、莲花池等地方，他俩一有空闲就去。怀义听书艺讲述尊德女校的事情，怀义给书艺讲八旗兵和绿营兵的事情，还教书艺学习骑马。书艺给怀义讲戊戌变法的事情。怀义说："不敢讲，万一被人听见，要杀头呢。"书艺说："怕啥？朝廷缺少的就是变革，缺乏的就是一帮有思想、有上进心、有变革精神的人！尽管六君子被朝廷处斩了，但是，戊戌变法对清廷的打击也是非常巨大的，可以说，戊戌变法彻底动摇了清廷几百年的根基呢。还有罗大帅，为啥被革职了，还不是因为他思想守旧，冥顽不化，不愿意接受新生事物，这样的人，被革职那是迟早的事情。"说到罗大帅的事，怀义心里就有点不痛快。

书艺说："我知道你心里不舒服，但是，你我都是年轻人，要有接

纳新事物的思想和胸怀，千万不能一根筋，死脑筋，一条道走到黑。曹操都说，烈士暮年壮心不已！我们还是青年呢，咋能不树起远大的抱负和雄心壮志呢？

"清廷已经内忧外患。在国内，革命党人不断掀起了推动维新的造反运动，让他们头疼不已；在国外，西方列强觊觎中国之心越来越重，威逼软弱无能的清廷就范，割地的割地，赔款的赔款，弄得国不国，家不家。清廷要是能早点自我革新、自我革命，也不至于日益衰退，被八国联军打进京城。等到清廷醒悟过来搞君主立宪制，已经挽救不了清朝颓废的局势，其实，这正是他们最后的垂死挣扎。美其名曰搞变革，换汤不换药，其实质没有改变，还是将权力牢牢地控制在满人手中，好事都是满人的，出力的事情都是汉人的，而且不放心汉人。就像你一样，在西安城，不，在整个中国，没有八旗兵不能自由出入的地方，他们是正牌皇室的种，但像你一样的绿营兵就是妃子的娃，总被他们下眼观，瞧不起，空有一腔热情。这样的王朝，不但引起革命党人的愤怒，也引起满人的骚动情绪，最终只能以失败而告终。相反，孙中山提出的'民主、民权、民生'恰好适应历史发展的潮流，不仅可以挽救中华民族的危亡，也能不断激发出有志者民族振兴的磅礴力量……"

时间可以改变一切，环境变化对一个人的影响是非常巨大的。"近朱者赤，近墨者黑。"随着与书艺接触时间的增多，怀义慢慢地被书艺身上的变革思想、革命的热情和激情点燃了、升腾了。他听书艺说自己好多年没有回乾州了，两人不谋而合。于是，怀义申请了两匹战马，和书艺一起回到了生养他俩的乾州城。

36

第二天一大早，少峰就气呼呼地追到安澜家，说："气死人了！气死人了！这娃就是个祸害，一回来就和咱们对着干呢！"

安澜还不知道啥事，说："啥？谁和咱们对着干呢？有话好好说，遇事咱解决。一大早生哪门子气呢。"

"真是'娃大了不由娘'嘛。"少峰说,"书艺回来了,这本来是一件高兴的事情,一家人围坐在一起,吃了一顿热热闹闹团团圆圆的饭。可谁能料想到,她昨晚上喝罢汤,和我摊牌呢,非要让我关了逍遥楼,还要让我把地里的大烟连根拔了。你说,这事气人不气人!这娃得是个祸害,说的这叫啥话嘛,眼看着再有一个多月,大烟就要收割了,今年大烟长势良好,是个丰收年,有大烟咱就不愁没有钱嘛。这满地的大烟,就是遍地的金钱!金钱又不扎手,咱咋能和钱过不去呢?逍遥楼每天日进斗金,别人看着眼红得都流血呢,和咱明里暗里比斗呢,都比斗败了,又拿咱没办法。谁知道,这娃在外面念了几年书,翅膀硬了,说话还一套一套的,把我在家呛得都喘不过气了。她都不知道自己花的钱,是她爸一文一文挣的,还是野地里大风刮来的。你说说,种个大烟和种庄稼是一样的,都不是那么容易的事情。耕地、播种、施肥、浇水、除草、收割……哪一项不都是她爸用汗水换来的。咱拿的人肉换狗肉吃,难怅得很,娃咋就一点都不体恤她爸一辈子的辛苦呢!"

"别和她置气。娃大了,在外面读书多了,经的风雨势必也多,见的世面比咱都广,脑子灵活又有思想。这是咱的种,咱应该感到骄傲才是。这事咱要和娃好好商量。"安澜劝解道。

"咱想和她心平气和地说,可她不愿意嘛。弄个逍遥楼容易吗?我都这把老骨头了,还跑到巴蜀之地学习、取经,回来后,好不容易弄成了,生意还不错,她咋心这么硬呢,说关就关,眼睛连眨都不眨一下。这女子小时候咋就那么乖巧,大了咋就这么烈倔(倔强)呢!看来,还是古人说得没错,女子无才便是德。我真是倒了八辈子的血霉了,咋就能由着她的性子来,当初就不该把她送到西安去读书。你说,她读书就好好读嘛,读了个书,咋就和她爸过意不去呢?得是把书念到狗肚子去了?你说说,她是嫌我老了,不中用了,还是觉得钱是一块烧红了的烙铁,烫手呢?"

"你没老,还年轻得很呢。要不然,咋能从巴蜀带回来一个水汪汪的大姑娘呢?你如果真的老了,失去了年轻时候的威风,我就不信,那女子会死心塌地、心甘情愿地离开父母,背井离乡、翻山越岭、蹚水过河地跟着你到咱乾州来。"

"你再别嚷我了，我也是法娃他妈把法死了，没法了。"少峰显得很无奈地说，"说到这个巴蜀女子，人家和咱都结婚几年了，把逍遥楼的生意打点得井井有条。巴蜀女人聪明能干，这雨燕就是一块经商的料儿。书艺回来了，非要毁了即将丰收的大烟，关闭生意兴隆的烟馆。这还不算，还要硬逼着雨燕离开呢。正如你说的那样，人家情愿离开父母，离开天府之国，隔山过河跑到咱乾州城，人家图啥？还不是图咱人诚实嘛，在一起能好好过日子呢。也不知道她妈给她灌啥洋米汤（说坏话）了，这女子疯了，非要让雨燕走。老话说，一日夫妻百日恩。你说，雨燕目前这情况咋走？咱不能昧良心嘛，这休书咱提起笔咋写呢？你说这娃得是让书念瓜了，想一出是一出的，回家了专门和他爸作对呢！"

两个人正说着，怀义过来了。他礼貌地向安澜和少峰打声招呼，便问："叔，书艺在哪儿？""在家呢！惯得都没样子了，回来了就不消停，事情寻个没完没了，弄得我心烦意乱，把她锁在房子里，没有我的话，谁也不能放她出来。"

怀义一听，立即转身往外走。安澜问他干啥呢？怀义说有事，便急急忙忙冲了出去。安澜知道，这小子心里惦记着书艺。所以，当少峰说书艺被锁在屋子里时，这小子能不着急吗？如果他不着急，那就是心里没有书艺。心里有了念想，那肯定会着急的。少峰不知缘故，对着安澜说起自己的伤心惆怅事，一开口就没完没了。

安澜说："我想，大烟的事情咱得好好考虑。大烟是个啥，咱心知肚明的。它既是一棵摇钱树，又是一把杀人不见血的刀！这几年，远的不说，仅咱乾州城内城外，被大烟祸害的人还少吗？虽说咱种大烟发了财，可思前想后，这种大烟得来的财就是不义之财，是害人的财，是断子绝孙的财。这几年，我们一个个钱有了，这是不争的事实，可是，粮食呢？我们赖以生存的粮食在哪里呢？家家户户囤里的粮食一年比一年少了。咱是经过庚子奇荒的人，那个时候，粮食金贵得很，比啥都值钱，有粮食就可以保命呢。老话说得好，家里有粮，心里不慌。所以说，种大烟尽管能发财，但这种财是断子绝孙财，我们不能再要了。种大烟毕竟不是长久之计。只是我们没有娃娃们见识广、看得远、想得多，看来，咱们真的落伍了，思想都不及娃娃了。"

两个人还在你一言我一语地讨论着，怀义带着书艺便进来了。一进门，少峰的脸色就铁青色的很难看，没好气地说："惯得没样子了。"

书艺才不吃他那一套，笑盈盈地上前和安澜打过招呼，像压根儿啥事都没有发生似的，说："叔，我和怀义想好了，之所以回来，一是回来看看你们长辈，二是劝你和我爸还有左邻右舍的人不能再种大烟了。大烟不仅害人、伤地，主要还残害国人的身体，摧残国人的意志，消磨国人的精神呢。你们吃的盐比我们吃的面都多，啥事没经过呢。你们想想，咱啥钱不好挣，偏偏就要种大烟发财呢？您两个长辈如果认为大烟是个好东西，我也就不反对了。那就请把大烟拿出来，咱们四个人坐下来一起吸，您看成吗？"

"你这娃没大没小，咋和大人说话呢？亏你还知道面前坐的是你的长辈！"书艺的话，明显让少峰脸上挂不住了。

"叔，我知道我说这话失礼了。"书艺也觉得她这话说得太唐突，这不是在她家，而是怀义家呢。她说，"叔，您大人不计小人过。想当年，李鸿章大人与世界禁烟联盟执行秘书亚历山大商讨禁烟之事，这亚历山大是一位英国人，他戴着'世界禁烟联盟执行秘书'这顶大帽子，在禁烟问题上内外有别，实行双重标准，不折不扣替英国人办事，企图将鸦片运往中国，说什么英国议会已全票通过，将指定一个专门组织来咱们中国调查鸦片是否像指控的那样有害时，李大人听了这位'洋人忠实走狗'的'秘书'的话后，气愤不已，怒发冲冠，严厉地怒斥他'荒谬绝伦'！大声斥问他，既然秘书先生和你的英国议会的议员们都不相信鸦片危害那么大，那就请秘书先生亲自品尝品尝吧！李大人的一句话，吓得秘书先生连连摆手，一连说了几个 NO！NO！NO！这明摆着就是掩耳盗铃、自欺欺人嘛！现在，在咱们乾州，首先是我爸，他不但种植大烟，竟然堂而皇之地开设烟馆，牟取不义之财，难道我爸不懂得大烟的危害性、严重性吗？我认为不是。我爸就是那位手持'双标'的'秘书先生'。在家里，对家人严加管理，不让触碰大烟；在外面，巴不得每个人都光顾他的逍遥楼呢！清朝林则徐、左宗棠、张之洞、李鸿章，哪位大人不是提倡禁烟呢？就说李鸿章李大人吧，他虽然喜爱抽烟，但是，他一生从来不沾染大烟。林则徐林大人在虎门销烟轰动一时，也惹恼了洋人，清政府软弱无能，没有御外的良策，对内却施加皇

威，打击林则徐这样的民族英雄，把康乾盛世变得乌烟瘴气。"书艺越说越生气。

安澜也觉得书艺这个孩子长大了，有主见，说的每句话都在理上、在点子上。后生可畏！不过，任何事情不能全靠说气话来解决，必须要拿出合理、合情的办法。安澜便说："书艺，你先别生气。坐下来，咱慢慢说。你爸也是一个通情达理的人，只要把道理讲明白了，事情说清楚了，一切都好办。道理不讲不明，事情不说不行。棍子打人，人睡在地上呢，道理服人，人跪在地上呢。你说，是不是？"

"我爸要是能和您一样，我还会和他生气？他一辈子就知道钱钱钱，眼睛里、心里装的全都是钱。在他眼里除了钱，他啥都能谈。让他毁了地里的大烟，关闭逍遥楼，他就是不听，还固执得不行。难道铲除地里的大烟、关闭逍遥楼，真的比要他命还作难吗？"

怀义有怀义的想法。这几年跟在罗大帅身旁，把自己弄得和个木偶傀儡一样，没有自己的想法，一切都得听从罗大帅的，唯罗大帅马首是瞻。自从罗大帅被革职后，他碰到了书艺，与书艺接触的时间长了，才知道自己这么多年过得要多窝囊就有多窝囊。表面上看起来风风光光的，其实也就是徒有一副看似风光的皮囊罢了，是驴粪蛋子外面光。思想僵化，停滞不前，眼界不宽，老想着过太平日子。书艺虽然比他小一岁，却非常有主见。同样都在西安念书，书艺才算把书念好了，而自己仅仅是死读书、读死书、书读死罢了。书艺和他谈起乾州老家种植大烟泛滥成灾，已经有近乎一半的人在吸食大烟时，痛心不已。给他讲英国人在与中国的贸易中，故意夹带私货，输入大烟，其狼子野心不言而喻时，简直就是义愤填膺。外国列强们看不惯清朝浩浩荡荡，国泰民安。他们在各方面都没有办法与大清抗衡，于是，便打起了歪主意，大量地给中国输送鸦片，用鸦片戕害中国民众的身体，使之成为"东亚病夫"，无心变革，无力发展，无法与其抗衡；用鸦片消磨中国民众的意志，巴不得让所有的中华儿女都成为大烟鬼，变得没有尊严，没有自我，成为可怜的寄生虫，企图毁灭中华民族；用鸦片蚕食民众体魄，消磨民众意志，最终达到摧毁民族精神，把中国变成他们殖民地的目的。洋人如此的蛇蝎心肠，林则徐大人等奋力反抗，一场虎门销烟将所收缴的鸦片悉数化为乌有。可是，我们乾州人呢，不，乃至整个关中地区，种植、贩卖、吸食大烟已经到了骇人听闻的地步，自己人为了一己之私利，用鸦片残害自己的兄弟姐妹，这是何等残忍、卑劣与不耻！这群人恰恰无意识地成了英国等列强们的帮凶！虽然自己和书艺势单力薄、人微言轻，但是凭借他俩，至少可以说服自己的父辈，通过父辈劝说族人，放弃种植大烟发不义之财的幻想，早一点让自己的父兄乡邻们自觉、自省、自爱、自尊！

大烟虽然是个暴利，但是种植大烟对土地的损伤那不是一两年就能恢复的。百姓把大量的良田种植大烟，来年这片土地就不能种植任何东西了，仅剩下那一点贫瘠的土地种粮食，亩产量少得可怜。经历过庚子奇荒，难道人们真是好了伤疤忘了疼吗？显然不是，只是老百姓目光短浅，只考虑眼前的蝇头小利，而没有做好长久的打算罢了。所以，他俩回来，就是要让父辈们彻底放弃种植大烟之心，全身心投入种庄稼上。大家团结一心，用实际行动来挽回尊严，让人人有信仰，国家有力量，民族有希望！

怀义自己本打算一点一点给父亲渗透这件事，没想到书艺竟然等不及了，单刀直入，直接和父亲摊牌了。从这一点来讲，书艺比他性子耿直，办事麻利，更充分体现了她内心装满了民族大义！既然事情已经到这地步了，他就必须和书艺站在一道走在一起了，不能让书艺孤立无援。所以，当他听说书艺被少峰锁在家里后，立即前去解救，他不能让书艺受委屈。他说："爸，叔，我们看到了鸦片的危害，民众也深受鸦片之苦。我和书艺商量过了，不能再等了，这样下去，乾州城岌岌可危，乾州人必将病入膏肓。这真的不是危言耸听！也请你们和咱们族人醒醒吧！"

两个年轻人的心凝聚在一起了，他们一口腔地说鸦片的危害，并不是安澜和少峰不懂不知，而是，他们还是"私"字当头，把钱财看得太重了，才导致今日的结果。安澜和少峰面面相觑，一时半会儿还不知道如何答复呢。

书艺说："爸，你说说，逍遥楼真的就那么逍遥吗？这里面究竟是个啥，你心里比在座的谁都更清楚。难道你就没有良心发现，那些前往逍遥楼的人都是我们的乡邻，你真的忍心挣他们的钱，看着他们一步一步走向死亡的深渊吗？退一步讲，没人管你，无人问津，让你的逍遥楼

长期开下去，他们能有多少钱？他们的身体被摧残了，尊严被鸦片褫夺了，今后还有力气挣钱吗？挣不来钱，吸烟成瘾了，烟瘾戒不掉，那就在社会上胡作非为，在烟馆里不断赊账。一个人你还可以阻挡，当所有人都成了没钱没身体的主儿，那时候，我看你还有啥钱可挣呢？长此以往，民将不民，家将不家，国将不国了！万一哪一天他们一个一个被鸦片结束了生命，死在逍遥楼里，你不仅挣不了钱，还会贴赔一口棺材呢。棺材不管薄厚，不管质量，总之得花钱买吧。你破了财，还损毁了名声，你说说，你究竟图了个啥？"

书艺几句话把少峰说得递不上话。怀义说："大烟的危害你们看到了，不言而喻。缺衣少食的年馑你们经历过了，难道还不知道粮食的重要性吗？珍惜粮食、节约粮食应该成为我们的好家风、好传统。我们回来的时候，你们在乾陵脚下还津津有味地给族人讲'乾陵文化'，我觉得'乾陵文化'总结得好！可是，有谁把乾陵文化落实到具体的行动之中呢？现在贪图眼前的一点蝇头小利，把勇攀高峰的胆识和决心、博大精深的修养和历练、虚怀若谷的豁达和姿态一股脑儿忘记了、丢掉了。还信誓旦旦地要办学堂，难道你让学堂里的娃娃们坐在学堂里抽着大烟，一边念书，一边打着哈欠吗？所以说，铲除大烟，利国利民，势在必行，刻不容缓！"

书艺说："逍遥楼必须立马关闭！你们再继续执迷不悟，那就真的对不起列祖列宗了，对不起林则徐大人因为虎门销烟所经历的苦难。当年，林则徐大人流放迪化途经乾州时，留下《秋夜不寐，起而独酌》的诗篇：

> 瓦盆半倾余浊醪，我正内热思冷淘。
> 欲眠不眠夜漏水，得过且过寒虫号。
> 肝肠赖而出芒角，俯仰笑人随桔槔。
> 空瓶醉后作枕醉，明日糟床仍漉糟。

你们听听林大人无力的呐喊声，看看林大人是多么可怜、可悲！如果他不禁烟，当一个不冒犯朝廷、不得罪洋人的'太平官'，还能被朝廷罢官流放吗？他不被流放，他的身体肯定不会如此不堪一击，更不会在途经乾州时遭受这样的罪。从这首诗可以看出，我们乾州人缺乏足够的爱心和良心，起码连对一个民族英雄的敬重都没有！"

"娃，话可不敢这么说。乾州历史久远，民风淳朴，乾州人品行耿直，忠厚善良。林大人是朝廷贬官，被发配迪化流放，朝廷命官把守得严，乾州人谁能靠近林大人呢？如果能靠近，我们乾州人一定会奉献爱心，用实际行动报答这位禁烟的民族英雄！肯定不会让这样的民族英雄遭受如此屈辱！最起码在乾州境内不能！"安澜说。

怀义接着说："鸦片泛滥，其毒颇深，摧残了民众的身体，消磨了民众的意志，磨灭了民众的信仰。富裕人家也经受不住鸦片的戕害，到头来都会因为鸦片而倾家荡产，一贫如洗。贫穷人家更不必说了，卖房卖家当，卖儿卖女卖老婆，将会流落街头巷尾，生不如人，死不如鬼。这样的景象你们还想再让它重现吗？目前，乾州种大烟的现状，难道也是'乾州历史久远，民风淳朴，乾州人品行耿直，忠厚善良'的具体表现吗？在乾陵脚下，你们说要办学堂，这是利国利民的好事。我们在西安读书后，才深感我们原来是多么无知。书中自有黄金屋，书中自有颜如玉。书能点亮我们的希望，照亮我们勇攀高峰的方向。读书与不读书的区别，就在于读书的人处在山巅，山巅的人登高望远，能洞察秋毫；而没有读书的人就处在山洼，山洼的人就像井底之蛙，能看见啥？看见的是一线天，看见悬崖和峭壁，只能产生强烈的畏惧心和绝望感！你们真的要办学，我就把这几年当兵的所有积蓄，一分不少地拿出来，支持你们！"

书艺说家里平日里给她的钱，没有花完，她还小有积蓄，也全都拿出来资助办学堂。

两个孩子的一番话，直击安澜和少峰的心门。孩子说得太对了，自己却鼠目寸光，为了钱财，为了满足一己之私利，才做了这样昧良心的事。是啊！大烟真的祸害民众，危及民族呢。要想"让人人有信仰，国家有力量，民族有希望"，就必须铲除大烟，关闭烟馆，收缴烟枪，严管烟民！正当他们激烈地讨论着禁烟的事情时，逍遥楼的伙计跑来传话，告诉少峰逍遥楼出人命了。

少峰转身向安澜告辞，匆匆离开，大步流星冲向逍遥楼。

37

　　周少峰连颠带跑、气喘吁吁、满脸大汗地冲到了逍遥楼，远远就听见从烟馆那边传来的哭喊声和叫骂声，平日里熙熙攘攘的烟馆除了门前聚集了十多个叫骂的人外，里三层、外三层围满了看热闹的人。见状周少峰头皮发麻，心想：咋能闯下这个乱子呢。事情已经出来了，总得有个办法来解决。不解决的话，这样闹下去对谁都不利。俗话说：死猪不怕开水烫。遇到这样棘手的事情，无论如何他是躲不过去的，只好硬着头皮，往人群里面挤，被挤的人一看是掌柜的来了，都纷纷让出一条通道，让少峰进去了。

　　刚才还在哭闹的人一看掌柜的来了，总算盼来了管事的人，两个40岁左右的妇女不由分说，便上前分别抱住少锋的左右腿，好像害怕他跑了似的。顿时，哭喊声一浪高过一浪，一边哭，一边用手擦眼泪和鼻涕，不断地往少锋的裤腿上抹。少峰好歹也算是上官巷的副族长呢，哪里受过这样的羞辱？此时，尽管他心里非常生气，但是，他也知道"识时务者为俊杰"的道理，不管咋说，人已经死在了逍遥楼，那就与逍遥楼和掌柜的脱不了干系，他只好忍气吞声，将满肚子的怒火窝在心里不好发作。他冷静地站在那里，一言不发，任凭她们抱住他的腿不放。好大一阵工夫，哭的继续哭，闹的继续闹，少峰没有说一句话。心想：你们哭吧闹吧，总有哭累闹累的时候，只要我不发话，我倒要看看你们能成个啥精呢！无论天大的事情，车到山前必有路呢。

　　尹吉盛一看，少峰来了半天，一句话都不说，他心里像爆炸了，怨气就不打一处来，一骨碌喷向少峰，怒斥道："人都死了，你来了半天一句话都不说，好像你不是掌柜的，好像死了人与你无关？"

　　少峰听见尹吉盛开口说话了，他不急不恼，慢腾腾地说："有放凉的饭菜，哪有放凉的事情？我不是不想说话，也不是说这事与谁有关无关。你也看到了，我刚来，还不知道咋回事，就被你们的人一骨碌地抱住腿不放。不放就不放吧，哭的哭、喊的喊、闹的闹、骂的骂，吵吵闹闹，声大的把天都能捅破。你说，你让我咋说话？我有心把你们请进去说，你再看看，我的两条腿被牢牢地钉在这里，还能动吗？"

少峰的几句话，把尹吉盛说得一时语塞。少峰说："尹掌柜，你看这样子也不是个办法吧！你还是劝劝你的人，先把我的腿松开。这样，我把你请进去，咱才能坐下来说话嘛。"只见尹吉盛铁青个脸，右手在空中划拉了几下，刚才还抱着少峰两条腿不放的女人立马松开了手。少峰说："尹掌柜，咱里面请，方便说事。"尹吉盛没说话，跟着少峰往逍遥楼里面走。进了逍遥楼，少峰没看见一个人，他正纳闷儿呢：人死了？谁死了？死在哪里了？这时候，刚才给他报信的伙计从外面进来，说："人死在二楼包房了。是尹掌柜的儿子尹志辉。"

说到尹志辉，少峰心里明白了。自从逍遥楼开张以来，尹志辉成了逍遥楼里的常客。他爸尹吉盛有的是钱，所以，他把吸食大烟当成家常便饭了，基本上，每天都泡在逍遥楼内。多少次，他躺在床榻上吸食着大烟，趁机还在招来的巴蜀女子身上乱摸乱揣，猴急似的想占便宜。可是，雨燕调教有方，尽管尹志辉整天在那些女子身上胡骚情呢，就是得不了手。越是得不了手，他越愿意到逍遥楼来。来了还是得不了手，弄得他一天到晚心里痒痒的，总想着逍遥楼里的巴蜀女子。他就不信这些巴蜀女子难道还是铁打的，面对男人的撩拨一点都不动心。心想：自己不到逍遥楼来，那些女子永远都得不了手；来了，才有得手的机会。俗话说得好，树怕三摇，女怕三撩。来的时间一长，撩的次数自然就会多，万一哪个女子招架不住他一而再，再而三地撩拨了，他肯定就会得手的。这样想着，他整天没事就往烟馆里面钻。刚开始，尹志辉还把自己打扮得人模狗样儿的，一年下来，白白胖胖的身子已经干瘦干瘦的成猴子，仅剩下皮包骨头了。别说他想和那些巴蜀女子干一点苟且之事，现在就是把这些女子放在他的面前，他也只能发个眼馋、过把手瘾而已。一年前，心里有想法，有胆量，身子有蛮力，慢慢地，心里的想法淡了，身子的蛮力也残了。到了现在，想法没了，身子骨散了，仅仅剩下了对大烟的依赖。少峰曾多次提醒过雨燕，别让尹志辉这样身子骨散了架的大烟鬼再进门了。雨燕不听，反呛他"脑壳儿被门夹了，哪个和子弹有仇撒？"雨燕已经不让那些没钱赊账的烟鬼进门了，像尹志辉这样不差钱的烟鬼，从来都是现钱交易，概不赊账，你也不好把他拒之

门外。你开的就是供人吸食大烟的烟馆。俗话说，卖面的还怕人吃八碗？只要不赊账，谁来都可以。谁知道，这一次，竟然闹出人命了。出了人命，吓得雨燕不敢露面了。

少峰请尹掌柜的坐在客厅，递上茶水，说："尹掌柜，很抱歉！事情已经出来了，您就看着咋处理，只要您满意。"

尹吉盛说："咱俩远日无怨，近日无仇。这事情我知道也不是你故意的，但是，娃已经没了，而且死在你的逍遥楼里，这是不争的事实吧！"少峰说，对着呢！尹吉盛反问道："你能给我把娃扶起来，让他现在跟我走出去。只要他能走出这道门，啥事都和你无关。"

少峰一听，尹吉盛这是给自己出难题呢。他必须要将他的军，这样，才能有利于事情的处理，便说："尹掌柜，你这不是难为我嘛？人死不能复生，我咋能把他扶起来呢？再说了，能把你儿子扶起来，刚才你们那一帮人还敢在我门上闹事吗？来我这里吸食大烟的，一个个都长着两条腿呢，都是自己心甘情愿地跑来的，没有一个是我威逼来的，更不是我邀请来的。这两年，您听闻过我威逼过谁、邀请过谁没有？再说，令公子也是不请自到的。他来了，我还劝过他，不让他吸食大烟。前几天他来了，都被我撵出去了，这事我也告诉过你，让你劝他不要来。娃连他爸的话都不听，我这个外人的话还不被当成耳边风了吗?!"

尹吉盛知道，这是少峰拿话噎他呢，用事呛他。这时候，他也不能示弱，说："你说的都对！你撵过他一两次，可是，说一千道一万，你最终还是把他收留下来了。你不收留他，他就不会染上毒瘾，也不会那么糟蹋钱，更不会死在你这逍遥楼里了。"

两个人虽然表面上客客气气，但是心里一直暗暗较着劲呢，互不相让，一时半会儿也争不下个高低。正当两人僵持之际，安澜和怀义、书艺来了。

安澜对尹吉盛说："令公子的事情我也是刚刚听说了，请您节哀！"尹吉盛本来因为儿子尹志辉糟蹋女人的事情，对安澜心存感激之情，更何况逍遥楼与安澜没有一丝一毫的关系，所以，他客客气气地谢过安澜。而少峰不明事理，心里纳闷儿，尹吉盛咋对安澜这么客气呢？安澜来了，是书艺邀请来的，想着帮他俩尽快把事情处理妥当。这时候，少峰不说话，等于人家没有请，自己也不便于插手，故意说："很冒昧打扰二位谈事情，我告辞了。"说完，转身就要往外走。尹吉盛和少峰几乎是同时开口，请族长坐下，当个中间人，帮助他们处理事情。

书艺说："叔，你留下来。你在乾州城有声望，当个中间人，他们都得听你的，也好说事！"安澜笑了，说："八字还没一撇呢，就给我戴上高帽子了！"

安澜听了尹吉盛和少峰的叙说，确信尹志辉死在逍遥楼了，心里明白，这事要处理好，就是花钱的事。少峰肯定是想少出钱，尹掌柜肯定想多要钱。人死了，不拿钱解决，还能有啥好办法？便问道："尹掌柜、少峰，你俩相信我不？"二人说，咋能不相信你！你看娃刚才都说了，你在咱乾州城德高望重，吐口唾沫都是钉，说出去的话，谁敢不听呢！

"那就好！"安澜说，"你看现在这天气，一天比一天热，尸体不敢在逍遥楼里久留。少峰，你先拿出一些钱，让尹掌柜的先安葬娃。"少峰说："没问题。你说个数就成！"尹掌柜用迟疑的目光看着安澜。安澜说："尹掌柜，你放心！人常说，'死者为大，入土为安'。尸体放在逍遥楼里不合适，娃有家呢。总不能让他死了连个家都没有吧！再说了，放在这里，天一热就容易腐烂。腐烂了，气味大得很，弄得左邻右舍怨声载道就不好办了。到头来，咱把个有理的事情，就办成无理的事了。你看成吗？"尹掌柜一听安澜这话也说在点子上，他表示同意。安澜又对少峰说："安葬人需要多少你还不知道？不过，尹掌柜在乾州城也是名门望族，你先多拿一些，让他把娃的事情办体面一点。再说，这是白发人送黑发人呢，尹掌柜心里的难怅都要理解。"

尹掌柜问安澜："我把娃葬埋了，事情还能解决吗？"安澜说："你要是不放心，那就先把事情谈妥了，再说葬埋娃的事吧。你看，怎么样？"一句话，又把皮球推给尹掌柜了。尹掌柜说他回去商量商量，毕竟死人的事大。儿子死了，白发人送黑发人呢，一时半会儿他还接受不了这个现实，也没有理出个头绪来。安澜同意，便和少峰他们将尹掌柜送出逍遥楼。

尹家巷的人一看尹掌柜出来了，上前就问事情谈得怎么样？尹掌柜说："咱先回，把事情好好商量商量再说。"一行人刚要走，尹掌柜一行人却被丈人家的兄弟挡住了回去的路，尹志辉的舅舅问："娃还停放在这里，咱就这样回去了？脸往哪里搁呢？"尹掌柜说："回去是商量

事情呢，又不是撂下不管，咱们商量好，给安澜族长尽快回个话。"丈人兄弟说："这不行，人都死了，还不抓紧处理事？要么拿钱，要么就把逍遥楼砸了。"说着，就招呼尹家巷来的人要砸逍遥楼。来的青壮年，力气大火气盛，任凭安澜、少峰拦挡都拦挡不住，不由分说，抢起家伙什儿，就把逍遥楼的门窗、桌椅板凳、盆盆罐罐等能砸的都砸了，能摔的都摔了。一时间，好端端的逍遥楼一片狼藉。

安澜大喊一声："砸得好！本来就要关闭逍遥楼，刚好你们给帮忙了。走！少峰，咱们回，把事交给尹掌柜自己处理去吧！"尹掌柜也没想到，丈人兄弟咋能真的把逍遥楼给砸了呢。眼看着安澜、少峰他们要走，赶紧上前挡住赔不是，说："别和他们计较！年轻人一时冲动，你们大人不计小人过！"这帮年轻人砸了逍遥楼，听到窗门破碎的声音，就像刀子剜了少锋的心，他又不好意思发作，强忍着难受，说："我把逍遥楼赔给你，你想咋折腾就咋折腾去。"说完，拉起安澜往回走。这下，轮到尹吉盛慌了，少峰说了这么一句不着边际的话，让尹掌柜一下子丈二和尚——摸不着头脑。这时候，如果安澜再甩手不管了，他挖抓谁去呢？赶紧拉着安澜的手不松。安澜说："少峰的话你没听清楚？他答应把逍遥楼赔给你呢，快去找下家吧！"说着，给尹掌柜递眼色。尹掌柜也是个明白人，又上前抓住少锋的手说："族长，你别生气了。咱好好商量嘛！"少峰说："咱咋没好好商量呢？安澜族长的话，在你眼里都不起作用了，我的话在你心里还不当屁一样放了？说好了的事情，你一出门就出尔反尔，让人砸了逍遥楼，这是唱的哪一出呢？给谁摆难看呢？这事，我真的不管咧。不就是个逍遥楼嘛，你想砸就接着砸，你想摔就接着摔，你想把娃埋在逍遥楼我没有意见。从今儿个起，逍遥楼已经姓尹，不姓周了。"

尹掌柜丈人兄弟一听，气又上来了，说："既然逍遥楼成了姓尹的，那咱就放一把火把它烧了，免得它再祸害人。"尹家巷来的十几个人跟着瞎起哄了，喊："烧了逍遥楼！烧了逍遥楼！"

"我看谁有胆把逍遥楼给我烧了？"这声音如同天上的滚雷，洪亮又恶煞得很，不仅把尹家巷那十几个年轻人给唬住了，而且把在场的所有人都震住了。大家回头一看，来人正是少锋的表弟王耀武。王耀武的出现，让尹吉盛心里怦怦地乱跳，一时间慌了神。刚才还带头砸了逍遥楼、喊着要放一把火烧了逍遥楼的尹吉盛丈人家的兄弟，竟然一时无语，愣在原地一动不动。王耀武走过来，直接在他尻子上狠狠地踢了几脚，一下子把他踢倒在地。坐在地上，他再也没有刚才的嚣张了，如同泄了气的皮球，软瘫在地上。

王耀武一把抓住他的头发，叱喝道："起来，坐在地上耍死狗呢，还不快滚！"一帮人看见当兵的来了，吓得不敢吭气，一溜烟儿跑了。剩下尹吉盛一时没有了主意。王耀武问道："为啥在这里闹事?"尹吉盛说儿子抽大烟死在逍遥楼了。王耀武气哄哄地说："抽大烟啊！抽大烟的没有一个好东西，死了活该！死了就不再祸害人了。"王耀武的话，噎得尹吉盛嘴里嗫嚅半天，一时还说不上话，小鸡啄米似的点着头。王耀武一看，尹吉盛还没有走的意思，便没好气地说："还不赶紧把尸体拉走埋了，在这里等下酒菜呢。真是扫兴！快快快，把尸体拉走，眼不见，心不乱。"听了王耀武的话，尹吉盛心中暗暗叫苦不迭。刚才要不是丈人家的兄弟横插一杠，依安澜族长的面子，周少峰多多少少还能赔点钱，这不，半道杀出个程咬金，没想到周少峰的表弟、乾州城驻军张守备的副官王耀武突然来了，眼瞅着竹篮子打水——一场空，有看法，没办法。他只好又祈求周少峰和乾安澜。周少峰有了表弟王耀武撑腰，一下子硬气多了，根本不把尹吉盛放在眼里。尹吉盛眼泪吧嚓地看着乾安澜，希望从安澜这里得到一丝慰藉。安澜说："你看事情弄成这了，我也不便说啥。你先回去吧，我再和少峰商量商量。"

尹吉盛无奈地摇了摇头，走了。王耀武冲着他的背影厉声喊道："抓紧把尸体拉走！今儿个再不拉走，我派几个当兵的，直接把尸体扔到漠西沟喂狗去。"

事后，周少峰不愿意出钱，安澜说了好多大道理，他就是听不进去。反问安澜道："谁让他的人把逍遥楼砸了呢? 砸了逍遥楼还要修缮呢，这钱谁出? 本来给他钱呢，现在不给了，留下来修缮逍遥楼。"书艺说："我叔说得对，任何时候都要和人说理呢。毕竟人家大腾腾个小伙子死在了逍遥楼。你不出钱，就说不过去。"少峰说他不出钱，一个子儿都不愿意出。口口声声抱怨尹家巷人当着那么多人的面，把逍遥楼砸了，把他的人也丢了，他绝对不出钱！赔了钱，就等于自己"赔了夫人又折兵"，这样的事情他绝对不会做。尹家人想钱是不是想疯了，

小心把尹家人美死了。

书艺说："得饶人处且饶人！其他人为啥不闹腾，因为与逍遥楼无关。尹家巷的人能闹腾，还不是因为人家一个大活人死在里面了嘛。退一步海阔天空！"

任凭安澜和书艺如何解释，周少峰一个子儿都没有掏。安澜心里过意不去，不论事情结局如何，毕竟是白发人送黑发人，安澜便有了惺惺相惜之情，便亲自登门致歉，并以少锋的名义，送了30块银圆。尹吉盛是个明白人，他心里清楚周少峰的为人，他肯定仗着表弟王耀武的势，一个子儿都不肯出。所以，他婉言谢绝了安澜的好意，说："一切都是天意，都是报应啊！"

安澜知道，尹志辉作了孽，所以老天要惩罚他，毁灭他。天作孽，犹可违；人作孽，不可活啊！这就是天意。少峰狗仗人势，惧霸欺凌，开烟馆不知道挣了多少昧良心的钱。自古以来，杀人都要偿命呢！烟管里出了人命，哪有不赔偿一分钱的道理呢？像少峰这样的人，迟早都要遭报应！

有了王耀武撑腰壮胆，周少峰一个子儿都不愿意掏，尹吉盛只好自己出钱把儿子尹志辉草草葬埋了，这场逍遥楼风波也算平息了。

38

武昌起义爆发，在全国掀起了推翻清王朝的革命运动。

清朝末年，清政府腐化堕落，软弱无能，割地赔款，将中国黄灿灿的金子和白花花的银子拱手送给了西方的强盗们，把中国大量的土地割让给西方的列强们。1911年，堂而皇之以铁路"国有化"之名，将原本属于民间的汉川铁路、汉粤铁路的所有权强行从民间收回。表面上看起来对两条铁路实行了所谓"国有化"，实质上，他们转身就将这两条铁路卖给英、法、德、美四国西方列强。清政府这一冒天下之大不韪的恶劣行径，西方列强们明火执仗的卑鄙抢劫罪行，引起了中国百姓的强烈不满。在四川，群众反对清政府的呼声一浪高过一浪，行动的人数、规模一次胜过一次，让清政府胆战心惊。群众自发的革命行动，引起了四川总督赵尔丰的严重不满。于是，他与百姓反帝反封建的行动相悖，下令逮捕了罗伦等"保路会"的群众代表，枪杀了数百名请愿的群众。赵尔丰的恶行，令四川民众愤怒至极，产生了强烈的敌对心理，发誓与清政府割席。于是，四川荣县成为全国第一个宣布脱离清政府的县。从此，奠定了辛亥革命的基础，拉开了辛亥革命的序幕。

清宣统三年，即 1911 年 10 月 10 日，在湖北武昌爆发了震惊全国的武昌起义。宣统三年是辛亥年，因而称为"辛亥革命"。10 月 22 日，在西安由同盟会、哥老会和新军三股势力形成的联合战线，以"反正"之名，发动了"西安起义"，与南方的湖南一起遥相呼应，响应武昌起义。西安起义成功后，便效仿武昌起义军的名称，称陕西起义军为"秦陇复汉军"，将秦陇复汉军司令部设在西安，成立了以张凤翔为大统领的陕西秦陇复汉军政府。

乾怀义长期受到周书艺耳濡目染的熏陶，逐渐认清了清王朝的腐败堕落，决心与清王朝割袍断义，退出绿营兵，投奔起义军，参加了著名的"西安起义"，成了秦陇复汉军中的一员猛将。

辛亥革命爆发后，清政府为了稳住摇摇欲坠的江山，制订了周密的计划，决定以陕西、甘肃为根据地，重振军力，企图进行大规模镇压革命。令他们万万没有想到的是，陕西各地的革命党人和哥老会的义士，率领百姓和清军作战，推翻清朝政府，驱逐清朝官吏，革命的浪潮在腐败无能的清政府面前，势如破竹、勇往直前、所向披靡。革命的强大洪流滚滚而来，反对清政府的巨大钟声响彻云天，迫使一些清军、清吏举手投降，有的率部加入革命的阵营里。据史料记载："一时泉涌风发，如铜山西崩，洛钟东应，关中四十余县，数月之间，莫不义旗高举矣。"这样的结局出乎清政府预料。他们原本以为陕西、甘肃的百姓朴实淳厚，不会与清政府为敌，没想到"不是不报，时候未到。时候一到，必定要报"。辛亥革命爆发后，西安反清的时机已经成熟，西安起义点燃了长期积压在陕甘两省百姓心中对清政府强烈不满的怒火，更加坚定了他们反抗和打击清政府的决心和意志。

清政府看到的只是表面现象，他们还不知道罗大帅执政陕西时候的真实面目。罗大帅一手遮天，眼睛朝上，唯清政府马首是瞻，从不下

观，置百姓的生死于不顾。一天到晚，想方设法愚忠清政府，将百姓生活的艰辛置之度外。他在朝廷眼里就是一位很忠、很孝、很听话、很好使的好奴才；在百姓眼里，却是一只不折不扣、十恶不赦、吃人不吐骨头的豺狼。上任后，立即上书朝廷，不让朝廷归还1901年陕西迎接慈禧太后西逃时所花费的29万两白银，而由陕西自己支出。他的这个举动，正中清政府下怀，自然赢得了慈禧太后的满心欢喜，却害苦了常年挣扎在温饱线上的陕西百姓。清政府不出的29万两白银，就必须由陕西百姓一两一两地往外拿，以弥补朝廷欠了十年的亏空。

清朝末年腐败透顶，上至朝廷命官，下至一般小卒小吏，一个个都是虎狼之口，蛇蝎之心。除了腐败，清政府的徭役税负也是非常沉重的，不仅名目繁多，而且税负很高。有"以人口定赋"的丁赋，"以地亩定税"的田赋，田赋中还有民粮、军粮、五粮、胭脂粮、环镯粮、陵租粮、学租粮、米粮、豆粮九种。各类附加税负更是名目繁多，真是令人眼花缭乱，令百姓应接不暇，叫苦不迭。后又实行"以地载丁"的地丁正银税负。官吏征收税负时又层层加码、严酷盘剥、中饱私囊的诡计都在暗处，无法统计。征收税负时，把土地再分为上、中、下三等。上等土地按照"三三不断粮"缴纳，即每三十亩土地交一石粮；中等土地每亩征二升五合（音：各，ge。1升等于10合）；下等土地每亩征一升五合。每石粮折合白银一两，称为"地丁正银"。清政府征收税负时，经手人有里书、什年、粮头、粮差等，清政府只管用人征粮，从来不发任何报酬。清政府不发劳动报酬、薪酬，那么这些征收税负人的报酬全都来自对百姓的征粮收银中，靠的是欺压百姓，巧取豪夺，盘剥勒索而得之。除此之外，百姓身上还有一项沉重的负担，就是实行"花盐专卖"政策，即对食盐层层加价。清政府以每斤34文钱从宁夏花马盐池购盐，运送到乾州后每斤定价为70文钱。乾州的知事又按路程和道路的远近和平坦崎岖不断加价，偏远地方和道路崎岖的地方，每斤盐的价钱几乎达到了定价的两倍多。

面对清政府的高压盘剥政策和花样繁多的苛捐杂税，陕西的百姓忍辱负重，苦不堪言，长期以来，对清政府的愤懑情绪能不决堤吗？他们能不誓死反抗吗？常言道：哪里有压迫，哪里就有反抗；哪里有剥削，哪里就有斗争。眼看着还想作为重振军心、光复清廷的重地陕西，革命的战火已经源源不断熊熊燃烧起来了，令清政府大为恼火，立即调集大军，从东西两路夹击，妄图扑灭陕西燃烧正旺的革命烈火。

西安起义不久，乾怀义、周书艺等受秦陇复汉军指示回到乾州，宣传革命，动员乾州城清军驻军张守备投向革命，张守备深明大义，对清政府的高压政策和腐败乱象早已深恶痛绝，立即宣布脱离清政府，树起了革命的大旗。知事宋希功胆小怕事，却老谋深算，思前想后，面对复杂多变的局势，一时分不清楚清政府和革命党的前景如何，到底谁能胜算，所以，瞻前顾后，思想左右摇摆不定，犹豫不决。他既不愿意脱离清政府，至少，清政府还按月给他发饷呢。千里当官，为了吃穿嘛；他也不愿意得罪革命党人，所以，在清政府和革命党之间左右摇摆，举棋不定。当他看见革命党的势头一日胜过一日、一浪高过一浪地碾压了清政府时，他见势不妙，连夜出城，溜之大吉。

西安发动起义的当天，罗大帅恰好外出办事，没有在西安的满城里，所以，他很侥幸地躲过了被革命的一劫。狡猾的罗大帅"识时务"，当即在西安北郊的草滩发表声明：支持革命党，捐银2万两。之后，便日夜兼程，马不停蹄地飞奔到了清军控制的甘肃境内。尽管武昌起义了，西安起义了，但是，革命的春风还没有吹到陇上，甘肃仍然处于清政府严格管理之中。罗大帅刚到甘肃，马上翻脸无情，号啕大哭，决心痛改前非，与革命党反目成仇，誓与革命党彻底划清界限，向清政府纳了"誓死效忠"的投名状。于是，他又被清政府重新起用。此时的罗大帅立功心切，急于向清政府邀功请赏，便调集甘肃的清兵10万大军，兵分两路，攻打陕西革命党。一路从正南进攻陇州、凤翔，一路由罗大帅亲自开路，带领兵马从甘肃平凉出发，攻打陕西与甘肃交界的陕西长武。清军由东到西，形成了对陕西起义军的合围之势。大敌当前，来势凶猛，陕西秦陇复汉军政府和秦陇复汉军立马认识到形势的严峻性、紧迫性和抗击清军的重要性、及时性。

兵来将挡，水来土掩。清军在罗大帅的统一调遣指挥下，对陕西形成左右夹击之势，秦陇复汉军大统领立即对战事作了部署安排，兵分两路，抗击从甘肃下来的清军。立即派原来驻守乾州后投诚的张守备和王耀武分别带兵驻扎在邠州和长武，控制清军入陕的要塞。

甘肃清军马俊文驻防在泾川县密店，与驻扎在长武的秦陇复汉军王

耀武形成了剑拔弩张的对峙态势。几天后，王耀武一看清军没有动静，自以为清军长途跋涉，人困马乏，胆怯于秦陇复汉军的革命气势，不敢贸然南下作战。由于他过于轻敌，并没有识破马俊文"以静制动，以动制胜"的计策，盲目地认为清军士气萎靡不振，畏惧革命党不敢南下来犯。自信秦陇复汉军士气正旺，有决心、有能力守住长武这个要塞，能击败一切来犯的清军。工耀武沾沾自喜，盲目乐观，没有考虑到大局当前，更没有认清大战一触即发的严峻形势，便迫不及待地要迎娶他刚到长武县城时，一眼相中的富家女子灵灵为妻。

岂不知，王耀武的一举一动都在马俊文密探的掌控之中，只是清军明里不动声色，继续保持内紧外松的态势，麻痹长武守军。暗地里紧急召集连以上士官，召开秘密军事会议，商讨攻打驻守在长武的秦陇复汉军，并迅速制订了一套严密的偷袭长武城的作战计划。

正在商议之时，前方的探子来报：王耀武婚期定在 11 月 23 日。闻讯后，马俊文立即让传令兵传令下去，午饭后，全体士兵一律休息。由连、排逐级监督。为了保密起见，并未向士兵透漏一点作战信息。

11 月 23 日，长武县城天寒地冻，尽管西北风呼啸而过，地上卷起的黄土尘沙弥漫了整个县城，但丝毫没有影响王耀武娶亲的好心情。县城满大街张灯结彩，鞭炮齐鸣，沿街商铺一家挨着一家在门前悬挂红灯笼，张贴红对联。掌柜、伙计一个个被县城驻军强行逼着走上街头，燃放爆竹、炮仗，欢庆王耀武迎娶新人。有聪明的掌柜，为了以后做生意的方便，还拿出钱财礼品登门相送，以博得王耀武的欢心。整个长武县城，从军官到士兵，从县令到民众，俨然忘记了大敌当前、甘肃清军随时随地都可能冲杀进县城的严峻形势，爆竹声彻底击碎了前几日空气中弥漫的紧张气氛。

婚礼庆典甫一结束，参加婚礼的人员敞开肚皮，大吃大喝，能吃的，放开肚皮尽饱吃；能喝的，敞开胸怀尽情地喝。军营里的人，连站哨的人在内，从早喝到晚，从东喝到西，一个个喝得晕头转向，天昏地暗，人仰马翻，自顾不暇。王耀武吃饱了、喝足了，将守城与清军作战的大事已经忘记得一干二净了，一头扎进洞房里，享受着新婚新人带给他的无尽乐趣。所有的人，不是疏于防范，而是没有防范，一个个被酒精麻醉了，昏昏然不知所措。当县城夜深人静的时候，马俊文的清军趁着夜色，进入无人防守之地，一路畅通无阻，冲进了长武县城，杀了还在洞房里酣睡的王耀武，驻扎在长武的守军，一个个还没有清醒过来，要么成了清军的俘虏，要么成了清军刀下之鬼。

秦陇复汉军大统领得知长武被清军攻陷后，气得破口大骂王耀武，杀了王耀武都不能一解心头之恨。当他得知王耀武已经被杀后，赶紧组织力量，增派兵力，赶赴邠州进行布防。清军轻而易举地拿下了长武县城，取得了和秦陇复汉军僵持之后的首战大捷后，便发挥其骑兵的优势，长驱直入，直达邠州城外，大有攫取邠州城于囊中之势。秦陇复汉军大统领率领将士日夜兼程赶到邠州，与驻扎在邠州的守军一起，与清军作战。

驻扎在甘肃的清军，多为甘肃人，他们日常训练有素，谙熟用兵之道，比起刚刚成立的秦陇复汉军来说，不仅战斗经验非常丰富，装备精良，而且具备一定的骑术。而秦陇复汉军刚刚成立，时间紧，作战任务重，既没有战斗的经验，也缺乏正规的训练，又没有精良的装备；不仅参战经验的士兵少，就是能指挥战斗的军官也是凤毛麟角。更何况是三部分势力刚刚组建起来的，缺乏协同作战的经验。所以，无论从哪个方面相比较，清军比秦陇复汉军都更胜一筹。

12月7日，秦陇复汉军的增援大军抵达长武冉店桥，与清军隔桥对阵。冉店桥也是连接长武与邠州的关隘，古时候叫阴陵关，它是用黄土从冉店沟底部垒起来的一座土桥，是陕西西北部通往甘肃的唯一一条重要通道。冉店桥处于邠州、长武交界处，沟壑连绵，纵横交错。冉店沟是一条30多米深、10余里长，由南至北，横卧在长武、邠州之间的巨大沟壑。寒冬腊月，这里地势开阔，没有建筑物，风寒料峭，寸草不生，近看草木枯黄，远看一片荒凉。秦陇复汉军和清军便以冉店桥为界，秦陇复汉军驻扎在桥东，清军驻扎在桥西，双方多次交战，互有损伤。从此，双方又在冉店桥上僵持不下，各自都在寻找进攻有利的最好时机。

乾怀义追随罗大帅多年，又是他的贴身护卫，对罗大帅的布兵用计了如指掌。12月上旬，他亲自从英勇善战的"誉字营"挑选30多人，组成敢死队，经过几日观察，决定用清军攻打长武"以静制动，以动制胜"的战术，出其不意，攻其不备，神不知鬼不觉地在半夜摸到冉

店桥西侧，冲进清军营内，杀得睡梦中的清军没有了招架之力，并将清军马标统的首级提了回来。这一战，不仅杀出了秦陇复汉军的威风，也杀得清军一时胆战心惊，窝在帐篷里再也不敢贸然出动。一时间，双方各自驻守在桥的东西两头，形成了对峙之势。张守备见乾怀义取得冉店桥一仗的首战胜利后，心里有些不舒服。尽管他心里不服气，当着大统领的面却敢怒不敢言。他认为，自己带兵驻守邠州多日，这一仗本应该由他带领秦陇复汉军攻打清军，却被乾怀义夺得头功，心里自然多有抱怨。

清军吃亏后，岂肯善罢甘休。特别是罗大帅，更是咽不下这口气。他迅速集结大队人马，亲自带队，一路来到了冉店桥，准备与秦陇复汉军决一死战。他明白，双方在军力、装备等方面非常悬殊，形成了鲜明的对比，清军更胜一筹。12月16日，清军采取"诱敌深入"的战术，趁着复汉军麻痹之际，预先悄悄埋伏在冉店桥东侧复汉军的一侧，然后，再由西侧的清军挖断了冉店土桥，故意在桥上弄出声响，引诱复汉军西进。

这一次，张守备无论如何都不能让乾怀义再次抢了自己的功劳，全然不顾怀义不予出兵的好言劝阻，执意请战出兵攻打清军。然而，清军撤退的假象，是一种"诱敌深入"的战术，是故意制造出来的，张守备却认为乾怀义有意不让他立功，便将乾怀义的善言忠告当作耳边风，立功心切的他，不知清军使诈，带领秦陇复汉军几乎没有耗费吹灰之力，一举拿下冉店桥。当他喜出望外之际，误以为清军胆怯害怕，却犯了"穷寇莫追"之兵家大忌。命令兵卒当即挖土修桥，待桥修复后，一路追击清军。清军故意节节败退，等到张守备带领复汉军一过桥，清军的骑兵突然发起反攻，而埋伏在冉店桥东边秦陇复汉军阵地一侧的清军迅速出击，形成两面夹击之势。作战中，步兵哪有骑兵速度快。秦陇复汉军行动缓慢的架势，压根儿就不是快速骑兵的对手。骑兵迅速冲了过来，与事前埋伏的清军一道，迅速占领了冉店桥东侧复汉军的重要工事和据点，很快与西侧的清军形成了两面夹击之势，让复汉军腹背受敌，让防备不足的复汉军再一次陷入被动的局面。此时，尽管怀义带着"向字营"顽强应敌，终因出兵过于仓促，经验不足，导致伤亡惨重，兵卒、车马等几乎全部掉进冉店沟里。一时间，秦陇复汉军溃不成军。

清军穷追不舍，将秦陇复汉军战死战伤的兵卒尸体填入沟壕，命令清军从尸体、伤员垒起来的桥上一路踩过、碾压，一时间，冉店沟哀声震天，惨不忍睹。

这场战斗以秦陇复汉军的失败而告终。邠州、长武一代的百姓说，冉店桥变成了"人垫桥"，并留下了"冉店桥，命不牢，尸满血流无处逃"的民谣。

冉店桥战役失利后，尽管秦陇复汉军在永寿蒿店、监军镇设防，因双方在力量、装备、经验等方面实力相差悬殊，均惨遭失败，邠州、永寿相继被作战勇猛的清军攻占。12 月 18 日，元气大伤的秦陇复汉军不得已全部撤退至乾州城下。

39

怀义和书艺骑着高头大马回到乾州的消息，不胫而走，迅速传遍了整个乾州城。有人羡慕，羡慕上官巷出了两个人才；有人嫉妒，嫉妒乾、周家族风脉好，后继有了衣锦还乡、光宗耀祖的人了。还有人抱怨呢，这抱怨的不是乾州城的百姓，而是乾、周两家为乾怀义、周书艺从小定下娃娃亲的亲家。

乾州民风淳朴，自古以来就有给孩子定娃娃亲的风俗。为什么要给不谙世事的孩子定娃娃亲呢，主要是封建余孽的延续，孩子在自己的婚姻大事上没有自主权，全凭父母之命媒妁之言。还有一点至关重要，那就是彩礼重，高昂的彩礼钱压得普通家庭都喘不过气来。一般彩礼按照年龄计算，一岁多少钱。女孩子在娘家长大了，长得时间越长，彩礼自然就越多。男方家庭越是贫穷，女方索要的彩礼就越重。为了节约彩礼，好多人家不得已便提前给孩子定下一门娃娃亲。随着时间的推移，娃娃亲已经成了一种风俗，不论男女，只要家长有意愿，就给孩子定下娃娃亲。

乾州城上官巷在乾州也是一条有名望的街道。族长乾安澜、副族长周少峰是上官巷数一数二的人，自然在乾州城也算一个人物了。所以，

上门提亲的人自然很多，登门提亲的媒人多到他们自己掰指头都算不过来了。经过多次审视，几番沟通，乾安澜的二儿子乾怀义与高庙巷高掌柜高运禄家结亲，怀义和高家的大小姐高碧玉结下了娃娃亲。而周少峰的女儿周书艺也与盐店巷大财东吴永泰的儿子吴惠然定了娃娃亲。几年来，无论是乾安澜，还是吴永泰，虽然平时与各自的亲家往来不多，但是，按照礼仪待道，逢年过节的"四色礼"必不可少，乾怀义和吴惠然也和其他定下娃娃亲的男孩子一样，自然分别要去高家和周家，拜见"准岳父岳母"大人。

自从乾怀义离开上官巷到了西安，不仅要读书，还要习武，后来干脆参加了绿营兵，成了罗大帅的贴身守卫，一天到晚忙得没有空闲时间，好多年都不回来一趟。即使回来，也会挑不年不节的日子，这样就可以不用按照礼数去高庙巷的高家了。时间长了，难免让高掌柜和家人多心，让高碧玉心中生疑。尽管父女俩多心归多心、生疑归生疑，私下里多次央求媒人，前往乾家一探虚实。常言道：吃人的嘴软，拿人的手短，媒人自然受不了高掌柜钱财的驱使，差不多把乾家的门槛都要踏破了。然而，乾家人始终给出的都是肯定的话，从来都没有让媒人和高家人失望过。

"族长，娃到西安去的时间长了，会不会心野了，变卦了？"

"你放心！咱的娃咱心里有数。再变，也是咱乾家的种，高家的女婿呢！"

"万一呢？我说的是万一。族长，这夜长梦多的，不是我不相信你！"

"在我这里没有万一！啥事都不允许有万一，婚姻这么大的事情，自古以来都是'父母之命'，就更不用说万一了！"

听了安澜族长斩钉截铁的话，媒人心里吃了定心丸，刚来时，一路上提到嗓子眼儿的心，一下子落下来了，显得气定神闲了。

别说高掌柜心急如焚，盐店巷的吴财东也茶饭不思，如坐针毡。虽说他家是儿子，但是，周家的女子万一变卦了呢？钱财事小，婚姻事大。老话说得好，娶个好媳妇，三代人丁旺呢。梧桐树再高、再大、再好，落不下个凤凰也是白搭。刚开始他听说周少峰送女儿周书艺去西安念书，打心眼里都是气，心中那股子无名火便噌噌地往外冒，气憋得他差一点儿就没缓过来。老话说：女子无才便是德。女娃娃嘛，好端端地认识几个字就行了，你周家就能得很，为啥非要送女子到西安去念书呢？后来，吴财东想明白了：女子就是一门客嘛！周书艺就是你周家的一门客，是我吴家的主儿。你周家有钱你就使劲花，才把女子送到西安念书，有本事咋不送到燕京、上海去呢!？学吧学吧，学成了，你女子还不照样是我吴家的儿媳妇。暗地里高兴得很，他庆幸周少峰花钱给他吴家培养人才呢！好几次他都想让媒人给周家再送一些彩礼钱，或者说是学费，哪怕能请周少峰吃一顿饭也行，了却自己感激周家的心愿。可是，思前想后，他还是打消了这个念头。特别是当他听说安澜族长被周少峰陷害，险些被砍掉脑袋后，他心里一下子凉了。他真的没有料想到周少峰平日里人模狗样的，背地里咋能干出这么歹毒的事情呢。不免心里暗自叫苦，抱怨自己命不好，咋能结下这样蛇蝎心肠的亲家呢！他都起了悔婚退亲的念头。他也问过自己的儿子吴惠然，想听听儿子的意见。儿子心里哪怕有一丝丝的犹豫，他都会找出各种各样的理由毁掉这门亲事。可是，儿子真是王八吃秤砣——铁了心了，把心牢牢地绑死在了周书艺身上。这样，吴财东也不好说啥了。还有一点是至关重要的，那就是彩礼钱。

乾州城自古以来，男方一旦悔婚，女方一文钱的彩礼都不会退。所以，尽管吴财东对周少峰为人处世的方式心中着实存在很大的不满，他又担心吴家一旦提出悔婚，不仅失去了一位见过世面的"准儿媳妇"，还丢掉了一笔彩礼钱。思来想去，这真的是赔本的生意。真是无商不奸！吴财东心中的如意算盘打得很精明，他忍气吞声，只字不提与周家悔婚的事情。

当吴永泰听说周家的女子与乾家的儿子双双骑着高头大马从西安回到乾州城后，他气得差一点儿吐出血来。他肠子都悔青了，悔恨自己为啥在儿女婚姻的大事上优柔寡断，不能快刀斩乱麻呢。早知今日，何必当初呢！这一下把人丢大了，全城人都知道吴家未过门的儿媳妇和安澜家的二小子骑着马一起回来了，这孤男寡女的，他们之间的关系咋能说得清、道得明呢！明眼人一看就知道这是咋回事呢。唉！吴财东叫苦不迭。

其实，乾怀义、周书艺骑着高头大马回到乾州，不仅让高庙巷的高掌柜高运禄、盐店巷的吴财东吴永泰两家人提心吊胆，也让上官巷的两

位族长乾安澜、周少峰心里恐慌不安。当着族人的面，安澜也不好说啥问啥。特别是两个孩子突然来到乾陵脚下，当时深明大义，慷慨激昂，当着族人的面支持他办学堂，正中下怀，合乎他意，让他心里乐开了花。那时候，乐都来不及呢，哪里还有闲工夫想那些闲事情呢！可是，外面已经风言风语了，火不仅烧到自己脚后跟了，还火烧连营，咋能不让人着急呢。人言可畏。古人说，三人成虎。一个人说两个孩子的事情，他可以装聋作哑；两个人说这件事，他就得分析考虑；三个人说这件事，岂不"木已成舟"了，他就不能不认认真真思考了。何况，媒人都找上门了，亲家岂能不着急？于是，安澜心中乱得像一团麻，只好把怀义叫到面前要问个究竟，询问他和书艺的事情。

"一个巷子里的人，一起回来，能有啥？"怀义轻描淡写地说。

"世上没有不透风的墙。要让人不知，除非己莫为。"

"好！你看见我俩有啥了？"怀义反问道，"再说，看到的也未必是真的，更何况那些人都是吃饱了撑得慌，听风就是雨的，无中生有，捕风捉影，无事生非，你就别信以为真了！"

怀义一句话倒把安澜硬茬茬地挤到墙拐角了，让安澜无话可说，有嘴难辩，面对怀义，安澜也不好再继续问下去了。心想：没事就好！没事就好！心里又抱怨这帮爱拉是非的人了：这小县城的人就是多事，不敢见个风吹草动的，两个孩子一起回来，他们就大惊小怪，捕风捉影，无事生非，弄得跟真的一样。

正当安澜追问怀义的时候，周少峰也没有闲着。他把书艺叫去问话，书艺也说他俩之间没有啥。少峰说："有话好好说，爸也不是不开明的人。只要你不同意吴家这门亲事，咱把彩礼钱一退，大不了再给人家一些赔偿罢了。"书艺笑了，说："爱退就退，不退就留着。"少峰一下子也没了主意，便开始抱怨街头巷尾的人多事，爱嚼舌根子。

当局者迷，旁观者清。乾州城百姓的眼睛是雪亮的。尽管乾怀义和周书艺不承认他俩之间存在你情我愿之事，可是，他俩一天到晚走在一起，或许他们之间一个不起眼的动作、一个不经意的眼神，都会让别人察觉出其中暧昧的味道。

高庙巷的高掌柜高运禄实在坐不住了。他家是女儿，如果说他不心急，那就是假的。俗话说：女大不中留，留来留去留成仇。人家乾家是儿子，是儿子就不怕年龄被耽误。男人嘛，再大的年龄都能找到年轻貌美的媳妇，有钱人还专门纳妾呢，想纳几个就纳几个。乾安澜当年不也是被他妈硬箍着纳了一个黄花大闺女的小妾呢。可是，自家的女子高碧玉一年年长大了，娃这年龄也耽误不起。于是，他再次央求媒人前往上官巷一探究竟，问一问乾家人葫芦里到底卖的啥药。能结亲了咱就高高兴兴地结亲，实在结不成亲了，就给一句痛快话，别耽误了自己女子终身大事。自己的女子虽说不是武则天家的公主不愁嫁，但依目前他高家的家底、凭女子的长相还是不愁嫁的。媒人去了乾家一趟又一趟，还是没有得到乾家给出的否定结论。一时间，弄得高掌柜浑身上下、里里外外都感觉到不自在、不舒服。眼看着乾州城满大街都在议论乾怀义和周书艺的事情，高掌柜一看事情瞒不住了，就把事情一五一十地告诉了高碧玉。

碧玉说："人家啥话都没说，仅凭街道上的传言和自己的猜忌，就把咱急成啥了。"高掌柜说："你真是站着说话不腰疼！我是你爸，我能不着急？还不是急你的婚姻大事嘛。"碧玉一听，樱桃嘴笑了，杏眼笑了，柳叶眉也笑了。高掌柜说："这娃，你咋心这么大！人家都欺负到咱头上了，你咋还有心思笑呢！"

高碧玉依然笑着，气得高掌柜扭头走了。

俗话说，纸里包不住火，雪里埋不住鞋。乾怀义和周书艺已经到了"一日不见如隔三秋"的境地，是时候也该给对方一个交代了。于是，怀义主动找到安澜，坦白了他与书艺的事。气得安澜大动干戈，要不是被怀仁挡着、冬梅拦着，他非要打断怀义的腿不可。他指着怀义的鼻子说："你以为你在外面闯荡了几年，吃了几年官饭，就长本事了？就成人物了？翅膀就硬了？你以为你跪在面前，我就能原谅你吗？你干的这叫啥事嘛，把乾家的人让你丢尽了，把乾家的祖宗都叫你辱没了！"

怀义说："我这叫啥事？叫自由恋爱！咋就给你丢人了？咋就辱没祖宗了？现在世道变了，男女平等，婚姻自由，我有追求幸福婚姻的权利和自由。家长包办婚姻这一套，早已行不通了！"

"听听，你这说的是人话吗？父母之命，媒妁之言，这是亘古不变的天理，咋在你眼里都不起作用了？你想咋办就咋办？你娃还嫩得很呢，我过的桥比你走的路都多。你娃腿再快，也挨不住我给你打折了；

翅膀再硬，也抵不住我给你折断了，看你还能远走高飞不成。"

"爸，上次你在西安，眼睁睁看着外面的世界都成啥样子了，别人不清楚，难道你还不清楚？父母之命媒妁之言已经过时了！"

"少犟嘴！"怀仁一边禁断着怀义，一边劝着安澜，说，"爸，咱家难得怀义走出县城，他也老大不小了，再也不是以前那个不懂事的小孩子了。他有他的想法，有他的自由，他想找啥样的媳妇就由他，也符合眼前变化的世道。"

"你懂个啥？"安澜瞪大眼睛看着怀仁。

"我是不懂！还不是因为我没有走出去，看不到外面的情形。怀义在外多年，好歹也算个人物呢。他是你的骄傲，是咱全家的自豪，咱们要以他为荣。他有他的自由，有他的权利，有他的志向。海阔凭鱼跃，天高任鸟飞，咱就给他追求志向、自由恋爱的自由吧！大不了咱把话给人家高家说清楚，再补偿一些费用，我就不相信高掌柜的还能胡搅蛮缠不成？"

"对着呢！"杨冬梅说，"事情到了这一步，咱就明人不做暗事，早早把话给人家，好让高家为女子早做打算！"

"说得好听！我说话当放屁呢？我给媒人一而再，再而三地保证不会有万一，这板凳还没坐热呢，咋就变卦了。你让我咋做人呢？我在族人面前咋说得起话呢？我以后在乾州城咋能抬得起头呢？"

"他爸，你想得太多了。想想菜市口那事儿，娃不是骑马回来救你了吗？娃已经在乾州城给你挣下脸面了。婚姻婚姻嘛，咱就当娃昏了头了。再说了，你是个有文化的人，就冲着这一点，你就要思想活泛，比别人看得开，想得远呢。"杨冬梅的话说到安澜的要害处，他唉声叹气。

"爸，我有我的错，错在我当初没有告诉你实话。"怀义说，"可是，你也在西安待了几天，你看到了现在世道变成啥了，咱的思想一定要跟上世道的变化。你说说，我和高家的女子连面都没见过，她是光脸麻脸、脾性好坏都搞不清，今后咋在一起搭伙过日子呢？"

"我和你妈，你哥你嫂子，还有咱街道上结过婚的，哪一个婚前见过面？还不照样过来了，而且日子过得都很好！"

"爸，我有我的梦想，我和书艺的梦想是一致的……"还没等怀义说完，安澜挥了挥手，说："你是鸿鹄，我是燕雀。你志向高远，我是胸无大志，你给我滚，滚得越远越好，眼不见心不烦。"

怀仁赶紧拉起跪在地上的怀义，兄弟俩出来了。

其实，少峰那边很好说，他知道了书艺的意图后，也没有再勉强，说："你决定了的话，爸就给人家把彩礼退了。"当媒人拿着彩礼和补偿金到了盐店巷的吴家，吴永泰佯装很生气的样子，其实，自从他知道少峰陷害安澜的事情后，他就产生了悔婚之意，只是为了彩礼钱，他不好意思开口罢了。这时媒人的来意正中下怀，不过，他还要装装样子，要让媒人知道周家理亏，他收回彩礼和补偿金是理所应当的。

其实，乾家悔婚是迟早的事情，尽管高掌柜的思想上早已有所准备，但是，当真正悔婚到来时，他思想上一时半会儿还是难以接受。媒人说："乾家答应不要彩礼钱。"说完，又拿出乾家和彩礼一样丰厚的补偿金，对高掌柜说，"这是乾家对咱娃的一点心意，权当对娃的补偿。"

高掌柜气愤地说："把他家的，事情咋能弄成这样呢！从前你给我再三保证这媒没有'万一'嘛，这才几天工夫，咋就变卦了呢?"

"娃大不由娘！再说，这娃在西安待的时间长了，心野得收不住了。退婚了也好，否则，还不知道咱女子今后吃啥大亏呢！"

正当高掌柜的要收补偿金的时候，高碧玉进来了，谢过了媒人。笑着对高掌柜说："爸，他乾家退婚就退吧，你把彩礼给人家退了去，乾家门槛太高了，你女子跨不过去。啥补偿金，人家又不欠咱的，这补偿金咱要不起！"此言一出，高掌柜和媒人都愣了，不知如何是好。

高碧玉对媒人说："叔，麻烦你了。我这镯子也值几倍的彩礼，我爸舍不得退，有劳你再跑一趟，把这镯子和补偿金给乾家送回去。"高运禄一看急眼了，赶紧夺过镯子，说："这是祖上传下来的，绝不能给他乾家。明明是他乾家理亏对不起咱，咱绝对不能便宜他！"话尽管是这么说的，但是高掌柜拗不过女儿，他说完话，赶紧取了彩礼钱，把媒人打发走了。媒人出了高家大门，一路狂奔，他真的没想到，一件想起来就棘手头疼的事，就这样被高家女子给轻轻松松地解决了。内心里，他真的佩服高掌柜家的女子。

谁也没有想到，高碧玉有她的主意呢。尽管高掌柜没有把她送到西安念书，但从小就给她请下私塾先生，教她诗书，授她识文断字。高碧

玉慢慢地长大了，亭亭玉立，身材标致，一颦一笑自如非凡，言谈举止端庄大方，笑起来，嘴角的两个小酒窝更加迷人。过了几天，大家都以为风平浪静，相安无事了。没想到高碧玉将自己精心打扮一番，独自一个人来到上官巷，看了看高大威猛的石狮子和朱红色的大门，心想：这就是乾家。没有犹豫，一抬脚，笑盈盈地走进了乾府。

安澜一看一个很别致的女子走进家门，心里很诧异。只见高碧玉彬彬有礼，说："叔，不，应该叫爸呢！爸，我是高庙巷高运禄的女子高碧玉，尽管你家悔婚，我家退了彩礼，但是，在我心里，早已把自己当成乾家的儿媳妇，不管怀义答不答应，愿不愿意娶我，这都无所谓。我今天能登上门来，就不怕人耻笑，更不怕被你们撵断。既然我定下心来了，肯定就不走了。生是乾家人，死了肯定是乾家的鬼魂。"

高碧玉这突如其来的举动和话语惊得安澜下巴差点儿都掉了。他赶紧喊冬梅，杨冬梅出门一看，傻眼了。心想：这可咋办呢？碧玉上前扶住了险些要摔倒的冬梅，说："妈，从今儿起，我就是咱乾家的儿媳妇。"

尽管杨冬梅、安澜思想比较开明，但是，遇到高碧玉这样的女子他们不得不打心底佩服。既然高碧玉来了，不管咋说，都不能往外撵了。娃既然起了来的心，肯定自断后路。无论如何都得收留下来，既是给足碧玉的面子，也给自己留下一点尊严。杨冬梅说："娃，既然你不嫌弃乾家，以后乾家就是你的家！我们不能委屈你，从今往后，你就是咱乾家的女子。妈这一辈子不争气，给你婆没生个孙女，你婆要是在天有灵，知道有你这么个俊样的孙女，还不知道有多高兴呢。今后，你想嫁谁都行，陪嫁一件都不少，妈绝对不会让你受一定点委屈。"

"妈，我只做乾家的儿媳妇！"高碧玉一句话把杨冬梅说愣住了。心想：这女子咋就这么固执呢！从此再也不提给高碧玉找婆家的事了。

再说盐店巷的吴运泰，他嘴上虽然一百个不愿意，心里已经一千个愿意了，他收下媒人退回来的彩礼钱和周家的补偿金，表面上还要装作心里很不情愿的样子送媒人出了门。可是，吴运泰啊吴运泰，他太高估自己了。他的想法是他的想法，却不是儿子吴惠然的意思。从此，吴惠然像个幽灵一样，老往上官巷跑，远远地站在大街上，盯着周家的大门。只要书艺出来了，他心中一惊，眼睛一亮，远远地跟在书艺的后面，像书艺的影子，却从来不说一句话，也不上前骚扰。

40

秦陇复汉军从永寿监军镇败退后，全军撤到乾州城下。

进城前，王统帅集中所有兵力，作进城前的动员讲话。他站在高处，扯开了本来就高的嗓门儿，与其说是讲话，不如说是喊话呢。一番讲话下来，涨得满脸通红，脖子上的青筋像蚯蚓一样一条一条凸显出来。他要求所有军人必须严整军队，严肃纪律，服从命令，听从指挥，绝不允许欺压百姓的事情发生。秦陇复汉军能否完成保卫西安的重任，必须严守乾州这一道最后防线。战役开始后，由于军心不齐，经验不足，装备简陋，配合不密，导致长武、邠州、永寿相继失守，让狙击清军的局势已经陷入非常被动的局面。乾州是最后一道防线！乾州城一旦失守，秦陇复汉军就对不起张大都督，就没有颜面面对复汉军政府！

王统帅清了清嗓子，继续喊话。如何守住乾州城，保卫大西安，仅凭现有的区区之军力，是远远不够的。必须依靠"人性刚方"的乾州父老乡亲，唯有军民一心，才能战胜清军，才能保卫大西安。最后，他着重强调军纪：凡骚扰百姓、偷盗、抢劫、强奸者，一律杀无赦！

纪律是纪律，强调归强调。秦陇复汉军的人员组成很复杂，既有起义人员、清军投诚的绿营兵、哥老会成员，又有从百姓中新招收的兵员，算是一帮"乌合之众"。他们对纪律的认识观念比较模糊，认为自己参加了秦陇复汉军，手中有枪了，就高人一头，大人一傍，就可以为所欲为了。王统帅派出的秦陇复汉军先遣人员从乾州城东门进城后，班长李大彪带领全班人马将军纪全都抛到脑后，在乾州城称王称霸，假借"抄没"的名义，将乾州城内东大街和南大街上的商铺一扫而空。处在南十字西大街口的宋家当铺也在劫难逃，尽管"宋一刀"说了许多好话，李大彪他们见财起意，财迷心窍，哪里还把王统帅的警告放在心上呢，更何况"宋一刀"在他们眼里就是一只小蚂蚁。李大彪一脚将掌柜的"宋一刀"踹开，其他人员一拥而上，用枪托、刀背砸的砸、打的打，将伙计全部打出门去，宋家当铺里面的东西瞬间改姓"军"了。

眼看着被秦陇复汉军洗劫一空一片狼藉的当铺，"宋一刀"苦心经营了一辈子的心血瞬间化为乌有，他坐在地上号啕大哭。

商铺被"抄没"时，商铺里的东西已经不能满足战场上一败涂地、抄没时气焰嚣张的士兵们的野心。行动开始后，"抄没"的味道全部变味了，一时间，兵士们你争我抢，都抱着"自己抢来的就是自己的"想法，一个个虎狼一样，残暴至极。特别是班长李大彪，他首先抢红了眼，带着全班的八九个人不仅抢劫当铺，大街上的商铺一个都不放过。看见进城的兵卒们光天化日之下肆无忌惮地抢劫财物，大街上一些小混混和贪图小利的个别百姓也被卷入其中，一道成了"劫匪"。顺手的就抢，抢不来的就打砸，掌柜的、伙计阻拦的，轻者怒骂几声，重则拳打脚踢，其行为简直和土匪没有两样，弄得乾州城大街上乌烟瘴气，一片鬼哭狼嚎。

清廷官吏张提法使，带着家眷，奉命调往四川，途经乾州时，巧遇西安起义，担心路途上不安全，思前想后，便在乾州城南大街郭家巷临时驻足，以躲避起义军。张提法使想着等西安起义过后，世道安稳了，再带着家眷前往四川赴任。不料，被李大彪知道了，李班长眼里唯有钱财，便带领一班人冲进去，将张提法使一生的积蓄悉数掠尽，并当众糟蹋了他的妻女。张提法使惊恐不已，眼睁睁看着财物被抢劫，妻女竟被人当面糟蹋，自己虽是朝廷命官，一介男人，却无法保护自己的家人。面对这群如狼似虎的士兵，他又手无无缚鸡之力，更无颜面对妻女，便投井自尽了。

秦陇复汉军派出的先遣部队在乾州城犯下了不可饶恕的罪状，把安安稳稳的乾州城弄得人心惶惶，鸡犬不宁，一片狼藉，店铺纷纷关门，有钱人将钱财和值钱的物件纷纷埋藏，防止被秦陇复汉军抢走。

看到乾州城一片凄惨狼藉的景象，安澜心里感到极大的震惊，他开始怀疑革命党，怀疑自己的儿子怀义了：怀义口口声声谈革命党如何好，难道革命党就是这么个好法？这才几天工夫，杀人放火，抢劫强奸，无恶不作。清军驻扎乾州数百年了，都不欺负乾州城百姓。革命党的军队刚一入城，就成了祸害乾州城百姓的豺狼了。这让他百思不得其解，与其让革命党的秦陇复汉军进城，还不如让清军继续留守呢。他痛苦得不能入眠，于是，连夜出城，将复汉军在城里如何打砸店铺、抢夺财物的恶行如实对儿子怀义讲了。怀义一听，不仅感到不可思议，而且义愤填膺。此事非同小可，他一刻都不敢怠慢，便将秦陇复汉军先遣部队在乾州城的所作所为——禀报王统帅。王统帅听后勃然大怒，简直无法无天了，难道自己的部队比清军还残忍吗？自己将如何在乾州城立足？将如何发动乾州城百姓同仇敌忾呢？再不严加惩戒，乾州城何谈抵御清军？！他马上委派怀义等入城查看究竟。

当怀义返回如实禀告乾州城的情况后，王统帅勃然大怒，第二天一大早便组织人马列队入城。逐一沿着店铺开展调查，严查先遣部队里面带头哄抢财物的士兵，查出了李大彪一班人的恶行并将他们全部抓起来，随后在司令部门前召开公开处理大会。又让怀义、书艺带人走上街头，张贴布告，宣传秦陇复汉军的军纪、入城政策，亲自走上街头，邀请乾州城百姓到司令部门前，倾听由宋一道等被砸当铺、被抢店铺掌柜和伙计当场怒斥他们的罪行，并如实退还被抢劫的财物，将李大彪和他的一班虎狼兵立即治罪，当场砍掉 9 个人的头颅。王统帅的这一举动，让乾州城百姓刮目相看，纷纷称赞王统帅为民除害，乾州城秩序很快恢复如初，秩序稳定，民心安定。经过几天的接触，乾州城的百姓对秦陇复汉军刮目相看，军民和睦相处，亲如一家人。

王统帅带领秦陇复汉军用真心、真情、真行安抚好乾州城百姓后，他便将李紫山的五营、孙四海的三营、赵字营、炮兵营、骑兵营等 2 万人马进行划分，开始在乾州城排兵布阵。先将乾州城墙进行切割式分段划分，每个营各守一段，分段负责，相互协同，严防死守，决不懈怠。同时，要求以确保乾州城安全、打败一切来犯清军为目的，营与营之间相互策应，携手防范，绝不允许见死不救。把乾州城布防完毕后，便从乾州城到礼泉县城之间，在乾州城东的亓父村、好畤村、阳洪镇、王铁村，安排其余的秦陇复汉军一字排开，摆成一条龙，形成一道密不可破的防线。最后，王统帅拍着邱彦飚的肩膀，语重心长又严肃认真地说了一番话，便把礼泉县城交给邱彦飚部防守。邱彦飚当面许下"誓与礼泉城同存亡"的军令状，王统帅满意地笑了。与此同时，下令各部，提振士气，宁可将人拼完，也要坚守到最后一刻，绝不能让清军突破乾州城这道进攻西安的最后防线。

王统帅布置完毕，一方面由各营自行组织每日操练，形成局部严

密、整体统一的作战体系，每日除守城监视清军的士兵外，一律开展对抗比赛，增强士兵组织纪律性，战术演练能力，凝聚军心，提高战斗力。训练中，传授各营之间如何相互协防的战术，严守中绝不能留一点死角的办法。另一方面加强招募兵员。王统帅知道自己的兵力弱、战斗经验欠缺、武器装备落后、粮草弹药不足，他必须一样一样安排下去。乾怀义和周书艺是乾州城本地人，他们地通人熟，便于联络沟通，有效协调方方面面的工作，便让他俩牵头负责，在乾州城招募兵员。有了王统帅杀一儆百的强大震慑，乾州城好多有识之士积极响应复汉军号召，乾州城百姓报名踊跃，城内的青壮年、学生、店铺里的伙计纷纷报名参军，连城外的农民都奋勇当先，积极报名投身到抗击清军、镇守乾州、保卫西安的战斗中。

巡警局局长魏培吉在秦陇复汉军进驻乾州城的前夕，吓得屁滚尿流，早早溜之大吉，据说跑回五陵原的老家了，脱了官衣官帽，躲藏起来了。巡警局的警察在飞毛腿秦锁娃的召唤下，纷纷报名加入复汉军中。"宋一刀"看见自己的儿子宋黑虎悠闲地坐在家里，好像招募兵员与他无关，就问黑虎为啥不报名？黑虎说，这帮人把咱当铺都抢了，一看就不是好人。"宋一刀"说，哪里都有好人、坏人呢。抢咱当铺的那些人已经被王统帅砍头了，被抢的东西已经悉数物归原主了，说明他们是好人，你快去报名当兵。宋黑虎想了想，他爸说得在理，便一溜烟儿地冲出家门，一阵风似的跑到报名点报名参加复汉军了。秦陇复汉军招募的兵员多了，简陋粗制的枪支根本不够用。安澜、少峰、有粮、怀仁、书艺等分头发动乾州城百姓，将自家的铁器捐献出来，送到"铁一锤"铁掌柜的铁匠铺子，召集有力气的青壮年一道，帮着铁掌柜日夜制作长矛、大刀、飞镖等利于防守的冷兵器。

大量的士兵进驻乾州城，不仅枪支弹药成了问题，粮食、布匹、军马的草料已经让王统帅头疼不已。安澜说："只要能守卫好乾州城，再苦再难，咱们也要保证士兵的吃饭问题。"于是，他和族里的人商议后，动员上官巷每家每户，开锅造饭，开门迎接士兵。安澜和上官巷人的行动，不仅感动了王统帅和复汉军，也感染着乾州城那些富商富户，乾州城高庙巷高掌柜高运禄、盐店巷吴财东吴永泰等纷纷捐出钱财粮食，有人捐出布匹衣服，有人将自家的麦草谷草等捐出来，作为战马的草料。有了乾州城百姓团结一心的鼎力支持，秦陇复汉军士气顿时高涨，尽管是寒冬腊月，城内操练的士兵呐喊声不绝于耳，与城墙上守卫士兵的助威声遥相呼应，一时间，乾州城内汇聚着一片呐喊、欢呼的海洋。乾州十里城墙上，战鼓咚咚，旌旗猎猎，到处洋溢着奋勇杀敌的浓厚气氛。

铁掌柜的铁匠铺子周围已经被乾州城百姓自愿捐出来的铁器摆满了，铺子内摆不下，百姓便将铁器沿着铺子一街两行摆着，远远望去，满眼都是铁器。铁掌柜心里特别热乎，他连夜制作了30多个铁炉子，一字摆排在街面上，悉心地传授着打铁的窍门和制作长矛、大刀、箭头、飞镖的技巧，从早到晚，铁匠铺子周围，都是红通通的炉膛，叮叮当当的打铁声和打铁人的吆喝声响成一片。虽然，天气寒冷，铁掌柜和大伙儿个个汗流浃背，身上的衣衫都湿透了，个别身体强壮的脱掉外衣，索性光着膀子抡大锤，抓紧制作冷兵器。

怀仁和少峰的大儿子周宇轩带人悄悄出城，捡拾了许多大大小小的石块、砖头。安澜和少峰看着他们捡了那么多的石块、砖头，便有些生气。斥责他们掂不来轻重，到了这个打仗的节骨眼儿，还有心捡拾那些玩意儿。怀仁、宇轩笑了，就是不接他俩的话，弄得他俩不知道儿子葫芦里卖得啥药。少峰挡住怀仁，宇轩也被安澜挡住了去路，要问个究竟。宇轩说："叔，我们往城墙上堆放呢！"少峰说："城墙好好地，堆放这些没用的东西干啥呢？"宇轩说："爸，这你就不懂了，万一，我说的是万一，清军攻打到城墙根，我们捡来的这些石头、砖块就成了袭击清军的精良武器，岂不节省枪弹，更加方便有效？"

宇轩这么一说，少峰和安澜才知道孩子们干的是大事、正事，明白了啥是长江后浪推前浪了。儿子们已经长大了，有思想了，比他们更聪明，更有智慧、想象力、创造力，是他们这一代人远远无法比拟的。

书艺告诉安澜和少峰，为了让城墙上守城的士兵安心守城，观敌瞭哨，她要发动上官巷的妇女们登上城墙，给守城的士兵们送饭。安澜说："送饭是件好事，可男人们一个个都忙活呢，像个陀螺一样转个不停，连个放屁的工夫都没有，谁还有闲工夫送呢？"书艺说："既然是好事，那就要办。既然男人们都忙着，那就让女人娃娃们送饭吧。"安澜说："成年女人都是小脚，走路和蚂蚁一样，咋能登上城墙呢。让她

们在家把饭做好就行了。"书艺笑着说："叔，爸，你们以前还笑话我脚大，现在就知道脚大的好处了。送饭这事，就不劳二位长辈操心，小脚女人行动不便，男人都有所用，我就带领娃娃们送饭。咱总不能让天宝、天赐、天秀、铭远他们闲下来。"安澜笑了，羡慕地说："少峰，你看你多有福的，生了这么一个有鬼点子的女儿！"少峰嗔说："看把你能的，满乾州城都找不到第二个大脚的女子，还有脸笑。"

高碧玉尽管是小脚，但在清军兵临城下的节骨眼儿上，她也主动加入送饭的队伍中了。每次看见书艺给怀义送饭，她就既羡慕，又嫉妒，不过，聪明的高碧玉有自知之明，便绕开他俩，把饭送给城墙上其他军士。书艺看到高碧玉，就主动和她打招呼，碧玉点点头，含笑离去。而盐店巷的吴惠然早在招募兵士的时候报名参军，与复汉军誓死保卫乾州城了。

自从书艺和怀义两人一同回到乾州城后，书艺便留在乾州城，专心当一名教书先生，教孩子们识文断字。所以，铭远、天宝、天赐、大秀、雨宸等都成了书艺的学生。在这节骨眼上，书艺一声招呼，他们二十多个孩子全都参加到送饭的队伍中。他们一边送饭，一边跟着书艺学习儿歌——

复汉军，守乾州，清军吓得犯了愁。
复汉军，纪律严，乾州百姓心里安。
复汉军，猛虎连，杀得清军抱头窜。

孩子们一边唱着儿歌，一边给守城的复汉军送饭，听得复汉军兵士们心里热乎乎的，热血在血管里汹涌澎湃地涌流。

至此，乾州城军民团结一心，全力备战，做好了痛击来犯清军的一切准备工作。

清军驻扎在铁佛寺附近的十八里铺，居高临下，把乾州城的一切尽收眼底。看见乾州城上布满了士兵，旌旗在清冽的寒风中高高飘扬，战鼓声、操练的呐喊声响彻云天，特别是"铁一锤"铁匠铺子一里多长打铁的火热场面，昼夜不停，让清军不寒而栗。尽管他们对乾州城依然虎视眈眈，却不敢冒犯。然而，罗大帅已经给清廷夸下"到西安过年"的海口，他急于攻城拔寨的心更加迫切。当他看到乾州城内、城外黑压压的士兵，还有乾州百姓积极主动参与战斗的热情后，心情十分沉重复杂。他一方面给清军各级长官加油打气鼓励；另一方面深思如何破解乾州城"铁桶阵"的办法。他必须尽快拿下乾州城，顺利进军咸阳，全力攻下西安，早日实现他给清廷夸下的海口，兑现自己对官兵的诺言，在西安的满城，过一个高高兴兴的大年。于是，罗大帅督令马总统率兵出击，攻打乾州城。

马总统和罗大帅都是清廷的忠臣。八国联军侵占北京城后，慈禧太后西逃，年轻的马总统当年亲自护驾，确保了慈禧太后一路的安全，他护驾有功，得到慈禧太后的赏识，被清廷提携。所以，他和罗大帅一样，对清廷死心塌地，愚忠得有过之而无不及。

首战时，马总统命令骑兵冲在前面，步兵跟着骑兵，试探一下复汉军的虚实。他们分兵两路，一路攻打东城门，一路进攻北城门，虚晃几枪，听闻城墙上复汉军的呐喊声、枪声后，便策马撤军。清军撤回后，马总统便向罗大帅汇报了复汉军的实情。经过一番商议，马总统说，复汉军目前士气正旺，我们不能强攻，要多路出击，不断进行骚扰，多制造点麻烦，慢慢地麻痹他们，寻找突破点。等复汉军放松了警惕，才有可能攻陷乾州城。于是，不管是白天，还是夜晚，清军分成几路小股部队，不断地在乾州城下打冷枪、放冷箭。打一枪、放一箭，换个地方，不断给守城复汉军制造麻烦。

王统帅带领秦陇复汉军营长每天都要查看士兵操练和守城情况，特别是遇到清军来犯时，王统帅立即带人登城，查看清军军事战略意图和战术技巧。经过认真观察发现，清军没有实攻，而是虚虚实实，故意拖延时间，制造麻烦，扰乱军心。王统帅笑了笑，说："你给我来虚的，我就还你实的。"便以夷制夷，制订出一套打击清军的方案。

怀义善于骑术，王统帅让他带领骑兵三营"猛虎连"准备偷袭清军驻地。战马速度快，有战马的优势，但劣势是马蹄与地面接触后，声音比较大。特别是夜深人静的时候，十里开外就能听闻到马蹄声。马蹄声响，势必就会引起清军的注意。怀义说，这个办法好！于是，每天夜晚，组织"猛虎连"进行操练，故意弄出大动静，时不时地带着骑兵佯装进攻清军，虚晃几下，让清军误以为复汉军骑兵来袭。几经周折，清兵发现，复汉军并没有偷袭营地。更何况甘肃的清兵营里，个个都是

骑马的高手，他们根本就没有把复汉军的骑兵放在眼里，慢慢地思想上放松了警惕，认为复汉军依葫芦画瓢，学习他们"虚晃、骚扰"战术，根本就没有胜算的可能。于是，防范上出现了懈怠。

十多天后，怀义见时机已到，便复命于王统帅。王统帅叮嘱，只许快冲、快撤，绝不允许恋战。怀义领命后，将王统帅的战术意图传达到每个骑兵。然后，命令所有的骑兵，用事先准备好的棉套筒拴在马蹄上，以减轻马蹄与地面接触时发出的声响。"猛虎连"的骑兵领会了战术意图，便翻身上马，跟随怀义一路出发，神不知鬼不觉、以迅雷不及掩耳之势冲进驻扎在铁佛的清军帐篷里，见人就杀，见马就砍，还没等清军反应过来，一个骑兵连的清军在睡梦里成了"猛虎连"猛士的刀下鬼了。其他策应的清军赶来增援时，怀义早已带着"猛虎连"凯旋到乾州城内。

41

少峰仗着表弟王耀武给他撑腰，把安澜和书艺的话当成耳边风，一个字都没有听进去，死犟着没有给尹吉盛一分钱。尽管他没有给尹家一文钱，尹掌柜照样把儿子掩埋了。以尹掌柜的家底，他不缺那几个钱，只是面子上过不去，更何况，长了20多岁的儿子死在了逍遥楼。

尹吉盛并不是缺钱，他是找周少峰讨一个说法罢了。儿子尹志辉被大烟害死了，说实在的，他一点儿都不感觉到惋惜。大烟那么好抽，抽上瘾了，任凭天王老子规劝都戒不了。他作为一个父亲，看到儿子染上毒瘾，心痛不已。哀其不幸，怒其不争。也曾经苦口婆心地劝过、骂过，甚至暴躁得还动手打过，不是儿子不愿意听他的话，而是，等到他发现的时候，尹志辉已经抽上瘾了，戒不掉了。他就这么一个独苗，从小被老婆娇惯坏了，要风就得给风，要雨就得给雨。好在没有登天的梯子，否则，他还要上天把星星摘下来给儿子呢。人常说，自古豪门多纨绔。尽管尹吉盛在乾州城为人低调、诚实，和乾家相比算不上豪门，但他也是乾州城的富户、大户，所以，对儿子从小娇生惯养，宠爱有加，唯恐尹志辉受一丁点儿委屈。宁愿自己多吃一点苦，多受一点累，都不能让儿子吃半点亏，遭一星星罪。

当安澜几年前找上门时，尹吉盛已经意识到他把儿子惯坏了，儿子已经学坏了变坏了，竟然在外面干出伤天害理的事情。这件事要是传出去，他的一张老脸都没处放了。当他听说安澜要把儿子交给官府衙门处理时，他更加胆怯，害怕看见当庭之上衙役那十板子打下去，儿子皮开肉绽、撕心裂肺号叫的惨状。从孩子出生的时候，他就怕尹志辉哭泣，儿子的眼泪，就是击碎尹吉盛心的致命武器。这还不算，一旦交给官府处理，这件事情肯定会在乾州城内外传得沸沸扬扬，他就无颜面对乾州人了，只能寻一个老鼠窝钻进去了。钻进去了，其实只是玩了个掩耳盗铃的把戏而已，后背还在外面露着呢，人家该指戳的照样指戳，后背依然会发凉。好在安澜发了慈悲之心，没有把儿子交给官府处置，给儿子留了一条生路，给自己留了一张虚伪的脸面。

脸面是个啥？其实就是一张纸。要脸了，这张纸就会被你维护得干干净净，一尘不染；不要脸了，这张纸就会被自己和别人涂鸦成了一张废纸了。你就成了案板上的鱼肉，任人宰割，任人烹饪。

听说逍遥楼出事了，当安澜在包房里看见尹志辉硬邦邦的尸体的时候，他感到后怕，感到很内疚。心里暗暗叫苦，是他害死了尹志辉。虽然他不能告诉任何人，但是，事实上是他间接地害死了尹志辉。当年，他如果能够毅然决然地把尹志辉交给官府，至少，尹志辉不会染上毒瘾，更不会死在害人的大烟上。尽管他知道，由于自己当时心存善念，没有告发尹志辉，让尹家保全了名声，尹吉盛、尹志辉对他一直感激涕零。今天，当他面对这具冷冰冰的尸体时，尹家人所有的感恩，都难以掩盖他内心的负罪感！他对不起那个被尹志辉糟蹋的陌生女人，对不起清廷的律法，现在，更对不起伤心欲绝的尹吉盛和已经殒命的尹志辉。

尹志辉的死，一直萦绕在安澜的脑海里，让他内心久久不能平静。当看到少峰一副"死猪不怕开水烫"的架势时，老感觉到少峰的冷酷无情，铁石心肠，过去陷害自己差一点儿被砍掉脑袋，这一次又狗仗人势，不肯给尹家拿出一文钱。唉！这两件事都是明摆着的事实，或许还有许许多多看不见、没有被发现的丑恶勾当呢！想到这些，安澜的心在滴血。人心都是肉长的，人非草木，孰能无情？当少峰一开始还答应愿

意拿钱消灾，用钱换取逍遥楼的安宁时，别提安澜心里有多高兴了，至少少峰还知道用钱来弥补自己的过错。当他提出先给尹吉盛支付双倍的安葬费，少峰满口答应时，安澜觉得少峰的良心还没有泯灭。可是，当王耀武出现后，少峰仗着表弟的势，一反常态，态度来了个180°大转弯、变了一副嘴脸的时候，安澜的心彻底凉了。他很后悔听了怀义和书艺的规劝来到逍遥楼，他更后悔自己以少峰的名义给尹吉盛送了30块银圆被尹掌柜婉拒，像少峰这样的人，还值得给他脸上去贴金吗？如果说，尹吉盛脸面的那张纸呈现淡黄色的话，少峰脸面的那张纸已经被涂鸦得不成样子了！当年，为了购买祭品的区区几个银圆，竟然栽赃陷害他于不仁之地，要不是儿子怀义幸好在罗大帅身边当贴身护卫，干出"刀下留人"的壮举，他的尸骨早已化为黄土，成了灰烬。后来，开设"逍遥楼"，挣了几年的黑心钱、昧心钱，出了人命还理直气壮地不愿意拿出"人命钱"，天理何在？据说，彩霞到尹家巷偷龙王像的那天晚上被他糟蹋，虽然没有真凭实据，但是外面早已有传言。好在他找到了当时糟蹋彩霞的宋黑虎，才了却了一桩心病。后来，彩霞生了女子宋秀芝，宋黑虎非说孩子长得不像他，这又不能不让安澜起了疑心，怀疑起少峰来了。好你个周少峰，再狡猾的狐狸也逃不出猎人的枪管，要让人不知，除非己莫为！你要明白世上存在因果报应，出来混的，迟早是要还的。

安澜思前想后，总觉得心里不是个滋味。除了想起尹家父子的遭遇外，还有少峰的所作所为。

尹家人把尹志辉的尸体从逍遥楼里拉走后，少峰好像没事人一样。有人问他花了多少钱把事情摆平了，他不仅没有一点点的怜悯，还趾高气扬地吹嘘道，他娃命贱，我没让他赔损失就算便宜了他，还指望着我给他出一个子儿？问的人听了这话，也不好说啥，当面说，这事处理得好！背地里连周家的祖宗八代都骂上了。他还想继续将逍遥楼开下去，没想到，却遭到书艺的坚决反对！弄得少峰心躁不安。他刚一打开逍遥楼的大门，书艺就来了，强行将客人往外撵，有的客人不愿意走，书艺就拿起扫帚打。有的客人有眼色，赶紧趿着鞋一溜烟儿跑了。有的客人还不知道书艺的厉害，认为自己掏了钱，就得享受大烟和巴蜀女人伺候的乐趣，理直气壮地和书艺对着干。书艺是谁？她不仅仅是少峰的闺女，还是在西安城念过书的读书人。这些烟鬼说理肯定说不过书艺，就要动手打她。不过，当他们抬头一看书艺身后站着人高马大、怒目圆睁的怀义时，一个个吓得赶紧溜之大吉。书艺撵走了吸食大烟的烟鬼，就开始撵巴蜀女人了。

雨燕说，自己是少峰明媒正娶的老婆，在周家虽然算不上大老婆，也算是排在大老婆之后的二房，谁也别想撵走她。书艺说："你是明媒正娶的老婆，我妈算啥？我妈才是明媒正娶的，我妈在周家的地位，谁都不能撼动！"雨燕说："我没有撼动你妈地位的意思！你妈是大房，我也算二房吧！"书艺说："可笑至极！荒谬无比！基督教和西方国家早都不兴这一套了，现在咱们国家也不允许纳妾，还大房、二房的，难道还想让我爸再纳三房、四房不成？"书艺一句话把雨燕噎住了，也把少峰说得脸色红一阵、白一阵。雨燕看着少峰，等着他发话呢。少峰在女儿面前也不知道如何是好了，只能充当木偶了。

雨燕一看少峰不说话，就知道不能指望着少峰管住女子，她心中又怨又恨。既然少峰指望不住，只好主动出击，一心想给自己争取权利。她说："这里是乾州，不是什么东方、西方，你爸和我也不是基督徒，给你爸当二房顺理成章、天经地义。是少峰把我从成都带到了乾州的，还明媒正娶了。娶她的那天，是八抬大轿。"

书艺也不甘示弱，说："是的。是我爸把你从成都带回来的，也把你用八抬大轿抬到我家，这是不争的事实。但是，不能因为这桩婚姻事实的存在，就证明它的合理性。还有，自从你到了乾州城以来，你为乾州城带来了什么？大烟、白粉、巴蜀的女人，哪一样不是伤天害理的事情？"雨燕说，这些咋能是伤天害理的事情？官府都不管，你有什么资格来管？书艺说："官府不管？哪个官府不管？林则徐、黄爵滋、李鸿章，哪个大人不是主张戒烟的？既然你认为这些不是伤天害理的事情，我问你，那天尹志辉死在逍遥楼里的时候，你躲到了哪里？还不是因为自己都觉得愧对于死者，不敢面对你给乾州人造成的罪孽而采取的一种逃避办法吧。既然你认为吸食大烟好，你和我爸为啥不吸食？你认为那些巴蜀女子好，为啥不把她们都给我爸当三房、四房、五房、六房呢？"

几句话，说得雨燕已经没有招架之力。她觉得，自己在这件事情上

说不过书艺，便以书艺的"后妈"来威胁书艺，说："你说话放尊重些，不管怎么说，我还是你后妈，是你长辈！哪有晚辈这样和长辈说话的道理？亏你还是个读书人！"书艺说："正因为我是个读书人，才和你们讲道理，不合乎情理的事情绝对不能做！你口口声声说你是我'后妈'，好！看在我爸的情分上我认了。为人父母，就要为人师表。可是，你这个长辈，为晚辈都做了哪些表率呢？有哪些值得我学习？又有哪些值得我尊重呢？难不成让我也抽大烟、吸白粉？还是做陪侍？所以，不要倚老卖老，更不能以长辈自居！要让晚辈尊重，自己首先要自尊、自爱、自重！"

雨燕一看根本就不是书艺的对手，只好败下阵来。她说："你今天哪怕把天说破了，我就是你爸的二房，谁也休想把我撵走！这个烟馆是我白手起家，辛辛苦苦经营下来的，我的青春、我的血汗全都付给你爸和这个烟馆了，烟馆我非开不可！"

书艺说："既然你要这样说，那就是不讲理了！你想开烟馆，那就先把欠尹家的人命钱拿出来吧！"雨燕说："你爸说，我们不欠尹家的，凭啥要给他们钱呢？"书艺说："既然你们不讲道理，那就别怪我心狠！"说完，她冲进逍遥楼，把里面的被子、褥子抱出来，扔在大厅，然后把一桶煤油浇上去，气愤地说："我让你开烟馆！"正要点火时，被少峰拦住了。少峰对谁都能狠下心，唯独在女儿面前就狠不起来。便劝说："好娃呢！别冲动！爸答应你，咱不开烟馆了。"

雨燕一看少峰答应女儿不开烟馆了，她便耍泼，连哭带号地闹腾。少峰还没见过雨燕这个样子，厉声道："你真的想撕破脸面？"雨燕见少峰发火了，也担心少峰一旦被激怒，一纸休书扔给她，那时候她将何去何从呢？好不容易跟着少峰来到乾州，有了一个稳定的家，没想到，少峰的女儿比她巴蜀女人还泼辣，不但要关掉烟馆，断了今后的谋财之道，还不想让少峰承认她这个明媒正娶的二房。如果自己再这样蛮不讲理、胡搅蛮缠的话，不要说书艺不让她爸承认二房，恐怕少峰的脸面一时半会儿都挂不住，到时候真的会给她一纸休书。拿到休书，她该怎么办？毕竟自己是巴蜀人，物离乡贵，人离乡贱的道理一定要懂得。幸亏雨燕脑子灵活，转弯转得很快，从刚才的耍泼刁钻瞬间变成了一个可怜兮兮、无依无靠的女人了。

少峰对女儿说，你在外面念书，见的世面比爸多，爸听你的，咱不开烟馆了。但是，你后妈不管咋说，也是爸从成都带回来的，况且事前征得你妈同意，明媒正娶到咱家的。咱毕竟和人家过了几年，总不能翻脸不认人嘛。你是读书人，最讲道理了。现在咱不要人家了，你让她今后咋办呢？一个巴蜀女人远离自己的父母，离开自己的家乡，年纪轻轻的能跟着你爸到乾州这个对她来说很陌生的地方，也确实不容易嘛。

书艺想了想，开设烟馆害的是百姓，大烟不仅摧残乾州人的身体，消磨人的意志，还把百姓口袋里的钱财都吸纳到周家的腰包。大烟变成白花花的银子，腐败无能的清廷面对西方列强的压榨和枪口，奴颜婢膝，哗儿哗儿地双手被人拱送给列强，清廷不仅赔金赔银，而且还割地。既然他爸已经答应不开逍遥楼了，那就不会再危害社会了。说一千道一万，那毕竟是他爸，雨燕也毕竟是她爸明媒正娶的二房。二房就二房，又不会危及他人，只能暂时先稳定下来，走一步，看一步。

曾经红极一时的逍遥楼在书艺的强硬坚持下，终于谢幕了。少峰和雨燕商量后，给每个巴蜀女子、西安城小伙子除了正常支付了工钱外，还多给每个人一个月的工钱。巴蜀女子眼看着逍遥楼差一点儿被一把大火烧了，个个胆战心惊，所以，一个个揣着逍遥楼给的工钱，依依不舍地离开了乾州。

逍遥楼关门了，东小巷的烟馆掌柜心里凉透了。少峰的女子多厉害，人家在西安念书，坚决不让她爸继续开设烟馆，其中肯定有她的道理呢。再说，少峰财大气粗，膀大腰圆，都不敢开烟馆了，和少锋相比，自己能算个啥？如果说，少峰是手的大拇指，他们充其量就是脚上的小拇指。于是，开烟馆的掌柜，都在盘算着自己的事情。此时，整天与逍遥楼竞争的"二王宫"的掌柜还想着连逍遥楼和巴蜀女子一起接手继续干呢，经过深思熟虑后，不仅放弃了接手逍遥楼的想法，而且很快关闭了"二王宫"。

东小巷烟馆掌柜的眼看着"逍遥楼""二王宫"两个最大的烟馆相继关闭了，也都纷纷自觉地关闭了烟馆。从前烟鬼出入、热热闹闹、俾夜作昼的东小巷一下子萧条了。

42

怀义带着骑兵夜袭铁佛清军营帐，杀死杀伤数百名清军，这让罗大帅的颜面顿时就挂不住了。罗大帅看着帐篷内外横七竖八的尸体和雪地上殷红的血迹，差一点儿吐血了。马总统见状，心痛不已，立马火冒三丈。他根本就不相信仅凭复汉军目前的实力，怎么敢轻易地杀入军营内。他向还在暴怒中的罗大帅立下军令状：不攻下乾州城，请取我首级！当即调兵遣将，决定形成对"铁桶般"的乾州城发起攻打之势。

对于马总统的决定，罗大帅当即否决了。马总统不解，难道我们不报仇了？罗大帅擅长用兵之道，熟读《孙子兵法》，他说："君子报仇，十年不晚。再着急，也不在这一时半会儿。常言说得好，心急吃不了热豆腐。目前，你犯了兵家'求胜心切'之大忌。发怒只会妨碍人的思维，冷静，才能制定最佳的战术，是克敌制胜的法宝。"经罗大帅这么一说，马总统感到自己刚才一时冲动，决定有些草率了。弄不好，吃败仗是必然的，造成惨重的损失也是在所难免的。马总统说："我们的目标是西安城，不快速拿下乾州城，我们如何打进西安呢？所以，我觉得我们要速战速决，攻克乾州，直击咸阳，夺下西安，方能完成大帅对朝廷对士兵的承诺。"

罗大帅说："所言极是。我何尝不想立即攻克乾州城呢。一方面乾州城的城墙高大、坚硬、厚实，当年我去乾州城的时候，还专门登上城墙呢。对乾州城的了解比你们都多！乾州城外，西边有条漠西沟，沟宽且深，易守难攻。我们目前所处的北边地势较高，沟壑交错，也是一个易守难攻的地方。乾州城以东、以南，均为开阔之地带，没有掩体，刚出击便会暴露无遗，攻打起来比较困难。一旦出击，我们所有的部署都会暴露无遗，都在他们的掌控之下。所以，白天作战对我们十分不利。相对来说，夜间作战更为合理。不过，夜间作战的缺点是，视线没有白天好，任何的声响都要比白天大得多。综合起来分析，我们还是要采取夜间作战，白天如果有机会，也可以攻打，但要以炮击为主。"

于是，清军决定利用夜间对乾州城发动袭击。清军装备优良，大炮有威远炮、劈山炮等，数量远远多于秦陇复汉军，且炮弹充足。清军白天利用地势高的天然优势，从梁山脚下，对乾州城北门发起炮轰，随着炮弹炸响，乾州城北门浓烟滚滚，火光四起。清军趁机组织兵力对乾州城发起猛攻。守城的秦陇复汉军发现敌情，立即开展还击。有枪的，开枪射击较远的目标；手持弓箭的，向清军集中的地方射箭；会耍飞镖的，镖镖命中清军；没有兵器的，等到部分清军攻到城下，便使劲往城下扔石头、砖块，打得清军狼狈不堪，抱头逃窜。清军攻城心切，利用炮弹作掩护，一天对乾州城发动了数十次炮袭。炮袭之后又是一次又一次的强攻。每次攻击，都被守城的怀义和秦陇复汉军的士兵坚决予以击退。马统帅一看，攻城无望，死伤惨重。活着的士兵不断地出击、撤退、再出击、再撤退，这样反反复复，你来我往了无数次，一天下来，活着的士兵已经筋疲力尽，无心再战。死了的士兵，连尸体都丢在城外边不能及时搬运。马总统只好下令，全部撤退。

清军一看强攻已经没有优势，又想出了一招"挖地道"的办法。他们在梁山脚下寻找一个较深的沟壑，组织人员向乾州城开挖地道，妄图通过地道直达乾州城内。一旦地道挖成，就能形成内外相夹之势，城内城外相互策应，一举夺取乾州城。其实，"地道战"早在宋辽时期就有了。他们这一招，早已在秦陇复汉军的预料之中。秦陇复汉军提早在乾州城城墙内侧下面，摆放了好多倒置的空瓷瓮，每个瓮都有专人守候，一旦地下有异动，瓮内就会发出声响。根据声音就能判断出地道的方位。同时，秦陇复汉军和安澜等乾州城的人对乾州城进行讨论、分析，基本上能判断出清军挖地道的大致方位。再加上瓷瓮对地下声音的传送，及时捣毁了清军挖地道进攻乾州的图谋。

一计不成，清军再生一计。既然乾州城已经被驻守的秦陇复汉军形成了"铁桶阵"，罗大帅仗着人多势众，清军装备精良，后勤保障充足的优势，对乾州城从外围进行包围，死守在乾州城的外围，切断了乾州城外向城内粮草、弹药、枪械的补给线，妄图给秦陇复汉军造成心理上的恐慌。王统帅一看，大事不妙。乾州城所有的粮食也不够2万秦陇复汉军吃两个月。再加上枪支弹药等军需极度缺乏，清军围困乾州城不撤退，到时候，弹尽粮绝，吃亏的肯定是秦陇复汉军了。面对乾州城极其

严峻的紧张形势，王统帅委派乾怀义化装出城，到西安陈述乾州城险情，请求兵力、弹药、粮食等军需支援。怀义趁着夜色，后半夜从乾州城南门悄悄摸出去，发挥他对乾州地域熟悉的优势，连夜出城，向西安方向奔去。走到距离礼泉县城约一里之遥，就看见大都督亲自率领兵马、辎重，前来支援。怀义立即向大都督汇报了乾州城的紧张危急形势，大都督当即召集人员商量对策。经过对乾怀义报告一连数日的战况和时局分析，最后决定"围魏救赵"。

大都督命令驻守礼泉的邱彦飚率领大军从陆陌坡直扑田家坳，突袭田家坳没有丝毫防范的清军。并命令怀义立刻返回乾州城，由城内秦陇复汉军向清军阵地开炮，吸引清军的注意力。按照约定的战斗时间，此日上午 10 时乾州城、田家坳的复汉军准时从两个方向同时打响痛击清军的第一炮。乾州城炮击城北的清军，吸引了围守乾州城清军的注意力。邱彦飚率领秦陇复汉军对田家坳的清军突袭，双方激战了半天，把驻扎在田家坳的清军打得溃不成军。围在乾州城边的清军闻讯后，尚不明白秦陇复汉军的意图，加之受到城内炮火的袭击，急忙撤军，驻扎在乾陵铁佛、十八里铺一带按兵不动，更不敢贸然出击。秦陇复汉军趁机将补给送到乾州城内，暂时缓解了乾州城的燃眉之急。

怀义汇报了大都督的军事意图，只要严密防守，将清军拖在乾州，不让清军踏进乾州城半步，这次乾州守卫战就算打赢了。秦陇复汉军一定要抓住清军急于攻夺西安的迫切心理，不急不躁，稳扎稳打，拖延时间，一旦抓住机会，就奇袭清军，给他们造成一定的压力。王统帅接到命令后，严格执行大都督的决定，严格落实拖垮清军的作战意图。凭借大都督送来的枪支弹药、炮弹大炮、粮草辎重和调配的军力，严防死守乾州城，任凭清军在城下叫阵，绝不打开城门主动出击，弄得清军一时间老虎吃天，无处下爪，时间一长，心里便更加急躁。在尚无好的攻城计策时，他们继续向城内加大炮火攻击，企图炸开城墙，炸毁城门，占领乾州城。清军炮击时，驻守在城墙上的秦陇复汉军当即进入掩体，既能躲过炮弹的袭击，又能有效地观察清军的动向。清军围攻了多日，耗费了好多炮弹，乾州城墙城门依然坚固，虽然城墙上弹痕累累，却依然固若金汤。清军望着厚重的乾州城，一时束手无策，无计可施。

秦陇复汉军撤退至乾州城已经四十多天了。眼看着阴历年即将到来，罗大帅夸下"到西安过年"的海口可能要泡汤，这时候，清军的粮草储备已经严重不足了，如果不及时加大后勤补给，清军很难撑下去。面对战争态势的焦灼和后勤捉襟见肘的局面，罗大帅急得像热锅上的蚂蚁，夜不能寝，昼不能食。赶紧亲自去了一趟永寿县监军镇，亲自登门拜访直隶州州判、五品顶戴花翎闫忠厚，要求他为清军征集粮草。按官职来说，罗大帅比闫忠厚官大一级，直接召唤一声，让闫忠厚到十八里铺面见他就行了。此一时彼一时，只因全国的局势已经发生根本性变化，为了尽快征集到粮草等后勤补给，罗大帅不惜屈尊，登门造访。

闫忠厚听闻驻扎在十八里铺的罗大帅亲自登门，内心无比惶恐，急急忙忙出门恭迎，并盛宴招待。席间，罗大帅便将此行的目的和盘托出，要求闫忠厚尽快为清军征集粮草。在罗大帅软硬兼施之下，身为朝廷命官的闫忠厚不得不应允，继续在永寿县征集粮草。闫忠厚在县内得陇望蜀，声誉颇高，县衙富户，左右逢源，用自己的威望，为清军筹集粮草等后勤补给，折合白银2.85万余两。闫州判尽心了，永寿百姓给力了，罗大帅满意了，却害苦了永寿县的乡亲们。令闫忠厚万万没有料到的是清军以失败而告终，罗大帅当时应允战后悉数归还的承诺落空了，让他叫苦不迭，悔恨不已。

1912年1月1日，孙中山在南京宣布成立中华民国临时政府，并宣誓就职中华民国临时大总统。这一重大的决定，注定着中国历史的巨大变化，意味着清王朝从此走向灭亡。罗大帅是一个仇视革命党、甘愿效忠腐朽没落的清朝政府、冥顽不化的死硬分子，尽管他已经接到清廷要求他撤军的指令，但内心却不愿意接受这样的现实，不甘心钟爱的清王朝就此覆灭。他便罔顾指令，我行我素。对清军故意隐瞒朝廷要求他立刻撤军的指令，不断鼓动清军继续攻打乾州城，为清王朝效忠卖命。面对清廷撤军的施压，还有乾州城无法攻克的困局，此时此刻，罗大帅内外交困，心急如焚，命令马总统加大对乾州城的攻打。腊月二十一天还未亮，马总统带领清军在强大的炮火掩护下，攻到乾州城北门下，他们竖起云梯，命令士兵爬梯登城，却遭到了城墙上早有准备的秦陇复汉军的迎头痛击，复汉军站在城墙上开枪射击，大刀猛砍，炸弹、手榴弹、石块、砖头等奋力还击，云梯上的清军死的死、伤的伤、残的残，纷纷滚落云梯，掉在城墙根下，鬼哭狼嚎，死

伤无数，惨不忍睹。

罗大帅、马总统不甘心失败，多次命令士兵继续爬梯登城。城墙上，乾怀义则一丝不苟地认真执行着大都督的军事意图，一边指挥复汉军继续攻打爬梯的清军，一边按照王统帅的吩咐，向攻城的清军宣传，瓦解清军军心，涣散敌军士气。城下攻城的清军听到城墙上大喇叭喊道：一个多月前，孙中山先生在南京成立了中华民国临时政府，并宣誓就任中华民国临时大总统，清朝已经灭亡了。城下的兄弟们，你们被罗大帅欺骗了，还蒙在鼓里，你们替谁卖命？你们战死了，谁给你们家人发放抚恤费？

罗大帅一听，气急败坏地在城墙下大喊，别听他们胡说！清王朝依然存在！虽然城墙上下声音不一致，但是，怀义的话却实实在在起到了扰乱城下清军军心的意图。罗大帅厉声质问怀义，说："我待你小子不薄，你为啥要背叛我？"怀义说："您的恩情我永世不忘，当您被革职后，我多次去满城看望您，八旗兵连让我进城看望您的机会都不给，您说，我在八旗兵眼里算什么？大人，您常教导我说，得道者多助，失道者寡助。早在去年十二月，袁世凯主政的清政府已经与武汉革命政府在上海议和了，我军已经接到停战的电报。现在，清廷已经失道，苟延残喘，革命党已经得道，中华民国临时政府也已宣布成立了，我还能继续跟着您吗？如果您能投身革命党，我甘愿给您当牛做马，即使肝脑涂地也在所不惜！"罗大帅被怀义气得无话可说，他不再理会怀义，继续下令清兵攻城。城外的清军心里开始起了疑心，爬梯登城的士兵越来越少，眼看着登城无望，攻打乾州城的失败已成定局。罗大帅只好下令撤军。士兵撤走后，罗大帅心有不甘。虽然他说怀义说的是谎话，这只不过是他自欺欺人罢了，连他自己都不愿意相信，心里早已知道怀义说的句句是真，件件为实。因为那份要求他撤军的电报一直揣在他怀里，只是他不愿接受失败的事实而不敢往出拿而已。

攻城再次失败。效忠朝廷之心尚未泯灭的罗大帅命令炮兵不断攻击乾州城，乾州城再一次陷入炮火连天中。秦陇复汉军也不示弱，他们有了大炮，和清军相互对射。一连几日，炮声隆隆，炮弹在头顶上呼啸而过，炮火遮天蔽日。每当战斗打响后，书艺便带着孩子们躲起来，可是，天宝、天赐不听，偏要站在外面观看，别看他们年纪小，面对枪炮声却一点都不胆怯、不害怕。

面对清军激烈的炮火，秦陇复汉军炮兵营赵营长亲自督战，他站在炮台前，手举望远镜，不断地观察敌情，然后目测、瞄准、发射，一气呵成，正好一发炮弹击中驻扎在雁麦咀清军一口大炮的炮筒内，清军炮膛当即被炸开，阵地上的炮兵几乎全部毙命。活着的清军大惊失色，甚为诧异，百思不得其解，自认这就是天意，面对罗大帅的威逼，一个个吓得再也不敢朝乾州城内发射炮弹了。

罗大帅一看硬的不行，便采取软办法。第二天，他又派罗管带率部来到北城门外，举着预示投降的白旗，双膝跪在地上，双手端枪，举过头顶，企图利用诈降之计，妄图等待秦陇复汉军打开城门迎接他们之时，趁机开枪射击，一举夺下北城门。怀义站在城墙上看着这群"降兵"，一个个贼眉鼠眼，左顾右盼，不像真正的投降。他下令开枪射击，罗管带一看"诈降"的计谋被守城的秦陇复汉军识破，为了活命，赶紧掉头逃跑了。

1912年2月12日，隆裕皇太后临朝称制，颁布《退位诏书》，溥仪退位。还在围攻乾州城的罗大帅，得知清朝最后一个皇帝溥仪宣布退位的消息后，他心里真的不是个滋味，痛心疾首，为清廷感到惋惜，一个人在大帐内失声痛哭。马总统看见罗大帅倒地痛哭，上前搀扶，问其究竟，罗大帅不敢把溥仪退位、清朝已亡的实情告诉马总统。他担心一旦走漏风声，他所带领的甘肃清军一定会"树倒猢狲散"，到时候，别说攻打乾州城，恐怕他的性命也岌岌可危了。

五日过后，罗大帅不仅不能接受清廷已经灭亡的事实，拒不遵守停战协议，拒绝退兵停战，反而变本加厉地再次攻打驻守在乾州城的秦陇复汉军。于是，他调整攻打方向，放弃了攻打两个多月仍未拿下的乾州城。命令马总统带人攻打乾州城至礼泉县一带驻守的秦陇复汉军防线。腊月二十八日夜，马总统领命后，率领骑兵一路东进，先后突袭了乾州城东的青仁村、阳洪店、王铁村等秦陇复汉军驻守的阵地，他们攻村破阵，所到之处，烧杀掠抢，生灵涂炭，残害了100多位手无寸铁的老百姓，连老人和小孩子都不放过，几乎将几个村的房屋烧毁。清军的恶行，令人发指。马总统取得了大捷后，于是，将目标锁定在礼泉县城。正月初一，正当礼泉县城的百姓和守城官兵沉浸在新年的喜悦中时，马

总统的清军出其不意地攻下县城，守城的邱彦飚带着少数逃出来的秦陇复汉军兵卒败走他乡。

王统帅眼看着乾州城成了一座孤城，左无援兵，右无帮手，乾州城岌岌可危，危在旦夕，便命令怀义前往西安，请求支援。秦陇复汉军的炸弹营接到命令后，先后从兴平、武功赶往乾州城支援。由于出兵过于仓促，没有做好应敌的充分准备，加之对清军的兵力部署没有掌握，从兴平驰援的陈连长率部抵达乾州城东南方向的薛录镇时，就遭到了马总统带领的清军骑兵突袭，陈连长的炸弹连哪里是骑兵营的对手，死伤十分惨重，兵败薛录镇后，元气大伤，只好撤回兴平。而从武功赶往乾州的杨连长也如出一辙，在梁村一带也遭遇清军的埋伏，几乎全军覆没。两个炸弹连不仅驰援乾州城不成，反而造成了大量的人员伤亡，令秦陇复汉军损失惨重，失去了抗击能力。至此，乾州城真正成了一个没有外援和策应的孤城。

罗大帅在陕西一意孤行，负隅顽抗，残害革命党人，围攻乾州城两个多月，给陕西复汉军政府和秦陇复汉军造成了巨大的损失，引起了革命党人、社会各界人士和百姓的强烈不满。孙中山等先后致电袁世凯，陈述罗大帅在陕西倒行逆施的种种罪行，以及拒不执行撤军命令依然围攻乾州的现状，让袁世凯陷入被动局面。迫不得已，袁世凯不得不派几路大军从河南、云贵、四川等地前往陕西围剿罗大帅。罗大帅眼看着大势已去，不得不宣布撤兵停战命令。

半个月后，受罗大帅委托，马总统代表清军在乾陵脚下，与受秦陇复汉军政府委托的乾怀义和陕西名儒杨先生、李先生签署了停战撤军协议。至此，长达一百多天的乾州守卫战宣告结束。

离开清军营帐前，乾怀义对马总统提出要拜见罗大帅的请求。马总统说，罗大帅专门叮嘱过，他这一生中最不愿意看到的人就是你！怀义想了想，既然罗大帅这么绝情，他也不能再执意而为。便说："论私，他对我有恩，我终生难忘！论公，他与革命党为敌，我与他势不两立！"说完，他们一行三人便告辞离去。

乾州守卫战，从表面上看是在守卫乾州的战役，其实，这场守卫战保卫的是西安，保卫的是辛亥革命所取得的胜利成果。这场战斗给乾州城的百姓造成了物质上的巨大损失、精神上的严重创伤，永远难以弥补，乾州守卫战成了乾州百姓心中无法磨灭的记忆。而尚存在乾州城西北隅弹痕累累的城墙，成了守城将士的一座丰碑，成了乾州守卫战一段十分珍贵的实物历史档案。它彪炳着"鸠形鹄面、全无人色"的那些坚守在城墙上浴血奋战的秦陇复汉军将士和乾州城百姓的光辉形象和誓与乾州共存亡的英雄气概！

43

尹志辉死在了逍遥楼，多多少少让少峰心里有了一点点的恐惧，尽管他仗着表弟王耀武没有破费，但是谁能保证尹志辉这样的事情就不会再次发生了呢。于是，尹志辉的事情也成了女儿书艺说服少峰的软肋。书艺软磨硬泡地说服了父亲关闭了赚钱的大烟馆逍遥楼，虽说少峰心疼了好长时间，但是，他拗不过自己的女儿，书艺成了他的软肋，让他无能为力，只好听从女儿的安排。

关闭烟馆让书艺和怀义欣喜不已，最起码，完成了一件大事。虽说这才是铲除大烟的第一步，但他们出师大捷，功夫没有白费，为"治本"打下了一定的基础。

第二步，他俩将目光紧紧盯在了治本上，必须铲除乾州城种在地里的大烟。地里没有了大烟，烟馆里每日需要的大烟就不可能像目前这样，轻而易举地获得了。没了大烟，烟馆就断了吸食的原料，烟馆生存下去的希望就变得渺茫，乾州城的百姓就会免受其害了。然而，想铲除土地上面积庞大的大烟何谈容易？

书艺说，擒贼先擒王，打蛇打七寸。怀义明白她的意思，谁是"大烟王"，谁是大烟的"七寸"，他俩心里明白。要想说服所有种植大烟的人，必须先说服安澜和少峰，只要把安澜和少峰这个硬骨头啃动了，其他事情就好办了。因为，大量的大烟都是他俩种的。不是他俩种的，也基本上都种在租他们的土地上。只要他俩不愿意种大烟，其他人想种大烟都难了。但是，安澜听怀义说要铲除地里的大烟时，坚决不同意。说："娃，大烟是我的命根子，你是不是想要了我的命？"

怀义说："谁都只知道大烟利润丰厚，难道你就没有看见它如何害人吗？你看看，几年工夫，乾州城内城外诞生了多少大烟鬼，他们刚刚摆脱了饥荒的折磨，又跳进大烟的深渊，有的卖儿卖女，有的卖房卖地，有的拦路抢劫，就连土匪也来凑热闹呢。当年，庚子奇荒残害的仅仅是人的生命，可大烟就不同了，它不仅戕害生命，涂炭生灵，还摧残身心，摧垮人的意志，让国人不战自败，自掘坟墓，让列强们不战而胜，将中华民族推向万劫不复的深渊。再看看，八国联军，他们为什么能打败清军，他们靠的就是大烟对国人肉体上的残害、精神上的控制嘛。想当年，清军八万人，义和团要二三十万人，他们为什么打不过区区五万联军呢？清朝政府软弱无能、贪污腐化是一方面，更重要的是八国联军用大量的鸦片打开了中国本来坚固的大门。清政府割地赔款，把泱泱大国弄得支离破碎、四分五裂，拱手让给列强们，任他们宰割，任他们在我们辽阔的国土上恣意撒野。为什么清军能失败呢？还不是因为我们国贫民瘠嘛，还不是大烟对国人的毒害嘛！英国人大量给我国输入大烟，故意让国民吸食，让我们国将不国，军将不军，民将不民了！大烟摧残了国民的身体，麻醉了国民的意志，让民众一个个在大烟的侵蚀中身毁意摧，哪来救国救民的万丈豪情？哪来驱逐列强的万里斗志呢？大烟让我们的民众丧失了信仰，让军队丧失了斗志，让国家丧失了力量，让民族丧失了希望。再这样下去，不要说整个乾州、陕西，乃至整个中国、整个民族都必将灭亡。"

听着儿子这番激荡人心的话语，乾安澜也很心痛，他也深知大烟对人的戕害，乾州城百姓死的死、伤的伤、残的残，还有几个能振奋起精神的人呢？可是，大烟让他们的腰包鼓起来了，种大烟比种粮食的收益要强十多倍呢，不种大烟，哪来的丰厚利润呢？他说，大道理我都懂，就是这几年种植大烟上瘾了，一时三刻停不下来了。

"利欲熏心！你就甘愿带着族人挣昧心钱？"怀义质问道。

"老话说，君子爱财取之有道，我没偷没抢，靠种地得利，有啥不对的呢？"

"爸，我问你，啥叫为人之'道'？道就是万物运行的自然规律。自古以来，百姓依靠土地吃饭穿衣，这就是'道'。王道乐土，你没有问问，生长在乾州的百姓快乐吗？爸，你要明白'道'也是至善至真至纯的。多少年来，我爷爷，爷爷的爷爷，他们谁不是种庄稼，靠土地而生，靠庄稼而活，又有谁种过大烟呢？到了你这里，为了满足利益最大化，违背了百姓生存的自然规律和法则，改种大烟，戕害自己的乡邻，看着那些深受大烟其害的诸如尹志辉之类的人，你们熟视无睹，见怪不怪，依然我行我素，这难道就是你从小教育我的'道'吗？为一己私利，种植大烟，祸害同胞，这就是你心中的'至善至真至纯'吗？"

乾安澜不得不佩服自己的儿子怀义，几句话直戳他的要害。自从上次怀义骑马冲进杀场刀下救人，让他起死回生后，他便对二儿子怀义刮目相看。特别是他俩在咸阳城杜家面馆吃饭，杜掌柜碍于军爷的权威不肯收取分文，儿子却觉得人活着都不容易，更何况做小本生意的人，也是一厘一厘地挣，也更不容易。儿子更不愿意贪图小便宜，临走时暗中将饭钱放在盘子下面，不以军爷气势压人，不以官威欺人，与乾州城的宋希功、魏培吉等相比，真是一个在天上，一个在地上，他为儿子感到骄傲，为儿子的行为感到自豪。儿子能平易近人，不要权威，这不正是他所期待的吗？今天，听了儿子的一番话，他自惭形秽，深感不安。在儿子面前，他突然感觉自己矮小了、卑微了、自私了。亏自己还是个读书人，为啥总把个人利益看得比生命、尊严和民族存亡还重呢？

"唉！"他深深地叹了一口气，儿子的一席话让他心中豁然开朗。自己仅仅是一个族长，就把族人带到了种植大烟这条危及自己同胞、伤害百姓身心的绝路上了。假如自己是一代皇帝，岂不与英国等西方列强们同流合污，断送中华民族吗？他真的不知道，有朝一日他在九泉之下见到父亲、爷爷，见到族里的列祖列宗们，将有何颜面面对他们呢！

他求儿子，这一季的大烟马上就要成熟了，一旦现在铲除，势必这季颗粒无收，损失就大了，也无法给乡邻们一个交代。便问儿子能不能等到把这一季的大烟收割了呢。等收割了这一季大烟，就坚决洗手不干了。儿子说，一季要种植多少大烟呢？这些大烟流入市面，不知道又要残害多少人呢？坚决不能等待，必须马上铲除！安澜说，我也知道，我能保证把咱家地里所有的大烟铲除了，其他人嘛，我不好说，毕竟这是一料子庄稼，眼看着成熟了，咱总不能白白地浪费了吧！怀义心想，利益面前人人趋之若鹜。正向他爸说的那样，大面积、根本性铲除，依靠他和书艺的力量，一时半会儿肯定做不到。便说，咱先把铲除的事情定

下来。安澜决定召集族人商讨。与此同时，书艺也在做少峰的工作。

少峰对书艺关闭逍遥楼一事本来就心生怨恨，只是他在自己的心肝宝贝面前，也束手无策，只能就范罢了。没想到，一件能让他获利的事情刚刚因为女儿的断然阻挠而结束，她又提出铲除种植在地里生长、即将丰收的大烟事情。少峰头大得很，不同意吧，他心知肚明，他惹不起闺女这尊"大神"；答应吧，眼看着大烟到了成熟的季节，白花花的银子就会付诸东流，即将到手的一季收成眼睁睁地说没就没了，他于心不忍。任凭书艺磨破了嘴皮子，大理道讲了一河滩，小道理说了一簸箕，少峰就是不同意。他说，逍遥楼关闭了，已经断了自己的财路，如果再把地里的大烟铲除掉，周家的财路就全都葬送在这女子手中了。

书艺说："你再不同意的话，我就一把大火把烟烧了。"

少峰说："你快烧去，看他们不把你的腿打断。在西安读了几天书就长本事了，关闭烟馆，火烧大烟，看把你娃能的，给跳蚤都能挽笼头。把你娃涨的，披个被子都能上天去。大烟馆那是咱家的，与别人无关，你说关闭咱就关闭，我不想和你碎娃计较。那么大一片大烟地，那可不是咱一家的，那牵扯到的不仅仅是咱上官巷族人，还有乾州城其他人呢！你别得寸进尺，不知好歹。让你二两膏子，你还想开染坊。让你二两胶，你是不是以为你爸没文化不认识秤？有本事你就去地里点一把火，你看乡党们不活剥了你的皮！"

书艺说："我先把咱地里的大烟烧了，看他谁能把我怎么样？"

"看把你能的！你以为你是火神祝融？火就听你的话。我告诉你，水火无情，你说烧咱的就烧咱的，大火就能听你指挥？到时候火烧连营，祸及了其他人，你吃饱了都会让你兜着走。"

"我要的就是这个结果！我烧自己的，又没有烧其他人的，大火无情，我又能如何？他们要找，就找你赔去。"

一句话噎得少峰直打哆嗦。指着女子说道："你！你……"你了半天，说不出话。心想，你不就是要铲除地里的大烟嘛，反正，你再咋说，哪怕把天说破了，我绝对不会让你的想法得逞。你有你的千条计，我有我的老主意。经过一番苦思冥想，无论如何他都不能答应。

眼见着女子逼得紧了，他便使出撒手锏，躺在炕上装病，不吃不喝，以绝食来威胁。一会儿说他头疼难受，一会儿又说肚子疼不舒服。

弄得和真的一样。老婆只好亲自出面，劝女儿消停消停，说："你把你爸气死了，不仅落下了不孝的骂名，今后谁养活咱家呢？"儿子也顺水推舟，请了乾州城几个好郎中前来号脉，都检查不出毛病来。书艺顿时恍然大悟，这是少峰的绝招，遇到说不通的时候，就会躺在炕上装病。于是，她干脆把少峰的大烟罐罐从炕洞里扒拉出来，坐在少峰的炕脚下，佯装开始抽大烟。吓得少峰一骨碌从炕上跌绊到地上，抱着烟罐罐又气又恨。书艺说："你那么舍不得铲除大烟，就说明在你心里大烟是个好东西。既然是好东西，那就让你女子也抽嘛。"少峰说："这娃咋是个死脑袋，一根筋呢。你不把你爸逼死，绝不会善罢甘休。"于是，他让雨燕把烟罐罐保管好，自己干脆一不做，二不休，爬上炕躺着，继续用绝食来威胁书艺。

书艺一看她爸真的绝食呢，便也躺在少峰的旁边，她爸不吃，她也不吃；她爸不喝，她也不喝；她爸不睡，她就把眼睛睁得铜铃一样大。知女莫如父！就这样父女俩相互对峙地熬了两天，少峰心疼闺女，首先败下阵来。他刚端起碗，吃了一口，书艺两三口就喝了一碗稀饭。刚想再吃，却被少峰拦住了。心疼地说："娃，饿慌了，一下子不能吃得太饱。"书艺故意气少峰，说，"吃饱了撑死我算了，反正你又不心疼你女子。我死了，你眼不见，心不乱，又没人逼着你铲大烟。"少峰说："你死了，爸还能活吗？"书艺撒娇，靠在少峰的肩头说，我就知道我爸最心疼他女子呢。少峰心里还在甜甜着呢，书艺一转头，问道："大烟铲不铲？"

"铲，铲，往完地铲。不过，眼看着大烟成熟了，咱把这料子大烟一收，爸保证再也不种大烟了。"

"不行！必须马上铲！"书艺态度很坚决。

"你等等，种大烟的又不是咱一家，还有那么多的乡邻呢，再说，要保证今后不再种大烟，你容我和族长、族人商议商议再定！"少峰使了个缓兵之计，其实，他还不知道呢，书艺知道怀义也在劝说安澜铲除大烟呢，所以，她故意佯装生气，勉强同意了少峰的意见。

乾周祠堂里，黑压压聚集着族人。大家听说要铲除地里即将成熟的大烟，祠堂里像被人扔了炸弹，把祠堂屋顶都能掀翻，七嘴八舌，异口同声不答应。一时间，祠堂里吵吵嚷嚷的。这时候，怀义看着安澜，书

艺看着少峰，等他俩发话呢。他俩知道，在自己家里，自己能说服各自的父亲，在祠堂里就不一样了，他俩谁也说服不了这么多的族人，族人只听族长的。更何况在利益面前，族长的话也未必好使。安澜把怀义的话又给大家讲了一遍，把大烟的危害说了一通，表示自己同意铲除大烟，绝不再种这害人的东西了。他征求少峰的意见，少峰本来还想说"不"字，书艺已经把他的右手紧紧地握在自己两只手里，他知道女儿的意思，只好说同意族长的意见。眼看着族长都是这个态度，族人一下子傻眼了，顷刻间，祠堂里炸了锅，族长、副族长都同意铲除大烟了，眼睁睁看着到手的鸭子就要飞了，他们哭的哭、喊的喊、叫的叫、闹的闹，就是不敢在祠堂里撒野。要是在祠堂外面，乡村中最粗野、最恶毒的话都会从这群利欲熏心者的嘴里骂出来，弄不好，还有人会动手呢。

俗话说：众怒难犯。怀义直接把书艺拉出了祠堂。祠堂外，天气非常炎热，他俩的心比天气还热。远处"算黄算割"的叫声若隐若现，两人面面相觑，面对这么多群情激昂的乡亲，两人商量着如何才能把事情妥善解决好。

看着怀义把书艺拉出祠堂。有粮喊道："族长，你看看咱要的啥娃吗？眼气咱族里人发财呢！见不得咱族里人面汤上清个皮皮。"

"他俩要不是族长的娃，看我不打断他的腿。"安利说。

"看把你能的，有本事动他俩一指头试试。"有粮看着安利，不屑一顾地说，"都没掂掂自己几斤几两，怀义让你娃个后腰，你绝对都不是他对手。"

"还是古人说得好，女子无才便是德！"

……

大家你一言，我一语，喋喋不休。安澜和少峰也不阻拦，要想把问题解决好，就必须让他们把话说完，把气出尽。你要断人家财路，还不能让人发发牢骚。兔子急了都下口咬人呢，何况他们都是族里活生生、大腾腾的人。

祠堂里面继续争吵着，祠堂外面两个年轻人心里更着急。

书艺说，不行咱就来硬的，一把火把大烟烧了去。怀义说，不行，硬的害怕横的，横的害怕不要命的。咱放火烧大烟，就是要他们的命。他没命了，死前还不和咱拼命，弄不好惹出大事呢。书艺说，软的说不通，硬的行不通，难道咱就半途而废吗？

"欲速则不达。咱要断他们财路，他们能答应吗？先不管大烟的危害，就凭大烟比粮食能多挣 10 倍的利润，同样是一料庄稼，他们能分清三多两少，要让他们心服口服把大烟铲了，就要给他们充足的时间考虑。百姓就是百姓，他们封建思想根深蒂固，有的已经达到了冥顽不化的程度，仅靠三言两语的说教，那肯定是行不通的。再说，不要说他们，就是我们的父亲，不也是一时半会儿就能想通的。你在家里如何斗智斗勇，你还记得吧！"怀义说得书艺不好意思了。问道："你说咋办？"怀义说，族里不是要办学堂嘛，咱就趁势而为，借力打力，不仅完成咱们的心愿，也成全了族里人要办学堂的夙愿，一举两得，何乐而不为呢。于是，他给书艺说了他的想法，书艺说，还是你想得周到。说完，两人重新回到祠堂里。看着他俩进来，祠堂里停止了争吵。

怀义对安澜和少峰说，既然大家目前都不愿意铲除大烟，那就留着。安澜和少峰心里犯嘀咕，心想，你咋把你爸往刀刃上送、往火坑里推呢。怀义说，族里不是想办学堂嘛，苦于资金不足，一直都没有建成。我有个办法，这一料大烟咱先不铲，等大烟收了，下一季坚决不能再种植大烟了。大家都说好！怀义说，不过，这一料大烟的收益，八成留着办学堂的经费，二成留给自己。大家想想，如何？

族人说，给自己留得太少了。怀义说，这仅仅是我的想法，你们再商量，毕竟办学堂是造福子孙后代的大事呢。

最后，经过族人再三讨论，个人收益和学堂筹款确定五五分成。

一场纷争就这样画上了比较圆满的句号，既解决了永久不种植大烟的长期性问题，又解决了令安澜头疼的办学堂的资金事宜。

44

人怕出名猪怕壮。上官巷人富裕了，让土匪王豹子心里十分欢喜。有了富户，土匪自然就多了财路。

王豹子本来是个贫苦人出身，家住乾陵北边的张王村。由于父亲早

早病故，他年幼无力，只好与母亲整日沿街乞讨为生，受尽了富人冷眼的差辱，尝尽了富家恶犬狂吠的胆怯，他虽然对富户怀恨在心，但因为年龄小、身材弱，并不能把大户人家怎么样。于是，只能把对他们的怨恨像钉子一样钉在心里了。长年累月，钉子越扎越深，不敢拔，一拔就会痛不欲生血流不止；拔不掉，心里自然就会长出脓包，长出充满深仇大恨的脓包。等他长到十八九岁的时候，母亲求爷爷告奶奶，终于给本村的大户张满富说好了，让他打长工，靠自己的劳动自食其力，还有一个固定吃饭的地方了，不至于学坏。

刚开始，王豹子显得很卑微、很听话、很懂事，张满富让他干啥就干啥，从来都不会挑三拣四，更不会顶撞东家，努力干好自己分内的事情，为的是不让自己的母亲王李氏操心。人常说，好事不出门，坏事传千里。王豹子在张满富家干了大半年，冬日闲下来了，没有太多的农活，整天就在牲口棚里给牲口喂草、饮水，隔几天到牲口棚起圈。太阳好的时候，再把牲口拉出去晒太阳，梳皮毛，惹得大户张满富满心欢喜，看见他们两个长工时，心里乐滋滋的，脸上整天挂着笑容，嘴里乐开了花，笑得合拢不住。

张满富转身刚走，伙计斜眼对王豹子说，你说东家对咱好不好？王豹子说好着呢！斜眼笑嘻嘻地说，我跟你沾光了。王豹子不解地问，你比我早来好几年，有经验，脚跟都站稳了，咋能是跟我沾光呢？是不是嫌我沾了你的光？斜眼说，哪里哪里，我真的是沾了你的光呢。说完，他继续经管牲口，不管王豹子怎么问，他只笑不说话了。

王豹子咋都觉得斜眼今天的举动太怪异了，这里面肯定有啥蹊跷之处。从这天起，王豹子心里一直琢磨斜眼说话的意思。斜眼为啥突然间这么说呢？王豹子因为年龄轻，还不谙事，一时半会儿还琢磨不透斜眼话里话外的渠渠道道。直到一个月后的一天半夜，外面下着鹅毛大雪，王豹子半夜起来撒尿，看见厨房旁边小屋里的灯亮着，好奇地走过去。他蹑手蹑脚地来到窗户下，尽管冻得浑身发颤，却忍不住好奇之心，听见张满富和一个女人说悄悄话。王豹子的好奇心一时难以收住，便用冰冷的手指在舌头上蘸了一点唾沫，轻轻地往窗户纸上一点，窗户纸便被手指头点了一个破洞。他把脸贴上去，屋子里的热气从破洞里飞出来，他的额头处热乎乎的，努力地睁大右眼睛，眼球骨碌骨碌地转动着，他看见掌柜的张满富赤条条地把一个和他同样赤条条的女人压在炕上，两个人就像两条白蛇扭动着、纠缠着，随着张满富一起一伏，身下的女人像着了魔，口里便发出了一阵阵娇滴滴的叫声。一时间，王豹子浑身发热，男性激素第一次在他的身体里升腾，弄得他两条腿不由自主地夹紧了。好奇心却驱使着他的眼睛离不开窗户上的破洞，目不转睛地看着炕上两条扭动着的白蛇。突然间，张满富像一只泄了气的皮球，一下子趴在身下白蛇的身上软瘫了、不动了，下面的白蛇还在一个劲儿地喊着叫着，没完没了地要着。当张满富从白蛇身上掉下来的瞬间，王豹子才发现被张满富刚才一直压在身下的白蛇的真面目，这条风骚的白蛇不是别人，正是他尊敬的母亲王李氏。当他发现母亲真面目的瞬间，王豹子就像被人当头击了一闷棍，呼吸停止了，心跳停止了，知觉失去了，"嘡"的一声，直挺挺地倒在了地上。张满富和王李氏都听到窗户外面的响声，立即穿衣出门查看。这不看不要紧，一看着实把两个人吓了一大跳。刚才在窗外偷窥他们的不是别人，正是王李氏的儿子、张满富家的伙计王豹子。

二人委实吓得不轻，连忙把直挺挺的王豹子抬进房子，放了热炕上。过了一袋烟工夫，王豹子终于醒来了，他发现自己躺在刚才母亲发骚的炕上，母亲和张满富一左一右地坐在他的两旁，他心中的怨气升腾了，噌地从炕上坐了起来，左手一把抓住张满富的衣领，右臂抡圆了，在张满富的脸上左右开弓，打得张满富鼻子、嘴里都是血。王李氏见状，急忙抱住儿子的右臂，好言相劝，王豹子眼睛充满了血色，怒目圆睁，怒斥道："你还有脸劝我？你干的丑事，咋能对得起我死去的爹？"

王李氏被儿子怒斥着，刚才自己在炕上与张满富的丑态肯定被儿子看了个一清二楚，刚才的快感与惬意早已不翼而飞了，顿时感觉到自己脸上火辣辣地烧。她祈求儿子原谅，王豹子心头的愤怒之火并不能因为她三言两语的好话就能熄灭。王李氏说："你别喊了，这事传出去，你妈还活人不？妈就剩你一个亲人了，妈保证再也不和张满富往来了。"张满富在一旁打圆场，战战兢兢地说："我保证，我发誓，今后再也不和你妈往来了。"王豹子气得脖子上的青筋像蚯蚓一样凸起来，对着张满富说："你就不是人！滚！"王李氏给张满富递了一个眼神，张满富知趣地溜了。

热腾腾的屋子里就剩下王李氏和她儿子了。王李氏说："张满富能收留咱娘儿俩，不管咋说，都给咱一条活命的路呢。咱虽说不要感激他，至少咱也不能抱怨他。难道，咱娘儿俩在外面沿街乞讨的情景你忘了吗？被人往外撵，被人放狗咬，咱啥苦啥累啥罪没遭受过？为了能让你活命，延续王家的香火，娘这不值钱的破身子算个啥呢？只要有人肯舍得给咱娘儿俩一口饭吃，娘把身子贴配上又能咋？你爸死得早，要不是为了你，娘早都改嫁了。现在还不是因为活命，为了一口保命的饭么，娘这张老脸为了儿子也算值了。你要是还想不通，娘这就死去。"说着，王李氏下了炕，就要往外走。王豹子也急急忙忙跳下炕，一把抱住王李氏，伤心地哭了。他想，娘说得对。谁怨她娘儿俩是个苦命的穷苦人呢。

君子报仇，十年不晚。王豹子从此在心里种下了报复张满富的种子。他擦干了眼泪，起身返回牲口棚里，斜眼问他干啥去，他说上茅房了。斜眼虽然有些不相信，但也没有再说啥。从这天晚上开始，王豹子整天闷着头干活，很明显话也少了许多，也不再过问他妈与张满富之间的事了，这让张满富倒感觉到有些意外。两个人背着王豹子偷偷摸摸又干了几次事情，都没有被王豹子发现。其实，王豹子心里明白，他不想再管他妈的事情了。就像他妈说的那样，权当他妈改嫁了。只不过，张满富欺负他们母子的这口恶气他一直都咽不下去。

有一天，他发现他妈与张满富两人又纠缠在一起，他不动声色，直接跑到张满富小老婆莺莺的房间，还没等莺莺明白是咋回事，王豹子就爬上了莺莺的身子，年少的王豹子把莺莺干得浑身像散了架，等到她发现身上的人不是张满富时，为时已晚。虽然她瞧不起王豹子，嫌王豹子是个下苦力的长工。但是，王豹子在她身上所付出的劳动，足以让她慢慢地品味几天几夜。从此，她也不管王豹子的伙计身份，就这样和王豹子睡在了一起。鸡叫三遍了，她催促王豹子赶紧起身走人，王豹子说，你放心，只要你愿意，我每天晚上都能让你吃饱饭舍不得丢碗。莺莺说，瓜娃，可不敢让东家知道了，他知道了还不把咱俩投井里。尽管王豹子知道张满富不敢把他怎么样，但为了保全他妈的名声，这才悻悻地起身，穿好衣服离开了莺莺的屋子。

其实，王豹子心里明白，张满富不敢把他怎么样，也不能把他怎么样。但是，张满富背着他肯定会折磨莺莺。不管怎么说，莺莺是无辜的，他不能因为自己一心报仇雪恨，而祸害了无辜的莺莺。

有了报复之心，便筹划着报复之行。王豹子报复张满富的行动首先从莺莺开始。人常说，无事献殷勤，非奸即盗。自从与莺莺勾搭成奸后，王豹子又开始主动接近张满富的宝贝女儿张草儿。草儿虽说年纪不大，也已经到了豆蔻之年了。张草儿长得眉清目秀，她把母亲和张满富的优点全都继承下来了，杏眼、浓眉、瓜子脸、樱桃嘴，皮肤白白净净，水灵得能掐出水来。唯一和她父母的不同之处，就是泼辣，不怕事儿。王豹子出去遛马，主动问站在院子里晾晒衣服的草儿去不去。草儿不屑地说："遛马有啥好的，不去。"王豹子说："我遛马，你骑马，成不？"草儿说："那感情好！"于是，跑过去，就要王豹子扶她上马。王豹子说："不成。门楣有些低，你骑上马，咱就从门里过不去了，不小心就把头碰了。出了门，我再把你扶上马背。"于是，草儿就跟在王豹子的屁股后面出了门。刚出门，王豹子就把草儿扶上马背，叮嘱草儿坐好了。

等出了村，王豹子就问草儿骑马好不好玩。草儿平生第一次骑马，当然感觉很刺激，便回答说好玩。王豹子故意在马屁股上拍了一巴掌，马蹄子加快了，草儿在马背上有些害怕。王豹子说，你等着。于是，王豹子紧跑几步，腾空而起，翻身上马，和草儿一起骑上马。他从草儿身后紧紧地抱住草儿的腰肢。王豹子狠劲地抽打马屁股，马便撒开四蹄箭一般飞出村外，惹得马背上的草儿咯咯地笑个不停，俨然忘记了王豹子正紧紧地贴着身子搂着她的腰肢的事。

就这样，王豹子利用教草儿骑马的手段，一步一步逼近了草儿。时间一长，草儿也就和王豹子慢慢地熟悉了，之间没了陌生感。有一天，张满富发现草儿跟着遛马的王豹子出门时，便问草儿干啥去？草儿头一仰，说她骑马呢。张满富禁断说："女娃家骑啥马呢，还不待在家里和你妈做针线活呢。"草儿冲着张满富，摆出一副鬼脸，说："我才不愿意做针线活，骑马我才高兴呢。"张满富一看女儿很高兴，也就不再说啥了。因为他还没有识破王豹子的阴谋诡计。否则，他肯定不会允许草儿和王豹子一起出门呢。搞不好，他能把王豹子扫地出门了，甚至把他母子俩赶尽杀绝。

这一次，王豹子带着草儿故意在乾陵附近疯野，搂着草儿的细腰，故意在草儿并不丰满的胸部上揉搓着，眼见草儿并没有反感，他一双手又加快了在草儿胸部揉搓的速度，同时，他把嘴巴贴在草儿的耳朵旁，一会儿吹一口热气，一会儿再吹一口热气，一口热气接着一口热气地吹，王豹子嘴里的热气把草儿心里缭乱得像春天里梁山坡上的野花一样，有些迷醉了。很快，王豹子策马到了梁山北边的山脚下面，故意手一松，让沉浸在马背上被他迷乱了心的草儿身子一斜，他也顺着那斜斜的、柔柔的身子往下倾斜着，将草儿紧紧地抱在怀里，两个人在山坳里、在野花丛中尽情地发泄着……

激情过后，容不得草儿多想，她已经成了王豹子的女人了。草儿哭了，那哭声就像山里的鸟鸣，听得王豹子心里暖暖的。草儿问王豹子咋办？王豹子说好汉做事好汉当！草儿说："都不看看你的身体多么瘦弱，还好汉呢。"王豹子说："别看咱身子消瘦，满身都是筋骨肉，功夫一点都不消瘦。"一句话让草儿落了个大花脸。草儿说："这事让我爸知道了，有你好果子吃呢！"王豹子说："我不要好果子吃，我就专门吃你。"说着，又把草儿压在身下，忘情地吃了一次。

天下没有不透风的墙。王豹子每到晚上就悄悄地潜入草儿的房间，有一次，动静弄得太大，被草儿的后妈莺莺发现了。莺莺推门进去，一看草儿炕上躺着的人不是别人，正是还和她躺过的王豹子，心里火冒三丈，揪着王豹子的耳朵把他拉下炕，破口大骂王豹子不是人。王豹子做贼心虚，啥话都不敢说，静静地忍受着莺莺对他辱骂。这时候，张满富被莺莺地叫骂声惊扰了过来，一看屋子里的阵势，他就明白了是咋回事，气得浑身发抖手打哆嗦，一句完整的话都说不出来了。

王豹子啥话都不说，扑通一下子跪在张满富的面前，说："东家，这事不怨草儿。要打要骂，要杀要剐你就冲着我来！"

张满富顿时有些回过神，他斥责莺莺，说啥家丑不可外扬，声音这么大，都不怕被邻居听见了笑话嘛。他立即转身，跑到厨房拿了一把菜刀，对着跪在地上的王豹子说："你说，我剁了你的爪子呢，还是剁了你的老二呢？"王豹子直挺挺地跪在地上，一句话也不说，任凭张满富处置。张满富说，"还是把你的耳朵割了，让人看看你的嘴脸，给你留下一辈子的记忆。"说着，就伸过刀，准备割王豹子的耳朵。王豹子心里很坦然，反正他的复仇计划已经完成了，任凭张满富咋样处置他都能坦然接受。令他真的没有料到，当张满富伸过明晃晃的刀子要割他耳朵的瞬间，草儿一下子扑了过来，挡住了那把菜刀，脖子上被菜刀划过了一道口子，鲜血直流。草儿的举动，也吓住了张满富和在场的莺莺。气得张满富把菜刀往地上一扔，说："你俩滚吧！滚得越远越好！"

王豹子抱起草儿刚要离开，却被刚进来的草儿娘拦住了。她死活不让王豹子带着草儿走。对王豹子说："草儿从小没受过罪，就这样出门，草儿会受不了的。"草儿劝她娘说："我生是豹子的人，死是豹子的鬼。"豹子娘也过来劝豹子，道："草儿还小，吃不了外面的苦，受不了那罪。你放过草儿吧！"

没办法，张满富只好给他俩装了一小袋银子，把他俩扫地出门了。王豹子抱着草儿临出门前，莺莺冲了过来，抡起胳膊，在豹子的脸上恶狠狠地打了一个响响亮亮的耳光。这一耳光，唯有豹子和莺莺知道原因，张满富、草儿娘和王李氏还以为莺莺替草儿打抱不平呢，一个个打心眼里感激着愤怒勇敢的莺莺。

抱着草儿出了门的王豹子听到身后莺莺的啼哭声，眼眶也湿润了。

45

书艺在上官巷当起了乾、周两姓氏族后代的私塾老师。清军撤退乾州后，吴惠然竟然离开军队，还像从前那样，远远地跟着书艺。

筹备乾州学堂还需要一段时间，书艺便把私塾放在自己家里。刚开始，少峰还不太乐意。书艺说，家里有的是空地方，闲着也是闲着，还不如充分利用起来，自己教书也免得跑来跑去，侄子铭远读书也方便，更何况，娃娃们一来，院子就活跃起来了。少峰说，这个道理我懂，就是害怕他们吵得我睡不好觉。书艺说，娃娃们念书重要，还是你睡觉重要。成天只知道睡觉，不读书、不识字，长大了就是个睁眼瞎子。到时候，整个乾州城哪里还有我们乾、周人的世事呢，不知道让哪些读书人掌管呢。

少峰生气地说："你娃念了几年书，是不是专门给你爸念的，还是专门回来对付我的？烟馆烟馆，你不让开，大烟大烟，你不让种，我看你把书念回来了，光知道念书、念书，这辈子是不是和钱有仇呢，把好端端的财路让你堵死了。"

书艺说："你心里只有赚钱赚钱，再没有别的？俗话说，君子爱财，取之有道。不读书，凭的是蛮力挣钱，赚的是力气钱，不是智慧钱。没有知识，赚钱的渠道、方式、方向一旦错了，自己还不知道个所以然。而读书赚钱就不一样了，凭的是知识，靠的是智慧。所以，古人说，不登高山，不知天之高也；不临深渊，不知地之厚也；不闻先王之遗言，不知学问之大也。念书为了啥？还不是为了上知天文，下知地理，远知历史变迁，近知生活的方向。皇帝都说，书中自有黄金屋，书中自有颜如玉。君子说，学不可以已。你和安澜叔为啥能当族长，还不是因为你们比族人多念了一点书，懂得比别人多嘛。难道你忘了劳力者治于人，劳心者治人的道理。"

少峰心想，不仅仅是自己爱这女子，关键这女子说话一套一套的，句句都在情理之中。看来，读书就是和不读书不一样，自己这几年在这女子身上的钱没有白花。于是，他背着双手，喜眯眯转身走了。反正，他拗不过女子，她想咋折腾就折腾去吧。出了门，少峰就看见吴惠然远远地盯着他家看呢。他知道这娃的心思，便走过去想劝劝。吴惠然看见少峰就像做错事的小学生见了老师，双手低垂，耷拉着头。少峰说："好娃呢，赶紧回去吧！书艺已经和你退婚了，抓紧时间找一个好女子结婚过日子去。"他的话吴惠然好像一句都没听见似的，没有任何反应。弄得少峰直摇头，走了，把吴惠然晾在原地。

看着少峰出了门，书艺很高兴，虽说她爸没有说同意她在家里办私塾，但她心里明白，这就是没反对。从此，她把上官巷的天宝、天赐、天秀、雨宸，还有乾有粮的外孙女宋秀芝等十几个小孩子安顿在家里，教他们《三字经》《百家姓》《孟子》《论语》《左传》《诗经》等，让他们识文断字。

书艺告诫孩子们《礼记·儒行》记载：儒有博学而不穷，笃行而不倦。意思是儒家认为学习是无止境的，如同"学不可以已"一样，广泛地学习，不停止地学习，不断地积累知识，要时刻注意谨言慎行，忠实地落实，不能懈怠！启发学习，激励学习，养成良好的学习兴趣。

教一句，孩子们跟着念一句。这些娃娃一个个开始接触这些新事物，高兴得很。加之，书艺上课的时候不刻板，不固执，不照本宣科。她手舞足蹈，肢体语言很丰富，和他们之间能很好地沟通、交流，充分发挥他们的天性和想象，让他们对每件事物从内心感兴趣。课间，带着他们跑步、站军姿，和他们一起玩捉迷藏、老鹰捉小鸡等游戏，开展背课文、书写等比赛活动，培养他们学习的热情和良好的学习习惯。所以，每天吃完饭，孩子们都不愿意在家里停留，蹦蹦跳跳，像只小鸟一样早早地飞到乾州私塾。

看到娃娃们学习兴趣这么高，安澜心里非常高兴，便问少峰，书艺咋样教的，娃娃们都爱往你家跑？少峰说，这女子鬼点子多，是个娃娃头呢。有粮说，我孙女、外孙女一刻都不愿意在家多待，都喜欢听书艺讲课呢。

天宝学习踏实认真，对每件事都会刨根问底，打破砂锅——问到底，孩子们送他外号"砂锅"。天赐天资聪慧，一学便通，就是不踏实、不认真，猴尻子抹蒜，坐不住，孩子们送他外号"大圣"。而天秀呢，比较腼腆、含蓄，遇到问题不慌不忙，一板一眼。她自从和天赐进了乾安澜的家门以后，就很懂事，帮着大人照看襁褓中的天宝，所以，她与天宝很亲近，让天赐都有点嫉妒。书艺的侄子周铭远性格与书艺大相径庭，铭远比较内敛，平时话说得比较少，尽管书艺在某种程度上关照他，常常提问，他却挠头抓耳，脸能红到脖子根，不善言谈。

一开始，书艺仅仅是让他们跟着自己念，后来，她买来了笔墨纸砚，让他们一个个写，把所学的东西不仅要记下来，还要写下来。铭远的毛笔书写更胜一筹。他一笔一画，规规矩矩，写出来的字特别工整。每到书写的时候，就难坏了天赐，他是"大圣"，静不下心来，于是，每次都会弄成个大花脸，把脸抹的和敬德一样。

有次课间休息，天赐从外面进来，对书艺说："姑姑，外面有个门神呢。"书艺不解，心里还在想哪里有门神？天赐拉着她出了门，就看见吴惠然像个门神站在她家门前。看见她，只是盯着她看，一句话都不说。书艺就劝吴惠然，吴惠然依然没有反应。气得书艺拉着天赐转身进

了家门。

有天下午，书艺带着孩子们正在私塾里读书，突然"大圣"从外面冲进来，上气不接下气地说："不好了，不好了，土匪来了。"听得书艺大吃一惊，她以为天赐故意恶作剧，便问："你啥时候跑出去的？哪里来的土匪呢？"天赐说："真的是土匪。我看见了，他们进了爷的屋子。"这时候，孩子们已经惊慌失措，宋秀芝、雨宸等女娃们已经吓哭了。书艺把他们一个个往怀里拉，安慰道："别哭！你们就在这里待着，我出去看看。"告诉天赐、天宝、铭远，要好好地照看他们。天赐、天宝、铭远很懂事地点点头，书艺转身出了私塾的门，让天赐把门从里面关好。再三警告他们，土匪没走，谁也不许出来！

书艺出了门，天赐对天宝说，咱俩出去看看。天宝说："你咋不听先生的话？"天赐说："好话当然听。土匪来了，先生是个女人，我们男人不出去，咋能让女人替男人挡土匪呢？"天宝说："先生不让去，我就不去！我要替先生照看好他们呢！"说着，他指了一下私塾里的学生。天赐说："你就是个胆小鬼！屎尻子！你不去，我去！你好好听先生的话，把他们照看好。"说完，天赐挺起胸膛，像个大人一样，也出了私塾的门。转过头对着天宝说："过来，把门关好！都别出声！"

来到周家的土匪不是别人，正是王豹子。他之所以敢在白天来到上官巷，并不是他不害怕官府，而是他知道上官巷的族长讲道理。一个月前，他趁着夜色，悄悄地潜入上官巷，直奔安澜家。安澜一看是王豹子，就请他客厅里坐。

王豹子说："废话我就不多说了，族长肯定明白我的来意。"

安澜说："既然大当家亲自登门，我很敬佩您的胆识。不过，既然来了，就得耽误大当家一会儿时间，咱就喝喝茶，聊聊天，说一说盗匪之事。"

王豹子说："也行，不过工夫不能耽误得太久，更不能耍花招。"

安澜说："这两点请放心。"然后起身给王豹子取了上等的好茶，王豹子以为安澜要取凶器，立马提高了警惕，站起身很警觉，右手作出了拔枪防范的架势。安澜说，"大当家咋就不放心人呢？我有家有舍的，既不是跑户，又不是走户，不值得大当家起疑心。"安澜的一席话，反倒把王豹子说得不好意思了。

　　然后，安澜把纸包放在桌子上，一层一层展开，露出茶叶。王豹子一看，茶叶上有金黄色的小金点，他喜出望外，连说好茶！好茶！金贵得很。安澜说，大当家的今儿有心情登门，那必须用好茶招待。

　　"这是啥好茶？"王豹子问。

　　"咸阳茯茶。"安澜一边说，一边浸泡茶叶。当他把红色的茶水递给王豹子时，王豹子将茶杯放在鼻子下闻了闻，顿时，香味扑鼻，呷了一口慢慢地品着，这茶的味道甘甜爽口，沁人心脾。王豹子又美美地呷了一口，脸上露出了无比的喜悦。安澜说，咸阳茯茶汤红而不浊，清香而不粗，味厚而不涩，平时舍不得喝，只有像大当家这样的贵客来了，才能有幸品尝。

　　王豹子慢慢品着咸阳茯茶，安澜问道："大当家可否知道展跖？"王豹子说，咋能不知道呢？他可是我们的祖师爷呢。

　　安澜说，传说他手下有九千余人，横行天下，侵暴诸侯，所到之处，大国守城，小国入保。有一次，展跖的徒弟问他，"盗亦有道乎？"展跖说："何适而无道耶？夫妄意室中之藏，圣也；入先，勇也；出后，义也；知可否，智也；分均，仁也。五者不备而能成大盗者，天下未之有也。"

　　王豹子从小家贫没有读过一天书，安澜一番话听得云里雾里，说："族长，你知道我是个粗人，你就别和我兜圈子了。土匪嘛，打家劫舍，杀人越货，无恶不作，你也是知道的。"

　　安澜反问道："我咋听闻大当家不是这样性格暴戾的土匪呢？也是被逼无奈而为之的。"一句话，问到了王豹子的心痛处。王豹子眼眶有些湿润，不过，他瞬间调整好心态，说："族长，我就是个粗人，就是个土匪。一朝为匪，千日打劫。今天来的目的，想必你也是清楚的。"安澜说："这几年我真的挣了些钱，也积攒了一些粮食，不知道大当家都要些啥？"王豹子说："既然族长把话都说到这个分儿上了，咱就明人不做暗事，我就直说了，你给我两老碗大烟，再给200块大洋。"安澜听了，笑着说："大当家果然是个痛快人！不过，我们最近要办一件荫及子孙后代的大事情，需要好多钱呢。"

　　王豹子问安澜要办啥大事情？安澜说，正在筹办乾州学堂。王豹子"噢"了一声。安澜说："你放心，我绝对不会让大当家空手而归。是

这，我给你一碗大烟，再给你 100 块大洋，剩下的一半当作大当家捐给我们办学堂了。不知道大当家意下如何？"王豹子听了也没再说啥。自己吃亏就吃在没文化上，办学堂真的是一件造福乡邻、荫及子孙的大事情。安澜这么一说，他谢过安澜，拿了东西，立马走人。

过了一个多月，王豹子寻思着既然打劫了安澜，那还得打劫少峰。安澜在上官巷、乾州城都是很有威望的人，而少峰虽然也是个副族长，可是他为富不仁，庚子奇荒，安澜都拿出自己的粮食救济穷人，而少峰一粒粮食都不舍得往外拿，也不愿意救济穷人。特别是安澜为了百姓决定祈雨，更是舍了命地干。不仅祈求到大雨，结束了三年的干旱，事前还采取有效办法保护两个无辜"祭品"的生命。而少峰却为了一己之私利，仗着王耀武的势，勾结魏培吉陷害安澜，差一点儿让安澜成了刀下鬼。思前想后，绝不能便宜了周少峰。于是，他又带着三五个人马，来到少峰家。

少峰见到王豹子突然出现在家里，很显然他没有安澜的沉稳，反倒显得有些慌慌张张的忙乱。质问王豹子为啥要闯入他家。王豹子说："我是土匪。干的就是打家劫舍的勾当，你家是上官巷的富户，我为啥就不能来？"

"难道你不害怕乾州剿匪的驻军？"

"怕个屁！老子啥没见过？一年四季干着刀刃上舔血，油锅里走路的事情。没错，驻军就是剿匪的，剿来剿去剿了几年，黑豹岭被攻破了，还是我们被官府消灭了？这一切都没有啊！就凭驻军还想剿匪，门儿都没有！他们一边拿着官府的俸禄，一边暗地里私通土匪，只要老子不揭发，我们永远都是两条道上水火不相容的朋友。你都没掂量一下，看看驻军有几个是真心剿匪的？剿了我们，他们到哪里去收黑钱？"

"你——"少峰气得都说不出话来。

"我就是个土匪，行不更名，坐不改姓，干的事情都是明账子，比你强多了。说真的，就凭你办的那些事情，我都想手起刀落，砍了你的狗头。"说着，把刀架在少峰的脖子上。

"住手！"此时，书艺冲了进来。她看见土匪把刀架在父亲的脖子上，立马大声喊道。王豹子一看冲进来的是一个水灵灵的女子。便问道："哪里来的小女子，竟敢拦着我？"

书艺说："我是周家的闺女周书艺。我倒要问问你是谁？为啥要到我家？为啥要砍我父亲的项上人头？"

王豹子一听，这真的是个奇女子。见了土匪一点都不怯场，思维敏捷，一张口就问了一堆问题。他笑了，把架在少峰脖子上的刀拿了下来，说："我就是黑豹岭的土匪王豹子。今天到你家来就是打家劫舍。至于为啥要把刀架在你爸的脖子上，那是有原因的。一是他今天不该仗着财大气粗在我面前大呼小叫；二是他开设烟馆，戕害无辜百姓，挣下不少昧心钱，比土匪还土匪，土匪暗抢，他是明抢，是巧取豪夺；三是他前几年仗着王耀武的势，勾结巡警局局长魏培吉，陷害乾安澜，要不是乾家儿子及时出手相助，安澜早都过了三周年了。"

少峰一听，急了。说，你别听安澜胡说。王豹子说："这件事安澜没有对我提起过，我是从魏培吉那狗官的嘴里得知的。有一次我半道劫了他，是他亲口告诉我的。"

"什么？"书艺迟疑问道。

"你爸为了一己之私利，嫁祸于人，狗仗人势，勾结魏培吉，陷害你安澜叔。"王豹子一字一板地说，"女子，听清楚了吗？"

书艺说："爸，你咋能干出这样的事情呢？"又转过头对王豹子说，"我爸他不仁，你也不义。盗亦有道，匪亦有道。土匪行规不抢喜车丧车、僧侣道人、单身夜行人、摆渡人、背包行医人、车店人、赌博人、邮差、挑八股绳'十不抢'，不夺娶姑娘送媳妇的、送葬起坟的、和尚道士、红尘女子、吹鼓手，学士、医生'七不夺'，不准抢穷人、不准调戏妇女、不准进产房、不准走猪驴横行过的路、不准动娶亲人家的酒饭'五不准'。你都做到了吗？"

"哪来的这么多的规矩？按照这些规矩，还让土匪活不活？土匪早就该饿死了，谁还愿意上山当土匪呢！"王豹子说，"少峰，今天你必须拿出两老碗大烟，200块大洋，少一钱烟土少一块大洋都不行！我顺便把这女子也劫上山，当个压寨夫人。"说完哈哈大笑。

"不许欺负先生！"这时候，天赐闯进来了。眼睛睁得圆圆的，头抬得高高的，胸脯忽闪忽闪地起伏着，真是初生牛犊不怕虎，面对土匪，他没有一点胆怯，说："你把我劫上山当个土匪，先生给我们教书呢，你要敢抢她，我就跟你拼命！"

王豹子一看，这娃还真是个土匪的命：胆大！他摸了摸天赐的头，天赐倔强地把头一偏，不许他摸，王豹子在他尻子上踢了一脚，说："好！一起带上黑豹岭！"少峰立马跪在地上，抱着王豹子的腿，祈求大当家原谅，大烟、大洋我悉数给你，孩子绝对不能带走。

"慢着。我跟你走！"这时候，雨燕从里间出来了，对王豹子说："我是巴蜀女人，是掌柜的二房。这女子不能带走，他是族长家没有过门的儿媳妇！这娃也不能带走，他年纪小，还是族长家的孙子。我跟你上黑豹岭，给你当压寨夫人。我想，你还没有尝过巴蜀女人的味道吧，我跟你上山去，让你尝尝新鲜。"雨燕这席话把王豹子还真的说愣住了，他说："老子还真的没有睡过巴蜀女人，好，老子就把你带上黑豹岭做压寨夫人！"

书艺挡在门口，不让王豹子把人带走，说："烟土和大洋你可以带走，人嘛，坚决不能带走！除非，你砍了我的头！"

王豹子豹眼一睁，怒斥道："你以为老子不敢？"

天赐突然挡在书艺前面，说："你敢动我先生试试！"

雨燕知道土匪的残暴，土匪红了眼睛，天王老子都不认，何况书艺是个柔弱女人。她上前一把将书艺和天赐推开，拉着王豹子的胳膊就往外走。

刚走到大门口，王豹子被人拦住了去路。这个人正是吴惠然。他直挺挺地挡在门口，一言不发，怒目圆睁，死死地盯着土匪，没有一点怯火。还没等王豹子出手，手下的土匪已经把刀架在吴惠然的脖子上，但吴惠然依然没有退缩。土匪一看，这小子还是个二愣子，三拳两脚将吴惠然打倒在地，大摇大摆地走了。

书艺眼睁睁地看着王豹子将雨燕带走了，浑身瘫软地跪在地上哭喊道："妈——"这一声撕心裂肺的叫声，喊出了她的心声，也倒出了她对雨燕曾经偏见的羞愧和内疚。天赐冲着土匪大喊一声："走着瞧！"

看见吴惠然被土匪打倒在地，天赐赶紧跑过来，抱住吴惠然的头，大喊："叔，你醒醒！叔，你别吓我！"吴惠然眼睛瞪得和铜铃一样大，一句话都不说。

雨燕听到身后书艺喊她一声"妈"，她内心微微一颤，眼泪顺着脸颊滚了下来。她不能犹豫，更不能给王豹子反悔的机会，她必须保护

254

书艺，保护天赐，保护周家不遭横祸，这也是她一个巴蜀女子唯一能做的事情了。于是，跟着王豹子一帮人快步出门，跨上马朝着北城门飞奔而去。

雨燕被土匪劫走，成了书艺心中永远都无法抹去的疼痛。

46

打劫了安澜，王豹子回到黑豹岭，自然心中多少有点不舒服。当土匪就是拦路抢劫，翻墙入室，打劫大户，为啥自己突然在安澜面前就滋生了善心，大发慈悲了呢？思来想去，觉得还不是因为安澜比自己有文化，说出的话有水平，能让他心服口服嘛。俗话说，有向人的心，没有向人的理。还有一点不能否认，那就是安澜的人品，在乾州一带的威望，让他敬佩。这种敬佩，不仅是嘴上说说而已，也不是"嫌贫爱富"那种，而是发自内心的敬佩。既然敬佩，为啥还要抢劫安澜呢？狼行千里吃肉，狗行千里吃屎，这叫本性。其实，土匪也有土匪的本性，他并不能因为你有文化、能讲道理、有威望而不抢劫你。土匪就是打家劫舍，拦路抢劫。既然你安澜有钱、有物，那就是土匪眼里的一块肥肉，只是在打劫的过程中因安澜的配合而造成语言上和行为上比较温和，在打劫的结果上还可以商量罢了。

黑豹岭虽然远离乾州城，但是，土匪的腿赛过走兽，土匪的眼睛赛过飞禽。听说安澜为了祈雨而被押往菜市口，险些被官府砍掉头颅。王豹子当时就感叹乾州衙门的昏庸，巡警局的无能，自己不替老百姓做主也就罢了，还不愿意让百姓自己给自己办事。当他从探子嘴中得知安澜被押往菜市口的消息时，他自言自语了一句：枪打出头鸟。怨就怨安澜爱当"出头鸟"，怪就怪安澜成了"露头的椽"。二当家"独眼龙"问他劫不劫法场，他说："我也想劫，可是，时间仓促，就算我们快马加鞭，等赶过去人头早就落地了。即使人头没有落地，按照官府衙门的一贯做法，全城肯定戒备森严，不是我们想混就能混进去的；即使混进去了，想出来就难了。安澜和咱们黑豹岭一不沾亲二不带故的，我不能拿

弟兄们的性命当儿戏。"

这一次，他对安澜之所以发了善心，其实真正的原因就是安澜的那句话，戳到了他的伤心处了。他真的不是一个杀人越货、无恶不作、杀人如麻、十恶不赦的土匪。他被张满富逼得走投无路，不得已而为之。要恨就得恨张满富，张满富为了霸占他妈王李氏，才答应让他去张家当长工。他撞见了张满富与王李氏之间的丑态，才下定了报复张满富的决心。

自从他与张草儿的事情被张满富的小老婆莺莺撞破后，他和草儿当晚就被张满富逐出张家。那天晚上，王豹子带着草儿和一袋子银圆出了张家，出了张王村村口，便像两个孤独的幽灵一样，在乾陵附近转悠，一时半会儿也找不到安栖之所。好在他在痛苦之中还算清醒，给自己和草儿留了一点盘缠，把剩余的银圆埋在他俩第一次媾和之处，否则，他身上的银圆当夜就被人全部抢光了。

他刚埋好银圆，背起草儿继续寻找住处，突然，从身后风一般地扑过来两个人，一人手里提着一根木棍，王豹子让草儿躲在草丛中，不管发生什么事情都不要吭声，更不要出来。王豹子近身一看，两个人都蒙着面，他赤手空拳迎击着来自对方的木棍。两个蒙面人的木棍在他身上雨点般地落下，他忍受着疼痛不敢出声，害怕草儿认为自己招架不住跑出来，晚上草儿已经奋不顾身替自己挡过了一刀，他再也不敢让草儿受到一点点的伤害。他一边躲闪着，一边抢夺着蒙面人袭击的木棍，使出九牛二虎之力，一脚将一个蒙面人踹倒在地，顺手夺过一根木棍，有了这根救命的木棍，他就有了痛击对方的工具。从蒙面人下手的轻重和打击的部位来看，一定是仇家。仇人相见，分外眼红。王豹子越战越勇，打得两个蒙面人撒腿就跑。这时候，他已经打红了眼，一个劲儿地追赶，俨然忘却了草丛中躲藏的草儿。这时候，草儿有点害怕，大喊"豹子——豹子——"王豹子这才清醒过来，方知草丛中还藏着草儿。于是，不再追赶两个蒙面人，返身去寻找草儿。

看见王豹子回来了，处于担惊受怕之中的草儿一下子冲进王豹子的怀里，听着王豹子心怦怦地敲鼓似的直跳，和那天她俩在草丛里激战时的感觉一样一样的。她慌忙问豹子哪里受伤了，疼不疼，豹子气喘吁吁、上气不接下气、断断续续地说："好着呢！好着呢！"抱着王豹子的草儿这时候才感觉到王豹子浑身已经湿透了，头上豆大的汗珠子都滚落到她的脸上，她心疼地用衣袖替王豹子擦着脸上的汗珠，更加心疼关键时刻能冲得出去、肯为自己舍命的王豹子了。她双手搂着王豹子的脖子，嘴巴像雨点一样在王豹子的脸上、嘴上亲着，突然，她身子往上一提，想挂在王豹子身上，王豹子也抱着草儿，附和着草儿的一举一动，亲吻着草儿。可是，当王豹子的腿刚一用劲，就感觉到左腿钻心地疼，下意识地"啊"出声了，吓得草儿赶紧松开了箍在王豹子脖子上的双臂，慌忙问道："咋了？你咋了？"

王豹子痛苦地说："腿断了吧？"接着顺势"扑通"一声坐在地上。草儿两只手轻轻地抚摸着王豹子的左腿，从大腿处一直摸到小腿，她的手刚一接触到王豹子的小腿，王豹子又"啊"地叫了一声，草儿知道王豹子的小腿断了。就这样，草儿和王豹子相互依偎着，在乾陵脚下待了一夜，直到天亮。

太阳从东边徐徐升起，照遍了梁山，照亮了乾陵，也照在了草儿圆润的脸庞上。太阳把草儿的脸旁照得红润润的，像熟透了的苹果。那头乌黑的头发缓缓地垂下，蓬起的丝丝头发在阳光下呈现出了牛毛色。看着还在睡梦中的草儿舒坦地躺在自己怀里，王豹子心里美滋滋的，瞬间突然很后悔，不由自主地骂起了自己。为了给母亲报仇，贪图一时之快，害了莺莺不说，还把草儿害苦了，让原本衣食无忧、住行不愁、不会受苦的草儿跟着他一起担惊受怕地遭罪了。他指责、后悔，心里骂自己是个畜生，是只夺取草儿幸福的凶残豹子、暴戾虎狼。刚出门就让草儿遭受这么大的罪，内疚之情跃然心头。他决定要把草儿送回去，不能让草儿和他一起受罪了，更不能让草儿为他提心吊胆、担惊受怕了，一定要把草儿送回到自己的幸福中去。想着想着，王豹子哭了，落泪了。他的泪水一滴、一滴地掉在草儿的脸上，冰冷的泪水惊醒了草儿。草儿揉揉眼睛，惊慌地问："豹子，你咋哭了？是不是腿疼了？"

王豹子摇了摇头。草儿睁着疑惑的眼光，问道："你哭啥?"

"我决定把你送回去。"王豹子痛苦地说。

"啥？你不喜欢我了？"

"哪儿嘛。正因为我太爱你了，才作出这样的决定。你在张家是千金小姐，风吹不着，雨淋不着，吃香的喝辣的，有享不完的荣华富贵，

跟着我只能风里来雨里去，只能忍饥挨饿，无处落脚，更看不到生活的一点希望……"说着说着，王豹子扯声哭了。

草儿说："你说的还是人话不？我的身子已经被你占了，人也被家里赶出来了，你不要我了，谁还要我？我生是你的人，死是你的鬼。如果你腻了我烦了我，那我就再也没有活头了，只能去死。"说完，她挣脱了王豹子，要跳崖呢。王豹子站不起来，趴在地上，一点一点地往前爬，边爬边哭，哭喊着草儿，他的哭声撕裂了草儿的心，把草儿柔弱的心彻彻底底给撕碎了，草儿扭头一看，王豹子爬着追她，她心酸了、心软了，猛地转过身，又扑向王豹子的身边。看见被王豹子身子压倒的草丛上沾着王豹子的血，草儿心如刀绞，抱着王豹子的头再一次失声痛哭。

闹了一场，哭了一阵子，太阳已经一竿子高了。草儿说："走！去乾州城，找最好的郎中，一定要把你的腿治好。"

王豹子说："别急，我还有话没有说完。"草儿说，还有啥话比治你的腿更重要的呢？王豹子说，我还有心里话没说呢。草儿说，你说吧！王豹子说："我欺骗了你。"草儿不信，问道："你是不是又要撵我走？编瞎话骗我呢。"王豹子说："没有。我说的是真话。等我说完了，你再做决定吧。只有当我掏心掏肺地说完了，才能心安理得，要不然，一块石头永远压在我的心头。"于是，王豹子一五一十地把心里话和盘托出。他给草儿说张满富霸占了他的母亲王李氏，被他瞧见后，他产生了复仇的心理。说了他如何勾引张满富的小老婆莺莺的过程，又讲了他如何一点一点接近草儿，他不是真心教草儿学骑马，而是为了讨好草儿，得到草儿，达到他报复张满富的目的……

他边说，边骂自己，说到痛处，还抡圆手臂，左右开弓，在自己脸上掌掴。草儿听了王豹子的话，才知道自己中了王豹子为她精心设置的圈套里，王豹子花言巧语欺骗了她，欺骗了她的身子，欺骗了她对他的心，她恨不得立马杀了王豹子。王豹子面对草儿的拳打脚踢，静静地坐在地上，说："你打吧！要么，你就杀了我，只要能解你心头之恨。"

发过一阵疯之后，草儿安静下来了。她现身处荒郊野外，举目无亲，虽然心中也憎恨王豹子，恨他欺骗了自己，恨他夺走了她女人的贞操，恨不得杀了他以解心头之恨。可杀了王豹子以后呢？张家还能接纳她吗？一想起那晚父亲的绝情，草儿就后怕。离开了王豹子，还有谁家小伙子愿意迎娶她？这些已经都不可能了。于是，她狠狠地问王豹子："你今后还欺骗我不？"

"绝对不欺骗你！今生今世都不会再欺骗你！"

"还喜欢我不？"

"自从我们有了肌肤之亲，我就爱上了你。爱你的单纯，爱你的善良，爱你的漂亮，爱你的一切，只要你不嫌弃我这个穷小子。"

"以后你再敢欺骗我怎么办？"

"天打五雷轰！"王豹子对天发起誓。说完，便将举起的手紧握成拳头，狠狠地砸在自己受伤的腿上。疼得他龇牙咧嘴，强忍着没有发出叫声。

"你！没有腿了，你咋养活我呢？"看到王豹子的举动，草儿心又软了，一下子扑进他的怀里，喃喃地说，"好吧！这辈子我跟定你了！"草儿果断地说，"你是我的人了，就得听我的话。走，治腿。"

一个多月后，经过乾州城东门"独一张"药铺的精心治疗，王豹子骨折治好了，双腿能和以前一样走路了。恰在这时候，草儿思念起自己的娘了，不知不觉地流下眼泪。王豹子也不知道张满富如何对待他妈，心里十分牵挂。于是，两个人经过商量，趁着天黑，悄悄地潜回到张王村。王豹子翻过墙头，无声无息地打开大门，把草儿接进来，两个人一同来到饲养室。这时候，斜眼刚好给牲口添草料，看见王豹子领着草儿进来了，吓得"妈呀"一声，瘫坐在地上了。王豹子上前扶起斜眼，问道："斜眼叔，你咋了？"

"鬼！鬼！鬼！"斜眼指着他俩说。

"叔，我是王豹子，她是草儿。"

"不是说你俩已被……被……打死了吗，咋又活过来了？"

"谁说的？我俩这不是好好地活着回来了嘛。"王豹子问。

斜眼说，你俩走后，东家心里愤愤不平，说你是个孽种，是个土匪，说草儿是个丧门星，是个破烂货，让他两个侄子去追赶你俩，叮嘱着无论如何不能让你俩活着。两个时辰后，他侄子回来了，说把你俩打死了，扔进沟里了。听说你俩死了，东家心头之气才稍稍平复了。你说这东家恶毒不恶毒，他要杀你也算正常，谁怪你勾引人家宝贝女子草儿

呢。可是，他连自己亲生女子都不肯放过嘛。人常说虎毒不食子，他咋就连草儿都不愿意饶恕呢，非要置她于死地才肯安心呢。

听完斜眼的话，王豹子和草儿才明白，当天晚上追赶殴打他俩的不是别人，正是张满富的两个侄子，而幕后主谋不是别人，恰恰是草儿的亲爹张满富。

"我妈呢？"王豹子问。斜眼说："自从你俩被东家撵出家门后，东家虽然知道你俩已经不在人世了，但是，他心中对你的那股子火气不仅没有熄灭，反而，将火气变本加厉地全都加害在了你妈身上，他每天晚上折腾你妈，把你妈折腾得死去活来。有时候，脱光你妈衣服，吊起来殴打。能看出来，他把对你的恩恩怨怨全部叠加在了你妈身上。"说着说着，斜眼眼眶有些湿润，他唉了一声，说，"你娃罪孽造大了，让你妈替你还债呢。"

"我妈到底咋样了？"王豹子急切地问。

"你妈疯了。"斜眼说，"东家真的不是东西，从外面请了五个粗壮的男人，轮流对你妈做出猪狗不如的事情，把你妈糟蹋完了，你妈疯了。人现在都不知道跑到哪里去了，是死是活都不知道呢。"

听着斜眼的话，草儿都听不下去了，何况王豹子呢。他像一只发怒的狮子，从饲养室拿了一把镰刀，冲进张满富的房子，在已经熟睡的张满富身上连砍了几十刀，炕上的张满富已经血肉模糊，看不清人形了。吓得草儿娘用被子把自己紧紧地裹起来，躲在炕角一动不敢动。斜眼一看自己的话已经深深地刺激了王豹子，王豹子把人杀了，事情弄大了，赶紧抱住王豹子，劝他快跑，再迟就来不及了。

王豹子看着草儿，问道："是走，还是留下？"草儿二话没说，拉着王豹子就往门外跑。刚跑到门口，张满富的两个侄子已经跑过来了，看见王豹子和草儿，就拦住了他俩的去路。

常言道，仇人相见，分外眼红。王豹子看见张满富的两个侄儿，就想起一个月前那天晚上被他俩追杀的事，于是，先下手为强，二话没说，抢起镰刀冲着仇人砍去，一刀一个，两刀下去，张满富的两个侄儿双双毙命了。

从此，王豹子成了官府衙门缉拿的要犯。王豹子无处藏身，只好带着草儿投奔到黑豹岭张老三的门下当了土匪。

在土匪老巢里，一般情况除了几个当家的外，小喽啰是不能有媳妇的。更何况，黑豹岭的土匪二当家黄四狗一直都单着身，没有媳妇。看见王豹子来投奔，他对这个身单力薄的年轻人根本没有兴趣，却对他身边的草儿来了精神。心里暗暗骂道："娘的，好白菜让猪给拱了。"

一天晚上，他趁着王豹子等人下山后，悄悄地溜进草儿的房间，不顾草儿激烈的反抗，强行霸占了草儿。草儿虽说与王豹子投奔到黑豹岭当土匪，属实无奈之举。要是能有一点点办法，他俩也不会上山落草为寇呢。本想着在黑豹岭能过上好日子，没想到，在王豹子下山后，自己却被黄四狗糟蹋了。草儿觉得没脸面见人了，更对不起王豹子，她私下给王豹子留下一张纸条，怀着对黄四狗的无比憎恨，和对这个世界的无限眷恋，也带着巨大的忧伤、屈辱和对王豹子的不舍之情，纵身从黑豹岭跳了下去。

王豹子回来后，发现草儿不见了，就满世界地寻找。他感觉到蹊跷，发现大家看他的眼神一个个都奇奇怪怪的，对他问草儿去哪里只摇头不回答，也不愿意多说一句话，他预感到大事不好。在房子里翻腾草儿的衣服时，才发现了一张纸条。但他不识字，也不敢拿纸条让黑豹岭的土匪们帮他看，他已经不信任他们了。有一次他趁着下山进城的机会，跑到"独一张"药铺，让掌柜的帮他看草儿留下的纸条后，方知草儿是被黄四狗糟蹋致死的，顿时，心中的怒火熊熊燃烧。掌柜的看见他青筋暴起，脸色通红，就一边劝他一边讲述"留得青山在，不怕没柴烧""君子报仇，十年不晚""识时务者为俊杰"等大道理。王豹子这一次冷静多了，发誓要给草儿报仇。于是，他把纸条留给掌柜的，自己走了。

从此，每隔一段时间，黑豹岭就会失踪一个当家的。为了不引起他人的怀疑，王豹子有意把黄四狗放在倒数第二个，最后一个便是张老三。每一次行动，他都小心翼翼地提前做好准备，做到神不知鬼不觉。每杀一个当家的，都会扔进沟里，不留一点痕迹。

王豹子杀了黄四狗以后，他并没有像杀掉其当家的那样把尸体直接扔下山沟，因为他与黄四狗有着夺妻、杀妻的深仇大恨。他剜了黄四狗的心，要看看这是一个多么凶残的黑心，又割掉了他的命根子，才将尸体扔下山沟，之后他用刀将那块心和那条命根子一刀一刀剁成了肉酱，

一点一点地抛到山沟里。他要让黄四狗在阴间成为无心之鬼，成为没有阳具的怪胎。

随着黑豹岭一个个当家的悄无声息地失踪后，黑豹岭变成了王豹子的天下。终于有一天，黑豹岭变天了，"张"字旗变成了"王"字旗。

47

眼看着王豹子劫走了雨燕，少峰瘫坐在地上束手无策。书艺已经哭成了泪人儿，她抱怨少峰懦弱胆怯不救雨燕，让一个柔弱的女人顶在了男人的前面，替周家消灾免祸。说："都说男子汉大丈夫，顶天立地呢！你倒好，见了土匪吓破了胆！亏你还是个男人呢，还是一族之长呢，关键时刻你都不如一个女人呢，更不如一个小孩子呢。"此时，周少峰才发觉自己原来是个尿包，是个银样镴枪头——中看不中用的废物，在女子面前已经将男人、长辈的人丢得一干二净了。面对女儿的数落，他无力反击，因为女子的话句句属实。

书艺听见天赐在门外大喊"叔"，赶紧挣扎着起身跑到门外，一看倒在地上满身血迹的人是吴惠然，她的心一下子又被撕裂了。赶紧冲着屋里喊少峰救人。少峰出门后，便用架子车拉着"血人"吴惠然去找郎中。

书艺泪洒了一路，天赐用稚嫩的小手替书艺擦着脸上的泪水，说："姑姑，别哭。等我长大了，看我咋收拾他们。"

路遥知马力，日久见人心。书艺已经尽力了。她知道雨燕是不想让她成为土匪的猎物，不能让她清白之身遭受土匪的残害，更不愿意断送了她的爱情，关键时刻挺身而出，用自己的身体，不！用自己的生命、自己的幸福换取了她的安宁、清白和爱情。想起刚才雨燕面对凶残的土匪，大义凛然地为她所做的一切，书艺内心既感动，又非常自责。为什么要让雨燕替她上黑豹岭做了压寨夫人呢？自己为什么不为雨燕的安危考虑呢？自己还是有文化、有知识的革命党人，为什么不能为了百姓的安危而牺牲自己呢？关键时刻，却要让曾经被她数落、被她强攥的弱女子替她挡住了刀枪。雨燕从辈分上讲虽然是她的小妈，其实，雨燕也不过是个年轻人，比她大不了几岁。雨燕这一去，凶多吉少，一条鲜活的生命从此就这样不见了，消失了。而这条年轻的生命还是为了救她，她之前还对这条鲜活的生命抱怨过、嫌弃过。正是被她曾经不屑的生命，在关键时刻挺在了她的面前，牺牲了个人，保全了自己。想着过往自己怠慢雨燕，今天却被雨燕像老鹰一样地呵护着，书艺的心岂能安静坦然呢？

面对这样的事情，书艺的心已经不能平静下来教书了。尽管安澜事后也多次安慰她、开导她。可是，书艺就是想不通，日夜自责，白天吃不下饭，晚上睡不好觉，雨燕被土匪这么一劫，却成了她心中无法打开的"死结"。安澜一看没办法，只好把怀义叫回来。怀义听了书艺的叙说，义愤填膺，他安慰书艺说："你放心！这事由我来办！"

安澜说："王豹子是条有血性的汉子。我知道他为什么凶残骄横，他曾经也是个苦命的人，被张王村的财东张满富逼得无路可走，才上山当了土匪。"

怀义说："不管他以前穷不穷，苦不苦，凶残不凶残，他现在的所作所为就是一个地地道道的土匪。他打家劫舍，抢劫财物，连人都敢劫上山当什么狗屁压寨夫人，这就是明火执仗地欺压老百姓。现在他所走的路就是一条与官府百姓为敌的不归路，做的每一件事都是违背百姓意愿的罪恶勾当。我听说他还到过咱家，你还与他品茶呢，还给他送了大烟和银圆，你这就是助纣为虐。"

"我助纣为虐？你真是站着说话不腰疼。这么多年在外面当兵，我还以为你明事理呢，没想到你和少峰背了一张皮，也是个糊涂虫。他们是土匪，是走夜路的人，我能躲得过，还是能惹得起？就是州府衙门、驻军都拿他们没办法呢。咱家在乾州城虽说不是首富，可是'老虎不吃人，恶名在外'呢。我还不是为了咱家平安无事，为了上官巷族人不受土匪欺凌不得已而为之。既然官府知道黑豹岭上有土匪，为啥不剿匪呢？还不是睁只眼闭只眼嘛。多少年来，美其名曰剿匪，上边拨下来的剿匪经费一年比一年多，可是土匪不但没有被剿灭，相反一年比一年还多，势力一天比一天大。你都不好好想一想，这是因为啥？"

"那就任由他们胡来？"

"我除了和他们讨价还价，尽量能少给一点就少给他们一点，我还能咋办？上次他来咱家，我对他讲道理，说了办学堂的事情，王豹子深明大义，还是减了一半呢。俗话说，拿人钱财，替人消灾呢。他拿了咱家的钱财，咱家不是安宁得很嘛。"安澜知道少峰的脾气心性，肯定是他惹怒了王豹子，王豹子才急红了眼。否则，他要的是钱财、烟土，不会劫人上山的。少峰肯定是铁公鸡一毛不拔，才把王豹子一伙人激怒了。他劝着怀义说："娃，我知道你心里不好受，可是任凭你一个人，你能把黑豹岭上的土匪怎么样呢？"

"爸，虽说雨燕过去开过烟馆，干过一些见不得人的事情，可是，这一次，她就是为了保护书艺才舍掉自己呢。你说，她一个巴蜀的弱女子，到山上王豹子能轻饶了她？"

"我知道雨燕是为了书艺好，为了书艺，说到底还是为了咱家。你担心雨燕的安危对着呢，不过，以我对王豹子的了解，他还不至于凶残到对一个手无缚鸡之力、对他没有任何威胁的女人动手的地步。"

"你把土匪想得太好了。他那么好，就不会上山当土匪。我一定要救出雨燕，坚决不能让土匪糟践她，减轻书艺心中的痛苦。"

"你说说，你有啥办法救人？"

这时候，高碧玉出来了。她说："爸，这事好办！既然土匪要压寨夫人呢，反正我在乾家也没啥用，就让我去黑豹岭把雨燕婶子给换回来吧！"

"你！"怀义一听，立马生气了，但又说不出话来。尽管他不愿意与高碧玉结为夫妻，但更不希望把碧玉送入狼窝。

"我咋了？我说的不是实话？我去了，既能救回雨燕婶子，消除书艺心中的怨恨和自责，又能让你眼不见，心不烦嘛。"

安澜说："好娃呢！我咋能忍心把你送到土匪窝里。我们正在商量办法呢，你别添乱了。"

碧玉还想说啥，杨冬梅却走过来了。她二话没说，硬拉着碧玉出了门。她心中已经爱上了这个俊样的女子，尽管怀义不愿意娶她为妻，杨冬梅也舍不得把碧玉推进火坑，更不愿意看到家里此刻的尴尬局面。

看见冬梅将碧玉拉出房外，怀义说他要回西安，调集兵力削平黑豹岭，消灭黑豹岭上的土匪。安澜说："你这主意不错，人强马壮，枪炮精良，即使把他们剿灭不完，至少也会让土匪们元气大伤。不过，你的想法未必是你长官的意愿。我劝你三思而后行，别一意孤行。"怀义不听，立即起身，策马扬鞭，返回西安。

到了军营，怀义急急忙忙见到赵营长，说明了他的来意。赵营长说："土匪嘛，可恶至极，竟然连你丈母娘都敢抓到山上去，看来，剿灭他们已经到了火烧眉毛的紧要关头。"赵营长的这番话听得怀义心里暖暖的，问道："啥时候动身？"赵营长满脸大胡子，怀义看不透他的脸色，更琢磨不透他的心思，所以，急忙问他何时出兵剿匪。赵营长哈哈大笑，说："我也想即刻出兵剿匪呢，剿匪不但为民能除一大害，还能立功升官发财呢。可是，你也知道军饷、枪炮捉襟见肘，你难道让我的兵赤膊上阵吗？三国时期，许褚赤膊上阵，结果中了三箭。我不能让我的兵手无寸铁，白白送死去。我告诉你，只要王统帅能拨出一批枪支弹药过来，我保证带兵连夜奔赴乾州，剿灭黑豹岭上的土匪，替你出了这口恶气。不过，我听说黑豹岭是个易守难攻的石头岭，你最好能让王统帅给咱再拨上几门大炮，多配发些炮弹，我一定把黑豹岭夷为平地。"怀义一听，这明显是赵营长的推辞话，明知道这些东西他根本弄不来。不过，赵营长的话说得没错，剿匪没有枪支弹药肯定不行，像黑豹岭这样易守难攻的山头，没有大炮助威，肯定是攻不下来的。他返回西安时的火热之心，被赵营长的一番话一下子浇了个透心凉。

看来他爸说的话是对的。官府把剿匪只是挂在嘴上，并没有付诸行动。有句老话说得好：皮之不存，毛将焉附。没了土匪，当兵的拿什么给官府要钱呢？一个地方没了土匪，官府又如何向上面要剿匪的专款呢？只有剿匪的经费好要，也只有剿匪的专款好贪污。所以，上面拨下来剿匪的费用一年比一年多，而土匪一年也比一年更多。每次剿匪，不管是当兵的，还是巡警局，都是一丘之貉，他们把剿匪喊得山响，一帮人浩浩荡荡地集中在山下，朝天鸣枪，虚张声势，只打雷不下雨。更有甚者与土匪沆瀣一气，狼狈为奸。双方提前约定，心知肚明，对空鸣枪，互不伤人，各图所需；还有的为了贪图小恩小惠，私下跑小脚路给土匪通风报信赚好处费呢。等到官府带兵剿匪时，连个土匪的影子都看不见。最后，还是对空鸣枪一阵，扎扎势，做做样子，走走过场罢了。所以，土匪依然气焰嚣张，飞扬跋扈，无恶不作。到头来，害苦的都是

百姓。

怀义满心的欢喜顿作鸟兽散。他想不通官府衙门、驻军巡警为啥是这样的，他满腔热血却掉在了冰窟窿里。还是书艺说得好，官府衙门靠不住，人们要自由、要民主、要解放，还得靠自己。无可奈何花落去，怀义摇了摇头，看来，救兵是搬不来的，但雨燕一定得救，他一定要想出办法来。于是，他闷闷不乐地离开西安，返回乾州城。

安澜说："好娃呢。你以为他们都和你一样？都是疾恶如仇、抱打不平的人吗？还记得那一年咱们父子俩在咸阳城杜家面馆吃面的事吗？那时候，我就看你是个有血性的汉子，你不愿意占老百姓的便宜，并不代表别人不愿意。你临走时私下将钱压在盘子底下，我一直记着这件事。其实，这事虽说是件很小的事情，那几个钱对于杜老板来说，九牛一毛，算不了啥。其实，它里面蕴藏着许许多多的学问和道理呢！它不仅仅是几块钱的事，更主要的是透过钱财能看清楚一个人的本质。你爸就是个农民，靠着土地生活，靠着庄稼养家糊口，再没啥能力，给你帮不上忙，也出不上力，倒是你还救了爸一条命。"

"爸，咱不说这些了。"怀义说。

"我知道你眼下一心只想着救人呢，其他事你根本就没有放在心上。我说这番话有我的道理呢。你是个人，王豹子也是个人。是人，他就有相同的地方。常言道，人和脾性马和套。只不过你和王豹子走的路不同，一个是南辕，一个是北辙。一个为了生计上山当土匪称王，一个当兵一心要剿灭土匪除害。你俩就是街道上卖凉粉的和卖白灰的，一个见不得另一个，水火不容，势不两立，只能豁出命硬打硬地拼。硬拼的话，双方不管谁赢谁输，都是两败俱伤，谁都占不到便宜。这样的话，你就是猪八戒照镜子——里外不是人了。黑豹岭的土匪剿灭了，其他地方的土匪便会对你、对我们乾家，甚或对上官巷的族人，乃至乾州城的百姓恨之入骨，他们会疯狂地肆无忌惮地报复，灾难自然是免不了的。同时，乾州官府和驻军能不嫉恨你吗？你断了他们的生财之道，他们岂能善罢甘休？他们不仅会编造一些无中生有的事情告发你，有可能咱家也会跟着你剿匪的事受牵连呢。你爸这一辈子，已经是死过一回的人了，啥也不会怕。可是，你妈、你哥、你嫂子，还有你侄子、侄女，他们就不一样了。还有书艺他们，所以，做任何事不能仅凭满腔的热情和义气，不能血冲脑门子胡来，更不能感情用事。一定要深思熟虑，考虑周全。否则，一时疏漏，满盘皆输。"

"爸，你这么一说，难道咱就不救雨燕了？"

安澜说："雨燕不但要救，而且要不惜一切代价去救。她一个巴蜀女人能有如此的肚量、胆量，能用自己的性命换取书艺他们的安危，实在令人刮目相看，令人钦佩。救人，官府肯定是指望不上，驻军又不愿意，那就只能靠咱们自己了。娃，爸告诉你，任何时候，靠人不如靠己，人有不如自己有。咱乾州人说，爹有娘有，还不如自己有。儿女有了，还隔了一层手呢。"

"爸，你咋越说把我越说糊涂了。你就告诉我咱如何救人吧！"

"走！爸带着你上山找王豹子。"安澜斩钉截铁地说。

"啥？你要和我一起上山救人？"

"咋啦？你还不相信你爸的能力？"

怀义说，不是我不相信你，关键是你年事已高，要走这么长的山路，怕你身体吃不消。怀仁一听他爸要上山救人，就劝他爸别去了，让他兄弟俩一起去。他说："俗话说，上阵父子兵，打虎亲兄弟嘛。"

这时候，书艺和他哥宇轩也来了，也要跟着一起上山呢。怀义让书艺安心在家，给孩子教书，别荒废了他们读书。书艺说，这件事因她而起，她不去就说不过去了。安澜说，女娃娃在家待着，哪里也不许去！

宇轩说："叔说得对！你是个女娃，上山也不方便，就让我和怀仁、怀义三个人去。"

安澜说："你把爸的烟锅带上去，兴许王豹子还能给你一点面子。"

怀义接过烟锅，不让怀仁和宇轩去。安澜说："我知道他俩没有功夫，俗话说，'一个篱笆三个桩，一个好汉三个帮。'就让他俩和你一起去吧！至少也让他们见识见识土匪窝长个啥样子。"

三个人就这样出了乾州城北门，一路向东北方向，直奔黑豹岭。到了山下，怀仁和宇轩已经累得气喘吁吁，大汗淋漓。怀义说："我说不让你俩来，你俩偏不听，看看走了 50 里路就累成这样了。"怀仁说："我们来帮你，虽然累成这样，我们没有怨言嘛。"宇轩说："就是的。我俩就是想歇歇脚，并没有叫苦连天。咱们歇歇脚，再上山吧。"于是，他们找了一块平坦的地方，坐下来歇息。刚歇了一会儿，怀义就听

到旁边有动静，为了不让怀仁和宇轩害怕，他没有出声，他知道这肯定是土匪来了。说时迟那时快，三支黑乎乎的枪口已经顶在他们的头顶，为首的土匪瘦猴喊道："不许动！"这句话就把怀仁和宇轩吓得不知所措。怀义在罗大帅身边待得时间长，在西安见过世面，更何况，他还有一身功夫，长期在兵营里待着，练就了过硬的心理素质。所以，他心里没有一点胆怯。但是，为了不让土匪们起疑心，他故意和怀仁、宇轩一样，佯装吓得不轻。

瘦猴问他们是干啥的？怀仁、宇轩已经吓得哆哆嗦嗦，连一个字都吐不出来了。怀义故意磕磕巴巴地说："乾……乾……州城……上……官……官巷的。"

他这么一说，把几个土匪乐得前仰后合，哈哈大笑，将树上的鸟儿都惊得扑棱棱飞了。瘦猴说："就这出息，还敢到黑豹岭来。说说，你们干啥来了？"

"我……我们，我们想见……王，王，王豹子，就……就是你……你们的大当家。"

瘦猴很生气，抬起腿就给了怀义一脚，气势汹汹地说："大当家的大名也是你敢叫的？"怀义故意"啊"了一声，让瘦猴以为自己被他踢疼了。几个土匪又是一阵哈哈大笑。怀仁、怀义和宇轩他们三个人便不说话，等着土匪发落。瘦猴问："你们找我们大当家干啥？"

怀义说："前几天，大……大……大当家从上官巷周家劫了一个女的嘛，我就是问问他，周家给了他大烟和钱财，他为啥要劫人呢？"

瘦猴说："土匪啥事干不出来？劫人是个碎碎事嘛，就是让她当压寨夫人呢，周家还敢来兴师问罪，就不怕我们灭了你！"怀义说："咋……咋……不……不怕呢，关键那女人是巴蜀的，不懂规矩，就怕惹得大当家不……不……不高兴呢。"

瘦猴便命令其他几个人，说："搜身！再把他们眼睛蒙上！"怀义就知道这是要领着他们上山了，便佯装规规矩矩的，等着土匪搜完身，给他眼睛上蒙黑布。几个土匪立即上前，一个一个地搜身，从头到脚，把鞋都翻过来抖了抖。一看没有搜出他们认为有危险的东西，便一人从怀里各掏出一块黑布，把他们三个人的眼睛蒙上了。有个土匪一边给怀仁蒙眼，一边问瘦猴，就不怕他们捣乱吗？瘦猴哈哈一笑，说："你看看他们仨，见了咱话都说不利索了，吓得都能尿裤子，黑豹岭是咱的地盘，小泥鳅还能翻个啥大浪呢！"

就这样，怀义他们三个人被土匪瘦猴等人押上黑豹岭。

48

等待，是折磨人的一种既简单又粗暴的方式。

怀义带着怀仁、宇轩到黑豹岭去救雨燕，把书艺留在家里等候消息。书艺却觉得时间过得很慢，每过去一小时就好像过了一整天。怀义他们出去了才半天的时间，她就等不及了，不停地走到大门外面张望，一看没有人影，又折了回来；屁股还没坐热，心又跑了，再次出了大门张望。最后，索性坐在门前的石礅子上，一直等到天黑，都没有等到怀义的一丁点儿消息。她妈过来劝了她好多次，书艺的犟脾气一上来，任凭十头牛都拉不回来，她妈一看，自己的劝说在如此固执的女儿面前无济于事，生气地说："看你尻子尖的坐不住，出来进去来来回回的，经布呢。你以为救人就那么简简单单吗？去土匪窝呢，难怅得很！"说完，一扭头，两只小脚噔噔噔地在地上一颠一颠着走了。

少峰知道女儿之所以这样，都是因为自己把钱财看得比命还要重。面对王豹子劫财，犹如割自己的心、喝自己的血一样令他难受，一千个不情愿，一万个舍不得。书艺嘛，这女子就是一根筋，就是个书呆子，把书念到狗肚子里去了。常言道，秀才遇到兵，有理说不清。你脑子进水了，咋想着还与土匪讲道理呢！土匪是个啥，杀人如麻、杀人不眨眼、见了钱财忘了亲爹娘的恶魔，和他们哪里还有啥道理可言呢。唉！这女子瓜了，瓜得实眯钻眼的。眼看着王豹子强行要把书艺劫上黑豹岭当压寨夫人时，自己咋就一点都不争气呢，站都站不稳当，懦弱得不敢抗争，吓得瘫坐在地上却无能为力，书艺还是自己的亲女子呢，节骨眼儿上自己都不能保护她，枉为人父！而雨燕一个弱女子，并不是书艺的亲妈，却能在危急时刻挺身而出，用自己的身家性命竭力保护书艺。鸡都知道保护小鸡娃，牛都会竭尽全力保护自己的小牛犊不受来自其他动

物的伤害呢。相比之下，自己还不如雨燕一个弱女人，真是枉为男人。往日里，自己还在人面前趾高气扬的，以副族长的身份自居，在上官巷乃至乾州城里耀武扬威，可是，到了关键时刻，自己的胆量、勇气、决心都跑到哪里去了呢？思前想后，自己还是不是书艺的亲爸！是亲爸，这绝对没错。既然是亲娃，为啥在关键时刻不能出面保护娃呢？通过这件事，少峰都怀疑自己了。眼看着书艺丢魂落魄、吃不下饭、睡不好觉，他很自责，却又无能为力。他在娃面前没有表现出一个做父亲的护犊之心，更没有履行起一个父亲应该肩负的责任。自己有何颜面再要求女儿如何去做呢？没办法，他只好求助于安澜。

面对安澜，书艺抓住安澜的手臂问道："叔，怀义他们不会有事吧？他们会不会被土匪扣押了？"

安澜说："放心，他们不会有事的。"

"你不会欺骗我吧？"

"好娃呢！叔咋会欺骗你呢？"

"这都一天一夜了，他们为啥还不回来呢？"

"好事多磨。那是土匪窝，进土匪窝可不是一件容易的事情，那是山寨，不是平地，也不是一般人想进就能进得去、想出就能出得来的。不过，依我对王豹子的了解，他们不会有事的。你别担心他们，回去该吃饭就吃饭，该睡觉就睡觉，他们仨吉人自有天相。"

安澜这么一说，书艺心里好受多了。她从小就害怕族长，长大了，她才明白自己不是害怕，而是对族长的敬畏。族长一言九鼎，忠厚善良，诚实守信，深得上官巷，不，还有乾州城人的尊敬呢！她又问安澜，上一次差一点儿被砍头的事情，是不是她爸陷害的？安澜说，别听信别人胡言乱语嚼舌根子，哪有这事？书艺不信，说："那天王豹子亲口说的。"

安澜说："土匪说的话，你别信以为真！"

书艺说："王豹子说他劫持了魏培吉，要砍了魏培吉的脑袋替你报仇呢，魏培吉吓得亲口说的，是我爸陷害了你，害得你被拉到菜市口，差一点儿被砍了头。要不是怀义拿着罗大帅的手谕，你就被我爸害死了。到了今天，你还替他打掩护。"

安澜说："好娃呢！是福不是祸，是祸躲不过。叔福大命大造化大，你叔是属猫的，有九条命呢，不是谁想夺走就能夺得走的。"

"叔，你咋这么糊涂呢。我爸费尽心机害你，你咋还袒护他呢。"

"郑板桥说过，难得糊涂。你说，我的事情转机了，我这不好好地活着呢，都是一条街上的街坊邻居，还有啥过不去的坎儿。再说，你和怀义两个好上了，我还能不依不饶。就是退一步，没有你和怀义这层关系，我和你爸一个是族长，一个是副族长，就冲这一点，我也不能和他闹下去，绝对不能让其他人看我俩的笑话。我们背靠的乾陵，那不仅仅是一座陵墓，它是一种文化，是乾陵文化！是勇攀高峰的胆识和决心！是博大精深的修养和历练！是虚怀若谷的豁达和姿态！这才是我们的乾陵！"安澜显得十分豁达，说，"娃，叔要的就是乾陵所赐予我们的这种精神图腾。我这把年纪了，还有啥想不开的？倒是你，本来应该关心我们，关心你爸你妈，可是你不吃不喝的，反倒让他们为你操心。再说，你不吃不喝，不但于事无补，还会让怀义分心呢。你俩是朋友，是心心相印、心有灵犀的好朋友，你的一举一动，怀义都能有所感知有所感悟的。"

是啊！身无彩凤双飞翼，心有灵犀一点通。她在家里担心怀义，身处黑豹岭的怀义岂不也在担心自己。自己这个样子，就像着了魔，像个傻子，岂不让怀义更担心吗？唯有他不分心，才能战胜黑豹岭上的土匪。所以，她必须吃饱喝足，心无旁骛，给孩子们把书教好，别让怀义分心，才是对怀义最大的支持。

说实在的，安澜心里也没有一点点底，尽管王豹子没有难为过他，那是因为他愿意配合王豹子，他要烟土就给他烟土，他要钱财就给他钱财，他要粮食就给他粮食，王豹子凭啥还要难为他呢？可是，怀义就不一样了，他是冲着王豹子要人，要王豹子的压寨夫人，太岁头上动土、老虎嘴里拔牙，王豹子岂肯善罢甘休？所以，他在怀义临行前，将自己的烟锅让他带上，但愿王豹子看到烟锅就能给他几分薄面，事情办成办不成，至少不要过分难为三个娃，能让三个娃平平安安地回来。这就是安澜的本意。

怀义三个人被瘦猴带到黑豹岭上的黑豹寨。一路上，眼睛被黑布蒙着，啥也看不清，只好深一脚浅一脚地跟着土匪走。怀仁和宇轩虽说在乾州城经常下田干活，但是，他俩没有走过这么长的山路，不大一会

儿，就累得上气不接下气。幸亏怀义是个习武之人，身怀绝技，体力过人，日常在军营里天天训练，走起山路来还能好一点儿。可是，他常年在外上学、当兵，很少在乾州城生活，对于黑豹岭更是陌生。土匪带着他们在崎岖的山路上走着，一开始，怀义还凭借着在山下歇息时的感觉、对环境的揣摩和太阳光照射的角度尚能辨别出方向，半小时后，因为山路盘旋，树木林立，一会儿遮光蔽日，一会儿毫无遮掩被太阳暴晒，走着走着，就辨别不出东南西北了。索性，也不辨别方向，跟着土匪往前走，只要能看见雨燕，土匪把他们带到哪里都行。他们走了一个多时辰，可能到了山寨门前，只听有人问："干啥呢！"瘦猴回答："要见大当家的。""谁这么大的胆子，还敢见咱大当家。也不掂量一下，咱大当家是谁想见就能见的？"瘦猴说，别废话了，人家有尚方宝剑呢。对方问，啥宝剑，拿出来让我见识一下。瘦猴有些不耐烦，说："滚滚滚，赶紧通报去。"

不一会儿，寨门打开了。怀义三个人被押进去了。走了一会儿，怀义凭着直觉感觉到已经进了室内，不仅感觉不到太阳的炙热，反而感到有点凉飕飕的。这时候，瘦猴才给他们三人撤下了蒙在眼睛上的黑布。瞬间，怀义还不适应，眼前一片漆黑，他闭上眼睛，摇了摇头，再睁开眼睛。这样反复多次，眼睛才适应了眼前的环境。

这是一孔很大很宽很高的山洞，山洞里洞面上的石头凹凸不平，参差不齐，用乾州人常说的一句老话来形容，像狼啃的一样。山洞里点着几个火盆，用于照明。椅子、板凳、桌子都非常简陋，实木做的，看起来很结实。怀义看见山洞的正前方坐着一个个头儿不高、虎背熊腰、满脸横肉、怒目圆睁的"独眼龙"。猜想，这不可能是黑豹岭的大当家王豹子。安澜告诉他，王豹子并不是虎背熊腰的壮汉，也不是满脸横肉的凶神恶煞，更不是"独眼龙"。他暗自一惊，原来这就是土匪的招式，试探他们呢。一般人禁不起试探，早就被吓得魂飞魄散了，别说见大当家了，仅这一关都过不去。瘦猴把怀义带的那杆烟锅毕恭毕敬地递上去了，一般人肯定以为他就是王豹子。正当怀义思忖的时候，那个怒目圆睁的人突然开口，问道："谁这么大的胆子，敢来见我？这不是送死吗？"说完，哈哈大笑，这声音如一口洪钟，声音洪亮，在山洞里传着回音。

怀义并不接他的话，因为他心中已经料定坐在他面前的人并不是黑豹岭的大当家王豹子。而怀仁、宇轩被这声音已经吓得不轻，浑身像筛糠一样，瑟瑟发抖，连正眼扫一下山洞的胆量都没有，更别说看看眼前这个说话的凶神恶煞了。

"妈的，一个个都哑巴了，还是被吓破胆了？"

"真神不露相，露相非真人。癞蛤蟆插鸡毛掸子，冒充什么大尾巴狼。你以为你坐在豹子皮上，就是豹子；你以为你坐在大当家的位置上，就是大当家了。猪鼻子插葱——还装大象呢！"怀义厉声说道。

"大胆！竟敢这么和我说话。"

"和你这么说话，因为你不是大当家的。快去把大当家请出来！"

凶神恶煞一看自己的身份已被怀义识破了，说："来人，把这几个拉出去！"

说着，几个土匪一拥而上，不由分说，将他们三个人拉出山洞，绑在了山洞外面大场地中的木柱子上，让他们在太阳底下暴晒。看着头顶上毒辣辣的太阳，刺得人眼睛都睁不开。不一会儿，三个人被晒得大汗淋漓，口干舌燥，一个个像霜打了的茄子，蔫了吧唧的。怀仁让土匪给他们一口水喝。土匪说，还想喝水？想得太美了。刚才×嘴干得像太阳晒的，现在就让太阳继续晒，看你×嘴还干不干？怀义说，别和他们废话。这帮人听不懂人话。宇轩劝怀义省省力气，别再耍嘴皮子了，要不是他刚才顶撞大当家的，三个人能被晒太阳吗？怀义说，你啥眼神？连谁是大当家都认不清楚，还敢跑到山上来？宇轩说，就你能。看把你能的，你能得我们被晒太阳。怀仁劝他俩别顶嘴了。怀义啥话也不说了。宇轩气得心里直骂怀义。

眼看着太阳就要落山了，三个人被太阳晒了多半天，一口水、一粒米都未进，都是年轻人，肚子早都饿得咕咕咕、咕咕咕地叫呢。其实，这个时候，他们更需要的是水。经过这么一晒，肩膀上的皮都被晒开了，轻轻一搓就能掉一地。怀仁再次求土匪给他们弄口水喝，几个土匪虽然在树荫下，但被热浪熏得昏昏沉沉，哪里还有工夫搭理他们。土匪嘴上也在骂这三个不识抬举的东西。突然间，一阵风起，刮得树枝呼啦呼啦地乱响，树叶哗啦哗啦的像鬼拍手。山洞前的场地上卷起了一阵狂风，飞沙、尘土扬起，迷了人的眼睛。顷刻间，梁山上一道电闪，紧接

着一声闷雷，铜钱大的雨滴哗啦地落了下来。怀义三个人仰起头，张开嘴巴，接收着来自上苍的恩赐。土匪的行径惹恼了苍天，不给他们三个一口水喝，苍天毫不吝啬，施舍了一场大雨，来滋润他们干涸的心田。

终于等到天黑了，怀义看见那个凶神恶煞从山洞里出来，让几个土匪将他们又带进山洞里。

三个人重新被拉进山洞，怀义他们发现坐在豹子皮上的人已经不是刚才的凶神恶煞了，而是一个面部棱角分明、清清瘦瘦的男人。这个男人面部冷峻，不苟言笑，眼睛不大，但很有神。从他的眼睛里发出的目光就像两把利剑，直插人的心窝。怀义想，这才是黑豹岭的大当家王豹子。便问道："大当家，这就是黑豹岭的待客之道？"

"怎么啦？对这个待客之道还不习惯吧！那就再绑一会儿，让你习惯习惯就好了。"凶神恶煞说。

"噢！我忘了，这是土匪的黑豹岭，土匪本来就很独特，待人接物自然也是奇特了，我爸还说大当家通情达理，原来就是太阳暴晒、大雨浇灌、五花大绑这个情理。"

王豹子突然哈哈大笑，说："说得好！你不是要调集兵马灭了黑豹岭吗？允许你有灭我之心，难道就不允许我有这个待客之礼吗？这叫礼尚往来嘛！人敬我一尺，我敬人一丈。要不是看在你爸的面子上，你早已经被推到沟里喂野狼了。你咋没有调来兵马呢？小子，你还太年轻，太冲动，太容易上头。"王豹子的话戳到了怀义的心上。顿时，他感到自己很委屈。当兵剿匪是再正常不过的事情了，为啥驻军们不愿意呢？一个个贪图钱财，与土匪沆瀣一气，狼狈为奸，他搬兵剿匪的事情都传到王豹子耳朵里了，这就是他们通匪的证据。难怪这几年土匪剿灭不了，越剿土匪越多呢！所以说，王豹子这样对待他，真的算轻饶了他，主要是看在父亲安澜的面子上，要不是他爸在乾州城重情义有威望，王豹子肯定说到做到，把他扔到沟里喂野狼。

"小子，你今天找我有啥事？"王豹子问道。

"我要把我姨带回去。"怀义说。王豹子哈哈一笑，说："可以！就看你有没有这个能耐了。你连独闯黑豹岭的本事都没有，还能顺顺当当出了黑豹岭？"

"我就不信！你放了我两个哥，让他们带我姨走，你再看看我能不能顺当地走出黑豹岭。"

"放了你两个哥,可以。不过,放你姨走,这就为难了。"

"大当家,你咋出尔反尔呢!乾州人人性刚方,吐一口唾沫,就是一个钉!何况你还是黑豹岭的大当家,咋能言而无信呢?"

王豹子说:"你姨肯定带不走,因为她已经不在了。"怀义一听,急了,问道:"你害了我姨?"王豹子说:"可以这么说。当初,少峰的女子和我讲什么狗屁道理呢,我就是想吓唬吓唬她,威胁她当压寨夫人呢。我知道她是你没过门的媳妇,看在你爸的面子上,也不想难为她。没想到你姨急了,非要当压寨夫人不可。是她自己主动要求、心甘情愿的。"怀义说:"这都是被你逼迫的。"

王豹子说:"我听说你的拳脚功夫厉害,咱比试比试,我就成全了你。如何?"怀义问:"此话当真?"王豹子说当真。说完,递过来一把大刀。怀义没客气,接过大刀。这时候,凶神恶煞过来了,说:"大当家,让我来。"王豹子点了点头,说:"就让二当家和你比试一下。"怀义一愣,原来身材魁梧、力大无比的凶神恶煞的"独眼龙"就是二当家。心想,和他比武,一定要避其锋芒。上山前,安澜一再交代土匪肯定要和他比试功夫,劝他一定要学会低调做人,即不能失败,失败了事情肯定办不成;只要能赢就行,绝对不能在土匪面前太强势、太显摆,更不能用自己擅长的"吴家枪法"和"太极刀法"。这时候,怀义便对二当家"独眼龙"说,咱比比刀功。二当家问咋比。怀义说,把一个苹果放在案板上,看谁能一打下去,迅速把苹果劈开两半,还不伤及案板。二当家哈哈大笑,说,小儿科,小儿科,比就比。说着,瘦猴拿来了两个苹果,放在案板上,二当家一刀下去,苹果切开了,没想到用力太大太猛,案板也被劈成了两块。二当家不服气,质疑怀义这是骗人的把戏。怀义二话没说,迅速拿起案板上的半个苹果,放在了瘦猴的头上,还没等瘦猴和众人反应过来,怀义手起刀落,半个苹果的两瓣便掉在地上,而瘦猴一根头发都没有伤及。山洞里的土匪倒吸了一口凉气,随后一起鼓掌叫好,怀义的举动却把瘦猴吓得浑身冒汗,像面条一样晃晃悠悠地倒在地上。二当家却不依不饶,非要和怀义决出胜负不可。

王豹子是个行家,一看便知道怀义的功夫的确不错。他说:"放他们走吧!"二当家一看大当家的都发话了,也不好再阻拦。怀义问:

"我姨呢？"

"到铁佛寺去找吧！她已削发为尼了。"

这时候，一个土匪抓着一个小孩子进来了。怀义一看，这个小孩子正是乾天赐。王豹子眼尖，在他屁股上踢了一脚，说："又是这小子，竟敢独自夜闯黑豹岭。你是咋上来的？"

怀义一把从土匪手里夺过天赐，死死地挡在自己身后。天赐说："自己走上来的。"一句话，气得王豹子眼珠子都要蹦出来了。一个小孩子竟然能摸上黑豹岭，还神不知鬼不觉，看来，自己手下全都是一帮饭桶、草包。就在刚才见识了怀义的刀功，这不是一般的刀功，幸亏自己没有和他过招，要不然把人丢完了，大当家从此在黑豹岭上就无地自容了。气愤归气愤，但他不能食言，更何况站在面前的是安澜的儿子，便挥挥手，说道："赶紧走！趁我还没有改变主意。"

怀义拉着天赐的手，带着怀仁、宇轩走下了黑豹岭。

王豹子在他的身后喊道："你爸的烟锅比你娃的命大，值钱！"

49

民国三年（1914）。

黑虎军从老河口攻克了紫荆关，打进了陕西。

紫荆关很早的时候属于楚国之地。楚王曾派太子荆到这里镇守，所以被人称为"荆子口"。荆子口地理位置非常独特，地处秦、豫、鄂三省交界处，素有"一脚踏三省""鸡鸣闻三省"之称。西五华里，分别有鄂、秦的黑虎镇。紫荆关的月亮湾，是一个两山对峙的关口。关外是八百里秦川，关内是开阔的中原大地。咆哮的丹江与狭窄的古道共同构筑了一道"一夫当关，万夫莫开"的"关隘"屏障。于是，荆子口被称为"荆子关"。后来，人们觉得荆花色紫雅丽，荆蜜甘甜爽口，寓意繁荣昌盛、吉祥如意之兆头，便把"荆子关"改为"紫荆关"了。紫荆关自古就是水陆并通、南北通衢的要道，水运丹江，陆运商於，商贾往来非常频繁，商品交易十分集中，素有"小上海"之称。据记载，紫荆关当时"水陆辐辏，商贾辐辏，繁盛甲于全境"。684年，女皇武则天巡视时途经荆子口，在这里下榻梳洗。从此，这里便保留着武则天当年的"梳洗楼"。

丹江飞流而下，咆哮翻滚，形成了巨大的白浪，犹如灿灿白银，恰似条条白练，又如朵朵棉花，深得人们喜爱。辛亥革命爆发后，在丹江之畔，有一支农民起义队伍应运而生，领头的名为黑虎。黑虎带头起事，打着"劫富济贫"的名号，深得那些长期受到贫穷困扰、富豪欺侮、官府压榨的百姓的心。于是，苦大仇深的劳苦百姓一呼百应，纷纷报名参加。后来，清军中生活没有着落的散兵游勇也加入其中，其队伍不断发展壮大，势力范围不断地扩充。他们占据着对紫荆关地理位置熟悉、深得百姓拥护支持的优势，轻而易举拿下紫荆关。于是，一鼓作气，一路出关向西，攻打到了八百里秦川腹地。

革命党人看到这支队伍的优劣之势，曾经派革命党人加入其中，拨乱反正，参加西安起义的秦陇复汉军王团长领命后便带领队伍加入其中，让这支游兵散将、没有明确目标的农民起义军有了革命的初始方向，改弦易张，丢掉了"劫富济贫"的口号，打出了"公民讨贼军"的旗号，公开声讨袁世凯，形成了前、中、后三军为一体的一支兵力过万的"扶汉军"。这支军队来势汹汹，势不可当，一时间也成了袁世凯的心腹大患。

人常说，江山易改，本性难移。吃屎的狗永远忘不了吃屎的路。黑虎军虽然改头换面，其实还是换汤不换药，他们的本性没有发生一点变化，还是一帮没有明确主张、不愿意受纪律约束的草贼流寇。他们贪图享受，良莠不齐，军纪涣散，每到一处均以掠夺财产、欺压百姓为目的，烧杀抢掠奸淫肆虐无恶不作。他们头脑里沾满了铜锈，受到钱财的驱使，一个个奔着个人的私利而来，又奔着个人的私利而去，攻城略地，一路直奔陕西。四月初，他们攻下周至，眼看着就要打到武功县。黑虎军的恶名在外，吓得武功县知事闻风丧胆。他听说周至县城已被黑虎军拿下，黑虎军入城后到处烧房毁物、四处抢劫金银财宝和大烟、奸淫妇女，其恶行已经到了令人发指的地步。武功县知事闻知后吓得慌了手脚，差一点儿没尿裤子。在黑虎军还没有到达武功地界之前，便携带家眷，带着在武功县搜刮的民脂民膏，溜之大吉。

知县已经溜之大吉、逃之夭夭了，这可害苦了手无寸铁的武功县百姓，他们顿时乱作一团，逃无处可去，遁无处藏身。正当百姓不知如何是好的时候，武功县驻军连长马天魁便临时担当起知事的责任，主动出头露面。他之所以会在这个时候挺身而出，并不是因为他有天大的能耐让黑虎军绕过武功县，也不是因为他吃了熊心豹子胆对黑虎军的胜算能有多大的把握，而是他听说黑虎军内中层多以哥老会成员为主，而自己本来就是哥老会的一个头目，一定会惺惺相惜。他喜出望外，关键时刻挺身而出，有了挽救武功民众于水火之中的主意了。

哥老会起源于湖北、湖南等长江流域一带，本是底层群众自发的秘密结社组织而已。但它的影响和声势却很大，其能力不容小觑。马天魁懂得哥老会的礼节和暗语，立即派出心腹、同为哥老会头目的副连长李世昌前往周至县，主动与黑虎的心腹丁波取得联系。李世昌与丁波见面后，开门见山，说明了武功县当下的情况，阐明了马天魁的心意。丁波一看都是哥老会的人，知事都跑了，马天魁关键时刻挺身而出，愿与黑虎军为友，便把马天魁的意图如实汇报给黑虎，黑虎听后，比较满意，虽说武功县的供奉达不到他的胃口，但至少他没有费一枪一弹，人马也不用操心费力，何况都是哥老会的兄弟，就不能相互不给面子了。于是，黑虎见好就收，还能卖哥老会兄弟一个人情，便点头同意了。

第三天，马天魁、李世昌带着武功县的各界名流、贤达人士，按照事前约定早早地出城，在十里开外的贞元搭台迎接，设宴款待黑虎军，黑虎军饿狼似的吃着武功特色烧鸡、旗花面，一个个吃得满嘴流油，喜笑颜开。马天魁又把十大车的金银财宝、烟土、粮草拱手送给黑虎，黑虎看着这些明灿灿的金银、光闪闪的珠宝、黑黝黝的烟土，认为马天魁懂事理，立刻答应黑虎军不再在武功县内进城攻地。这时候，马天魁又让人送来二十车杀好的猪、牛、羊肉，对黑虎说："大都督，不成敬意，请笑纳！"

黑虎酒足饭饱，看到这些金银珠宝和粮草、肉食时，便仰天长啸，说："走！攻打乾州！"

黑虎得到了金银珠宝高兴了，可手下的人只落了个肚肚圆，尽管他们心中有诸多的怨言和怨气，却不敢当面给大都督发泄。于是，他们把满腔的仇恨和对金银珠宝的贪婪野心，全都倾注于乾州百姓身上。

黑虎军的凶残恶名狼藉遍地，不要说百姓提心吊胆，就连官府衙门和驻军都会闻风丧胆。武功县的知事不就早早地逃跑了嘛！

听说黑虎军到了武功县，武功和乾州连畔种地，两个县城距离并不远，说打，转眼间就会兵临城下。这下急坏了乾州知事范仕林，他立即召集官府衙门、乾州绅士和驻军营长于四海开会。绅士们早闻黑虎军的恶名，看着范仕林没有临阵逃跑，而是守在衙门，坐镇指挥，为百姓办事，这一点比武功知事强数百倍，能替百姓操心，所以，当范仕林一声招呼，他们一个个早早地到了。可是，于四海就不同了，他为谁服务、为谁办事都得让对方拿钱才肯帮忙。范仕林派人通知于四海开会，他迟迟不肯过来，故意坐在军营里摆谱。气得范仕林把通报员大骂一通。通报员说："我通知到了，他不来，你说我一个跑腿的，对他一个拿枪的还能指手画脚不成？"一句话说得范知事无言以对。

"那就等吧！"范仕林刚才也就是在气头上，发发火而已。他知道他拿驻军于四海目前也没辙，别说那个跑腿传话的了。兵临城下，战事吃紧，衙门有求于驻军，再说时局不稳，谁都不知道明天在哪里、能干啥呢。虽然嘴上说等，其实，他知道火烧眉毛了，心急如焚地等不及了。但是，于四海不肯来，他一个堂堂的知事岂能向于四海这样不明事理的人低头？现在低头了，今后在乾州还如何当知事呢！他也等着乾州绅士们对于四海发出不满的情绪。只有于四海弄得天怒人怨了，收拾起来更容易。等过了这场劫难，再收拾于四海不仅是天意，更是人愿。

老话说得好，人心齐，泰山移。在黑虎军即将进攻乾州城的紧急时刻，乾州知事和驻军营长的心却南辕北辙，这不仅急坏了乾州城的百姓，也让坐在衙门的绅士们一个个叫苦不迭。没办法，范仕林再次派人邀请于四海参会。回来的人又摇了摇头。大家心里就明白了于四海还是没有来。此时此刻，在座的包括范仕林在内的人一个个心里都没有底，心跳不由自主地加快了。

看着大家心急如焚，乾州城危在旦夕。没办法，范仕林对大家说："不好意思，让大家见笑了。我这个知事当得实在没有水平。古时候，刘备'三顾茅庐'三请诸葛孔明呢，今天，我也要上演一出三顾军营请于营长了。为了乾州百姓的安危，我不得不委曲求全，知事的脸面也不顾了，今日豁出去了。"范仕林转身朝外走，他的脚刚跨出大门的那

一刻，全副武装的于四海便站在了门前。范仕林看见于四海，心里非常激动，把刚才心中的怨气和不快瞬间忘了。顿时脸上的怨气消失了，他满脸堆笑地邀请于四海入内。于四海正眼都没看他，昂首挺胸，脖子犟着，故意把头扬得高高的，更没有和已经在县衙等候他多时的乾州各界绅士打声招呼，傲慢的程度在乾州城历史上首屈一指。气得乾安澜、宋一道、尹吉盛、高运禄、吴永泰等都想冲着他发火呢。想归想，火还是不敢发，人家有枪有军队，知事都拿他没办法，百姓拿他就更没辙了。乾州城马上就要面临战事了，关键时刻，全城百姓还指望于四海的驻军保护呢，这时候千万可不敢得罪了他。更不能因小失大，一定要顾全大局。于是，一个个强忍着心中的怨气、怒气，静静地听候范仕林安排。

范仕林一脸笑容，问于四海面对黑虎军队，如何排兵布阵。于四海漫不经心地问，知事是如何安排的？范仕林说，这是军事，不是政务。政务由他安排，军事肯定要听于营长的了。

于四海不屑一顾，满不在乎地说："兵来将挡，水来土掩。既然军事由我安排，你三番五次地差人到军营里催命呢？我们正在安排，你不停地催，催来催去的，弄得我心情一点都不好了。"

大家一听，原来于营长早就运筹帷幄、胸有成竹了，看来都错怪了于营长。于是，一个个立马起来，给于四海作揖、道谢。于四海说，事情没有这么简单，但也不必弄得那么复杂嘛！黑虎军说白了就是一伙黑虎，虎在深山老林里才能虎虎生威，它在平原上还能拔地三尺不成？充其量他们只是一群乌合之众，有啥可怕的？敌军还没来，咋自己先乱了阵脚，这成何体统？大敌当前，一定要沉稳。任凭风浪起，稳坐钓鱼台嘛。姜子牙当年如果是个尖尻子坐不住，他还能镇得住西周的江山社稷吗？

安澜听了这番话，心里越来越没底了。这个于营长看起来胸有成竹，其实就是一个草包。知事三番五次都请不来，来了还趾高气扬，盲目轻敌自信，说了一堆大话、空话，没有一句能顶得住事的。看来，到头来，他一定会自顾不暇，哪里还能替乾州城百姓遮风挡雨呢。今天这会开了等于没开，肯定会无疾而终，还是早做打算吧。他起身对于营长说："既然于营长有的放矢，我就替上官巷和乾州城的百姓谢谢了。我们坐在这里碍手碍脚，还耽误于营长的时间呢。我先告辞了。"

于四海傲慢地说："别急！我替乾州城百姓守城护院保安全呢，范知事，我们的军饷什么时候给呢？"

范仕林问道："啥军饷？军饷不是每月都按时足额发放着吗？"

"那是平时的军饷。我问你战时的军饷给不给？"

"只要能保证乾州城万无一失，给！"

"那好！你给我三千大洋。"

范仕林知道这是于四海趁火打劫，敲自己竹杠呢。但是，为了乾州城百姓免受黑虎军之害，别说三千大洋，四千、五千都给。

"君子一言，驷马难追。一言为定，你给我三千大洋，我保证乾州城绝对安全。"

有了范仕林和于四海的对话，大家提在嗓子眼儿那颗紧张的心一下子又放下了。纷纷散去。

乾州人是有个性的：人性刚方，俗尚俭朴。男勤稼穑，女事桑麻，勤纺织。风调雨顺之年，大家都勤于生计，忙于生活，家家户户都有一定的收成，还有一些的收入不等库存。他们对小事从来不斤斤计较，对大事从来不马马虎虎，讲道理从来不含含糊糊。他们都听清了于四海的话外音：趁火打劫，指望不住。所以，走出县衙，都各自做打算去了。

安澜心想，武功县的马连长都能舍钱财消灾，咱为了上官巷的族人，又有啥舍不得的呢。只要能确保族人的安全，就是要命他都愿意。这么想着，还是赶紧回去召集族人开会，商讨办法。

"宋一刀"、尹吉盛、高运禄、吴永泰他们都是自成一体的商人，不是族长啥的，所以，离开州府便匆匆忙忙地赶回去，把家中值钱的东西收拾打包，连夜带着家眷和钱财出了东城门，一路东去。

"高掌柜，女子的事咋办？"安澜问高运禄。高运禄听安澜问，气就不打一处来，要不是黑虎军要来了，他非要和安澜吵上一架。上一次，安澜登门道谢，他还碍于情面，只是将他拒之门外。现在这个节骨眼儿上，你还好意思问我女子咋办？他没好气地说："进了你家门，就是你家人。我就当没有她这个丢人败兴的货！"安澜心想，我无非和你见面了，礼节性地问问你罢了，你也没有必要与我置气嘛。看着高掌柜急急忙忙的背影，摇了摇头，朝着上官巷大步流星地奔去。

于四海回到营房，召集驻军开始进行布防。在城墙上每隔一段就设

置了一明一暗两个哨位，确保城墙、城门万无一失。同时对6个城门加强了兵力，要求对进出人员一律仔细盘查。这几天只准出，不准进。每天到了傍晚，用石头、砖块和渣土把6个城门从里面堵死，任何人不得出入。特别在南城门、北城门、西城门和东城门内还加强了一定的兵力，严防黑虎军攻破城门进入乾州城。

4月8日拂晓，黑虎军已经到了乾州城外。黑虎一看乾州城墙上灯火通明，城门戒备森严。心想，这乾州城的知事和驻军咋就没长眼睛不明事理呢，我黑虎军从老河口一路打来，势如破竹，谁不闻风丧胆，吓得屁滚尿流呢。你乾州城难道是钢打铁铸的铜墙铁壁攻克不破吗，还是你知事、驻军营长是马王爷长着三只眼？把我黑虎压根儿就没放在眼里？陕西人有老句话"没吃过猪肉，还没见过猪哼哼"，咋不学学武功的马连长呢？免得老子长枪短炮地攻打。唉！这真是人比人活不成，马比骡子驼不成。乾州范知事和于营长真是异想天开，鼠目寸光，不明事理，就是一帮糊涂虫，竟敢与我黑虎公开作对，你不要命了。于是，他命令部队原地休息，让丁波带人前去探路。岂不知，于四海军营里也有哥老会的人员。一个在南城门上，一个在南城门外。城墙上守军看到城下来人，领头的何二楞命令大伙打起精神，端枪对着城下的人，便问："干啥的？"

丁波对城墙上喊道："镇堂子的（有威信）。"

何二楞一听，是哥老会的暗语，心里一下子明白了，还以为来的是谁呢，原来是哥老会的兄弟。于是，他也用哥老会的暗语交谈，问道："城下人，请打响片儿（自我介绍）。是不是绷劲仗（冒充好汉）？"

"我们并不是浑水乌棒（抢劫杀人），是落教（有规矩、讲义气）的人。"

……

城上、城外一来二去用暗语对话，一听都是自己人，驻守乾州城南门的何二楞更加高兴了，心想，都是哥老会的自家兄弟，不会有事的。所以，他对守城的兄弟们说，城下是自己人。一时间高兴得上了头，顿时忘记了于四海阵前的再三交代，亲自下了城墙，打开城门，恭恭敬敬地把丁波等哥老会的兄弟们迎接入城。

于四海的手下何二楞这帮驻军就是一群废物、一帮笨蛋。他们自以为是，认为黑虎军的丁波等哥老会成员和自己是一伙的，便称兄道弟，开门迎接。其不知，这是自作聪明，引狼入室。

令黑虎万万没想到的是，刚才，面对灯火通明、戒备森严的乾州城，他已做好了攻城拔寨的准备，不管伤亡如何，必须拿下乾州城，活捉范知事和于四海。没想到战斗还没有打响，形势瞬间变了，不仅攻打乾州城的作战计划作废了，就连他组织的敢死队也没有派上用场，不费一枪一弹、没折一兵一卒顺顺当当地进入乾州城。由此看来，哥老会的牌子还是很硬的，走在哪里都能吃得香，喝得开。丁波带着黑虎军侦察人员刚一进城，刚才还与乾州驻军勾肩搭背、称兄道弟、交谈甚欢，一转眼就翻脸不认人了，掉转枪口，打死了刚才给自己开门的何二楞等乾州城南门驻军，南大街守城士兵在丝毫没有防备的情况下，被进城的黑虎军打死打伤了一大片。有的士兵眼看着黑虎军六亲不认，他们赶紧扔掉帽子，脱掉服装，转身混迹于百姓之中。没想到，这些杀红眼的黑虎军，连老百姓都不放过，一路上开枪射击，百姓、军人无一幸免。听到枪声后，乾州城的老百姓处于一片惊慌之中。驻军士兵抱头鼠窜，无心恋战，有的吓破了胆，藏匿于百姓家中，被杀红眼的黑虎军挨家挨户地搜查出来后，集中在衙门前，用枪扫射而亡。黑虎军一边开枪杀人，一边疯狂地对乾州城大街上的门店商铺进行打砸抢，不等天亮，南大街已经一片狼藉，好端端的门店、商铺店门被掀翻了，窗户被砸烂了，值钱的东西全都被黑虎军的士兵揣进怀里，不值钱的东西胡乱地撒了一街两行。百姓没料到黑虎军来得这么快，进城后这么凶残蛮横，比土匪还土匪呢。短短一天工夫，乾州城的东、西、南、北四条大街被洗劫一空，到处都是哭声一片，枪声四起，此起彼伏。

于四海一看自己的军队竟然如此不堪一击，丢盔弃甲、抱头鼠窜、溃不成军，失去了抵抗能力，失败已成定局。他把在县衙里在乾州知事和绅士面前的承诺丢得一干二净，哪里还能顾得上乾州城百姓的死活，只好逃命。慌忙中，他带着家眷和卫兵逃到西大街宋一道当铺里面的地窖里躲藏起来。抢劫当铺的兵士一看当铺空空如也，便满当铺仔细搜查，发现地窖里藏着人，喊了半天地窖里没有一个人应答，一怒之下，便从外面抱来柴火和辣椒秆，点燃了往里面扔，把于四海和家人活活地烧死在地窖里。

乾州城的守军都没有了，黑虎军便在乾州城内放肆地撒野。乾州城顿时陷入一片混乱中……

50

黑虎军进入乾州城后，到处滥杀无辜，烧杀掠抢，无恶不作。他们的所作所为，与三年前王统帅所率领的秦陇复汉军截然相反。虽说秦陇复汉军先遣人员王大彪一伙人刚从东门进城的时候，也出现过类似的抢劫行为，但是，很快就被王统帅给制止了，并把为首的李大彪和他一个班的士兵集中到司令部门前，当着乾州城老百姓的面，一一治罪，个个砍头示众，以儆效尤，乾州城百姓对王统帅的所作所为纷纷竖起了大拇指。不仅如此，在随后百日守卫战中，百姓与复汉军通力合作，鼎力相助，连传统的年都不过了，誓死保卫乾州。罗大帅兵败撤退，乾州守卫战大捷。王统帅每每回想起在乾州城率领复汉军与乾州父老乡亲们联手历时百日的"乾州守卫战"，乾州百姓们顾全大局，所表现出来淳厚的一言一行、朴素的一举一动时，感动得泪水哗哗地流呢。

可是，这一次就不一样了。黑虎不仅不阻止兵卒的恶劣行径，竟然亲自下令士兵围攻乾州城。对士兵在乾州城所做的烧杀掠抢、奸淫杀戮视而不见，不予制止，反而怂恿兵卒的恶行，助长了兵卒飞扬跋扈的嚣张气焰。这可害苦了乾州城的百姓。

驻军营长于四海"壮志未酬"就吓破了胆，藏匿于宋一道的宋家当铺地窖内被黑虎军活活烧死。人常说，树倒猢狲散，而他的部下副营长侯建设眼看着兵败山倒，驻军寡不敌众，营长已被烧死，士兵死的死，伤的伤，逃的逃，驻军早已失去了军威和战斗力。眼下不要说保卫乾州城、保护乾州城的百姓了，先保住自己的命要紧，所以，侯副营长在混乱中仓皇逃命，没料到却被杀红眼的黑虎军当作移动的活靶子，一枪一枪地射杀了，最后，倒在了县衙门前的血泊中。

乾州城内枪声此起彼伏，吓得知事范仕林躲在县衙里面不敢出来。他责令关闭县衙大门，不管外面的情况如何，都不能打开大门。到了晚上，天色一点点暗了下来，夜深人静，街面上枪声稀少了，街道上的哭喊声已经一点点消声了。范仕林脱掉了平日视作生命的官服，做好化装逃跑的准备。就在他脱掉官服、卸下官帽的那一瞬间，他良心发现自己的丑陋，有些自惭形秽，自言自语说他对不起这一身官服，对不起乾州城的父老乡亲。但是，他把当官与保命认真地进行权衡，他更看重了保命。不过，他把脱下来的官服摊平了放在桌案上，一会儿从上边看，一会儿从下面看，一会儿左瞧瞧，一会儿右瞅瞅。对着摆放在案桌上的官服，他看了又看，瞧了又瞧，依依不舍，临末，还不免眼眶里挤出了一行热泪。他为这身官服而流泪，他为即将失去的官服、官位而哭泣，也为这身官服给他带来的荣华富贵而激动流泪。他把这身官服折叠整齐，恭恭敬敬地放在箱子里，之后，把箱子藏在床底下，又向床的方向鞠了三个躬。才携带着值钱的东西，带着随从从县衙的后门悄悄地跑了。从前，他们走在乾州大街上，堂而皇之，趾高气扬，威风凛凛。现在，黑虎军来了，让他们一夜间威风扫地，从知县、官员变成了一条条丧家之犬，夹着尾巴连夜溜之大吉。

黑虎军到了乾州城，丧失了人性和军纪，没人上街巡逻，也无人在城门城墙上值守，只顾着为自己抢劫财物，花天酒地寻找乐子。所以，范仕林一行人，凭借对乾州城地理环境的熟悉，从小巷子七转八拐，一路跑到东门，发现东门用来抵挡黑虎军的土堆还堆放着，无法从城门溜走，便悄悄地登上城墙，把绳子撒下去，一个个抓着绳子，顺着城墙溜了下去，趁着夜色跑了。范仕林这一跑，便把乾州城的安危和乾州城百姓的生命财产安全置于身后而不管不顾了。

安澜那天离开县衙后，便去梁山观找梁道长。梁道长一看族长来了，就问："多日不见，啥风把族长吹来了。"安澜说："还啥风呢，火都烧到脚后跟了，看看你四平八稳的，好像与你没有丝毫的关系。"

梁道长说："自古以来，官府、兵家、土匪都不惹庙宇、道观、教堂，我就是一个道长，不像你是族长，我着的哪门子急呢。"安澜一想，梁道长说得也对。前几年罗大帅亲自率领五万清军围攻乾州城，把乾州城墙打得满目疮痍，北城门多次都被炮弹炸塌了，而梁山观虽然地处城外，却没有遭到一个清军的侵袭。白雪、以沫、瑶草等那些长相水灵、颇有姿色的道姑也没有遭到一个清军的骚扰。安澜问道："听说黑

虎军即将兵临城下，我想了好久也没有想出个万全之策，为了稳妥起见，准备把上官巷搬到梁山观来，不知道长意下如何？"

这一下，轮到梁道长有些不解了。心想，上官巷好好的，为啥要搬到我的梁山观里来。再说了，梁山观这地方也容不下上官巷几百号族人，别说还有那么多的猪马牛羊鸡犬呢。粮食、农具、日常的生活用品那么多，根本就装不下。他问安澜："你葫芦里卖的啥药呢？"

安澜说："黑虎军马上就要攻打乾州城，他们一个个如狼似虎的，见人就抢，见店铺就砸，见了女人就奸淫，一个个青面獠牙，张着血盆大口，吃人不眨眼，连骨头都不吐一星半点，你说，上官巷的族人咋办？我是一族之长，你说说，我该咋办？"

梁道长说："就这事？好办！"

"范仕林知事都急得像热锅上的蚂蚁，答应给于四海拨三千两军饷，要求驻军守城呢。你倒清闲得像个没事人似的。"安澜说。

"他是知事，要负责乾州城整个百姓的安全。你是族长，和他一样，肯定要对上官巷的每个族人负责呢。而我区区一个道长，只负责我道观和道观里人的安全。所以，不在其位，不谋其政。位置不一样，操的心就不一样。"梁道长说。

"既然你这么说，那我也有主意了。"

"你有啥主意？"

"我把全族的人都带到梁山观来，由你负责他们的安全。"

梁道长睁着狡黠的双眼，嘿嘿嘿地笑了。"别开玩笑了。"安澜急了，"我说真的，没有和你开玩笑。事情都到了这一步，我哪有闲工夫与你开玩笑。""上一次你听我的，差一点儿被砍了脑袋。这一次，你再听我的，就不怕被砍脑袋？""我都是死过一回的人了，还有啥好怕的呢。"

"既然如此，这事情就好办多了！"梁道长说，"用不着上官巷的人搬来搬去的，费时费力还费事。再说了，梁山观太小，也容不下那么多族人。族里人都来了，他们能相信住在道观里的所有人都是道士、道姑吗？你见过哪个道观里有这么多的道人呢？说来说去都没用，还是我跟你一起去一趟上官巷。"就这样，梁道长跟着安澜来到上官巷。

一路上，梁道长告诉安澜应该如何去做，才能让族人免受其害。安澜按照梁道长的吩咐，把族人召集到祠堂，一起商量对策。

梁道长说："我想黑虎军的厉害你们都听说了吧！我在这里也不再啰唆了。不过，他们贪图的是钱财、粮食、布匹，咱乾州男勤稼穑，女事桑麻，勤纺织。大敌当前，咱要变被动为主动，把命要放在首位。咱有的是粮食、布匹，每家每户拿出一些，集中起来，不等他们上门来，就主动送给他们。这样一来，就能化解乾、周族人于水火之中的险境。整条上官巷就会免遭其难，族人也能免受欺辱了。"

有粮觉得梁道长的话行不通，本来想顶回去，一看少峰没说话，就把到了嘴边的话又咽回去了。拿眼看着少峰，等少峰说话呢。少峰自从吃了王豹子的亏以后，他说话办事不再那么嚣张了，再说，他表弟王耀武三年前已经战死在长武了，他已经失去了靠山。事后，经历了这么多的事情，他也认认真真地分析了一下，安澜做事有原则，还管用。梁道长这么一说，他也觉得有道理。俗话说，拿人钱财，替人消灾。主动与被动之间的区别太大了。咱们主动给他们一定的粮食、钱财、布匹，他们有利可图，自然就不会骚扰了。就是不知道，这样的把握性有多大。所以，当有粮等他说话的时候，他一句话都不说。有粮见少峰不出头说话，就着急了。问梁道长："你出的这算啥主意嘛，让我们主动拿出钱财，交给黑虎军这帮虎狼。交了钱财，他们就肯罢手？那些黑虎军个个都是无底洞，贪得无厌，岂能是我们族里这点东西能打发得了的，我看你是站着说话不腰疼，野地里说疯话呢。再说，你又不出钱物，当然说这话一点都不夯口。"

"我叔说得对着呢，梁道长的话不可信！"二牛附和着有粮。

"梁道长就是个道人，能出个啥好主意呢？"安利也跟着瞎起哄。

"就是的。前几年让我们火祭祈雨，差一点儿把族长的头都砍了。"

"对！这个账咱还没和他算呢，今天又出这个馊主意呢。万一到时候，啥都给人家了，人家还祸害咱巷子咋办？到头来岂不是赔了夫人又折兵。"

……

族里人你一言，我一语，祠堂里乱哄哄的。这时候，安澜起身了。大家一看族长要说话了，就住嘴了。安澜说："梁道长是我专门请来保护大家的，请你们不要难为他。既然你们不同意他的主意，请谁给咱拿

出一个更好的主意来。拿出来了，我在这里有礼了。"说着就给大家鞠躬呢。直起腰继续说，"黑虎军一旦硬冲进来，势必会与我们发生激烈的冲突，到时候，我们就会拼命保护粮食、财物，你想想，赤手空拳如何与持枪的搏斗？到头来，死伤一大片，钱财还未必能保住！"

族长这么一说，把大家说得哑口无言。安澜问有粮有啥好主意。有粮支支吾吾了半天也说不出个渠渠道道来。他又问二牛、安利，你们谁有好的主意，拿出来说说，这是挽救整个族人的大事。二牛搔头半天，没吱一声；安利干脆低下头，不敢看族长那双犀利的眼睛。半天，祠堂里没人说话，静得一根针掉在地上都能听得见。这时候，安澜说："梁道长不愁吃、不愁穿，你以为他爱操咱们的闲心？看把你们一个个能得不行，你能，你就报名参军，与黑虎军拼个你死我活，给咱族人争光！万一战死沙场，你的家人由我来养，你的老人由我养老送终，再给你立一块高大的石碑，让族人永远记住你这位顶天立地的英雄！我问你们，啥时候见过官兵、官府、土匪招惹过道观？我请梁道长来，就是要保护整条巷子、整个族人，你们一个个本事有限，还对梁道长出言不逊，对得起梁道长吗？梁道长刚才的主意我也听说了。黑虎军准备攻打武功县的时候，武功县知事不顾百姓死活，连夜带着家眷跑了。好在驻军马连长就用了这一招，黑虎军不仅没有骚扰武功人，连县城都绕着走呢。"

"真有这事？"有粮问。"真有。"安澜说，"据可靠消息，黑虎军已经到了贞元，他们吃饱喝足了，即将攻打乾州城，在这节骨眼儿上，时间不等人了，我没有闲工夫与你们掰扯。"

"愿意的，请站在左边，不愿意的就站在右边。"梁道长说，"我只保护心甘情愿拿出钱财的人家安全。"

于是，大家你看我，我瞅你，没有一个主动的。这时候，少峰第一个站在了左边，其他人一看，就有几个人跟了过去。不一会儿，除了有粮、安利等八九个人还站在右边外，其他人都站在了左边。

"好吧！站在右边的人请你们走出祠堂，自己保护自己去。"梁道长说，"站在左边的人都是自觉自愿的，各家各户按照人丁多少分摊粮食、烟土、钱财、布匹，人丁多的自然分摊得多，人丁少的自然分摊得少，谁也不吃亏占便宜。一个时辰内，请大家把东西交到祠堂，由族里统一收缴。"说完，摆了摆手，让大家抓紧时间筹备。

　　不到一个时辰，每家每户按照人丁多少，把东西备齐交到祠堂。后来，有粮、安利那几个站在右边的人也把东西交齐了。这时候，安澜说："我是族长，我更应该多拿出一些来。因为这是保护族人的大事。"少峰说："族长说了，这是大事情，我也不退缩，也多拿一些出来了。"族里人一听，又有一些人也愿意再多拿出一些东西来。

　　"不用了。如果这些能把黑虎军打发了就行。真的到了不行的时候，大家再慷慨一点也行。"梁道长说完，大家就按照梁道长的吩咐，把东西装在车上，把车停放在巷口，等待着黑虎军的到来。

　　黑虎军攻进乾州的第二天，就有十多个背枪的士兵来到了上官巷要往里冲，却被梁道长挡在了巷口。他们看见道长，一个个顿时失去了刚才的嚣张劲儿。梁道长说，请回去告诉黑虎大都督，我是乾州梁山观的梁道长，上官巷的人把东西自觉备齐了，就等大都督发话呢。他一发话，我们就把东西送过去。黑虎军的士兵赶紧跑回去报告，黑虎哈哈大笑，说，我就知道乾州城肯定有明事理的人。告诉他们，把东西送过来。于是，梁道长、乾安澜、周少峰带着二三十个族人，赶着马车将三大车东西送给黑虎。黑虎一看，道人亲自押车过来，急忙上前给道人打拱作揖。梁道长自报家门。黑虎说："惊扰道长了，失敬失敬！"梁道长说："这位是上官巷的乾族长乾安澜，这位是副族长周少峰，这三大车钱财、烟土、粮食，都是两个族长发动族人捐献给大都督的，虽说不多，但整条巷子几十户人家倾其所有，略表心意，虽不成敬意，也是衷心一片。还望大都督笑纳。"

　　"瓜子不饱，能暖人心呢！"安澜说，"请大都督体恤体恤我们。"

　　黑虎哈哈大笑，说："你们想错了！只要你们有这份敬畏之心我就知足了！更何况梁道长和两位族长能亲自送来东西，我就心满意足得很！我最喜欢知书达理之人。我保证，我的兵不进你们巷子。哎，你们巷子叫啥？"梁道长说："上官巷。""好！上官巷，我记住了！"黑虎转头对他的勤务兵说，"传令下去，任何人不得擅自进入上官巷，如有违者，格杀勿论！"

　　就这样，在梁道长的精心策划安排下，上官巷在乾州城遭受生灵涂炭的危急时刻，却化险为夷，平安无事。

　　谁也没有想到，安利媳妇自以为缴纳了钱财、烟土，就可以逢凶化

吉万事顺意了。黑虎大都督下令不准他的兵进入上官巷骚扰，并没有说上官巷的人走出来了，就不能骚扰。况且，上官巷的人脸上又没有刻字，走出来黑虎军谁知道你是上官巷的呢。安利媳妇不听人忠告，擅自走出巷子，到大街上去了。她刚走到花店巷，便被黑虎军发现，十几个人把她拉进"尚记"裁缝店，拉腿的拉腿，拉胳膊的拉胳膊，上衣、裤子和内衣扯的扯、撕的撕，瞬间，把她像一根葱一样剥了个精光。那是几个如狼似虎的年轻士兵，轮番上阵，一个接着一个、一阵接着一阵，很快把安利媳妇糟蹋死了。黑虎军一看把人折腾死了，惹下大祸了，士兵慌慌张张提起裤子，赶紧冲出裁缝铺，一溜烟儿跑了，生怕沾上了晦气。

就这样，黑虎军在乾州城内横行霸道、烧杀掠抢、奸淫妇女、为非作歹了三天三夜，造成驻军、百姓、学生死亡六七百人，还有十多户人家遭受了灭顶之灾，被绝嗣灭户了。

黑虎军从河南一路向西，短短半个月就攻下了陕西四十多座县城，其可怕程度显而易见。因此，黑虎军成了袁世凯的心腹大患。4月16日，袁世凯委任亲信陆建章为豫陕剿匪督办，率领北洋劲旅入陕，攻打黑虎军。与此同时，又电令川、甘、豫、陕的北洋军对祸害乾州的黑虎军形成合围之势，准备一举歼灭之。这时候，秦陇复汉军大统领认为乾怀义本属乾州人，加之在乾州守卫战中与清军打了一百余天，在乾州占据了天时、地利和人和，立即派乾怀义率军向乾州进发，驻扎在礼泉县城。黑虎得知消息后，不屑一顾，并没有把北洋军放在眼里，立即派丁波组织人马冲出乾州东门，一路贸然东进，到了礼泉县城西门外，却遭到了怀义部伏兵的狙击，相互交战，枪弹如雨，双方激战两天两夜，战斗异常惨烈，黑虎军被打死打伤一千多人，心腹丁波也命丧礼泉，损失非常严重。这也是黑虎军入陕以来，遭遇的第一场恶战。黑虎一看形势对自己极其不利，伤亡过大，兵力锐减，大都督立即组织兵马，一路向北逃窜，进入甘肃。

这一场战役，有效地保卫了乾州城，让乾州城百姓得以安宁。听说黑虎军溃退后，梁道长带着安澜等来到黑虎军乾州驻地，发现他们捐的东西一样不少，原封不动地在大车上放着。他们赶紧拉着马牛过来，将东西悉数拉回上官巷，分发给族人。

看着自己的东西原封不动地回来了，乾、周族人喜极而泣，抱头痛哭起来。这时候，梁道长却默默地走了，朝着梁山观走去。

51

黑虎军攻陷乾州城，在乾州城里祸害了三天，这三天给乾州城和乾州城内的百姓带来了巨大伤害，乾州城不会忘记，乾州城墙上弹痕累累的青砖不会忘记，乾州城的百姓不会忘记，历史更不会忘记他们的兽行、暴行，不会忘记他们烧杀掠抢、奸淫妇女、枪杀军民，无恶不作的斑斑劣迹。他们在礼泉县城北遭到怀义部阻击，损失惨重。被追赶着一路向北，仓皇而逃，让乾州百姓免遭后续的劫难。很难想象，如果黑虎军没有被怀义部打败，继续驻扎在乾州城，乾州城将会是一个什么样的结局呢？

他们逃走后，留给乾州城的是一场罄竹难书的劫难，留给乾州百姓的是一场刻骨铭心的灾难。黑虎军进城之后，任性恣意地挥霍，到处生灵涂炭，六七百名百姓、军人、学生等死在了黑虎军的枪口之下，安利媳妇的性命就葬送在黑虎军的淫威和蹂躏之中。他们被打跑之后，乾州城陷入悲痛之中，大街小巷到处都是哭泣的人群，到处都是一片凄惨的景象。

安利到梁山观请梁道长为他死去的妻子做法事超度。活着，媳妇是一个得理不饶人、为了生计迫不得已偷偷卖身的农妇；死了，媳妇是一个被人恣意蹂躏、肉体暴露在光天化日之下、没有羞耻的亡灵。妻子死后，安利良心受到了谴责，他悔恨了几日，决定请梁道长为她超度，让她有尊严地飞到西天，起码，把她体体面面地安葬了。

这几天，乾州有名的刘氏唢呐班就留在乾州城，他们分成四拨人，分头驻扎在乾州城东、西、南、北四个城门楼上，没黑没白地为亡灵吹唢呐，用悲凉的唢呐声送亡灵最后一程，为他们壮胆送行，消除亡灵们在踏往阴间路上的寂寞。几天下来，梁道长他们已经筋疲力尽，一天接一天、一家挨一家地请他超度亡灵。看着亡灵们一个个所遭受的屈辱，

看着被黑虎军中那些没有人性的剑子手在他们身上所留下的无尽的罪孽，记录着那帮畜生在他们身上留下的弹孔和伤疤，还有乾州城里城外所留下的千疮百孔门店、商铺、城墙都在哭诉着他们的斑斑劣迹。

梁道长的眼泪已经流干了，视线模糊了，神经麻木了，只能用心为亡灵一遍又一遍、一次又一次地超度着。

按理说，做法事超度要经过择日、斋戒、设坛、登坛和登坛准备、清静坛场、诵经等严格的流程，才能正式举办。就说这择日吧，一般选择有三个绝佳的时间：一是天官，时间是正月十五，上元赐福；二是地官，时间是七月十五，中元赦罪；三是水官，时间是十月十五，下元解厄。可是，黑虎军已经将乾州城祸害得遍体鳞伤，血流成河，死了那么多人，要按照流程来超度，梁道长一年时间恐怕都做不完。赶走黑虎军时，时间是阴历三月十七了，早已过了正月十五，距离七月十五，还有近四个月的时间。加之天气逐渐变暖，一天比一天炎热，如果不能及时处理掉这些被残害的尸体，他们就会腐烂，就会变质，就会发出恶臭味，极大可能会在乾州城引发一场瘟疫。时间不容等待，梁道长便在梁山观前面的大场地上，举办了一场乾州城的"十方超度"，对在这场灾难中死去的所有人集体举办超度仪式。

因为有"七不出、八不入"的习俗规定，他详细地研究了黄历，便把时间定在了三月二十六。事前，他提前净身，吃斋饭，断绝了思想上的一切杂念，独自关在房间里，不与外界往来，不与道姑调情，更不与任何异性同房，以保持身心纯净，让自己一门心思地静静地沉淀下来，让道姑与安澜保持联系，负责超度时的设坛等筹备工作。期限一到，梁道长翻箱倒柜找了一件没有穿过的青蓝色道袍，胸前纽扣部位刺绣了两条叫作"慧剑"的剑形长带。据说，唐代吕洞宾让道人佩剑，目的是断其烦恼、断其色欲、断其贪欲。由此可见，当年吕洞宾的良苦用心显而易见。可是，从古至今，慧剑又何曾斩断了几个道人的烦恼、色欲和贪念呢？

装扮一新的梁道长缓步走出梁山观的大门，看着大场地上黑压压的人群，他微微颔首，算是打过招呼，然后走到中间的桌案前面。桌案上覆盖了一面红布，红的像一团火、一摊血，刺眼得犹如西班牙斗牛士手中斗牛的那块红布一样鲜艳，只是，斗牛士把红布拿在手中，故意在牛眼前晃动，吸引着牛的注意力，把牛逗得团团转，让牛在挑逗中晕头转向，然后被他一剑下去刺杀掉。随着牛的倒地，这位斗牛者也便成了斗牛的勇士！而这块摆在桌案上的红布，是对神灵的敬重。梁道长将一对蜡烛、一瓶乾州老窖、三个酒盅、三双筷子摆放在桌面上，精心做着准备，其态度非常虔诚，其行为非常谨慎。随后，梁道长又从灰布袋子里拿出点心、馇酥、挂面、锅盔、鸡蛋等祭品，一样一样地摆放在盘子里，然后恭恭敬敬、整整齐齐地摆放在桌案上。把纸钱、烧纸放在桌案边，纸钱既有用黄纸、白纸做的，还用金箔纸做了一堆金元宝、银元宝，也是黄的、白的两种颜色。都是圆圆的，中间一个小四方孔，四周镂空成月牙状，像古时候的麻钱。和古人穿麻钱一样，用一根绳子从中间的四方孔中穿过，像春天里榆钱开花的吊串，放下是一堆，提起来是一吊，既便于携带，又便于燃烧。烧纸用的是黄色的，还有白色的纸裱。

祭坛设好后，梁道长便离开供桌案，走向道姑给他专门准备的洗漱盆前，接过瑶草递过来的碗，轻轻放在嘴边，喝了一口，将水含在口中，用气息让水在口中转动，然后唾在地上。这样反复三次之后，方才将碗递给瑶草。又将两只手放进铜脸盆里，洗了一遍，再次洗了一遍，这才摊开双手，接过以沫双手递过来的白色毛巾，轻轻地擦了擦手，又还给以沫。然后，带着白雪登坛超度做法事。

白雪从桌案上取过一对白色的蜡烛递给梁道长，梁道长接过蜡烛，由白雪一一点燃。他用右手握着点燃的蜡烛，左手轻轻地放在右手外侧，形成一个半握拳状，对着桌案，行了三个叩首礼，便将蜡烛分别插入两边的木质焚炉内。接着，他又从白雪手里接过三炷香，在蜡烛上点燃后，再行三个叩首礼，然后将第一炷香插进中间的香炉里，把第二炷香插在第一炷香左边一厘米处，第三炷香插在第一炷香右边一厘米处。插完三炷香，只见梁道长左腿后退一步，接着右腿后退一步，右脚与左脚平行，整了整衣冠，朝着桌案方向跪在地上，行了三拜九叩之礼，每叩一次首，就倒一盅酒，敬献太上老君。

太阳毒辣辣地悬在头顶上，空中弥漫着热气，蒸热的人脸上火辣辣地燃烧，没有一丝丝风，树叶无精打采地耷拉在树枝上，一动不动。围观的人们尽管穿着短袖衫，却已是大汗淋漓了。而梁道长穿着裹得严严

实实的道袍，却没有丝毫的感觉，这不由得让在场的人佩服其道行至深了。其实，老话说，心静自然凉。梁道长入道多年，尽管他平日里像碎娃屙硬屎，有点稀稠都拿不住的感觉，私底下也干一些摸狗偷鸡的小勾当，但在关键的时候，他摇身一变，成了一位道貌岸然的道人：聚精会神、全神贯注地完成诸如超度一样的法事。就像这一次一样，在梁山观对乾州城死难的六七百名冤魂集体进行"十方超度"，他没有一丝一毫的马虎和懈怠，唯恐哪一点做得不到位而亵渎了太上老君。

三拜九叩之后，他眼睛微微地合上，深深地呼吸了几次气，调整好心态，让自己进入一个冥冥的虚空状态之中。他走在前边，脊背上背着雌雄双剑，一手拿着拂尘，白雪、瑶草、以沫等众道姑分别拿着葫芦、渔鼓、单瓢、阴阳环等紧随其后，围着桌案，一边念经，一边转圈，紧随着节奏，不停地打击着手中的乐器。他们一行人咿咿呀呀地念着《太上道君说解冤拔罪妙经》——

> 尔时，太上道君与诸圣众，在八寰林下，七宝台中，罗列威仪，敷陈道要，怡神默坐。如玉京山，放七宝光明，照福堂地狱。见福堂之内，男女善人，快乐无为，逍遥自在……
>
> 若有善男子、善女人，一心专志，入静持斋，焚香行道，六时转念是经，吾当随愿，保佑其人。使宿世冤仇，乘福超度，幽魂苦爽，各获超升。真人广信欢喜再拜，愧缕胜因，而作颂曰：伟哉大道君，常普无量功。舟楫生死海，济度超罗酆。罪对不复遇，福报与冥通。用神安可测，赞之焉能穷。

梁道长带着众道姑，围着桌案，一圈一圈地转着，一遍一遍地诵着。他们不知疲倦，不惧炎热，诚心为亡灵超度。

《太上道君说解冤拔罪妙经》是上清灵宝天尊为了拯救地狱中的冤魂，广开发药而留下来的，能让宿世冤仇乘福超度，使幽魂苦爽，各获超升。但愿梁道长超度的良苦用心，能让乾州城六七百名冤魂得到超度，早日消除孽障，脱离苦海，快快乐乐地云游去。

"十方超度"结束了，乾州城便处于忙碌中，大家齐心协力，帮助死难者家属一起安葬亲人。而那十多户已经绝户、没有子嗣的死者，安澜便带着族人，一一安葬了他们，让他们尽早入土。

死者为大，入土为安。乾州城哭泣了几日，又恢复了往日的平静。正如陶潜所言，亲戚或余悲，他人亦已歌。死去何所道，托体同山阿。逝者已矣，生者还要继续生存下去，总不能整日沉浸在悲痛伤心之中。

安利媳妇被黑虎军十多人糟蹋致死，在安利心里留下了巨大的阴影和无限的悲痛。他知道，自己这辈子游手好闲，不务正业，吃喝嫖赌，愧对于家庭，更愧对于为家庭操劳一生却被贼人糟蹋致死的妻子。几年前，乾州城遭遇三年自然灾害，颗粒无收，他不仅不能为家庭生活、家人的生计出谋献策、出力流汗，反而像个没事人一样，到处游转，无所事事，如同平常年一样，把家中的一切甩给媳妇，让媳妇想办法。面对拮据的生活，一个女人，能有啥好办法呢？

到娘家去借，让娘家帮助自己渡过难关。可是，三年啊，娘家日子本来过得就不宽展，还要养活一大家子人，日子一天不如一天，粮食逐渐捉襟见肘，哪里还有多余的粮食来接济她呢。既然来了，就多多少少给一点。虽说嫁出去的女子，泼出去的水，但是，那"泼出去的水"毕竟是自己的亲骨肉，打断骨头连着筋，总不能在困难的时候不管她的难怅和死活，作壁上观吧。于是，她从娘家提了半袋子玉米，满心欢喜地回到家，至少，这半袋子玉米，能让她们一家子生活一阵子了。可是，这点粮食很有限，自己家里那几个娃娃都是张口子货，眼看着半袋子玉米吃了个底朝天，她心里作难了。她也曾和上官巷的人一样，找上安澜家，安澜没有因为安利好吃懒做而厌恶她，安利是有罪的，是不可原谅和饶恕的，他媳妇却是勤快的。但是，一个妇道人家，又能有啥大的作为呢。她把从安澜家借来的粮食精打细算一点一点算着数地吃，给粮食里面夹一些野菜、树皮，熬得稀一点，让孩子把命保住。自己舍不得吃，只好到城外的老墙根、土壕崖下面刨观音土吃。观音土虽说能充饥，但又不能多吃，吃多了就消化不了，往往还会导致肚子发胀、发硬，屙不出来，弄不好把人命就丢了。安利媳妇知道，安利靠不住，这个家不能没有她，自己万一死了，孩子遭罪不说，到最后一定会到阴间和自己会面。老话说得好，有个再一再二，没有再三再四。所以，她不好意思再去娘家借了，娘家的光景她心里跟明镜似的。安澜家也不能借了，巷子里的人都去过族长家借遍了，他没有让任何一个上门的人空过

手，所以，他们也理解安澜族长的难处，于是，遇到困难只好自己再想办法解决了。

安利媳妇能有啥好办法呢？只好背过人卖身了。她身上还有啥值钱的东西呢？除了身子，再也一无所有。就她这半老妇女的身子，除了自己，还有谁会稀罕呢。她也只好出入于那些街头巷尾，将身子交给那些一辈子找不到媳妇的老光棍罢了，换几个零花钱，买一点粮食，拯救孩子的性命而已。从这一点来讲，安利媳妇是伟大的母亲！孩子是她的根，是她的命，是她的依靠。孩子给她带来了希望，就这样，偷偷摸摸地用她干瘪的身子终于熬到了乾州风调雨顺。好不容易熬到不愁吃、不愁穿了，身子被营养滋润得有了一点颜色，却遭到了黑虎军的欺凌，十几个虎狼一样的年轻兵卒，见了她，不由分说一拥而上，把她这只瘦弱的小鸡顿时撕碎了、吞噬了。她死了，安利才良心发现，自己愧对为这个家操劳一生的女人。所以，他一定要让梁道长单独给自己的女人做法事，略表丈夫的心意，好好地超度媳妇的亡灵。

安利有了这一想法后，便到梁山观找梁道长，这让梁道长感到吃惊，又暗自窃喜。吃惊的是安利突然间良心发现了自己的丑陋，窃喜的是君子报仇，十年不晚，终于等到了为瑶草报仇雪恨的这一天。安利对梁道长说了自己的意图，梁道长满口答应着。他对安利说，有求必应，是他为道的原则。安利又询问价钱，梁道长说，虽说我不能救人一命，但为亡灵超度也算一件功德无量的事情，还谈啥钱呢。两句话说得安利心里一热，两股热泪顺着脸颊流了下来。他出门的时候，碰到了瑶草，心中感到无比愧疚、悔恨，抱怨自己当初不是人，为啥要对一个手无缚鸡之力的道姑下手呢。瑶草啥话也没有说，只是用轻蔑而又仇视的眼光扫了他一下。他知道瑶草瞧不起他，恨不得杀了他呢。于是，当着瑶草的面，在自己脸上打了两记耳光，便匆忙离开了。

安利离开道观，梁道长便把白雪、以沫、瑶草叫到一起，让她们把各自的尿液、粪便准备一些交给他。三个道姑不解其意，梁道长不容她们分说，让她们准备就是了。梁道长把他的尿液和三个道姑的尿液混合在一起，装进一个瓦罐里。然后又把他的粪便和三个道姑的粪便放在香灰里搅拌着，分成了大小均匀的十粒小丸，用麻纸包裹好。

到了晚上，他和三个道姑穿好行头，拿着香、蜡烛、烧纸等超度用品到了安利家。看见梁道长和道姑如约而至，喜得安利急忙上前点头哈腰，对梁道长一行人毕恭毕敬，感动得一时三刻都不知道说啥好了。

超度的种类有三种：第一种是十方超度，主要是大型法会上专用的，就像上午在梁山观门前的大场地上为乾州城那么多死难者所做的一样；第二种是冤亲超度，主要给自己死去的亲人超度；第三种是冤魂超度，主要是对意外死亡的死者超度。安利家就属于这一类了。

梁道长对着安利说："上午是给乾州的亡灵集体超度，属于十方超度。你家媳妇是被那些贼人所害致死的，死得冤枉，咱就给她做冤魂超度吧。"

"我不懂这些。"安利说，"就按道长您的规程办吧。"

梁道长带着三位道姑去了安利家，和上午"十方超度"的做法一样，如出一辙，大同小异。唯一不同的是，到了最后，他打开麻纸包露出十粒药丸，交给安利，让他吃了。安利感恩涕零，赶紧从梁道长手中接过药丸往嘴里塞。梁道长说："慢一点，小心噎着了。"其实，梁道长本来想说"抓紧吃，把你噎死去！"可是话到了嘴边，又改了。说完，又把那个瓦罐递给安利，告诉他一边吃药丸，一边喝水。安利一副很顺从的样子，当着梁道长和道姑的面，把十粒药丸吃完了，把瓦罐里的水喝光了。

回道观的路上，瑶草她们问梁道长给安利吃的啥、喝的啥，梁道长一言不发，只管往道观方向走去。走到半道上，瑶草忽然一下子明白了，心想：梁道长咋这么坏呢。刚想到这里，赶紧停在路边，哇……哇哇呜……哇……哇哇呜地呕吐，脸色苍白苍白的。白雪、以沫看见瑶草呕吐，还以为瑶草怀孕了，赶紧过来询问，瑶草指了指上官巷方向，说："安……安……安利……吃……吃……屎……喝……尿……"白雪、以沫顿时恍然大悟，也跟着哇哇呜……哇地呕吐。

她们哇呜哇呜……哇的呕吐声，惊得栖息在树上的鸟儿都扑棱棱飞了。

52

从黑豹岭下来，怀仁、宇轩要急于回家，给家人报信。怀义非要去铁佛寺不可，他说："雨燕生不见人，死不见尸，你回去报啥信呢。这样的报信，书艺能相信吗？家人能相信吗？"尽管他言之有理，但是，怀仁、宇轩亲身经历了被土匪五花大绑在柱子上，被太阳暴晒，又被倾盆大雨浇了个透心凉的过程，还目睹了怀义和黑豹岭土匪的那场较量的场面，早把胆子都吓破了，下了山都惊魂未定。嘴上虽然没有说啥，但心里已经很怯火了，抱怨自己当初为啥要逞一时英雄呢，差一点儿把性命都搭进去了。所以下山后说啥都不愿意和怀义一起去铁佛寺了。这时候，天赐一看他爸和宇轩叔都不愿意和二爸去铁佛寺，便自告奋勇，说："爸、叔，你俩回去，我和二爸去铁佛寺。"

怀义一看，事已至此，牛不喝水，不能强扳犄角，再争执下去肯定没有啥结果，好在天赐懂事，愿意和他一起去铁佛寺找雨燕婶子，心里很是欣慰。心想：你俩大人还不及一个小孩呢。他只是担心天赐身体吃不消，就说："你俩把天赐也带回去，我一个人去就够了。"

天赐不依，非要和他一起去。怀仁对他说，娃要去就把娃带上。宇轩说，对着呢，好歹路上还有个伴儿。就这样，怀义带着天赐，顾不上天气炎热，马不停蹄地一路来到了铁佛寺。

铁佛寺在西北一带是一座非常著名的古刹，坐落在乾州城北 10 多里外的清凉山上。铁佛寺背靠展翅高飞的五峰山，南眺佛教圣地终南山，东临唐太宗昭陵，西依武则天唐乾陵。这里山清水秀，一股清流从山上潺潺而下，增添了铁佛寺的灵性。漫山遍野生长着乔木、灌木，每到春天，花开遍野，芳香扑鼻，方圆 10 多里都能闻到花的清香。到了夏季，绿荫遮天蔽日，是一个避暑的好地方。相传，武则天曾经到这里避过暑，对清凉山的美景赞不绝口。秋天，清凉山又是一幅美轮美奂的油画，山上像披上了节日的盛装，赤、橙、黄、绿、青、蓝、紫，五颜六色，七彩斑斓，随风而起，滚过了一道又一道绚烂的浪潮。冬天，大雪覆盖，漫山遍野银装素裹，更显得铁佛寺朱红色大门的亮丽、威严和庄重。从南边远远地往北看，铁佛寺的红色大门在茫茫的白雪中，像一口熊熊燃烧的炉膛。铁佛寺正如古人所言：

> 暮色苍苍观劲松，清晨紧锁云雾中。
> 奇花异草迷人性，苍松翠柏增寺容。

现在正是盛夏，怀义担心天赐体力不支，这一路走得稍慢了一点儿。天赐笑着说："二爸，人家都说当兵的人厉害，我在黑豹岭上看见了你的刀法，把我吓得差一点儿没坐在地上。你这刀法，一下子就把王豹子他们土匪给镇住了。你啥时也给我教教。"怀义说："你好好念书，舞刀弄棒的有啥出息。"天赐说："你不仅刀法好，枪也打得准，你一个人都敢和土匪比武，我最佩服你了！"怀义说，二爸没有办法，被他们逼上绝路了，你们的命全都握在我手上，坚决不能输给他们。二爸这是给咱们几个人挣命呢。

一路上，叔侄二人还没有忘记黑豹岭上惊心动魄的一幕，边走边聊，有说有笑地来到了铁佛寺。路过铁佛村，看见街道上有个卖豆腐脑的摊贩吆喝着，怀义拉着天赐直奔过去，给天赐要了一碗豆腐脑，还要了一个馒头。天赐早就饿了，端起碗用勺子把豆腐脑搅了搅，抬手把碗放在嘴边，呼噜噜——呼噜噜——几口便将软软和和的豆腐脑喝进肚子里。怀义说，慢一点，小心噎着。看你像个饿死鬼，八辈子没吃过豆腐脑。天赐说，我怕你舍不得给我吃。怀义说，你放心，二爸管你吃饱！天赐笑了笑，说，还是二爸对我好！两个人坐在豆腐脑摊子旁边，吃完一碗再要一碗，直到天赐吃饱了。然后又到一个人家讨了一碗水喝了，方才去了铁佛寺。

铁佛寺沉寂在一大片树荫下，显得格外的肃穆。两扇红色的寺门大开着，门前的大场地几乎被那几棵苍老的松树、柏树的巨大树冠遮住了，太阳光透过树叶洒在地上，地面上便出现一个又一个铜钱大的白圈，斑驳陆离。因为是盛夏，大多数人都在休息，没有一个香客在这里出出进进的。怀义想打听一下，也没有个问处。鸟儿也午睡了，没有发出一点声音，铁佛寺好像适应了这种寂静的环境，整个寺院就像个孤独

乱来，不能高声喧哗。天赐点点头说，你说干啥就干啥。

进了寺门，怀义没有心思欣赏这里的美景。天赐年龄小，第一次到
铁佛寺看见啥都很好奇。小孩子强烈的好奇心促使他，一会儿看着钟鼓
楼，一会儿又指着藏经楼，感到这里的一切都很稀奇古怪。怀义拉着天
赐，穿过天王殿、铁佛殿，一看这里空无一人，便继续朝里面走，径直
踏进了大雄宝殿。大雄宝殿门前的香炉里有许多水红色、棕色的香烛一
点一点地燃烧着，上面已经有了一两寸白色的香灰，香灰与香烛之间，
有一圈黑色，青烟就是从这里袅袅向上缭绕着的。怀义进了大雄宝殿，
看见一个和尚坐在佛像左前侧，也在发困打盹儿，眼皮都不愿意抬一
下。和尚可能凭着直觉感觉到有人来了，眼皮都舍不得抬一下，轻晃着
手里的木槌有气无力地敲着木鱼。怀义慢步走到佛像前，跪在蒲团上，
天赐学着怀义，也跪在蒲团上。叔侄两人对着佛像，恭恭敬敬地磕了三
个头。那个和尚看见有人磕头，他手里木槌似乎也有了劲儿，当、当、
当地敲打着木鱼。磕完头，木鱼声又恢复到刚进殿时慢慢悠悠的节奏。

怀义来到和尚面前，小声叫了师父，和尚激灵一下，慌忙站起来，
抬起头，睁开眼，面无表情，问道："施主，有何事？"

"师父，前几日寺里是不是新来了一位女施主？"

和尚一听，非常警觉，眼光里充满了对怀义和天赐的怀疑。怀义
说，师父别介意，她是我婶子，听人说她到这里修行呢。只要看见她在
这里就行了，我们也好回去复命。怀义这么一说，和尚刚才紧持的心稍
微放松了。天赐说，她是我婆，我真的想她了，她只要在寺里就行，我
们看看她就放心了。和尚依然坐在椅子上无动于衷。怀义说，你让我们
看看，哪怕看上一眼，回去也好给家里人一个交代。他看和尚仍然不相
信，指了指天赐说，让孩子看看也行。只要能给家人有个交代就成。

看着他俩没有敌意，和尚这才起身，带着他俩出了大雄宝殿，来到
西边的厢房。抬起右手指了指，说第三间。和尚转身又重新回到了大雄
宝殿。怀义和天赐急忙冲向第三间，听到一个女人的声音在念经。天赐
说："二爸，是我婆的声音。"怀义把食指放在嘴边，天赐明白了，不
再出声。两个人静静地在门外听着，雨燕的声音很特别，从她口里念出
来的经文，夹杂着一种川味。确信是雨燕的声音之后，怀义这才轻轻地

敲了三下门，等了片刻，才又轻轻地推开房门，进去了。刚一进门，天赐就冲了过去，抱着坐在蒲团上的雨燕肩膀，激动地喊着婆。雨燕一看是天赐，心里好一阵激动，她何尝不想把天赐抱在怀里呢。可是，她已经出家了，必须六根清净，断掉与外界的一切往来和内心的种种杂念，好好地修行。任凭天赐抱着她、喊她婆，雨燕眯着双眼，故意装作不认识，继续念经。怀义一看，这是雨燕有意躲避他们，便说："婶子，难为您了，我来接您，请回家吧！"天赐说："婆，回家吧！我们都想你了。"他们说了好几遍，把雨燕的心都说热了、软了、融化了，可是，她强忍着，就是不回答他俩，嘴里一直不停地念经。说是念经，雨燕已经念不在一起，好几次明显地出了差错，好在怀义和天赐不懂经文，没有听出来。怀义看着雨燕无动于衷，急忙跪在地上，说："婶子，书艺让我找您的。您和我们一起回家吧！我求您了。"天赐也连忙跪下，说："婆，我和二爸专门找你。还有我爸、宇轩叔一起到黑豹岭找土匪要人，要不是二爸会功夫，比武赢了，我们就死在黑豹岭了。婆，跟我们回家吧！"

童言无忌。天赐的话一下子打动了雨燕的心，她内心刚刚筑起的拒绝外来纷争的堤坝顿时崩塌了，摧毁了。她一把将天赐抱在怀里，呜呜啦啦地哭，哭了好一阵子。雨燕说："我回不去了。一日削发，终生为尼。做人要讲究诚心，对佛也是一样的，心不诚，天地不容；心不诚，佛祖不容；心不诚，要遭天谴报应呢。走上这条路，也是我的归宿。我是外乡人，在这里举目无亲，难得你俩寻我、看我，我已心满意足了。"

怀义说："您不回去，书艺心里就过不了这道坎儿，她会内疚一生呢。为了她，您被土匪劫走了，她受到良心的谴责，哭天喊地，她执意要上黑豹岭，被我劝住了。我们从黑豹岭下来，连家都没回，就直奔铁佛寺找您，请跟我回家吧！求您了！"

雨燕说："天道轮回，人各有命，不能抱怨任何人。你们回吧，我已皈依佛门，远离红尘，这里才是我的归宿。"没有办法，怀义眼看着说服不了雨燕，也只好听从她安排。他起身，将口袋里的钱全部拿出来，递给雨燕，说："婶子，这些给您留着。"雨燕说："出家人看破红尘，钱财乃是身外之物，留着无用，还是自己拿着吧！"说完，便把他

俩硬生生地赶出门。怀义带着天赐重新回到大雄宝殿，将雨燕执意不要的那些钱，塞进佛像前的功德箱。看着施主往功德箱里塞钱，刚才那位和尚也来了精神，把木鱼敲得急急促促、响响当当，念经文的嘴里都带着劲儿。

出了大雄宝殿，怀义便向雨燕告辞。雨燕说："施主慢走！"看着怀义的背影，雨燕说："你们别难为王豹子！他是个好人，那天是我愿意跟他走的，他没有难为我，也没有劫我上山，按照我的意愿，直接送我到了这里。要不是他，我都没有容身之地了。"怀义一听，立马转过身，说："我知道了，请您放心！"

那天，王豹子本来就不想难为少峰。可是少峰不像安澜能把一切都看开，能把钱财看得很淡。他却爱钱如命，和王豹子讨价还价，这只是其一。其二，王豹子从魏培吉那里得知，少峰背地里做了手脚，仗着他表弟王耀武的权势，陷害安澜，险些要了族长的性命，就冲着这一点，无论如何，他都不愿意放过少峰。只是，少峰是个软骨头，没有一点男子汉大丈夫的骨气，他一时半会儿也发不了火。正在感到窝囊之时，好在书艺过来和他理论，心想：周家男人尿了，女娃娃还厉害得不行。他一下子提起精神，却故意装作发火，把火发在书艺身上，要把书艺带到山上当压寨夫人。他咋能不知道少峰的女子是安澜族长家没过门的儿媳妇呢，只想等着少峰发火呢。少峰一旦发火了，他才有下手出气的理由。没想到，他还真的不如一个女娃娃呢，更不如这个巴蜀女人有主见呢。看着巴蜀女人为了书艺，为了安澜家的儿媳妇，摒弃书艺一直以来对自己的不恭不敬的言行和一副傲慢无礼的态度，把他一把拉走了。王豹子内心一热，心里非常感激这个巴蜀女人。是这个明事理的巴蜀女人，给了他一个下台阶走人的机会。所以，他将计就计，将巴蜀女人带走了。他并不是为了让雨燕给他当压寨夫人，而是想给她找一个合适的归宿之地。令他万万没有想到的是，这个巴蜀女人性格像巴蜀辣椒一样火暴，出了县城，对他说，要逼她当压寨夫人，除非她死了。她生是周家的人，死是周家的鬼。王豹子仰天大笑，说，我成全你。没想到，巴蜀女人真的朝山下的一块大石头冲了过去，好在瘦猴眼尖手疾，将她拦了下来，否则，王豹子一生都不会安心。他问雨燕将何去何从，雨燕说，我出了周家的大门，就再不回周家了，他们都知道我主动上黑豹岭当压寨夫人，名节已经自毁，肯定会遭人们唾弃呢。少峰这样懦弱的男人在关键时刻不能保护自己的女人，还值得我再拥有他吗？巴蜀我也回不去了，只好出家为尼。

王豹子一听，刚好！这样他也省心了。于是，他亲自带着雨燕，将她送进铁佛寺。顺便，把从少峰家劫来的钱，拿出一部分，捐给铁佛寺，表达自己对神灵的崇拜。主要还有一点，就是让寺里的住持、和尚对雨燕好一些，让她在这里过得安逸、自在，也不枉巴蜀女子曾经对乾州男人付出的那片真情。

书艺得知雨燕到铁佛寺出家为尼，心里非常自责，她带着万分的愧疚和怀义再一次来到铁佛寺，想用自己的真心、真情、真爱打动雨燕，让雨燕回到上官巷，回到周家，她发誓要用一生孝敬她。常言道：开弓没有回头箭。雨燕心意已决，任凭书艺声泪俱下真情呼唤，她已踏上一条一心向佛的道路，再也无法回头了。她告诉住持，她谁也不愿意见。她害怕自己万一忍受不住书艺的苦苦哀求，心软得回心转意了，她就对不起王豹子的一番好意、一片苦心了。铁佛寺红色的大门紧闭着，任凭书艺跪在门前，哭喊着、忏悔着，寺院朱红色的大门始终都没有打开。

书艺在寺外一声声叫着"妈——"，声音穿过大门，穿入寺院，穿进雨燕的心，两行热泪顺着她的脸颊流了下来……

是啊！从此，这个世界上再也没有雨燕了。雨燕已死，了清（雨燕的法号）将存。眼看着天色越来越晚，了清没有出来，寺门依旧紧闭着。没办法，怀义只好抱着已经瘫软的书艺，痛苦地走下了清凉山。

53

转眼间，天赐已经 18 岁了。

自从他悄悄地跟在怀义后边，摸进了黑豹岭，他就对土匪产生了强烈的兴趣。说王豹子是坏人吧，他为啥没有强行让雨燕做他的压寨夫人呢，又为啥不杀了他和他爸、二爸和叔几个人？说他们是好人吧，他们私闯民宅，强吃恶要，不仅从他爷手中夺走了大烟、钱财和粮食，还从

书艺姑姑家抢走了同样的财物。那时候，他还小，不谙世事，只有"初生牛犊不畏虎"的胆量。他在土匪窝里，亲眼看见二爸和黑豹岭的二当家"独眼龙"舞枪弄棒耍大刀的，惊心动魄，神气得很。从小他就不爱学习。在学习上他比不过天宝，天宝喜欢静，是一块学习的好材料。他呢，就是书艺姑姑说的那样，是个尖尖尻子坐不住，一天到晚，跟猴屁股上抹了蒜一样，烧得坐不住到处乱转，整天不是上树逮鸟，就是下河捉鱼。课堂上，不是问书艺一些稀奇古怪的事情，就是把心挂在外面的树梢上；不是和铭远掐猫逗狗，就是拽坐在前面的天秀的辫子，弄得好多人无心听课。好在书艺有她的办法，能把天赐制服。说真的，书艺很喜欢天赐，这个孩子很有天赋，天资聪颖，思维活跃，想的问题已经不是他这个年龄的人所能想出来的。就凭那天土匪王豹子要抓她上山当压寨夫人，她自己的亲爸坐在地上吓得浑身发软，都站不起来时，反而是年幼的天赐挡在她的前面，面对土匪咄咄逼人的气势，一点都不胆怯。还有，听怀义说，天赐跟在他们身后，神不知鬼不觉地摸上了黑豹岭，在土匪窝里一点都不惧怕，和吓得浑身筛糠的怀仁、宇轩形成了鲜明的对比。唉！也怪自己当时一心只想着雨燕被王豹子劫上山的事情，无心给孩子们教书。天赐几天没来，她还以为天赐在家呢。要不是怀义告诉她天赐上黑豹岭的事，她还被蒙在鼓里呢。

的确，天赐是一个很勇敢的少年。

他从山上回来后，就像跟屁虫一样，跟在怀义的旁边，成了怀义的影子，非要让怀义带着他去西安学习武艺。天宝看着天赐整天黏糊着怀义，就骂天赐是个狗皮膏药。怀义说："你还小，和天宝、天秀好好读书。"天赐噘着小嘴倔强地说："我就要学武功。有了武功，我就能保护书艺姑姑不受欺负。"怀义不答应，他就一直跟着不离身。弄得怀义没办法，只好带天赐寻找安澜。安澜说："我老了，孙子的事情让他爸做主。"天赐说："二爸，你看，我爷都同意了。"怀义说："你爷说他不管，哪里说他同意了？""我爷说他不管，言外之意就是他同意了。"怀义又带着天赐找怀仁，怀仁说："娃还小，要好好读书呢。书中自有黄金屋，书中自有颜如玉。"怀义笑了。天赐说："我才不要黄金屋，不要颜如玉，我只要武艺呢。"怀义说："你懂个屁，颜如玉就是媳妇，你要不要？"天赐说："二爸，我啥都不要，我就要学武艺呢。"

这时候，天宝说："从小不好好学习，长大了就没有出息。"天赐看了看天宝，说："你好好学习，将来一定有出息。"天秀也在一旁劝天赐好好读书，天赐说："我自己的小名自己知道。我是一块啥料，心里最清楚。一读书我就头疼，一练武我就兴奋。"

怀义问怀仁咋办，怀仁说："娃大了不由爹娘了。我管不了，就交给你了。"天赐一听，一蹦老高，激动地围着怀义转圈圈。喊道："我要去西安了，我要练武功了。"天宝看见天赐一副不知天高地厚的模样，不屑一顾地说："看把你涨的。"天赐吐了吐舌头，朝他做个鬼脸，说："我就涨了，我就涨了，看你把我能咋?"天宝急了，过来追打天赐，天赐和他在院子里转了几个圈圈，天宝追不上。这时候，天赐在空中翻了三个跟头，猛地冲着院墙，噌噌噌地爬上墙头。他骑在墙头上，朝着院子里的天宝继续做着鬼脸，说："来呀，来呀，有本事你上来打我。"坐在院子里的安澜看见两个孙子在逗玩，哈哈哈地笑着。天宝说："爷，天赐欺负我，你也不管。"安澜说："人家没有欺负你，是你自己上不了墙，这不能埋怨天赐。"

天宝气呼呼的，转身拿了一条长竹竿，就要打坐在墙头上嘲笑他的天赐。怀义害怕天赐掉下墙头，赶紧上前挡住，顺手将竹竿夺了下来。冲着墙上的天赐说："别逗能了，赶紧下来!"只见天赐将外面的那条腿"嗖"地往回一抢，"噌"的一声从墙头上一跃而下。他身轻如燕，落地都没有一点声响。经过天赐这么一折腾，不管是怀义、怀仁，还是安澜，虽然嘴上没有说，但心里都佩服这个孩子，说他是一块习武的好材料。

怀义带着天赐来到西安习武巷，把天赐安顿在"薛家武馆"学艺。让天赐给薛教头磕头，说："拜师学艺。"天赐看着眼前这个五短身材、其貌不扬的中年人，还有点不相信他是武林场上的高手。怀义看出他心中的疑虑，说，真人不露相。天赐赶紧双膝跪下，对薛教头说："师父在上，请受徒儿一拜。"然后，恭恭敬敬地给薛教头磕头。

临走时，怀义对薛教头说："我侄子，请多关照!"薛教头笑了笑，说："承蒙高抬，一定尽力而为。"将怀义送出武馆大门。一转身，薛教头脸上又恢复了一开始的严肃冷峻，没有一丝丝的笑容。他把天赐叫到当院，先从基本功开始，一边教，一边观察，觉得天赐基本功几乎没

有，但是，这娃身上有一股习武的天性，确实是一块习武的好材料。从此，他亲自传授。他黑着脸对天赐说："习武是一件苦差事。既然你愿意吃这份苦，就必须遵守武馆里的规矩。每天鸡叫三遍，我必须在这里看到你。但凡违反一次者，将被逐出武馆。"从此，不管刮风下雨，鸡叫三遍天赐早早就在院子里等着薛教头。一个教得很认真，一个学得很扎实，就这样，苦练了三年，天赐已经成了薛家武馆里的一名高手。他告别了薛家武馆，回到了乾州城。

天赐学艺归来，便又回到书艺身边继续读书。过了15岁，实在念不动书了，书艺就鼓动他去乾州警察局当了一名警察。警察局里的人一看是安澜家的孙子，都对他礼让三分。更何况他身手不凡，武功高超，一个个对他佩服得五体投地。

飞毛腿问他为啥不在西安城里寻个差事。天赐说："好爷呢，我是咱乾州城的娃，自然舍不得咱乾州的挂面、锅盔、豆腐脑嘛。"一句话说得飞毛腿心里暖滋滋的。一连说了几个好字，说："不愧是咱乾州的种！"从此，尽管天赐是警察局的一位新人，却成了警察局的主心骨，是仅次于局长的人。每次他出门，不管是上街巡逻，还是外出办案，只要他出面，肯定一大帮警察都愿意跟着他。因为跟着天赐不仅不愁吃不愁喝，关键天赐还能在前面给他们遮风挡雨呢。跟在天赐身边，那该是一件多有面子的事情呢。

天赐无论是在乾州城的大街小巷，还是在警察局，已经成了明星人物。可是，十六七岁就该到结婚成家的年龄了。他心里一直惦记着有粮家的孙女雨宸，可是，雨宸好像专门与他作对，对他这个乾州城里城外响当当的人物不闻不问，他俩好像是井水与河水的关系，八竿子都挨不着。可是，雨宸见了天宝，那就是两只戏水的鸳鸯，形影不离，显得很亲切、很温暖，气得天赐牙齿咬得咯嘣咯嘣地响。雨宸心想，你的牙齿才咬得咯嘣咯嘣地响，咬掉了才好呢！最好把门牙咬掉了，成了"豁豁漏气"，话都说不在一起，吐字都不清楚，更没有人跟你！

谁又能说清楚"感情"二字是个啥？从古至今，没有人能说得清、道得明。表面上，天宝和雨宸像一对鸳鸯，其实，天宝心里却惦记着天秀。他俩从小到大在一起，青梅竹马，只是，天宝是个闷葫芦，不像天赐那样，性格外向，活泼开朗，他把一切都装在自己的肚子里。

听说天宝和天秀关系很密切，安澜死活都不愿意。说："你俩一个是姐，一个是弟，绝对不能成亲。"天秀说："爷，我是抱养的，又不是我爸妈亲生的，咋不能和天宝结婚呢？"天秀一句话反倒把安澜噎住了。安澜心想：坏了！娃知道自己的身世了。说："你别胡说了，谁说你不是你爸妈亲生的。""我早就知道。多年前，安利家死去的婶子亲口说的。当时我还不相信，后来她说，我和天赐都是花钱买来的，是火祭用的'祭品'呢。"安澜心里暗暗叫苦不迭，安利这媳妇，嘴咋就这么长、这么贱呢？要是她活着，我非得扇她几个大嘴巴子不可。可是，她已经死了，而且被黑虎军活活糟蹋死了，想扇她大嘴巴子都扇不成了。只能说："别听她胡言乱语，你就是你爸妈亲生的。哪来的火祭呢！"

天赐听了天秀的话，感到很吃惊。自己咋就不是爸妈亲生的呢？天秀要是不说，他还一直被蒙在鼓里。特别是听到他和天秀是火祭中的"祭品"时，更是不可思议：啥是火祭？啥是祭品？非要打破砂锅——问到底，弄得安澜不得安生。

自从对自己的身世产生怀疑后，天赐便一蹶不振，整天无精打采的，简直像变了一个人。他问飞毛腿，飞毛腿说他就是安澜的亲孙子。他问谁，谁都是这句话。问的人越多，人们好像商量好的一样，都说他是乾家的亲孙子。没办法，他只好折回来求安澜了。

真相永远都不会被时间所掩埋。安澜眼睁睁地看着天赐一天天无精打采、心事重重的样子，他看在眼里，急在心上。他内心很矛盾，说吧，这里面不仅牵扯到他一个人，还牵扯到少峰，牵扯到天秀，牵扯到有粮和族人，他不知道天赐知道真相的后果；不说吧，又不忍心看到天赐整天消沉下去。老话说得好，纸里包不住火，雪里藏不住鞋。经过一番思考，他决定把真相告诉天赐和天秀。娃大了，有知道自己身世的权利，他也有告诉真相的义务。至于他们知道身世后的结果，就要看天赐和天秀的承受力和忍耐度了。

安澜一五一十将事情的经过给天赐、天秀讲了一遍。他一边讲，一边流着泪。天赐和天秀一边听着，一边哭着。到了最后，天赐已经无法接受自己不是乾家亲孙子的事实，疯了似的冲出家门。

看着天赐夺门而去，安澜叫怀仁赶紧出门去追。怀仁在后面追，天

赐在前面跑，他费了九牛二虎之力，无论如何也抵不过一个年轻小伙子的力气，更何况，天赐还在西安学了几年武功呢。所以，天赐的身手，还有力气都不是怀仁所能比得过的。怀仁追到北门，已经累得气喘吁吁的，也看不见天赐的影子了。

天秀哭着，因为她早在多年前就知道自己不是乾家的人，只不过，她知道的没有安澜告诉她的这么详细而已。所以，她知道了真相，反而心里舒坦多了。说："爷，都怨我，我不该多事。"安澜说："我本来不想告诉你俩，既然你知道了，我就只能把事情的真相说出来。告诉你俩了，爷心里也就坦然了，以后进棺材也能闭上眼睛呢。尽管你俩不是爷的亲孙子、亲孙女，但我把你俩视如己出，和天宝一视同仁。在家里十多年了，不管是爷、你婆，还是你爸你妈，对你俩如何，你们心里都应该有一杆秤。"天秀哭着说："爷，我知道你们对我俩很好。只是，我一时半会儿接受不了这个事实。不过，我想问你一句，你当时真的那么狠心吗？"

安澜说："爷要是真的能下得去手，那还能有你俩的今天吗？我当时用'障眼法'，采取了十分必要的保护措施，所以，不论老天能不能开恩下雨，你俩肯定不会有问题的。更何况……"安澜欲言又止，天秀问："爷，更何况啥？"

"爷已经受到惩罚了。"安澜痛苦地说，"因为火祭的事情，人家把爷已告到官府，被巡警局抓了，还判了秋斩。好在你二爸当时是罗大帅的守卫，拿着罗大帅的亲笔信，策马扬鞭，赶到菜市口，刀下留人，爷才大难不死。要不然，你俩再也看不见爷了。乾家也无能为力收养你俩了。"

天秀依偎在安澜的肩膀上，说："爷，我爱你，能够理解你当时的心情！"

左等右等，等不见怀仁和天赐回来。安澜说："走，跟爷找天赐去。"到了北门，看见怀仁还坐在地上大口地喘气，安澜气呼呼地在他的屁股上踢了一脚，质问道："天赐呢？"

"娃跑得快，我撵不上。到了这里就不见个人影了，把我差一点没累死。"怀仁问安澜告诉天赐啥了，这娃咋跟疯了一样。

"我把娃的身世告诉娃了。"安澜平静地说。

"爸，不是说好了不告诉娃嘛，你咋犯糊涂了。"

"你放心！爸虽然老了，早已过了一时冲动的年龄，也没有到了犯糊涂的地步。"

安澜心里明白，天赐肯定跑到乾陵上去了。依照他的心性、脾气，他一定会跑到乾陵上去。于是，他们三个人便朝着乾陵方向走去。

看着父亲原来笔挺的脊梁已经有些弯曲，怀仁心里不免有些酸楚，泪水顺着眼眶流了下来。

54

少峰的孙子铭远要和有粮的外孙女、宋一道的孙女宋秀芝成亲了。

人常说：女大十八变，越变越好看。宋秀芝无论是身材、脸形，还是神态，多多少少都有周书艺的一点影子，尽管她长得和彩霞很像。书艺在家里办学堂，把上官巷的孩子都聚集在一起，教他们识字、断文。有粮是个爱占便宜的人，他不仅将自家孙女雨宸放在书艺那里念书，也把彩霞的女儿宋秀芝接过来，让书艺帮忙带着一起识字。都是街坊邻居，一个娃是教，十个八个娃也是教，更何况，这是给娃教书，让娃识字，为了将来更有出息的大好事，书艺自然很高兴地接受了。等到乾州学堂建成后，书艺把孩子们从家里搬到学堂里，能接纳更多的孩子学习。

随着时间的流逝，书艺觉得宋秀芝身上还有那么一点自己的影子的存在，心里对这个女子更加的喜爱。人常说：心无二用。她给孩子们教书，让孩子们识字，连她自己都不知道啥时候，侄子铭远和宋秀芝悄悄地走在了一起。当铭远告诉她喜欢宋秀芝时，书艺既高兴，又担心。高兴的是孩子们已经知道自己心里有了爱，而且还敢爱，至少已经冲破了封建思想的禁锢，懂得自由恋爱了，这说明她的书没有白教，她的功夫没有白费，她所传授的新知识、新思想起到了应有的作用。担心的是，家长们受到的教育，思想的影响恰好与之相反，能否接受两个孩子自由恋爱的现实呢？不管咋说，她肯定能说服自己的父母和家人，让侄子高

高兴兴地娶到自己心爱的称心如意的女孩子。可是，宋一道家她就有些力不从心无能为力了。

车到山前必有路。这样一想，书艺心里自然少了几许的忧愁，却是多了更多的喜悦。已经到了谈婚论嫁的年龄了，她只好把孩子的真实想法告诉父母，告诉哥哥。少峰说："这门亲不能结。"书艺问他缘由。少峰说："宋家是开当铺的。"书艺问开当铺有啥不好？少峰说："当铺当铺，主要是坑人蒙人呢。这样的人家，心里不善良，咱不能和他家结亲。"

书艺说："开不开当铺是宋家的事情，咱娶的是媳妇，又不是嫁闺女呢。这么多年，依我对宋秀芝的观察和了解，这孩子还是挺不错的，对人心实在，特别对咱铭远，那确实很好。再说了，咱家铭远也很喜欢人家秀芝。"

"咋了？他俩喜欢有啥用？自古以来，都是父母之命，媒妁之言，他们还能翻天了不成？"少峰这句话刚一出口，就把儿子宇轩说笑了。少峰斥责道："你笑啥？有啥好笑的呢！"

宇轩说："你说的话难道不好笑嘛！"少峰纳闷儿了，心想：自己说的哪句话好笑了？宇轩说："你女子是不是'父母之命，媒妁之言'了？你能管得了儿子我，咋没有管住你女子呢？到了孙子这辈人，你还想用管我的办法来管，可能不好使。"

书艺说："哥，你说啥呢？咱现在说的是铭远和秀芝的事情，咋能扯到我身上呢。"宇轩不说话，使劲地给她递眼色，让她说服自己的父亲。可是，书艺佯装没看见，说："你不是能说嘛，还会笑呢，你好好给咱爸笑一笑，搞不好爸一时高兴，铭远和秀芝的事情就解决了。"书艺的话，说得宇轩傻乎乎地杵在那里了。

"看把你能的。"少峰一看姑娘把儿子将了一军，心里有点不舒服，说，"你长这么大了，吃了我周家多少粮食，花了我周家多少钱，一文钱的彩礼都没要，这不让我赔大了嘛！"书艺说："爸，你看你说的，除非我不是你闺女。我是你闺女，你就得给我吃饭、给我钱花嘛。再说了，你也别发愁，等怀义回来了，我让他把欠咱家的彩礼钱送过来，再带上这几年的利息，利滚利，驴打滚，不行了从他家再拉上几大车粮食给咱送过来。你看成不？"几句话，把少峰说得无话可说了。这个时候，铭远突然进来了。少峰看见孙子，心里把刚才的不快全都抛到九霄云外了。问道："是不是想娶媳妇了？"铭远故意说，谁说的？自己咋不知道呢？其实他心里知道他爷的想法，早就想着抱重孙呢。这是他姑给他教的办法，叫欲擒故纵。所以，当少峰问起这件事的时候，他才故意说他不知道。这一下，倒把少峰急坏了，直截了当地问："你是不是看上宋家巷的女子了？快给爷说说，爷给你做主。"

铭远这才有些腼腆，害羞地点了点头。宇轩见状，赶紧叫书艺出门，说："你看咱爸，见了孙子就没命了。"

少峰说："你俩快走，赶快走！走得越远越好，哪里凉快到哪里待着去。"

"爷爷孙子老弟兄！"

就这样，少峰找到安澜，让安澜到宋家巷去一趟，给孙子铭远提亲。安澜说："这是天大的好事！"说完，就去了宋家巷。

宋一道看见安澜来了，老远地出门迎接。笑道："啥风把族长吹来了？"安澜笑着说："一大早你家屋顶上喜鹊成群结队的，叫得叽叽喳喳的，你是没看见呢，还是没听见？"

人常说：一日被蛇咬，千日怕草绳。自从上一次安澜族长到了他家，虽说这件事已经过去十多年了，但是，安澜留给他的记忆让他铭记在心，永远难忘。那一次，宋一道的儿子宋黑虎在尹家巷糟蹋了上官巷乾有粮的女子彩霞，被安澜顺藤摸瓜找上门来。这件事让自己当时骑虎难下，幸亏那天他豁出去了，把黑虎媳妇镇住了，事情总算圆满解决了。好在有粮一家人通情达理，二房不二房的，反正生米已经做成了熟饭，把彩霞嫁给黑虎，至少，彩霞也有了着落。虽说委屈彩霞当了二房，不过，这十多年家里还算和和气气的。这一次，时隔这么多年了，安澜族长再一次登门，肯定是有大事，否则，他轻易不会来的。听了安澜说喜鹊成群结队，叽叽喳喳地叫，他心里就明白了。肯定是喜事。于是，他殷勤地将安澜迎进客厅，安顿安澜坐下。他给安澜泡了一杯咸阳茯茶，双手递上。安澜接过青花瓷茶盏，咂吧一小口，说好茶！好茶！这茶盏也是上乘。宋一道又给递烟，安澜说抽不惯。从腰间拿出自己的烟锅，将烟锅头塞进烟杆上挂着的小布袋里，装了一锅旱烟，又谦让宋掌柜也来一锅，宋掌柜一边给安澜点烟，一边顺势装了安澜一锅烟，点

了，抽了。抽了一口，慢慢品味，安澜的烟味道比较重，但不呛人，抽起来很有劲。宋一道连连称赞好烟！好烟！

一锅烟抽完了，茶水也喝了。安澜就直奔主题，免得宋掌柜多心。宋掌柜一听给孙女说媒，心里乐滋滋的。像安澜这样在乾州城有名望的人能上门提亲，那是多大的荣幸。上一次，是给儿子提亲；这一次，又轮到给孙女提亲了。一般人家，肯定没有这样的机会和待遇的。这多多少少让宋一道的虚荣心和面子得到了极大的满足。他说，族长，今儿个我请你。天大的喜事嘛，不管成不成，我都要七碟子八大碗地好好款待你。安澜说，请就没有必要了。宋一道说，是媒不是媒，要请七八回呢。安澜说，也好！你就不问问是谁让我上门来提亲的？一句话把宋一道点醒了，刚才宋掌柜确实被喜悦冲昏了头脑。他恍然大悟，说，让您见笑了，这不心里一高兴把正事给忘了。便急切地问安澜，是哪家？安澜说："我巷子的周家，周少峰。他孙子周铭远。"宋掌柜一听，心里打了一个寒战，面色为难地说："这，这……这恐怕……有些不妥吧！"安澜就知道宋一道只要听说是给周少峰家提亲，肯定心里不痛快。就问："有啥不妥呢？"宋一道说："周家也算乾州城的大户人家，按理说，两家门当户对。可是，少峰这个人人品有问题。当年，要不是他心坏了，眼瞎了，族长哪能遭受那么大的罪呢！"

"宋掌柜，你这不是明摆着取笑我吗？"安澜笑嘻嘻地问。宋一道一听，急忙说："没有此意！哪敢笑话族长，只是替族长鸣不平呢。"安澜说，你说少峰的人品有问题，我们两家不是结下儿女亲家了嘛。你这么一说，岂不是嘲笑我目光短浅？宋一道恍然明白，安澜家的二小子乾怀义娶了周少峰家的闺女周书艺，两家已经是亲家了。自知嘴巴太欠，不好意思地说："你看我这张嘴，咋这么贱呢！一点记性都没有了。族长，见谅！见谅！"安澜说，你我都是明白人，父辈是父辈，孩子是孩子，只要孩子人品好，说明父辈的言行没有对下一辈人造成坏影响，这就是好事！

宋一道不愧是开当铺的经商之人，脑子转得快。心想，乾家与周家是亲家，他们宋家与周家如果成了亲家，那么，转来转去，宋家与乾家也就成了亲家，他和安澜也就能攀上亲了。有了安澜这棵有名望的大树在背后给他撑着，乾州城还有啥难办的事呢？便和颜悦色地说："族长，请您大人不记小人过。这门亲事，您说咋办就咋办！"安澜说："现在都民国了，我不敢一意孤行。你看我儿子和周家女子，人家两个人愿意，我和少峰还能说啥？不但啥也说不成，不瞒你说，连一个铜板的彩礼钱都没给。"宋一道一听，还以为自己耳朵不好使，听错了，惊讶地问道："啥？啥？一文钱的彩礼都没给？"安澜说，我也想给，人家女子坚决不要。这是事实，咱还能在这事上哄人嘛。宋一道心里暗暗叫苦，他还指望着周家能给他出一份丰厚的彩礼呢，要不然，秀芝这女子就算白养了十多年。他便问安澜，周家是否愿意给彩礼。安澜说，啥彩礼不彩礼的，关键是咱家秀芝和周家铭远情投意合，你说，你还好意思要彩礼呢？宋一道说，族长，周家是个大户人家，不在乎拿出一份彩礼吧！安澜说，这个话我不好意思说，我如果硬要周家出彩礼，少峰还不和我急眼？万一，他再反悔让我给他拿出一份彩礼，你说这事就不好办了。毕竟，乾、周两家孩子已经成亲好多年了。宋一道觉得安澜的话说得在理，也就不好再说啥了。心想：怪不得周家让安澜上门提亲，原来想给孙子白捡一个媳妇呢。

安澜似乎看穿了宋掌柜心中的小九九，说："你放心，我会给你争取彩礼的。"宋一道说："彩礼不彩礼的对我来说也无所谓，我听族长的，只要娃过门后周家不要因为咱没要彩礼钱就说咱娃不值钱，让娃抬不起头就行了。"说完这句话，宋一道眼泪吧嚓的。看着宋一道伤心落泪，安澜心里也不好受，觉得自己也对不起少峰。心里自我抱怨，后悔当初为啥要听怀义和书艺的话，不给人家一文钱的彩礼呢！

就这样，在安澜的撮合下，周家和宋家结亲了。

周铭远和宋秀芝结婚多年，却没有给周家添个一男半女，让周少峰心里极不舒服。要么秀芝怀孕了，怀着怀着就毫无征兆地流产了。有两次生出来的孩子四肢不健全，孩子刚一出生，看到婴儿残疾得没有个人样儿，就被周家用席片一裹，扔到黄巢沟里了。这样的结果，不要说周家上下的人不高兴，就是宋家人也满腹的幽怨，只不过作为娘家人绝对不能给宋秀芝发火而已。宋秀芝和铭远结婚前你情我愿，婚后恩恩爱爱，无奈，却因为在生孩子这件事上产生了分歧，两个人在情感上出现了一点点的裂痕。

这样的结果，周家人埋怨宋家姑娘，宋家人埋怨周家儿子，一来二

去，时间一长，两家人之间也心生嫌隙。从古至今，一般百姓对于能否生孩子，或者生男生女的问题上，把全部责任都强加在女方身上，片面地认为生孩子就是女人的事情，婴儿的好坏都是女人的责任，从来不在男人身上找原因。可是，对于在西安喝了几年洋墨水的书艺来说，她的想法不同于其他人。认为这样的结果肯定是有根源的，但根源究竟在哪里呢？突然，书艺脑洞大开，想出了一个连她自己都感觉到不可思议的事情——宋秀芝为什么长得和她自己比较像呢？难道……难道……

自家姓周，彩霞家姓乾，周、乾两家没有一点血缘关系，与宋家就更没有了。那么，宋秀芝为啥长得像自己呢？带着这个问题，书艺私下里悄悄地找过彩霞，当时，彩霞也正在为秀芝生孩子的问题苦恼呢。她知道书艺的来意后，将秀芝和书艺也做了对比，两个人确实有些像。在书艺一再追问之下，彩霞便将自己十多年前的那天晚上偷龙王塑像的遭遇一五一十和盘托出，告诉了书艺。书艺听了，脸色都变了。她明白了，原来，原来……她不敢继续往下想了。

回到家，书艺心中的疑虑更加复杂了，秀芝到底是谁的孩子？按照年龄，可能是她哥宇轩和彩霞所为。但是，如果是她哥所为，彩霞一定是知道的。按照她哥的性格，无论如何也不会趁着夜色去糟蹋偷龙王塑像的彩霞。难道，难道是她爸少峰那天晚上糟蹋了彩霞？想到这里，书艺的头大得和箩筐一样，她不敢往下想。她为这件事私下问宇轩，宇轩赌咒发誓，矢口否认他与彩霞之间有染。

令上官巷人没有想到的是，第二天，少峰失踪了，生不见人，死不见尸……

55

民国三年（1914）六月三十日，袁世凯下令撤销各省都督体制，改设将军，免除了张凤翙在陕西的一切军政职务，封为"扬威将军"离陕入京。随着"口里会说蒙城话，腰里就把洋刀挂"的皖籍陆军第七师师长陆建章率部入陕，鉴于他"剿匪"督办起义军有功，升任威武将军，宣布解散了秦陇复汉军的所有建制。自此，陕西变成了北洋军阀统治的天下。陆建章督陕后，便四处安插特务，大搞恐怖活动，镇压革命党人，肆意敲诈，强行搜刮民脂民膏。他以 24 万银圆将"昭陵六骏"中的"飒露紫"和"拳毛騧"等珍贵文物卖给美国文化劫掠分子。陆建章在陕的卑劣作为，激起了各方人士的强烈不满和极大愤慨，陕西民众便多次爆发"反袁逐陆"运动。

乾怀义对陆建章的所作所为和陕西的民众一样深恶痛绝，便离开了陆军第七师，加入陕西革命党的阵营中。

民国六年（1917）五月、九月，陕西革命党人为了维护《中华民国临时约法》，成立了陕西护法军。陆建章是袁世凯的亲信心腹，其人心狠手辣，杀人如麻，人称"陆屠户"。陆建章督陕，时任第四旅旅长兼陕南镇守使陈树藩害怕自己的旅部被裁减吞并，见风使舵，给陆建章及其子陆承武送去一批上等烟土和古玩珠宝，还和陆承武结拜为兄弟，因此唯独陈树藩的第四旅得以保存。陈树藩依附陆建章，引起陕西革命党人的强烈不满和指责。1916 年 5 月初，陕西模范监狱犯人越狱，陆建章派军警沿途搜捕逃犯，就地正法，许多行人、乞丐也被误杀，西安城内尸横街头，血水四流，惨不忍睹。陕西人民怒不可遏，发起了一场"反袁逐陆"运动。

陆承武率精锐部队"中坚团"开进富平，企图剿灭"反袁逐陆"的革命党人，不料却被护法军活捉。5 月 9 日，投机分子陈树藩就任陕西护国军总司令，宣布陕西独立。并以陆承武为人质，公开反陆，他软硬兼施后，取代陆建章出任陕西督军，初步掌握了陕西的军政大权。1916 年 6 月 6 日，袁世凯在全国人民的唾骂声中死去。6 月 7 日，陈树藩即通电全国，取消陕西独立，吹捧袁世凯为"中华共戴之尊，民国不祧之祖"。后来，投靠段祺瑞，成为北洋军阀皖系的得力干将。

到了民国八年（1919）十二月三日、十日，驻守在白水、西安的陕西护法军相继发动了白水起义和西安起义后，在周至县召开会议，发布护法讨陈（陈树藩）檄文，宣告成立陕西靖国军。

民国八年腊月二十八，乾州城的百姓满心欢喜地准备过大年了。不共戴天的代表北洋军的陕西护国军与陕西靖国军准备开战。正当陕西靖国军密谋兵分三路，围攻西安之际，陕西护国军秦司令早已召集北洋

军、直军、皖军、川军几万人马，也开始围打驻扎在乾州城的靖国军。护国军已经下定必胜的决心，要在乾州城一举剿灭靖国军。随着北洋军出兵乾州，从此，让已经太平了多年的乾州城再一次陷入战火中。

怀义带着靖国军将士驻扎在乾州城南四十里的大王一带，这里离武功县不远，可以与驻扎在武功的靖国军形成策应之势。然而，驻扎在武功的靖国军却被护国军打得溃不成军，抱头逃窜。随着武功靖国军的失败，驻扎在乾州大王的靖国军便孤立无援，危急时刻，还遭受了来自兴平、武功两路护国军的左右夹击。这时候，怀义与大家对陕西的形势、眼下的战事进行充分的考虑和分析，镇守乾州，不仅可以牵制护国军大量的兵力、辎重和枪炮，以缓解驻扎在凤翔的靖国军的压力，而且还能拱卫驻守在三原的靖国军司令部。抱着保卫乾州的必胜决心，怀义组织靖国军在大王修筑工事，挖战壕，誓死在大王一带与护国军决战，不能让战火烧到乾州城。

护国军秦司令凭借人马众多，枪炮充足的绝对优势，不断对靖国军阵地发起猛烈攻击。怀义告诫大家，没有得到允许任何人不能随便冲出战壕。要等到护国军冲到距离战壕三五十米的地方，再开枪射击，确保枪枪毙命。靖国军不仅从兵力数量上没有护国军多，枪支弹药上也没有他们精良和充足，更没有大炮作为掩护。然而，靖国军却有着三秦人那股子血性，还有着保家逐陈（陈世藩）的决心。所以，他们与护国军交火后，便打得非常的顽强和壮烈，多次击败护国军的冲锋，誓死捍卫着"人在阵地在"的光荣任务。护国军秦司令一看，兵士们冲锋多次，都被靖国军打了回来。于是，便命令士兵按兵不动，对陕西靖国军阵地发起了更为猛烈的炮击。一天发射1000多枚炮弹，把靖国军阵地打得炮火连天，一片焦土，尸体横飞，士兵死的死，伤的伤，减员严重，战斗力逐渐减少。眼看着靖国军遭受护国军的重创后损失惨重，再这样耗下去，靖国军肯定会全军覆没，即使没有全军覆没，也会成为护国军的俘虏。

常言说得好：留得青山在，不愁没柴烧。战场形势瞬息万变，怀义认为与其让靖国军与护国军恋战，还不如保存实力。这时候，他想到了前几年的"乾州守卫战"，乾州城墙是最好的屏障，乾州百姓是最坚实的靠山。思前想后，便把靖国军撤到乾州城内，凭借乾州城墙和护城河，保存实力，与护国军展开持久战。加之时局不稳，或许还能把护国军拖垮，或许，时局那天变了，一切都又重新开始。想当年，罗大帅的清军围攻乾州城一百多天，也没有拿下乾州城。时局瞬息变化，多方给袁世凯施加压力，袁世凯只好调集河南和云贵的兵力前来增援，让罗大帅心灰意冷，无心再战。双方签订协议，清军撤出乾州北去。

秦司令见靖国军不断撤退，便下令追赶。靖国军仗着对乾州地理环境的熟悉和乾州城百姓的爱戴，很快撤进乾州城。护国军想要一举歼灭靖国军的希望没有立即实现，气得护国军秦总司令大发雷霆。

怀义率领靖国军撤进乾州城，开始对城内防御进行布置，重点对四个城门和小东门、小西门派重兵严防死守。对十多里长的城墙进行了分割式防守。为了防止护国军对守城士兵袭击，怀义还派手下制作了许多草人，把草人和真人相混，让城外的护国军难辨真假。守城的靖国军凭借乾州城墙高大、厚实的优势，严守着每段城墙。城墙外的护城河宽、深都在两丈开外，城外的护国军一时难以靠近。怀义又从靖国军选拔了五十多个神枪手，分段驻守在城墙上，一旦发现护国军人靠近，便瞄准了打。五十多人，个个都是神枪手，弹无虚发，凡是胆敢靠近乾州城墙的护国军，无一幸免。一时间，吓得护国军不敢靠近。

秦司令率领的陕西护国军，怀着和罗大帅当年攻不下乾州城一样的迫切心情，在乾州城外摆出铁桶阵，把乾州城围了个水泄不通。看见乾州城的布防，他便下令对乾州城不断地发起炮击。于是，雨点般的炮弹有的落在城墙上，有的落在护城河里，还有的落入城内。乾州城内城外，炮声轰隆，枪声阵阵。尽管如此，炮弹对高大坚固的乾州城墙也没有造成太大的损伤。

人常说：打虎亲兄弟，上阵父子兵。怀义的三弟怀礼带队从西安赶来增援。兄弟同心，其利断金。怀礼在军校学的是军械，他不仅可以制造枪支弹药，还会制作炸弹。这时候，安澜和当年一样，发动乾州城的百姓，将家中的铁器拿到"铁一锤"的铁匠铺，让铁师傅按照怀礼的要求制作炸弹外壳。铁师傅打铁是个内行，制造刀、矛和农具更是精通，但是制作炸弹外壳就比较费力，一时半会儿完不成任务，急得铁师傅嘴唇都起了血泡。为了乾州城的安全，铁师傅只好硬着头皮制作，反反复复地研究，不断地改进制作工艺，一天下来，功夫没少费，时间没

少花，却制作不了几个炸弹外壳。怀礼看在眼里，急在心上，心里直冒火，却在琢磨着。正在他左右为难之际，突然灵机一动，告诉父亲发动城里的百姓将家中的小口瓶瓶罐罐、铁钉、钢珠和铁匠铺的铁渣全部拿出来，他用这些东西制成"土炸弹"。别小看这些土炸弹，它的威力一点都不小。每当护国军攻城，快到城墙附近时，城墙上的靖国军便将土炸弹投掷下去，炸弹炸开了，瓶瓶罐罐被炸破的碎片、铁钉、钢珠便射入护国军士兵的身体中，冲上来的士兵死伤不少，吓得士兵节节败退，不敢轻易冒犯。

护国军进攻一次，便被驻扎在乾州城的靖国军击退一次。眼看着攻城无望，护国军便在城外严防死守，双方就这样僵持着、胶着着。后来，护国军攻城心切，便改变攻打思路，白天让士兵休息，晚上利用天黑进行突袭。这种办法，对于怀义来说，早在预料之中。他把从百姓家中收集来的马灯用铁丝连接起来，悬挂在城墙外。每到夜晚，便将马灯点燃，城墙上就会发出一道道灯光。俗话说：高灯低亮。马灯的灯光把城外照得清清楚楚，护国军夜间的举动便被靖国军尽收眼底，来犯一次，被击退一次，死伤惨重，护国军吓得再也不敢造次。

护国军一边死死地围住乾州城，一边将乾州城外方圆十多里以内的村庄全部占领，随着护国军在城外势力范围扩大，加之人马众多、枪炮精良，实力不可小觑，让驻扎在三原和凤翔的靖国军一时无法前来增援，护国军企图将驻守在乾州城的靖国军困死。眼看着三个多月过去了，乾州城内依然秩序井然，没有一点弹尽粮绝的迹象。护国军秦司令不免心中有点纳闷儿，心想：乾州城到底存有多少粮食弹药呢？其实，乾州城的存粮已经岌岌可危，弹药已经消耗得差不多了，幸亏怀礼制作了一批土炸弹，还能抵挡一时。可是，乾州城内的瓶瓶罐罐多得很，也消耗不完，但炸药已经没有了。巧妇难为无米之炊。没有炸药，怀礼就无法制作土炸弹。于是，他将收集来的瓶瓶罐罐、石头、砖块摆放在城墙上，作为打击北洋军的笨武器。虽然瓶瓶罐罐分量比较轻，远远比不上石头的威力，但是，总比手无寸铁强。

不只是城外的护国军秦司令心里着急，就连乾州城内的靖国军也火烧眉毛似的着急。眼看着粮食、弹药捉襟见肘，一时难以形成战力。一旦护国军知道城内情况后，再连续攻打乾州城，要不了几天，城内的靖国军便会弹尽粮绝，不击自溃。

安澜看见怀义一脸愁云，便将上官巷两头大肥猪拉了过来。怀义不解其意，还抱怨父亲故意给他添乱。安澜笑了笑，说："别小看这两头肥猪，或许这两头猪还是破解围城困局的功臣，成为化解你心火的良药。"说罢，拉着两头肥猪朝着北城门走去。他让守城门的士兵快速地打开城门，将两头肥猪赶出去后，便关闭了城门，背着手大摇大摆地回家睡觉了。

"眼看着城里都没吃的了，你还将两头肥猪送给城外的敌军？"怀义抱怨着说。

"这个你就不懂了。"安澜说，"猪都能养肥，何况人呢？护国军一看到两头肥猪，肯定以为咱们城里粮食多得很，不会到了弹尽粮绝的地步。你说说，他们接下来该咋办？"安澜这么一说，怀义一下子明白了父亲的用意。看来，姜还是老的辣！

护国军看见两头肥猪从乾州城里过来了，赶紧抓住，送到伙房。秦司令听说有两头肥猪是从乾州城里跑出来的，还以为自己听错了，便亲自到伙房查看。一看两头又大又肥的猪，秦司令心里窝了一肚子的火。心想：城里连猪都能养得这么肥，可见粮食多得很。必须下定决心，尽快攻城。几万护国军耗不起了。粮食、军需等消耗太多，补给已经明显跟不上。于是，他命令加大了对乾州城的炮火打击。护国军在城北居高临下，发动了多次炮击，将北城墙炸开了两个豁口，护国军士兵们企图从豁口攻进城内，因为有护城河的阻挡，冲进来的士兵不多，很难形成战斗力，很快，一个个都被靖国军射杀了。就这样，双方展开拉锯战，你来我往，你冲我挡，护国军一次次攻城都无法得逞。

秦司令一看，冲进乾州城的士兵有去无回，心里暗暗叫苦。便召集军官商量：认为士兵出击的速度太慢，加之护城河阻挡，冲进乾州城的士兵人数有限，难以形成战斗力，所以，才造成了士兵有去无回的悲剧。经过一番讨论，决定让炮兵继续对乾州城进行精确打击，形成压制态势，然后再由骑兵迅速出击，冲进城里，取得战斗的关键胜利。

乾州城经历了多次战火，怀义每次都驻守在乾州城，对于敌军的用兵之道耳熟能详，对于如何排兵布阵化解敌情也是胸有成竹。为了阻止冲进城的战马、士兵冲击速度，他安排士兵在每个城门内的道路上，横

向、竖向拉了数十道铁丝，形成铁丝大网，专门应对冲进城里的敌军和骑兵。于是，他故意将北城门被炸塌的豁口没有及时垒起来，给城外的护国军制造假象，吸引他们进城。这一次，他在北城墙内一里长的路上，布下了一道铁丝大网。接着，安排靖国军士兵埋伏在街道两侧的房屋内，每个士兵除了必要的枪支弹药外，还配发了5颗土炸弹。等待着护国军骑兵们冲进来。

果然不出所料，秦司令下令对乾州城再一次发起炮火打击之后，便命令骑兵连长单常虎立即带着骑兵连冲进乾州城。骑兵在前开路，步兵在后尾随，企图一举拿下乾州城。没想到，一个个威武的战马被街道上的铁丝大网绊倒了，骑兵连人仰马翻。这时候，躲在房屋内的靖国军立即将手中的土炸弹扔向倒在街道上的骑兵群中，炸弹响成一片，随着炸弹的爆炸声响起，战马的嘶鸣声在乾州城里飘荡着，骑兵连上百名士兵被炸弹炸得死的死，伤的伤，一个个鬼哭狼嚎，还没等他们反应过来，一个个便成了瓮中之鳖，被靖国军俘虏了。

有了骑兵连的战马和骑兵连的俘虏，怀义便有了胜算的把握，心中非常高兴。说："我就不信秦司令不退兵。"秦司令眼看着骑兵连有去无回，气得直跺脚。骑兵连可是他的心头肉，全军覆没，他心疼得比刀子剜了肉还难受。

怀义将单常虎等活捉的骑兵五花大绑，故意拉到城墙上，让城外的秦司令和护国军看着。看着城墙上被俘虏的骑兵，这可是能征善战的铁军，都如此不堪一击，成了俘虏，护国军的军心一下子不稳了、动摇了。秦司令眼看着自己心爱的骑兵全军覆没，心如刀绞，一时半会儿又束手无策。再看看城墙上被俘的爱将单常虎，他心里一阵酸楚，总不能见死不救吧！赶紧安排手下与怀义的靖国军谈判。

靖国军手里掌握着重要的筹码，谈判最终有了结果：护国军撤出乾州，退至西安，靖国军把俘虏的骑兵和战马如数归还。至此，乾州城和乾州城百姓脱离了战火。

护国军从乾州撤走后，乾州的老百姓纷纷走上街头欢庆。从东西南北四条大街走出来四支蛟龙战鼓队，欢庆着陕西靖国军打败陕西护国军取得的巨大胜利。

蛟龙战鼓在乾州非常出名。它是从明代流传下来、深受乾州人喜爱、得到乾州艺人很好地传承弘扬的一种民间鼓舞。每个鼓壁周围绘有"蛟龙"图案，击鼓的人围绕在战鼓的周围跳跃旋转，像一条腾空而起的蛟龙，得名"蛟龙战鼓"。其雄壮、粗狂、豪放、响亮，乾州城遇到大事时，必须有"蛟龙战鼓"庆贺。这一战取得了重大的胜利，蛟龙战鼓自然不能缺席。

56

天赐听了安澜讲述了自己的身世后，感觉整个天都要塌下来了。他无比愤怒，恨不得杀了自己的亲爹亲娘，抱怨他们为啥当年那么狠心地将他卖掉；他恨周少峰，明知道要买娃当火祭的祭品，为啥那么"慷慨"地将自己买下；他恨安澜，为啥要听信梁道长的一派胡言，非要搞什么火祭祈雨的把戏，如此残暴、如此没有人性地将自己当作祭品，悬挂在滚烫的油锅之上；他恨梁道长，没有金刚钻，为啥还要揽这瓷器活，道法不深，偏偏出了这么一个灭绝人性的昏招儿呢；他恨上官巷的所有人，他们为什么这么自私，为什么不把自己的孩子贡献出来当作祭品；他恨乾州城的所有人，为什么当年站在广场上围观，看着自己被当作祭品悬挂在油锅之上，却没有一个人勇敢地出来阻挡，反而麻木不仁地争当看客呢。还说乾州人忠厚善良，为啥却作出这么惨无人道违背天理的事情，哪里还有一点点人情味，哪里还有一点忠厚善良可言呢？天赐越思越想心中的怨恨一刹那变作仇恨，胸中的怨气一瞬间变成怒气，一股熊熊燃烧的烈焰已经将他推向了罪恶的边缘。他陷入仇恨中不能自拔，他像一头已经发怒的雄狮，要毁灭乾州的一切。

他冲出安澜家门，冲上上官巷，冲出乾州城北门，像一道闪电，飞也似的朝着乾陵跑去。乾怀仁在身后喊他，他听不见；追赶他，他没有驻足。他满脑子都是愤怒的烈焰，他忘掉了周围的一切，忘掉了这个世界。带着对乾州的满腔愤怒，一路狂奔着爬上了乾陵。

在乾陵上，乾天赐已经累得气喘吁吁，大汗淋漓，像一条跑累了的狗，他稍微弯下腰，双手搭在弯曲的大腿上，大口大口地喘着气。乾陵

地势较高，四周空旷，一阵风吹过来，掠过已经跑得满头大汗的天赐身子，吹拂着他身上已经湿透了的衣裳，瞬间，他感觉到浑身一阵冰凉，大脑被风吹得清醒了许多。他一尻子坐在地上，哇呜——哇呜——哇呜地哭泣着。此时，乾陵空无一人，他好似乾陵脚下那块孤零零的无字碑，又好似乾陵顶上那一棵无人理会的小草。在这个世界上，他已经没有一个亲人了，他成了一只孤立无援的小鸟，没有可以栖息的鸟巢，甚或像一叶漂荡在大海里的小舟，没有可以停泊的码头。想到这里，他好不伤心。这时候，他听见他爷爷安澜、他爸怀仁，还有和他一起成为火祭中祭品、一起在乾家长大的天秀他们一遍又一遍撕心裂肺地呼喊着他，从声音就能感知他们是多么的焦急、多么的悲凉、多么的急不可待。可是，天赐的心在滴血，他不愿意看见他们。此时此刻，他谁都不想见，他就想做一块乾陵脚下的无字碑，做乾陵顶上一棵无人问津的小草。

无字碑其实并不孤独，貌似孤独地耸立在乾陵脚下。其实，它不仅有背后高大耸立的乾陵永远地陪伴着，还有西侧述圣纪碑不离不弃地陪伴。两块石碑，一个化作武则天，一个化作唐高宗，活着的时候，他们是白头偕老、不离不弃的比翼鸟；死了，无字碑和述圣纪碑还是一对恩恩爱爱、永远相伴的连理枝。两块石碑被乾州的大地和风脉紧紧地连在一起，共同经历风雨洗礼和彩虹艳照，共同经历战争硝烟和生活炊烟，向世人讲述着武则天和李治的爱情故事。它俩一如既往地陪伴着陵内安放的亡灵，为他们守候，为他们歌唱，让他们治国爱民的事迹在华夏大地上汩汩流淌。无字碑并不孤独。无字碑虽然不起眼，无人能看得起，不管是唐末农民起义领袖黄巢，还是后梁崇州节度使温韬，他们妄图盗掘乾陵，却没有一个人对无字碑和述圣纪碑下过手。从乾陵遭受的被盗厄运来看，无字碑和述圣纪碑都是幸运的，最起码，比"昭陵六骏"幸运得多，没有任何一个盗贼觊觎它、破坏它。

小草也不孤独。虽然出身卑微，但它无忧无虑，无所顾忌，它可以长在荒郊野外，也可以长在达官贵人家的庭院；它可以长在地上，也可以长在屋檐墙头；它可以长在路边，也可以长在帝王的陵顶。哪里有能让它扎根、生长、开花、结果的土壤，哪里就是它的家，它就会毫不犹豫地生长在那里。它不嫌贫，也不爱富，它可以当作喂养牲口的草料，也可以当作饥肠辘辘之人口中的美味佳肴，还可以当作柴火烧水做饭。它不惧风雨，不畏严寒，更不害怕锄头和火光，今天被锄掉了，明天依然继续生长；今年被野火烧毁了，明年在春风激荡中依然成长。它可以孤立无援地生存，还可以簇拥着成长。小草是知足的，给它一点土壤就能生根发芽，给它一点阳光就能灿烂绽放，给它一点雨水就能茁壮成长，给它一点春风就能激荡回肠。所以，小草不仅不孤独，而且活得有滋有味，活得阳光明媚，活得生命辉煌。

再看看那铺天盖地开满黄花的蒲公英，春天来了，一丁点儿的春雨就能让它在土地上发出嫩嫩的绿芽，春光明媚，阳光灿烂，从它的根部开始，在叶子中间便会长出一枝枝带有花蕾的鹅黄色的管状秆茎，在春风、春雨、春光中绽放出一朵朵美丽的、金黄色的小花。经过春天的滋润，夏天的洗礼，到了秋天，这些花儿成熟了，枝干上就会绽放出一朵朵白色冠毛状的小球。这些小球，随风起舞，随风飘扬，随风歌唱，无拘无束，落到啥地方都无怨无悔，水沟、崖畔、山梁、沟壑……来年就会在这个地方孕育出崭新的生命。

乾天赐多想做一颗蒲公英的种子，至少，蒲公英不管飘到哪里，都有属于它自己的家，有家的地方就有它自己的根。可是，自己是啥？是一个被人买来充当火祭的"祭品"的娃娃。他是谁家的孩子？他的父母在哪里？他的家在哪里？他的根又在哪里呢？

这时候，安澜、怀仁和天秀已经上来了，看见他失魂落魄的样子，安澜心里一阵酸楚。他一边大口大口地喘着气，一边上气不接下气地说："娃呀，爷对不起你！"

天赐看着安澜，眼前这位好像不是养育他十多年的恩人、亲人，而是他的仇人。他怒气冲冲地说："你不是我爷！"怀仁一听，气就不打一处来，斥责道："咋和你爷说话呢？一点礼数都不懂！"

"我咋说话？你还好意思问我，当你们把我当作祭品的时候，想没想过我是你孙子？你们为啥要拿我和天秀当祭品，为啥不让天宝、铭远、雨宸他们当祭品呢？还不是因为他们是你们上官巷族里的嫡系孩子，是你们自己血肉联系的亲人，而我和天秀只不过是你们花钱买来的外人。是外人，你们当然就没有把我们放在心上，你们当然有权利对我们任意宰割，挂在横梁上，脚下摆放一口滚烫的大油锅，这不是明摆着

要置我们于死地嘛。我真的想不明白，你们当时怎么能下得去手呢！可见，你们的心有多恶毒，你们的手段有多残忍。"天赐说着，额头上的青筋就像蚯蚓一样爆起来了。

"天赐，当时天宝还没有出生呢。他也是火祭那天才出生的。"怀仁说。

"那铭远、雨宸，还有上官巷其他小孩子呢?"天赐咄咄逼人。

天赐说的全都是事实，是无可辩驳的。是呀，为啥当初不让铭远、雨宸当祭品呢? 还不是因为周少峰、乾有粮他们坚决不同意，经过他提议，族人经过商量后才做出花钱买祭品的决定。人心都是肉长的，人性又是自私的。在利益面前，你争我抢; 在灾难面前，你推我让。要说安澜心坏吧，他做火祭，还不是为了祈求一场大雨，还不是不愿意看见百姓过着衣不遮体、食不果腹的艰难日子，还不是为了让家家户户有粮吃，人人有衣穿，不再卖儿鬻女，才听信梁道长的话; 要说安澜心好吧，火祭祈雨里面的渠渠道道他心里最清楚，他与梁道长之间的是是非非他心里最明白。按照梁道长的意思，要挑选属龙的孩子当祭品，眼看着自家的孙子就要出生了，出生了就"属龙"，所以，他给梁道长好肉好酒伺候，还暗中送了一小袋子钱，让梁道长说出要用属虎的孩子当祭品的主意来，还美其名曰"龙虎争斗"，没有心思和精力管理天宫之事，逼迫龙王降雨。这才有了少峰、有粮家孙子、孙女被选作祭品的事情。当他们不同意的时候，又是他提出花钱买祭品，从而有了天赐和天秀这两个"祭品"的出现。所以说，当初尽管自己是从族人的利益出发的，可是，违背伦理的事情确实已经做了，尽管他采取了障眼法，把孩子很好地保护起来，没有以牺牲孩子的生命为祈雨的赌注和代价，但是，这并不能抹杀他内心的残忍和私欲。面对天赐和天秀，他还能有啥好说的呢。事实清清楚楚、明明白白地摆在他的面前，让他百口莫辩。

天秀说:"天赐，想当初，爷做得真不好。你现在能感受到我第一次听到我是花钱买来的'祭品'时，心里有多么绞痛，我对爷和那些人有多么憎恨吗? 当时，我和你现在一样，真的想杀了他们。可是，爷和爸他们为了保护咱俩，在铁匠铺和皮匠铺做了两套专门保护我们的护具，把咱俩保护得好好的。咱婆又给咱一人做了一个老虎头头套，担心我们害怕。当初火祭的悚人场景我们没有看见，在我们心里没有留下恐惧的阴影。可见，咱爷咱婆为了咱俩的安全，也是用心良苦呢！"

"你不要为他们辩解，他们做的这件事就应该遭天谴、遭报应。"

"天赐，你也不想一想，我和你一样，都是在饥荒年里父母为了活命才把咱们卖了。父母虽然不知道他们花钱买咱们干啥，但是，天底下有哪个做父母的能忍心卖掉自己的孩子呢？还不是老天不让人活命，三年没有下一滴雨，天干地燥，颗粒无收，死了那么多人。父母能卖咱，也说明他们迫不得已无能为力了。他们要不是把咱俩卖了，我想，咱俩也早就该饿死了。爷要不是保护咱们，咱就掉进油锅找不到尸骨了。要不收留咱们，咱们现在还不知道在哪里呢，是死是活还不一定呢！"天秀缓和了一下，又说，"就说这十多年吧，自从咱俩进了爷家门，爷、爸、婆还有家人谁对不起咱俩？谁看不起咱俩？说实话，爷和爸有时候爱咱都胜过爱天宝，难道你看不出来吗？尽管咱俩和乾家没有血缘，但是，爷并没有因为咱不是他的亲孙子而对咱不问不管；相反，让咱们吃饱饭，穿暖衣，供咱们念书，让咱们识字。你比我更幸运，还去西安念书习武呢。即使咱们的亲生父母也未必能让咱们读书识字，别说能把你送去西安了，充其量不让咱们饿肚子。天宝长到现在去过西安吗？咱咋都不扪心自问一下，都不好好想一想。"

"他们之所以这么对咱，还不是为了弥补自己的过错吗？"

"唉！就当爷是弥补自己当年的过错。可是，难道乾家所有人都亏欠咱的？人心都是肉长的，你就是一块石头，难道爷和家人十几年把你这块石头心还没有暖热吗？你手拍胸膛好好想一想，难道人心喂了狼？二爸是咋对待你的，你还不清楚吗？还有书艺姑，她为了咱们能很好地读书、识字，都放弃了西安城里的生活。还有，你想学习武功，爷还不是害怕你吃苦受罪，才不让你去的。后来，你一心要去，爷又是全力支持，不仅让二爸照顾好你，你三年的学费、生活费都是爷掏的。要不是爷支持你，要不是二爸依着你，乾家所有人支撑着你，你能到西安学习三年吗？亲生的不亲生的又能咋样？亲生的无非生了咱们的身，还不照样在生活最困难的时候把咱卖了。不是亲生的却养育咱们成长，教育咱们读书识字，让咱们衣食无忧。咱们原来的家能有爷家这么好吗？要有这么好，也不至于把咱们卖了。他们就是不卖咱，咱也不可能过上现在

的好日子，你也别想着念书学习，更不要想着去西安学武功了。"天秀的话说得天赐无言以对，只有以泪洗面了。

善不积不足以成名，恶不积不足以灭身。面对这两个真的不知道自己亲生父母在哪里的孩子，安澜的心软了。孩子是无辜的，他暗自庆幸当初没有让两个孩子殒命的同时，也一直在怀疑自己、质问自己、谴责自己。同为人之父母，自己为啥能如此之心狠，如此之残忍呢？天赐问得好，他的每句话、每个字犹如一把把利剑，插进他的胸膛，刺破他的心脏，刺穿他的灵魂，在天赐、天秀面前，他已遍体鳞伤。

对于善恶的人，人们都会用红心和黑心来比喻。那么，自己的心到底是黑的还是红的呢？一生积善的人其心也红，一辈子积恶的人其心必黑。他对天赐说："孩子，你说得对！对于你和天秀，我是负罪之人。我没有资格当你们的爷爷。"

天秀说："爷爷，你别这样。我们知道，你这么做，虽说对我俩造成了伤害，但也是为了百姓，你这叫大爱！更何况，你只是做了表面上的火祭活动，并没有真的想伤害我们、剥夺我们生命的一点意思，而且，事前就精心做好了一切保护措施。"

"错了就是错了。不能给过错找借口，找缘由，必须为过错付出代价。只有拿出勇气面对所犯下的过错，拿出诚恳的态度悔过自新，才不至于在极端错误的道路上一意孤行，才能避免重蹈覆辙。"安澜说，"就拿咱们脚下埋葬的武则天来说吧，一代女皇，中国历史上第一个敢于称帝的女人，其内心是多么的强大！这么强硬的女人，她一生功大于过，她可以给自己的丈夫李治树碑立传，歌功颂德，却不敢对自己进行评判。要说功绩，武则天肯定比李治在历史上的贡献大得多，然而她却给自己立了一块无字碑，将一生的千秋功罪，留给后人评价。从无字碑来看，她的内心是多么的强大，胸襟是多么的坦荡。此碑虽无一字，却胜过千言万语。还有，天赐，我不希望能得到你的原谅，更没有资格让你还能一如既往地喜欢我，更不敢奢望你能为我养老送终。常言道，没有养爷的孙子。但是，我还会像过去一样，尽我最大所能，把你培养成人，做一个对这个社会、对民族、对百姓有爱心、有责任、有担当的好人。如果你能理解我的一片苦心，就和我一起回家，上官巷的乾家，永远都是你俩的家！乾家的大门，这辈子都为你俩敞开着！"

天赐表面上看似无动于衷，其实，天秀的话早已刺痛了他的心。是的，亲生父母如果爱他，就不会把他卖了，自己就不会被人买了当作祭品，安澜再有千条过万条错，其目的就是为了一场大雨，为了让百姓过上一个太平的日子。更何况，那场火祭，其实真正的意图就不是要用他俩的性命换取一场大雨。乾家十多年的养育之恩自己不能忘记，滴水之恩，当涌泉相报。只不过，这一时半会儿，他思想上还转不过弯儿。安澜明白，便走上前将他拉了一把，将他的手紧紧地握在自己的手里，一起下了陵。

一路上，安澜不断地告诫天赐说，一方水土养育一方人。乾州人人性刚方，俗尚俭朴。男勤稼穑，女事桑麻，勤纺织。这就是乾州人的本质！也是乾陵赋予乾州人的秉性！乾陵是一种文化！是勇攀高峰的胆识和决心！是博大精深的修养和历练！是虚怀若谷的豁达和姿态！这才是我们的乾陵！

安澜寄希望于用乾陵文化感染他、熏陶他、鼓舞他、激励他！

57

乾天赐勉勉强强和安澜一行走下乾陵，当时，他心里很憋屈、很酸楚，但留在内心深处最多的还是抱怨与愤怒。他心中仇恨的种子就像乾州大地上生长的漫天遍野的小草，遇到了环境、气候和风雨，便开始疯长了。

傍晚，任凭几个人叫他，他都没有喝汤，把自己关进屋子里，躺在炕上，翻来覆去地睡不着。透过窗户，他看见繁星满天，他睁开眼睛寻找着属于自己的那一颗星星，却怎么也找不着。他努力地回想着自己的人生经历，一幕幕展现在他的眼前——

自从他懂事开始，他知道自己就是乾家的孙子，乾怀仁是他爸，乾安澜是他爷爷，乾天宝是他弟弟，乾天秀是他妹子。他和天宝、天秀三个人从小一起长大，共住一座屋檐下，同吃一锅饭。小的时候，他们还同睡过一张炕，这张炕，就是安澜和杨冬梅的。那时候，他是多么的幸

福，家里有好吃的、好喝的、好穿的、好玩的，他们都是人人有份，从来没有落下任何一个人的。一天早上，安澜看他一个人来到客厅，问道："他俩咋没起来？"天赐说："还睡着呢。"安澜说，你去叫他们起来。天赐一溜烟地回来了，说："爷，两个懒虫叫不起来。"安澜说："好吧！他俩没有口福了，爷带你去吃豆腐脑。"就这样，安澜拉着他的小手，把他带到北十字，吃老王家豆腐脑。老王家的豆腐脑生意是从他爷爷的爷爷手里传过来的，主人已经换了一代又一代，招牌却始终没有变换，味道一代更比一代醇厚。一个瓦罐大坛子，外面包裹了一层黑乎乎油腻腻的棉布，这层棉布到底是啥颜色、有啥花形图案，已经分辨不清楚了，白不白、黑不黑、灰不灰的，用的时间太久了，已经被岁月洗刷得油腻腻锃亮锃亮的，但是很干净，用手去摸，一点灰迹杂尘都没有。它的保温性能非常好，一坛子豆腐脑从第一碗卖到最后一碗，始终保持着恒久的温度，让吃客们不仅品尝到了王家的味道，更感受到了王家待客的温度。坛子的盖子是木制的，和锅盖一样，只是比锅盖下面多了一层棉布，这层棉布和坛子周边的棉布作用一样，起着保温的作用。

王掌柜和安澜年龄差不多，见了安澜领着天赐过来，笑脸相迎，问道："族长，来一碗？"安澜说："两碗。生意好啊！"王掌柜说："托您的福，要不是您，我们哪能过上这么太平的好日子。"安澜知道他说的是啥，便笑了笑，没说话，带着天赐径直走了过去，坐在王掌柜面前的板凳上。王掌柜左手拿着一只小白瓷碗顺便放在坛子盖子上，右手拿着一把铜制小勺，勺子不大，有小孩子手掌心那么大，凹度很小，几乎是平底。左手迅即将坛子上的盖子移开到一边并扶住，坛子口便冒出了热气。王掌柜右手一勺一勺地从坛子里往碗里铲豆腐脑，铲了六勺，安澜笑着说："这不赔了吗？"王掌柜说："赔啥呢。难得族长能光临本店。"一般情况下，王掌柜最多只能铲四五勺，所以，安澜才这么说呢。两人说着话，只见王掌柜已经舀了两碗豆腐脑，顺便用左手将坛子盖子盖严实了。豆腐脑白嫩嫩的，几乎与小瓷碗是一个颜色。王掌柜放下右手的铲勺，身子转到右侧，开始调汁子，他的动作很麻利，盐、蒜汁、特制的王家调料，根据每个食客对辣椒的喜好程度，然后决定辣椒的多少。安澜爱吃辣椒，王掌柜的就从辣椒盆子里扎了两勺，天赐是小孩子，王掌柜的自然只是给他从辣椒盆的表面舀了一勺辣椒油淋在豆腐脑上，天赐说："和我爷一样，给我也多来辣椒。"王掌柜乐呵呵地笑了，便从辣椒盆子里又扛了两勺辣椒放进天赐的碗里。说："不愧是族长的孙子!"说者无意，听者有心。安澜心里既高兴，又觉得不是个滋味。他没有接过王掌柜的话题，只管吃豆腐脑。天赐将豆腐脑与调料搅拌了一下，就开始一勺一勺地吃，吃了两口，说："爷，一点都不好吃。没有我爸做的好吃。"童言无忌。王掌柜苦笑了一下，安澜对王掌柜说："别往心上去，娃小不懂事，胡说呢。"其实，不只是天赐觉得不好吃，安澜也觉得王家的豆腐脑没有怀仁做的好吃。

怀仁的手艺是从他妈杨冬梅手中传下来的，可想而知，师傅肯定毫无保留地用心传授，徒弟一定全盘继承用心学习。杨冬梅娘家在神坡塬村，当年能在农村做生意的人，肯定都是一些能人。在农村做生意很不容易，不像在县城做生意方便。

常言道：人离乡贱，物离乡贵。县城做生意都是独门独院的坐庄生意，坐在一个固定的地方，等着客人上门。和姜太公钓鱼一样，愿者上钩。客人上门来吃，要听卖家的，卖家说的才算数呢。像王掌柜这样的坐庄生意人都是坐等客人上门的，所以，不仅可以偷工减料，节约成本，还未必能给客人一个满心欢喜的笑脸。可是，神坡塬村的杨家就不一样了，他们的生意不是等客人上门那么简单、容易、方便，而是每天都要起早贪黑，把豆腐脑做好后，还要挑着担子走村串巷地叫卖，坐庄的生意好做，找上门的生意肯定很难做。杨家要确保豆腐脑物美价廉，保质保量，还要看客人的脸色行事，不是掌柜的说了算，而是食客们说了算数。所以，走进一个村，从村头叫喊到村尾，从这个巷子叫喊到另外一个巷子，见了人还要点头哈腰，笑脸相迎。因为是上门做生意，所以，制作豆腐脑时，肯定要严格把握制作的每一道工序。先从挑选黄豆开始，要精挑细选，确保颗粒饱满、颜色透亮。磨制豆子的石磨子的磨口既不能过于锋利，锋利了容易伤着豆子，将豆子原本的成分破坏了，减少了原浆绵软的口感；太钝了，豆子又磨不细，将豆子原本的成分没有磨出来，还增加了制作的成本。豆浆磨好后，就要一遍一遍地过滤、烧煮。过滤时，过滤的布眼既不能太粗，粗了，豆浆中会有豆子的粗颗粒，作出来的豆腐脑肯定不会滑腻；过滤的布眼又不能太细，布眼太细了，豆浆不好过滤，不仅浪费工时，还增加制作的成本。等这些做好

了，卤水点豆腐脑才是最为关键的环节。俗话说，卤水点豆腐，一物降一物。杨家的卤水是几代人流传下来的，每次制作卤水都用老汤，所以，卤水质量很好。点卤水最为关键，杨家几代人从来不外传，且有着传男不传女的禁忌。外人可以看见其他环节，可是到了制作卤水和点卤水的环节时，从来不允许外人进来看，总是将家中的女人支开，由男丁一个人躲在屋子里偷偷地制作卤水、点卤水。杨冬梅知道家里有"传男不传女"的规矩，所以，她不敢破坏这个规矩，就偷偷地学。明着不给她传授，就暗中偷着学。每当她爸点卤水时，她早早藏在制作间，当时她年龄小，身材削瘦，所以，躲在水缸、口袋等物件的背后，一般人是察觉不到的。她爸老杨点卤水的时候，一定会全神贯注，更不会想到自己的女儿会偷学这门杨家的独门手艺。就这样，杨冬梅偷学了一段时间，基本上掌握了卤水的计量和点卤水的技巧。有一次，她自告奋勇，央求她爸，自己要展示手艺点卤水，老杨一脸的疑惑。杨冬梅说，我不会把一坛子东西糟蹋了。老杨质疑她咋会的。杨冬梅说，她有悟性，是她爷爷给她托梦的。老杨半信半疑，在冬梅的固执中站在旁边，让女儿点卤水。看着冬梅很熟练，他心中的疑虑更大了。他没有觉得这是女儿偷学的，而是像冬梅说的那样，是爷爷给她托梦传授的技艺。他在心里抱怨自己的父亲，为啥要打破"传男不传女"的禁忌呢。岂不知，他被女儿蒙骗了。女儿的手艺，都是在他不注意间偷学的。就这样，他不仅将豆腐脑的手艺在不经意间传给了女儿，还将挂面的技术也毫无保留地传给了冬梅。

杨冬梅是带着制作豆腐脑和挂面的手艺走进乾家的。她又将这两门技术传给了自己的大儿子乾怀仁。所以，天赐说王掌柜家的豆腐脑很难吃，没有他爸做的好吃。天赐勉强吃了两勺就不吃了，安澜便将天赐吃剩的豆腐脑一咕噜全吃了。豆腐脑是粮食做的，他是经过年馑的人，知道粮食的珍贵，任何时候，他绝对不能浪费一粒粮食。豆腐脑再难吃总比没有吃的好吧。谁知盘中餐，粒粒皆辛苦。天赐没有吃饱，安澜看着他一脸的祈求，就带着他去了东大街老乾州羊肉冒馍馆。张大厨看见安澜带着孙子来了，赶紧迎了上去，给他爷俩安排坐好，上了一壶咸阳茯茶，然后进去专门给他们做。这时候，秦锁娃和传话筒进来了，安澜起身招呼他们坐过来。说："你俩是狗鼻子，尖得很。我刚坐到这里，你俩就来了。"传话筒说："看你进来了，我俩知道有羊肉吃，所以才跟着进来的。"秦锁娃说："别听他乱咧咧，今天是他请我，我给他说媒呢。是媒不是媒，要请七八回。"安澜一听，说："好事嘛。谁家的女子这么有福气。"秦锁娃说："你认识，宋一道家的宋小妹。"三个人聊着，安澜让伙计将张大厨叫出来，说："弄几个菜，喝几盅。"张大厨问："啥好事？"安澜说，喜事嘛，肯定要喜庆一下。张大厨说，那就坐二楼包间？安澜说，就座大厅，敞亮，还能给你店里招揽人气呢。吃罢，安澜结了账，几个人欢欢喜喜地出了门。

回家的路上，安澜千叮咛万嘱咐地让天赐别告诉天宝、天秀，天赐答应得很干脆，回去就变卦了，小孩子爱显摆的天性便暴露无遗。见了天宝和天秀高兴地手舞足蹈说："猜猜我跟爷出去吃的啥？"天宝说，不知道。天秀说，不用猜，你身上有一股子羊肉的膻腥味。天宝一听，小嘴巴噘得老高，气呼呼地找安澜兴师问罪，说："爷，你偏心，为啥不带我吃羊肉冒馍？"天赐说："谁怪你不起来呢。"安澜说："别听天赐的，给他喝了一口羊肉汤，哪里给他吃肉了。"天赐越说越来劲儿，故意显摆地说："爷和巡警局的刘爷他们还喝酒了。"安澜一看瞒不过去，就说："明天早晨你们起来早一点，爷带你们去吃。"天宝不依，非要马上去吃。安澜说，爷刚才喝了一点酒，这会儿头晕得很，走路都不稳当。明天，明天一大早，一定带你们去。天宝依然不依不饶，非要立等下马去吃羊肉冒馍。为此，安澜还在天宝的屁股上狠狠地打了两巴掌。而自己从小到大，爷爷就从来没有动过他一根手指头。

天赐想到了火祭。乾州城北门外的大广场上黑压压地聚集了好多人，他和天秀被分别挂在像秋千一样的架子横杆上，他的头上戴着老虎头头套，啥也看不见，他能听见人们的叫喊声。广场上人很多，到底有多少他看不见，总之吵吵嚷嚷的，嘈杂得很，像热闹非凡的集市。人们喊的啥，他又听不清楚。但是他能感觉到脚下有一股子热气往上冒，直冲着他的脑门儿，很快，汗水从他的身体往外冒，他的浑身湿透了，汗水浸透了衣服，吧嗒吧嗒地往下流，全都被他厚实的衣服吸收了，没有往油锅里掉一滴，否则，脚下就会发出滋滋啦啦的声音。他不清楚脚下放的是啥，为什么会这么热，为什么会发出噼噼啪啪的声音。过了一会儿，广场上安静了，听到有人嘴里念叨着含混不清的词语，好像是念

明，又好像是说唱，他真不清楚这是干啥。他不明白为啥这个声音出现了，广场上那么多的人都不说话了，连呼吸都屏住了。这样的声音刚一结束，他头顶上就感觉到有了火光，火光在风中猛烈地燃烧，烘烤得他头很热，心里发麻。突然间，头顶上悬着的东西断了，他落了下来，掉进了脚下那口大油锅里。锅里盛满了滚烫的油，他掉进去瞬间被融化了、淹没了。他刚想张开口呼喊，却被滚烫的油呛住了，口腔被烫伤了。他在油锅里挣扎着、呼喊着，却没有一个人冲上来救他。北广场上的人没有一个看油锅、看他的，他们一个个像咕噜雁一样，把头抬得高高的，仰望着天空，他们要的是雨，而不是他。至于他是死是活，压根儿就没有人会放在心上，任凭他在油锅里挣扎着、呼喊着、哭泣着。

突然，他看见安澜狰狞的面孔，青面獠牙，张着血盆大口，这张大口，比他脚下这口油锅还要大，他的舌头血红血红的，足足有一丈多长，看见他挣扎，安澜嘴里的舌头在空中飞了过来，硬生生地把他打晕过去。滚烫的油让他疼醒来了，他又看见安澜发出了疯狂的嘎嘎嘎的笑声，这笑声响彻在乾州城的上空，飘到了乾陵顶上，掠过了梁上，飞向远方……

天赐猛然惊醒，忽地坐了起来，浑身已经湿透了，大口大口地喘着粗气。原来自己做了一场噩梦，梦见自己掉进油锅里了。这场噩梦，让天赐终生难忘。从而让他对乾安澜、对乾州这座城、对乾州城的百姓产生了强烈的仇恨。

这种仇恨一旦产生，不是魔鬼，便是烈焰，总之，仇恨既能毁灭了别人，也能焚烧了自己。这恰恰是安澜所担心的。

58

天赐回到警察局，跟变了一个人似的。秦锁娃看他一天无精打采，闷闷不乐，觉得很奇怪。心想：这娃咋了？是不是病了？他主动关心天赐，天赐不回答，还翻眼睛看他，目光中透出了一股子杀气，这让秦锁娃倒吸了一口凉气。天赐很不耐烦地说："关你啥事？"硬生生地把秦锁娃怼了回去，完全没有了以前对他的恭敬。锁娃心里自言自语：这货吃炸药了？就是头犟驴，犟种。好不知，坏不知，拉到槽上草不吃。他心里憋着气，摇了摇头，自言自语地说："老猫不逼鼠了。好心当成驴肝肺了。"说完，一扭头走了。

看着秦锁娃远去的背影，天赐觉得自己太过分了。按照警察局来讲，他俩还是同僚，秦锁娃是他的师傅呢。按照家里的辈分来讲，他和安澜是一辈的，他应该叫锁娃爷呢。不管论公论私，他都不应该对秦锁娃这样生冷蹭倔。再说了，人家也是一片好心，难道，好心真的当成驴肝肺了？这么一想，他还真的有点愧疚。不过，愧疚过后，他还是外甥打灯笼——照舅（照旧）。

这个世界很奇怪，好人做了一辈子的好事情，一旦做了一件坏事情，人们就会送好人一句"原形毕露"；坏人干了一辈子的坏事情，一旦做一件好事情，人们就会送坏人一句"浪子回头"。两相比较，人皮难背，好人确实难当啊！好人要想成佛，必须经受住各种各样严峻凶险的考验，经历九九八十一难，才能成佛；可是，对于一个坏人来说，成佛就很简单很容易，只要他放下屠刀，就能立地成佛。看着天赐的巨大变化，秦锁娃心里很纳闷儿。于是，他去上官巷找乾安澜，看看安澜是否知道天赐变化的原因。

见到安澜，秦锁娃才知道天赐变化的原因。也难怪，娃长了这么大，还以为自己是乾家的亲骨肉呢。突然得知自己身体里流淌的并不是乾家的血脉，能不诧异吗？特别是当他知道自己真正的身世，他无非一个火祭活动中的祭品而已。因为自己，龙王才施舍了乾州城一场酣畅淋漓的大雨，结束了三年无雨的灾难。他能不震惊吗？知道自己的来龙去脉之后，他的心已经扭曲了、变态了，把安澜和家人对他十几年的养育之恩忘却了，仅剩下仇恨的种子。这个种子已经埋在了他的心里，他的内心一旦有了适合这粒种子发芽、成长、开花、结果的土壤和环境时，这粒种子就会发芽、生长，长成一把利剑，成了杀人不眨眼的魔王。

"为啥要告诉他呢？"秦锁娃十分不解，便问安澜。

"唉！纸包不住火，雪埋不住鞋。真的假不了，假的真不了。"安澜叹了一口气，说，"娃也可怜，至少他应该有权知道自己的身世。要

不然，咱们长期隐瞒下去，这对娃也太不公平了。"

"你看他现在变了一个人，这万一，我说的是万一。"

"听天由命吧！是龙了升天，是虎了钻山。"安澜说，"能看得出娃这次对我结下了深仇大恨。从前，我能做的，就是要保护好他俩的生命，绝对不能因为火祭祈雨而戕害两条鲜活的生命；后来，我能做的，就是把孩子抚养成人，让他不能缺少家的温暖和亲人的爱；现在，该做的我都做了，我不贪图娃感激我，我只希望他能多做善事、好事、有益于乾州城的事。现在，咱们年纪都大了，还能做啥呢？江山代有才人出，各领风骚数百年嘛。咱能做的，就是做好自己。人各有志，剩余的咱就无能为力了。"

"好的。天要下雨，娘要嫁人，随他去吧。"秦锁娃一时半会儿也想不出个好办法。

"兄弟，哥求你一件事。"

"你看你说的，咱兄弟俩啥关系嘛，有啥事咱就说事，只要我能办的，绝对不马虎。跟我再别说啥求不求的了。"

"娃现在几乎不回家了，我也是心有余而力不足，还望你多多关照。我怕他怀揣仇恨、内心积攒仇恨，会走火入魔，误入歧途呢。"

秦锁娃应诺了。在回警察局的路上，他一再琢磨着。多少年来，乾天赐是他从小看着长大的，一直以来，对他很尊敬。尽管天赐已经知道了自己的身世，心怀仇恨了，但天赐没有必要对他置之不理，翻白眼，大声叱喝，出言不逊嘛。看着安澜难受的样子，锁娃心里也很难过。难道安澜一生的良苦用心，真的在天赐的内心深处瞬间就变了？无论结果如何，他都必须尽一个长者的责任，也不枉安澜的托付。

在后来的剿匪中，乾天赐还是一如既往地冲在最前头。他的勇猛顽强，让乾州地界的土匪一个个闻风丧胆，只要天赐带头攻打土匪，没有一个不被他打得落花流水，溃不成军的。土匪们知道天赐是一个天不怕、地不怕、不要命的主儿，如果不将天赐收买了，天赐就是他们的心腹大患，是土匪山寨的克星，迟早他们就会成了天赐枪中靶，刀下鬼。于是，他们千方百计地找人和天赐接触。天赐气得拔出枪，怒不可遏地警告说："敢收买老子，看我一枪不要了你的狗命。"土匪一看，软的不行，想来硬的。可是，硬的又不是天赐的对手。再说了，一个乾天赐，小小的一个警察，都把他们打得鬼哭狼嚎的。如果他们胆敢对乾家下手，这不仅惹恼了天赐，更激怒了乾家的儿子怀义、怀礼。不管是怀义，还是怀礼，个个都是持枪骑马带兵打仗的热血硬汉。乾州城在多少次战斗中能够完胜，全都仰仗着乾家父子。怀义是个神枪手，怀礼是个枪械手，他制作的土炸弹把护国军打得找不到北。更何况，乾安澜在乾州城具有很高的威望，和各路土匪相处也比较融洽。思前想后，土匪们一个个只能有此贼心，不敢生出此贼胆。

鉴于天赐剿匪有功，州府还专门给乾家送上了一块"剿匪隽才"的牌匾。安澜将这块牌匾专门挂在朱红色大门的正上方，他要让乾州城的人知道，他乾家孙子乾天赐是个剿匪的悍将，除恶的良才。

自从天赐知道了自己的身世后，便一蹶不振。他的举动很快就被土匪的眼线发现了。土匪经过多次商讨、密谋，决定拉天赐入伙。这一次，土匪又开始了对天赐的试探。天赐见了土匪送上来白花花的银圆，五彩斑斓的珠宝首饰，还有黑乎乎的烟土，他不动声色地收下了。从此，每当县政府让警察局剿匪时，土匪便早就知道消息，和天赐里应外合，象征性地相互开枪射击，土匪再象征性地把几把破枪和几个老弱病残者故意留下来，让天赐有所收获，获得州府和警察局的表彰奖励。每次出击，天赐就把他的三五个心腹安排打前阵。事后，从土匪给他孝敬的礼物中拿出一些，分给几个心腹。所以，每次剿匪，都有斩获。既能获得政府的嘉奖，又能获取土匪的纳贡。

俗话说：要让人不知，除非己莫为。天下没有不透风的墙。尽管州府专门给天赐送了一块"剿匪隽才"的牌匾，天赐每一次剿匪都有所建树，为啥乾州地界上匪患剿而不灭、依然猖獗呢？所以，这样"剿匪奇观"引起了警察局和州府的高度重视。派人私下调查，发现天赐和他的几个心腹整日花天酒地，挥霍无度。他们哪里来的钱呢？于是，再派人暗地里跟踪。老话说：苍蝇飞过去都会留下个影。苍蝇那么不起眼都能被发觉，警察局的警察很显眼，岂能不被细心的人发现蹊跷。警察局和州府终于发现天赐与土匪暗通款曲的证据。天赐剿匪只是掩人耳目，私下早已给土匪通风报信。剿匪鸣枪只不过是虚张声势，做做样子给警察局和州府看罢了。正当警察局和州府准备捉拿天赐一伙时，他们却趁着夜深人静，打劫了警察局的弹药库，将崭新的枪支和弹药一扫而

空，上山投奔土匪去了。

投奔土匪就投奔土匪吧，你悄悄地投奔，警察局和州府就当作没有天赐这个人，也不至于让百姓耻笑。可是，天赐却不是个省油的灯，他不但劫了警察局的枪弹库，还明目张胆地在州府门前贴了一份上山当土匪的告示——

当个警察空皮囊，做个土匪赛皇上。
警察局里不留爷，黑豹岭有留爷处。
行走乾州是剿匪王，坐在山上是山大王。

——祭品天赐

这张告示，不仅是天赐与警察局和州府公开挑衅、叫板的声明，也是他与警察局和州府割席的宣言书和挑战书，一夜之间，让警察局和州府的颜面在乾州扫地了。与此同时，也引起了乾州城百姓的极大公愤，大骂警察局和州府养警为患，警匪一家。剿匪是虚，贪污剿匪税是实。

这个落款，让安澜心如刀绞，如坐针毡，暗自叫苦不迭。是福不是祸，是祸躲不过。气得安澜立马搬来梯子，将门前"剿匪隽才"的牌匾取下，在门前用镢头砸了个稀巴烂。然后，一把火将牌匾烧成灰烬。天赐走到这一步了，令安澜满腹怨气，一定要拆卸牌匾，免得被乾州人耻笑。在拆卸牌匾时，怀仁、天宝争着要上梯子，安澜说："这个事情只能由我来做。"所以，他不顾儿子、孙子的劝说，态度非常坚决地登上梯子，由于心火旺盛，脚底踩空，一不小心自己从梯子上掉了下来。要不是站在地上的怀仁、天宝、天秀三个人反应快，他全身的零件肯定散落一地。

乾州县长马洪福立即下令警察局奔向黑豹岭，剿灭黑豹岭上的土匪。警察局的警察一个个几斤几两，天赐心里比谁都清楚，所以，他把警察压根儿就不放在眼里，任凭警察在山下大呼小叫的虚张声势，他隐藏在一棵大树背后，端起枪、瞄准、扣扳机射击，子弹所到之处，无不留下印痕。天赐只打他们头上的帽子，绝不轻取警察的命。毕竟他们曾经都在警察局里共过事，他不想把事情做得太绝，惹怒了警察局和州府，并没有惹怒曾经的警察兄弟。这些警察美其名曰前来剿匪，其实他们的心和行动相违背，不能违背警察局和州府的命令，不得已而为之。他们又不敢得罪天赐，天赐的威力他们个个心知肚明。所以，他们在山下大呼小叫的，也伤及不了土匪。天赐打帽子，只是给他们一点颜色、一个教训罢了，帽子被打飞了，也是他们躲藏和撤退的正当理由。

马洪福一看警察局都是一帮废物，攻打不下黑豹岭，气得站在警察局，把上至局长赵立旺，下至看门的，一个个骂了个遍。最后，又让乾州驻军攻打黑豹岭。

驻军毕竟不比警察局，尽管他们有的是战斗力，但是，州府每次调动起来很麻烦。他们要借剿匪之名，敲州府一笔竹杠。要不然，除了正常的军费开支外，哪里还有其他活动经费呢？剿匪，是他们捞取外快的一种正当手段，州府也是清楚的。县长还可以借剿匪之名，给驻军拨款时，从中大捞特捞一番。正如当年黑虎军围攻乾州城时，驻军营长于四海敲诈乾州知事范仕林一样，一开口就要三千大洋。驻军连长柏礼战一听县长马洪福要让驻军剿匪，高兴得不得了。他哈哈大笑，说："县长英明！终于知道谁是谁非了，早让驻军剿匪，乾州大地岂愁匪患不绝呢！"

马洪福又喜又气，喜的是柏礼战很给他面子，让他感觉到县长的威严。他早就听闻过于四海的事情了，于四海在节骨眼儿上摆谱，压根儿就不把范仕林知事放在眼里，不光是三请不到不说，到了以后还盛气凌人，傲慢无礼，目中无人，不与知事和乾州的乡绅名流打招呼，也不说如何化解黑虎军围攻的良策妙计，开口闭口都是钱。由于他心不在焉，思想麻痹，过于轻敌，上梁不正下梁歪，他的兵也好不到哪里去。到头来引狼入室，让黑虎军不攻自破，驻军一败涂地，落下个被黑虎军烧死在地窖的结果。让马洪福县长生气的是柏礼战表面上看似表达了剿匪的决心，其实是对他发自内心的不满。不过，马洪福知道，现在又不是赌气的时候，必须全力以赴剿匪，根除黑豹岭的匪患，最好把乾天赐一伙活捉，公开处决，给自己和州府挽回颜面。

"驻军就是驻军，警察局绝对比不了。"马洪福说，"有柏连长这句话，我就可以睡个安稳觉了。我代表乾州百姓感谢驻军。"

"先别感谢！等我剿灭了土匪再谢也不迟。"柏连长说，"不过，兵

书上说，'兵马未到，粮草先行'，您看……"说着，两手向外一摊开，面露难色。

马县长心知肚明，柏连长这是给自己要剿匪经费呢。是啊，这几年给了警察局长赵立旺多少经费，到头来，竹篮打水——一场空。钱没少给，匪患不但没有剿灭，反而与日俱增，最让人可憎和丢人的是，竟然发生警察与土匪沆瀣一气，还打劫警察局的弹药库投奔土匪的笑话。更何况，柏连长说的话也在理，如果不给经费，他们和警察局一样，装腔作势，不愿剿匪，就不能在乾州挽回自己和州府的颜面。反正，上面每年都拨付剿匪经费呢，给谁都得给，给谁都一样，关键要达到灭绝匪患的目的。所以，马县长问："需要多少？"柏连长没说话，伸出右手在面前左右摇晃了一下。马县长说："五百，好办！"柏连长摇了摇手，马县长眼睛都绿了，问道："五千？"柏连长这才放下在空中摇摆的手，点了点头。马县长本来想发火，可是，用兵之时，千万不能冲动，冲动是一把杀人不见血的刀！他狠下心，说："成！五千就五千。不过，你要给我立下剿匪军令状！"

柏连长心想，当兵是干啥吃的呢？这么多年，连他自己都不知道立下了多少次军令状，军令状也是一时糊弄人，一张废纸罢了，能管个屁用呢。再说，时局不稳，风水轮流转，搞不好剿匪还没开打，县长就被调走了，或者自己被调防了。所以，先把钱弄到手再说。于是，他给县长说："笔墨伺候！"提起笔，洋洋洒洒立下《剿匪军令状》。

拿到钱，柏连长开始购买枪支弹药和攻打山土匪盘踞山寨的大炮和炮弹，只有购买军火，装备精良，才能让军队如虎添翼，还能从中大捞一笔，中饱私囊。看着驻军拿到钱迟迟按兵不动，马洪福县长派人多次催促，柏连长是个明白人，他赶紧跑到州府给马县长汇报，总以剿匪用的军火还没有送到为由来搪塞。马县长说，事不宜迟，时不我待。早一日消灭土匪，咱就早一日听不到百姓的骂声。柏连长说，烧火棍只能当烧火棍用，它绝对不能当枪使。等我们鸟枪换炮之时，就是黑豹岭土匪葬身之日。

其实，柏连长没有派兵有两个原因：一是他得到钱的当晚，从他的窗户上飞进来一把匕首，不偏不斜，正好扎在他的枕头边上，匕首上有一张纸条，上面写道：黑豹岭为你准备好一口上等棺材！这张纸条，把柏连长吓得半死。谁不想要命？再说了，驻军哪个不是贪生怕死的料儿。他才不当土匪炮灰的大笨蛋呢，第二天便派心腹到黑豹岭找天赐，达成了秘密协议。二是他听说马洪福县长要高升了，就在这个月内。所以，他能拖一天算一天。没事了就跑到县衙，给马县长早请示、晚汇报的，把马县长的心一定要稳下来，再给马县长的太太送些珠宝、首饰之类的东西，博得县长夫人一时欢心。县长太太得到心爱之物，自然会在县长枕边吹吹悦耳动听的耳边风呢。

果然不出所料，月底还没到，马洪福就调走了。临走时，柏连长带着驻军，齐刷刷地站在乾州府门前，为马县长送行，并亲自带队，把马县长及家眷和行李送出乾州地界。柏连长这个举动，把马县长夫人感动得心里暖乎乎的，圆盘似的脸上落下两行热泪。马县长也是个性情中人，紧紧地拉着柏连长的手不肯松开，说："在任之时，匪患不除，愧对乾州百姓。你一定要兑现诺言，要对得起乾州父老乡亲。"

看着马县长一行远走的背影，柏连长对着马县长的背影吐了一口唾沫。大手一挥，对士兵说："回营！"

59

天赐带人连夜跑到黑豹岭，投奔到王豹子名下。

王豹子得知山下的兄弟传过来的消息，大为吃惊，深感意外。他没想到，乾州城赫赫有名的"剿匪隽才"乾天赐会投奔到他的名下，心甘情愿地上山当土匪。尽管他知道乾天赐私下与乾州地界上的几股土匪都有交集，但是，那都是暗地里的事情，谁也说不清、道不明。再说，依安澜在乾州城的威望和影响力，咋能容忍天赐当山大王呢？

"几个人？"王豹子问。

"和天赐一起上山的，有五六个人。"瘦猴说。

"他们葫芦里卖的啥药？是投奔呢，还是企图剿灭咱们呢？"王豹子问。瘦猴说，看样子真的是来投奔咱们的。听说他在乾州城里混不下去了，劫了警察局的弹药库，还在州府门前张贴上山当土匪的告示，才

来投奔咱们的。王豹子还是半信半疑。但是，天赐人都来到了山门外面。既然来了，总不能让人家热脸贴个冷屁股，吃个闭门羹吧。王豹子知道，天赐就是当年夜闯黑豹岭的小屁孩，长大了又曾是攻打黑豹岭的剿匪隽才。一夜之间，又从一个堂堂正正的警察、威威武武的剿匪隽才，突然间要当占山为王的土匪草寇，这个变化也确实太大了，让王豹子有些困惑。

困惑归困惑，疑虑归疑虑，人家已经到了山寨门口，俗话说，有理不打上门客嘛。是福不是祸，是祸躲不过。不管咋说，他还是带着二当家三牛一帮人出门迎接。

打开寨门，只见天赐带着警察局的五六个弟兄，肩扛、背背、手提着武器，齐刷刷地站在门前，等着王豹子。王豹子看见天赐一行人，豪爽地哈哈大笑，放快脚步，伸开双手，迎了上来，将天赐紧紧地抱在怀里，然后，后退半步，双手拍着天赐的肩膀，看来看去，好像看一位多年未见的老朋友。天赐双手抱拳，给王豹子施礼，说："今儿带弟兄们前来投奔大当家，不知大当家是否愿意接纳？"王豹子哈哈一笑，说："年轻英俊，有勇有谋，求之不得！求之不得啊！俗话说，三军易得，一将难求。今日你能投奔黑豹岭，就是高抬了王某人，王某三生有幸，黑豹岭蓬荜生辉。"天赐说："请大当家查验武器！"王豹子说："还不快把武器接上，兄弟们跑了一路，都跑累了。"说完，二当家等人一拥而上，从天赐带来的人手中接过了枪支弹药等武器。王豹子拉着天赐的手，说了声"请——"一帮人有说有笑，走进山寨大门。

王豹子说，兄弟能瞧得起咱黑豹岭，咱就不能怠慢了兄弟。即日起，连庆三天。于是，这三天，山门紧闭，每个人都不得下山干打家劫舍的事情了，唯一就是大口吃肉，大碗喝酒。每个桌子上都是大肉大鱼，整坛子上酒喝。天赐说："大当家，我不会喝酒。"王豹子说，当土匪能不能打家劫舍，首先要看能不能喝酒，酒量就是胆量。黑豹岭的土匪一听，全都附和着，说："能喝酒，是英雄！不喝酒，是狗熊！"这样喊着、叫着、闹着，直到天赐将一大碗乾州老窖喝到肚子里，喊叫声顿时变成了欢呼声——乾天赐，大英雄！大英雄，乾天赐！

天赐带来的兄弟大狼一听土匪直呼天赐的姓名，气得把端在手中的碗摔在地上，骂骂咧咧地说："啥东西？我队长的名字也是你们这帮土匪叫的？"

瘦猴说："此一时，彼一时。这里是黑豹岭，不是警察局。"

天赐听了心里也很不是个滋味。仔细一想，瘦猴的话说得一点都没有错，这是黑豹岭，不是警察局，自己当然就不是曾经的"剿匪队长"了。他强装笑脸，说："啥嘛！这里还有啥队长呢！"

王豹子一听大狼的话，面有难色，摆摆手，厉声斥责道："乱叫啥呢？连个规矩都不懂。今后，乾天赐就是咱黑豹岭上的二当家！"转过头对天赐说："二当家，多有得罪，刚才弟兄们酒后乱喊，别往心里去。"天赐说："名字嘛，就是让人叫的。大当家能收留我们，我代表弟兄们谢谢了。"说完，又端了一碗酒，一饮而尽。

听大当家说让天赐今后当黑豹岭的二当家，二当家三牛顿时脸色难看，心里自然不舒服。自己当了多少年黑豹岭的二当家，没有功劳还有苦劳呢。天赐算什么东西，刚一来就封为"二当家"，让他这张脸今后如何面对这帮兄弟呢。天赐一来，自己突然就被大当家排挤了，心里咋能舒服呢。别看他嘴上不说话，其实心里的怨气大得很。不仅抱怨大当家，更恨乾天赐。

俗话说：拳头就是知县官。瘦猴说："咱黑豹岭的当家的，不是谁想当就能当，老规矩，拳脚定输赢。"这也是土匪的规矩。在土匪山寨里，什么道理、年龄、资历等都不值钱，心狠手辣才是关键，拳头就是知县官！谁心残歹毒、拳脚功夫过硬谁就说了算。众土匪人多势众，就吆喝起来让天赐和三牛比武论英雄，拳脚定职位。

三牛说："比就比，谁怕谁。"天赐却坐在板凳上不说话，不应招，他心里有数，比拳脚，他肯定把王豹子都不放在眼里，别说三牛了。土匪看他无动于衷，便开始起哄，吆喝声不断。天赐抬头看了看王豹子，尽管大当家没劝他，但从眼神里天赐明显感到大当家也是同意他和三牛比功夫的。天赐二话没说，便噌地站了起来，众土匪这才不吆喝了。天赐问三牛想比啥？三牛说你说比啥就比啥。天赐说："黑豹岭的规矩我不懂，我的弟兄们也不懂，你说了算。"三牛说："那就比拳。"天赐自然应允。三牛之所以比拳脚，是因为这是他的特长，在黑豹岭上他的拳是首屈一指，无人能比的。他五大三粗，膀大腰圆，力大无穷。

说着，土匪们走出山洞，在洞外的大场地上围了一个圈，将天赐和三牛围在中间。这时候，就有好多土匪开始打赌了，赌二人的输赢。有的赌三牛赢，有的赌天赐赢。三牛站在原地不动，说："我站着，你出三拳，只要我脚动一下，就算我输。"天赐运足了气，朝着三牛的腹部击去，三牛一动不动，天赐却后退了五六步。他要不是个练家子，早就倒地了，引得众土匪哈哈狂笑。天赐也笑了一下，便想起当年在西安学武术时薛师傅教他"四两拨千斤"的太极拳来。思忖着对付三牛这样的人，不能和他一样使蛮力，必须做到"以柔克刚、借力打力、引进落空、用意不用力"，尚巧善变，出神入化，让三牛摸不着头脑，达到以小胜大、以弱胜强的目的。只见他拿出太极招式，围着三牛转来转去，看似无心，实则有意，寻找三牛的突破点。几圈转下来，三牛有点不耐烦了，心烦气躁，沉不住气，便主动出击，没想到，他打的十多拳，看着非常威猛有力，却被天赐——轻松化解。天赐趁其不备，出其不意，一拳打在他的胸口，三牛噔、噔、噔后退三步，因为他体形粗壮，脚下移动得慢，脚步后撤与身子移动极不协调，便如一堵围墙，轰然倒下。

天赐走上前，友好地将三牛拉起来，双手抱拳，说："承让！承让！"说实在的，三牛很不服气，他的力气大得一拳都能打死一头牛犊，却在天赐身上毫无作用，每一拳下去，如同打在棉花包上，绵软无力。他感到纳闷儿，为啥天赐的拳看似无力，却能把他击倒在地？

三牛在弟兄们面前丢了面子，心里自然不服气，非要和天赐继续比赛，因为这不仅是面子的问题，还牵扯他能不能保住二当家位子的问题。天赐问他比啥。三牛说，比枪法。天赐说好！三牛拿着枪看都不看一眼，对着50米开外的酒坛子就是一枪，酒坛子砰的一声打碎了，落在地上咣当咣当地响。土匪一看，齐声呐喊叫好。三牛扬扬自得，顿时有了庖丁解牛之快感。他看了看天赐，似乎在问：你能行吗？

天赐抬头一看，树上有一只麻雀，从口袋里掏出一枚银圆，投掷出去，麻雀起飞，土匪还没看明白，天赐提枪的手指向空中，砰的一声枪响了，麻雀摇摇晃晃地掉在地上。天赐出手之快速、靶向之准确，令土匪们大开眼界，一个个缓过神后，便欢呼雀跃。可是，刚才打赌输了的几个土匪，却垂头丧气，闷闷不乐，暗骂自己眼瞎了，还骂三牛不争气，自己在天赐面前输了面子也就算了，还害得他们输了钱。从此，天赐便成了黑豹岭的二当家，三牛成了黑豹岭的三当家。

过了十多天，天赐发觉王豹子没有前几日对他那么热情了。他想了想，原来，自己前来投奔黑豹岭，那些枪支弹药无非是自己纳的投名状而已。十多天了，他们几个人只有当土匪之名，却还没有行土匪之实，难怪王豹子不高兴。心想，再不干点土匪之事，王豹子肯定会起疑心。于是，一不做，二不休，他向王豹子打声招呼，连夜带着他的五个兄弟下山了。王豹子提醒他，让他多带几个人，天赐说不用，多了还是个累赘。就这样，天赐六个人趁着夜色，混进乾州县城，来到了上官巷乾家。

大狼说，这不是你家吗？咱跑到这里干啥？天赐说，过去是，现在不是了。咱就劫这家。几个人一看天赐心意已决，也就不再说话。过去在警察局听天赐队长的，现在在黑豹岭自然就得听二当家的了。六个人用黑布蒙住头，免得安澜认出来。上官巷的乾家，天赐生活了十多年，熟悉得很。很快，他从旁边翻墙进去，蹑手蹑脚地打开大门。他翻墙的时候，让大狼朝着门钻窝撒泡尿。大狼不解，天赐骂道："笨尿。门钻窝湿了，开门时就不发声响了。"

几个土匪便轻而易举地进了乾家大院。天赐带他们径直朝着安澜的房子走去，这晚安澜并没有睡踏实。其实，天赐他们进到院子的时候，他已经有了一种预感。只是，他不想声张，怕伤害到家人罢了。钱嘛，身外之物，任他们去拿。留得青山在，不怕没柴烧。所以，与其这么想着，还不如起来在门口等着。安澜搬了一把椅子坐在房门口，等待着贼人的出现。等待中，六个蒙面的黑衣人过来了。天赐一看坐在门前的人，就知道是安澜。心想：这老家伙就是聪明，料事如神，连他们今晚来都能料到。这时候，大狼那把黑乎乎的枪口已经顶在了安澜的头上。

安澜没有一点惊慌，说："有话好好说，把枪放下，免得伤了人。伤了人，就是伤了和气，事情就不好办了。"

"你！"大狼很生气，不仅没有把枪拿掉，反而把对着安澜头上的枪口顶得更紧了，安澜的头本能地歪向一边。

天赐摆了摆手，大狼这才把枪从安澜的头上拿掉。安澜说："蒙面多麻烦，干脆把头套摘了。天赐，是你吧？"天赐一看没辙了，安澜啥

都知道了，干脆一把摘掉了头套。说："既然你知道是我，那你就应该知道我为何而来了。"

安澜说："知道。养了你十多年，连你身上的胎记我都知道，你说，我还不知道你的脾性？你之所以能走到土匪这条路上去，说明你从心里已经怨恨我了。所以，你若不来，就不是我养的。你能来，说明我猜得没错，证明你就是乾家的种！银圆和烟土都在这里放着，足以让你在黑豹岭上长脸呢！走时别忘了带走。"

"死到临头了，嘴还这么硬？"大狼压低声音说。

"我是啥人，难道你不了解？我是土生土长的乾州人，吃乾州的粮食、喝乾州的水长大的，乾州人，人性刚方，一辈子都改不了。"

"老东西，赶紧再拿些烟土、银圆！"

"唉！看来，你们几个还不了解我家天赐！"安澜不屑地说，"他不要这些，他今天是来索命呢！"

天赐心头一紧，看来，自己的心思，早就在安澜的预料中。安澜转过头问天赐："对吧！"天赐说："对！我就是来索命的。"

安澜说："不急，不急，我这把老骨头了，早就该入土了，迟早都会死的，即使你不来索命，阎王爷也会拿去的。既然你回来了，我得好好款待你，就算你和我有深仇大恨，不共戴天，总不能和饭有仇吧！再说了，这几天你肯定在山上也想着家里的饭菜呢。千里当官，为了吃穿。山里当匪，为了吃嘴。你婆正在厨房给你做饭呢，都是你从小爱吃的。"

"少拿吃饭拖延时间！"大狼说。

"咱乾陵里埋的是谁？那是一代女皇武则天。武则天为了清除异己，起用了两个酷吏，一个是周兴，另一个是来俊臣。这两个人当时如鱼得水，呼风唤雨，红得发紫。人可不敢太红，太红了，就会忘乎所以，唯我独尊，肆无忌惮，捏造罪状，刑讯逼供，贪赃枉法，中囊私饱，横行无忌，得罪了不少良臣。作恶的人，一方面为非作歹，另一面也是自掘坟墓。俗话说，花无千日红，人无百日好。有一天，周兴被人告发，武则天让来俊臣查办此案。"安澜说。

几个土匪听得入神，俨然忘了自己的使命。他们都知道安澜是个饱学之士，单凭他们几个，哪里能听到安澜的说教呢。今天有幸，真是大开眼界。正听到关键的时候，安澜却是停了下来，急得大狼说："后来呢？"

"你想，来俊臣与周兴是同僚，他对周兴的为人处世、行事风格、脾气心性都了如指掌。就怕自己抹不下情面，不好下手。即使自己下手捉拿了周兴，万一一时半会儿拿不下周兴这可如何是好，既惹怒了武则天，又得罪了周兴。"安澜顿了一下，继续说，"来俊臣毕竟是来俊臣，他行事缜密，老谋深算，没有急于捉拿周兴，而是把周兴恭恭敬敬地请到家里，上了一桌子好酒好菜伺候，酒足饭饱，来俊臣谦虚地请教周兴如何对付那些冥顽不化的死硬分子，周兴不知是计，被来俊臣蒙在鼓里，醉在酒中，还以为来俊臣虚心好学，向自己请教呢。于是，趁着酒劲，便侃侃而谈，说，'这个好办！把人装进瓮中，然后在瓮的周围用火烧，犯人忍受不住，就会招供'。奸诈狡猾的来俊臣刚才还笑呵呵的，闻言后，顿时脸色一变，高喊道'请君入瓮'。周兴就这样被来俊臣拿下。"

"后来呢？"大狼几个土匪问。

"来俊臣也被人告发，被武则天处死了。"安澜说。

"不对！你给我们讲这个干啥？"

"你们不懂，我家天赐懂。"安澜说，"天赐，万事俱备，只欠东风，你来了就好。"安澜起身，带着他们几个绕到后院。天赐一看，一口盛满油的大锅，下面已经填满了硬柴，就等着他点火呢。

安澜说："还是我给你点火吧！"顿时，锅底下燃起了熊熊大火，半个时辰，大锅里的油就开始翻滚。安澜问天赐，说："是你把我扔进去呢，还是我自己跳进去呢？"

看到这一切，大狼和土匪似乎才明白了安澜为啥要讲来俊臣与周兴之间"请君入瓮"的事了。可是，他们刚刚入伙土匪，还不具备土匪的残忍，所以，看见翻滚的油锅，没有一个人敢上前抬安澜，一个个倒被吓得有点瑟瑟发抖。

"我来！"天赐说。"这才是乾家的种！"安澜说。话音刚落，天赐抱起安澜，就要往油锅里扔，问道："怕不？"安澜说："怕有啥用，怕就不会被下油锅了？难道这不正合你意？"天赐将安澜高高举起，正要往油锅里扔。这时，上官巷一阵枪响，枪声中夹杂着"捉拿土匪乾天

赐"的喊声，吓得几个土匪丢了魂。天赐心中一惊，便将安澜扔在地上。他拿枪指着安澜："你让人通风报信？"安澜说："我能派人让州府抓你？"天赐一想，这也不是安澜的做事风格。正在他犹豫之际，安澜说："好娃呢，遇事别慌乱。这样吧，你们拿我当人质吧！这样也好脱身。"

安澜被天赐押着，一瘸一拐地朝着大门走去，听见门外的秦锁娃叫他，他问锁娃有啥事？锁娃说探子报告土匪天赐回来了。安澜让天赐他们躲在大门背后去。他上前打开大门，刚刚正正地站在门前，说："锁娃，天赐是乾家的种，难道娃不能回来看看我吗？"锁娃说："他已经是匪了。是匪就得抓！"安澜说："无论如何，首先他是乾家的种！他不回来，才不正常。他回来看我这很正常，你就不能抓他！要抓，等他回到黑豹岭你再抓他也不迟。看在你我多年交往的情分上，让娃走！"

锁娃也听懂了安澜的意思，有意放天赐他们走。天赐劫持安澜走出大门，警察们便把枪口对准他们。锁娃害怕乱枪打了安澜，便大喊道："别开枪！小心伤了族长！"警察都知道这其中的意思，再说，天赐与他们远日无冤，近日无仇的，他们一个个举起枪朝天上乱开一通。天赐在安澜的帮助下逃走了，躲过了一劫。

60

怀义受组织委托，潜回乾州。这次他回来的主要任务是要在乾州打开一条通往延安的秘密通道。

天赐返回黑豹岭后，王豹子对他刮目相看。安澜被他劫持了，劫了一袋子银圆，足足有三百个，另外还有一老碗烟土。这次下山，天赐大有收获，这些银圆和烟土，还有投奔时带来的枪支弹药，足以让天赐在黑豹岭上名声显赫，耀武扬威。可是，当王豹子了解了当天打劫的过程，得知天赐要把安澜扔进滚烫的油锅时，他震惊得下巴都快要掉下来了。心想：这货心黑手硬，竟敢朝着对他有着十几年养育之恩的安澜下手，足以可见他人性已经泯灭了。王豹子没生他没养他，对天赐的恩情哪能比得上安澜呢，自己在天赐眼里能算个啥，充其量就是只毛毛虫。天赐刚投奔黑豹岭，足跟还没有站稳当，翅膀还没硬呢。真的等他根基稳了、羽毛丰满了、翅膀硬了的时候，安澜今日的下场，就是他明天的结果。事不宜迟，必须快刀斩乱麻。所以，王豹子与三当家三牛密谋，如何除掉乾天赐。

三牛听了王豹子的讲述，大吃一惊，说："这货还有这胆儿？难道他真的吃了熊心豹子胆了不成？安澜族长养育了他十几年，他竟然敢这样待他，看来，咱们在他眼里都不如一只蝼蚁。留着这货在黑豹岭，迟早都是个祸患。"

"此人不可久留，留来留去肯定成仇。"王豹子和三牛商议后，决定尽快除掉天赐，以免留下后患。"其他几个呢？"三牛问。王豹子果断地说："斩草除根，以绝后患！"

其实，王豹子的心思已经被天赐猜透了。正当他俩密谋除掉天赐几个人的时候，天赐也在给黑豹岭下一盘更大的棋。他知道那天在乾家对安澜的一举一动都会传到王豹子的耳朵里。要让人不知，除非己莫为。他知道，和他一起投奔黑豹岭的传话筒，是个见利忘义、有奶便是娘的人。警察局的穷日子过怕了，无非想让自己多些自由，多弄些金银财宝。他背信弃义，谁给他好处，他就会跟着谁。正如乾州老话说的那样：吃谁的饭，就跟着谁转。所以，天赐故意放松对传话筒的警惕，在他面前多说一些如何效忠王豹子的好话，好让传话筒听了去传话，从而削弱王豹子对他的戒心，慢慢地麻痹王豹子，为自己下一步计划做好铺垫。

天赐和大狼进行了分工：他对付王豹子，大狼几个人对付三牛和黑豹岭上几个铁杆土匪。"你一个人行不？"大狼问。"你还不相信我？人多了，反而会引起他的疑心。你们先把三牛他们稳住就行，等我收拾了大当家，再解决他们也不迟。"

就这样，天赐拿了两坛子乾州老窖，还有烧鸡、牛肉、大肉等，到了王豹子的房间。王豹子一看天赐拿了这些东西来孝敬他，很是高兴。天赐说："这次下山，我爷让我跟大当家好好地学呢，学习大当家的忠义之举，一再叮嘱我把大当家当他一样孝敬。"两句话，说得王豹

子心里乐开了花，说："族长是个明事理的人。你要想喝酒吃肉，这些咋能让你操劳呢！"话虽这么说，其实他心里也无时无刻不提防着天赐。

天赐说："举手之劳，举手之劳。再说，孝敬大当家也是我应该做的。"说着，就将东西一一摆在桌子上，和王豹子一起坐下来对饮。

王豹子心里害怕酒肉里有毒，有意不动第一筷、不喝第一口。天赐不吃，他不先吃；天赐不喝，他不先喝。天赐是个有心计的人，他哪能给酒里肉里下毒呢？再说，对付区区一个王豹子，哪还需要出此下策。这事要是传出去，人家不拿脸笑他，拿尻子把他都笑死了。他看出王豹子的心思，所以，他敞开了吃，放开了喝，终于打消了王豹子心中的疑虑，在戒备中与他吃喝开了。可是，王豹子贪酒，喝着喝着就喝多了，哪里还有一丝一毫的戒备之心呢。天赐一看时机已到，便上前勾肩搭背，对王豹子说好话，王豹子听得好不开心啊。醉酒中的王豹子万万没有想到，天赐此时将要对他痛下杀手呢。天赐一只手托住他的下巴，另一只手反手抓在他头顶侧面，一反一正一使劲，咔嚓一声，刹那间，王豹子的脖子就被天赐扳断了，当场咽了气。看着王豹子死了，天赐将他放在炕上，盖好被子，才大摇大摆地走了出来。刚出了山洞，顺便将山洞外面的守卫也一起收拾了。

他赶紧到了忠义堂，看见大狼和三当家以及众土匪还在喝着、吃着，有点不高兴地就走过去。土匪一看二当家的来了，赶紧站起来让座，天赐装醉说，今晚无大小，我给大家敬一碗。话音刚落，大狼几个人就将已经喝多的三牛和那几个铁杆土匪一一收拾了。看见天赐几个人起事，剩下的土匪刹那间酒也清醒了许多。一看大事不好，掏枪的掏枪，想跑的想跑，大狼几个眼明手快，拔枪将他们一个个打死了。顷刻间，忠义堂里安静下来了。天赐往大当家的位子上一坐，说："从今天开始，我就是黑豹岭的大当家了！"这消息来得太快、太突然了，土匪们的意识还在酒中，一时没有反应过来。大狼举枪朝空中放了一枪，说："咋了？一个个耳朵聋了？"土匪们这才有所反应，恍然大悟，明白了是咋回事，齐刷刷地跪在地上高喊："大当家好！"传话筒和天赐一起上山的，自然没有跪下。他以为天赐不知道他所做的一切。再说，天赐敢这样明目张胆地起事，坐在第一把交椅上自封为"大当家"，这充分说明王豹子已经死了。死了好，死了就死无对证了。他这根墙头草赶紧掉转头附和天赐，喊道："坚决拥护大当家！"土匪们也一起呼喊："坚决拥护大当家！坚决拥护大当家！"呼声一声接着一声，等呼喊完毕，天赐说："都起来吧！"于是，土匪们吓得不敢起身，你看看我，我看看你，没有一个敢主动第一个起身的。生怕自己刚一起身，就吃了枪子儿。大狼厉声斥责道："大当家的话你们没听见，还是不好使了？"土匪们这才战战兢兢地站了起来。

"把人带上来！"天赐一声令下，大狼几个人蜂拥而上，将传话筒押到天赐面前。黑豹岭的土匪不知其意，一个个很纳闷儿。天赐说："忠义堂，讲的是'忠'字和'义'字。古人说，勤身以事君，忠也。不义而富且贵，于我如浮云。可是，咱们'忠义堂'就有人不忠、不义，故意在我和大当家之间搬弄是非、挑拨离间，逼着大当家要灭了我。"说到这里，下面的土匪们一片哗然。个个面面相觑，都在怀疑这个不忠不义的人是谁。天赐说："都别相互猜忌了。此人远在天边，近在眼前。他就是传话筒！"

传话筒慌了，赶紧跪下磕头，连连说："大当家饶命！大当家饶命！"天赐说："各位都是黑豹岭上的好汉，你们说说，能不能饶了这个不忠不义的东西？"大家知道传话筒是和天赐一起上山的，一个个吓得不敢说话。天赐说："既然大家不说话，我就当大家认可了。此人见利忘义，现在能在我和大当家中间挑拨曲直，搬弄是非，难道他今后还不挑拨我们之间的关系吗？黑豹岭要想长治久安共同御外，弟兄们要想和睦相处忠义双全，就必须除掉这个不忠不义的祸害！"传话筒一看，天赐已经不会饶他了，赶紧从胸前掏枪，没想到，天赐抬手一枪，结果了他的性命。

从此，黑豹岭还是那个黑豹岭，只是大当家已经不是王豹子了，而成了乾天赐。黑豹岭成了乾天赐的黑豹岭。

乾州的土匪势力越来越强大，州府剿匪多少年，不但没有剿灭，反而让他们更加兵强马壮了，气焰嚣张，弄得名流、乡绅、土豪、财主们怨声载道，官府也觉得威严丧失，县长也觉得颜面尽丢了。于是，经过大家的商量，形成共识，州府一改原来"剿匪"的策略，变"剿匪"为"安抚"。政策一变，黑豹岭的土匪自然成了乾州民团，天赐成了乾

州民团一团团长，驻扎在淳化一带。大狼成了乾州民团二团团长，驻扎在永寿常宁一带。两个民团遥相呼应，严守着泾河两岸，严防死守着共产党从关中通往马栏、照金和延安的咽喉要道。

共产党要从关中往延安运送枪支弹药、粮食布匹、紧俏药物，还有进步人士、青年学生，必须渡过泾河，才能抵达旬邑马栏、铜川照金。马栏是照金、延安的南大门，也是人员和物资通往延安的重要驿站。而乾州民团把守着淳华的交通要道和泾河咽喉渡口，策反乾州民团便成了共产党当下工作的重点了。

怀义经过一番精心化装，来到乾州民团一团驻地。天赐听说有人要见他，漫不经心地说："没看我在休息吗？"通信兵再次进来传话，来人说你不见他，他就不能让你休息。天赐一听肺都要气炸了。这么多年，还没有人敢和他这么说话呢。谁有这么大的胆子，难道他不知道马王爷头上长着三只眼？他气呼呼地告诉通信兵，把人带进来。通信兵将怀义带到天赐门前，怀义却不进去。天赐问："人呢？"通信兵说："在门口。""咋不进来？""等你亲自迎接。"天赐心中的火噌噌噌地往外冒，骂道："好大的架子！"说归说，气归气，他虽有一千个不高兴，一万个不情愿，不得已，抱着好奇心理，骂骂咧咧地出门探个究竟。这是何方神圣，竟敢不把他这个堂堂民团团长放在眼里。

刚一出门，他眼睛斜视着，质问道："谁呀？口气比爷脚气还大！"来人不接他的话，直接出拳，天赐迅速接招，眼看着来人和团长交手，几个当兵的赶紧端起手中的枪，只是没有天赐的命令，都不敢贸然开枪。再说，二人你来我往，你东我西，身影飘逸，也不敢冒冒失失地开枪，万一伤了团长，不仅没有讨到好处，还得去死。当兵的个个端着枪，看着他俩你来我往，你进我退，你拳他脚，如行云流水，出神入化，一会儿就看得眼花缭乱。天赐和来人一来二去，三个回合下来，天赐便知道来人是谁了。吓得赶紧收手，扑通跪在地上，说："师傅在上，恕徒弟无理。"这时，怀义上前将天赐扶起，两个人进了房间。到了屋里，怀义才将嘴唇、下巴上的胡须撕掉，露出真容。在天赐的屁股上踢了一脚，说道："出息了？敢在老子面前称老子。"天赐不好意思地说："二爸，侄儿错了。您大人不记小人过。"怀义笑了，说："现在都成团长了，还小人呢。"一句话说得天赐脸色羞愧。

临进门时，天赐转身对那几个当兵的说，都散了，这是我二爸。当天，天赐尽地主之谊，宴请了怀义。因为初次见面，怀义没有说明来意。到了天快黑的时候，怀义告辞。刚出门，通信兵带着几个当兵的挡住了怀义的去路。天赐骂道："翻天了？给老子让开！"通信兵说，刚才我们几个见识了一下二爸的功夫，没看过瘾，想再看看，见识见识二爸的真功夫。天赐笑了笑，不说话。怀义说，二爸老了，不中用了，还是看你们团长的。通信兵不依，几个生拉硬扯不放怀义走，非要见识见识他的功夫。怀义笑了笑，还没等几个人反应过来，他们的帽子已经齐刷刷地钉在墙上了。等他们回过神，怀义已经走出了很远。

过了快一个月，怀义再次来了，这一次，他和书艺一起来的。通信兵已经知道他是团长的师傅、二爸，也见识了二爸身上的功夫，再不敢上前阻拦，早早地报信去了，天赐老远迎候。看见书艺姑，天赐一下子扑上去，两个人亲切地抱在一起。书艺嗔怒道："你这没良心的东西，把我忘了。"天赐故做鬼脸，说："我忘了二爸，都不敢忘了二妈。""嘴上说不敢，多少年了，都不捎个信儿。"进到屋子，天赐一下子翻脸了，通信兵领着六七个当兵的，个个全副武装，手持冲锋枪，将怀义、书艺团团围住。怀义一看，知道大事不好，天赐可能已经知道自己的身份了。上一次他没有说明自己的身份，临走时故意将一本《共产党宣言》夹在天赐的被子里。这小子肯定看了这本书，知道了自己的身份。怀义心想：他就是知道了我的真实身份，眼下也不能把我怎么样，毕竟我是他二爸。可是，转眼一想，天赐竟敢对他爷下手呢，对自己还有啥不敢做的呢。怀义冷静下来，不管三七二十一，静观其变，见机行事吧。他双目如炬，盯着天赐，并用眼里的余光扫视着周围的一切。不管如何，他绝对不能让天赐伤了书艺。

双方僵持了三五分钟，天赐突然间哈哈大笑，笑声爽爽朗朗，笑毕，说道："一个幽灵，共产主义的幽灵，在欧洲徘徊。旧欧洲的一切势力，教皇和沙皇、梅特涅和基佐、法国的激进派和德国的警察，都为驱除这个幽灵而结成了神圣同盟。"

听到这里，怀义心中大吃一惊，心里自言自语：这小子肯定读了这本书，竟然都能背诵了。天赐接着说道："无产者在这个革命中失去的只是锁链，他们获得的将是整个世界。全世界无产者，联合起来！"

怀义问道："你这小子，葫芦里到底卖的啥药？"还没等天赐说话，那几个刚才荷枪实弹的士兵齐声说道："跟着二爸干革命！"这一下轮到怀义吃惊了，他没想到，天赐不仅读了《共产党宣言》，这几个士兵也读了这本书，看来，天赐在乾州民团一团的影响力不可小觑。正在他迟疑的时候，那几个士兵念道："共产党人不屑于隐瞒自己的观点和意图。他们公开宣布：他们的目的只有用暴力推翻全部现存的社会制度才能达到。让统治阶级在共产主义革命面前发抖吧。无产者在这个革命中失去的只是锁链。他们获得的将是整个世界。"

"二爸，你说是不是这个道理？"天赐问道。怀义一颗久悬着的心终于放了下来。他很高兴，还没等自己开口，就有了这么多的拥护者，可见，共产党在中国深入人心！赢得民意！他激动地说："就是这个理！"说完，他脸色一沉，气呼呼地看着天赐。

天赐一看怀义铁青着脸，不解地问："咋了？"怀义说："共产党人光明磊落，我要和你算账。"天赐疑惑地问算啥账？怀义说你和你爷之间的账。天赐说，事情都过去了。怀义说："你说过去就过去了？这件事对我来说，就是弑父之仇，你说能过去吗？"天赐说："当时我没想那样做，是爷逼我的。"怀义说："要不是飞毛腿赶得快，你爷恐怕连个骨头渣都找不见呢。"天赐再一次跪下，痛哭流涕地说自己错了。怀义黑着脸不说话。

书艺说："这么多年，你错得还少吗？当土匪，干了多少坏事？你手上沾了多少人的血？你当团长，难道忘了乾家是如何把你拉扯大的吗？白眼儿狼，你一气之下离开乾家当土匪，你爷你婆你妈你爸把眼睛都能哭瞎，泪水能流一涝池，你回过家吗？看过他们吗？想过他们的感受吗？顾过他们的死活吗？你现在也是当丈夫当父亲的人了，你的心叫狗吃了？"

书艺的话句句在理。说真的，天赐自从离开乾家当了土匪后，满足了当土匪的一切心愿，他开始想家了。是啊，在黑豹岭他是大当家，又有几个人能像他爷他婆他爸他妈那样爱他，关心他？这里都是酒肉、钱财、烟土和女人，没有一个人像乾家人那样真心地对待他、关心他、爱护他。土匪当腻人了，就想回去，想回去看看家人。可是，他当年放下那句"不是乾家的人，不进乾家的门"的狠话，把话说得太绝了，想起来就责备自己，现在想回头都难了。这么多年，他曾不止一次趁着夜深人静的时候，悄悄地潜回到上官巷，站在石狮子旁，不知道抚摩过多少次那朱红色的大门，却始终没有勇气去敲门。他当了土匪，给乾家抹了黑，再也没有脸面踏进那扇门内。乾家也没有人给他台阶下，就这样一直拗着。今天，书艺这么一说，等于给了他一个台阶下，无论如何，他必须跟着他们一起回到养育他的上官巷的乾家去。还有，他已经不再是土匪了，他的心还在念着乾家。

又过了二十多天，怀义再次来到淳化。这一次，叔侄之间亲密了许多。怀义给天赐讲了共产党是如何为普天下老百姓谋福祉的。他们打土豪分田地，让穷人有饭吃、有衣穿、有房住、有地种。天赐问："二爸，共产党真的有你说的那么好吗？""没有的话，二爸能参加吗？"天赐一想，二爸是啥人，志向远大得很，他加入的组织，一定是好组织。就问："我能不能加入？""小声一点，小心隔墙有耳。"天赐走出房门，一看外面除了通信兵外，再没有其他人。便对通信兵说："我和二爸叙旧，不要让人打搅。"说完，转身又进了房子。

"二爸，你是不是想让我加入共产党？"

"我倒是想让你加入。可是，目前你还不够资格。"

"我还不够资格？我要如何做才能够格？"天赐问。怀义说："你身上的匪气太重了，必须下功夫克服。这一次我找你，主要想从你这里打开一条秘密通道，一条从关中通往马栏的红色之路。""好嘛。这件事我说了算。淳华，毕竟是我管辖的地盘。"怀义便详细地讲述了打通秘密红色通道的具体细节，确保不能让国民党察觉而暴露了天赐，更不能暴露了共产党这条刚搭建起来的秘密红色通道。

天赐说："你放心！这里山高皇帝远，我一手遮天，说了算。"

"你看看，八字还没见一撇，就翘尾巴了。"怀义说，"小心谨慎无大碍。"

"我二妈和三爸是不是……"怀义用手及时制止了他，说，不该问的不能问，不该说的不能说，这是党的纪律。不过，我可以告诉你的是，你三爸跟着书记到了旬邑马栏和铜川照金，继续扩大红色根据地。在这里，你还继续当你的民团团长，我们需要的时候，随时会派人和你联系。不过，我还要提醒你一点，小心驶得万年船，做事一定要小心谨

慎，不能露出一点破绽。同时还要提防着身边的人和事，嘴巴一定要严实，做事绝对要隐秘，别大而化之，满不在乎。否则，小命就没了。咱们牺牲了事小，耽误革命大业的事情就大了，这个责任，我和你谁都承担不起呀！"二爸，你放心，我会的。啥时候让我加入共产党呢？""好好表现，组织上正在继续观察、考察你。等条件成熟了，组织上一定会考虑你的请求。"

在将近一年的时间里，天赐果然没有让怀义和党组织失望，他坚守着这条关中通往马栏、照金的秘密红色通道，为红区延安提供了源源不断的物资，也输送了300多名进步青年、开明人士和地下党员。

正当天赐这里干得隐秘而顺畅的时候，却从大狼那边传来了书艺被枪决的噩耗。天赐快马加鞭，急忙赶到永寿常宁。非常暴躁地责问大狼为啥没有保护好他二妈。大狼急切地说："你二妈就是我二妈，我咋不想保护，可是，他们刚准备渡泾河时，不料被乾州城的驻军追上来了，驻军不问三七二十一，将二妈和十几个进步学生全部扣留了。"书艺说，她带学生到山上采风。驻军不信，说得到可靠情报，她是共产党。然后将他们一起押进永寿县大牢，严刑拷打，书艺始终不承认自己是共产党员，坚称自己带学生采风。驻军一看从书艺身上得不到一点线索，就把她拉出去枪毙了。

"谁通风报信？"天赐问。

大狼说："经过我多方打听得知，这个奸细你认识，不止认识，关系还非同一般。"

"你快说是谁。"

"乾天宝。"

从大狼口里得知是天宝告密，导致书艺被害，天赐咋都不敢相信是天宝出卖了二妈。说："人命关天，你可别乱说。"大狼说："你还不相信？我和乾州驻军的李参谋熟悉，那天他来检查，我请他喝酒，无意间听他讲的。说天宝想当乾县县长，所以……"

天赐二话没说，带着人到乾州城，秘密地将天宝带到淳化。怀仁听说天赐劫走了天宝，气得大骂天赐是个失去人性的土匪，连兄弟都不肯放过。怀义觉得这事不简单，这里面一定有蹊跷，所以，天赐才敢到乾州城劫持天宝。他说要去找天赐问明情况。安澜说："我和你一起去。"怀义劝说他年龄大了，路途遥远，怕他身体吃不消。安澜说："骨头老了，筋没断呢。"就这样，怀义带着安澜、怀仁和天秀一起去了淳华。

天赐让人将天宝押过来，说："还是你亲口把事情的经过告诉爷吧！"天宝见了安澜，早已吓得战战兢兢地不敢说。安澜说："有啥委屈就说出来。有爷在，你不要害怕。"天赐见天宝吭哧吭哧半天，就是不敢说话。便说："爷，爸，天宝还有啥好委屈的呢？为了当乾县县长，竟然出卖了二妈，他是害死我二妈的罪魁祸首。"然后他详细地讲明了情况，气得安澜差点晕了过去。指着天宝说："千刀万剐难解我心头之恨！"

想起二妈，天秀心像被刀刺了似的疼痛，听到丈夫天宝出卖了二妈，心中怒火中烧，咬牙切齿地说："他是我的男人，别脏了你们的手。"便从天赐手中夺过枪，对着天宝啪啪两枪。

天宝看了看天秀，无声地倒下了。

61

组织上要让怀义去延安。临行前，怀义再一次来到了乾陵脚下，来到了周书艺和高碧玉的坟茔前。他这一次来祭奠她俩，带了乾州点心、挂面、馇酥，还有一瓶乾州老窖。他将祭品分别在书艺和碧玉的坟茔前摆放好，又给每个人烧了好多纸钱。他不知道这次去延安，什么时间才能回到乾州，再来看望书艺和碧玉呢。

看着蜡烛在燃烧，三炷香冒出缕缕青烟，怀义坐在书艺的坟头，回想着她们从前的点滴，眼泪止不住唰唰唰地流过脸颊，落在地上。

他想起了他和书艺两个人在西安南门外葫芦头冒馍馆第一次见面的情景：当时罗大帅被革职，躲在满城里足不出户，怀义多次去满城看望罗大帅，都被八旗兵以他是"绿营兵"为由，阻挡在了满城门外。新来的大帅又不待见他，纵有鸿鹄之志，浑身功夫，也无报国之门。正当他心灰意冷，一个人坐在葫芦头冒馍馆喝闷酒的时候，却被一个

女子拦住了，一句"三天不打，上房揭瓦"让他知道眼前的女子竟然是他多年不见的书艺。自从和书艺见面以后，怀义从书艺身上看到了蓬勃朝气、远大理想，听了许多革命的大道理，从此走上了革命党、共产党所指引的光明大道。没有书艺，他将会是一个浑浑噩噩、愚钝无知的人。

他想起了乾州保卫战：在那场战火纷飞的日子里，他带领陕西秦陇复汉军从长武开始与清兵交战，由于王耀武被清军所麻痹，没有顾全大局，将个人的婚事置于国家、民族的前途和命运之上，导致清军攻克长武县城，一路长驱直入，打到乾州。乾州是保卫西安的最后一道防线。怀义带领秦陇复汉军坚守乾州城长达一百余日，与清军斗智斗勇，浴血奋战，许许多多的复汉军为了拱守乾州、保卫西安、守护"西安起义"的革命成果，在枪林弹雨中冲锋陷阵，付出了血的代价，还有许多年轻的秦陇复汉军献出了宝贵的生命。正因为书艺的存在，让他怀揣革命的梦想，才有了战胜清军的信心、决心和勇气。

书艺跟着他无怨无悔，不仅给他传授了革命的道理，将他带上了革命的道路，让他懂得了"只有中国共产党，才能救中国"的真谛。为了革命的事业和人生追求，他常年在外奔波，顶着枪林弹雨，穿行于敌人的白色恐怖之中。书艺坚守着共产党乾州阵地，以教师身份作掩护，带领乾州的子孙们学习文化、学习格致，帮助他们在迷途中找到方向，在黑暗中找到光芒，在探索中找到真理，默默地守卫着共产党乾州地下组织，把许多爱党爱国的人士领到党组织中，让许多热血青年奔向延安，奔向光明。

想起了书艺，他便想起了和书艺一样长眠于地下的碧玉。想到高碧玉，他内心不由自主地产生了内疚感、负罪感。这一辈子啊，他最对不起的人就是高碧玉，他的"娃娃亲"。高碧玉在乾州城是大家闺秀，识大体，辨曲直，明是非，她勇敢地冲破了封建思想的牢笼，毅然决然地独自来到乾家。她头脑非常地清醒，心里非常明白，她双脚一旦迈进乾家不仅得不到该有的"名分"，等待她的将是一条多么艰辛、坎坷、尴尬的路，将会给高家在乾州城落下笑柄。这些她都想过，但是，她毅然决然地做了自己想做的事情，拿出了自己的实际行动，心甘情愿地跨进乾家大门。在乾家多少年，她孤苦伶仃，无名无分，心中的酸楚只能独自吞咽。尽管乾家人待她为女儿，视她为妹子、姐姐，但是，她到死都没有离开乾家，没有嫌弃过怀义和书艺。相反，为了他俩献出了自己年轻宝贵的生命。

护国军追赶到乾州攻打陕西靖国军，怀义在伤亡惨重的紧急关头，为了保存革命的实力，带领靖国军从乾州城南大王一带撤退到乾州城后，乾州城四周城墙青砖铸就，厚实高大，固若金汤，再加上乾州百姓"人性刚方，俗尚俭朴。男勤稼穑，女事桑麻，勤纺织"的性格特点和本质特征，关键时刻将革命利益摆在个人利益之前，团结勇敢、齐心协力，万人铸成了一道钢铁长城，与乾州城墙一道，抵御住了一切来犯之敌。

高碧玉和书艺一起带着孩子们给城墙上的士兵送饭，她也拿着做好的饭菜，紧随其后到了城墙，献出了乾州女人的热心、热情和对美好生活的向往与热爱。眼看着书艺将一碗饭送到怀义手里，两个人恩恩爱爱，她的眼泪差一点儿都要流下来了。她多想给怀义亲手端上一碗饭，可是这样的愿望至死都没有实现。生活中怀义不给她这个机会，她也不甘心破坏怀义与书艺之间的情感。就在怀义端着书艺送来的饭，两个人眉目传情之际，一颗手雷落在俩人脚下，冒着丝丝青烟。高碧玉急忙冲过去，用身子将手雷压在下面，大喊："快躲开！快躲开！"怀义、书艺和孩子们不知缘由，纷纷躲开，只听轰的一声巨响，高碧玉被炸得粉身碎骨。看着高碧玉为了救大家献出了自己年轻的生命，怀义、书艺纷纷落泪，天赐、天宝、天秀以及那群被救的孩子哭成一片。从此，每每想到高碧玉，怀义和书艺都很自责。

自责的不仅仅是高碧玉的牺牲，还有吴惠然的献身。怀义知道书艺与盐店巷吴家吴惠然从小定下了娃娃亲，就像自己与高庙巷的高家高碧玉定下的娃娃亲一样，要不是他俩走出乾州，接受新生事物，最后自由恋爱，各自解除了与对方的娃娃亲婚约，否则，娃娃亲就像一条牢不可破、坚不可摧的钢铁屏障，是一条永远都无法逾越的鸿沟。

刚开始，他看见吴惠然远远地跟在书艺身后，还取笑书艺，气得书艺不愿意理他。后来，看见的次数多了，自然就不高兴了，心中的醋坛子打翻了。他主动走过去质问吴惠然为什么要跟着书艺，吴惠然俨然没有看见他的出现，对他的问话好像没有听见，气得怀义伸出拳头要打吴

惠然，吴惠然面对愤怒的怀义，依然面不改色心不跳。怀义一看，也不好下手，他拿吴惠然一点办法都没有。再说了，吴惠然只是远远地跟着书艺，又没有干扰到书艺的生活，没有影响到他俩之间的情感。他只好把心中的怨气撒在了书艺身上。书艺笑了，说道："幸亏你家是做豆腐脑的，如果开个醋坊，整个乾州都能闻到一股子酸味。"怀义没事找事，不依不饶。书艺反问道："姓吴的就是跟着我，又能怎么样？你和我在一起，竟然还金屋藏娇，家里还有一个高碧玉。你告诉我，这又是为了啥？你可以放火，我就不能点灯？"一句话，说得怀义无地自容。

他也曾经劝过父母，让他们安排高碧玉离开乾家。

安澜说："你还有脸说这话？都是你惹的祸！"

杨冬梅说："撵她走没问题，撵走了你让她去哪里安身？妈和她一样都是女人，做女人的就懂得女人的不易和难怅。我也央人给她说了几个媒，这娃就是一根筋，死活不愿意。再说了，她住在家里，招你了，还是惹你了？"

怀义说："书艺不高兴，老爱拿她说事。"

杨冬梅说："书艺进了咱家门，那就是你的媳妇；碧玉进了咱家门，就是我的女子，是你妹子。她俩井水不犯河水。"

好在书艺、碧玉都是能识大体、爱面子的女子，所以，乾家一直以来都处于相安无事之中。

书艺被抓的那天，吴惠然还像从前一样跟在她们的后面。一开始，有个学生告诉书艺，后面有个人一直跟着，是不是敌人的"探子"？书艺笑了笑说，别理他。书艺知道，她和吴惠然的事情已经不是一天两天了，也不是一句话两句话就能说清楚讲得明白的。所以，她带着进步学生一路前行，吴惠然紧随其后，左顾右盼地保护着她们。就这样，一路上相安无事。

可是，到了永寿，书艺带着学生准备东渡泾河时，被赶来的乾州城驻军团团围住。这时候，吴惠然从后面冲过来，抱住那个领头的军官，朝着书艺喊道："快跑！"不料，被一个士兵一枪打爆了头。就这样，书艺眼看着吴惠然为了救她，为了救那群向往光明的进步学生，献出了自己的生命。

怀义在坟茔前坐了很久，香和蜡烛都燃烧完了，他又给两座坟茔点了三炷香和两根蜡烛。这时候，天赐急匆匆地来了。他警觉地问道："你咋过来了？"天赐说："接到线报，国民党正四处找你。组织上让我来通知你，带你马上离开关中。"

说完，两个人朝着两座坟茔深深地鞠了三个躬，匆匆离开了。

62

天赐在乾州民团一团里继续坚守着关中通往马栏、照金的供给线。几年间，名义上他归属乾州的民团，负责地区的安全和防务。实际上，他带领那几个心腹暗地里为共产党服务，将上百吨粮食、药物源源不断地输送到根据地，让成百上千名进步学生通过这条秘密通道，从白区进了红区，走进红色的革命摇篮，为中国革命的不断壮大输入了新鲜的血液。鉴于他的突出表现，组织上经过慎重考虑和认真研究，决定吸收他成为一名光荣的共产党员。成了党员，他还必须继续隐瞒身份，依然隐藏在秘密战线，为中国革命事业做贡献。

天赐要护送怀义去延安。临行前，怀义语重心长地给天赐讲述了当前形势的复杂性、严峻性和紧迫性，告诉天赐革命斗争的长期性、艰巨性和残酷性，特别是在隐秘战线上不仅要有斗争的决心，更要有必胜的信心，还要有和敌人斗智斗勇的智慧和胆识。告诫他一定要严守党的秘密，完成党交给他的一切光荣而又艰巨的任务。尽管你一个人在这条战线上战斗，但是，在你的周围还有成千上万个天赐，和你并肩作战。在延安，在马栏和照金，还有许许多多和你心在一起的人在为中国革命作出巨大的牺牲，党和人民不会忘记你！

天赐问怀义，他何时才能到令他非常向往的革命根据地延安去？怀义说："曙光就在前头。你不仅要战斗，还要培养接班人。有了放心的接班人，我在延安等着你！"

尾 声

　　安澜一天天变老了。嘴里念叨着"人性刚方，俗尚俭朴。男勤稼穑，女事桑麻，勤纺织"的乾州人秉性。他常常对着北门口的古城墙，回忆着乾州城过去所经历的天灾和人祸，也常常登乾陵，念叨着乾陵：乾陵，乃是乾州地域的特殊符号，是乾州人的图腾，是一种文化！在乾陵，蕴含着勇攀高峰的胆识和决心！博大精深的修养和历练！虚怀若谷的豁达和姿态！这才是我们的乾陵！

　　千年的乾陵雄奇壮观，万年的梁山岿然不动。夕阳晚照，乾陵最美。向北看，就像一个窗状的笔架；向东看，犹如一头威猛的雄狮；向南看，宛如一座高耸的金塔；向西看，就是一个静谧的睡美人。北峰是美人的头，南面东西对峙的两峰是美人一对坚挺柔美的乳房。

后　记

列宁说过，忘记过去，就意味着背叛。乾县因城北梁山上安葬着一代女皇武则天的"乾陵"而闻名于世。

作为一名地地道道的乾县人，离开家乡三十余年，一直想为家乡写一点值得记忆和拥有的东西。于是，查阅了许多史料，发现乾县在中国革命的历史进程中具有举足轻重的地位。乾县地处秦陇要冲，是关中通往大西北的重要枢纽，自古以来都是兵家争夺的重要阵地。乾州守卫战、白浪祸乾，以及陕西护法战争，在乾州革命历史上留下了难以磨灭的印记，特别是乾州守卫战的成功，彻底动摇了清王朝的根基，足以改写中国革命的历史。战争的钢枪与大炮、刀光与剑影，都铭刻在崔嵬的梁山上；人性的善良与凶险、正义与邪恶都淹没在宏伟的乾陵中。痛定思痛，我必须拿起笔书写这段历史，讴歌可歌可泣、英勇奋战、顾全大局的乾州人民和英雄豪杰。

纯粹地书写这段历史，有一定的局限性。但是用文学的语言，进行艺术的加工，其中的局限性就会被破局。通过乾州人"人性刚方，俗尚俭朴。男勤稼穑，女事桑麻，勤纺织"的秉性为精神引领，书写乾州人民在革命紧要关头所展现出来的大无畏英雄气概和无私奉献的壮举，在民族危亡的关键时刻所表现出来的博大胸襟和家国情怀，旨在弘扬"勇攀高峰的胆识和决心、博大精深的修养和历练、虚怀若谷的豁达和姿态"的"乾陵文化"这一乾州人的精神图腾，用"乾人秉性""乾陵文化"感染、感召和激励乾州人勇往直前，开拓未来，积极构建幸福家园和美好生活的壮丽画卷。

我以自己是乾州人而骄傲，曾经写下了关于乾州的短篇文章。如

《乾州，记忆深处的乡愁》——

我喜爱乾州的一片绿
它是青山绿水养育的生命之恋
老鸭咀羊毛湾水库鱼跃浪宽
从远古一直繁衍到今日
以乾陵画圆覆盖了一千平方公里

我喜爱乾州的那片黄
它是六十万儿女汗水结晶的干粮
从五峰山到南上官
从礼泉县到孟家店
让每一块土地长出灿灿的黄金

我喜爱乾州的一片白
它是蓝天精心养育的骄子
在杨家河水库里撒欢
在梁山上空引吭高歌
将幸福的生活染成醉美的七彩虹

我喜爱乾州厚重的历史文化
它从先秦一路走到了如今
将丝绸之路的珍珠凝聚在一起
经历千年风雨的无字碑巍然耸立
再好的文字也写不出武曌的魅力

我喜欢古老的龟城乾州
这里是我出生的襁褓成长的摇篮
儿时的歌谣在心里烙成了黄巢沟
村中的大涝池浸泡着浓郁的乡愁
将我的爱融入碧波黄泥中

在建党百年和辛亥革命胜利 110 周年之际，静下心来，书写了这部小说。通过艺术加工，用丰富的内容、独特的语言、乾州的地域风情和人文情怀以及紧张曲折的故事情节，勾勒出一幅幅立体感极强的乾州人民战天灾、战人祸、战自我的生动感人画面，激荡着乾州人的博大情怀，彰显了乾州人民在新、旧民主主义革命转变中所涌现的新观念、新思想，弘扬了乾州人在中国革命历史进程中作出的积极而伟大的贡献，歌颂了乾州人不怕流血牺牲，为完成革命事业甘愿抛头颅洒热血，付出生命代价的英雄壮举和顾全大局的家国情怀。

在阅读这部小说时，"战"乾州，不能狭义的理解为战争，它是迎难而上、勇敢坚强、胸怀大志的乾州人民战天灾、战人祸，特别是在百折不挠中战自我的价值凝聚，是乾州人民不畏牺牲、无私奉献、积极乐观精神的光辉写照。

我要感谢乾县县委、县政府，县委宣传部，乾陵管委会、县文联、乾陵博物馆！感谢县委常委、宣传部部长许超莹，侯宝轩主任，陈灵芝馆长，白文阁主席！感谢省作协厚夫副主席、王海副主席，感谢我的同学文莉，以及董信义、冯西海、杨生博、梦萌、刘公、罗国栋、金瓯、吴云鹏、高凯等文友老师！感谢媒体朋友、好兄弟陆航！特别鸣谢杨焕亭老师和咸阳师范学院南生桥教授，两位老师不辞辛苦，逐句逐字阅读、修改，并提出了宝贵的意见，让我受益匪浅，感动万分！还要感谢许多朋友，你们的名字和付出我都铭记于心，都倾注于这部作品中。

谨以此书献给我的家乡——乾州和我热爱的乾州人民。